KB089983

허준
전집

허준
전집

서재길 엮음

현대문학

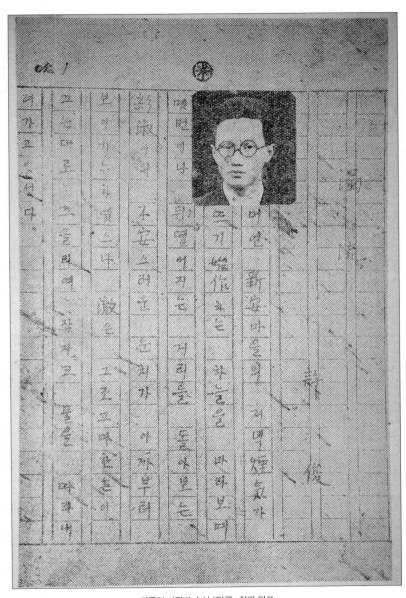

허준의 사진과 소설 「탁류」 친필 원고

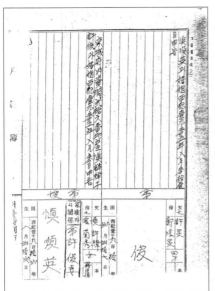
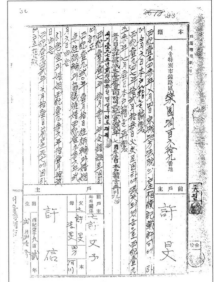
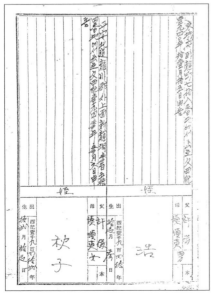
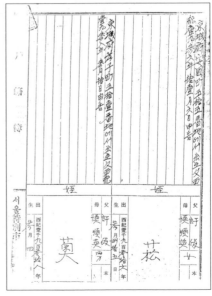

허준의 호적 등본

家族	人證	副保證人	正保證人	生徒	
家族 兄二人、弟一人、姉、母、親	保證人 本籍	本籍	本籍 京城府樂園町一六九	氏名 許信	氏名改 木下 俊
	現住所	現住所 新義州府綠町二	現住所 京城府樂園町一六九	卒業 昭和三年三月五日	名 許俊
學資支給者 氏名及關係	氏名 生徒ト ノ續柄	氏名 生徒ト ノ續柄 許信 生徒ト ノ續柄 兄	退學 昭和 年 月 日	本籍 京城府樂園町一六九
	身分	身分	身分 平民	學歷 昭和十三年三月二十五日京城府私立普通學校第四學年修了	現住所 京城府新橋町四七
	職業	職業	職業 醫師	入學 昭和十三年四月一日第一學年	出生地 平北龍川
	宗敎	宗敎	宗敎		生年月日 明治四十二年二月七日
					身分 平民

허준의 중앙고보 학적부

문인들과 함께 (앞줄 가운데부터 이선희, 김학철, 허준 - 김명인 제공)

　　한국현대문학은 지난 백여 년 동안 상당한 문학적 축적을 이루었다. 한국의 근대사는 새로운 문학의 씨가 싹을 틔워 성장하고 좋은 결실을 맺기에는 너무나 가혹한 난세였지만, 한국현대문학은 많은 꽃을 피웠고 괄목할 만한 결실을 축적했다. 뿐만 아니라 스스로의 힘으로 시대정신과 문화의 중심에 서서 한편으로 시대의 어둠에 항거했고 또 한편으로는 시대의 아픔을 위무해왔다.

　　이제 한국현대문학사는 한눈으로 대중할 수 없는 당당하고 커다란 흐름이 되었다. 백여 년의 세월은 그것을 뒤돌아보는 것조차 점점 어렵게 만들며, 엄청난 양적인 팽창은 보존과 기억의 영역 밖으로 넘쳐나고 있다. 그리하여 문학사의 주류를 형성하는 일부 시인·작가들의 작품을 제외한 나머지 많은 문학적 유산들은 자칫 일실의 위험에 처해 있는 것처럼 보인다.

　　물론 문학사적 선택의 폭은 세월이 흐르면서 점점 좁아질 수밖에 없고, 보편적 의의를 지니지 못한 작품들은 망각의 뒤편으로 사라지는 것이 순리다. 그러나 아주 없어져서는 안 된다. 그것들은 그것들 나름대로 소중한 문학적 유물이다. 그것들은 미래의 새로운 문학의 씨앗을 품고 있을 수도 있고, 새로운 창조의 촉매 기능을 숨기고 있을 수도 있다. 단지 유의미한 과거라는 차원에서 그것들은 잘 정리되고 보존되어야 한다. 월북 작가들의 작품도 마찬가지이다. 기존 문학사에서 상대적으로 소외된 작가들을 주목하다 보니 자연히 월북 작가들이 다수 포함되었다. 그러나 월북 작가들의 월북 후 작품들은 그것을 산출한 특수한 시대적 상황의 고려 위에서 분별 있게 이해되어야 할 것이다.

　이러한 당위적 인식이 2006년 한국문화예술위원회의 문학소위원회에서 정식으로 논의되었다. 그 결과 한국의 문화예술의 바탕을 공고히 하기 위한 공적 작업의 일환으로, 문학사의 변두리에 방치되어 있다시피 한 한국문학의 유산들을 체계적으로 정리, 보존하기로 결정되었다. 그리고 작업의 과정에서 새로운 의미나 새로운 자료가 재발견될 가능성도 예측되었다. 그러나 방대한 문학적 유산을 정리하고 보존하는 것은 시간과 경비와 품이 많이 드는 어려운 일이다. 최초로 이 선집을 구상하고 기획하고 실천에 옮겼던 한국문화예술위원회의 위원들과 담당자들, 그리고 문학적 안목과 학문적 성실성을 갖고 참여해준 연구자들, 또 문학출판의 권위와 경륜을 바탕으로 출판을 맡아준 현대문학이 있었기에 이 어려운 일이 가능하게 되었다. 이런 사업을 해낼 수 있을 만큼 우리의 문화적 역량이 성장했다는 뿌듯함도 느낀다.

　〈한국문학의 재발견-작고문인선집〉은 한국현대문학의 내일을 위해서 한국현대문학의 어제를 잘 보관해둘 수 있는 공간으로서 마련된 것이다. 문인이나 문학연구자들뿐만 아니라 더 많은 사람들이 이 공간에서 시대를 달리하며 새로운 의미와 가치를 발견하기를 기대해본다.

2009년 11월

출판위원 염무웅, 이남호, 강진호, 방민호

　　그다지 널리 이름이 알려져 있지 않은 허준許俊이라는 작가와의 만남
은 김동리에 관한 박사논문을 구상하면서 비롯되었다. 1930년대 후반 이
제 갓 등단한 일개 무명작가에 불과하였던 김동리가 전형기 문단에서 카
프 이후를 대변하는 작가의 한 사람이자 경성제대를 졸업한 당대의 주류
지식인이었던 유진오와 벌인 이른바 '세대－순수' 논쟁의 과정에서 쓴
어떤 글에서 인용하는 허준의 짧은 글을 읽으며 눈이 번쩍 뜨이는 경험
을 하게 된 것이다.

　　물론 학부 시절 과제물을 제출하기 위해 「잔등」을 읽은 터라 허준이
라는 이름 두 글자가 그다지 낯선 것은 아니었다. 그러나 학부생 수준에
서 읽은 「잔등」은 '장춘'이니 '안동'이니 하는 북녘의 낯선 지명과 어려
운 한자어에서부터 요령부득의 긴 문장에 이르기까지 그 어느 하나 녹록
지 않은 것들이어서 이름까지 생소한 이 작가에 대한 관심이 생길 리 만
무했다. 그러다 대학원에 들어온 뒤 그때까지 문학 연구의 주류를 이루
던 리얼리즘 문학에 대한 안팎의 관심이 쇠퇴하고, 나 또한 한동안 대학
원 공부의 방향성을 두고 헤매던 와중에 김동리를 통해서 허준을 다시
발견하게 된 것이었다. 김동리가 감격해 마지않으며 인용한 허준의 문장
은 시들시들해 가던 문학적 열정과 꺼져가던 연구자로서의 탐구심에 불
쏘시개를 다시 넣은 듯한 자극을 주었고, 박사논문의 주제를 김동리뿐만
아니라 허준을 포함한 1930년대 신세대 작가 전반에 관한 연구로 바꾸게
까지 하였다.

사람에게는 일정한 연령에 달하면 생래에 처음으로 치르는 특수한 경험으로 말미암아 자기에게는 남에게 없는 것이 있다. 남이 모르고 있는 것이 있다. 남이 아무렇지도 않게 생각하는 것이 고통이나 기쁨을 주는 것이 있다. 나는 이것을 잃어버릴 수도 없고 살리지 않을 수도 없다 하는 의식에 이르는 때가 있다./이로부터서 그는 인생을 경험해나가되 일정한 관심을 가지고 나아가지 않을 수 없는 것이며, 이 관심을 운명적으로 지배하는 것이 그의 이러한 기초적 경험을 두고 달리 없는 것을 깨닫게 하는 것이다./이것이 석가를 출가케 한 사문고나 기독의 평생을 지배한 원죄의 내적 경험으로 나타나는 것처럼 우리도 우리 분수에 맞는 어떤 종류의 것이건 우리 존재에 처음으로 운명적으로 와 부딪치는 '모뉴멘탈'한 경험은 있을 것이다./ (중략) 나에게는 나만 알고 내가 구해내지 않으면 안 될 무엇이 있다고 하는 인생의 가장 위험한 경험에 도달하는 시간부터가 예술가의 예술가로서의 첫 발족점이 되는 것만은 잊지 못할 것이다.

지금 다시 읽으면 그때의 감동과 전율이 그대로 전해지지 않는 것이 못내 아쉬운 허준의 문장은 사르트르가 「보들레르론」에서 말한 이른바 '원초적 선택'을 얼핏 떠올리게 한다. 어쩌면 이 글이 다른 이들에게는 그다지 새로울 것도 없고 특별할 것도 없는 문학청년의 치기稚氣의 기록에 불과한 것으로 여겨질지도 모르겠다. 하지만 나로서는 세기말과 함께했던 20대의 불안한 나날들을 보내면서 다른 어떤 것도 아닌 문학을 공부한다는 행위에 대해서 어떤 방식으로든 스스로를 납득시키지 않으면 안 되었던 상황에서 허준의 문장들이 아무리 퍼내도 새롭게 고여 채워지는 옹달샘처럼 차갑게 내 마음의 공허 속으로 흘러 들어왔다는 사실을 인정하지 않을 수 없다. "천하에 내 문자를 해독할 이 하나 없는 그러한 시대가 오더라도 또 내 울음이 천하에 아무 데도 통하지 않는 그러한 세상이 오더라도 나는 역시 말하리라. '내 인생을 문학에 바치겠다.'"라는 청년 김동리의 치기 어린 표백表白과 더불어 허준의 문장은 그가 소설에서 '생존의 미주美酒'라고 표현한 바 있는 그 무언가를 찾은 듯한 환상을 주었던 것이다. 하물며 그것이 "석가를 출가하게 한 사문고나 기독의 평생을 지배한 원죄의 내적 경험"에 육박할 수도 있는 것임에랴.

박사과정의 한 수업에서 허준에 관한 발표를 준비하면서 계동 언덕길을 올라가 허준의 중앙고보 시절 학적부를 뒤지고 종로구청에서 호적부를 찾던 기억, 예비군 훈련에서 만난 허씨 성을 가진 한 후배의 소개로 양천 허씨 종친회 사무실을 찾아 족보를 샅샅이 훑던 기억은 이제 새삼스럽다. 박사논문 준비를 하면서 교환유학생으로 일본으로 건너간 뒤 와세다대학 도서관 서고에서 허준의 일본어 콩트가 실린 《조선화보》를 발견한 그 순간의 희열도 잊을 수 없다. 그러나 서른이 넘은 나이에 히라가나부터 새롭게 시작한 일본어 공부는 1년간의 유학 시절 내내 허준의 짧은 콩트 하나를 앞에 두고서 나를 쩔쩔매도록 하였고, 게다가 학위논문과 관련된 연구는 별로 진척이 되지 않았다.

일본에서의 유학 경험은 결과적으로 내 공부의 방향을 지금까지와는 전혀 다른 방향으로 돌려놓았고, 뒤늦은 박사논문을 식민지 시기 라디오

방송과 대중문화에 관한 주제로 쓰게 되면서 허준과는 멀어지게 되었다. 그러나 여러 모로 힘들고 방황하던 시절 문학 공부를 한다는 것에 어떤 의미를 부여해주었던 것만으로도 늘 마음 한구석에 빚을 진 듯한 느낌을 가지고 있었던 것도 부인할 수 없는 사실이었다. 무엇보다도 작품의 편수가 적다는 이유로 그 문학사적 중요성에 비해 허준이 과소평가되는 것이 큰 아쉬움으로 남았다.

다행히 한국문화예술위원회와 (주)현대문학의 도움을 얻어 허준의 모든 글들을 한 권의 전집에 수록할 수 있게 되어 그 기쁨은 이루 말할 수 없다. 허준 전집을 엮으면서 두 가지의 원칙을 세웠다. 전문적인 연구자들뿐만 아니라 일반 독자들도 쉽게 접할 수 있도록 한다는 것이 하나이고, 최초로 발표된 매체에 실린 작품을 저본으로 하여 전집에 수록하겠다는 것이 다른 하나이다. 이렇게 해서 수집하고 교열을 거친 원고들은 1부 시, 2부 소설, 3부 평론·수필 및 기타, 이렇게 세 부분으로 나누어 수록하였다. 독자의 이해를 돕기 위해 어려운 어휘에는 뜻풀이를 달았으며, 기타 설명이 필요한 부분에도 가급적 자세하게 주석을 덧붙였다.

제1부의 경우 신문과 잡지에 연재된 허준의 시 11편을 모두 원문 그대로 수록하되 원문의 한자는 한글 뒤에 병기하였다. 지면에 최초 발표된 이후 한 번도 작품집의 형태로 발간된 적이 없는 허준의 시 작품들은 그의 초기 문학 세계와 언어에 대한 자의식을 살피는 데 더없이 좋은 자료가 될 것이다. 시 작품은 원문을 꼼꼼히 교열하는 한편 일부 작품의 경우 기존의 잡지 영인본 자료에서 누락된 페이지까지 원문을 확인하여 수

록하였다.

제2부에서는 중편소설 3편을 포함하여 총 11편의 소설을 실었다. 해방 후 출간된 소설집 『잔등』(을유문화사, 1946)에 실린 「잔등」의 경우 잡지 연재본이 미완이어서 어쩔 수 없이 단행본에 수록된 작품을 실었지만, 해금 이후 같은 출판사에서 새롭게 출간된 바 있는 「탁류」(1936)와 「습작실에서」(1941)의 경우 해방 이전의 잡지에 실린 것을 저본으로 삼았다. 《조선일보》에 연재된 중편소설 「야한기」의 경우 해방 이전의 대표적인 모더니즘 소설 중의 하나라는 점을 고려하여 기존의 영인본 등의 오류를 바로잡고 연구자들이 믿고 인용할 수 있는 확정본으로 수록하기 위해 많은 공을 기울였다. 또한 허준의 유일한 일본어 콩트 「습작실로부터習作部屋から」의 경우 일본어 원문을 번역본과 같이 실었다. 한편 「한식일기」, 「임풍전씨의 일기」, 「평대저울」 등 해방기 허준의 내면풍경을 잘 드러내고 있는 사소설적 경향의 작품들 역시 잡지 연재본을 그대로 수록하였다. 중편소설 「황매일지」는 비록 49회의 연재분만 남은 미완의 작품이라는 아쉬움은 있지만, 해방기 허준의 세계관적 변모가 문체상의 변화로 느껴지는 작품으로서 《민보》 연재본을 그대로 수록하였다. 결과적으로 『잔등』에 실린 작품들과 「야한기」, 「속습작실에서」, 「평대저울」을 제외한 다른 모든 작품들은 먼지 쌓인 도서관 서고에 묻혀 있다가 이제야 단행본으로 출간되어 보다 접근하기 쉬운 형태로 새로운 독자들을 맞이하게 된 셈이다.

제3부에는 허준의 비평, 수필, 그리고 기타 잡문 들을 수록하였다. 모

더니스트로서의 해방 이전 허준 문학에 대한 논의에서 그의 일부 비평문이 인용되기는 했지만, 해방 이후 씌어진 다양한 형태의 글쓰기는 거의 주목을 받지 못했다. 그러나 여기에 수록된 글들 속에는 '테러리즘' 비판 등 해방기 허준 문학의 변모를 이해할 수 있는 중요한 열쇠가 들어 있기도 하다는 점에서 연구자료로서의 가치가 크다. 또한 「문학전기록-임풍전씨의 일기 서장」과 「임풍전의 일기-조선호텔의 일야」 등 소설과 수필의 중간적 성격을 지닌 글들은 '임풍전' 계 글쓰기라 칭할 수 있는 것으로 박태원의 '구보' 계 글쓰기와 더불어 한국 근대문학의 대표적인 1인칭 글쓰기로서의 의미도 지니고 있다.

좀더 해상도가 좋은 자료를 찾아 원본을 소장하고 있는 도서관을 이곳저곳 돌아다니면서 내 나름대로는 최선의 노력을 기울였다고 자부하지만, 글자를 판독할 수 없는 부분이 적지 않아 있는 것은 유감이 아닐 수 없다. 그리고 특히 「황매일지」, 「역사」 등 몇몇 작품의 경우 해방기의 신문 및 잡지 자료가 완벽하게 구비되지 않아 미완 상태로 전집을 출간하게 되는 점도 못내 아쉽다. 월북 이후의 문학 활동에 관한 자료를 수집하는 것도 앞으로의 과제로 남겨두어야 할 듯하다.

전집을 엮는 과정에서 인하대 박성란 선생으로부터 물심양면으로 많은 도움을 받았다. 본 전집의 〈작가 연보〉와 〈작품 목록〉은 박성란 선생의 학위 논문을 거의 그대로 가져온 것이다. 또한 자료의 입력과 교열에서 번역에 이르기까지 많은 도움을 준 서울대 대학원 현대문학연구실의 김영미, 임미진, 장문석, 장성규, 정하늬, 조윤정, 호시노 유코에게도 고 마음을 전한다. 깨알같이 작은 활자로 된 일본어 콩트는 아내 양혜승이 원본을 일일이 대조하면서 검토해준 덕택에 오류를 줄일 수 있었다. 지질紙質이 나빠 보관 상태가 좋지 않은 해방기 잡지 자료의 원본 열람을 도와준 국립중앙도서관 특수자료실의 관계자 여러분들께도 감사의 인사를 전한다.

　허준 전집을 엮으면서 한 철을 보내다 보니 이제는 내 문장마저 허준의 요령부득 만연체 문장을 닮고 있는 듯한 느낌도 없지 아니하다. 책머리에 싣게 될 글로서는 지나치게 개인적인 감상이 많이 들어 있는 점도 근심이 되지 않는 바는 아니다. 그러나 비록 다른 이들에게 온전히 전달될 수는 없다고 하더라도 내가 만났던 허준의 모습과 내가 부딪쳐야 했던 어떤 절실함이 이 전집을 통해서 느껴질 수 있었으면 하는 바람만은 숨길 수 없는 것도 사실이다. 허준의 문장을 빌자면 '생존의 미주' 따위의 말로 '마냥 떼를 쓰는 것에 대한 변명처럼 들릴지도 모르겠'지만, 이로써 그의 탄생 100주기를 앞두고 허준 전집을 간행하게 되는 소회所懷를 두서없는 넋두리로 시종始終하고 만 것에 대한 위안을 삼고자 할 따름이다.

2009년 11월

서재길

1. 이 책은 허준의 전체 저작물을 묶은 전집으로 1부에 시, 2부에 소설, 3부에 평론·수필 및 기타 저작물을 수록하였다. 각각의 작품은 최초로 발표된 것을 저본으로 하여 각 부별로 발표 순서 대로 배열하였고 작품의 말미에 출전을 밝혔다.

2. 현행 한글맞춤법과 외래어표기법에 따른 표기를 원칙으로 하였으나, 대화문 등에서 작가가 많이 사용하고 있는 평북 지역의 방언이나 의성어, 의태어 등은 자료적 가치를 살리기 위해 원문 대로 표기하였다.

3. 시 작품은 원문 그대로 표기하되 원문의 한자는 한글 옆에 병기하는 것을 원칙으로 하였고 띄어쓰기만 현행 맞춤법을 따랐다. 시 이외의 작품에서 한자는 필요하다고 판단되는 경우에 한글과 병기하였다. 원문에 한자가 없지만 독자들의 이해를 위해 필요할 경우에는 주석에 한자를 달았다.

4. 오식이 명백하다고 생각되는 경우에는 바로잡은 뒤 주석을 통해 밝혔다. 또한 원문의 판독이 어려운 글자는 □로 표기하였다.

5. 원문에서 한자로 표기된 외국 지명의 경우 한자음대로 표기하되, 비교적 잘 알려진 경우 현지 발음을 살렸다. (예 : 장춘長春, 안동安東, 봉천奉天, 도쿄[東京], 베이징[北京])

6. 한자로 씌어진 숫자는 한글로 표기하되 경우에 따라서 아라비아 숫자도 병용하였다.

7. 독자들의 이해를 돕기 위해 어려운 단어에 대해서는 국립국어원의 표준국어대사전을 주로 참조하여 뜻풀이를 달았다.

차례

제1부_ 시

제2부_ 소설

제3부_ 평론 · 수필 · 기타

제 1부 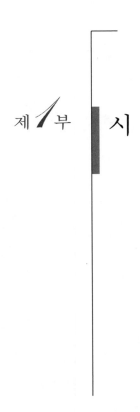 시

초

너는 광명光明에다 암루暗淚를 쌋는다
그러고 그 눈물을 태여 다시 사도다
잠간暫間 닙히 떠러지는 동안에
나는 인생人生의 행복幸福과 불행不幸을 알엇다
사지四肢를 비리고 누엇스니
업서진 오늘이 살어온다

—《조선일보》, 1934. 10. 7.

가을

나는 감로甘露와 가티 너를 마시는데
너는 나에게 젓지 안는다
계집은 깨여저서는 아니 되는 꿈이다
그러나 잘 깨여진다
계집은 낙엽落葉이 업는 나무다
그러나 마음에 구쉐*가 먹는다
자랑하지 마라
내 홍수洪水의 탓이다
그것은 내 몸을 범람 汎濫한다
내 흘음 우에 찬 황혼黃昏이 안고
바람의 혼魂이 별을 실어다주는 밤
나는 네 추파秋波를 아지 못햇다

—《조선일보》, 1934. 10. 7.

* '벌레'의 방언.

실솔蟋蟀

허—ㄹ을 벗는 울음이다
다시 상처傷處를 밧기 위하야 밤새 허—ㄹ을 벗는다

—《조선일보》, 1934. 10. 7.

시詩

시詩를 박는 인쇄기印刷機가 내 심장心臟을 친다
내 고기를 먹고는 오늘도 내 심장心臟을 친다
나는 형해形骸가 되여 그 부서지는 여향餘響을 듯는다

단장短杖

내, 해묵은 손때가 그대 몸의 향기香氣가 되여서
어느듯 나는 그대의 체취體臭 가운데 늙엇도다
오 애닯은 내 그림자여
그대는 이 하룻날도 또 나를 이 끗내 피곤疲困을 아는 곳에 끌고 왓는가

— 《조선일보》, 1934. 10. 7.

창窓

그 머―ㄴ 원망遠望도 가고
이날도 저 창窓마져 았기우다
청동靑銅에 앉는 녹과 같이
가슴에 내리는 이 슬픔이여!

"가차이 앞을 보지 마라
눈물이 고인다" 하시드니
네 뉘어주고 간 마음의 부싯돌
차처 가까이 내 가슴에 점멸點滅하도다

머금단 지고 또 머금단 지나니
나날이 재오쳐오는 이 아득한 빛이여,
내 곰곰이 혼자 손에 못을 파든
낯익고 헐은 그 자리 우에 다시 나를 누이라
그리하야 내 해묵는 녹을 바래이게 하여라

창窓 잃고 아득히 고달프어서
오! 그러나 이는 내 어찌할 수 없는 인업因業이로라
나는 만도로 검은 장막을 한다
그러고 밤새 이 맘의 돌을 치리오―다
거기 불이 당기기 전前엔 내 장막帳幕을 걷지 않으리니

―《시원》, 1935. 8.

모체母體

동생은 슯흠을 말치 아니합니다
그러나 저녁 때가 되여 내가 문전門前에 서면
고개를 숙이고 돌아오다가 그는 멀리 지나처 갑니다

"내 몸이 천근千斤이나 되여서"
이는 또 한 분 동생의 잠 못 드는 노래입니다
피곤疲困 안타는 그 방房에서 몰래 들리는 소리입니다

어머니 어머니는 낫낫치 가락닙 지는 가락나무
흐터저 오지 못하는 슯흠의 모체母體입니까
우리 집 넝을 보며 그 고개 넘어 돌아옵니다

그래도 제 얼골을 못 알어보시겟나이까
어머니께 들일 깁븐 인사 곰곰 생각하고 온 저입니다
(구고舊稿에서)

—《조선일보》, 1935. 10. 20.

밤비

제 시절을 잃은 개뜰벌기*의 혼입니다
파―ㄹ하니 파―ㄹ하니 가슴에 명멸明滅합니다
저 어디서 어떻게 하라고 오는 오인嗚咽입니까

하로아츰 떨어져온 가락닢의 호흡呼吸입니다
안타까이 무슨 소리를 내 가슴에 들으려 하시오
잊어버린 시절時節은 찾을 길 없는 광명光明이 아닙니까
저 어디서 오는 오인嗚咽이 이리도 갑브게 나를 설레입니까

그러나 이는 아무리 깨오치어도 빛도 향기香氣도 업시
너무도 오래 쌓여온 내 이름 없는 비애悲哀의 탓이 아닙니까
그것은 의미意味 없이 내 가슴에 다시 다져질 뿐입니다

―《조광》, 1935. 12.

* '반딧불이'의 평북 방언.

무가을*

몹시 하늘에 구름이 가는 날―
벌서 군데군데 사반死斑**이 돋은 몸에서
만萬도 넘는 이가 풀은 잇몸을 달고
문 문 죽은 살을 물고 문어저 나온다
보니 저 건너 둔덕에서
한길이 넘는 코스모스가 갑짝이 치를 떤다

―《조광》, 1936. 1.

기적汽笛

사지를 벌리고 누었으니 몹시 흙냄새가 온다
그 사취屍臭는 이상이도 향그러운 냄새다
어듸서 나는 기적汽笛소리가
하늘에다 저런 구멍을 뚫고 가는고
저 구멍에 보이는 것이 내 고향故鄕인가 부다

—《조광》, 1936. 1.

옥수수

눈에 보이지 아니하는 어느 구슬픈 손이
포푸라나무에 달린 골骨쪼박을 마적 거누어간다
이제는 아모도 없는 거츨은 전지戰地에 서서
깜북이든 옥수수 한 대가
외로운 코코수 노릇을 하는 날

—《조광》, 1936. 1.

장춘대가長春大街

내 마음을 외 이리 엎누르노거리의 매음녀賣淫女야
웅변가雄辯家야 정치주선가政治周旋家야 '나리아가리*야'
한 팔에 단장短杖을 끼고 쇄포 없이 나서면
장춘대가長春大街의 황혼黃昏이 부르는 줄 모르니
나는 모른다 내겐 아모것도 없다
단장短杖을 보내라 단장短杖을 보내라

미풍微風에 나붓기는 가로수街路樹 상常버드나무와 함께
누각樓閣은 부이고 '오피쓰'는 다친다
호동胡同과 호동胡同에 끌고 밀고 곤두막질을 시키든
거래去來와 음모陰謀가가 헐버슨 생활生活의 잔등殘燈이 남는 때면
나는 모른다 내겐 아모것도 없다
단장短杖을 보내라 단장短杖을 보내라

올려다보아야그러치 오월五月하늘의 성공星空이렸지
회온〔悔悟〕들 있겠는가 고통苦痛은 무슨 고통苦痛 선망羨望은 무슨 선망羨望
마차馬車의 소리가 꿈이란 소린들 나는 모른다
오죽 슬픔! 까닭을 모르는 오죽 이 막연漠然한 슬픔
장춘대가長春大街의 황혼黃昏이 길다는 단單 한 가지 구원救援 속에
눈물로 변할 줄 모르는 오죽 이 종용從容한 슬픔

---

* 成り上がり(なりあがり), 벼락출세, 벼락부자.

나는 모른다 단장短杖을 보내라 단장短杖을 보내라

1945. 5. 11. 고稿

—《개벽》, 1946. 4.

제2부 소설

탁류 濁流

물 건너 머—ㄴ 신안 마을에 저녁연기가 까물까물* 뜨기 시작하는 것을 보고 몇 번이나 뒤떨어지는 거리를 돌아보는 채숙이의 불안스러운 눈치가 아까부터 보이기는 하였으나 철이는 조고마한** 손이 끄는 대로 끌리어 잠자코 물을 따라 내려가고 있었다.

오늘 채숙이가 자기가 아니면 못할 말이란 것도 무슨 각별한 말이 있는 것도 없이 그저 오래 만나지 못하는 끝에 만나 자기의 손을 잡고 장*** 둘이서 산보로 오던 이 낭암대狼岩臺로 내려가는 길을 한번 거닐어보려는 핑계에 지나지 않으려나 밖에 생각되지 않았다. 그러므로 그는 숙이 집에서 기다리면 아니 되리라는 생각도 없지 아니하였으나 그 말은 입 밖에 내지도 않고 가엾이 생각한 소녀 채숙이의 손을 꼭 쥐어주었다.

"그래, 나만이 꼭 들어야 할 그 이야기란 무어든구?"

---

* 작고 약한 불빛 따위가 사라질 듯 말 듯 움직이는 모양. '가물가물'의 센말.
** '조그마한'의 방언.
*** '언제나, 늘'을 뜻하는 방언.

"난 아저씨, 오늘 종일 아저씨 오시는 길목에 앉아서 기다렸수. 종일 점심때부터라우."

묻는 말 대답지도 않고 소녀는 그러고는 다시 어른의 으레히* 올 말치로 기다린다.

"학교서는 지금 막 아이들이 오던걸. 점심때라니 그럼 숙인 오늘 또 누구하고 싸울 일이 생겼던 거로군."

"싸우기는요 아저씨두, 호호호."

하고 소녀는 웃으며

"내일이 학예회라나요. 그래서 미리 연습도 하고 차비 차릴 건 차비도 차리느라구 그리 늦었는 게죠."

하면서 남의 말 하듯 쌩긋이 웃는다. 그리고는 멈칫 서서 발밑을 더듬더듬하여 모래밭에서 납작한 조약돌 하나를 집어 들더니 든 돌을 물을 향하야 머언 허공에 던지었다.

철이는 어이없이 빙긋이 웃음이 나오려다가 그것이 어느 어른의 짓이라면 하고 생각할 때에는 무엇인지 가슴이 뭉쿳 하는 것 같아서 열었던 입을 다시 가다듬었다.

팔매를 치고 나부끼듯이 우쭐렁거리고** 앞서서 달아나는 소녀의 자죄***가 어슬어슬 보이지 아니하는 것을 보고 철은 자기의 추측이 맞은 것을 직각하였다. 그리고 세상에 얼마나 기이한 아이가 있으려면 있는 것이랴 하지 않을 수 없었다.

철이 내외가 채숙이 집 건넌방을 얻어 숙이와 숙이 어버이 단 세 식

* '으레'의 방언. 틀림없이 언제나.
** '우쭐렁대다'의 방언. 몹시 잘난 체하며 자꾸 까불어대다.
*** '자취'의 옛말.

구 사는 그 집과 내왕이 있게 된 것은 이 늦은 봄이었다.

　그러나 내왕이라고 하여야 교제가 많지 않은 철이니까 안사람들뿐이었는데 그때 그의 처에게서 간간이 들리는 말은 그들은 워낙 문벌*이 그다지 좋지 못한 내력이라는 것이었다. 가업家業으로 내려오는 갖바치**의 일도 그만둔 지가 불과 얼마 되지 않는 최근의 일이라 지금은 먹을 만큼 땅날가리***나 마련한 것이 있지만 아들자식을 보지 못한 그들로서는 노래老來의 몸을 의탁할 곳은 지금 열네 살 먹은 딸자식 하나의 쓸쓸한 집안이라는 것이었다. 그러니까 자연 어디서 대일사위****나 맞아야 할 터인데 그 딸자식이 변변치 못한 탓으로 노*****집안이 그리 어둡고 침침한 모양이었다. 양반이 많이 산다는 이 고을에서 자기네로서야 그럴 만도 한 일이지만, 그렇다고 해서 그것만 가지고야 그리 어두울 리가 있으랴. 그리고 들리는 말도 아홉 살 나서 들어간 학교가 지금 겨우 사년 급이라 하니 벌써 그것만 봐도 한두 해는 낙제한 것이 분명하고 학교선 선생이고 생도고 할 것 없이 닥치는 대로 싸움만 한다드라고 하는 것이었다.

　아내가 그렇게 흉을 볼 때마다 철은 별로 그렇지 않다고도 하지 않고, 그러려니 하여도 그렇다고 대꾸한 일도 없이 그럭저럭 달포가 갔다.

　그러자 어느 공일날은 철이가 마루 끝에 앉아서 오래간만에 손톱을 깎고 있노라니 앞에서 "선생님." 하고 공손이 인사하는 사람이 있었다.

　철은 한 번 보고서 그것이 주인인 줄은 알았으나 그 주인이 한편 쪽 눈을 쓰지 못하는 사람이던 것은 그제야 알았다. 아하 그러면 하고는 철은 이때 갑자기 무엇인지 가슴에 찔리는 것을 느끼면서 자기가 앉았던

＊ 대대로 내려오는 그 집안의 사회적 신분이나 지위.
＊＊ 가죽신을 만드는 일을 직업으로 하던 사람을 이르던 말.
＊＊＊ '하루갈이'의 방언. 소를 데리고 하루 낮 동안에 갈 수 있을 정도의 땅 넓이를 뜻함.
＊＊＊＊ '데릴사위'의 방언.
＊＊＊＊＊ 언제나 변함없이 한 모양으로 줄곧. 노상.

햇살 든 마루를 절반 쪼개어 주인에게 권하였다. 권하니 겸손히 그 자리를 받은 주인은 이런 이야기 저런 이야기를 주고받고 하였다.

그러나 이야기하는 동안에도 철은 주인이 무엇보다도 이런 쓸데없는 이야기로서는 떼지 못할 무슨 긴한 것을 속에 감추고 내놓지 못해 하는 것을 그의 어딘지 안정치 못한 태도에서 직각할 수가 있었다.

"실상은 선생님." 하고 주인은 눈을 깔아 뜰 앞을 보며 "선생님 아시기도 하겠지오만 제게 저 넘어 학교 올해 삼년 급 다니는 딸자식이 하나 있읍지오." 하고 입을 열었다─"참 이렇게 흠 없이 지내주시는 터이니 말씀이지오만 원 뭐라고 해야 옳겠는지오. 그년의 성미가 사납다 할지 고집스럽다 할지 어찌도 괴팍스러워서 선생님도 구만 생도도 구만 영 나분나분하지 않습니다그려. 이런 집안 걱정까지 여쭙게 되는 것도 선생님은 신식어른이시고 보니 어떻게 바로잡을 도리가 있지 않을까 하고 생각하든 끝에 하는 말씀입니다만, 하나 또 한편 생각할 날이면 내 자식은 원악* 그러니까 하는 수 없다 하려니와 그러면 학교선생이나 생도들은 먼저 짐작을 말아야 하지 않겠습니까─ 하고는 그는 주머니를 더듬더듬하더니 미리 사놓았던 궐련 한 갑을 꺼내어 굽실하며 고것을 철에게 내여민다. 철이가 그 속에서 한 대를 빼어드니 그는 성냥을 그어 철이와 자기 입에 대여 한 모금 빨고─"소제면 방 소제나 뒷간 소제나 할 것 없이 다 같은 생도 사이에 서로 번갈아 해야 할 것을 이것은 뒷간 소제라면 집년이 맡아서 하게 되고 하기 싫은 것을 맡아서 하게 되니 자연하면서도 놀리우는 법이라 놀리우니 싸우게 됩니다. 그러면 그리 되어서 싸우거들랑 선생은 생도 간에 시비를 가려서 책망할 것은 하고 훈계할 것은 하여야겠는데 이것은 그러지는 않고 싸움한다는 고것만을 가지고

| * '워낙'의 방언.

42

나물해* 때립니다그려. 그러니 미련한 아비 마음인 줄이야 모르는 게 아니지오만 참다못해 가지오.

가면 선생이란 이의 하는 말을 보십시오. 그렇게 학생이 귀한 줄 아시고 학교에서 하는 일을 야속하게 생각하실 양이면 차라리 부형께서들 맡아서 가르치는 것이 옳지오. 학교는 학교로서도 일정한 방침이 있는 것이니, 형편에 따라 마음대로 고칠 수도 없는 것입니다. 다짜고짜 이렇게 핀잔을 주니 그러는 자기는 노 입에 담은 말이라 술술 익어서 나오지만 저야 어디 그렇습니까. 속으론 할 말이 와글와글하는 상싶어도 나오지 않아 핀잔을 보고 그대로 돌아옵니다. 내일부터는 안 보내리라 하고 돌아오지오.

하지만 그날이 가면 또 그날이라 그대로 내버려두어야 우리 처지에 어느 누가 알아주는 사람도 없으려니 하면 자식이 가엾어 아니 간다는 것을 또 보내게 됩니다그려. 아이들 사이에 이런 티가 나기 시작한 것도 다 따지면 근본이 선생에게서 온 것이 아니랄 수 없는 거지오. 그러니 누구를 야속하다 하겠습니까.

딸년이 학교에 들어가자 두 번째 보는 시험 때입니다. 처음에는 아비도 모르고 지냈습지오. 한데 영 그년이 가지를 않겠답니다그려. 그래 왜 그러느냐고 물었더니 시험 보기가 싫다고 하면서 하는 말인데 아비가 학교에 가는 것을 싫어하니까 그년이 숨기고 말을 하지 않았드구면요.

처음 학교에서 아이들을 뽑을 때에 벌써 척 보고 이 아이 저 아이를 한 번에 갈라 세우고 제일 똑똑한 체해 보이는 아이를 일급 그 다음에 이급 삼급 사급 매겨놓는답니다. 그럼 그렇게 매겨놓은 이상은 시험 때라도 그대로 앉히고 보게 해야 할 거 아닙니까. 그것을 시험 때가 되면 사

| * '나무라다'의 방언.

급에 앉은 아이들은 이급 아이들 앉은 자리에서 옮겨 앉아서 일급 아이들 것을 보고 쓰게 하고, 삼급 아이들은 이급 아이들 것을 보고 쓰게 하니, 보고 쓰라고 하는 것은 아니겠지오만 자연 아이들이 보고 쓰게 되지 않습니까—

그래 첫번 시험 때도 선생님이 생도들에게 자리를 바꾸라고 하니까 집년도 사급에 앉았다가 멋모르고 바꾸었지오. 바꾸어놓고 시험을 보노라니까 아이들이 모두들 슬긴슬긴 일급 아이들 것을 기웃거려 보드랍니다그려. 그러면 저도 남 하는 대로 따라했으면 고만인 것을 꾀 까드러워서* 보기는 제지하고 저 아는 것까지 안 쓰고 책상에 머리를 박고 엎으러져 있었답니다그려. 그러니 선생이 와서 왜 안 쓰고 있느냐고 해 '안 씁니다' 해 그러고 보니 선생으로 앉아서는 '안 쓰는 거냐 못 쓰는 거냐' 말이 왈가닥불거닥 하게 되었지오. 그래서 이것이 빗쭉** 터지고 보니 선생은 공부도 못하는 것이 모르면 모른다고 못하고 속일 줄부터 알아서 안 하느냐는 무엇이냐 마나 하고 꾸짖고 꾸짖는 나머지에는 내다가 아이들 앞에서 벌을 세우니 이 꼴이 뭐가 되겠습니까. 그것도 나중에 알아보니 자기 맡은 반에 성적을 좋게 하느라고 선생들끼리 하는 경쟁이라고 하니 생각하면 분하지오. 도둑질은 아니하고 먹기는 어른이 먹는 셈 아닙니까."

그는 숨과 함께 넘어가듯 뚝 말을 끊는다.

"아하 그런 일이 계셨습니까. 그렇게 된 일인 데야 부모 되시는 분은 고사하고라도 누가 그리 생각하지 않는 이가 있겠습니까."

이렇게 탄식하면서 철은 몇 번이나 소그듬한*** 채 제 발끝만을 내려

---

* '까다롭다'의 방언.
** '삐쭉거리다'의 방언.
*** '소곳하다'의 방언.

다보고 앉았는 주인의 옆모습을 도적질해보았다. 그 말하는 티며 일을 이해하는 품이 듣고 보기와 달라 대단히 조리가 있는 것을 철은 놀라지 않을 수 없었던 것이다. 이 사람이 외양으로 남만 같지 못한 것 같고 또 어딘지 매양 침울한 까닭은 넘쳐흐르는 자기의 생각이 나갈 곳 없이 어느 무거운 추에 눌려 있는 탓이 아닌가 하였다.

"아니 어르신께서 낙망하시는 것보다 도리혀 저는."

하고 철은,

"저는 대단히 훌륭한 드물게 보는 아이인 줄 압니다. 그것을 학생들의 잘못이라고 하느니보다는 아이들의 가진 각각 성미를 모르고 이것저것을 가려서 가르칠 줄 모르는 선생들의 흠이라고밖에 저에게는 생각되지 않습니다. 그러니까 그런 곳에서 자기의 가진 고운 순筍을 휘이지 않자면 여간 버티기 쉬운 힘이 아니면 아니 되겠는데요. 저로 앉아서는 대단히 주저 넘은 말씀 같으오만 학생이 가기 싫다면 당분간 쉬어두시는 것도 좋은 방책이 되지 않을까 하는 겁니다."

"천만에 말씀입니다. 지당하신 말씀이지요. 저도 그러기에 이따금은 모두 집어치우고 이놈의 땅마저 떠나야만 하겠다는 생각이 없지 않아 있습니다. 이것이 죄다 우리네의 영 씻지 못할 조업*의 탓이거니 생각하면 못 참을 때가 많지요. 하지만 이놈의 땅에 구겨 박혀 살면서 그래도 정이 들었다는 것은 구만두고라도 그냥 떠나서는 못 쓴다는 그 아이가 끊기는 생각 때문에 그대로 참고 지내갑니다그려. 그야 이런 땅이나 집뿐이라겠습니까. 제 목숨까지 구찬을** 때가 없지 않지요."

하고 그는 너무 넘치게 말해서 실례하였다는 생각이 났던지 찌푸렸던 얼굴을 철이 눈앞에서 폈다.

---

* 祖業. 조상 때부터 대대로 내려오는 가업.
** '귀찮다'의 방언.

철은 그의 말을 잠자코 들으면서도 남과 같이 떳떳하지 못하고 늘 어떠한 모욕 속에 산다고 하는 뜻이 이렇게 쓰라린 것이었는가 하지 않을 수 없었다.

그는 무슨 위안의 말을 찾으려고도 하였으나 이런 때 이런 사람에게 할 수 있는 위안의 말이라고 하는 것은 대개 상식에 지나지 않는 것임을 알고 구태여 그는 아무런 겉바른 말도 하려 하지 않았다.

주인과 철은 그날 그런 이야깃거리로 낮까지 같이 앉았다가 헤어졌다. 그러나 이때 철의 가슴에 숨겨준 그들의 깊은 인상은 감개에 넘친 것이었다.

철이가 채숙의 손을 잡고 강가로 오고 숙이가 철의 손을 끌고 강가로 나오게 된 것은 그 뒤의 일이었다.

하루아침 철은 군청에 들어가려고 예전이나 다름없이 마루에서 구두를 신으려다가 그날따라 자기의 낡은 그 한 켤레 구두에 매끈히 기름이 먹이어 반들반들하게 손질을 하여 놓여 있는 것을 보고 놀래였다.

처는 지금까지도 자기의 구두는커녕 제 몸조차 단정히 거둘 줄 모르는 여자인데 그럼 필시 이것은 숙이네 집안 사람이 틀림없으려니 하고 그는 고맙게 생각하고 그날은 그대로 들어갔다.

그런데 그 이튿날은 마루에 밀어내어 놓았던 자기 손수건이며 헌 양말 같은 것이 말적하게* 빨려서 빨랫줄에 걸려 있는 것을 그는 집에 돌아오다 보았다. 철이는 자기 방 미닫이를 열고 몸을 풀어 흔들 대로 흔들고 쿨쿨 처의 낮잠 자는 꼴을 보고는 오늘은 그들에게 치사를 하여야겠다고 하고 안방 문에 다가섰다.

"날마당 빨래를 그리 수고롭게 해주셔서 고맙습니다."

* '말짱하다'의 방언.

46

하고 문밖에서 인사를 하니 안에서 급하게 미닫이가 열리며,

"선생님 돌아오섰세요."

하면서 바깥주인이 얼굴을 내어민다.

"원 별 말씀도 다 하십니다. 오늘 숙이 년이 심심하다고 하면서 빨아드린다구 하두구면요."

하고 빙긋이 웃으며,

그 순간 "네에." 하고 돌아서는 철이 가슴에는 무엇인지 아름다운 불길이 치미듯 낯이 화끈하는 것이었다.

그 다음은 물가에서 숙이를 만났다. 군청 시간이 늦어서 끝이 나 철은 여름날 저녁 어슬어슬이 져가는 물가를 따라 집에 곧추 가기 싫은 대로 그대로 어정어정 낭암대 쪽을 향하야 걸어 내려가고 있었다.

몸이 곤하면 곤할수록 어쩐 일인지 한쪽으로 맑아가는 정신의 힘은 해결 못한 채 묻어놓은 과거의 수많은 생각—사회, 개인, 생명, 시간, 생, 사, 같은 이런 어즈러운 문제의 썩어진 뒤꼬리를 물고 그의 가슴에 파도를 일으키는 것이었다.

그리고 새삼스러이 다시 해결할 것도 없고 또 해결할 수 있는 것도 아니로되 그것은 또 모두가 의지意志라고 하는 한 큰 무덤에 입을 막아 넉넉히 고이 매장할 수가 있었던 것들이었다. 왜 그러냐 하면 대상을 가지지 아니한 의지 그것이라 하는 것은 결국은 또 무의지에 지나지 않는 것이니까.

그러면 그 의지는 왜 대상이 없었는가. 대상이 없지 아니하다면 그럼 의지를 버리었던 것인가.

그렇지도 아니하다면 그런 것에는 관계도 없는 운명에 대한 깊은 의식이 자기에게 이러한 결심을 주었던 것인가. 그렇다 그 결심—그 큰 청명관이*가 내게 가치에 대한 판단력을 거부하였고 그럼으로 나는 무능력

한 줄을 알았고 나는 인생에 해태解怠한 사람인 줄을 알지 않았는가. 그
것을 안다고 하는 것은 얼마나 무서운 일이냐! 그러고 대체 사람이 이것
과 저것을 분명히 색별色別하여 알면서 또 동시 그 구별점이 모호해가는
그런 허무를 사람은 어떻게 하여야 하겠느냐! 그래서 만나기도 처음이요
보기도 처음 덩실덩실 벌어지**와 같이 뒹구는 음분한 늙은 창부 무릎 위
에 몸과 마음과 돈과 아쉬운 것 없이 다 맡기고 나를 건져달라고 하던 그
것이, 그것이 또 동시에 내 결혼을 의미하였던 것이 아니냐. 그러고 그것
이 지금의 내 존재를 지속한 첫 고리가 되었던 것이다.

　　왜? 무엇을 건지라고 하시오. 내가 왜 있는지 모르는 죄악의 탓으로
내가 무엇을 할 것 없는 슬픔에서다.

　　그러나 그 징글징글한 시궁에서 사지가 오싹하여 소스라쳐 깨었을
때에는 벌써 늦었던 것이 아니냐.

　　낭암대 앞까지 와서 생각에 시진한*** 그는 그 모래밭 위에 사지를 늘
어놓았다.

　　방향 없이 헤매이던 이리가 물속으로 비어져 나와 후줄근히 고개를
늘어뜨리고 목을 축이고 있는 이 낭암대 어름에는 여름날 저녁 개뜰벌기
가 파—ㄹ하니 황혼의 넋을 달고 바람 한 점 스치지 않는 수면 위에 오
락가락하고 있었다. 그리고나 그 파—ㄹ한 무늬 밑에 비로소 무시무시
한 몇 개의 잔주름이 드러나는 것을 보고 철은 자기의 어딘지 인제는 탁
안정해버리는 정신의 뇌장腦漿을 보는 것 같아서 갑작이 치를 떨고 일어
섰다.

　　그때였다.

* ‘청맹과니’의 방언. 겉보기에는 멀쩡하면서도 앞을 못 보는 눈, 또는 그런 사람.
** ‘벌레’의 옛말.
*** 기운이 빠져 없어짐.

이 은밀한 공기를 전하여 오는 한 아름다운 노랫소리. 그 소리가 차차 다가오는 것을 듣고 그는 반사적으로 발길을 멈추었다. 그리고 동시에 그것이 숙임에 틀림없는 것을 직각하였다 — 노래를 잘하고 또 노래를 좋아하는 이 소녀가 노 물가로 나온다는 말은 그는 들은 일이 있는 까닭이었다. 그리고 그 소리는 너무도 애연하게 들려온 까닭이었다.

자고 나도 또 바다 내일도 또 바다 푸른 물결 위에만!

하고 뚝 끊긴 맑고도 은근한 그 소리는 철을 보고 멈칫 서더니 반만치 외면을 하였다.

철이와 소녀는 이로부터 누구나 서슴지 않고 다른 한 사람의 손을 구할 수가 있었고 또 구하는 대로 이 물가로 나올 수가 있었다. 그러고 이날은 또 그들이 장차 떨어지던 첫날 저녁도 되었던 것이다.

그러나 철이가 숙의 손을 잡고 물가로 온다고 하는 것에는 그의 처가 생각하는 바 그런 야박한 의미만이 섞이어 있지 않았다 하더라도 철에게 나날이 이 고을의 하늘과 땅 물과 길을 길답게 만들어주고 있는 것은 말할 것도 없이 이 소녀의 조그마한 손이었다. 그리고 이것이 철에게 있어서만은 한 광명과도 같은 것이 될 수 있다 한다면 그 광명을 빚어낸 조그마한 손은 구원의 손이 아닐 수 없었다.

이렇게 생각할 줄을 그의 처가 모를 리가 없었다. 하지만 그는 처가 하자는 대로 달갑게 숙의 집을 나와서 그의 처소를 바꾸었던 것이다.

나부끼듯이 팔매를 친 숙은 철을 뿌리치고 낭암대를 지나쳐 설넝설넝*

* '설렁설렁'의 방언. 천천히 표나지 않게 움직이는 모양.

걸어가다가 문득 그가 쫓아오지 않는 것을 보고 다시 되돌아와서 대에 올라갔다.

그리고 가자미처럼 납작 돌 위에 엎드려서 철의 썩은 고목과 같이 그 자리에서 움직이지 않는 거동을 살피다가 이윽고 그를 불러 올렸다.

"무슨 근심 일이 있우 아저씨."

숙은 철의 손을 당겨 곁에 가즈런히 앉히며,

"나 얼마나 기둘린지 아세요. 오늘만인 줄 아시고 아저씨두, 아저씨 떠나시구 나서 날마당이라누."

하고 원망스러운 눈으로 철을 치떠서본다.*

"으응."

"으응이 아니우."

"요새 좀 바뻐서 그랬어."

"아저씨 나 오늘 집에 안 가우."

"왜 또 싸왔니. 응 싸와야지. 하지만 집에 안 가서 되나. 걱정하시지."

"걱정해도 할 수 없지오 뭐. 싸왔다만 그래보세요, 아버지 또 학교에 가실 테니 아버지 가시는 거 나 싫거등요."

"싫으면 잠자코 있지."

"잠자코 있으면 왜 모르나요. 사람이 벌써 나 찾으러 집에 갔을걸요. 아까 내가 아저씨더러 내일이 학교 학예회라 그랬지요. 그랬는데 글쎄 선생이 자꾸만 나더러 독창을 하라는구면요. 아니한다고 버티었더니 막 잡아끌겠지요. 그래 책상을 꼭 붙들고 악을 쓰다가 오줌 누러 간다구 하구 그대로 암말도 않고 와버렸다우, 성이 났을 거야. 허지만 허기 싫은 노릇을 어떻거우."

| * '칩떠보다'의 방언. 눈을 치뜨고 노려보다.

"숙인 왜 그리 사람 앞에 나서기가 싫을구, 자 너무 늦었으니 내 데려다주지. 아버지께 말씀도 해 드리구."

하고 철은 소녀의 손을 더듬었다.

그러나 숙은 그때는 벌써 그의 몸을 아양스럽게 몇 번인가 틀고 눈으로 빠른 입엣소리 몇 마디를 반박하고 난 뒤였다. 그리고 아저씨의 표정을 치떠보고 나서 그 눈은 다시 물 위에 깔리었다.

그러나 그 눈방울에는 어느 결엔가 무엇인지 써늘한 그림자가 잦어들고 있는 것 같았다.

"아저씨, 나도 아저씨만큼은 아즈머니가 가엾다우. 가엾다 뿐이겠어요. 내게는 고마운 어른이지오."

철은 소녀에도 어울리지 않는 이 난데없는 말에 숙이는 별말을 다 하는구나 하고 웃으려다가 그러나 그리고 나서 살그머니 오므라지는 그 적은 입에는 아무런 비웃적거림*도 없는 것을 보고,

"가엾기는 왜 가엾구, 고맙기는 또 왜 고마운구."

하였다.

"아저씨가 가엾은 양반이니까 가엾지요. 가엾지 않은 양반이고 보세요, 왜 아즈머니가 가엾어요."

"허허허 숙이도 허술치 않은데, 이상한 말을 다 생각해는군."

"아즈머니가 나 미워하는 건 나도 안다우, 미워서 아저씨 데리고 이사 갔지요 뭐. 그렇지만 아즈머니가 있기 땜에 아저씨두 있는 것이니깐 난 아즈머니가 고마웁다우."

"숙이가 있는 데도 있지 않을까."

철은 그리고 웃었으나 그 웃음에는 경황이 없었다.

| * 남을 비웃는 태도로 빈정거림.

"그럼은요 숙이만 있어도 소용없지오. 숙이가 있어도 아즈머니가 없으면 고만이지오 뭐."

"그럼 숙이는 없고 아즈머니만 있으면 어떻게 될구."

"그래도 안 되지요. 그래서 나 아저씨 만나는 걸 아즈머니가 싫어하는 줄 알면서도 알아서 나도 인젠 만나지 않으려 하면서도 아저씨 다른 데로 가실까봐 아저씨가 보구 싶은 거라우."

"응, 그럼 숙이 말대루 하면 숙이만 있어도 안 돼 아즈머니만 있어도 안 돼 하면 아저씨는 밤낮 갈팡질팡하는 게 좋아하는 사람이게."

하였다.

그러나 그는 이 말을 하면서 진땀이 나도록 앞이 아득하였다.

"그건 난 몰라요."

"그럼 아저씨가 달아난다면 어떡해."

"그때는 다 끝이 난 때지요."

"끝?"

철은 벼락에 닿은 사람처럼 외마디 소리를 지르고 소녀의 몸에서 한 걸음 물러섰다. 그러고 넋 없이 소녀의 얼굴을 치떠 보았다.

이때 그의 미간에 불시로 몰려든 웃음인지 울음인지 모를 한 복잡한 표정은 오한이 되어 싸늘하게 그의 등골을 흘러내렸다. 그러고 그는 정신을 다시 수습할 때까지 경황없이 거기 서 있었다.

이윽고 숙은 철의 손을 끌고 앞서서 바위를 내려왔다. 그러고 아무도 아무 말도 없이 조롱조롱 달린 거리의 불을 나란히 보고 묵묵히 물을 거슬러 올라갔다.

강을 따라서 모래 비탈 위에 강을 내려다보고 뻐티어* 있는 둔덕에는 뜸뜸이 큰 집이 많이 서 있다.

학교며 면소며 군청 이발관 자동차부 그리고 그 관사들이 놓여 있는 이 등턱 줄기에는 그전 이조 때의 대개 지내던 사람들의 집 자리가 많았는데 그러나 이제 와서 같이 많은 변천을 겪어온 이 땅에서도 아래 거리 김씨네 댁만은 유독 그 구태를 지니고 있는 집이었다. 그리고 그 집 줄기 전면에는 지금은 경성과 강원도 가는 자동차가 다닌다.

김씨 집 옆집이 바로 차부요 이 차 정류하는 마당이 장으로 가는 길과 어긋맥이는** 십자로였다. 그럼으로 물가에서 올라오는 사람은 차부와 이발소 사잇길을 거쳐서 바로 가면 이 장길에 나설 수가 있는 것이었다.

철이 내외가 김씨 집 뒤 초당을 얻어 이사 오던 날 놀란 것은 집은 모두 쳐서 사십여 칸밖에 아니 되는데 그 터전이 대단히 넓은 것이었다.

대문을 들어서면 길에 다가서 입 구口 자로 않은 몸채를 내어놓고는 집이라고는 이 오륙백 평이 넘는 터에 겨우 둔덕에 나붙은 철이 내외가 든 초당뿐이었다.

몸채와 이 초당 사이 텅 빈 데에는 장미 매화 살구나무 벚나무 석류 포도넝쿨 같은 것까지 심고, 봄에는 풀에서 오만가지 꽃이 다 돋아나지만 헛간이 많은 데다가 워낙 넓은 이 터전은 언제나 부인*** 것같이 허전할 뿐이었다.

그러나 이러한 집이건마는 저녁을 먹고 초당에 앉았노라면 어둑어둑하여지는 나뭇잎 사이로 젊은 주인이 쓰는 건넌방과 이 집에 밥을 부치고 있는 보통학교 여훈도 방 방불이 서로 건너다보고 눈을 깜짝거리는 것이 전연 아늑한 곳이 없는 것만도 아니었다.

그리고 초당 뒷문으로는 아침저녁으로 넓은 벌판 강에 여러 가지로

---

* '버텨'의 센말, 움쩍 않고 드드히 자리잡다.
** '어긋매기다'의 방언. 한쪽으로 치우지지 않도록 서로 어긋나게 걸치거나 맞추다.
*** '비다'의 방언.

변하는 풍경을 눈 아래 볼 수가 있었다.

그러나 이사 온 뒤로 철의 기쁨은 이 주위에 대단히 어울려감에도 불구하고 순이의 걱정은 무슨 앙화*로인지 나날이 덧쳐** 갈 뿐이었다. 이사가 잘못되었든가. 그렇지만 아니하면 그때 또 어떻게 할 수 있었으랴 하고 그는 탄식한다.

년놈의 그림자가 눈 밖에 막 사라지는 것을 보고 순이는 내려섰던 모래비탈을 다시 올라와 초당으로 통하는 삽짝문을 되들어섰다. 들어서며 순이는 본능적으로 여선생과 자기네 방을 한 번씩 차례로 보았다. 그리고 다시 눈을 돌이켜 젊은 주인 방에는 분명히 불이 켜 있는 것을 또 한번 다지고 나서 그는 늙은 오동나무가 한 그루 서 있는 곳으로 발을 옮겼다. 그 오동나무에 기대어서 그는 십 분 이십 분 기다리는 것이었다.

이윽고 선생 방에 불이 당겼다.

불이 당기는 그 순간 순이는 밝은 곳에서 오래 곯지든*** 고름이 툭 터지는 아프고도 시원한 심사를 불현듯이 느끼면서 살살 기어 자기네 초당으로 돌아왔다.

그러자 얼마큼이나 있으려니 철이도 돌아오고 방에는 불이 켜졌다.

순이는 누웠다가 그제야 우두머니 일어나며

"인제 오시오?"

하였다. 그리고 점잖하게

"바로 오시는 길이오?"

하면서 예사로이 남편의 안색을 훑어보았다.

"무슨 기쁜 일이나 있습니까, 싱글벙글하게?"

* 어떤 일로 인하여 생기는 재난이나 재앙.
** '더치다'의 방언. 병세 등이 더하여지다.
*** '곯다'의 방언.

"응, 싱글벙글이 아니라 저 채숙이네 말이야."

"채숙이네가 어쨌어요?"

"걔 아버지가 걔 학교 구만 보내겠다고 하기 말이야, 그리고 자기네도 인젠 이놈의 땅에 아니 있는 게 옳겠다고 하데."

"그래 아니 있는 게 당신이 그다지 좋을 게 뭐란 말이오?"

하고 순이는 눈이 도드라져라 하고 철의 얼굴을 치떠 보았다. 철은 그 말에 흠칫하였다. 과연 처가 그래놓고 보니 자기가 숙이 집에서 그 말을 듣고 즐겁게 돌아왔다는 심사는 자기로서도 분명히는 알 수 없는 일이었다.

지금껏 그것을 숙이 아버지에게 권한 것이 자기임엔 틀림없었다. 그리고 자기 말이 그대로 되었다는 단지 그 사실만이 기쁜 일이 아니었다 하면 숙이네가 떠난다고 하는 것과 자기든 자기 처가 그 가운데 대체 무슨 관련이 있다고 하는 것이냐. 그런 것을 생각하고 그는 하하 웃었다.

"웃어요, 웃으면 누가 모를까 봐서, 치 해야 마음을 놓으라고 하는 말이겠구려. 벌써 고만한 것은 다 놓을 대로 놓았다고 하슈."

순이는 그 웃는 것도 보기 싫다는 듯이 그에게서 눈을 떼어 먹다 남은 담배꽁초를 주어 물었다. 그리고는 물었던 것을 다시 떼여,

"별 뚱딴지도 갖다 붙이기 잘 하오만, 그래 봬도 젖꼭지 떨어지자부터 화류계에서 뼛손이 굵은 내요."

하면서 어이없이 이쪽을 치떠보고는 철의 눈을 마주 흘겼다.

철은 철이대로 아까부터 자기의 그 알지 못할 심사를 연상하고 있는 것이었으나, 기실 멍멍이 아무것도 생각하는 것이 없이 앉았다가 문득 순이의 이 말끝을 채여 듣고,

"굵었으니 어쩌란 말이야?"

하고 흘러내리는 안경을 치켰다.

"굵었으니 보잘것없단 말이지요. 팔을 졌고* 산보 댕길 처지도 못 되고 학식이 누구만치 있는 것도 아니니까요."

"그래, 그게 누구란 말이야?"

"누구든 누구야요, 내한테 물어야 알 일이오, 그게."

하고 순이는 갑자기 그 말을 눅구었다.**

철이는 더 물으려고도 하지 않고 또 대답할 것도 없이 묵묵히 앉어 있었다. 순이도 잠잠하였다. 그리고 둘 사이에는 무거운 침묵이 얼마 동안 계속하더니 이윽고 순이가 먼저 입을 열었다.

"그래도 바른말을 아니해요. 그래 그 미련하고 고집 세고 둔한 갓밧치의 딸을 가지고 산보를 간다느니 노래를 한다느니 어쩌니 저쩌니 한 것도 다 뭣 때문에 그랬어요. 당신의 수단껏 한 짓인지 지금껏 누가 모른다우. 그 수단을 써서 여기 이사를 시켜놓고 단꿀은 당신 혼자 마시지 — 그리지 말고 싫으면 싫다고 왜 진작 못 하느냐 말이야요."

"……."

"당신은 나를 더 건질 수 없는 더러운 년으로 아시지오. 아닌 게 아니라 오고가는 어중이떠중이가 내 몸에 쉬를 슬*** 대로 슬고 가서 이제는 담배꽁초만치도 쓸데없이 된 년인 줄 나도 모르는 줄 아시오."

"……."

"이년은 몸이 더러운 년이지요. 믿을 것도 없고 못 믿을 나위도 없는 아무 쓸데없는 년이야요. 허비만 당신같이 깨끗한 것은 또 이년에게 죄가 아닐까요."

순이 어조에는 벌써 아무런 비웃음도 없는 진실한 것이 있었다. 그러

---

* '끼다'의 방언. 팔이나 손을 서로 걸다.
** '늦추었다'의 방언.
*** 쉬슬다 : 파리가 알을 여기저기에 낳다.

고 그 까닭에 몹시 애연한 것이었다.

"왜 아무 말도 없어요. 글쎄 깨끗한 것은 이년에게 죄가 아니란 말씀이야요. 당신은 보기도 처음이요, 만나기도 처음인 자리에서 백 원짜리 돈뭉치를 이년에게 내던지며 나는 모르겠다고 하셨지요. 그리고 허터지는* 돈뭉치를 어쩔지 모르고 쳐다보구 앉았는 이년에게 당신은 아무 바라는 것도 없이 그대로 섬쩍 뛰어나가 버리었지오. 왜 그랬세요, 무엇 때문에 그랬어요, 그것이 취중이라서 한 일이었어요. 그랬다면 그 당신에게 달려간 이년을 그때 왜 소용없다고 못하였세요, 깨끗한 것은 이년에겐 죄가 아니란 말씀인가요. 그리구 그때 이년에겐 당신에게 복수할 것이 있었든지 몰랐다면 당신은 지금 뭐라고 하겠어요, 당신은 이년더러 채숙이년께나 선생님께 꽤―니 샘을 한다고 생각할지도 모르지만 또 그랬다면 그게 내 잘못만일까요."

"선생? 그럴 줄 알았다."

철이는 한 마디 이랬을 뿐이었다. 그리고 고개를 수그렸다.

"그래도 왜 그런 걸 감추고 계시오? 이년은 인제는 그 철없는 복수가 되었건 아니 되었건 물러설 차례니간 물러서게 마련한 게 내 직분이니깐요."

그러나 그는 그에 대한 아무런 대답도 아무런 변명도 하지 않았다.

'채숙이와 여선생, 응 그렇다. 내가 그들에게 구원받을 길이 있다 하면 구원도 받을 것이다. 그리구 너를 떠나고 싶은 생각이 없는 것만도 아니기는 하다. 하지만 그때 내가 네게 모든 것을 바치려는 것이 어떠한 무의지만은 아니었다 하더라도 그것은 또 내가 너를 동정한 탓도 아니었던 것이다. 너는 지금도 내가 너를 동정한 줄로만 안다. 그러나 내가 누구를

| * '흩어지다'의 방언.

동정한다는 말이냐. 누구를 건져낸다고 하는 말이냐. 건질 것이 있다면 그것은 나를 건지지 못해서 하는 나도 모르고 너도 모르는 어떻게 할 수 없는 내 어떠한 결심이었을 따름이 아니냐.'

철은 고개를 들어 아까부터 자기에게서 대답을 기다리는 순이 얼굴을 한번 쳐다보고

'왜 아모 말도 없느냐고. 무슨 말을 하라는 말이냐. 그전 나는 너더러 잘나 보이겠다고 한 말이 있었다. 너는 내가 잘나고 있는 것인 줄 알 것이다. 그러나 그 잘난 것이 너는 구하고 나를 구하지 못했으면 어떻게 할 터이냐. 누구보다 잘나겠다는 내 말이었던 거. 그리고 지금 나는 완전히 질투 없는 그 괴로움에 시달릴 뿐이다.

너는 구원을 받지 못했다고 지금 애걸한다. 그리고 그것이 내가 잘나지 못한 탓이라면 그것은 나도 모르는 일이다. 그러고 그 까닭에 더욱 나는 떨어지고 싶지 않을 것이다.

그러나 내가 아무에게나 사랑을 구할 수 있는 사나이요 또 아무에게나 사랑을 받을 수가 있다고 생각하는 사나이로 아는 것이 네게 괴로움이 된다면 그것은 아무의 죄도 아니요 네 죄일 것이다. 그것이 내 거짓된 연고라고 하는 말이냐.'

그러나 물론 그것은 입가에 내여서 한 말은 아니었다.

저녁을 가져올 생각도 없이 이렇게 하다가는 언제까지나 시달릴지 몰라 철은 순이의 고양이같이 노리고 있는 무시무시한 그 눈띄*에서 눈을 떼었다. 그리고 그는 그 자리를 일어섰다.

그러나 순이는 가만히 있지 않았다.

그는 회딱딱 쫓아 일어나며 철이가 한 팔 펜 양복저고리 소매를 낚아

| * '눈치'의 방언.

채었다.

"어떻게든지 하고 가요. 나두 버득버득 당신을 잡아두려는 건 아니오. 무슨 말이든지 끝을 내고 가요. 원 당신같이 모를 사람이 어디 있단 말이오."

"나도 모른다."

철은 갑자기 얼굴이 질리면서 반사적으로 이러하였다. 그리고 낚아채는 저고리 소매를 꽉 두 손으로 붙잡고 순이의 팔을 휘둘러 빼었다.

순이는 철이가 휘두르는 대로 몇 걸음 모로 비틀비틀 물러서더니 부엌문 기둥에 머리를 박고 거기 주저앉았다.

그리고 방문을 나서는 철의 뒷모양이 그 서슬에 번개같이 머리에 빛났을 때 그는 일어나려고도 않고 그대로 그 자리에 엎어졌다.

하루하루 거리의 풍령* 소리가 짙어가면서 가을 기분도 소슬한 밤이었다.

인제는 무거운 것을 다 떨어놓은 포도넝쿨에 저녁 바람 소리가 잦아들 때 순이는 설레는 마음으로 가시를 부시고 나서 오늘은 끝말을 내어야겠다고 부엌문을 나섰다. 축축이 누기** 받은 나무 사이를 지나 조심스러이 젊은 주인 방 뒷문에 다가섰을 때 안에서는 바깥주인의 코고는 소리밖에 들려 나오지 않았다. 벌써 저녁이 끝나고 한잠 들었나 보다 하면서 순이는 선생 방으로 발머리를 돌리었다.

선생 있는 방은 이 집 안방으로 지여진 네 칸이 넘는 터진 단칸방이었는데 선생이 오자 거기 장지를 들이여 세 칸으로 막고, 그 맨 아랫목에는 이 집 노주인 그 다음 칸엔 진실한 예수 신자인 주인할머니 그리고 선

---

* 風鈴. 처마 끝에 다는 작은 종. 풍경風磬.
** 눅눅하고 축축한 기운.

생 방이었다.

선생 방과 젊은 주인 있는 방은 마루 하나를 가운데 놓고 있는데 그럼으로 자연 이 마루는 선생 방과 건넌방이 공동으로 쓰는 출입구도 될 수 있는 것이었다.

기척 없이 방문이 열리는 틈에 선생은 털 것 짜든 손을 멈추고 황겁히 이쪽을 보았다. 그 얼굴에는 낭패의 빛이 떠오르는 것을 순이는 본 것 같았다.

"무슨 일을 이리 쫌쫌히*들 하세요. 벌써 겨울자리**가 아니야요."

순이는 선생 옆에 바싹 다가앉으면서 선생 짜든 털 것을 한 끄트머리 잡어 눈에 갖다 대였다. 그리고

"이거 바깥어른 게로구면요."

하면서 보아라 이년 하듯이 선생의 눈치를 노리었다. 그리고 그 눈으로 옆에 비스듬히 앉어서 바지에 솜을 고르고 있던 젊은 여주인에게 새삼스러이 인사를 한다.

"선생 오라버님 거랍니다."

선생이 아무 대답도 없는 것을 보고 젊은 여주인은 이렇게 순이의 그 눈에 대구를 하였다.

"아이구 어쩌면 올아버니가 다 계셨어요. 난 또 어느 좋으신 어른의 것이라고요, 하하하."

"선생어른께는 좋은 어르신은 없으시답니다."

"아이구 어쩌면 저렇게 좋으신 나이에 안직도 혼자 계실까. 남이 한창 우러러 보시겠으니 얼마나 좋으실까."

순이는 마디마다 감탄사를 넣었으나 조금 입 끝을 비쭉 내어 민 그

---

* '촘촘하다'의 방언.
** '겨우살이'의 방언.

아래 입술에는 처음부터 서슬 푸른 비웃음이 있었다.

"그렇지 않으려면 숙자 어머니처럼 바깥어른을 잘 만나시거나."

"아이 갑작스럽게 별 말씀을 다 하시네. 집이 그렇게 잘해주시는 줄 아세요. 하루 종일 면소*에 계시다가 돌아오셔선 저녁 잡수시고 곧 또 나가시지요. 낚시질이니 뱃노리니 뭐니 하고."

"허지만 오늘도 댁에 계신가 보던데요."

"네, 오늘은 늦게 무슨 이 골** 관청어른들의 뱃노리가 있다드니 그래서 한잠 주무시고 가신다더군요. 바로 그렇게나 날마당 계신가요."

하고 멋도 모르고 여주인은 대꾸를 하기 시작한다.

"사내 양반이 집에 붙어 계시면 뭘 합니까. 구데기거치 덩실덩실하면 징그럽기나 하지요."

"아이 정주사댁도 별말씀을 다 하시네. 그리 점잖은 어른을 모시고서. 그렇지만 요새 댁 어르신께서도 낚시질을 시작하셨다든데 가끔 숙자 아버지도 만나 뵙는다 하시드구면요."

"네, 요지음 뭐 한답시고 저녁마다 나가나 봅디다만 나가서 누가 무슨 즛을 하고 돌아다니는지 압니까."

하고 그는 힐끗 선생의 얼굴빛을 살폈다.

"왜 그리 말씀을 하세요"

"왜 그리 말이 뭡니까, 어떤 사람이라고요. 그러기 한 집에 살면서도 한길 사람의 속을 모른다는 게 옳애. 남의 색시란 색시 남의 계집이란 계집은 한번 거들떠보지 않는 법이 없고 아모렇게 해서도 수작을 부쳐 보지 않고는 못 배기는 사람인데……."

하고 그는 또 한 번 선생을 흘기었다.

---

* 면사무소.
** '고을'의 준말.

"어쩌면 그러세요."

숙자 어머니의 말.

"어쩌면이 뭡니까. 그러면 자구만치*나 그러게요. 이 집 오기 바로 전에도 저 장터 갓밧치네 집 바보 같은 년을 한바탕 추넘질 하고 왔답니다. 그리구 여기 와서는 또……."

"네, 장터 갓밧치 딸이오?"

선생은 대바늘을 절반 털끝에 꿰다 만 채 이렇게 갑작이 순이의 얼굴을 치떠보았다.

"네, 갓밧치 딸이오. 그런데 왜 그리 놀라십니까. 선생이 그리 놀라실 줄은 참 천만뜻밖인데요. 하하하. 무슨 인제 알아서야 너무 늦인 일이 있습니까."

순이는 이렇게 하면서 싸늘하게 웃고 머뭇머뭇 무슨 말을 더 계속하려다가 말았다.

그는 이 기회에 하고 속으로 생각하지 않은 것은 아니었으나 다시 생각하고 끊었든 것이다. 그러나 선생은 이때

"아니 일이 있는 게 아니라 그애가 우리 학교 단니는** 아이가 되어서요."

하니까 순이에게는 힘이 풀리는 대답이 아닐 수 없었다.

선생은 순간적이나마 자기가 놀래었든 것을 스스로 어리석게 생각한다는 듯이 다시 머리를 소그듬하더니 몇 겹 남지 않은 자켓에 실을 주기 시작한다.

순이는 도드라지라는 눈초리로 선생을 노리었다. 그러나 그는 오늘도 자기 말이 서기 시작하지 않는 것을 직각하고 낙망하였다.

* '자그마치'의 방언.
** '다니다'의 방언.

같은 집에 살면서도 이 집 노 할머니조차 선생에게는 늘 전도를 하면서 자기에게만은 예수의 예 자도 텬당에 텬 자도 입에 대지 않는 것을 오늘따라 모르는 것은 아니었다. 그러고 순이도 물이 되든 불이 되든 자기의 하구 싶은 말을 참고 돌아갈 여자는 아니었다. 그러나 그 좋은 기회에 최후의 말을 선생에게 따지지 못한 것은 다만 분한 일이었다.

"은덕이 망덕이란 말도 없지 않아 있다드시."

하고 순이는 다시 숙자 어머니에게 말을 시작하였다.

"그것도 내가 공부를 시켜서 그래도 그만큼이라도 되었답니다. 인젠 다 드러난 말이지 그전 향란이라 하면 일홈 있는 기생이었거든요. 총독부 누구누구 경찰서 누구누구 변호사 의사 실업가* 할 것 없이 다 참 쳤지요. 그런 것을 말라붙은 오가리** 같은 그 까진 녀석하고 뭐가 못 미처 산답니까. 지금 이렇게 되어서 곳이 들을 사람도 없겠지만 할 수 없이 내한테 와서 무릎을 꿇고 빌든 작잔데요. 그렇든 허두잡이***가 꼴불견이 되어서 꼬리를 젓고 단니는 걸 보니."

이렇게 순이는 숙자 어머니의 대구를 재치였으나 그는 인제는 아무 말도 없이 그대로 숙엿하고**** 바지에 솜을 이어가는 것을 보고 그는 갑자기 자기 어성을 낮추어 애연하게 다시 계속하였다.

"허지만 지금에야 속절없이 먹는 나이를 따라갈 수가 있어야지 않아요. 그래서 그렇구 새구***** 살아주런만 지금은 도리어 저편에서 그러는 걸 보면 이러다간 나종 헐******을 벗을 길조차 없으려니 생각되지요."

* 원문은 '심업가'라 되어 있으나 오식으로 판단됨.
** 식물의 잎이 병들거나 말라서 오글쪼글한 모양.
*** '허수아비'의 방언.
**** '수굿하다'의 방언. 뜻은 고개를 조금 숙이다.
***** '그렇거나 말거나'의 방언.
****** '허물'의 방언.

"사내어른은 다 그러신 줄 알고 그저 그럭저럭 살아가는 수밖에 없지오. 어느 집이나 씻고 보면 어디 그리 알뜰한 곳이 흔해요?"

숙자 어머니는 머리를 들려고도 하지 않고 으레껏으로 이렇게 한마디 하였다. 너무 순이가 민망할까 보아서 한 대꾸였던 것이다.

"그러니깐 어차피 그럴 테면 분풀이로 몇 천원 위자료나 청구해서 한번 혼이나 단단히 내여볼까 하는 생각도 나지요. 그랬드니 이 선생은."

하고 순이는 다시 선생에게 갑작스럽게 총머리를 돌리며

"이 선생은 그래서는 밤낮 마찬가지라고 하십니다그려. 그리고 아조 아무것도 청구하지 말고 딱 갈라서는 게 지금이라도 낫다구 하십니다. 그렇지요, 선생?"

하고 그의 얼굴에 나타나는 반응을 살피었다.

"그렇지만 그 어른이 그만한 돈을 내실 수가 없다니까 아조 갈러서시려면 일즉* 그렇게 하시는 게 좋을 상싶지 않아요, 숙자 어머니?"

선생은 털 것에서 머리를 들어 숙자 어머니에게 동의를 구하였다. 그리고 이런 일은 자기에겐 조금도 알 도리가 없다는 듯이 일감을 놓고 와다닥 그 자리를 일어섰다.

"아이 이것 끝을 마추려단 밤이 가겠어요. 내일 운동회에 쓸 당목** 몇 자 끊으러 갔다가 어쩌면 경성여관에 들러서 그것 박아가지고 오겠어요. 미안하지만 앉아서 이야기들 하세요."

하고 숙자 어머니를 보았다. 그리고 기지개하는 듯이 약간 몸을 뽑으며 변명하듯이,

"가을이 되면 뭐니뭐니 해서 몸이 곤해 죽겠어요."

하고 생긋 웃으며 방을 나가려 한다.

* '일찍'의 방언.
** 두 가닥 이상의 가는 실을 한 가닥으로 꼰 무명실로 나비가 넓고 발이 곱게 짠 천.

숙자 어머니도 일어났다.

"나도 방에 가봐야지요. 숙자 년이 혼자 잘걸."

하고 그제야 생각난 듯이 하던 일을 차근차근 개어 손에 들었다.

순이는 오늘은 끝말을 내려고 하던 것이 이렇게 될 줄을 뜻밖으로 생각하며 그렇지만 하는 수 없이 따라 마루로 나왔다.

그러나 그는 초당으로 갈 생각은 없이 숙자 어머니를 쫓아서 건넌방으로 대섰다.

그리고 숙자 어머니가 자기 방문을 열어젖히고 혼잣말로 가섰군 하면서 순이를 맞아들이려 할 때 그는 이 숙자 어머니의 혼잣말에 직각적으로 집히는 것이 있는 듯이 주춤 발끝을 멈추고 어둠을 가리어 초당 쪽을 건너다보았다. 그리고 과연 거기에 자기 남편이 서 있는 것을 발견하였다. 그때 남편은 구두끈을 매고 나서 막 허리를 펴는 모양이었으나, 순이는 그 다음 순간 또 남편과 앞을 서서 나가는 선생 사이에 어떠한 눈짓이 벌써 오고 간 것을 분명히 본 듯하였다.

순이는 일단 숙자 어머니를 따라 방 안에 들어왔다. 그리고 그는 들어선 채 앉지도 않고 몇 분간 이상이 주멋주멋*하다가,

"나도 집이 부여서 가보아야겠어요."

하고 다시 마루로 나가버리었다.

그러나 순이는 물론 초당으로 돌아간 것은 아니었다.

그가 대문을 나서서 경성여관 있는 윗거리를 밟아보았을 때에는 선생과 남편의 두 그림자가 희미한 가로 밑에 희뜩희뜩 앞서거니 뒤서거니 멀리 사라질 때였다.

순이는 네거리까지 와서 이발소 모퉁이에 몸을 세우고 경성여관으로

| * '쭈뼛쭈뼛'의 방언.

들어가는 철의 뒷모양을 살펴였다. 그리고 선생이 경성여관을 지나쳐 어느 가게까지 갔다가 다시 돌이켜서 역시 그 여관에 돌아오는 것을 틀림없이 볼 수가 있었다.

철은 밤이 퍽으나 들어서야 배에서 돌아왔다. 얼큰이 술이 몸에 퍼졌든 김이라 그는 쓸쓸하니 스며드는 밤바람에 맡기어 가는 줄 모르게 낭암대까지 거닐다가 집에 돌아왔을 때에는 어느덧 자정 가까운 시각이 되었다.

그는 그때껏 처가 돌아오지 않은 것을 이상히는 생각하였으나 어디 마을을 가서 늦는 게지 하고 그대로 자리를 보고 드러누웠다.

그러자 안마당에서 여편네의 찢어지는 갈랫소리*를 귀에 담고 번쩍 머리를 들었을 때에는 어느덧 바깥을 엿볼 틈도 없이 그 소리는 중마당까지 달려왔다.

"저기 저 문에서 나와 이리 달아 나오는 걸 누구든 못 봤을까 봐서."

하고 그 소리는 초당 댓돌 앞까지 다가와서

"자, 들어가봐. 지금 와 있나 안 있나."

하면서 쾅하니 마루를 밟고 올라선다.

철은 어느 불길한 예감에 갑작이 부닥치며 그 히스테리컬한 소리에 소스라쳐 일어섰다. 그것은 분명히 순이의 목소리였던 것이다. 그리고 문고리를 철그닥** 낚아채는 소리에 딸려서 거기 날아난 것은 입에 거품을 물고 얼굴이 파라니 질린 순이었다. 보니 몸에는 철의 낡은 파나마 모자***와 양복저고리가 걸치어 있었고, 아랫동은 그대로 흐트러진 치마가 발끝에 친친 감기어 있었다.

* 갈라지는 듯한 소리.
** '철거덕'의 방언.
*** 파나마풀의 잎을 잘게 쪼개어서 만든 여름 모자.

순이는 문을 열어젖히고 철에게 달려들었다. 그리고 어려둥절하고* 섰는 그의 앞가슴을 두 손으로 움켜잡고 다짜고짜로 문밖에 끌어내었다.

아무런 저항도 없이 끌려 나간 철을 마루 끝에 세워놓고도 순이는 자기도 거기 털썩 주저앉았다. 그리고

"자 여기 있는 이놈이 아니구 뭐냐 말이야. 응 뭐야 말야?"

하면서 여누다리**를 시작한다.

"이년놈들. 응 이놈들 남을 없수이 녁여도 분수가 있지. 너희들은 얼마나 정하고 깨끗해서 남의 서방마저 이년 저년에게 빼돌린단 말이냐 응. 그리군 그 더러운 욕을 그래 내한테 씌우려고 해? 내가 못 본 걸 이렇게 봤다 해서 이년놈들."

그리구 발악을 하더니 갑자기 비츨비츨*** 일어서며,

"이선생 년인가 뭔가 한 년, 이년 나오너라 나와."

하고 안마당으로 달려간다. 그러나 사람들은 순이를 붙들어서 다시 철에게 맡기었다.

철은 이렇게 들썩들썩하는 동안에야 겨우 마당에 모여든 사람들의 얼굴을 일일이 볼 수가 있었다. 거기에는 다른 사람들은 없고 이 집에 사는 사람들뿐이었다. 그 틈에서도 선생의 얼굴은 보이지 아니하였다.

그는 휘틀비틀**** 쓰러지려는 순이를 꽉 두 팔에 휘어 감고 방에 들어와 자리 위에 그 계집의 몸을 눕히었다.

이때 철은 물어볼 것도 없이 종내 이날이 오고야 만 것을 전부 이해하였다. 그리고 눕히고 나서 그는 무엇을 할까 하였더니 새삼스러이 정

---

* '어리둥절하다'의 방언.
** '넋두리'의 방언.
*** '비칠비칠'의 방언. 몸을 가누지 못하고 쓰러질 듯이 비틀거리는 모양.
**** '비틀비틀'의 방언.

색을 하면서 계집 앞에 무릎을 꿇었다.

"내가 잘못되었다. 이렇게 될 줄을 뻔히 알면서 가만 있은 게 내가 잘못이다."

하고 빌었다.

그러나 순이는 이때 갑자기 온 전신에 맥이 풀리면서 철의 얼굴을 쳐다보는 일도 없고 아무런 말도 하지 않았다. 반듯이 누워서 머-ㅇ하니 턴정을 바라보는 그 눈띄는 실성한 사람과도 같았다.

그리고 이렇게 추측하는 힘이 빠른 여자에게 흔히 있는 것처럼 어느 한편 몹시 단순한 그는 역시 얼마 있지 않아 잠이 들고 말았다.

철은 순이가 잠든 것을 확실히 인정하였다. 그리고는 이윽고 정신을 가다듬고 숙자 아버지를 만나러 그 자리를 일어서 나왔다.

"바른대로 말씀 드리면 오늘밤 일어난 일은 어떻게 된 자초지종을 새삼스러이 여쭈어볼 것도 없이 미리부터 제게 짐작된 것이 없는 것은 아니었습니다. 그러므로 이것은 애초부터 처의 잘못이라고만도 못할 사정이 있는 것입니다. 이렇게 여쭙는다고 하여서 물론 이것은 제 변명도 아니요 제 처의 허물된 것을 감추려고 하는 뜻만도 아닌 겁니다. 그리고 그 사정이라고 하는 것도 처와 저 사이의 것에 불과한 것이니까 따라서 제가 여러분에게 진심으로 사죄하는 것은 물론 당자 되시는 그 선생어른도 뵈입고* 할 수만 있는 일이라면 무엇이든지 그의 무구한 것을 변명해 드리고저 하는 겁니다."

"네. 물론 저도 이 일에 대해서는 그 선생에게도 적지않이 미안한 생각이 있습니다. 하지만 지나고 난 일을 지금 시야비야해도 할 수 없는 일

| * '뵈옵고'의 방언.

이요 선생도 별 말씀 없이 우리에게 모든 것을 일임한다 하며 새삼스러이 이 일을 밝히고 싶은 생각도 자기는 없노라고 하셨답니다. 그리고 오늘 저녁은 자기 친구 댁에서 주무시고 오신다고 하셨다는데 계시여도 뵈이실 어른도 아닐 겁니다."

"네, 그렇겠습니다. 그럼 저도 선생을 만나뵙지 않겠습니다.* 그런데 그 선생은 이 일을 어떻게 이해하고 계시는지요?"

"그거는 저도 자세히는 모르겠습니다. 하지만 이 일은 대단히 공교롭게 일어난 것같이도 생각되는 겁니다. 아까도 집안 식구들끼리 이야기했습니다만 제가 배에서 선생들과 헤어지고 나서 잠깐 장터 이서방네 가게에 섰다가 돌아온 것은 자정이 넘은 시각이었습니다. 지금 제 처의 말을 합해보면 내일 아침이 학교운동회여서 그 선생이 운동회에 입을 적삼을 경성여관 주인 방에서 박아가지고 돌아왔는데 그 뒤끝을 이어 제가 또 막 왔지요. 오늘도 저는 노 다니던 길로 온 것이지만 그 길이 선생 방 뒷문 곁을 스치어 오는 길이고 보니 선생이 돌아와 제가 돌아와 또 돌아오자 선생 방에 불이 켜져 하니까 그 방에 둘이 들어간 걸로만 보였겠지요. 그런데 정형 부인이 보시기에는 저를 잘못 보시고 정형이 들어가신 줄만 알으시지 않았나 이렇게 생각되는 겁니다. 그래서 한참 있다가 둘이서 자리만 한때 부인이 그 복색을 하고 선생 방엘 들어가신 것이 아닌가, 그리고 들편들편** 들어가 살피자 선생이 깨여서 소리를 쳐 집안사람들이 모여들어 그리구 모두들 자기를 시야비야하기 시작하니까 초당 쪽으로 쫓아가면서 이 길로 도망을 갔다 와 있나 보자 한 것이 아닌가 하는 겁니다. 그렇지만 그때 우리도 그의 뒤를 따라가면서도 정형이 또 그렇게 공교로이 와 계시었을 줄은 몰랐습니다."

* '않겠습니다'의 방언.
** '들편들편'의 방언. 여기저기를 살피는 모양.

"아하 정녕 그렇게 된 일이겠습니다. 그 선생도 이렇게 생각해주시겠는지요."

"그야 그렇게 생각하시지요. 그뿐 아니라 벌써 그이들은 자기네를 변명할 것조차 없을 만큼 부인에게 대해서……."

하고 주인은 말을 계속하지 못하고 그대로 뚝 소리를 끊어 넘기었다. 그것은 남의 남편 되는 사람을 맞대놓고 참아 하지 못할 말인가 싶었다. 그러나 철이는 그때 벌써 얼굴이 붉어졌었다.

철은 돌아왔다.

돌아와서 다시 그 방바닥에 털썩 주저앉으니 그에게는 별로이 부끄러운 생각도 번민도 분노도 일어나지 않았다. 그리고 몸이 몸덩어리만이 천근만큼이나 피곤할 뿐이었다.

그러나 그 피곤도 그것에 따라서 일어나는 그의 나태懶怠의 정신에 비하면 아무것도 아니었다. 그 나태는 모든 것을 응시하고 또 따라서 모든 것을 거부하는 정신이었다.

그는 순이의 자는 얼굴을 들여다보았다. 그 푸른 입 요염한 미간에 뭉킨 독기 있는 의혹과 증오의 표정은 순간적으로 철에게 이 계집과 자기와의 관계를 가장 짧은* 정의定義로 해서 회상시켜 주는 것이 있었다. 그리고 그 회상은 이 한 점에 와서 이상히도 서리는 것이었다— 철은 가끔 이러한 때 먼저 잠든 이 계집의 얼굴을 언제까지나 노리고 있는 것이었다. 그리고 이렇게 노리던 팔에는 그만 이 계집의 목을 그대로 눌러버리고 싶은 즘생**과 같은 욕심에 부대끼는 것이었다. 그러나 그런 충동이 격하여 올 때는 또 신묘하게도 그 계집의 눈이 뜨여서 철의 살기 스민 눈을 마주 쳐다보는 때가 많았다. 그리고 그 눈이 언제까지나 뜨지 않고 잘

---

* 원문에는 '젊은'으로 되어 있으나 단행본에는 '짧은'으로 바뀜.
** '짐승'의 옛말.

때에는 철은 곧,

"그래서 내가 구할 길이 있다는 말인가. 내가 누구를 멸시할 수가 있는가. 누구를 미워할 수가 있다는 말인가."

하는 자기 질책의 소리를 가슴 깊이 듣지 않을 수 없었던 것이다 ─ 이것이 자기가 처를 두고 가지는 전* 노골적 감정이었다.

그는 순이를 다시 한 번 보았다. 그리고 이 책고責苦** 중 어느 것이 그를 괴롭히었는지 또 그렇지 않으면 아무런 괴로움도 이때 그에게는 있는 것이 아니었는지 그는 그 자리를 일어나서 책상 앞에 다가앉았다. 어느 결심의 빛이 싹 그의 질리인 얼굴을 스치고 갔다.

그는 서랍에서 종이 한 장을 꺼내어 그 위에 이렇게 썼다.

나는 너를 떠날 결심을 하였다.

내가 너를 사랑하지 않는 탓도 아니요. 너와 같이 살아가는 것이 부끄러워서 하는 것도 아니다. 더럽기로 쳐선 나는 너보다 몇 갑절 더한지 모른다.

나도 너처럼 더럽고 하잘것없는 놈이니까 여태껏 너와 같이 살어온 것이 아니냐. 그것은 지금과 예전이 다를 것이 없다.

그러나 너는 어디까지 따라가서든지 네가 받는 남의 없수이녀김을 무엇으로든지 끝을 보지 않고는 못 배는 성미인 줄은 오늘 지금에야 알았다. 그것이 나는 못 배기는 것이다. 지금 떠나면 나는 더 보잘것없는 짓을 하고 더 보잘것없는 계집을 얻고 또 이보다 더 부끄러운 처지에 박혀 있을는지도 모른다. 허지만 그런 때가 있다고 하드래도 그중에서 역시 나를 구원하는 것은 내 '해결성 없는 지속'의 버릇일 것이다. 이런 것은 쓰지

---

* 全. '모든', '전체'를 뜻함.
** 꾸짖어 괴롭힘.

않아도 알 일이지만 내가 여태까지 너와 아무 결말이 없이 살아올 수가 있었다는 것은 분명한 그 증거가 아니냐. 그러면 너는 '이 해결을 내게 맡기고 가느냐' 할지도 모르겠다. 하지만 그것까지는 나는 모른다.

여기 동봉하여 넣은 편지는 내 퇴직금을 네게 위임하는 위임장이다. 이 퇴직금까지도 벌써 네게는 소용되지 않을 것을 나는 모르는 게 아니다. 그러나 내 이 무서운 예상이 맞지 아니하야 네가 이 돈을 쓰게 된다면 그날도 또한 좋은 날이 아니냐.

정철*

순   이   에게

철은 여기서 붓을 놓았다. 그리고 그는 서랍에서 종이 두 장을 더 내여 한 장에는 위임장을 써서 편지와 동봉을 하였다. 그리고 남은 한 장 위에는,

선 생 님

이라고만 먼저 썼다. 그러나 나종이는** 다시 생각하고 찢어버렸다. 누구를 위해 변명을 해준다는 것도 이렇게 되면 벌써 사람의 손으로 알 바가 아니었다. 그리고 이때 철의 머리에는 어느 날 저녁 숙이가 낭암대에서 '끝'이라고 한 말이 다시 번개같이 스치어 지내간 것이었다. 그는 치를 부르르 떨었다. 그러나 그 다음 순간에는 그것도 일종의 통쾌한 미소가 되어 그 얼굴에 떠올랐다.

---

* 『신인단편걸작집』(1938)에는 '현 철玄澈'이라고 되어 있고 『잔등』(1946)에는 한자 없이 '현철'이라고 되어 있음.
** 나중에는.

이윽고 그는 그 자리에서 일어섰다.

내가 만일 나를 능란한 이야기꾼으로 자부할 힘이 있다면 이 이야기는 여기서 넉넉히 끝이 나야 했을 것이다. 하지만 그런 자신 없는 나는 차라리 끝까지 본 것을 그대로 다 털어놓고 일어서는 것이 제일 수일상'싶은 것이다.

아침 미명**에 순이는 눈을 떴다.

이것은 사람이 가진 무슨 미묘한 일종의 교감작용일 것이다. 눈이 뜨자 그는 방바닥에 한 장의 봉투를 발견하였다. 그리고 이 순간에 순이는 순이대로 역시 모든 사정을 일시에 이해할 수 있었다. 편지를 뜯었으나 물론 사연은 눈에 보이지 않았다. 그는 방바닥에 엎어져서 눈물 없이 울었다. 그리고 그 힘조차 없어지자 그는 그대로 잠이 들어버렸다.

잠이 깨었을 때에는 어느덧 어슬어슬 날이 저무는 때였다. 그는 그제야 모든 것을 정확히 이해할 수가 있는 것처럼 와다닥 일어나서 그 일어나는 힘으로 전창*** 부엌에 달려갔다. 그리고 그는 저녁 도마 위에 싸늘히 빛을 감추고 있는 날카로운 것을 집어 들고 안마당으로 뛰어나왔다. 그리고 자기의 모든 것을 빼앗은 그 계집에게로 달려갔다.

—《조광》, 1936. 2.

* 제일 나은 방책일 듯.
** 未明. 날이 채 밝지 않았을 때.
*** '이내'의 방언. 젠창.

야한기 夜寒記

    초아진*부터 그놈의 쥐새끼한테 시달리기까지 하여 몸이 몹시 고단한 줄을 알면서 잡고 앉은 붓이었다. 아무래도 한번 수이** 떠날 때까지는 쓰려고 하던 편지요 또 날이 밝으면 병원에 성군도 찾아 떠나야 할 터이니까 기분적으로라도 이러한 무엇인지 마음에 급박한 것이 생긴 것 같은 때에 써놓아야 하지 그렇지 아니하고 마음의 여유와 안정이 오기를 기다려서 한다면 이것도 자기의 모—든 것이 그러했던 모양으로 또 언제까지나 미루어 나가다가 결국은 쓰지 못하고 말았다 할 편지이고 보매 그는 몇 번이나 마음을 되살리어 자꾸만 흐려지는 편지의 중심을 찾아서 애썼는지 모른다.

    진정으로 말하면 자기의 마음 지금 자기의 마음이 어느 곳에 머물러서 어떠한 호흡을 하고 있으며 장차는 자기가 어떻게 하려고 하고 있다는 것 같은 것을 알리고 싶은 생각이 있는 것은 조금도 없다.

* '초저녁'의 평안도 방언.
** 멀지 아니한 가까운 장래에. 표준어는 '쉬이'.

애초부터 이것은 비단 이 사람이라고 해서 그런 것은 아니지만 이 민이라고 하는 사람이 이렇게 된 줄을 아는 자기에게 돈천*이나 빌려달라 하여 빌려줄 사람이거나 그저 주어서 없애는 셈하고 줄 것을 알 만한 사람 같으면 지금 이 자기의 심정을 알리고 싶은 충동이 없을 것도 아니며 안해**의 일만 하더라도 그러한 관계에 있는 것을 안다 하게 비춰어 보낼 생각도 없는 것이다. 자기가 안해를 생각함이 없는 것도 아니며 이 사람과 자기가 그러한 사이에 있었던 것을 생각해보는 것이 아닌 것도 아니였만 그렇다고 해서 자기에게 각별한 원염이 생기느냐 하면 그런 것도 아니요 그 사실이 자기 머리를 무거웁게 하는 그렇게 중대한 것도 없는 것이다.

돈천이나 있어야 성군도 살리고 자기도 살고 또 그러면 자연히 춘자도 안심하고 살리라는 그러한 것까지 생각한 자기다. 아무래도 있어야 할 돈인데 아무리 돌아보아도 이 사람은 돈 있는 사람이요 중학의 동창이요 또 한 고장에 사는 사람으로 이 편지를 쓸 사람은 이 사람 밖에는 없는 오늘날 이 사람이 자기와 그러한 관계에 있다 하여 그러한 관계에 있는 사람에게 이러한 편지를 쓰는 것이 비겁한 것이라면 비겁하고 용열한*** 것이라고들 하더라도 이것이 진실로 자기 마음의 현실이 되어 있는 바에야 어쩌는 수 없는 일이 아닐 수 없다. 민이라는 사람은 말하자면 지금 자기의 이 심정을 설명할 필요도 없이 그저 안해의 일만을 비춰어 보내는 것만으로 족할 그 사람됨이지만 그러나 정말 마음속으로부터 이 사람을 그렇게 높은 데 앉아서 내려다보듯이 내려다보게만 생각하느냐 하면 그것은 언제 누구에게 그런 것을 가져본 일이 없는 것처럼 이 사람에

* 천으로 헤아릴 만큼 적지 아니한 돈.
** '아내'의 평안도 방언.
** 용열하다 : 남의 마음에 들도록 아첨하여 기쁜 모양을 하다.

게도 가져본 일이 없는 까닭이다.

그러므로 안해의 이번 일만 하더라도 그것은 모두 안해나 누구의 잘못이 아니요 자기의 잘못 자기의 운명적인 죄업의 탓이라는 것을 진정으로 생각하는 자기 존재에 대하여 무슨 설명이 있지 아니할 수 없는 것이다. 이것이 물론 자기 마음의 야비한 데를 드러내면서 동시에 그것을 살리려는 자기로서도 모호한 그러한 생각이 있어서 그런 것인지는 알 수 없으나 어쨌든 남의 약한 자리를 디디고 서고 남의 꺼리는 데를 뚫고 들어가려는 그러한 마음의 거친 면이 없다는 것만은 아니 보일 수 없는 것이 아니냐.

그러나 이러한 자기 마음의 동정을 그려 부드러운 공기를 보내려는 것이 결국은 이번 이 두 사람의 일을 모르지는 않는다고 하는 그것의 수식어가 되고 그것을 강조하고 그것을 보족하는 말밖에 아니 된다면 그 속에 숨어 있는 자기의 한편 너무나 고별적인 심정이 때를 둘러쓰고 마는 것이 아닐까 — 이번 일에 대해서는 '자기가 떠나고 없어도 춘자는 넉넉히 향복*스럽게 살아나갈 사람'이라고밖에 편지에는 더 밝히려고 한 것도 없고 또 그 이상 쓸 생각도 없었으나 만일 이 간단한 한 마디 말과 자기의 허잘 것 없는 존재 자기는 누구를 비난할 수도 없고 무엇을 누구의 죄라고 생각할 수도 없게 되어진 사람이라고 하는 설명 가운데 무슨 관련이 있어야 한다면 이 자기의 진정한 마음을 실토하는 고백 한 가지나마 살지 못하고 — 아무러한 관계 아모한 일이 생겨 있더라도 돈천이나 던져주면 자기는 아무렇지도 아니할 생각이로라고 그렇게 되어지고 마는 것이 아닐까. 그렇다고 하여서 다 그만두고 자기의 이 고별적인 심정만을 그려 보낸다는 것도 돈이 아니 되는 것이라면 마음에 이러한 급박

| * 행복.

한 것을 지니고 있는 이제 와서 새삼스러히 그럴 것도 없는 것이 아니냐. 설사 이 사람이 자기가 그러고 싶은 사람이요 또 이것이 마치 '내 일생에 놓여진 종생의 사업'이라고 하더라도 하는 이러한 생각에 도달하매 그는 갑자기 손에 맥이 풀리는 것과 눈앞이 침침해지는 것을 아니 느낄 수 없었다.

—어느 하가'에 그러고 있을 수가 있으며 나의 어디를 찾아서 그러고 있을 마음의 여유가 있어—

하며 생각하니 새삼스러히 벅차 올라오는 자기염오**의 정과 그리고는 아무 생각도 없고 아무런 앞에 보이는 것도 없이 그저 절망적인 것 그저 한없이 절망적인 것만이 가슴에 몰려오는 것을 깨달을 뿐이었다.

그는 밤새 써보려다 못 쓴 잉크가 간 몇 벌의 편지 쪽지들을 잡아 둘로 내어 휴지통에 집어넣었다. 그리고 그대로 그 자리에 발을 뻗고 누워 팔깍지 속에 머리를 묻고 눈을 감았다. 몇 분 동안인지 관자놀이 우에*** 굵은 핏대 하나가 생겨 손에 집히게 몇 번 몇십 번 몇 수십 번 분명한 맥을 치고 가는 소리를 들었다. 귀뚜라미가 울다가 가고 바람을 품은 빗소리, 이 빗소리를 그는 탁한 술이 뒤흔들리우듯 뒤흔들리는 머리로 듣고 있건만 그 안에서도 무엇이 자꾸 발효하려는 것이 있는 것과 아무 더 생각할 수도 없는 뇌수 허墟진 곳에 서서 공연히 무슨 강렬한 빛을 뿜고 있는 불이 켜져 있는 것을 느끼었다.

그러나 그렇게 목표 없이 타던 격렬한 것도 식어가며 차차 무엇인지 흰 설탕과 같이 보드라운 종용한 것이 앙금이 되어 속 깊이 잦아도는 것을 느끼는 동시에 몸이 다시 몹시 피곤한 것을 느끼었다.

---

* 何暇. 겨를.
** 厭惡. 마음으로부터 싫어하여 미워함. 또는 그런 느낌.
*** '위에'의 방언.

그것은 몸에서 조수가 밀려나가는 허전하고도 노곤한 감각이었다.

그리고 이 피로감이야말로 이러한 밤이면 노—무슨 불안한 예감을 가지고 생각하지 안 할 수 없는 이것이야말로 자기에게 속한 센슈얼한 감각중의 유일한 것이 아닌가 하는 그러한 시간들의 시초인 것이었다. 다 꺼진 듯이 보이는 모닥불이 수부룩이 쌓이는 재 속에서 한없이 그 희미한 불꽃을* 이어나가듯이 이렇게 되면 벌써 그것은 단순한 육체의 피곤이 아니요 그러한 무수한 의식들이 번져나가는 시간— 그러길래 누우면 가슴이 눌리고 뼈쨤**을 흘러내리는 병과도 같고 아픔과도 같은 피곤이었만 피곤하면 피곤할수록 육체가 져서 넘어가는 일이 없는 이 한없이 지속되는 감각에서 항상 쌉쌀하고도 놓지 못할 쾌락을 깨달아오는 그러한 때 전개되는 그 구궁한 시간이었다.

내외간만 하여도 그 사람과 그러한 것이 있다고 하여서 낮빛에 나타내인 것도 있어보지 못하고 그 사람들에게 별스러운 분노나 원염 같은 감정을 품어본 일이 없건만 이렇게 되기 전부터 벌써 둘*** 사이에 찬바람이 끼이게 된 것도 말하자면 이러한 자기의 모자란 쾌락의 습성에서 온 것이라면 온 것이라고 아니할 수 없게 된 것들뿐이다.

비몽사몽간에 꾼 그 어린 것이 운명하든 때를 본 초아진 꿈에도

"당신의 사랑은 당신이 남을 사랑할 수 있는가를 시험해보는 사랑이오. 당신이 받는 사랑도 남이 당신을 사랑할 수 있는가를 의심해보는 사랑이 아니고 무엇이오. 당신에게 참사랑이 있고 당신이 참으로 사랑을 받게 되어 있느냐 말이오. 이것이 죽었을 때만 하여도 당신은 겉으로나마 눈물 한 방울 처뜨려봤으며 내가 이 조고마한 몸덩어리에 입혀 보낼

---

* 원문에는 '불끄틀' 로 되어 있음.
** 원문에는 '뻬잠' 으로 되어 있음.
*** 원문에는 '두' 로 되어 있음.

옷을 누비고 있으면서 이렇게 눈이 오시고 날이 치우나' 이것을 입고 어떻게 서느러워서** 가겠느냐고 혼잣말을 하고 있는 것을 보고도 당신은 거기 무슨 대구 한 마디 했으며 눈물 한 방울 흘려본 일이 있었소. 그러나 아마 당신은 이것이 죽을 것과 죽으면 자기에게 어떠한 감정이 생기나 자기도 남과 같이 슬플 수가 있으며 남과 같이 울 수가 있을까를 오래 전부터 생각하고 있었으리다. 그렇지 않고야 당신에게 눈물이 없는 증거를 무엇으로 댈 수가 있단 말이오. 당신은 모―든 일을 다 그러케서*** 망가트리는 것이지만."

하며 안해가 그 조그마한 파아랗게 죽어서 언 몸뚱아리를 들고 달려들던 꿈. 꿈에도 떠맡기는 파아랗게 언 그 조그마한 몸뚱아리가 몹시도 가뿐하여 가슴이 헛쩐한 기운에 놀라 깨었는데 자기는 그때 기란 말도 못하고 아니란 말도 못하고 그저 어안이 벙벙하여 식은땀이 와싹 흘러내렸을 뿐이었다.

내 생활과 의식 가운데 무엇이 그런 것이 있어서 그리도 무서운 가책 그리도 무서운 자기냉소가 되어 항상 그러한 꿈에 서리는 것일까. 그리고 그것은 또 얼마나 피로하며 그 피로함이 씻기어지는 그 무한한 한 시간의 시초가 되어 무서운 고통과 쾌락을 가져오는 자기냉소랴.

초아진도 그뿐만이 아니었다.

꿈이 깨어서 얼마를 지나도 잠이 다시 아니 오고 감은 눈이 맑아만지므로 손을 모아서 가슴에 얹어도 보고 그래도 안 되어서 성군에게서 온 편지를 몇 번이나 곱집어**** 읽기도 하였다. 그러다가 어찌어찌 잠이 들려고 하였는데 머리맡에서 무엇이 바스락 하며 머리털을 건드리는 바람

* 추우니.
** 서늘한 느낌이 있어서.
*** 그르쳐서.
**** 곱집다 : '곱치다'의 방언. 곱절을 하거나 곱절로 잡아 셈하다.

에 놀라 깨어 이내 잠을 이루지 못하는 것이다. 그놈의 쥐가 꼭 머리를 덥석 베여 물어 그 날카로운 이빨 자죽*을 내어놓고야 말듯이 머리만을 겨누고 달려드는 까닭은 무엇일까. 그렇게 바스락하고 달려들다가도 불을 켜면 책 틈사구니**로 숨어버리고 불을 끄고 누우면 또 달려들곤 하여 마치 무엇을 본 듯하고 무슨 냄새를 맡는 듯하였다. 뼈와 털로 싼 그 속에서 무슨 냄새가 나며 무슨 물어갈 것이 보여! 하고 생각하니 털끝이 쭈뼷 하고 몸에 소름이 아니 끼칠 수 없었다. 그러나 이때 자기 마음에 더 큰 공포를 준 것은 그런 것이 아니요 그놈의 쥐를 잡느라고 이리 덮치고 저리 덮치다가 탁 덮쳐놓고 기진하야 거기 엎어져 있을 때 들리던 안해의 발자욱*** 소리, 그 층계를 밟아 올라오는 발자욱 소리는 층계가 한 계단씩 줄어지는 대로 줄어들다가 두어 계단이나 남았을 때에서 딱 멈치어 무엇을 엿듣는 모양이었다.

자기도 죽은 듯이 엎드려 붙은 채 머리를 들어 그 발자욱 소리의 동정을 엿듣다가 다시 돌아서 내려가는 듯한 동정을 듣고야 일어나 앉았었다. 그리고 그것이 자기 감정 속의 처음 생기는 것은 아니였만 무엇인지 모르게 가슴이 몹시 들먹거림을 깨달았다. 그리고 부지불식간에 온 아침**** 조반 먹으면서 하던 안해와의 생명보험 이야기를 연상하게 한 일이었다.

"읍 마우전거리 삼철이 아버지 죽은 거 아시우." 하는 것이 안해의 말이었다.

"응. 어제 들어서 알어. 검은 것 먹구 죽은 사람 말이지."

"집안사람들이 모두 잽혀가고 그랬다더니 나왔다지요. 그런데 그렇

---

* '자국'의 방언.
** '틈바구니'의 방언.
*** '발자국'의 방언.
**** 오늘 아침.

게 죽은 건 남의 손에 죽은 것도 아니요. 자기가 죽은 것이지만 자결인지 횡산지 모를 때엔 어떻게 되나요?"

"어떻게 되다니?"

"그렇지만 당자는 정말 자결할 생각도 없이 그저 분량이 넘쳐서 죽은 것이라 한데도 자살이라고 하면 문제가 아니야요."

"응. 그 사람은 그 전에도 그걸 먹든 사람이라지. 그런데 문제는 무슨 문제가 돼?"

"허지만 자살이라고 보험회사에서 돈을 아니 줘도 헐 수 없지 않아요. 자살이면 아니 줄 테지요. 주나요."

"안 주나. 건 모르갓는데." 하고 반문하듯이 자기는 그만 정도로 대답하고 말려 했으나,

"아이구. 어쩌나 안 주면. 그 권솔*들을 어쩌나. 생전엔 그렇게 달런** 들을 하다가." 하며 안해가 제가 한 말에 무슨 안색이 나타났을까 보아 먹물을 뿜어놓는 것을 보고 그럴 것도 없어서

"허지만 준다는데 자살이래도 준다든가 봐." 하고 자기도 그 먹물 속에 새어들어 간 듯이 하고 만 대화였다. 그리고 곧이어 자기는 이러한 생각이 순간적으로 달려드는 것을 어찌할 수가 없었다. 조만간 그런 것이 오리란 예감이 요새 내 거동에 있는 모양이나 그런 것은 절대로 없으리라고.

그러나 그때도 그러하였거니와 그것이 왜 그러해야 하는가 그러한 것일 것이 분명할 터이니까 그렇게 생각해야 옳은 것인가는 지금 누워서 아무러한 고통과 아무러한 회오悔悟 아무러한 슬픔을 가지고서도 해결할 수 없는 의문이 아닐 수 없다.

* 한 집에 거느리고 사는 식구.
** 단란.

시계의 몇 점 치는 소리가 들린다. 아마 석 점이나 넉 점 치는 소리가 아닐까.

그는 해무*와 같이 어두우면서도 한없이 맑아지는 자기 마음에 차차 불안함을 느끼며 이렇게 하다가는 언제까지나 잠을 이루지 못하고 내일 병원에 가는 것도 가지 못하게 되지 않나 하는 초조한 마음이 앞섬을 깨달았다.

그래 그는 초아진 잠 오지 아니하던 때 모양으로 벌떡 일어나 책상 위에 놓인 성군의 편지를 들고 잠자리를 정돈하고 다시 누웠다.

그 한 장에는 이러한 것이 씌어 있는 편지였다.

첫째, 마음을 놓아야 하우. 마음을 탁 놓고 한 달만 누워서 여기서 주는 밥 여기서 주는 찬 여기서 주는 우유 같은 것 다 좋으니 주는 대로 먹구 자꾸 자요. 그저 죽는 연습을 하는 것과 같아서 죽은 셈하고 자꾸 자야 한다우. 어찌되면 수이 우리 조그마한 산에 집이나 하나 얻어서 마음 놓고 앓아보게 될지도 알겠소 하시며 회계에서 치르고 오시는 입원료 영수증을 제 머리맡에 쥐어주시며 형이 돌아가시던 것은 벌써 달포가 간 해가 다 넘어가는 어느 날 어스름이었습니다. 창 너머로 가을이 된 지 얼마 아니 되는 하늘에 막 모색暮色**이 짙어가며 낮에 더럽히었던 모—든 것들 지붕들이며 눈앞에 흐르는 공기들까지도 다 창연蒼然한 한빛에 골고루 묻히어버리는 그렇게도 고요한 때였습니다. 저는 형의 엷은 휘친휘친*** 쓰러질 것도 같은 그 뒷그림자가 넘겨놓고**** 가는 이러한 말씀의 여음餘音들을 들으며 얼마나 슬펐는지 얼마나 뜨거운 눈물이 치밀었으며 얼마

* 海霧. 바다 위에 끼는 안개.
** 날이 저물어가는 어스레한 빛.
*** 가늘고 긴 나뭇가지 따위가 탄력 있게 크게 휘어지면서 자꾸 흔들리는 모양.
**** 남겨놓고.

나 그 고요한 슬픔 가운데—이날의 이 모색이 가진 너 나의 분간이 없는 그 무한한 번뇌 가운데 몰沒할 것을 생각하였는지 모릅니다. 그렇게 그때 형의 말씀은 저에게 절대의 것을 주었습니다. 죽은 셈하고 죽은 셈하고 자꾸 자라는 것이 왜 저를 그렇게까지 울리는 것이며 조그마한 산에 집이나 하나 얻어서 마음 놓고 살아볼지 알겠느냐는 말씀이 왜 그리 저를 아프고 슬프게 하는 것입니까. 제가 죽을 것을 두려워하는 탓이겠습니까. 제가 가난한 것을 이겨나가지 못할 것이 두려워서 그런 것이겠습니까. 아닙니다. 저에 관한 그런 것이 아닙니다. 제가 저를 죽여서는 못 쓰는 생명인 줄도 아는 것을 형이 형을 알듯이 알아주시는 까닭인가 합니다. 그렇지 않고야 어떻게 그렇게 거진 죽어가는 생명이 달게 죽을 것을 생각할 수가 있어요. 저는 그렇게도 제 생명에 적합한 말을 들어본 적이 없습니다. 그 형의 말씀들은 위안이 아니라 아픔이요 고요한 아픔이요 종용從容한 아픔일 따름이었습니다. 그리고 이 종용한 아픔은 여기 있는 이李라고 하는 늙은 간호부의 말과 함께 저를 얼마나 힘 있게 하였는지 모릅니다. 그러나 그 간호부의 말도 형이 생명에 대하여 저에게 가르켜*준 것이 없었으면 그것이 제 마음에 그렇게 나타나지 못하고 말았을 것을 저는 압니다. 그것은 형이 오셨다가 가신 지 두 번째 오는 반공일** 날 밤인데 제가 제 몸에 마지막 상채기를 받던 날 밤이었습니다. 이날 밤 거진 새벽녘이 되어서 저는 갑자기 몸이 오싹하는 바람에 잠이 깨어 잠결에 이불을 더 닥어서 쓰고 다시 잠이 들기는 한 모양이었습니다. 그리고 이때에도 어렴풋이나마 이거 이래서는 아니 되겠다는 그러한 일말의 불안이 없지는 아니하면서 그러나 그 뒤 바로 잠이 깨어 이불을 젖히고 나설 사이도 없이 상반신을 겨우 들고 몸을 지탱하고 있을 때에는 벌써 그 후끈한 것이 하

* 가르쳐.
** 半空日. 오전만 일을 하고 오후에는 쉬는 날이라는 뜻으로, '토요일'을 이르는 말.

나 가득 목에 와 닿아 있지 않습니까. 이러한 여느 때 같으면 얼마나 황겁*
했을 것인데 저는 이때 자기로서도 이상하게 침착한 마음으로 초인종 줄
을 잡았던 것을 기억합니다. 그러나 그것은 누구를 부르지 않고는 못 견
딜 것 같아서 그런 것이 아니요 단지 입에 담뿍 담기인 뜨거운 것을 받을
데가 없어서 그랬던 것입니다. 그리고 이때부터 저는 제 자신 속에 다시
살아나더라도 그러한 마음으로 살고 앓더라도 그러한 마음을 버리지 않
고 앓고 죽을 때에도 역시 그러하게 넉넉히 임할 수 있을 힘을 발견하였
던 것입니다. 그리고 초인종 소리를 듣고 달려 올라온 간호부에게 저는
얼마나 감사의 마음을 가졌는지 모릅니다. 그는 백 그램 메모리**가 그어
진 곱부***를 제 입에다 갖다 대어주며 뱉으세요 뱉으세요 나온 것은 삼키
지 말고 뱉으세요 하는 것인데 그 여성은 누구를 위로한다는 그런 부드러
운 노력조차 보이려고 하지 않는 것입니다. 그저 그것은 무엇인가를 인정
하며 무엇인가를 격려하는 소리였습니다. 마치 제가 자꾸 입으로 나오려
는 것을 아니 뱉고 아끼려는 것처럼이나.

　　이날 밤 저는 그 똑같은 메모리가 있는 곱부로 꼭 여섯 개를 뽑고 또
반이나 더 내었는데 그러면서 듣는 그 간호부의 단순한 말은 저에게 그
이상 더 몇 개를 뽑고 그 이상 더 몇 개를 내더라도 살 수 있다는 암시를
주는 것이었습니다. 그것은 너무나 상식을 떠난 제가 하더라도 그렇게 못
할 제 생에 대한 태도를 아는 이가 아니고서는 모를 위안의 말이기 때문
이었습니다. 누가 늙는 것처럼 세상에 어려운 것이 없다 하였다더니 저는
그러하고 엎드려 있는 동안에도 몇 번이나 고개를 들어 늙은 사람이 아니
면 그렇게 빛날 수가 없을 그 간호부의 아름다움에 취하였는지 모릅니다.

* 惶怯. 겁이 나서 얼떨떨함.
** 目盛り(めもり). '눈금'을 뜻하는 일본어.
*** '컵(コ ッ プ)'을 일본어 발음대로 쓴 것.

84

아니 그것은 취하는 것이 아니라 마음에 향을 태우는 것이요 조용한 눈물을 가슴에 쌓는 것이라고나 하여야 옳을지.

　제게 그러한 일이 있은 지도 벌써 이순二旬*이 지나 이제는 형이 오셨다 가실 때보다 날씨도 아주 겨울이라 하게 쌀쌀하여졌는데 저는 어제 저녁 여기 입원해 있는 환자를 찾아오는 온성에 산다는 사람에게서 그때 형이 회계에 넣어 놓고 가신 돈이 아마 형의 마지막 돈이리라는 말을 듣고 놀라지 않을 수 없었습니다. 그 사람이 꼭 그렇게 말한 것은 아니라 하더라도 결국 그 가르치는** 뜻이 거까지 오는 것이라면 그것은 제 마음을 어둡게 하지 않을 수 없는 아니 어둡다 할 수도 없이 그것은 쓰라리고 아프고 허무한 것이 아닐 수 없는 것입니다. 그것은 하필 제 몸이 형에게 짐이 되어 있던 것을 아는 괴로움뿐만도 아니요 또 지금쯤 형이 하고 계실 형의 그 자태를 생각하고 눈물겨운 세상이 되어서 그런 것도 아닙니다. 형이나 나나 돈으로 해서는 그러한 형용形容을 씀이 마땅하지 않을 줄을 압니다. 적어도 돈으로 말미암아서만은 나종那終까지 비참할 길이 없으리란 말씀입니다.

　저는 형이 저에게 그러한 최후의 것까지 아끼지 않고 던져주신 것도 언젠가 형이 말씀한 산골에 사는 그 어리석은 독장수처럼 아무러한 다른 동기도 없이 독 하나를 공중에 밀어내어 깨버리듯 저에게 준 것을 저는 압니다. 그리고 저로 하더라도 그이 그렇게 비참한 것이라면 당초부터 집에서 나오지도 않았을 것이며 나와서도 그것이 양어머니의 것이라 하여 그를 그처럼 아니 미워할 수도 없지 아니합니까. 저는 여기 오래 누워 있으면서 아니 그렇게 하고 나오는 순간부터 벌써 그이를 용서하였고 가련하게 생각하였고 그렇게 생각하는 자기도 다 가련한 줄을 알던 사람입니

* 이십 일. 순旬은 열흘을 뜻함.
** '가리키는'을 의미.

85

다. 도리어 제가 오늘 괴롭게 생각하는 것은 저번에 오셨다 가시던 저녁처럼 형을 생각하는 때마다 형의 생에 대한 태도를 생각하는 때마다 오는 그 허무감 원수를 생각하듯 대상을 가지지 아니한 형용이 없고 빛깔이 없는 그러한 허무감 때문입니다. 오늘도 저는 그 온성 사람에게서 형의 말을 듣고 가슴 쓰리고 아프게 생각한 것은 이러한 허무감을 놓고 아무것도 없는 것입니다. 저는 제 반생半生에 지나간 일과 있는 일 그리고 형의 지나간 일이 어떠하였을 것과 이제 있을 일이 어떠할 것을 저는 생각합니다. 또 그것들이 슬픈 것인 줄을 알며 외로운 것인 줄도 압니다. 그리고 적어도 저만은 죽어서는 아니 되는 생명인 줄로도 생각합니다. 세상의 하잘것없는 존재인 것같이 탁하고 파렴치한 존재인 것같이 더럽힌 생명이 어떻게 안존*한 마음으로 죽을 길이 있겠습니까. 그렇지 않고야 제가 어디를 가거나 어떻게 살거나 항복될 사람이 아니면서 그렇게 아니 살 수 없는 까닭을 무엇으로 설명할 길이 없을까 합니다. 그리고 이 한 점을 내어놓고는 형의 고독함과 제 고독함이 손을 잡아볼 길도 없었을 것입니다. 저는 지금 제 육신이 다 피로하여 어느 경계선을 밟고 넘어서려는 것을 깨닫습니다. 아마 오늘 여기서 자고 나면 내일쯤은 어느 갯가에 쓰러져 달포 전 형이 오셨다 가신 그러한 짙은 모색 가운데 그 너 나의 분간을 없이 하는 무한한 연민 가운데 몰沒할 수 있었으면 그것이 얼마나 제가 제 생명에 깊은 순간을 만들기 위하여 애쓴 것이라고 알아주시기 바랍니다. 그리고 그처럼 이 세계와 같이 넓은 공허의 기쁨을 가지고 생을 마치려는 순간까지 형에게조차 마음 놓고 맡기고 갈 수 없는 그 최후의 한 점을 제 생명은 밟고 섰고 디디고 섰고 악을 쓰고 섰는 것을 저는 의식할 것입니다. 아! 그러나 저는 이런 것을 쓰려 한 것은 아니었습니다. 그리고 이것

| * 아무런 탈 없이 평안히 지냄.

은 형더러 어떻게 하라는 것도 아니요 어떻게 하자고 해서 쓰는 것도 아닙니다. 다만 언제든지 한번 오셔서 아시고야 말 제 종생終生에 대하여 그것이 얼마나 행복한 것이었고, 얼마나 기쁜 순간을 만들기 위하여 그러한 길을 취하지 아니할 수 없었는가를 아니 알릴 수 없는 까닭입니다. 그리고 여기 그 진실한 것을 토하기 위하여 형을 상심하게 하는 것이 있다 하여도 그것은 제 어린 마음이 그러한 것이라고 용납해주실 것입니다.

그는 여까지 읽고 나서 더 마저 읽지도 아니하고 화닥딱* 다시 자리에 일어나 앉았다.

— 이 저주할 편지 속에 앉혀질 내 마음의 자태야 어떠한 것이든 간에 결국은 돈 천 원 빌려달라는 것이 아니냐 —

하고 생각하매 그리 주저할 편지도 아니었다. 그는 힘을 내어 다시 펜을 들고 이렇게 썼다.

할 말은 많으나 다 드릴 수 없을 것 같습니다. 그러나 아무리 흐린 마음을 가지고 자세한 말씀을 드린다기로 여기 동봉하는 이 편지 이상으로 제 심정을 설명할 도리도 없을까 합니다. 저는 암만 하여도 이 편지의 주인공이 이 세상에서 죽어져 없어졌으리라고는 생각되지 않습니다. 이 젊은 사람은 제가 두어 달 전 병원에 입원했을 때

하고 쓰려다가 마지막 한 줄은 펜을 박 내려 그어 지워버리고 그래도 불쑥 불유쾌한 생각이 치밀어 한 장을 다 쫙쫙 찢어버리고 말았다.

그는 처음부터 다시 쓰기 시작하여 지워버리던 대목까지 와서는

| * '화다닥'의 방언.

저는 암만 하여도 이 편지의 주인공이 이 세상에서 죽어져 없어졌으리라고는 생각되지 않습니다. 이 젊은 사람은 자기가 오랫동안 앓아서 누웠던 그 병원 가까이 아직도 망연히 먼 곳을 바라보고 서서 제가 오는 줄도 모르고 있는 것 같습니다. 그래서 내일이라도 이 병원 어느 방 어느 메에서 이 젊은 사람을 찾으면 편지에도 있는 것처럼 어느 조그마한 산에 집이나 하나 얻어서 고구마나 파먹고 살까 하나이다.

아무리 돌아보아야 형을 두고 달리 구할 길이 없어서 그러하오니 돈 천 원만 빌려주시기 바랍니다. 그리 나머지는 궁금해하실 것도 없이 아실 만한 것은 다 잘 아실 줄 아나이다.

하고 한자 더듬을 것도 없이 단숨에 내려 쓰고 성군의 편지를 동봉하여 봉피封皮*를 쓴 다음 우표까지 붙여 책상 위에 딱 엎어놓고 갔다.

그는 아침 열 시 지나 눈이 떠 머리가 몹시 어수선한 것과 머리맡에는 베를렌느의 시집이며 편지지며 담뱃재 세계지도 같은 것이 제 마음대로 펼쳐놓여 있는 것을 발견하였다. 그 편지를 쓰고 나서도 잠이 아니 와 간밤은 몹시 비바람이 있는 밤인데 자기는 이제는 아무 욕망도 없이 그저 가슴 위에 펴놓은 세계지도에서 시베리아도 아니요 알래스카도 아닌 그저 아무것도 아닌 훤히 터진 망연한 곳을 바라보며 그 단조한 구슬픈 소리에 잠이 들었나 보았다. 그 소리는 세상의 모—든 것을 묻어오는 구슬픈 소리였다.

그러나 오늘은 아침부터 이렇게 이불 안에서 꾸물거려서는 안 되리라는 생각으로 일어나 이날은 자리를 개어 얹고 방바닥에 헤뜨려놓은 책들이며 구겨버린 종이쪽지들을 말갛게 치워놓고 아래로 내려갔다.

| * 봉투.

예전 같으면 안해는 벌써 조반을 다 치우고 났어야 옳을 시간이었다. 밤잠을 불규칙하게 자는 버릇을 놓지 못하는 자기로서는 당연한 일인 줄을 알건만 요즈음 와서는 으레히 아침 맞상을 하고 앉는 것이다. 그렇다고 안해의 입심이 늘었느냐 하면 그런 것도 아니요 도리어 그러허구 앉아서 아침내 한 마디 말조차 없이 밥을 먹노라면 군색한 기분만 피어날 뿐인데 그래도 안해는 혹시 부엌 문턱에 쪼그리고 앉아서 무슨 궁리에 골똘하다가도 자기가 내려오면 벌떡 일어나 세숫물을 떠놓고 세수를 다 하면 상을 들여놓고 그리고는 으레이 애써 마주앉는 것이다.

처음에는 안해의 갑자기 이렇게 해주는 것이 이상하기도 하고 민망한 생각도 없지 아니하야

"먼점* 식기 전에 먹지 왜 그랬소."

하는 한 마디라도 아니할 수 없었다. 그러나 그러는 때마다 안해는 "괜찮아요." 하고 달롱 찬 이슬 방울 맺혀 떨어지듯 한 마디 하고 마는 것이 무슨 까닭인지는 몰랐다. 그것이 이제 와서 자기의 그만한 말까지 안해의 마음을 책하는 것이 된다면 그런 사양을 하는 것이 도리어 아니 되어서 그는 아무 말도 없이 세수를 다 하고 밥상을 마주앉았다.

"오늘 삼천병원에 친구 문병을 가는데 며칠 될는지 모르겠소."

"삼천에요?"

"응. 삼천에. 그러니 혼자 집에 있기 싫거든 고모님 댁에라도 가 있다 오든지 하구려. 허기야."

하고 그는 말을 뚝 떼어 얼만큼 생각에 몰두하다가,

"허기야 내가 있은들 별 수가 있었겠소만⋯⋯. 어쨌든 곧 돌아올는지도 모르지만 며칠 걸릴는지도 모르니깐. 그리고 곧 돌아오거든 나 혼

| * '먼저'의 방언.

자서라도 다 처리하리다. 당신이 있는 것보담."

"……."

춘자는 별로 반문할 것도 없이 짐작할 만한 것이 있다는 듯이 잠자코 밥술을 입에 나르고 있었다.

"허니 저 도랑꾸*는 왜 내놓고 아무것도 아니 넣고 있소. 넣었소? 안 넣었지."

그는 푸르우레한 바탕에 금빛 장식을 일곱 개나 붙인 큰 쇠가방을 얼굴로 가리켰다.** 이 가방은 혼인할 때 멋모르고 크고 값 많고 든든하고 모양 있다 하여 산 것인데 몸뚱이 하나라도 재우면 다 들어갈 만큼 무시무시하게 큰 것이어서 혼인할 때의 기분이 아니면 사지 못했을는지도 모를 물건이었다. 도금 장식이 일곱 개씩이나 있는 것도 럭키 세븐을 상징한 것인지는 몰라도 지금은 이것이 다 검은 바탕에 흰 연꽃무늬를 보는 것처럼 고개를 돌려 꺼리고 싶은 장식이다.

"뭘 넣어요?"

"글쎄, 넣을 거야 뭣이 있겠소만은 어쨌든 그 중에서 더러 애끼고 싶은 것도 없지 아니 할 터니 그런 것이걸랑 저기 넣어 갖다두는 게 낫지 않소."

두 번째 이사 올 때에는 그때도 오늘날 경우와 조금도 다름이 없었건만 안해는 그때도 저 가방을 내놓고 며칠을 두고 고르고 고른 것들만 그 안에 채근채근 넣고 있었다.

그러하던 안해에게 이러한 사양하는 마음이 생긴 것을 그는 얼마나 칙은하게*** 아니 생각할 수 없었다.

---

* 트렁크.
** 원문에는 '가르쳤다'로 되어 있음.
*** '측은하게'의 방언.

겨울에 들어선 밤비라 자고 나면 다 오신 비겠거니 하였더니 아침도 검푸레한 하늘빛이 어찌도 그리 음산하여 눈도 아니고 그대로 비가 오신 날이다.

바람이 채 잦지 않아서 그리 많지 아니한 구름이 더욱 스산하여 날이 낮이 되는 것이 아니라 저물어 들어가는 것만 같은데 군데군데 헌 교의*가 놓인 우중충한 방 안에 구석구석이 어두운 그림자가 뭉기어 웅크리고 섰는 것을 보니 이리 보아도 그렇고 저리 보아도 그렇고 춘자는 당기었던 줄이 갑자기 끊어지는 것 같은 매시근한** 힘을 걷잡을 길이 없었다.

기다리는 것도 없이 그는 기다리는 사람의 마음으로 이 교의에서 십 분 또 저 교의에서 십 분 기다렸다. 그리고

오늘 저녁 만나서도 또 그 모양으로 자꾸 보자기만 하면 나 혼자 달아난다고 하고라도 무슨 결말을 내어야 한다.

하는 마음을 먹어보면서도 몇 번이나 죽을 것을 그 교의 늘 위에서 생각하였는지 모른다.

그때 그는 자기가 무슨 생각을 하는지 모르는 생각을 하고 있는 동안에 아래층 문 열리는 소리가 나고 사람이 들어서서 미닫이가 열리고 그리고는 얼마 동안 연문에서 서먹서먹하는 동정이 보이더니, "아즈머니, 위층에 계시나." 하는 나지막한 혼잣말을 앞세우면서 층계를 밟아 올라오는 어린아이 발자욱 소리에 기분을 떨치고 일어났다. 어린아이인 줄은 알면서도 그래도 손에 쥐고 뜯어보랴 마랴 망설이던 그 편지를 허리춤에 먼점 아니 걷어 넣을 수가 없었다.

"아이구. 은실이 웬일이냐. 이 비 오시는 날."

* 의자.
** 기운이 없고 나른한.

하며 화닥딱 일어선 것인데 그 목소리는 아무래도 떨리지 않을 수 없었다. 그리고 어른이 자기 몰래 허리춤에 무엇을 감추는 것을 빤히 보고도 그 황겁하였을 어른의 얼굴을 본 체하지 아니하려는 어린아이의 너무나 깍듯한 태도에

"마침 오기는 잘 왔다. 지금 막 이 편지 부치러 가던 길인데 하마터면 못 볼 뻔했지."

하고 방패막이를 하였으나 아무래도 허겁지겁 잡아 넣은 편지다. 그 앞 봉피가 혹시나 그 계집아이 있는 쪽으로 드러나 있지나 안 했나 그랬으면 거기 쓰인 글자 한 자만 보여도 그것이 자기 아버지에게 가는 편지인 줄 알 터인데 하는 생각으로 자꾸 허리가 내려다보이고 그 계집아이가 보여지고 그리고는 웃어 보인 일.

"네? 편지 부치시러요. 난 어머니가 아즈머니 점심 잡수러 오시래서 왔는데 그럼 같이 가세요."

하며 그 계집아이는 일단 제가 온 용건을 말하고 그리고는 별로 애교 있는 웃음 하나 띄움이 없이

"그렇게 편지 깊이 넣으시면 가다 빠지지 않으세요."

하고 말끝을 맺는 것이었다. 그러나 아무리 거스럼이 없이 하느상하게 하는 말이라도 제가 보면 아닌 웃음을 웃고 있는 내가 민망할까 보아 얼골*을 들고 바로 보지 않는 것만 보아 어린애 품에도 커서 얼마나 어른을 집어먹을 년이야 하는 얄미운 생각도 나나

"아니 괜찮다. 그리 대수로운 편지도 아니니간." 하면서 얼결에 토한 자기 대답에는 어지간히 가슴이 선뜻 건너가지 않음이 아니었다. 대체 그년의 에미년부터가 이 비 오는 날 아이는 뭣하러 보냈으며 누가 달다

| * '얼굴'의 방언.

기에 나를 오라는 것이야. 그 여편네마저 알고 나를 떠보지 못해서 그러는 걸까 — 떠보건 아니 떠보건 알건 아니 알건 밑의 밑창까지 알아도 지금 와서 그 여편네와 마주앉기는 죽어도 싫어 — 하는 생각이 나매 불현듯이 미운 생각뿐이어서 몸살이 와서 못 가겠다 하였다. 그래도 그 계집아이는,

"내 생일날이구 어머니 꼭 모시고 오래서 왔는데요."

하며 마주 바라보고 섰는 것이 아닌가. 이년의 못된 계집아이가 이 그 꼴에 검정 안경까지 가지고 뽀디뽀디 말라빠진 겨놈의 감정이* 눈 같은 눈깔을 집어 쓴 비 맞은 애꾸눈이 계집아이 하는 생각으로 그놈의 계집아이를 한 번 노리고 나서

"그래도 못 가겠다고 가 그래. 몸살이 와서 못 가겠다구."

하고는 아랫배에 힘을 주어 뭘 하면 대꾸할 것도 없이 아주 돌아서버리기라도 할 생각으로 서 있었다. 그리니까는 그 계집아이는 고개를 바로 들고 — 그렇지만 아까는 편지 부치러 가는 길이라고 하지 않았느냐 — 고나 할드키** 한참 멍하니 마주 서 있더니 간다온단 말도 없이 꽁지야 떨어지거라 내일 줍자 하게 달아 내려가버리고 말았다. 그렇게 딱 부르집고 나서는 내 말에 무서워서 그랬을까 그리고 그놈의 계집 하나를 앞에 놓고 그리도 곰불락일락*** 진땀이 나게 혼이 난 것도 요새 내 신경이 너무나 예민해져서 그랬을까. 그년 에미가 오라는 것도 별다른 뜻 없이 한 말인지도 모르는데 그걸 공연히 그런 것이 아니람 하는 생각도 하며 그는 수리개****를 본 병아리처럼 비오는 동구 등턱을 쫓겨 달려 내려가는 그 적은 것의 뒷모양을 바라보고 있었다.

* 색깔이 검은 고양이를 지칭.
** 할 듯이.
*** 배가 몹시 아파서 허리를 고부렸다 폈다 하면서 요동을 치는 모양. 고불락닐락.
**** '솔개'의 방언.

허지만 그랬다기로 나야 무슨 낯에 그 밥이 잘 넘어가 하는 생각에 도달하매 갑자기 앞이 아득하여 아무 의자나 걸쳐지는 의자 위에 털썩 몸을 부리지 않을 수 없었다.

"아이 죽었으면 좋겠다."

그렇지만 잘못이면 내 잘못만이며 허물이면 내 허물만이란 말인가. 허물이래도 허물일 따름이지 죄 될 거야 무엇 있어. 이놈의 집은 죄가 아니오 이러한 놈의 고장은 죄가 아닌데.

열 번 찍어 아니 넘어가는 나무는 어디 있으며 고삐를 잡아주어서 주인 가자는 대로 아니 가는 말은 어디 있어서 이놈의 고장에 살게 한 것은 누구며 이러한 놈의 고장에 주저앉혀 놓고는 읍에 있을 적부터 넝마전*을 한답시고 돈놀이를 한답시고 하여 다 팔아먹고 여기 와선 밤낮 서울만 댕기다가 이제는 팔아먹었단 말도 안 나와서 혼자 있기 싫거든 고모님 댁에라도 가 있다 오라구! 내가 있는 것보담 저 혼자서 처리해도 좋다는 그 어성귀한 말이 벌써 다 결단이 날 대로 난 말이 아니고 무엇이냐. 이 집 하나 남았는데 그것이 팔렸는지 경매에 붙었는지는 모르지만 한 달도 그만, 두 달도 그만, 나댕기다간 돌아와 있는데야 이것은 주는 것도 아니요 놓는 것도 아니게 그 풀이 죽은 눈으로 질질 노리고만 있은 것은 누군데? 안대서 허는 짓이어도 남의 역겨운 사나이요 모르고서 하는 짓이어도 남의 무심한 사나이가 아니야. 왜 남의 주인이 못된 것은 누구의 죄란 말이야. 그것이 내빗두루 달아난 탓만 되남 하고 생각하매, 춘자는 공연히 근심을 사서 하는 것만 같이 어리석어서 허리춤에서 그 편지까지 꺼내어,

"이놈의 편진지 뭔지 내가 뜯어보려니 하고 이렇게 써놓고 갔겠지."

| * 원문에는 '넉마전'으로 되어 있음. '넝마'는 낡고 해어져서 입지 못하게 된 옷, 이불 따위를 이르는 말.

하매 침이라도 뱉듯* 힘을 들여 마룻바닥에 내꽂졌다.**

그 바람에 깜장이 놈이 울어 털끝이 쭈빗 하니 놀라기는 하였으나 이렇게 원염을 먹고 나야만 할 일이어서 풀어지기만 하던 마음이 새삼스러이 단단해지는 것을 깨달았다.

자기가 쓴 편지를 봉투에 넣어서 우표까지 붙여놓고 노나코*** 가는 것은 누구 눈치를 못 보아서 하는 짓이며 또 편지로 하더라도 친구로만 알고 하는 편지라면 백 리를 두고 있는 것도 아니요 천 리를 두고 있는 것도 아닌데 무슨 못할 말이 있어서 편지로 할 것이 있으며 또 있으면 가는 길이라면서 오죽 잘 부치고 갈 것이 아니야! 허기야 그것이 그런 칠칠한 사나이로서 못할 짓이야 무엇이련만. 그렇지만 나는 왜 또 그때 작자가 아직 채 저 똥턱****까지 아니 갔을 적에 여기 올라왔으면서 이놈의 편지를 들고 쫓아나가 이걸로 턱수가리*****라도 치받칠 듯이 하면서 이런 것 써놓거들랑 언제 누가 부칠 거라고 아니 가지고 가느냐고 떠내밀지 못하였을고. 그러면 차마 너더러 부치라고 그랬노라고 할 만한 작자도 되지 못하지 않어? 그러나 그때 생각하기는 그저 그런 사나이고 보니 그런 생각 저런 생각 없이 제 여편네에게 줄 편지를 한 집에 사는 사이에 그저 주기도 뭣하고 그렇다고 성명도 안 쓰인 봉투를 그저 내어 미는 수작도 없어서 아무래도 내가 뜯어 볼 터인즉 아무나 자기와 내가 아는 사람의 이름을 써서 내게 놓고 가는 유선지도 모른다 하였다. 거기 쓰인 이름이 우연히 보걸이의 이름이란들 이상할 게 무어랴. 유서가 아니면 보걸이 그 당자에게 보내는 이번 일을 빈정대어서 한 무슨 편지겠지 하였다.

---

* 원문에는 '배앗듯'으로 되어 있음.
** 내버렸다.
*** 놓아두고.
**** '동둑'을 천박하게 일컫는 말. 동바 혹은 동바둑은 크게 쌓은 둑을 이름.
***** '턱'의 방언.

그래도 빈정댈 만한 무슨 눈치가 생겼기에 어제 저녁도 자리에 누워서 장 허느 양으로 이마에 팔을 얹고 이런 궁리 저런 궁리 하는가 보더니 갑자기

"나 위층에 올라가 잘 터이니 이불 하나 내우."

하면서 너 이년 네년은 왜 잠을 못 자느냐는 드키* 벌떡 일어나 금방 목이라도 누를 것 같이 엉거주춤 공중에 서듯 서 있지 않았던가. 그때만 해도 이 매친** 속알찌 없는 년 보아 이층이 아니야 삼층 꼭대기에 올라가잔들 그까짓 놈의 집 행 맞을 놈의 집 잘 테면 자고 굴 테면 굴지 이불은 무슨 이불을 달라고 이 아닌 밤중에 사람의 울화를 뒤집는 거냐고 한마디 하지 못하고 무슨 이불이 있어서요 하고 탁 풀이 죽어 외면을 하고 말았었다.

"없어?" 하고 작자는 한 번 다지고 나서 없어요 하니까

"없어도 좋아."

하면서 이놈의 데를 허겁질로 올라오고 만 것이 아닌가. 지금 아니 그리고 올라와서 밤새 이놈의 편진지 유선지 썼는가 보지만.

편지? 유서? 편지기로니 뭘 하며 유서기로니 뭘 하랴. 빈정대었다면 그 사나이가 무엇을 어떻게 할 사나이이며 유서라면 내가 듣지 않고 보지 않는 바에야 내 알 바가 아닌 게 아니냐.

이렇게 자기는 아무런 의심도 머리를 들 수 없게 마음속에 든든한 덮개를 해 씌우고 안심했었다.

허지만 그것이 보걸이에게 가는 편지가 아니고 자기에게 보여주려고 한 편지라고 하더라도 그 편지가 하필 유서이어야 한다고 생각한 것은 무슨 까닭인지 모를 일이었다.

* '듯이'의 방언.
** 맺힌.

96

어제 저녁 저녁내 이층에서 목을 매다 잘못 맨 사람 같으나 이리 쿵 저리 쿵 하는 소리를 엿들으러 올라갔던 생각이 채 가슴에 가시지 않아서 그랬을까.

그러나 사실 엊저녁만 해도 작자가 무슨 짓을 하든 듣지 않은 셈하고 도로 돌아 내려오기는 했지만 그래서 밤새 그놈의 귀뚜라미한테 성화는 받았지만 도리어 천만뜻밖으로 놀래고 싶은 것은 온아침*이었다. 그렇다고 밥을 두 그릇 떠놓지 않은 것도 아니고 국만을 두 사발 되게 끓여놓지 않은 것도 아니지만.

그리고 그것도 다 그때까지 부엌에서 하회**를 참고 보고 있으면 보고 있었지 문을 열고 올라와볼 생각은 나지 않아서 그런 것이지만.

내가 이렇게 내 이 직감에 아무러한 의심을 품을 사이도 없이 그 사나이와 지어야 할 해결을 다 지었다는 것과 그리고 그리고는 보걸이와 그렇게 하자고 생각한 것도 그 사나이의 말로는 아무래도 그렇게밖에 될 도리가 없는 것이 뻔한*** 까닭이었다. 그리고 영순이도 보걸이의 이야기로는 아무리 그것이 늦더라도 우리만 참을성이 있으면 다 정식으로라도 살게 될 것을 무얼 그리 서두를 것이 있느냐고 하는 것이다. 그리고 나도 그 여편네에게 별달리 불쌍한 생각이 있는 것도 아니기는 하다.

허지만 그 말이 나오는 때마다 내가 그 여편네가 불쌍하다고 하면 보걸이는 기어코 그까짓 나가자빠질 년 어디가 불쌍하냐 이런 땐 이러는 년이요 저런 땐 저러는 년이 아니냐 하며 된가래침을 뱉드키 하는 것인데 그러면 그럴수록 내 가슴속은 한번 시원한 것도 같으면서 또 한편 정말 그 여편네가 불쌍해 보이지 않는 것도 아니었다.

* 오늘 아침.
** 下回. 어떤 일이 있은 다음에 벌어지는 일의 형태나 결과. 다음 차례.
*** 원문에는 '삐안한'으로 되어 있음.

내가 그렇길래 나는 보걸이가 남가를 가이업슨* 사나이라고 하는 때
마다 무엇이 가이업스냐 하기는 하면서도 그저 그 말 한 마디뿐이지 어
째서 그렇다는 것은 일부러 아니하기로 한 것이다. 그러지 않아도 그러
고 잠자코 있으면 결국은 보걸이 제 입으로 그 사람 욕을 꺼내고 마는 것
이니까. 그러고 나서 나중에 제 자랑까지 하는 것을 보면 보걸이란 사나
이도 그제는 얼마나 넌덕찌근한 사나이만 같아서 나는 정말로 그 사람을
가이업게도 생각해보고 또 그럴 때마다 우리 혼인하던 때를 얼마나 추억
도 해보았는데! 허기에 나는 다른 때 같으면 졸금졸금 그 사람 이야기를
못할 것이 없이 다 하면서도 우리 혼인하던 첫날밤 이야기만은 보걸이한
테도 하고 싶지 않았다는 것이다.

그렇게 내가 그 사람도 불쌍한 데가 있지 몹쓸 사람만은 아닌 줄 알
면서 그 사람을 사랑할 수 없고 그 사람에게 붙접할** 수 없이 생각하는
것은 무슨 까닭이람!

그날 밤 그 사람은 혼인식이 끝난 뒤 이차회엔가 삼차회엔 가서 많이
취해 밤늦게야 돌아왔었다.

나도 왜 부끄러웁고 싶지 않은 첫날밤이었으랴만은 그 신방이라고 차
린 방에 나를 몰아넣어줄 사람은 어머니밖에는 없는 것과 그 어머니는 나
를 그 방에 몰아넣어 주지 않을 것을 알고 있었기 때문에 나는 부끄러워할
줄도 모르는 사람처럼 자리도 내 손으로 꺼내어 각자리를 깔고 그 방에 앉
아서 기다리고 있었다. 그런 것을 참견해주는 동네 늙은이라도 있었으면
그러라고도 하려니와 어쩌면 어머니는 그렇게 각자리를 깔고 있는 것을
보고도 본체만체할 수가 있었더람. 그것이 어머니의 성질이 수삽한*** 탓

* 가엾은.
** 가까이 가거니 붙따라 기대다.
*** 몸을 어찌하여야 좋을지 모를 정도로 수줍고 부끄럽다.

이어서 그런 것도 아니요 양심이 우러나오는 탓에 그런 것도 아니었다. 물론 아닌 것을 처음부터 알기 때문에 나는 어머니가 이 혼인에 그렇게도 반대하고 아버지와 죽도록 싸우면서 나중에는 내한테 그 말까지 못해매 하는 것까지 나는 짐작할 수가 있었다. 그러므로 그때 어머니가 그런 태도만 아니 취하였더라도 내가 그리 바싹 그 사람에게 올 생각을 아니 했을는지 모르는 일이요 또 내가 나를 불상하게* 생각하는 것처럼 그 사람을 그렇게 불상하게 아니 생각했을는지도 모르는 일이다.

그날 밤만 하여도 그 사람이 그렇게 취해서 내 치마 한 가지를 아니 벗겨주고 누웠기로 내가 어머니를 경멸하고 투기하는 마음이 없었던들 그 사람이 눈을 감고 있는 동안에 왜 그까진 옷쯤은 내 손으로 못 벗고 들어갈 것은 무엇 있었나. 허지만 나는 그 사람이 그렇게 취해서 돌아와 각자리를 깔아놓은 것에 무슨 도움이나 얻은 것처럼 아무 말도 없이 자기 자리로 들어가 자리와 자리 사이에 훤한 공간을 남겨놓고 눕는 것을 보고 얼마나 그 사람을 가이없게 생각했는지 모른다. 나는 그 사람을 그보다 더한 것이라도 용서할 수가 있을 것 같았고 그 사람 아는 것을 다 알 수도 있을 것 같았다. 그래서 나는 내 자리에 그렇게 단정히 하고 앉아서 언제까지나 그 사람 간호를 해드리기로 굳게 가슴속에 마음먹고 있었다. 며칠이고 몇 달이고 평생 동안 그 사람이 내 옷끈 하나 잡는 일이 없다 하더라도—나는 벌써 그때 이 사람이 오래 우리 여관에 있을 적부터 공부가 많은 사람이요 몸이 몹시 약한 사람이요 또 왜 아버지가 이 혼인을 만들지 못해 애썼는지를 알고 있었다. 그리고 아버지가 말씀하시기 전에 벌써 나는 그 사람이 그렇게 입에 말이 없어 가슴에 무엇을 많이 간직하고 있는 사람인 줄도 알았고 아버지가 돌아가실 때 그처럼 그 사람

| * 불상하게.

을 못 잊어 그 사람에게 나를 부탁하고 가신 것도 말하자면 그 사람에게 나를 맡기고 가는 것이 아니라 내가 그 사람 일생의 시중을 들어야 하겠다는 것도 결심하리만큼 그 사람은 어진지 무엇인지 가이없어서 못 볼 사람이었다.

그러기에 이날 밤도 나는 설사 그 사람이 잃을 것은 다 잃고 더럽힐 것은 다 더럽힌 사람이라 하더라도 나는 내 어머니와 같지 않고 내 어머니를 경멸할 줄도 알며 내 아버지의 아는 것을 다 안다 하게 그 사람에게 알리고 싶었었다.

"많이 편치 않으세요?"

물에 적셔온 타월을 그 유달리 넓은 이마 위에 놓으며 나는 두터히 접어놓은 새 수건을 집고 있는 내 손바닥에 금시에 뜨끈한 온도가 젖어 올라오는 것을 알았다. 그리고 이때 나는 내 두 볼의 후끈후끈하는 홍훈紅暈*이 눈으로 몰려드는 것을 느끼며 그의 힘없이 지르감은** 그 깊숙이 패인 두 눈에서도 끊일 사이 없이 맑은 구슬들이 스며 나오는 것을 보았다.

"미안하우."

그 사람은 이렇게 한 마디 하였을 뿐으로 눈에 고이는 것들을 머리를 돌이켜 가리우는 것이었다. 나는 그것들이 얼마나 뜨거운 것이며 얼마나 맑은 것이랴 하였다.

그 뒤 우리는 며칠 밤을 새어서 밝혔는지 내가 그 사람의 품 안에서 울고 용서하여 달라 한 것은 날이 밝으면 자리를 걷는 날이라는 날 밤이었다. 그날 밤도 나는 몹시 기뻤고 너무 기쁜 것만으로 가득이 차 있었고 그리고 또 정말 내가 그렇게 정한 몸인 줄을 알기 때문에 그런 것이 다 마음에 걸리지 않는 것이 아니어서 나는 당신에게 시집오기 전 서울에서

---

* 붉게 달아오른 기운.
** 눈을 찌그리어 감다.

공부할 적에 일본 어느 대학에서 법률 공부하는 사람과 알아서 그 사람이 자기와 약혼하지 않겠느냐고 하는 것을 아니하겠다 못한 것이 대답이 되어 죄를 지은 것 같아서 우노라고 하였다. 나는 그 사람에게 고만한 것을 가지고 당신도 무엇이든지 고백을 하라는 뜻으로 한 것은 아니었는데 그 사람은 다 듣고 나서 그까짓 걸로 무슨 울 것이 되느냐고 하며 나를 힘 있게 안아주는 것이었다. 그리고 자기도 무슨 말이나 할 것 같더니 나의 안았던 손을 놓으며 한숨을 한 번 휘 — 내쉬고만 말았다. 그러고 나서 그는 다시 나를 안아주며 오늘 자기는 죽어도 좋은 날이라고 하며 그 뜨거운 것으로 닷기워진* 으리으리한 눈으로 내 눈을 언제까지나 들여다보는 것이었다.

　나는 그때 이것이 이 사람의 기쁜 표현인 줄은 알았으나 더 그의 말 나오는 것을 듣고 싶어서 왜 죽어요, 마음이 없어서 죽어요, 힘이 부쳐서 죽어요 하는 소리라도 하려다가 그 말은 아니하고,

　"왜 그런 말씀을 하세요." 하니까 자기는 그렇게 오래 혼자서 살아왔노라고 하였다. 나는 얼마나 몸이 으스러지듯 향복하였는지 몰랐다.

　그러하던 내가 차차 그 사람을 더 알아가면서 사랑할 수 없는 것은 웬일이야? 이제 와서 그 사람의 찬바람이 휘휘 이는 곁을 떠나지 못해 한다기로 그것이 내 잘못 생각하는 탓만이요 내 죄만 된단 말인가. 좀더 사람이 유들유들하고 붙접할 곳이 있는 사람 같으면 아무리 어제 저녁 자기는 그렇게 털털거리고 올라갔기로 쫓아올라가 잘못한 것이 있으면 용서하여 달라고 빌기라도 못할 나련만 나도 이제는 그 찬바람이 몸에 못 배기는 것이다. 그것이 어제오늘이어야 하지 어제도 밤새도록 나는 엎치락뒤치락하면서 얼마나 그 야속한 귀뚜라미한테 홀리워 성화를 받

았는지 모른다. 무엇인지 모르게 야속하고 무섭고 울고 싶고 치워들어 오는 밤!

대체 사나이로 나서 그렇게 허드레* 웃음 한 번 못 웃는 사나이가 있을까. 사나이로 낳았으면 계집에게 없는 걸 꼬집어도 보고 욕도 하고 뒤치기도 해야겠는데 이거는 알자고도 않고 모르자고도 않고 늘 한 모양으로 질질 노리고만 있으니 그렇게 투기 없는 사람인들 어디 있담.

눈도 저놈의 감정이 눈처럼 얼마를 들어가도 부여잡을 길이 없을 것 같은 부어하니 깊이 패인 눈. 그리고 가만히 앉아서 웅크리고만 있어도 언제든지 한번 달려들 날이 있고야 만다는 듯한 그러면서도 쥐새끼 한 마리 잡을 줄도 모르는 저 정신이 쟈릿쟈릿하여는 고양이 새끼 눈. 저놈의 고양이만 해도 기르려면 어디서 삽살개나 한 마리 얻어다 기르자니까 저놈의 때도 벗지 못한 뽀디뽀디 말라서 빗속에 내린 고양이 새끼를 들어왔다고 기르는 사람이 어디 있어. 부득부득 내다버리자니까 그냥 두라고 그것도 있을 적엔 몰라도 없어지면 있던 것이 생각나는 법이라고 하였다. 그리고는 죽은 현이 년을 생각하였던지 눈몽오리가 거섬푸레 흐려지는 것이 분명하였다. 그것이 죽었을 때에는 눈물 한 방울 아니 흘리고 그 뒤에도 비가 오건 눈이 오건 우리들 사이에 그 아이 말 한 마디 해본 일이 없었건만 그렇게까지 사람에게 애정을 보여주기가 싫어서 그럴까.

춘자는 이러한 생각들을 하면서 일어나서 창밖으로 먼 곳을 바라보았다. 정거장에서 오는 길을 가로가리우고 엇비슷이 보이는 가지런히 달린 옥수수 밭에는 눈에 보이지는 아니하나 무슨 바람 같은 것이 피인 것이 보였다.

아니 피어나는 것이 아니라 그것은 찬 것이 잦아들은 것이었다. 그리

* 그다지 중요하지 아니하고 허름하여 함부로 쓸 수 있는 것. 원문에는 '해드레'로 되어 있음.

고 어느새 비가 잦아 마지막 빗발들이 남겨놓고 간 뽀얀 그 우에는 쭈뼛 쭈뼛하니 옥수수 등걸만 드러나 있는 것이 보일 뿐이었다. 생각하면 몸에 소름이 끼치고 모두 귀찮아 죽고만 싶었다. 그래서 그는 혼자 몸부림하듯 홱 돌아서는 길로 구석에 놓인 탁자 밑에 송구리고 앉아서 자기의 하는 거동을 일일이 살피고 있는 눈도 깜짝 아니하는 감정이놈에게 달려들어 그 등가죽을 휘벼 잡고 창밖으로 내꼰젓다. 그리고 그는 그 서슬에 깜짝 놀라 악 소리를 지르며 뒤로 자빠질 뻔하였다.

은실 어머니는 남이라는 이가 아니 하면 아니 올라올 사람인 줄을 알고 또 그리하는 것이 부자연스러울 것도 없을 듯해서 굳이 권할 생각을 그만두고 자기도 방에서 방석과 반짇고리를 들고 나와 방석은 마루 끝에 걸쳐 앉았는 남에게 권하고 자기는 반짇고리에서 손안에 드는 주머니 감하나를 들고 앉았다.

"얼마만이세요. 그동안도 안녕하세요."

하며 은근하게 인사하고 척 보아 많이도 초췌한 남의 얼굴을 잠깐잠깐 몰래 보는 순덕이었다. 그리고는 그 작구** 상기해오는 얼굴은 들지 아니하며 혼잣말처럼,

"그새 많이 변하셨어요."

하였다. 아마 바른대로 말하면 신색神色***이 몹시 그릇되어 보인다고나 할 뒷말은 다 하지 아니하는 것이다.

"네. 어떻게 변하지 아니할 수가 있습니까."

당연한 대답으로 남은 이렇게 응하였는데 하고 나서 생각하니 이 한

---

* 원문에는 '보이한'으로 되어 있음.
** 자구.
*** 안색顔色이. 원문에는 '신색시'로 되어 있음.

마디 말이 혹시나 이 병든 여인에게 감상적인 인상을 주어 지나간 자기의 반가운 생각이 가는 대로 가다가 상심하는 곳에 그치고 말 것이 아니되어

"참 오래간만이올습니다. 오늘이 은실이 생일날이라지요. 민 선생님은 어디 가셨습니까."

하고 어쨌든 생각나는 대로 많이 씨부리어 앞서 한 말에 먹물을 뿜어 놓지 안 할 수 없었다.

"애아버지 말씀이지요. 이 어디 근처에 가 계시겠지요. 지금 은실이를 그래서 보냈습니다."

부인은 빨리 말머리가 돌아가는 중단되는 생각으로 이렇게 대답을 하고 또 남이 잠자코 있는 것을 보았다.

"그년이 아버지가 집에 계시다고 거짓 말씀을 드렸다지요. 선생님이 아니 오시겠다고 하셔서."

"네에."

하고 남도 웃으며

"오늘 저는 삼천에 가던 길입니다. 거기 제 친구로 한 분 아는 이가 있어서 가서 보고 오려고 나셨던 길인데 오다가 은실이를 만났습지요."

"네. 글쎄 그러셨다고요."

"그래 너무 오래 만나지도 못했던 은실이요 또 온정에 무슨 일이 있어서 가는 길인 것 같아서 처음에는 만나지 않으려고 피했었어요."

하고 나서 남은 한참이나 말이 막히는 것을 느끼었는데 이렇게만 그때 자기 마음을 설명하자니까 그는 속 음성이 떨리는 것을 깨닫지 않을 수 없었다. 그리고 그렇게만 하고 마는 것은 자기는 아무렇게 생각해주어도 좋은 사람이나 그 어머니 되는 이에게는 안 할 말만 못한 것 같아서

"너무 옷을 막 입고 나와서 누추하고 볼 낯이 없는 것도 같아서요."

하고 그는 마음 아니한 말이기도 하고 정말이기도 한 실토의 한 부분을 하고 말았다.

"원 별 말씀을 다하세요. 그런 말씀을 왜 하십니까. 선생님이 어제오늘 아신 분이세요."

하며 부인은 생각하니 자꾸 눈물겨워짐을 어찌할 수 없는 것 같았다. 그것을 남도 짐작하였다.

"그래 피해서 길을 꺾어 자꾸 동뚝* 있는 데로 들어가다가 은실이가 지나쳐가나 안 가나 돌아서보니까 제가 꺾어 들어오던 길목에 서서 그냥 가지 않고 이쪽만 건너다보고 있는 겁니다. 그래 아무리 피한대야 처음 생각한 것과는 다르게 되어가는 것을 보고 가기를 멈추고 도로 돌아왔습니다. 어디 발목이 잡혀서 가겠더라고요."

하며 남은 거기 아니 나오는 웃음을 집어넣으면서

"그래 은실이 생일날인 줄도 알고 제 처를 데리러 가는 길인 줄도 알았습니다."

하였다.

"네 그러세요. 그러지 않아도 아까 그것이 선생님 모시고 들어오면서 벌써 그 말씀을 제한테 다 속석거리고 나갔답니다.

그러커구 돌아오시더니 아마 아주머니는 못 오시리라고 하시더란 말과 왜 못 오시느냐 꼭 어머니가 모시고 오라고 했다고 하니 또 한참 생각하시다가 집이 비어서 못 올게라고 하시더란 말씀도요. 그러나 그년 생각에는 그것이 아저씨의 거짓 핑곈 것도 같고 아닌 것도 같아서 아니면 아저씨나 모시고 올 양으로 같이 갔다가 가시자고 하니까 그럼 아버지도 보일 겸 가긴 가려니와 거기서 기다릴 터이니 혼자 다녀 나오라고 하시더란 말씀이랑. 그래 그년이 왜 선생이 그렇게 피하여 들어가시느냐고 묻지는 아니합지요?"

"왜 안 물어요. 묻지만 무엇이라고 해야 옳을는지 몰라서 아무 말도 못하고 말았습니다."

남은 이러고는 잠잠하였다. 그리고 그러다가는 얼마든지 잠잠하게 되고 말 것만 같아서 부인은

"어쨌든 오늘 선생님 잘 와주셨어요. 그것이 하자는 대로 잘 해주셨어요."

하였다. 그리고는 자기도 잊은 듯이 가는 한숨을 옷깃에 내쉬는 것인데 그처럼 나중으로 맺히는 그 한 마디 말에는 온연한 탄식이 숨어 있는 것을 남은 짐작하였다.

남은 이때 부인의 가지는 말하는 태도며 아까 오던 도중 은실이가 묻는 졸지의 질문이 이상하게도 자기 뇌리에 알지 못할 깊은 인상이 되어 남아 있었기 때문에 마음에 이 어린아이에 대한 궁금한 생각이 없지 아니하면서도 남은 남의 일을 깊이 묻지 않는 사람인지라 더 묻지 아니하고 마음속에 일어나려는 그 어린아이의 무엇인지 두려운 데 닿을 것 같은 질문을 피하면서였다.

그러나

하며 그러면 그렇게 보이는데 가엽지도 않다는 드키 하는 이 간단한 반문에는 그것이라 없이 부인의 다음으로 올 말을 기다리는 것이 숨어 있었다.

"그애는 우리 애지만 제 아이지만 너무 가이없는 앤 것 같아요. 저도 선생님이 아시다시피 어머니 한 분 모시고 자라난 사람이 아닙니까. 허지만 저도 그렇게 박복한 아이는 아니었어요."

"……"

"그것의 나이 지금 열두 살밖에 아니 됩니다. 허니 이 나이에 벌써 무슨 잠꼬대를 합니까. 그야 잠꼬대도 이만저만한 것이면 무슨 말씀이라고 여쭈겠어요. 허지만 밤중에 잘 자다가도 혹은 어머니 혹은 악 소리를 지르며 벌떡 일어나 어머니 어머니 어머니 하고 쫓겨가는 형용을 하며 와들와들 떱니다. 어미도 그 소리에 벌떡 깨어나 애야 왜 그러니 어머니 여기 있다 어머니 하며 일어나 앉은 그것의 몸을 어루만지고 안아주고 하면 그제야 응 어머니 있어 하면서 아버지 있수 아버지 들어오셨수 금방 아버지가 내 곁에 있었수 하면서 누구 대답을 기다리는 것도 아니게 다시 누워버린답니다. 어떤 때는 잠이 채 깨이지 않아서 머리를 긴내* 두리번거리기도 하고 또 어떤 때는 실심한** 아이처럼 얼마든지 멍하니 앉았다가야 또 잔답니다. 보면 눈에는 피가 모여들어 풀어지고 선생님 그 눈에요 그 눈에 말씀이야요."

"……."

"또 어떤 때는 그렇게 벌떡 일어나는 서슬로 죄가 뭐요 어머니 하기도 합니다. 일어나는 것이며 묻는 것이 하나도 잠결에 하는 것 같지 않게 꼭 깨어서 맑은 정신으로 묻는 것처럼 분명합니다.

선생님, 아버지를 보는 꿈이 왜 그런 꿈이 있습니까. 다 옮길 수 없습니다. 선생님, 다 옮기지 못해서."

하고 그 말은 다 나오지 않아서 끝이 맺혀지는 것이다.

남은 부인의 뼈만 남은 흰 손이 그 저고리 고름을 잡아서 슬그머니 얼굴 있는 데로 올라가는 것을 겨우 볼 수가 있었다.

그리고 그 저고리 고름이 다시 담뿍 젖어서 제자리로 내려올 때까지 그들은 오랫동안 아무 말도 없었다.

* '내내' 또는 '그냥'의 평안도 방언.
** 실심失心하다. 근심 걱정으로 맥이 빠지고 마음이 산란하여지다.

"선생님 용서하세요. 여기서 선생님을 뵈올 줄은 천만뜻밖이요 선생
님께 이런 말씀을 여쭙게 되리라고도 생각지 못했습니다.

제가 선생님을 뵙자고 너무 아무 준비 없이 뵈온 탓에 이렇게 철을
잃었습니다."

"천만에 왜 그런 말씀을 하십니까."

"아니요 선생님. 저는 저것이 말을 알아듣기 시작할 때부터 자기 남
편과 자기 자식에게 하는 말조차 미리부터 마음속에서 준비해보고 예습
해보지 않고는 하지 못했습니다.

그것도 하나는 병신자식을 가진 에미의 당연한 일이라 하려니와 다
른 것이야 무슨 죗값에 그렇게 조마조마한 일생을 보내야 하는지…….
그래서 이년의 팔자가 어떻다는 것이 아니라 하루도 마음을 놓고 지내지
못하는 자식년 생각에 목메이는 것입니다. 마음을 못 놓고 벌벌 떠는 것
이 그년이 이 세상에 떨어지는 날부터 가진 그년의 성격이랍니다.

그것이 지금 나이에 무엇이 무서워서 한창 놀 나이가 아니겠어요. 허
지만 마당에서 놀다가도 어슬어슬한 저녁이 닥쳐오면 이 에미 곁에 달려
와서 자자고 어머니 자 하고 쓰러집니다. 밥을 먹어야 자지 않느냐고 하
면 먹지 말자고도 하고 먹으면 이불을 쓰고 이불에 들어가서 먹자고도
합니다. 그러면 이 어미는 그것이 제 깊이 묻히어 있는 생각을 깨우쳐줄
필요가 없을 것 같아서 어디가 무서우냔 말 한 마디 하지 못하고 그것이
하자는 대로 모녀는 고슴도치들과 같이 이불을 쓰고 앉아서 아니 넘어가
는 밥을 주워 먹고 있습니다.

그리고 우리는 자리에 눕습니다. 그러면 그것은 이불 속에서 이리 눕
고 저리 눕고 하며 무엇이 안타까운지 또 갑자기 무슨 생각을 하는 것인
지 아무 말도 하지 말고 자자고 합니다. 왜 어머니가 무슨 말을 하디 하
면 암만 해도 어머니가 무슨 말을 할 것 같아서 그러노라고 하면서 그럼

저리로 돌아누우라고 합니다. 그리고는 제 등과 제 에미 등을 딱 맞추면서 저더러 물어볼 말이 많다고 합니다. 또 그러고는 한참 있다가 그렇지만 오늘밤은 안 물어본다고 하면서 제가 먼첨 또 어미를 보고 돌아눕는 것이 아닙니까. 어려서부터 그랬습니다. 그리고 그 묻는다는 말이 모—두 아픈 말인 줄을 저는 압니다."

"……."

"엊그제는 이런 일이 있었습니다. 그것도 역시 저녁때인데 어머니 사람이 왜 죽느냐고 합니다. 그래 저는 어째서 그런 것을 묻는지는 알 수 없었으나 어쨌든 묻는 이상에는 아무런 대답이라도 아니하여 줄 수 없는 생각 들은 아이라 오래 살다가 늙으면 죽는다고 했습니다. 그러니까 그러고는 아니 죽느냐고 하기에 병이 들어도 죽는다고 하였습니다. 그리고 저는 이 말 한 마디를 하고 얼마나 가슴 쓰리게 뉘우쳤는지 몰랐습니다.

그야 이 에미가 그렇게 대답 아니하였기로 그년이 모르고 물은 말이 아닌 줄은 알지오만 죄진 어미 마음이 쓰린 데에야 변함이 있어요. 선생님 이것 좀 보세요."

하며 부인은 떨리는 손으로 가슴을 더듬어서 납작한 목패 하나를 꺼내어 남 앞에 내놓았다. 그리고는 역시 낯을 들지 아니하였다.

"이거 무업니까."

남은 그 납작한 목패가 드러내이는 글자들을 읽고 아니 놀랄 수 없었다.

민 은 실 묘.

이렇게 서투른 먹 글씨로 그 사이에 아무 군토 하나 없이 쓴 그 마지막 글자에는 아직도 흙 묻었던 자죽이 조금 물려 있는 채 남아 있었다.

"이거 무업니까?"

또 한 번 어리둥절해서 묻는 말에 어머니는 반쯤 낯이라도 들지 아니

할 수 없어서 들었으나 그러나 말문은 역시 한 군데에서 메이고 마는 것
인 듯하였다.

"남 선생님 용서하세요. 너무나 저를 억제할 줄 모르고 제 말씀만을
지나치게 하여서 용서하세요. 그것이 은실이 년의 손으로 쓴 것입니다.
제가 온 아침 이 운뜰 안에서 가져왔습니다."

"……."

"저기 조그마한 무덤이 하나 있습지오."

"무덤이라니요?"

"네 무덤이요. 이것이 그 무덤 위에 꽂았던 겁니다."

남은 단번에 머리끝이 쭈뼛하며 얼굴에 찬 피가 싸악 스쳐감을 느끼
었으나 어쨌든 부인의 말에 무엇으로라도 응하지 아니할 수 없음을 깨달
았다.

"그 무덤 위에요?"

"그 무덤인즉 그애가 좋아하던 까치 새끼의 무덤입지오. 그 까치가
한 닷새나 살다가 한 닷새 전에 죽었습니다. 그러니깐 벌써 그것이 열흘
이 훨씬 지났군요. 그년은 그 동리 동무가 없고 하여 학교에 갔다 와서도
노저 철로 둑을 좋아해서 가지 말라는 것을 가서 놀지오. 그런데 그날도
그 고추 뻗은 동뚝 길을 거쳐 가노라니까 제 몇 걸음 아닌 앞에 까치 한
마리가 앉아 있더라나요. 어렸을 적부터 짐승이라고는 제 손으로 잡아본
일도 없고 남에게서 받아본 일도 업는 아이니까 무슨 잡아볼 생각이 있
어서 그랬겠습니까만 부럽기는 부럽고 나는 것이라고는 하나도 보이지
않는 곳이니까 휘 팔을 들어 날려보고 싶었던 게더군요 했는데 그것이
날지를 않더래요. 저는 날으리라고 날린 것인데 날지를 않으니까 그제는
이상해서 몇 걸음 뛰어나가면서 날려보았더랍니다. 허니깐 또 날기는 나
는데 얼마 날지를 않고 몇 걸음 안 가서 또 앉더랍니다. 그제는 그것 생

각에 저를 놀리는 것 같아서 쫓아가며 덮쳐보았더라나요. 그래 잡은 샌데 그것이 제가 너무 생각해보지 못한 신기한 일이어서 그 까치가 정말 제게 잡힐 생각이 있어 잡혔는지 알지 못하고 잡혔는지 궁금하여 아쉽기는 하면서도 오면서 몇 번 날려 보낼 셈하고 날려도 보았는데 그래도 날아가지 않으니까 집에 돌아와선 그것이 얼마나 기뻐했는지 모른답니다. 이 운뜰 안에 그것의 키가 닿을 만한 곳인데 깊이 구쉐* 먹은 배나무가 한 그루 서 있습지오. 그 속에 그것을 넣어두고는 아침저녁으로 학교 가면 가는 때 오면 오는 때 늘 그 앞에 붙어 있어서 밥도 주고 날려도 보고 물에 주둥아리를 대어주기도 하면서 날이 가는 줄을 모르게 지냈답니다. 하던 것이 하루는 학교 갔다 와서 내다 날려보노라고 공중에 치뜨려봤는데 떨어질 때도 몰랐던 것이 떨어지면서 이내 죽고 말았습니다. 아주 죽어서 뒤로 김을 불어넣기도 하고 할 것은 다 해봤는데도 영 살아나지 못하고 말았습니다. 저는 그것이 비감할 줄을 알았습니다. 그러나 그 배나무 뒤에 흙을 파고 묻겠노라고 하기에 묻으라고 하면서도 그것의 얼굴에 아무런 언짢은 빛이 없는 것을 보고 얼마나 마음이 놓였겠어요. 그랬는데 어제 낮이로군요 그것은 그 묻은 데를 파보았던지 묻었던 날갯죽지며 가슴팍이며 할 것 없이 온 몸뚱아리에서 구더기가 끓어나오고 털은 산산이 무너져서 땅 위로 흩어져간다고 하면서 하루 종일 울었답니다. 파기 전에 알았으면 말렸을 것입니다. 허지만 그랬던들 무얼 하였겠어요. 그 애 가슴속에 이 알지 못할 슬픔이 박히지 않았어야 말이지오…….

그애는 왜 그리 제 슬픔을 크게 하지 못해서 애쓰는지 모르겠어요. 왜 그리 제 슬픔을 크게 생각하지 않고는 못 배기는지 모르겠어요.

그리고 그 슬픔 가운데는 항상 이 병든 어미의 생각이 가로놓여 있는

| * 벌레.

겁니다. 까치가 죽은 것만 하여도 이 어미가 없었으면 그리 슬픔을 주지 않았을 것을 생각하매 앞이 아니 어두울 수 없습니다. 제가 제 죽음인들 어떻게 마음대로 하겠어요……. 그애는 제 앞을 어둡게 할 뿐 아니라 이 어미의 마음도 어둡게 합니다, 선생님."

하며 부인은 너무 지나치게 이야기한 것이 아닌가 하여 다시 반쯤 낯을 들고 사과하듯 남의 얼굴을 살피었다.

남은 이 경우에 무슨 말로 이 병든 부인을 위로할지 몰라서

"네. 알겠습니다."

한 마디 하였을 뿐이었다.

그러나 이 알지 못할 어린아이의 일이 자기가 사랑하던 짐승의 무덤을 표하는 데 없던 짐승의 이름을 지어서 하기가 싫어서 그 죽음을 아끼는 사람의 이름을 대신 표한 것이라고 하여 이 병든 어머니를 위로할 수가 있을까.

이것 하나만 보면 물론 그런 것이 있었는지는 모른다. 그리고 그것이 이 여인을 위로할는지도 모르는 일이다. 허지만 그 위안이 이 여인에게 끝끝내 확실한 단념만은 주지 못할 것을 어떻게 하랴.

"근심하실 것 없습니다. 그러한 나이가 있습니다. 사람의 한평생 중 어느 때에나 한 번은 그러한 때가 오고 맙니다. 은실이에게는 그것이 빨리 왔을 뿐인데 빨리 왔으면 두고두고 잘 익혀서 크고 아름답게 익힐 것입니다. 아무리 크고 아름다운 열매기로 제 달린 나무를 꺾어 누르도록 무거운 법이야 있어요. 견딜 만한 사람이 아니면 견딜 만한 것도 오지 아니합니다. 그리고 사람이 어디 슬픔으로 해서 죽는 법이 있습니까."

남은 생각다 못하여 이 말 한 마디를 더하였다. 그랬더니

"선생님 말씀이 옳습니다. 아픔 있어서는 사람이 죽지 못할 것 같았습니다."

하며 부인은 남이 슬프다고 한 것을 아픔으로 삭여가며*

"뚜렷한 뼈를 저리게 하는 아픔을 가지고는 사람이 죽지 못할 것 같았습니다. 사람이 죽으려면 죽을 만한 무슨 기쁨이 있어야 하고 죽을 만한 무슨 안심이 있어야 할 것 같았습니다. 그런 것이 없으면 무슨 막연한 슬픔이라도 있든지……. 그러나 그런 때의 막연한 슬픔이란 기쁨에 통하는 것이기는 할지언정 어디 그리 분명히 아픈 것이기야 해요."

하였다. 그리고 또 가는 한숨을 옷깃에 내쉬었다.

"그것이 다 연분입니다그려. 아까 은실이가 하던 말처럼."

남은 부지불식간에 이렇게 말을 내었다가 부인이 갑자기 얼굴을 드는 바람에 안 하려던 말인 것을 그제야 깨닫고

"사람이 아니고야 그런 것인들 있겠어요. 아픈 것이든 기쁜 것이든 간에……. 허허허."

하며 그는 말머리를 급히 돌려 아니 나오는 허드레 웃음까지 웃어부쳤다. 그러면서도 그 자기 음성이 부인** 굴 안에서 발하는 웃음처럼 차고 무시무시한 감촉을 가져옴에는 어쩌는 수가 없었다.

"네? 그것이 은실이 말입지오. 그 연분이라는 말이 은실 년의 말입지오. 그년이 뭐라고 하지오."

아니나 다를 것이 없이 부인은 이러면서 그 얼굴에는 한꺼번에 싹 핏빛이 거치어가는 것을 남은 보았다.

그것은 가을 물 위를 가는 바람이 스치어가는 싸늘하고도 찬 표정이었다. 그리고 그것은 놀란 얼굴이요 상심하는 얼굴이요 또 단념하는 얼굴이기도 하였다.

---

* 원문에는 '색여가며'로 되어 있음.
** 빈.

"그것이 무엇라고 하면서 그 말이 나왔습니까. 무슨 말 끝에 그 말이 나왔습니까?"

"무슨 말도 아니 댔습니다. 그저 그 말이 무슨 말이냐고 묻더군요."

"그래 선생님. 무엇이라고 대답해주셨어요?"

"글쎄, 무엇이라고 설명할지 몰라서 어디서 그 말을 들었느냐고만 물어봤습니다."

남은 이렇게만 하고 숨을 돌리며 그때의 문답은 부인에게 다 아니 알리려 하였다. 그러나 그러면서도 그 어린아이의 이상한 문답의 인상은 이내 자기 뇌리에서 꺼질 길이 없는 것이다.

자, 그럼 오늘 아저씨가 은실이 만나던 이야기부텀 해볼까 — 하고 시작한 것이 그 어린아이의 억지에 못 이겨 한 자기 대답이었다.

오늘 아저씨는 삼천에 알던 친구를 보러 가는 길인데 어제 저녁 생각하기는 아침 일찍 일어나서 첫차에 댕겨올라고 했단 말이지. 그런데 그것이 그 밤새 쥐새끼 한 마리가 방 안에서 난동을 치는 바람에 그 쥐새끼 잡고야 자느라고 늦게 자서 늦게 일어나지 않았나. 그래 세수하고 밥 먹고 내려오던 길인데 오늘이 또 마침 은실이의 생일날이라 은실이가 아주머니 데리려 온정으로 올라가던 길이 아닌가. 허니 오늘이 은실이 생일날이 아니더라도 못 만났을는지 모르는 일이오. 또 생일날이더라도 내가 조금만 일찍이 떠났어도 못 만날지 모르는 일이지. 그리고 일찍이 못 떠났대도 누구 하나가 길을 돌아서 저 동뚝 너머로만 오고갔대도 얼마든지 못 만날 수는 있었단 말이야. 허지만 그 시간에 왔고 또 그밖에 그러한 까닭들이 있어서 오늘 은실이와 나는 만났단 말이야. 그리고 만나서 그 만난 걸로 또 오늘 무슨 일이 어떻게 되어간다고 안 해. 그럼 그때 무슨 일이 있고 나서 생각해보면 지금 이것이 다 그 일의 인연이었더라고 한

단 말이야.

작은* 일이든 큰일이든 이렇게 우리가 모르게 당하는 일 어떻게 할수 없이 아니 당할 수 없는 일. 그러나 꼭 그 일이 그렇게 되도록 되어 있는 일을 연분이라고나 할까.

오늘 은실이하고 만나게 된 일만 놓고 보더라도 만날 줄 몰랐던 일이요 당한 일이요 그렇게 되도록 되어 있었던 일이란 말이야. 그러기 세상에 무슨 일 한 가지 연분 없이 생기는 일이 없다고 하는 거지. 그리고 무슨 일이든 깊게 여러 가지를 따져서 생각해보면 다 그러그러한 까닭들이 있어 생기는 일이지만 덮어놓고 보려면 또 얼마든지 세상일에 이상한 일이란 없는 법이란 말이다.

— 그럼 그렇게 까닭이 있어 된 일이면 되게 된 일이면 이상할 게 없지 아니 해요.

— 글쎄. 그렇기 그렇지. 허지만 사람은 뒤에 그것을 아니 생각할 수 없게 되어 먹었거든!

가령 어떤 일 하나가 아니 생겼어도 괜찮았을 일인데 고만고만한 사정이 얼크러져서 그렇게 아니 될 수 없이 된 일이 있다면 그때 우리는 그래서 어떻게 된다는 게 아니지만 그것을 아니 생각할 수 없게 되어 먹었단 말이다.

— 그럼 그게 운수라는 말입니까. 불행이라든지 슬픔이라든지.

— 말하자면 불행도 그 운수 중의 하날 테지.

— 그럼 아저씨 그것은 그렇다 하더라도 그 까닭을 모르게 된 일은 어떡해요. 그래서 그것이 슬픈 일이라면…….

하며 소녀는 하려던 말을 딱 멈추고 말았다.

* 원문은 '적은'.

남도 해놓고 보니 그것이 다 제대로 가슴이 지르르 하는 말들이라 말이 멎는 대로 더 아무렇지도 않았으나 그 아이의 하려던 마지막 말들이 무엇을 의미하려는 것인가만은 짐작 못할 것도 아니었다. 그래서 그는 이 문답만은 그 어머니 앞에서 아니 피로하였다.*

　　"어디서 그 말을 알았느냐고 물으시니 무어라 합지요 그것이."

　　"누구에게 들은 말도 아니라는 거지요. 그리고 저도 더 묻고 싶지 않았습니다."

　　하면서 남은 자기도 모르게 자꾸 상심해지는 것 같은 심사를 느끼지 않을 수 없었다.

　　그리고 부인도 남이 그만 아는 것이라도 진정인 줄을 알기 때문에

　　"그것이 배 안의 병신이면 저도 더 생각하지도 않았겠어요. 그리고 그것이 누구의 잘못으로 된 것이라도 그렇게 아프지는 않았겠어요. 허지만 이 에미는 그것의 눈이 한 번도 세상을 맑게 보지도 못하고 멀어 들어가는 것을 목도하였습니다. 목도도 아니오 구경하였다 해야 옳을 것입니다. 병원에도 댕겼습니다. 댕기면서 날마다 씻기도 하였지만 그 검은자위는 나날이 흰 덮개 같은 것으로 싸여 들어가기만 하였습니다. 그리고 선생님 그것이 그년의 잘못도 아니요 죄도 아니련만 애아버지는 조그만 일이 있어도 조그만 일이 비위에 맞지 않아도 그년을 가리키며 그것이 누구의 죄냐 무슨 놈의 연분으로 그렇게 되었단 말이냐 나가 자빠져라 자기 눈에 보이지 말아라 합니다. 그년이 남하고 싸움을 하고 들어와도 그러하고 그년이 남한테 욕을 먹어도 그러합니다. 그것이 아버지가 되어서 분한 마음에 그러시는 것인지도 알지오만 그 아버지의 말씀 한 마디를 놓치지 않고 새겨듣는 그년의 정상**을 생각하면 너무나 속이 쓰라립

| * 피로披露하다 : 문서 따위를 펴 보임. 일반에게 널리 알림.

니다. 그렇게 늘 아버지가 어머니를 나무라시고 저를 나무라시는 것이 모—두 제 죄인 줄 저는 아는가 봅니다. 그러기에 그애는 제 슬픔을 그렇게 크게 생각하고 밤낮으로 와들와들 떠는 게 아니겠어요."

남은 부인이 이렇게 말하는 동안에도 보통 다른 부인이면 가질 수 없는 자존하는 마음을 잃지 않는 높은 절개를 그 음성들 가운데서 읽을 수가 있었다.

부인은 가만히 몸을 일으켰다. 그리고 "선생님, 잠깐 앉아 계셔요." 하면서 사뿐사뿐 안방을 향하여 걸어가더니 미닫이를 열고 거기 무슨 누런 약병들이 많이 놓인 경대 앞에 무릎을 모으고 앉는 것이다.

그리고 그 경대 서랍에서 무엇을 꺼내어 들고 마루로 나왔다.

"너무 오늘 선생님을 뜻밖에 뵈어서 도무지 처신 없이 한 것 다 용서하세요."

하며 부인은 그 들고 나온 초록빛 우단으로 싼 네모진 곽 하나를 남 있는 데 내놓았다.

"이거 받아주세요."

남은 은근히 흥분하였던 아까의 마음이 채 식지 않았던 터이라 가슴이 덜컹함을 느끼면서 자기 앞에 놓이는 그 조그마한 곽을 내려다보고 그리고는 지금 처음으로 부인의 얼굴을 살펴보았다.

"이거 선생님 부인에게 드리려고 산 반지 하나입니다. 아무 값 가는 것도 아닌 구로다이아* 반지 하나입니다."

"그것은 왜 사셨습니까."

남은 어리둥절하여 이렇게 아니 물을 수 없었다.

"값 가는 것도 아니지만 오늘 은실이 생일날 드리려고 오래 벼르다

***情狀*. 딱하거나 가엾은 상태
* 어두운 회색이나 검은색을 띠는 다이아몬드. 검정이라는 뜻을 지닌 '구로くろ'에 '다이아'가 결합된 말.

벼르다 산 것입니다. 펴 보시고 갖다 드리세요."

하면서 부인은 손수 그 조그마한 네모진 초록빛 곽을 열고 안에 들어 있는 것을 꺼내었다.

그것은 아마 백금일 흰 테두리에 동그랗고 두툼한 구로다이아를 박은 반지였다.

보통 보던 것과는 달리 흰 테두리에 두른 이 두툼하고도 동그란 다이아는 모가 많이 나게 여러 군데를 골고루 깎아서 마치 물 위에 뜬 맑은 기름방울들처럼 움직일 때마다 무수한 아롱진 무늬가 발하여지는 아름다운 반지였다.

"일부러 맞추신 건가 봅니다그려."

너무도 그 테두리의 흰 빛이 눈에 스며서 남이 묻는 말이다.

"네. 맞췄습니다. 모두 테도 마음에 맞지 않고 알맹이도 그렇게 동그란 것이 없어서요."

"아, 그런데 반지는 왜 우리들이 은실이 생일날 사들이면 사드려얄 텐데 그러셨습니까."

"아닙니다. 벌써 오래전부터 벼르던 것입니다. 그래 오늘 부인을 청해서 궁금하던 말씀들이나 하고 이것도 드리려고 했었습니다. 그렇게 못 오실 줄은 모르고."

하며 부인은 숨을 돌려서

"그렇게 댁이 비신 줄은 모르고요."

하였다.

"비었대야 집에야 무엇이 있습니까. 허지만 아니 올 겁니다."

남도 사양하는 말로 이러하였다. 그랬더니 부인은 갑자기 깜짝 놀라는 드키 하며,

"그럼 왜 안 오셔요. 선생님은 그럼 안 오실 줄을 아셨습니까."

이것이 부인의 단순한 나무람에서 나오는 말이 아님은 남이 더 잘 알았다. 그럼으로 그는 아뿔싸 하였으나 하는 수 없이

"네."

하고만 대답하였다. 그리고 이와 동시에 오소소한 오한이 어디서 와서 번개와 같이 등골을 뻗쳐 올라가며 머리카락이 쭈뼛쭈뼛하는 것을 느끼었다. 그 오한은 오랫동안을 두고 다시 등골을 흘러내리며 스루스루* 전신에 퍼져 들어가는 것이다.

"이것을 갖다 드려 주세요. 저는 세상이 얼마 남지 아니한 것을 압니다. 그리고 이것을 보고 기억해주십시사고 여쭈어주세요. 이 검은 어두운 빛을 잊지 말아주십시사고요. 그리고 은실이 년의 구로 무테를 한 검은 안경을 잊지 말아주십시사고요."

남은 부인이 왜 이것을 자기 아내에게 부탁하는 것인지 또 어쩌면 그렇게들 잘 아는 것인지 무서운 전율이 속으로 스머드는 것을 깨달았다.

―어떻게 이렇게들 잘 아는가. 나는 어떻게 이렇게 되어가는가 ―

"정 그러시다면 정 그래서 안심이 되신다면 갖다 전하기도 하겠습니다. 허지만 역시 오늘이 아니라도 좋으실 터이니 언제 따뜻해지는 날 부인께서 손수 주시도록 하시지오. 제가 갖다 주어도 별다른 것은 없지오만……."

"네. 그러시겠어요. 그것이 저도 나을 것 같아요. 공연히 부인의 마음을 거츠시게 해드릴 것도 없이……. 그럼 제가 뵙고 드리겠어요. 그리고 오늘 가 뵈면 아니 되겠어요?"

보니 무슨 비웃정거림이라도 있으려니 한 부인의 얼굴에는 그런 것이라고는 하나도 없고 아까의 그 피가 몰렸다** 걷혔다 하던 많은 표정이

---

* するする. 미끄러지듯 매끄럽게 움직이는 모양을 나타내는 일본어 의태어. 스르르. 주르르.
** 원문은 '몰켰다'.

어울리어 있던 우수수한 것조차 한 점 없이 도리어 이제는 맑은 티끌 하나 없는 호수와 같이 이렇게도 평정하랴 하게 이렇게도 침착하랴 하게 그 면모에는 싸늘한 것이 가라앉아 있었다. 거기에는 모든 격렬함과 모든 혼란함이 있는 것 같으되 다 그것을 제어하는 아름다운 단념이 지배하여 있는 것이다.

"비는 다 오신 모양 같습니다만 오늘은 그만두시지오. 날이 퍽 음산합니다."

남은 병든 부인을 위하여 진심에서 이러하며 주머니에서 시계를 꺼내 보았다. 그러나 부인의 마지막으로 한 마음을 거슬게 해주느니 어쩌느니 하는 말들이 굵은 글자들이 되어 시계 경판 위에서 얼룩거려 시간은 잘 보이지 않았다. 그리고 그 굵은 글자들이 자꾸 물을 먹어 잔뜩 불어서 그 유리 위에 검은 다이아 빛으로 엉기어버리는 것을 그는 현기 나는 머리로 깨달았다. 앞이 아찔하였다. 그리고 어찌하였든 그는 일어섰다.

"은실이 아니 오는군요. 아마 아버지를 못 보았을 게지오. 어쨌든 민군 돌아오시거든 제가 뵈일러 왔다가 못 뵈입고 갔다고 여쭤주시지오. 별 할 말씀도 없었습니다만."

남은 인사로 한 마디 그러면서 자기의 냉정한 정신을 표현하지 아니할 수 없었다.

그리고 그는 허청하는 다리를 겨우 수습하며 대문을 나섰다.

채 습기가 빠지지 아니한 무엇인지 싸늘한 것이 자욱하니 남아 있는 늦은 해가 한 발이나 남아서 남은 은실이 집을 내려왔는데 나가는 차는 벌써 한 시간 전에 나가고 또 차 시간이 되려면 한 시간 반은 더 있어야 할 모양이었다. 그는 어쨌든 어느 차에라도 갈 생각으로 양복 에리*를 추

| * '옷깃'을 뜻하는 일본어.

켜올려 으스스 하는 몸을 가다듬으면서 대합실 한 모퉁이에 걸터앉았다. 아마 먼 데서 온 어디로 가는 사람들인지는 알 수 없으나 촌 손님들의 한 패는 아직 피어보지도 아니한 작년에 칠만 해논 채로 내다 앉혀놓은 다루마 난로*를 싸고 앉아서 묵묵히 무슨 궁리들을 하고 있는 것을 보며 남도 그럴 줄 알았더면 보걸이를 못 맞날 줄 알았더면 도로 들어가서 편지를 내다 부치고 가는 것을 하는 생각까지 하며 지루한 시간을 보내고 있었다.

그때 갑자기 뒤에서 문 여는 소리가 왈카닥 나더니 모두 제 일 제 생각들에 몰두하여 있는 거기 앉었는 사람들의 눈이 번뜩 뜨이도록

"야. 남상."

하고 사양 없이 소리를 지르며 들어오는 사람은 보걸의 형 홍걸이였다.

남은 그 소리가 정말 제 이름을 부르는 것인지를 몰라 그 사람이 웃씩웃씩** 자기를 보고 걸어 들어와 자기의 옷소매를 잡을 때까지 멍하니 그 사람의 하는 양만 보고 있었다.

"웬일이십니까."

"웬일이 아니라 참 잘 만났네. 금방 나왔다는 소리는 듣고 나오면서도 또 어떻게 못 만나지나 않나 하고 오면서도 조밀조밀했네.*** 이자 자네 만나려고 온정 자네 집에도 들어갔다 나오는 길이야. 삼천 간다고 나왔다고. 그래 오늘 또 못 보는 줄 알고 애도 태웠네. 헌데 오다가 은실이 년이 제 애비 찾으러 나왔다 들어가는 걸 맞나 그년한테서 남상이 그년 집에 들린 걸 알았지. 그래 지금 거기서 내려오는 길이야. 내 무슨 일로 남상이 다 그 집에 간 줄 알어. 히히히."

* 다루마だるま 난로 : 오뚝이 난로.
** 우썩우썩. 거침없는 모양.
*** 매우 조심스러워하다.

하며 웃음을 치는 것인데 그는 보지는 아니했어도 이 홍걸이란 사람의 눈이 그러면서도 연방 금실금실하는 것이 보이는 것 같았다.

"허나 자 그 이야긴 나중에 하고 우리 나갑시다."

하며 그는 남의 저고리 소매를 잡아다니는 것이다.

남은 자기를 만날 이 사람의 무슨 일인지는 알 수 없었으나 이 조그마한 방 안에서 자기의 일 자기의 존재를 크게 드러내는 것이 싫은 생각만으로 이 사람을 따라 밖으로 나가기로 하였다.

"여기 나왔다 할 적에 벌써 난 자네가 그 녀석네 집에 갔을 줄 알았더란 그 말이야. 자네 그 영부인한테서 삼천 갔단 말만 듣고 벌써 돌아서오기 전부텀 말이야 히히히."

먼저 대합실 문턱을 내디디며 홍걸이는 영부인이라는 액센트를 이상히도 올려치기며 그러고는 힐끗 남을 돌아다보며 그의 옆구리를 쿡 찌르는 것이다.

"자, 우리 저기 가서 저녁이나 같이 먹자고. 어딘 어디야 저기지. 아따 그리 사양할 건 무엇 있어. 자자."

제가 묻고 제가 대답하고 무슨 일인지 다 된 것 같았다.

자기가 처음 이곳을 떠나던 때만 하여도 이곳은 그러하지 아니하였고 또 그렇지 못한 곳이었다.

다른 기차선로의 여남은 곳이 다 그러하듯이 이곳도 조그마한 정거장을 낀 장터에 지나지 않았었다. 장도 닷새에 한 번 서는 여느 장이요 거기 나는 것과 모이는 이들도 항상 이 어방촌 사람들이었다.

이곳에 지금은 무슨 장사가 없으랴 하듯이 다 각기 뻐젓한 전을 가지고 나섰지만 예전 잡화상이니 포목상 사기전 무슨 생선 같은 것까지 모두 장돌뱅이의 손으로 거래가 되었을 때에는 본바닥에는 떡이니 죽이니

엿이니 하는 낮곁*에 잠깐 요기하고 갈 음식밖에는 제자리를 잡고 나와 앉은 물화라고는 하나도 없었다.

그런지도 벌써 십사오 년 전이 되는데 그러면서 중간에 부치게나 과질** 같은 울긋불긋한 것이 나기 시작하다가 어느 틈에 내지인 가게가 하나 생기고 여관이 나고 요릿집 같은 것까지 생기는 것을 자기도 보지 않은 것은 아니었다. 그리고 그것이 다 그때 차차 알리워지기 시작한 온정의 숨은 빛이 없지 않으리라고 짐작도 하였었다.

허지만 그 빛이 그렇게 빠른 걸음으로 오리라고는 생각지 못하였었던 것이다. 지금은 온정인 곳에서 몇 마장*** 내려와 읍까지 곧추 뻗친 오리나 되는 길이 중간 샛길이 예서 생겨 오리나무가 서고 채마****가 둘렸던 집 이 나무는 그때로서도 자기 아름*****으로 다 한아름이 아니 되는 나무였지만 그때도 상당한 연조******를 치러 내려오면서 이 집은 그래도 온정을 삥 둘러싼 산들을 넘나드는 광부들의 없어서는 아니 되는 유일한 주막이었었다.

이 집 너머로 백양목들이 나란히 서 있는 가는 한 줄기 길을 따라 들어가 오붓한 용두산 산기슭 아래에 감싸여 있는 용머릿골 그 우물과 넓은 마당과 백양목이 삥 둘려 선 연못 있는 집이 자기 집이요 길 하나 너머서 앵두나무 있고 복숭아나무 있고 배와 살구 그리고 봄이면 남향하고 선 그 집 앞마당에 지금까지도 이름 모르는 오만가지 꽃이 돋아나던 그 집이 은실이 어머니의 집이었다. 그리고는 이 두 집을 에워싸고 이 집에

* 한낮부터 해가 저물 때까지의 시간을 둘로 나누었을 때 그 전반前半.
** 과즐. 약과나 강정 등과 같은 한과.
*** 거리의 단위. 오 리나 십 리가 못 되는 거리를 이른다. 원문에는 '마정'이라고 되어 있다.
**** 菜麻. 먹을거리나 입을 거리로 심어서 가꾸는 식물.
***** 두 팔을 둥글게 모아 만든 둘레의 길이를 나타내는 단위.
****** 年條. 어떤 물건의 역사나 유래.

딸린 무수한 초가집들이 있었다.

그 주막은 아는 사람이 아니면 어디 있었던지도 모르게 어느 틈에 없어졌지만 그래도 그 너머로 건너다보이는 그 무수한 집들은 지금도 그대로 있는 것 같이 서 있다. 다만 웃을 때 볼에 그렇게도 고운 우물이 생겨 우물 가차운데 시집가고 우물 가차운데 시집온다고 하던 그 소녀는 이제는 시집가고 아이 낳고 병들고 하는 동안 오늘 저녁에는 이러한 음산한 오늘 저녁이 아니라도 좋으리라고 하였는데도 그렇게 자기에게 못할 일을 한 여성에게 자기는 이제는 병들어 세상이 얼마 남지 아니하였노라는 것을 하소연하기 위하여 그 작은 것을 앞세우고 타박타박 일생에 낯익은 길을 거슬러 올라가는 것이다. 허거든 그 길가에 섰던 주막 하나 변한 것이 무슨 큰 변천이 된다 하랴.

자기는 그때 어디서부터 무엇이 동기가 되어 남이 곱다 하는 것을 저주하고 싶은 마음과 남의 사랑을 저버리려고 하는 충동을 금치 못하는 것이 있었는지 지금조차 알 길이 없는 것이다.

그만한 나이에 무슨 고운 것인들 발견할 힘이 있었겠으며 무슨 사랑을 지각할 힘인들 있었겠으랴만 그렇다고 그때 몸이 어디가 병신인 곳이 있는 것도 아니었고 남만 못하게 가난한 것도 없었던 것이다. 그리고 치하를 받으려면 남만 못지않게 치하도 받았을 것이요 귀염을 받으려면 남만 못지않게 귀염도 받았을 것이다.

허지만 그것이 싫은 마음으로 자기는 그렇게도 쫌쫌하던* 순덕이의 정도 받지 못하고 만 것이다.

아침 학교를 그 백양목들을 꽂은 좁은 길로 나와서 큰 행길로 가자고 하면 자기는 무어나 남과 같이 하는 것이 싫고 또 그렇게 일부러 벗어나

| * 쫌쫌하다: '촘촘하다'의 방언. 틈이나 간격이 매우 좁거나 작다. 얼굴 생김생김이 좀스럽다.

는 것이 좋아서 혼자 용머리산 앞을 돌아 지금의 그 수리조합 난 도랑을 끼고 돌아가곤 하였고 어떤 때는 그 소녀가 으레 찾아와서 같이 가잘 줄을 알면서 일부러 일찍 뺑소니를 쳐 오기도 하였다. 그리고 학교가 파해서 돌아올 때까지도 같이 안 와주면 소녀는 오다가 아직 뿌리가 채 박히지도 아니한 그 길섶에 꽂힌 백양목들을 한두 개씩 뽑아내어 던지기도 하고 어느 때는 보아라 하게 거의 반 다라 할 만큼 뽑아버리기도 하던 그였다. (왜 그런고 하니 그 백양목들은 어느 하나가 자기 손으로 꽂히지 않은 것이 없었기 때문에!)

그리고 자기는 그렇게 당하는 것이 분한 체하면서도 속으로는 은근히 우습고 유쾌하던 것이다.

매사가 다 그러하였거니와 자기는 이내 그 고집과 비꼬인 마음을 버리기가 싫어서 어느 틈에 저 혼자 고독한 사람인 줄을 알고 또 자기는 남과 같지 않다는 것을 그러한 소년 시대부터 알기 시작한 것이다. 그리고 이 감정이 절정에 달하여 중학도 다 마치기 전에 벌써 풍속과 습관 언어조차 다른 세계로 놓여 나가지 않고는 못 배기던 자기이고 보매 얼마나 한 고운 인물 얼마나한 쫌쫌한 애정인들 소용없었을 것은 어찌할 수 없는 일이었을 것이다. 허나 이제 그 여인은 시집가고 아이 낳고 병들은 입으로 아파서는 사람이 죽지 못한다고 하는 것이 아니냐.

남은 홍걸이가 변소에 간다고 나간 뒤에 팔을 베고 누워서 이러한 걷잡을 길 없는 애련한 생각에 젖어 있었다. 이 요릿집에 들어오면서 본 그 저녁 해에 꺼지듯이 타박타박 온정으로 올라가는 모녀의 자최*가 아무리 하여도 자기의 망막에서 사라지지 않는 것이다. 그리고 그것을 자기는 누구보담도 먼저 보고 먼저 머리를 돌렸건만 홍걸이는 답답하다는 듯이

| * 자취.

자기 손을 부르잡고 그 모녀의 사라지는 방향을 가리키며,

"저기 저 꼬락서니들 좀 보우. 제 서방 제 애비 찾으러 나선 모양이오. 왜 저기 아실아실 보이는 것 말이외다. 불쌍하지 불쌍해. 거다 누구 쥔데."

하며 그 불쌍하다는 소리도 알 수 없고 그 죄라는 소리도 무슨 소린지 모르게 그러고는 비싯는 것이 아니었던가!

홍걸이 보걸이 정삿갓 다 이러한 때 이러한 고장에 아니 생길 수 없는 인물들이었을까?

그리고 아무라도 좋으나 이 홍걸이란 사람이 무슨 일로 자기에게 그렇게 그 일에 대해서 권할 필요가 있단 말인가. 항차* 그것이 제 동생이라고 하는데!

어쨌든 이 사람은 자기가 처음 서울여관에 들었을 때도 그 손님들이 많이 나와 앉은 마루 끝에 비집고 앉아서 아무 거리낌도 없이 그 집 내외의 흉을 보던 사람이었다. 그리고 그렇게 피로하는 말들이 모두 손님에게 들으라고 하는 것이 아니라 주인 내외가 들어서 자기의 입막음을 요구하는 수단인 줄은 나중에 알았지만! 그리고 그것은 이만저만한 흉도 아니었다.

읍은 읍대로 이 온정은 온정대로 제각금 여관이 나고 술집이 나는데 그중에서도 유독히 번성해나가는 것은 이러한 으식한 곳에 푹 주저앉은 이 온정의 여관이며 색주가집뿐이었단 말이오. 그리고 이런 가업이란 대개 이상하게도 본토백이가 눈뜨기 전에 타관 놈들이 어느 틈에 밑을 박고 앉는 법이라 이 춘자네도 역** 그러한 패들 중의 하나였단 말이오.

이 서울 여관집 주인마누라 춘자 어머니는 성이 장 가인 데다가 이

---

* 하물며.
** 역시.

온정에 흘러와서부터 무슨 그럴 만한 내력이 있어서 그랬던지, 파는 꼬치라고 해서 장사꼬치라고도 하고 항상 남의 사내에게 삿갓을 잘 씌운다고 해서* 장삿갓**이라고도 하고 또 장 속옷 하나로만 치러왔다고 해서 장속곳*** 호호호. 장속곳이라고도 하는 그때도 저만치 중년이 넘은 여편네였는데 이 장사꼬치나 장삿갓이나 장속곳이라는 말은 어느 말에 치하가 있는 말은 아니요 어느 말에 이색이 있는 말도 아니어서 한번 장삿갓이라고 난 말이 한 사람 건너고 두 사람 건너는 동안에 차차 장사꼬치 되고 장속곳이 된 거나 아닐는지 — 어쨌든 이렇게 묘하니 별명이 생기 자기도 어려운 일이려니와 이것이 다 그 소리가 단지 비슷하다 해서 그리 된 것뿐이 아니고 어느 모로 치거나 정가 저 여편네의 내력을 모르고서는 못 붙이도록 그 별명들이 그것의 내력을 가르치고 있는 것만은 사실이었단 말이오 — 정말 처음의 여편네가 속옷 하나로 성가한 여편네요 또 그러자니 남의 사내에게 못 씌울 삿갓을 씌웠음직도 한 일이지만 그렇다고 해서 저놈의 정가가 홀몸이냐 하면 보다시피 어디 홀몸도 아니요 저렇게 뚜렷한 사내가 — 뚜렷하다고는 못할지언정 그래도 명색만은 사내라고 할 수밖에 없는 저런 사내가 있고 게다가 성년하는 처자까지 있건만 이런 소문이 돌게 되고 또 그런 소문으로 말미암아 하등의 풍파조차 저들 내외간에 없는 걸 보면 장속곳도 장속곳이려니와 저 남편이라는 꼬락서니보다도 알 수 없는 괴상한 궐자厥者****라 안 할 수 없지 않겠소. 언제 어떠한 기회가 있어서 이리도 기괴망측한 묵계默契가 그것들 사이에 생기게 되었는지. 허지만 어쨌든 이 김상시라는 사나이가 어느 남만치 들어

* '삿갓을 씌우다'는 다른 이에게 손해를 입히거나 책임을 지우는 것을 뜻하는데, 여기서는 '바가지를 씌우다'와 같은 의미로 사용되고 있음.
** 원문에는 '장사갓'.
*** 원문에는 '장속꼿'.
**** '그'를 낮잡아 이르는 말.

보이는 사내도 아니요 남만치 미련한 사내녀석도 아닌 상싶어서* 밥술이나 주워 먹으려면 어디 가서 못 주워 먹을 녀석도 아닌데 여지껏 저것들 내외간에 아무 흠잡는 일 없이 살아왔다는 건 말하자면 제각금 지은 죄가 있어서 제가 지은 죄가 서로서로를 누르고 산다고 그렇게밖에는 보이지 않는단 말이오. 기기묘묘한 일이지 — 그러기 아무리 온정여관이기로 여관만 해서야 도저히 바랄 수도 없는 일인데 이 집도 다 저놈의 여편네의 힘 하나로 된 것이라우. 힘이니 무슨 다른 힘이랄 거야 있나 <u>흐흐흐</u>. 저것들 내외간에 그만한 묵계 하나만 있으면 고만이지 흐흐…….

자기가 처음 고향이라고 돌아와서 그 집에 들어있을 때 이 민홍걸이란 사람은 마루에 비집고 앉아서 거기 유하고 있는 손님들에게 아무 거리낌 없이 이렇게 짓궂게 피로披露하던 그 징그럽고** 탁한 소리가 아직 귀에 들리는 것 같은데!

그리고 이러한 지나가는 말로나 하면 할 남의 험담조차 일부러 놀러와서 자기에게 리행상판 없이는 아니하던 이 민홍걸이가 공공연하게 오늘날 자기의 작고한 장인의 자리에 앉았다는 것을 일부러 제 편에서 나타내어 보이려 하고 내세우려는 것은 무슨 까닭이며 또 그것이 어쨌든 자기의 친동생이 아니냐. 그 동생과 춘자와의 사이에 그런 것이 있었더라도 묻어두어야 할 터인데 그것을 일부러 내 콧잔등이에 갖다대지 못하는 것은 무슨 까닭이란 말이냐 — 아무리 이 이물이 그렇게 내돌리는 손 하나로 이제는 치부하야 베빽***이나 하게 된 인물이라고는 하지만 너무도 생각 못할 노릇이 아닌가 — 어쨌든 모두가 이 인물이 자기와 나를 친밀한 관계 속에 두려고 하는 그런 단순한 동기에서만 그러지 않은 것

---

* 성싶어서.
** 원문에는 '중그러웁고'로 되어 있음.
*** 벼 백 섬 정도의 농사 규모. 볏백.

은 확실한 일이다.

또 그렇다면 그것이 어떻게 되었단 말이냐.

이런 생각을 하고 있자 마침 홍걸이가 돌아오매 남은 누워서 팔깍지 속에 묻었던 술이 잘 돌아서 핏때가 불뚝거리는 머리를* 화닥딱 들고 일어나면 손에 모자를 들었다.

"저는 갑니다. 잘 먹었습니다. 취했습니다."

그러나 그만한 것에 져서 넘어갈 홍걸이는 아니었다. 그는 술기운에 건들건들 노는 이 풋내 나는 젊은 친구의 다리를 휘어잡고** 다시 그 자리에 끌어 앉혔다.

"왜 무엇이 또 비위에 안 맞는 게로군 또……. 큰일났어 큰일. 아, 요만한 낯세의 친구들은 걸핏하면 비위에 안 맞는 것이 많거든! 글쎄 여보게 그렇게도 내 말을 못 알아듣나. 이게 모두 내 일이래서 내가 이러는 건가?"

홍걸이는 금방에라도 성을 버럭 낼 것 같이 이러며 얼굴에 굵은 내 천 자를 그리며 달려드는 것이다.

그러나 그는 다시 어성***을 낮추어 은근하게

"그러니 여보게. 별 거 없잖나. 자네가 내게 하는 편지로 자네 글씨 몇 자 쓰면 되는 걸세 그려. 자네 글씨 몇 자 빌리자는 거야, 자네 글씨―그저 자네는 내 동생이 그런 짓을 했는데 알다시피 나는 이런 처지에 박혀 있지 않으냐고 호소하는 편지로만 내게 하면 된단 말이야. 그러면 그 뒤에야 내가 다 안 하리……. 글쎄 여보게 아무리 형제간이면 정의감이야 없나 도덕감이야 죽이나 자네는 그놈이 어떤 놈인 줄 아나. 그

* 원문은 '머리는 머리를'로 되어 있으나 오식으로 판단됨.
** 원문은 '희어잡고'.
*** 語聲. 말소리.

129

런 놈을 이런 때 주릿대를 안 앵기면 언제 앵긴단 말인가 — 벌써 한 삼 년 된 일이네만 여기 송명옥이라는 낯짝 뺀뺀한 기생이 하나 와 있었더라네. 헌데 이놈이 그년한테 반했단 말이야. 그래 한참 댕기다가 하 줄 듯 줄 듯하고 안 주니까 그년 생일날인데 이천 원 소절수*를 떼어 보냈네그려. 벌써 그럴 줄 알고 뺀 수작이니까 오죽 잘 들어맞은 일인가. 그랬으나 기생년은 그러면 그래도 괜찮다고 한 거니까 그대로 입을 닦고 가만있을 수 없지 않았겠어. 헌데 이 녀석 좀 보게. 그년 집에서 자고 아침에 일어나보니 정신이 벌짝 난단 말이지. 나오자마자 대뜸 지점에 전화를 걸고 자기가 아무에게 낸 소절수는 받지 말라고 통지를 했네그려. 그것도 괜찮은 일이야. 허지만 그러구 말았으면야 무슨 일 있었겠나. 한때 창피 한번 했을 뿐이지. 남의 공론 열흘 가? 그랬는데 그 기생년이 소절수가 그렇게 되고 보니 그래도 많이 치워난 기생이라 앗사리** 돌려보낼 기회만 기다리고 있는 판인데 하루저녁은 이 집에서 부르러 와서 와보니 그놈의 패란 말이거든. 여럿이 와 앉은 자린데 다른 놈들이 알고 그랬는지 모르고 그랬는지 몰라도 그년을 부르자고 이놈은 또 제가 한 일은 잊어버리고 싫지 않은 계집이고 보매 좋다고 해. 해서 오게 되지 않았겠나. 그래 술잔이 오고가고 해서 다들 취했는데 '여보 조합장' 하며 기생년이 그때까지 그런 소리라고는 비추지도 않던 것이 그러고는 '선하심 후하심先何心 後何心'은 물어 뭘 하나. 왜 소절수 써서 보낼 적부터 모르고서."

하면서 제가 저를 나무라듯이 하더니,

"그런 것이 아니고 그 아무짝에 쓰지도 못할 소절수 쪽지를 그놈의 코밑에 치받치면서 딱 한 개 붙였네그려. 하필 친다는 것이 정통으로 이

---

* 小切手. 은행에 당좌예금을 가진 사람이 소지인에게 일정한 금액을 줄 것을 은행 따위에 위탁하는 유가증권. 수표.

** '깨끗이'를 뜻하는 일본어.

콧등성이와 입감을 얼러 때려 좌르르 코에서 피가 나와 입에서 피가 나와 이렇게 유혈이 낭자했것다. 년도 술잔이나 들어간 기운에 그랬겠지만 허니 자리가 자리요 그래도 사내자식으로 나서 이런 봉변이 어디 있단 말인가. 창피한 김에 이놈도 벌떡 일어서더니 선 참에 그년 끄루채*를 쥐고 이리 치고 저리 치고 해서 기생년을 불쌍 모양을 해놨단 말이야. 이야긴 그 뒬세. 그러고 보니 기생년은 제가 먼저 짐작한 일이나 계집의 마음이요 그런 모양을 당하고 분하단 말이지. 이 주일인가 삼 주일 진단서를 바쳐서 경찰서에 고소를 냈네그려. 허니깐 아무개가 아무개를 걸어 고소를 냈다더라 하니깐 그 판에서야 와자지껄할 수밖에 ― 소위 금융조합조합장이오 면협의원이오 뭐요 뭐요 하는 판이니깐 안 그렇겠나. 신문기자가 와르르 둘인가 셋인가 몰려갔네그려. 고소가 없었으면야 기사거리 될 거나 뭣 있겠나만은 지방 명망가요 할 만한 일이거든! 그래 찾아온 기자들에게 돈 십 원이나 던져주어서 이럭저럭 쓱싹해버리려고 했는데 보내고 나서 생각하니 그놈들이 그것 가지고는 아니 될 상싶은 얼굴들이요. 또 그럴 필요 없다고 생각했는지 그 녀석들을 걸어 협박죄로 도로 고소를 걸었네그려! 그래 그 녀석들이 잡혀가 취조를 받았는데 큰일은 없이 나왔으나 신문사도 자기 직원이 그 사건에 시야비야하고 있는 이상 이러니저러니 신문에 쓸 수도 없게 되지 않았어. 그게 그런 놈이야. 그렇게 무서운 놈이야. 그놈 친구 하나 있는 줄 아나. 친구 하나 없는 놈이야……. 아무리 형제간이면 옳은 건 옳은 것 그른 건 그른 것 아니겠나. 정은 정 의는 의란 말일세. 그리고 이자 그것도 그렇거니와 그놈의 시야비야하는 소리만 나면 그것을 보지 못해 그 낌새에 들어가 모두 무사하게 해준 건 이 낼세그려 이 내야."

| *끌채 : '머리채'의 평안도 방언.

하며 그는 주먹으로 제 가슴팍이를 쳐가며 입으로 긴 혀끝을 빼어 물어 그 입술을 축이었다.

"그랬건만 그놈은 이 형한테 무얼 했겠나. 여보게. 이렇게 고개 좀 들게. 들고 내 말 좀 듣게. 저는 제 형을 그렇게 고맙게 해주는 제 형을 제 집 문지기만도 못하게 제 집 맨 밑에 막사리 같은 집에 넣어놓고 개 물 주듯 하루 몇 번씩 밥 먹이는 것만 제일이라는군."

홍걸이는 분함을 참을 수 없다는 드키 이러면서 껐던 담배를 붙여 물고 일변 코를 벌름거리며 뻐끔뻐끔 빨아내는 것이다.

"동기간에 못하는 말을 친구 간에 할 수도 있고 친구 간에 못할 말을 부자간에 할 수 있는 말이 있기 때문에 하는 말이지만, 자네도 그만하면 내 속을 모를 리 없지. 내가 자네와 그렇지 않은 사이면 아무 이해 상관 없이 그럴 리가 없다고."

남은 술기운에도 부끄러운 생각을 금할 길이 없어 고개를 들어 그를 바로 보지 못하였다.

"내 언제든지 그놈의 연놈을 멱투시*들을 잡고 곧은 발길로 차 내던지고 들어가서 그놈의 세간들을 하나 없이 박살을 내놓고 말 테란 말이야. 기맥히지. 그놈의 계집년은 더한단 말이야 더해. 제가 그래 세간 나부랭이나 가지고 온 것 있으면 있었지 제가 시집을 위해서 뭘 했단 말인고. 제 서방 하나 위해 바치면 고만인가. 그게 다 어디서 나온 서방인데……

여보게 오늘 자네가 그놈의 집에 간 걸 왜 그놈의 집에 갔는지 내가 모르는 줄 아나. 그것마저 자네가 속이면 뭘 하잔 말인가. 그것마저 모르는 체하면 뭐 하잔 말이야. 지금 내 한 소리 듣지 않아. 어른 몰래 혼자

| * '멱살'의 평안도 방언.

콩부대* 해먹으려단 불 놓고 만단 말일세. 자네 혼자 그러다가는 아니 되네. 그래도 그놈을 다룰 놈은 이 내밖에 없어 이 내. 그리고 내가 어디 딱히 나하고 같이 하자는 건 아니지만 내게 맡기라는 건 아니지만 자네가 내가 그놈의 형이니깐 내한테 그 눈치를 보여왔다고 하는 증거 하나 세우자는 거 아닌가. 내가 그러면 다 잘하겠거든. 이 사람아 내가 자네더러 뭘 달라는 게 아니야. 달라지 않으면 또 자네가 날 괄시하겠나**."

"……."

"자네가 왜 그리 나한테까지 모르는 체할 거야 뭐 있나 말일세. 이 사람 창피한가 부끄러운가 그만두게 그만둬. 아주 그런 생각일랑 그만둬요. 아니 돈 있으면 어디 장가 하나 못 가서."

"하하하."

남은 빈 배에 술이 잘 돌았던 때라 내켜 홍걸의 얼굴을 보기 위하여 이렇게 궁그른*** 목청으로 웃으며 낯을 들고 또 하하하 웃었다. 홍걸이가 자기 동생 험담을 할 때에는 하 마음이 텁텁하며 도리어 자기 낯이 그렇게도 화끈거리고 면구스러울**** 정도이더니, 막상 자기 말이 나오매 남은 졸지에 무엇인지 마음에 유쾌한 것 무엇인지 마음에 찐득찐득하는 기쁨이 우러나오는 것을 깨달았다. 그리고 그는 이 자기의 이상한 마음을 자기로서도 확인하기 위하여,

"창피한지 부끄러운지 잘 알 수는 없는데 내 마음이 지금 대단히 도고합니다.***** 자, 술을 더 주십시오. 우리 기쁘게 한잔 허십시다."

하며 홍걸이가 부어주는 유리곱부에 든 일본주를 꿀꺽꿀꺽 다 넘기

* 완전히 여물지 아니한 콩을 콩꼬투리째 불에 굽거나 쪈 것. 또는 그렇게 하여 먹는 일. 콩부대기.
** 원문에는 '괄세하겠나'로 되어 있음.
*** 궁글다 : 내용이 없어 허전하다.
**** 면구面灸스럽다 : 낯을 들고 대하기에 부끄러운 데가 있다.
***** 도고道高하다 : 스스로 높은 체하여 교만하다.

고 또 잔을 내어밀었다.

"하하 이 사람. 내 이럴 줄 알았네. 자네가 그런 사람인 줄 내가 아네. 사람이 그래야 돼. 자네가 그렇게 종일 하루면 하루 이틀이면 이틀 죽여라 하고 입을 다물고 있다가도 술이라도 한잔 들어가서 나오게만 되면 남 이야기 할 새 없이 자네 혼자 다 해버린다지. 곰배팔이 길선이 녀석 그 아무 쓸 짝에도 없는 남의 밀가루집 사환꾼하고도 자네 잘 술도 같이 먹구 이야기도 잘 헌다데그려. 못할 이야기 없이 다 말하야. 우리 오늘밤 그 이끼*로 가. 내가 그 길선이 녀석만 못해서 그러는 건 아니겠지. 자 그 이끼 가잘 말일세."

"하하하. 그 이끼로 가요. 그 이끼로 가랍니다."

남은 홍걸이가 내어 미는 술독구리에 제 잔을 갖다 대이며 몽롱한 눈으로 홍걸이를 쳐다보았다.

"암. 그 이끼로 가야 해. 그렇지 않으면 자네 내 말에 불찬성이란 말인가. 내 말이 그르단 말이야."

"아니, 그르다는 말이 아니라."

남은 도고해지던 자기 마음이 갑자기 주저앉는 것을 느끼며 선뜻 하는 마음으로,

"그르다는 말이 아니라 무슨 이끼로 가라느냔 말씀입니까. 제가 오늘 저녁 먹자고 아니합니까. 제게 술을 자꾸 달라고 아니합니까."

하며 싹 남의 얼굴은 핏빛이 걷히어 들어가는 것이었다.

"그래 달랬으니 어떻게 하란 말이야. 술이나 처먹지 더 다른 소용은 없단 말인가. 다른 말은 헐 꺼 없단 말이야."

"헐 꺼 없단 말이 아니라. 그러니깐 홍걸 씨가 오늘 저녁 제게 하시는

| * 息(いき). 호흡. 숨.

말이 다 정말인지는 알 수 없고 또 거짓말도 아니겠지만 거짓말이 아니라고 다 참말이 되느냐 말씀입니다. 허지만 저는 처음부터 그런 것을 반문할 생각은 없었습니다만. 아 취한다."

"그럼 내 말이 결국은 거짓말이란 말이지. 안 하는 것만 못한 말이란 말이지. 지금 자네 하는 말이."

홍걸이는 자기도 이렇게 빗나가는 것이 이 젊은 피비린내 나는 젊은 것의 정신을 후려잡는 것인 줄을 알고 그러고는 눈을 부라려 남의 얼굴을 아래위로 훑어보았다.

"아니 거짓말이 아니라 참말일는지 모르지만 참말인데 그것이 어쩐 까닭으로 제게는 자꾸 자꾸만 부족하게 느껴져서 못 견디는 것입니까……. 참말이라고 다 해야 할 것입니까?"

남은 비창한* 눈으로 홍걸의 얼굴을 찾으며 이러하였다.

"그게 그러니까 내가 오늘 자네에게 창피를 주었대서 하는 말인가. 부끄러움을 주었대서 하는 말이야."

"아니 그런 말도 아닙니다. 나야 창피해도 상관없습니다. 나야 늘 부끄러운 사람입니다. 허지만 그 말이 아니라."

남은 이러한 자기의 진정을 말할 때마다 무엇인지 모르나 슬픔이 가득이 차 올라오는 것을 이때도 느꼈다. 그리고 그 슬픔이 속 깊이서 우러나오는 일종의 절망적 감정과 융합하여 다시 마음속에 깊이 가라앉은 것을 아니 깨달을 수 없으며

"허지만 그 말이 아니라."

하고는 더 말할 것이 없어서 돌연히 입을 다물고 말았다.

"그 말이 아니면 무슨 말이야."

| * 비창하다 : 마음이 몹시 상하고 슬프다.

"……"

"그 말이 아니면 무슨 말이란 말이야"

"그 말이 아니라 오늘처럼 이렇게 취해서 좋은 날 그런 남의 말을 하려던 것이 아닌데……."

남은 술에 녹아서 입이 잘 아니 떨어지는 불분명한 어조로 겨우 이 몇 마디 말을 혼잣말처럼 하고는 시그널이 숙듯 털썩 고개를 수그리고 말았다. 뒤로 쓰러지려는 것인지 앞으로 쓰러지려는 것인지 몸과 머리가 묵 흔들리듯 흔들흔들 전후좌우로 노는 것이다. 한참 동안이나 그것을 이기려다 이기지 못하고 다시 고개를 들어 그는,

"그런 말을 하려던 게 아니. 옳지 자 그럼 내 사진 이야기나 한 마디 하리다. 사진 거 재미있습니다. 내가 사진 하는 지 그럭저럭 벌써 십 년이 되는데 처음 사진 배울 때와 지금 앉아놓고 생각해보면 같은 사진이 왜 그리 달라지는지 모르겠습니다. 처음 척 배워놓고 그렇게 재미있던 사진이 십 년 이력을 친 오늘처럼 어려워서야 어느 누가 사진 배울 사람이 있단 말입니까. 처음 찍기를 배워서 눈으로 보던 것이 눈으로 보던 모—든 물건의 윤곽 눈으로 보던 모—든 물건의 위치 눈으로 보던 모—든 물건의 관계가 그대로 차츰차츰 분명하게 인화지 위에 나타날 때 그것이 얼마나 신기한 것이겠어요. 그러나 그 얼마 안 되는 재미있는 동안이 지나면 화면에 무슨 수정이라도 가하게 됩니다. 가해서 다만 그 화면을 매끈하게 곱게라도 만들려고 하지 않겠어요. 말하자면 가련한 짓이지요. 허지만 또 얼마 동안 그것만 가지고 놀면 그 매끈하고 고운 것에 무엇인지 단순한 것 무엇인지 부족한 것만 느껴져서 그제는 정말 본 물건에는 없는 것 그때에는 그러한 것이 없었던 것에다 음양을 가하려고 하게 됩니다. 여기 사진은 십 년이 부족한 일이 됐습니다. 왜 그런고 하니 이렇게 되면 벌써 사람들이 기왕 사진을 위해서 지어놓은 일정한 규율이

란 것이 없어질 뿐 아니라 이때도 눈에 보이지 아니하고 하나에서 열까지 제가 버리고 제가 찾아야 할 것을 알게 되는데 이 버리고 찾고 버리고 찾고 하여야 할 것이 무수히 그야말로 한량없이 자꾸 생기는 까닭입니다. 글자 그대로 무수히 글자 그대로 한량없이……. 그리고 고통을 가지고."

남은 자기 머리가 차츰 가뜬히 맑아가면서도 말은 자꾸 어느 미로를 더듬어 들어가는 것을 느끼며 이러고는 뚝 끊었다가

"이렇게 되면 그것을 허는 사람에게는 어느 것이 참인지 어느 것이 정말인지 모르게 됩니다. 아니 그런 참이니 거짓이니가 문제가 아니 됩니다. 그저 세상에 있을 수 있는 것과 있어도 쓸데없는 것들을 무한히 가해가고 무한히 제해나갈 뿐입니다. 이것이 수정의 극치인 것입니다. 이것이 사진의 최고의 것이요 또 참의 이상적인 것입니다. 이때 앉아보면 처음의 이것이 정말 그 물건의 사진이로라 여기에는 거짓이 하나도 없노라고 내세우던 그 정말이란 것이 얼마나 가소로운 것인지 모릅니다. 이것이 정말의 모상貌相이 아니라는 것을 그러한 복잡한 수정사는 알 것입니다. 알아들으세요, 홍걸 씨. 복잡한 수정사修整師라는 말의 뜻을 알아들으세요. 얼마나 그것이 어려운 일입니까. 그리고 이런 것이 다 제가 취하면 곰배팔이 길선이하고도 하소연하는 하소연 꺼리입니다. 저는 취했습니다. 몹시 취해서 이렇게 건들먹어버립니다. 자 저는 갑니다."

남은 일어나 한 손은 포켓에 찔러 넣고 한 손은 모자를 잡은 그 엉거주춤한 자태로 얼굴도 보지 않고 껀들먹 홍걸에게 인사를 하였다.

"그럼 자네는 내 허는 말이 정말일는지 모르지만 정말이래도 십 년 전에나 했어야 어울릴 가소로운 정말이란 말인가. 거짓말을 해도 정말인 듯한 거짓말을 하란 말인가. 그런가 안 그런가?"

하며 홍걸도 무릎을 세우고 일어났는데 어느 결엔가 그의 발은 손은

남의 왼쪽 얼굴을 후려갈겼다.

　그의 눈에서 올배미의 성난 눈이 인광燐光을 발하듯이 인광을 발하며 그 푸른 불쌈지를 담은 긴 눈썹은 순간적으로 자꾸 섬벅거리는* 것이었다.

　"이놈 보리야 보리야 하니까 네 이놈 얼마나 늘어놓을 테냐. 넌 이놈 아무짝에도 쓸데없는 놈이다. 네놈하고 뭘 같이 하겠다 하겠니. 이놈. 허지만 같이 안 해도 네놈한테 비라리할** 껀 하나도 없다. 네놈은 무슨 악질을 누구한테 얻어서 삼천병원에는 무엇 때문에 달포나 입원했었니 이놈. 두어 달 전에 말이다…… 누가 모르는 줄 알아 흐흐흐. 그리고 민보걸의 딸 민은실이는 무슨 앙화로 뱃속에서 나와서 열흘도 못 되어 눈이 멀었으며 민보걸의 처 김순덕이는 무슨 병이 원인이 되어 염통병을 앓는데 이놈. 이 더러운 창피를 모르는 염치가 없는 부끄러운 줄도 모르는 개같은 놈!"

　썩은 흙이 무너져내리드키 쿵하고 탁자상 위에 머리를 디려박은*** 남은 다시 머리를 들을 생각도 없고 들을 수도 없이 그 위에 몸을 부리운 채 민홍걸의 이러한 말들을 들었을 뿐이었다.

　홍걸의 씨근덕거리는 숨소리가 차차 어렴풋하여 가면서는 자기의 심장이 자꾸 드놀아서 홍수 난 개울에 물 붓는 모양으로 뚝뚝 불어 머리로 달려 올라오는 것과 무슨 뭉테기**** 같은 것이 목으로 올려 쏠려서 가슴이 답답해오는 것을 그는 느끼었다. 그리고 다 죽지 아니한 머리의 한쪽 구석에서는―그것이 모욕인지 아닌지는 알 수 없으나 엿같이 끈적끈적한 게 엿같이 끈적끈적한 기쁨 같은 것이 몸을 적셔 올라오는 것을 그는

＊ 섬벅거리다 : 눈꺼풀을 움직여 눈을 자꾸 감았다 떴다 하다.
＊＊ 비라리하다 : 구구한 말을 하여가며 남에게 무엇을 청하다.
＊＊＊ 들이박은.
＊＊＊＊ '뭉텅이'의 방언.

마비되는 감각으로 느끼고 있었다.

"그런데 염소젖은 왜 또 바지에 엎질러가지고 와선 그리 툴툴거리고 있니, 애."

"누가 엎지를래서 엎질렀나. 고놈의 할망구 까타나* 그랬지. 앞채에도 놈팽이들이 와서 노니깐 할망구가 뒤채 벅문**으로 몰아서 들어오래든구나. 그래 그놈의 새카만 벽을 살살 발로 쓸어 들어갔는데 일이 안 될라니깐 부뚜막에 났던 그놈의 염소젖 그릇에 쓸쳤지. 그래 이렇게 됐다네."

"그렇게 된 거 헐 수 없지. 그럼 뭘 혼자 툴툴해. 그래 와 있는 건 누구데?"

"누군 누구야. 자주 구두쟁이더라."

"자주 구두쟁이라니. 한 주사."

"왜 한 주산 두 주산 아니고 한 주사만이야. 아 왜 짙은 자줏빛 구두 몰라. 일부러 서울까지 가서 지어온 거다 함부로 치워놓을 구두가 아니야 하면서는 들어올 적마다 뽐내는 친구 왜 몰라."

"응. 그 민한*** 자 민보걸이? 누구하고 왔데."

"누군지 누가 아니. 기생 아닌 것만은 사실이지. 신은 파란 꽃 놓은 고무신이더라."

"왜 기생이 아니야."

"기생이 뭐가 안타까워서 그런 델 가겠니, 애. 화대 받기가 싫어서?"

"애는. 정말 넌 화대만 돈인 줄 아니?"

---

* '때문에'의 방언.
** 부엌문. '벽'은 '부엌'의 방언.
*** 어리석은.

"나두 알아 얘. 허지만 그럴 테면 온정 들어가서 탕이나 허군들 못하리? 그놈의 할망구네 집 요새 잘 해먹는다더라. 밀까루하며 유부녀하며 거드러거린다는데……. 우리 집은 날마다 텅 비어서 주인영감도 골치는 무던히 아프렷다. 허지만 허는 수 있나. 그거 다 시셀데 울면서 겨자 먹기로 그런 집에 요리라도 해 나르는 게 수지. 고발을 하면 무슨 소용 있나. 아무 데로 밀려가면 아니 밀려가겠기에! 아까 그 녀석네 패는 기생 하나도 없이 저럭커구 앉아서 밤새 저럴 모양이로구만……. 또 한 패 십일호 실에 왔다는 건 몇이나 되니?"

"둘. 둘이야. 가만가만이나 떠들어라 얘. 바로 그게 그 민한 자주 구두쟁이의 이거야 이거."

"형이면 형이지 누가 뭐랬나. 그리고 그 구석방까지 소릴 해봐라. 가나?"

주방에서 이러는 소리들을 홍걸이는 들을 만한 것은 다 듣고 나서 더 익힐 생각은 없다는 듯이 잽시 빨던 담배 꽁다리를 툭 다리 사이로 넣어 떨어트리고 일어섰다. 그 얼굴은 얼만큼 상기까지 해 있었다. 그는 변소 문을 가만히 뒤로 닫고 될 수 있는 대로 소리가 나지 아니하도록 복도를 걸어 방으로 들어왔다. 소리가 나도 인제는 상관은 없는 것이다.

그는 뽀이를 불러 처음에는 이렇게 된 바에는 간졸*랑 남이란 작자에게 맡길 생각이었으나 그 생각만은 변소에서 돌아오며 풀어지고 그래도 그럴 것도 또 없어서

"간조 써서 갖다줘라. 가야겠다. 난 간다."

"잠깐만 계세요. 이 어른 내실 껍니까. 여보세요. 일어나세요. 자 이러커세요. 여보세요. 자 이러커세요. 어떠컵니까. 이 어른 이렇게 됐는

| * 간조 : 勘定(かんじょう). 셈 혹은 계산을 뜻하는 일본어.

데……."

뽀이는 상 위에 맹장을 게워놓고 그 위에 얼굴과 상반신을 아무렇게나 뭉기어 엎어져 있는 남의 그 모두 묻은 얼굴과 또 그 얼굴에서 튀어져 나와 요술을 하고 난 오뚝이처럼 두 발을 우습게 버티고 앉았는 도수 깊은 안경을 번갈아 눈으로 가리키며 홍걸이에게 반 투정을 한다.

"이렇게 됐는데 뭘 어떡해. 뭘 어떡한단 말이냐. 너 그럼 아무 소리도 없이 들어왔는데 나 혼자만 보구 해왔단 말이냐."

"혼자 보구 해왔다는 게 아니라요. 어쨌든 두 분이서 어떻게 잘해주시고 가시란 말씀이야요."

"아니 글쎄. 건 너 모르는 말이다. 이 자식아. 어쨌든 어서 갖다주기만 해라 주기만 해. 고만한 거 낼 만하기에 날 데리고 왔겠지. 남 바빠서 올 새 없다는 걸 부득부득."

"네. 민주사를 모시고 오셨어요."

"그럼 모시고 안 오는데 누가 오드냐. 이놈 이까진 대접받으려단 치어 죽을 사람이다. 어서어서 이러고 있을 새가 없는 사람이야."

그러나 홍걸이도 남가가 이즈음 그러한 지경에 빠졌으니까 별 돈이 없을 줄은 알면서도 그래도 삼천엘 간다고 떠난 놈이니까 차비라도 소방히 없지는 아니할 것과 다 안 되면 안 되는 만큼은 자기가 내리라는 생각으로 있었던 만큼 남의 주머니를 가지고 아니 되는 얼만가는 자기 돈으로 내고 그는 요릿집을 나왔다. 그리고 "어서 일어나세요. 자 어서 이러커구 정신 차리세요. 이거 여기서 이러면 안 됩니다." 하는 뽀이 녀석의 남가를 깨워 일으키는 속이 끓는 목소리를 들으며 신을 꿰면서도* 오호시마네 문방구점에서 그것을 사가지고 갈 것만은 아니 잊어야 하겠다 하

| * 꿰다 : '옷을 입거나 신을 신다' 라는 뜻의 '꿰다' 의 방언.

였다.

몸을 추리면서 일어나 입으로 치마허리를 당기어 다시 한 번 조르는 동안 사나이의 이글이글이 피어났다 다 꺼지지 아니한 눈은 터질 듯이 그 치마허리에 감치우는 여자의 두 앞가슴 위에 미진한 욕망을 가지고 한참 동안 머물러 있는 것이다.

"갈 테야. 이 초녁이라는데 정말 갈 테야."

하며 사나이는 반이나 등을 일으켜 툭 여자의 치마 고름 쥐인 손을 잡는 것까지 이 바늘구녁*만밖에 안 되는 틈사구니로 보이는 것이 아닌가!

"그러지 말고 인제부터 정색하고 내 자네 이야기만 들을 테니. 자 그 이야기란 걸 해봐요. 응……. 앗다 그리 성낼 것은 무엇이나 그리워서 그러느냐고 그랬기로니 보구 싶어서 그러느냐고 그랬기로니 그게 정소랄 리가 있나. 다 자네가 좋아서 하는 소리지. 그까진 놈 내가 샘낼 놈이나 되던가배 자 이리 와 이리."

아양스러이 흘러내리는 원망의 눈초리를 받으며 이렇게 해서 그 흐양호양한 휘여질 것 같은 허리는 사나이의 가슴 위에 무너져내리는 것이다.

"놓으세요 놓아요. 당신은 나를 업수이 여기지요. 뭐 이렇게 된 년이라구 이렇게 한번 헐개가 빠진 년이라구— 만날 때마다 속상하는 말은 한 마디도 못하고 하면 장 두고 보자기나 하구. 왜 또 오늘저녁도 볼일 다 봤으니 가라지오. 왜 그렇지 않으면 또 무슨 볼일이 있어서 사람의 손을 끌어요."

"볼일이 있구 말구. 민보걸 씨야 백날이면 백날 만날이면 만날 한시라도 빼놓지 않고 춘자 씨한테 볼일 있지 응. 어떻게 볼일이 있느냐고.”

　그러면서 그 자식은 숭긋숭긋한 털 사이에 아직 땀구녁이 채 잦아들 아니한 기다란 팔로 그놈의 아무것도 걸치지 아니한 계집년의 웃젓패*를 휘어 감는 것이다. 속이 탁 막혀서 연놈이 하는 소리가 궁금치만 않으면 금시에라도 그것을 뿌리치고 들어가 덮치고도 싶다만은 하는 생각을 하며 그 구녁에서 눈만은 떼었다.

　“백날이면 백날 만날이면 만날 말이야.”

　“호호호 백날이래야 석달 열흘이요 해로나 할 생각이드면 큰일 날 뻔 허셨구려 호호호. 자 인젠 놓으세요 아야아야.”

　말마다마다 아양이 흐르는 것이다.

　“그래 요 주둥아리로 이야긴 무슨 이야기란 말이야.”

　“무슨 이야기가 다 뭡니까. 요전에도 저녁때인데 알배기** 비웃***을 귀놨길래 난 아무래도 계집 아니오. 여필종부라고 했다지요. 한참 먹다가 비웃에 손이 안 가길래 내가 젓가락을 이렇게 잡고 알을 비집어내어서 먹으라구 했구려. 했더니 먹는단 말도 아니 먹는단 말도 않고 그대로 물 만 밥술만 들일락날일락 하더니 한참이나 또 그 생선을 정신없이 들여다보더니 날 쳐다보면서 날더러 먹으라는구려. 멋쩍기라는 건……”

　“아 뭘 뭣이나 집어넣지 않았나 허구 그리는 게지. 그래 자넨 그 알량한 이야기 못하게 한다고 또 뽀르동동 하는 건가. 엊그저껜 그 소리 안 했는데?”

　“호호호 허던가요? 헌데 글쎄 이 맹추년 좀 보우. 온 아침 그것한테 보험 이야기를 했구려.”

<hr>

* 원문은 ‘웃젓패’.
** 알이 들어 배가 부른 생선.
*** ‘청어靑魚’를 식료품으로 이르는 말.

"보험 이야기라니?"

"왜 내가 언젠가 그것이 다른 데는 몸이 약해 못 들고 간이보험 든 이야기했지요. 헌데 상철이 아버지가 그렇게 죽었기에 궁금하던 생각이 있던 차라 불쑥 그만 그것한테 그걸 물어봤구려. 그런 경우에도 받을 수 있느냐고."

"그러니 작자 뭐라고 하지."

"처음엔 모르겠노라 하더니 준다더라고 그러겠지요. 주나요 줘요, 응 주긴 주는군요. 난 또 그것이 비웃는 말로 그러는 줄 알고 속이 뜨끔했는데 허지만 괜히 그랬지요."

"뭘 괜히 그래. 그랬기로 그까지 녀석이 뭘 알리라고."

"아이구 뭘 아는 게 뭐요? 어제저녁도 자리에 누워서 무슨 쥐 잡어먹을 궁리를 그렇게 하는지 이 팔을 이렇게 이마에 얹고 이 궁리 저 궁리하는가 보더니 갑자기 벌떡 이렇게 앉으며 이층에 올라가 잘 터이니 이불 한자리 내라는구려. 그러면서 보는 눈이 너 이년 네 년은 왜 잠을 못 자느냐 드키하는데 없다고 하니깐 없어도 좋아 하면서 허겁지겁 이층으로 올라가버리고 말겠지. 그리구 밤새 그놈의 편진가 지랄인가 썼는가 봅디다. 말 말아요 그놈의 귀뚜라미는 왜 그리 성화를 부리는지 난들 무슨 잠이 오겠수. 그리구 나서 자면 깨면 하는 동안에 어디서 자꾸 먼 다듬이소리가 들리는구려. 이거 이 재밤 중에 누가 어느 집에서 다듬이를 하나 온정에서 이렇게 밤새 다듬이 할 집은 없는데 하구 정신을 차려 일어나 앉으면 그 다듬이소리는 뚝 없어지는데 고쳐 누워서 다시 잠이 들만 하면 여전히 그 다듬이소리가 들리지 않아요. 이렇게 밤새 엎치락뒤치락 하다가 이층에서 쿵쿵 하는 소리에 깜짝 놀라 귀를 기울이니까 그 쿵쿵거리는 소리가 꼭 무슨 목이나 매다 잘못 맨 사람의 발버둥하는 소리 같구려. 그래 가만가만 층계를 올라가 문에서 엿들었더니 그제는 아

144

무 찍소리도 나지 않겠지요. 해서 문을 비죽이 열어볼까 말까 망설이기도 하였으나 날이 밝으면 알 일 아니겠어요. 무시무시하기도 해서 그대로 내려왔지요. 아니 무시무시해서 내려왔어요……. 그리구 그 바람에 정신이 바싹 들어서 그게 다듬이 하는 소리가 아니고 귀뚜라미의 장난인 줄 알았다우. 아마 그래서 사람이 홀리나 봐."

"그럼 그래서 홀리다마다."

"어쩌면 그렇게도 혼자 야속하고 무섭고 울고 싶고 왜 들어오는 밤이 있는지!"

"그래 그래 알아 알아. 이 민주사가 없어 그랬구만 자."

"아이구 좀 이러커서요 답답해요. 민주사가 없어 그랬는지 이년이 매쳐서* 그랬던지 언제 어떻게 되는 날이 있는대도 모—두 인제는 모르겠어요. 몸에 지닌 거라고는 비녀 한 개 반지 하나밖에 없으니 내가 보이지 않는 날에는 그걸로 노자해서 어디라도 혼자 간 줄로만 아세요."

"앗다 또 흥타령이 나오는군. 너무 놓아서 자네는 늘 이러는 건가. 그까진 녀석 그러다간 저 혼자 어디로 갈 거이고 그년일랑 그러다가 제절로 그렇게 되구 말걸. 그 낯짝 되어가는 양하고 그 숨쉬는 꼬락서니하고 말이야. 그러니 자네가** 그리 성미만 부리지 않고 기댈리구 있으면 일년이 갈 것도 아니고 이태를 두고 끌 것도 아닐세그려."

"……"

"오는 복은 누워서 받으라고. 그리 서두르지 말고 남상숙하게 하지 않군들 안 되는 일인가."

"되는 일인지 안 되는 일인지 원. 은실이 애 우리 집에 왔다 가서 뭐

* 매치다 : 정신에 약간 이상이 생겨 말과 행동이 보통 사람과 다르게 되다. (낮잡는 뜻으로) 상식에서 약간 벗어나는 행동을 하다.
** 원문에는 '자뎰가'로 되어 있음.

라고 안 합디까?"

"왜 그 집에 갔던가. 나 오늘 그년 종일 못 봤다니깐. 아까 그 집에서 마장하는데 와서 찾는가 보더만 없다 그러라고 그랬더니 가더라는데. 그리구 난 차에 이집 할망구가 왔길래 오는 길이야. 왜 가서 뭐라 하든가. 무슨 일이 있어 갔던가."

"무슨 일이야 무슨 일이요. 그저 속상하는 일이지요. 왜 오늘이 개 생일날이라면서요."

"응 그래 그래."

"그래 나 청하러 왔어요. 내 입에 똥 처 넣으려구……. 당신 부인께서요."

"당신 부인께서요가. 키키키. 그래 똥은 또 왜 똥?"

"그럼 똥이지 뭐. 당신 마나님께서 생일밥이 썩어나서 부른 줄 아십디까. 다 눈치를 채구 허는 수작이지. 그러기에 그 부르러 온 그 냥반의 따님께서도 허리춤에 감추는 그 잘난둥이의 편지를 가리키며 편지 그리게 꾀 넣으시면 빠지지 않느냐고 그러며 말간 눈으로 노리고 보는 거 아니겠어요. 어쩌면 고렇게도 똑 잡아떼고 봐."

"아 오죽 얄망궂은가. 흥 망할 년들 무슨 지랄로 또 생일을 다 청해. 그래 자네는 뭐라고 그러구 못 간다고 그랬나."

"뭘 몸살이 와서 못 간다구 그럴 수밖에 더 있어요. 그리구 그까진 건 애기 놈이야요 글쎄 그년은 낮부터 와서 그리구 조르구 섰고, 날은 궂고 해서 속이 상할 대로 상하는데 그년을 보내고 나니 그 냥반이 또 들어서는구려."

"그 냥반이 누구야."

"당신 형인가 형 양반인가 말이우. 어떻게나 징글징글하게 굴다 가는지 바로 무슨 냄새를 맡기나 헌 것 같습디다."

"뭐라고 하기?"

"아 은실이가 가구 나서 그러지 않아도 속이 답답해서 어쩔 줄을 모르고 있는데 그놈의 잘난둥이가 주어다 논 고양이새끼 말이우. 그놈의 고양이새끼 똑 그 눈을 해가지고 그리구 쪼그리구 앉아서 무엇을 아는 거나 같은 게 얄밉고 역증머리가 나서 창문을 열고 이층에서 그냥 아래로 내려 팽개쳤구려. 눈에 불이 나서 팽개치기야 했지만 뒷곁이니깐 누가 그리로 사람 올 줄이야 알았어요. 털석 하고 소리가 나는데 보니깐 당신 형 받고 오는 우산에 맞아 떨어지는구려. 가슴이 무너지고 졸도를 할 뻔하지 않았겠소 했겠소."

"글쎄 그랬겠구면. 그놈의 양반인지 두 냥반인지는 밤낮 그리 남 안 댕기는 데로만 댕기느니 무슨 냄새를 맡으려고 그러는지 원 밤낮 사냥개처럼."

"사냥개면 그런 사냥개가 어디 있어 온 글쎄. 그리군 글쎄 내어버리는 줄 아는 고양이새끼를 일부러 다시 주워 가지고 들어와서 척 들어서며 벌써 한 마디—개가 고양이를 쫓는다더니 이 집은 고양이가 개를 쫓나, 우언愚彦*인 어디 갔소 하면서 들편들편 살피기부텀 하는구려. 내가 잘난둥이를 쫓았다는 말이야요 그게. 그리구는 주워 가지고 들어온 고양이새끼를 철썩 내 치맛자락에 내던지며 무슨 일인데 그리 역심** 낼 일이 있느냐 하면서 어르듯이 조르듯이 하면서 종일 그리 찐덕찐덕하고 종일 그리 빙빙 방 안을 휩쓸어 도는구려. 무턱대고 뭘 자꾸 뒤져보려고 하고 무턱대고 자꾸 헛웃음을 치며 그럽디다. 미친 양반처럼! 그래 나도 참다 참다 못해 어떻게 골딱지가 나는지 쫓기는 쫓았는데 어떻게나 매끈하게 쫓아버렸는지 뒤에 핥아볼 자죽 하나 없이 쫓았노라고 탁 해버리려다 말

---

* 주인공의 이름이 '남우언南愚彦'임을 알 수 있는 구절이다.
** 상대편의 말이나 행동에 반발하여 일어나는, 비위에 거슬리는 마음.

었수."

"왜 그래버리지. 한참 놀 때는 미친 개 같거든 미친 개야. 요새는 또 뭣이 내가 부족해서 사방 내 훼방을 놓고 다닌다던가. 누가 얻어준 천데 처 덕에 혼자 먹고 잘 싹겠느냐 못 싹겠느냐 그년들 망덕허는 걸 보구야 자기가 죽겠노란 둥 별의별 소릴 다 허구 다닌다나. 그동안 또 좀 풀이 싹었더니 요전에 돈 오백 원 안 준담부터 그러는 줄 내 알지. 알기야 알 지만 아니 내 물건 살 적에 돈 모자라는 것도 딱한데 자기 땅 사는 데까 지 어떡하라구. 그도 돈이 아주 없으면 허려니와 그만한 돈 가지고 그만 한 땅 사면 못 살 것도 아닌데 똑 그 수단을 부린단 말이지. 자기도 내 덕 에 볏백이나* 장만했으면 그만이지 더 못 긁어가서 요거 부족하니 요거 보태달라, 다 그게 그렇게 몬 돈이기야 하지만. 그리고 상처하고 입때꺼 징** 재취 안 하는 것도 다 생활비 탓으로 그러는 거야. 벌써 상처하고 그 렇게 내게 붙어 있는 지도 벌써 팔 년 아니 구 년 동안이나 되는군. 아무 리 쓰다 달다 해도 나는 나려니와 그년도 불쌍한 제수 년이더니……. 내 겐 그렇게 해서 모은 돈이고. 또 하나는 왜 요새는 또 너의 어머니하고 좋아한다든가. 수단이래야 이 두 가지뿐이야―하지만 둘이서 맞서면 병 병할걸 이번엔―서로 좋아하는 듯이 하면서도 속으로는 못 먹어서 할 테 니깐. 잘 맞섰느니라. 여편네는 여편네 손 사내는 사내 손 닿는 손 안 닿 는 손 다 써보다가 마지막엔 누가 터질지 아무리 아니 들어가는 이빨 이래도 죽을 때까지야 어느 살 하나 물리지 않겠니. 그리구 어디서 들으 니깐 너허구 나허구 무슨 관계가 있다는 소리를 허드라드라."

"글쎄 그래요. 아까도 그러니깐 그 소리를 못해서 그리드라고 그리지 안 해요. 그런데 누구한테 그 소리를 허드래요?"

---

* 벼 백 섬을 추수할 정도의 땅 혹은 재산. 원문에는 '볏빽이나'로 되어 있음.
** '지금까지'의 사투리.

"나 잘 알고 친한 사람인데 신국전이라고 농회에 있는 사람이야. 그러는 그 속뜻이야 내 또 잘 듸려다보지. 제가 너 어머니하고 그러니깐 나를 너한테 범접 못하게 하느라고 그리는 거지. 못해야 나허구 너 어머니하고두 우스운 새가 아니 되거든. 허니깐 그 방패막이로 하는 거지. 홍국전이하고 나하고 좋은 새인 줄 알고 내게 하는 방패막인 줄 내가 몰라서! 제가 알기야 뭘 알아서 하는 말이나 되겠기! 오늘 네 집에 와서 그리는 것도 어쩌면 네가 그리구 싶어서 그랬는지 누가 아니. 네 말마따나 어르듯이 얼리듯이 조르듯이 한 것이 이렇게 이러구 싶어서 조른 것인지 모른단 말이야 응."

"아이구 참 그랴면 누가 그럴 줄 알고요. 너무 그리 미친 듯이 하니깐 그런 생각도 들더란 말이지. 아무리 그렇기로 고만한 수단에 넘어갈 사람은 어디 있나요. 그렇지만 그때 같아서는 참 몇 번 죽어도 시원치 않겠던데."

여기까지만 듣자기도 속에서 울화가 뒤집히어 겨우 들었는데 방 안에서들 하고 있을 모양을 상상하여 보매 이제나 이제나 하고 있던 생각이 더는 참을 수 없이 되고 말았다.

마개를 따 내인 붉은 잉크병은 바른손 엄지손가락과 첫 손가락으로 꽉 붙어 쥐고 외인손*으로는 으레이 안으로 걸었을 샛문을 일부러 덜컹덜컹 소리를 내어 흔들었다.

흔드니까 똑 말소리는 끊기고 소곤소곤 무어라고들 하는 모양이더니 갑자기 방에 불이 꺼지며 그만 또 숨을 죽이고 주저앉으려는 기색이었다.

흔드는 것이 무엇인지 좌우간 무엇이든 어떻게 할 것을 생각하고 어

| * 외손.

떻게든지 하자고 한 소견들인가—하매 그는 그렇게 앉아 생각할 틈을 주어서는 안 되리라는 생각으로 나는 분 안 나는 분 다하여 한 발로는 염소 젖 담았던 양철통을 일변 부뚜막 위에서 굴려 덜렁거리며 손 하나로는 안문고리만 아니 빠질 정도로 성급히 왈가닥왈가닥 샛문을 잡아 흔들어 대었다.

물론 잡기만 하려는 도적 같으면 벅 문턱 하나 넘어서서 안마당으로 난 방문만 열어제끼면 앞으로도 못 잡을 것이 없는 도적이지만 그렇게 잡아서 소용없는 줄을 각오하고 온 도적이거늘 일시 손이 욱신욱신해 못 견디겠다고 그럴 것은 없는 것이다.

그러므로 그는 이 남녀가 그 소리에 더는 못 앉아 있어서 필경은 와닥딱 일어나 문을 열고 마당에 내려서서 허둥지둥 대문을 향하여 달아날 때까지 꾹 참고 그 샛문 하나만 잘 덜렁거릴 수가 있었다.

그러다가 그것들이 다 마당에 내려선 때 쯤하여 그도 급히 벅문을 나와 날랜 걸음으로 몇 걸음 그 뒤를 쫓아가며 손에 부르쥐었던 것을 제 머리 위로 높이 치켜들었다. 그리고 건넌방을 새어나오는 불빛에 겨우 그 윤곽만 드러나는 그것들의 뒷그림자를 향하여 씨를 뿌리듯 엇가로* 휙 그것을 뿌려 씌웠다.

이때 정말 자기에게 그런 무슨 분함이 있어서 한 일이라면 그렇게 몸으로 궁형弓形을 그리어 그리도 힘차게 뿌린 것이면서 그것이 한 방울도 제 몸에 아니 튀어오도록 조심을 먹을 여유까지는 없었을 것이다.

허지만 그는 보걸이 녀석이 얼굴에 찬물을 받고 선뜻하는 기운에 그랬던지 허겁지겁 겁만 집어먹었던 차에 놀래서 그랬던지 악 하고 단마짓 소리를 지르며 뒤도 한 번 못 돌아보고 발이 땅에 붙은 채 그대로 달아나

| * 엇비슷하게 가로.

는 것을 보고는 달을 쳐다보고 웃듯 상쾌한 생각과 경멸하는 생각으로 속에 찬이슬을 돋우어 아니 웃을 수 없었을 뿐이다.

그리고 그는 천성으로 가지고 나온 이 자기의 찬웃음 만족하고 섰을 사이도 없이 다시 잽시 몸을 돌이켜 벽문을 들어서서 살살 더듬어 처음 들어오던 뒷곁으로 나왔다.

저녁빛이 아직 그리 많이도 안 깊었으나 하늘이 흐린 대로 앞이 잘 보이지 아니하는 밤인데 그는 그렇게 하고 난 직후인지라 곧은 눈이 뜨이지 아니하여 부엌은 쓸어 나왔는데도 어느 논두렁보다 더 좁은 그 뒷길이 한번 눈에 익어나니 탄탄대로를 걸어나오듯 그는 아무 거침없이 행길까지 걸어나올 수가 있었다.

원래 밤눈이 무척 밝기도 한 사람이지만 자신과열이 담뿍 부르터 오른 때인지라 웬만한 것은 본능적으로 되어나간다 하여도 그에게는 좋았던 것이다.

그런데 행길이라 해야 그리 큰 길도 아니요 거리 본바닥까지 들어가기 전에는 넓이 한 발이나 있을까 말까 한 논과 밭줄기조차 다 끝이 안 나 있는 온정에서 나오는 길인데 그는 이 길을 바른손으로 잡아들어 아까 저녁*을 먹은 신흥관 들어가는 데를 지나도 많이는 아니 지났을 때였다.

몇 걸음 아닌 앞에서 무엇이 자꾸 거칫거리며** 혼자 무어라고 중얼거리며 가는 사람이 있는데 중얼거리는 소리는 별다른 소리도 아니오— 아이 취한다 아이 취한다 하는 똑같은 단마디 소리 걷는 걸음은 두 발 가서는 두 발을 가로 옮기고 또 옮긴 만큼을 물러서는 갈 지 자도 아닌 말하자면 삼각형을 그리고 가는 걸음이었다.

얼마나 취해서 그러는지 나사를 잃어버린 기계 모양으로 머리는 머리대로 돌고 웃통은 웃통대로 허리는 허리대로 돌아 어디서라도 금시에 창자가 기어나올 것 같은데 게다가 팔 하나는 저고리 포켓에 쿡 찔러 넣어 위태위태하기가 이를 데가 없는 것이다.

하 우습고 거칫거리기도 하여 그는 유연한 기분으로 서서 어둠을 가리어 그 뒷몰골을 살펴보았다. 그리고 그것이 남우언이인 것을 인정하고는 이 풋내 나는 건방진 녀석이 요 모양을 해가지고 그래도 어디를 간다더니 정거장으로 가는 모양인가 하는 생각을 하며 뒤에서 무엇이라고 욕이라도 하며 하하하 하고 웃어주고 싶은 충동을 개선한 사람의 마음으로 느끼었으나 그런 시시한 짓을 하느니보다는 하는 생각으로 입을 가다듬고 저츰저츰 걸어 나아갔다.

그리고 길섶을 따라 흘러내리는 도랑으로 저 구겨박힐 듯이 비틀렁거리며 가는 남의 걸음을 지나치며 팔구비를 들어 건뜻 치받쳤다. 그 바람에 남은 어둠에 넘어지는 여윈 노새와 같이 지르르 미끄러져 흘러가는 찬물에 그 하지를 잡히고 말았다. 그리고 포켓에 찌른 손은 빼지도 아니하고 다른 한 손과 상지 전부를 가지고 겨우 그 나머지의 땅을 몸은 붙들었다.

"어— 시원하다."

하는 것이 그 여윈 노새의 부르짖음이었다.

나오기는 서울여관을 나온 것 같은데 손에 집히는 것이 성군의 부고訃告인 것을 보니 금시까지 춘자와 맞상을 하여 같이 조반을 먹고 집에서 나오는 길이 분명한 것도 같았다. 그러나 어쩐 까닭으로 서울여관에서 나온다는 그 우울하고 싫은 인상만은 머리에서 꺼지지 아니하는 것인가.

그는 저고리 포켓에 쿡 찔러 넣은 한 손으로 성군의 부고장을 땀이 나게 꽉 부러쥐인 채 온정 등턱을 내려와 성기성기 소나무가 선 동구를 나서 나오는 것이 여기서 길은 다시 턱이 져 좌우에 굵은 기복이 있는 옥수수 밭을 끼고 올라온다. 다 한 마장도 안 되는 덴데 또 한 번 이 등마루를 넘어서야 어느 날 자기가 비를 그이고* 서서 안해를 데리러 올라간 은실이를 기다리고 있었더라는 미루나무집까지 내려다볼 수가 있었다. 무슨 까닭으로 은실이가 자기 처를 데리러 들어간 것인지 무슨 깊은 사정이 있은 듯도 한데 도무지 몽롱하여 알 도리가 없다.

그러나 그것을 알아내려고 더 상구해보고 싶은 생각도 없이 자기는 그 등마루에 올라앉아서 먼 아지랑이 속에 야들야들 녹아들어가는 듯 조는 듯하는 읍의 집집을 바라다보았다. 발밑에는 맑은 물이 흘러내리고 흘러내리는 물을 따라 내려가는 눈은 용머릿골 그 무수히 선 미루나무 그루들 위에 머물렀다. 그 나무들은 속잎이 동긋동긋 꼬여 피어나는 것이 보이지만 그 배경으로 나타나야 할 집들이며 거기 있어야 할 모든 것들은 하나도 보이지 아니하는 것이다.

웬일인가 하였다. 그러나 그러려니 하는 막연한 무엇인지 슬픈 생각 밖에는 더 없었다.

자기는 지금 죽은 현이 년의 관棺을 가지고 나오는 길이라 한다. 그런데 그 관에 박힌 쇠못이 마음에 꺼리어서 나무못을 해 박고 그리고 앉아서 어린 것의 관을 짜며 그 쇠못을 박는 사람의 마음이란 어떤 것이랴 하고 생각하고 있는 것이라고 한다.

또 자기는 지금 어느 날 은실이 어머니가 주는 초록빛 곽에 든 흰 백금 테두리를 한 구로다이아 반지를 가지고 어느 과부에게 장가를 가는 길이라고도 한다. 자기가 그 늙은 과부의 가장 적당한 신랑이 되리라 하는 것이다.

| * 긋다 : 비를 잠시 피하여 그치기를 기다리다.

이것은 대체 어디로 가는 길이 옳단 말이냐. 이렇게 손에 땀이 나도록 꽉 성군의 부고를 부러쥐고 오면서—

그러나 그것도 아니다.

"어디로 가도 좋은데 나는 달아나는 것이다."

하는 것이 결론이 되어서 그는 정거장까지 왔다.

그래 대합실에 들어왔는데 사람이라고는 하나도 없고 어찌 겨울날같이 음산하고 쓸쓸하였다.

보니 한구석에 조그마한 다루마 난로가 있어 불 같은 것이 피어나고 있었다.

그는 문을 꼭 뒤로 닫고 그 난로 앞에 와 쭝그리고 앉아서 오스스 하는 몸을 녹이었다. 그래도 무엇인지 자꾸 쓸쓸한 생각을 금할 길이 없었다. 그러다가 얼마큼 몸도 녹았으리만 하였는데 밖에서 와자지껄하는 소리가 나는 바람에 고개를 번쩍 들어 비와 먼지로 팍 얼러지*가 간 유리창을 지문 하나만큼 부비어서 비집고 밖을 내다보았다.

그랬더니 그것은 자기를 보고 그러는 것이 아니라 어떤 중년이 넘어 보이는 여편네를 보고 웃고 비싯고 놀리는 것이었다.

웃고 놀릴 만한 것이 그 여편네는 옷이라고는 온 몸뚱아리를 처진 행주치마 같은 자박지 하나로 가리었을 뿐 해에 그을은 검붉은 육체는 어디 하나 근육이 동글린 데가 있는 데도 없이 몸을 움직일 때마다 흐늘흐늘하는 것이다. 그리고 풀어질 대로 풀어 흔들은 그 머리에는 흰 빗과 흰 나무동곳을 해 지른 것이 어떻게 용하게 빠지지 않고 꽂혔는데, 여편네는 아이들이 자기와 똑같이 □□만 알아서 가리운 아랫도리를 들여다보고 웃고 욕하고 팔매질하는 것조차 별로 탓하려고 하지 않으면서 이 빗

| * 얼룩.

과 나무동곳만은 떨어질 때마다 꼭 주워 들고 다시 제자리에 꽂고야 가도 쫓겨가는 것이다.

자기 등골은 아직 추운 기가 다 빠지지 아니하는 방 안인데도 바깥날은 흰 빛조차 유난히 눈에 스미기 시작하는 늦은 봄 날씨다.

그는 그 여편네의 뛰고 춤추고 쫓겨가는 사람들이 왁 이리 몰리고 저리 몰리는 모양을 그냥 내다보면서 사람이 한번 염치를 잃으면 저렇게 되는 것인가 하는 것을 치가 떨리는 무서운 생각으로 생각하고 있었다. 사람이 한번 저런 모양이 되는 것도 어떤 경우에는 정직함을 아니 가지고는 못할 마음의 하나인지도 알 수 없으나 한번 저런 욕을 뒤집어쓰기가 무서워서 온 가지 옷으로 쌔올 수 있는 데까지 쌔와서 제 정체를 나타내이지 않고 사는 것은 또 얼마나 아름다운 일이냐. 세상에 가장 아름다운 것이 있다면 그것은 밝은 데서 다 나타나는 데서 되는 것이 아니라 남이 모르는 감추어진 곳에서 되는 것일 것이다. 그리고 그것은 복잡한 내용을 아니 가지고는 못할 노릇일 것이다. 대체 사람의 일생이란 자기 생전에 다 청산하고 갈 수는 있는 것이며 또 그럴 필요는 있는 것인가.

자기가 이러커구 나오는데 마음 아니 놓이는 곳이라고는 김상시 이분 한 분 있을 따름이다. 허지만 그 사람에게 바른말을 하고 용서하여 달라 하기로 내 마음은 짐을 놓는다 하려니와 그 사람에게 줄 괴로움은 누가 갚아갈 것이냔 말이다. 그리고 그런 바른말을 쉽사리 하기 위하여 암만 허물을 거푸 하여도 좋다는 그런 경쾌한 심리로 살아가기도 싫은 것이다—생전생후 어느 때에든지 그것이 알려져서 웃음거리가 되어 내 거짓된 탓이라 하여도 좋지 아니하냐 하는 생각들을 하는 줄 모르게 하면서 그래도 그는 마음이 자꾸 울적하여 들어가는 데는 어쩌는 수 없었다.

그런 생각 저런 생각 하다가 앉아 잠이 들었는데 너무 발이 시려 빠질 것 같고, 몸이 얼어 들어와서 난로 있는 데를 더듬어 들어가다가 불이 꺼진 찬 난로 가에 닿아 어깨가 으쓱하는 바람에 눈이 뜨이고 말았다.

그는 화닥딱 몸을 추리며 일어나 버릇처럼 양복 에리를 치켜 올리고 어쨌든 표 파는 데를 찾아 살피었다.

그런데 차 시간도 되었다고 하고 표 파는 데라고 하는 덴데 어쩐 일로 아무도 표 사는 사람도 없고 표 파는 사람도 안 보이지 않느냐.

양복주머니에 쿡 찔러 넣은 채 있는 바른손 안에는 아직도 그 부고장이 부들하게 되어 땀에 젖어 있는 것이 집히지만 어디로라도 달아나는 것이라는 그 잊을 수 없는 의식이 정착해 있기 때문에 그는 초조해지는 마음을 걷잡을 수 없어서 그 표 파는 구녕이라는 조그마한 구녕을 격굽서 들여다보며 연해 사람을 부르려 하였다. 그러나 그 안도 죽은 듯이 고요하야 저 부르는 소리조차 반향이 없이 잦아들을 것 같아서 그는 아무 소리도 낼 생각 없이 그대로 허리를 펴고 말았다. 초조하는 마음과 한 가지로 무시무시한 의아증疑訝症과 번거로운 마음까지도 일어남을 그는 깨달았다.

그래서 이러한 불시의 감정들을 정리하기 위하여 그는 팔짱을 끼고 돌아서서 고추 실내를 걸어갔다 걸어왔다 하였다. 무슨 일로 어디를 가는 것인데 마음이 이처럼 초초한 것인가를 생각하는 것도 번거로운 일이려니와 어째서 무슨 동기로 그 잊을 수 없는 일이 자기 신상에 일어나지 않을 수 없었나 함을 새삼스러이 캐어보자기도 마음 괴로운 일이 아닐 수 없었던 까닭이다. 그리고 어쨌든 어디로라도 가얀다 하는 것은 벌써 움직일 수 없는 기정사실인 때문이었다. 그러므로 그는 언제든지 사람이 나오겠지 하는 일념만을 힘써 가지려 하며 건너편 벽을 보고 얼마 동안 일자로 왔다 갔다 하다가 다시 표 파는 자리에 돌아와 발이 머물려졌을 때 저기 등을 대이고 기대어 섰다.

그리고 서서 인제는 어슬어슬하는 기운도 아주 없어지는 밤인데 어디서 희미한 광명이 앞으로 스며오는 바람에 고개를 들으니 낮에 앉아서 창을 비집고 밖을 내다보던 그 걸상 위 가슴에도 차지 않는 위치에 조그마한 전등들이 켜져 있는 것이 보였다. 그리고 저런 데 언제 불이 다 있었나 하는 생각을 미처 다 못하여 기대고 섰는 등골이 후끈후끈 더워 들어오는 것을 느끼었다. 게다가 그 후끈거리는 것이 난방장치나 무슨 그런 기계로 보내는 더운 바람이 아니요 상당한 습기를 머금은 낮익은 김이 아닌가.

그는 몸을 돌이켰다. 그리고 놀랍게도 거기는 표 파는 문살에 얼굴을 대이고 서서 자기가 돌아다보는 줄도 모르고 입김을 호호 불고 섰는 사람이 있는 것을 보았다.

살갗과 그 머리 한 것을 보아서 여인인 것이 분명한데 여인은 자기가 내려다보는 줄을 그제야 깨달았는지 눈만 들어 자기를 치떠보았다. 그리고 파라니 질린 그 얼굴에 웃음을 띠어,

"퍽으나 치우시지요. 저도 치워 못 견디겠어요……. 그 방은 어떠세요. 좀 낫지 않으세요."

하며 눈으로 인사를 하며 그의 얼굴과 방 안을 탐스럽게 들여다보는 것이다. 그리고 이때 그는 무슨 동정을 구하는 사람의 애걸하는 빛이 그 눈에 담기어 있는 듯하면서도 무엇인지 도전적인 것이 잠뿍 숨어 있는 듯한 직감을 이상한 마음으로 아니 가질 수 없었다.

"암만 해도 나을 것 같아요. 저는 칩고 오한이 오고 배가 아파서 저 아랫목에서 좀 지지다 나왔으면 좋겠는데 이렇게 오력을 못 쓰겠군요."

"아 그러시다면 들어오시지요."

대체 이것이 웬일이란 말인고. 표 파는 데라는 데서 표는 안 팔고 게다가 덥기는 어디가 더운 아랫목이 있다고 배를 지지자는 게람 하는 우습고도 의아하는 생각을 금치 못하면서 그는 팔장 끼었던 팔을 내려서

그 여인을 부축하여 안으로 인도하였다. 했더니 여인은 부축하는 자기 팔에 매어달리듯이 허리를 구부리고 걸어 들어오며 낮에 남이 걸쳐 앉았던 의자까지 와서 거기 털썩 하고 몸을 부리었다. 그러고도 그의 팔은 놓지 아니하는 것이다.

"이리 좀 앉으서요. 저를 사랑해달라고는 않겠어요. 그때도 제가 저를 사랑해달라 했거나 우리들의 모—든 것을 사랑하는 전제로 하여 달라 하였으면 제게 고만한 항복조차 없었을 것을 저는 모르지 아니하니간요……. 어디 한강수에 배 나간 자리 있어요 하는 언젠가 한 제 말이 그때도 부지불식에 서로들의 암묵한 지시가 되어 고만한 즐거움이라도 저는 누릴 수가 있었으니간요. 자 오늘은 당신께서 불을 끄세요. 아니 끄시면 그때처럼 내가 또 끌까요."

하며 여인은 그의 팔을 두 손으로 당기는 것이다.

그리고 한 팔을 남의 목 위로 돌려 쓰러지려는 자세로 그를 안아 넘기려 하였다. 다른 한 팔은 뻗어 전등의 스위치를 잡으면서 남은 자기의 몸이 불가항력에 쏠리어가듯이 쏠리어감을 느끼며 그것의 아무것도 걸치지 아니한 민민한 팔이 뻗어가는 것을 보고 깜짝 놀라여 몸을 뿌리치고 일어났다. 그것이 부끄러웁고 미안한 생각을 먹을까 보아 어떻게 그렇게 잘 뿌리칠 수가 있었는지 도무지 자기에게는 없는 힘이었다. 그리고 그것이 아까 낮에 마당에서 머리에 흰 빗과 흰 동굿*을 겯르고** 춤을 추고 놀리우고 하던 그 여편네인 것을 발견하고는 일층 놀라지 아니할 수 없었던 것이다. 얼마 전 여기 들어오기를 청하던 때의 그의 말과 태도로 짐작한다면 어디서 무슨 고생을 하고 무엇한테 단련을 받다가 날이 저물어 춥기는 하고 배는 고프고 하나 고프다 못하고 춥다 아프다 하야

* '동곳'의 방언. '동곳'은 상투를 튼 뒤에 풀어지지 않도록 머리에 꽂는 물건.
** 끄르고.

쉬어가자는 줄 알았는데 그것이 참말이라 하건대 음분한 욕심을 안 가지고는 못할 이런 태도를 어떻게 취할 수가 있단 말이냐. 뿐만 아니라

—한강수에 배 나간 자리 있느냐 하는 소리를 미리 임자에게 아니 해두고 내가 임자를 오늘 저녁 맞다들어* 사랑하는 탓으로 그런다 하였으면 임자는 무서워서 오늘밤 내게 얼마 안 되는 동안이나마 이렇게 좋은 순간을 안 빌려줬으리라고 한 그 여편네와 호말도 안 들리는 숭내**를 내는 것은 어찌된 영문이란 말이냐. 그때 나는 그것이 다 끝난 그 자리에 벌떡 일어나 앉아

—당신은 그 빌려주었다는 대목을 힘 있게 들리라고 하는 모양이지만 아마 빌려주지도 않은 모양이외다. 당신 말마따나 당신이 그 전 내 귀에 대고 속삭인 그 한강수 타령이 기쁜 욕망이 되어 거치지 못하도록 깊이 내 의식 가운데 잠재해 있었던 것이 분명했나 본 까닭이외다. 그러므로 당신이 나를 사랑하는 탓으로 오늘저녁 그러는 것이라 하였으면 무서움이 앞서서 혹 뛰어나갔으리라 하는 것도 정말일 터이지오. 당신이 먼저 내 방을 들어와 내 자리에 누워 전등을 껐다 하는 것을 나는 나무러워 하지도 않고 남에게 내세울 말도 아니라고 생각합니다—하는 것을 입 밖에 내어서는 아니하였어도 속으로 그렇게 생각하며 이때부터 나는 무한한 시간까지 거슬러 올라가 그 시간부터 나는 존대한 목숨을 가진 존재인 동시에 한없이 천한 존재이던 것을 생각하였다. 그리고 바로 이때부터 나는 내 몸에 나날이 때가 묻어가는 것을 한시라도 잊어본 적이 없었다. 네가 만일 너도 어찌할 수 없는 욕심 때문에 그러하였다면 모르려니와 그러한 흉내를 내는 것이 나를 가책하고 모욕하려는 생각이라면 내가 나를 모욕하고 사는 이상으로 모욕할 수는 없지 아니하

* 맞다들다 : 정면으로 마주치거나 직접 부딪치다.
** '흉내'의 방언.

159

냐.* 그러고 정말 그러허게 나온다면 나는 너희들에게 아무러한 부끄러움도 아무러한 겸손도 가질 의무가 없는 것이다. 이러한 때면 나는 세계와 마주서서 살아갈 수도 있는 것이니까.

그는 이러한 무슨 격분하는 마음과 반발심을 느끼면서 다시는 그 여편네의 얼굴을 보고 싶은 생각도 없이 돌아서서 개찰구를 향하여 선뜻선뜻 걸어나갔다.

그러나 거기를 다 나서지도 않아서 그는 하하하 하는 웃음소리에 발목이 잡히어 주춤하고 서지 않을 수 없었다. 대단히 낯익은 목소리요 잊혀지지 못할 목소리요 돌아다볼 용기조차 없는 목소리였다.

"하하하 고만한 것이 못 배겨서 다 달아나. 하하하 동침으로 찌르기라도 했더면 날어날 뻔했네."

하는 것은 틀림없는 그 여펜네 그 서울여관집 주인마누라의 닳아진 목소리가 아니냐. 진땀이 오싹하였다.

대체 아까부터의 싱갱이**를 하던 그 여편네가 아무도 아니요 그 여관집 주인 마누라였단 말인가. 허길래 그렇지 그럴 수가 있어 하는 생각도 그러고 보니 없지 아니하기도 하다.

그는 신물 나는 이齒들을 딱 맞추어 물고 능큼능큼 뛰어 플랫폼으로 나왔다. 그리고 때마침 홀에 서지도 않고 달려가는 남북 어디로 가는 차인지도 알 수 없는 급행에 뛰어올라 가쁜 숨으로 자리를 찾아 아무 데나 허리를 내리고 후 한숨을 내쉬었다.

차에 올라서 한 일은 그것밖에 더 기억나는 것이 없었다.

왜 그런고 하니 그는 여러 가지 광경과 여러 가지 풍물을 차 안과 차

---

* 31회 연재분 말미에 "정정=야한기 30회 하단 16행에… 내가 나를 모욕할 수는 없지 아니하냐…"라고 한 것은 "내가 나를 모욕하고 사는 이상으로 모욕할 수는 없지 아니하냐…"인 것이 누락되었기에 이에 정정하여둡니다."라고 부기附記되어 있음.
** '승강이'의 사투리. 서로 자기 주장을 고집하며 옥신각신하는 일.

밖으로 보고 거기서 여러 가지 생각도 하였을 터이지만 그 모─든 것은 자기가 생각하고 있는 것이거니 하는 생각만으로 생각하기에 대단히 어울리는 좋은 대상들이기 때문이었다. 그리고 자기에게는 무엇인지 잊어서는 아니 되는 것이 있는 줄은 알되 그것이 무엇이든 것은 잊[忘]고 있을 수가 있는 까닭이었다.

그 뒤 차에서 내려 그는 어느 바닷가로 나왔다. 무슨 인연으로 달이 밝았는지 사변砂邊이 넓은 머언 바다였다.

그리고 이 한없이 머언 바다를 걸어가며 그는 무엇인지 중대한 비참하고도 불가사의한 사념에 이끌리어가는 것을 무의식중에 느끼는 것이었다.

무의식이라는 것도 자기는 항상 자기 평생에 어떠한 일을 당하거나 어떠한 경우를 당하거나 자기 생명을 죽일 수 없는 존재인 것만은 인정하지 아니한 적 없고 의식하고 지내지 않은 적이 없는 까닭이었다.

그러나 가면 어디로 가나 가서는 무엇을 하나 하는 막연한 슬픔이 가슴에 피어나는 데는 어쩌는 수가 없었다.

아마 자기는 불가사이하게도 집요하게 피어오르는 이 중대하다는 사념에 이끌리어 그것을 완전히 이해하고 그것을 정리하고 그 해결점을 발견하기 위하여 여기에서 차를 내린 모양 같기도 하였다.

그러나 그것이 무엇을 하기보다 초급한 문제라고 하면서 이러한 때를 위하여 두고두고 밀어나온 것이라고는 하지만 대체 그렇게 생각한 것부터가 한 핑계요 그것은 일조일석에 해결할 수 있는 문제도 아니요 또 해결을 해놓고야 결행할 수 있는 성질의 것도 아닌 것이다.

무슨 공명에 대한 욕심이 있는 것도 없고 누구한테 복수하고 살 것도 가지지 아니한 자기가 어떠한 일이 있든 어떠한 경우에 처해 있든 살아나가야 한다는 것은 무슨 고집이며 무슨 억지가 아니라 하랴.

자기 인생과 목숨에 대하여 너무 회복할 것을 많이 가진 까닭이라고는 하여왔다. 허지만 그 회복이라 하는 것도 내 의지와 내 잘못만으로 자기 인생을 잊어버린 것이라고는 할 수 없으며 또 아무리 한대도 몇 십 년 뒤 어느 임종하는 날에 회오悔悟와 비통 없이 만족한 회복감을 가지고 자기 생을 마칠 수도 없을 것이다. 결국 가서 사람은 패하도록 되어 있는 것이다.

또 사는 것이 전생의 인연인 까닭으로 사는 것이라 하면 그것은 너무 딱딱한 짐이 아니요 의무와 습관이 아니요 근원적인 기쁨을 가지지 못한 고통이 아니냐. 거기 무슨 자발적인 기쁨이 있단 말이냐.

그러나 이것은 얼마나 슬픈 선택의 한 시간이람―나와 세계와의 관계가 이처럼 맑게 끊어져서 세계가 나에게 손을 뻗치는 것도 아니요 내가 세계에 무슨 영향을 주는 일도 없이 이 어찌할 수 없는 위대한 패배감을 가지고 이 무한한 이 위대하고도 비참한 공간에 놓여서 아무런 대상도 가지지 아니한 막연한 슬픔을 가지는 것은!

살다 병들어 세상이 얼마 남지 아니한 것을 아는 은실이 어머니의 허는 말처럼 이런 위대한 슬픔의 순간이 아니면 언제 제 목숨을 끊을 수가 있어 하는 생각을 하며 그는 우두커니 서서 몇 줄거리로 거치어 밀려들어오고 밀려나가는 파두波頭를 바라보고 있었다.

그리고 그의 등 뒤를 자박자박 모래를 밟고 들어오는 인기척 소리에 그는 끼었던 팔짱을 풀어 떨어뜨리고 몇 걸음 앞으로 발을 옮기었다. 그때 그는 뒤도 안 돌아보았는데 누군지 그 발자죽 소리는 끊기지 않고 자꾸 자기를 따라오는 것을 깨닫고 그는 다시 멈츳 서 그 사람이 앞서기를 기다렸다.

그러나 그 사람은 자기 있는 데까지 와서는 더 가지 않고 나란히 서며

"남군."

하면서 꽉 그의 손을 잡는 것이다. 그리고 한참 동안 그의 얼굴을 연민하는 눈으로 바라보더니

"돌아갑시다."

하였다. 그러는 김상시의 눈에 눈물까지 어리는 것을 남은 얼뜬 달빛에 볼 수가 있었다.

"저는 그래서 온 것이 아닙니다."

남은 그의 얼굴에서 고개를 돌리며 이러하였을 뿐이었다.

"그런 줄도 아오. 허지만 나는 찾아 나왔소이다. 남군을 찾지 못하면 돌아가지 않을 작정으로 나왔소이다."

"……."

"그리고 남군이 같이 가지 않으면 나도 여기서 두 다리를 버혀* 저 맑은 물에 던질 작정으로 왔소이다. 보시오 내 발에 신이 있나. 저 길로 다시 돌아갈 때가 아니면 안 신을 양으로 저 길목에 벗어놓고 왔구려."

"……."

"남군 다 내 잘못이외다. 용서를 받을 사람은 남군이 아니고 그렇게 될 줄을 알고 있던 나인 줄을 나는 아오. 그러나 그렇게 되어야만 할 일이었든지 나는 지금 무척 누구한테든지 머리를 숙이고 용서를 빌고 싶고 누구에게든지 용서를 줄 수 있을 것 같소. 바루 임종할 시간이 얼마 남지 아니한 사람같이."

"……."

"사실 얼마 남지도 않았을 것이외다. 그리구 죽을 때에는 어느 개똥을 베고 혼자 죽으리라 하였는데 오늘은 왜 이렇게 마음이 너그러워지는지 왜 이렇게 사람이 그리워지는지 모르겠구려……. 남군 나를 용서해

| * 베어.

주시오. 그리고 나를 완전히 용서했다는 실증으로 나와 같이 돌아가서
춘자와 혼인하고……."

"알겠습니다."

남은 역시 한 마디 이러하였을 뿐이었다. 눈에 눈물이 자꾸 고이는
것을 어찌하는 수 없으면서.

그리고는 사면이 캄캄해지고 말았다. 그 검은 망막 위에는 아무것도
나타나는 것이 없었다. 혼자 가슴이 답답하여 어딘지도 모르는 찬 서리
가 내린 갯벌에 머리를 박고 엎드려서 고민을 하는 것이라고 한다.

그리다가 갑자기 무슨 자동차의 헤드라이트 같은 강렬한 빛이 자기
머리를 향하여 비춰워 오는 바람에 현황하여 머리를 들었다. 그것은 외
줄기로 뻗치는 강렬한 광명인데 그는 지금까지 그러한 광명을 찾아 헤매
었다고 하면서 웬일인지 자꾸 자기는 달아나고 있는 것이었다. 그러나
그 빛은 조금도 용서 없이 따라오며 자기의 머리와 발뒤꿈치를 번갈아
비추이는 것이 아닌가.

이리 피하면 이리 오고 저리 피하면 저리 오고. 그는 있는 힘을 다하
여 칫둑*을 달아오르고 밭고랑으로 내려갔다 진땀이 나고 가슴이 억눌리
어 답답하였다.

그리고 금방 잡힐 듯 잡힐 듯하면서 올라갔던 어느 등턱을 뛰어내리
다가 무엇에 걸리어 넘어지는 통에 그것한테 아주 업치우고 말았다.

업치우는 바람에 악 소리를 치다 치다 못 치고 잠이 깨었는데 심한
더위를 먹은 때처럼 헐렁헐렁하는 가슴이 채 안정하지도 않아서 그는 무
엇인지 무거운 물건이 자기 잔등에 업히어 있는 것과 어디서 떨어지는
빛인지 조그마한 둥근 불빛이 자기 눈앞에 머물러 있는 것을 절반 감기

| * '밭두둑'을 의미하는 방언.

고 절반 뜨인 눈으로 보았다.

그리고 가까운 머리맡에서 어머니를 부르는 궁글고도 떨리는 어린아이의 울음소리에 반짝 눈이 뜨이고 말았다. 그 소리가 서지도 못하고 앉지도 못해 하는 목 메인 소리인 줄을 그는 아는 동시에 술이 다 깨었는지 안 깨었는지는 아직 알 수 없으나 자기의 의식이 완전히 회복된 것까지는 깨달을 수가 있었다.

"이것이 대체 웬일인가?"

하는 생각이 머리 한 편에서는 끊길 사이 없이 일어났으나 그는 그리 급할 것도 없다는 듯이 머리를 들지도 아니하고 지금까지 어떻게 된 일로 자기가 여기 누워 있는 것부터 정리하기 시작하였다.

그리고 자기가 은실이 집에서 나와 홍걸이에게 붙들려 신흥관으로 오던 것과 거기서 몹시 취해서 나와 그래도 삼천 갈 생각으로 정거장 가던 길인 것을 이 얼마 되지 않는 순간에 생각해내었다.

뿐만 아니라 그 오는 길에 어느 행인인지 모르는 사람에게 쓸쳐 넘어간 한 점까지를 그는 역력히 회억*할 수가 있었다.

이렇게 그는 자기의 엎드려져 있는 지점을 분명히 이해하고 잔등에 업힌 것을 헤치며 상반신을 들으려 하였는데 그 업힌 것이 아까부터 자기의 불길한 예감이 말하는 것처럼 사람인 것이 분명한 것과 그 사람이 자기의 들치고 일어나려는데도 불구하고 아무런 반응을 발하지 않는 데에는 그도 몸에 찬 소름이 끼침을 느끼었다. 게다가 아까부터 끊임없이 어머니를 부르고 있는 그 어린아이의 목소리마저 바루 이 사람 몸 위에서 나는 것이 아닌가. 그리다가 자기가 상반신을 일으키는 옴죽거림**에 그 아이는 질겁을 하여 악 소리를 치며 후두뚝 그 자리에서 뛰어나는 것

* 回憶. 돌이켜 추억함.
** 옴죽거리다 : 몸의 한 부분을 옴츠리거나 펴거나 하며 자꾸 움직이다.

이다. 그리고는 한번 뒤돌아보는 기척도 없이 엉엉 격렬히 우는 소리를
그침 없이 발하면서 어둠 속으로 어둠 속으로 달려가는 것이었다.

홍걸이가 아우 보걸이 집에 다다랐을 때에는 보걸은 그 모두 더럽힌
옷을 갈아입고 맨발로 달아나온 흙투성의 발을 씻고 딴 대야에 물을 떠
오라 해서 그 뻘건 것들이 묻은 목덜미며 머리며 볼 같은 데를 씻고 있을
지음이었다.

뻘건 물이 배어들어 온 내복까지도 생각다 못해 벗고야 말았으니까
밖으로 나타난 데라고는 발과 얼굴만 씻으면 얼마만한 마음의 안정은 돌
이킬 수 있었던 것이다.

그리자 헐레벌떡 헐레벌떡하며 홍걸이가 자기만이 조용한 때 쓰자고
만들어둔 이 뒤채를 찾아들어오매 그도 그이지만 가슴이 뜨끔 무너짐을
깨닫지 않을 수 없었다.

그는 덧창이란 덧창은 다 닫고 불빛이 조금도 아니 새어나가기 위하
여 스탠드까지 꺼내어 그 조그마한 갓 아래 대야를 놓고 발을 담그고 있
는 것이지만 어멈이 시중을 하러 드나드는 정작 긴한 그 출입문만은 닫
을 것을 잊고 있었던 것이다.

하필 방심했던 틈사구니로 배암이 들어오매 그는 갑절이나 놀래어
겨우 그 희미한 스탠드 불 밑에 의지하여 발을 문지르고 있던 두 손을 흠
칠 하고 똑 떼었다. 그리고는

"웬일이십니까."

하면서 도리어 이쪽에서 그 두 손으로 덮치며 달려들 듯이 눈을 부릅
뜨고 치떠보았다. 개구리가 뱀을 문다고 하는 경우이었다.

그러나 그는 조금도 더듬을 것이 없이 빠른 걸음으로 보걸이 옆에 와
그 공중에 뜬 부들부들 떨지만 않는 팔 하나를 꽉 부르쥐었다.

"웬일은 무슨 웬일. 너 어디서 오는 길인데 이러구 앉었니. 빨리 막차라도 타고 떠나야 된다."

"떠나야 하다니 어디를요."

"어디라도 좋으니 오늘 저녁 안으로 떠나. 차 있는 대루. 이러구 있을 때가 아니란 말이다. 지금 내 어디서 오는 길인 줄 아니."

"……."

"내 지금 남우언이한테서 오는 길이란 말이다. 이렇게 숨 가쁜 것이 너는 보이지 않니. 그래도 네게 집히는 것이 없단 말이야……. 내 온정에 가서 한탕 허고 오는 길인데 염소할머니네 집 들어가는 데를 얼마 지나지 않아서 뒤에서 헐레벌떡 헐레벌떡 뛰어오는 우언이를 만났단 말이야. 헐헐거리면서 넘어진다 자빠진다 하면서 눈에 불이 돋았는데 나를 보더니 저고리 안섶에 무엇을 감추면서 길을 피하여 가려더라. 그리고 이리루 금방 누가 가는 것을 못 보았느냐 하기에 못 보았다 누구를 말이냐고 하니까 네 동생이라고 하면서 나를 금방 때려눕힐 듯이나 부라리고 보는 것이 아니냐. 그래 그 저고리 안섶에 감추는 것이 아무래도 보통사가 아니어서 때려눕히고 보니 길이 이만치나 되는 끝이란 말이다."

하면서 홍걸은 한 손으로 다른 팔의 팔꿈치를 잡으며 그 길이를 측량해 보였다.

"그놈한테서 내 모든 걸 다 알고 오는 길이다. 네 처는 어디 갔니."

처음에는 홍걸이도 우락부락 눈을 부라리고 나왔으나 찬 데 능하고 더운 데 능한 그인지라 갑자기 이런 은근한 목소리로 갈아채일 줄을 알며

"너 찾으러 나간 모양이야? 그럼 내 돌아오거든 좋도록 이야기할 터이니 어디든지 빨리 가 있다 오도록 해. 엣또 여덟 시 사십 분 전이라 난 밤이 든 줄 알았더니 종차 아니래도 되겠군. 나가는 차가 먼점 있나?"

하면서 보걸의 고분고분하여지는 부드럽게 변하는 눈띄를 살피는 것

이다.

"나가는 차지요."

"그럼 이러구 지체할 것 없이 한시라도 빨리 떠나. 이 주먹다짐으로 꼼짝도 못하게 때려눕히고 오기야 하는 길이지만 밤낮 그러구 있어주지도 않을 터이오, 그 눈에 불이 난 놈을 다룰 놈이야 이 내 밖엔 있나. 허지만 나래도 네가 여기 있는 줄만 알면 돈만 가지고도 그놈이 듣지 않을 터이거든."

한 수 넘어가서 홍걸은 이러며 슬쩍 머리를 돌리듯 하여 한 걸음 물러섰는데 돈이라는 소리에 보걸이는 가슴이 뜨끔함을 느끼며

"돈이라니요."

하는 말이 목구멍까지 넘어왔으나 그것만은 못 들은 체할 생각으로 벽에 걸리인 손가방을 벗겨 내려 거기 자분것*들을 넣기 시작하였다.

"너더러 돈을 내라는 말 같다만은 한푼 두푼 줘서 될 거지가 아니고 적어도 돈 천이나 들여야 그놈의 입이 틀어막힐까 말까 한 거지로구나. 그러구도 되야 되나 부다 할 일이지만 된다 하드래도 말이다. 내게 그만한 생절이 있어 잘 처리하고 너더러 돌아오라 했으면 오직** 좋겠니만은."

이만하면 되었다 하고 돌아와서 홍걸이는 이러구는 멈칫하여 보걸의 나오는 말을 기대리었다.

"글쎄 형더러 그런 돈을 내어달라는 말은 아니나 그까짓 놈한테 들면 무슨 돈 천이 들어요."

"돈 천이 안 들다니. 남자에게도 위자료라는 것이 있는 법이요 그런 지경에 빠진 놈인데 돈 천이 많아. 그리고 너도 내 수단을 믿고 허는 말

* 잡은 것. 손으로 다루어서 쓰는 도구. 여기서는 '가재도구'를 의미.
* 오죽.

이겠지만 그놈이 무슨 돈을 받자고 하는 것도 아니요 법으로 해서 네게 창피나 보이자는 것도 아니야. 지금 그놈의 눈깔에는 생사가 안 보인단 말이다. 그저 내 생각이 제 아무리 그렇더라도 생각하면 죽기보다 낫다고 며칠 지나면서 돈을 가지고 흩으럭거리면* 그런 처지에 있는 놈이고 보니 마음을 돌릴 수 없지 않으리라 할 뿐이지."

"……."

"또 그놈이 그렇게 눈이 벌게서 안 달려들고 달리 간다 허드래도 처재를 가지고 남의 유부녀…… 그런데 썼다면 네 몰골은 뭐가 되며…… 너는 그래도 면협 의원이니 금융조합장이니 학교 평의원이니 뭐니 뭐니는 아니 있니."

"있으면 그게 돈이 됩니까."

"그럼 돈이 없단 말이로구나."

"없지요. 그럼 무슨 돈이 있습니까?"

"정말 없니. 그럼 네가 네 몸도 돌아볼 수 없게 정말 없느냔 말이다."

"……."

"정말 없느냔 말이야."

홍걸은 다시 어성을 높이어 눈을 부릅뜨고 주볏주볏하는 보걸의 허진 데에 못을 넣었다.

"그럼 수형**을 써드릴 터이니 형이 좋도록 해보세요."

"수형이라니. 그거 내가 가질 돈이냐. 내가 가질 돈이면 수형을 받아야 하니."

"그럼 소절수***를 써 드리지요."

* '흐트러트리면'의 방언.
** 手形. '어음'을 뜻하는 일본어.
*** 小切手. '수표'를 뜻하는 일본어.

하고 보걸이 곱아내려가며 그 속음성이 우들우들 떨리매 홍걸은 이미 이럴 줄을 알았던지라 딱 하고 보걸의 바른쪽을 후려갈겼다. 그러허지 아니하면 나종에 이 녀석이 또 의아증*을 내기도 쉬운 일이기 때문이었다.

"나를 여기 혼자 두고 달아나서 또 언제 어느 기생에게 하던 모양으로 내게 창피를 못 씌어서 하는 말이냐."

"챙피는요."

"챙피지 뭐냐. 정 생전이 없다니 그렇게라도 해서 내 뒤처리를 잘해줄 터이니 그럴 내껠랑 그런 창피한 꼴을 아니 보인다고 다짐을 쓸 테냐."

"써도 괜찮지만 내일 아츰이면 찾을 걸 뭘 그러십니까."

"허지만 너 송명옥이한테 헌 생각은 안 나니."

"정 그렇다면 쓰지요. 뭐라고 쓰랍니까."

"우선 천오백 원 수형을 쓰고 다른 종이에 길게 쓸 것 없이 서약서라 하고는 그 수형번호와 그 번호에 쓴 암만암만의 돈은 아모아모 사건에 대한 아모아모에게 제공하는 위자료로 아모에게 위임함에 타의 없다고 하면 구만이지."

그러나 보걸이 그렇게 할 반넘이**는 아니었다. 이렇게 된 바에 아니 낼 수는 없으나 그렇다고 두고두고 장이 잽히는 것도 싫어서 서랍에 든 금융조합 통장과 우편저금 통장을 내어 홍걸에게 건네고 그 찾는 종이에 도장을 쳐주었다. 하나는 그 □□□ 있는 구백 얼만가 남은 것이요 다른 하나는 은실이 명의로 있는 일백 몇 원이 남은 통장이었다.

"그렇게 못 믿으시면 이걸로 어떻게 해보시오. 천 얼만가 될 테니."

"네 거는 쏙 빼놓고 주는 것이 그럼 이게 다란 말이로구나."

* 원문에는 '의앗중'이라 되어 있음.
** 반편이. 어딘가 모자라는 사람.

그만해도 우려먹을 것은 있을 터이니까 되리라는 생각으로 보걸이도 이렇게 뚝 잡아떼었다.

"민보걸이 불쌍 모양 됐구나 흐흐흐."

하면서 홍걸은 흘끔흘끔 돌아보며 모로 먼저 걸어나갔는데 그 문을 다 나서지 못한 곳에서 숨이 가쁘게 달려오는 이 집 어멈과 딱 마주치고 말았다.

어멈은 누가 문으로 나오던 것인지도 모르는 듯 앞이 안 보이게 헐떡거리고 뛰어 들어왔다가 말문이 막혀서 나가는 사람과 보걸의 얼굴을 번갈아 보기만 하는 동안에 나가는 것이 홍걸이던 것을 그제야 알았다.

"아이구 나리. 이거 어쩌면 좋아요. 아씨께서 온정 갔다 돌아오시는 길에 낙상을 하셨다는군요. 낙상이 아니라 아주 꼼짝도 기동을 못하시고 그대로 길가에 넘어지신 채 누워 계시대는데요. 얼핀 좀 가보세요."

어멈은 누구에게 하는 말도 아니게 이러면서 역시 형제의 얼굴을 번갈아 살피는 것이었다.

"넘어졌어. 그래 어떻게 알았단 말이야."

"네 넘어지셨대요. 여기서 가자면 첫 다리목께지요. 그 다릿목을 덴찌* 하나 가지고 오시다가 무엇에 걸쳐 넘어지셨는데 영 아무리 일으키려고 해도 안 일어나셔서 학교 애기가 울면서 어쩔 줄을 모르고 달려왔군요. 어서 좀 가보세요. 그러시지 않아도 노 몸이 편치 않으셔서 그리시는데 글쎄 그런 봉변이 어디 있어요."

"시끄러워. 가볼 테거든 자네나 가봐. 그렇게 어두운 데를 누가 가라던가."

보걸은 그렇게 되어 싸다는 듯이 화를 벌컥 내어 그러구는 다시 주저앉아 태연하게 손가방에 들어가던 잡은것들을 마저 집어넣기 시작하였다.

"그리구 형님. 아까 그것 말이유. 그자가 그것 받거들랑 받았다는 영수증이나 한 장 받아뒀다 주시우."

그리고 그는 나가다 말고 아까부터 이쪽을 들여다보는 홍걸의 눈을 이마 위에 자릿자릿하게 느끼면서 이러하였다. 자기 마음에 그만한 여유가 있다는 것을 실증하기 위하여서이다.

"영수증. 하하하 꽤 너도 똑똑은 하구나. 그래 남우언이가 영수증을 써주거든 갖다주마 써주거든 응. 허지만 너 그 영수증 받기 전에 또 한 턱 내야 헐 일 생겼구나."

홍걸은 나가던 발길을 돌이켜 보걸이 앉은 곁으로 다가오면서 그러구는 어멈을 흘깃 보며 긴 시뻘건 혀를 쭉 내밀어 코밑을 적시었다.

"영수증도 영수증이지만 또 한 턱 내야 헐 일 생겼단 말이야."

"턱은 무슨 턱이요."

모르는 체하고 보걸이가 그 형의 실룩거리는 얼굴을 돌이켜보니

"이놈아 너도 싱긋 웃어라 너무 시치미만 따지 말고. 취처하는 게 경사라면 상처하는 건 경사 아니라더냐."

귓속에 대고 낮은 그러나 억양이 많은 목소리로 홍걸은 일어서 보걸의 궁둥이를 몰래 툭 쳤다.

"했는지 안 했는지 누가 아나요?"

보걸은 그 대구로 이러하면서

"그리구 했다면 그게 다 형님의 덕이란 말이군요. 했는지 안 했는지는 모르지만."

하고는 그도 그제야 씽긋 웃었다. 이렇게 되면 홍걸이란 사람에게는 자기 심리를 가리우는 것보다 그것을 시인하는 것으로써 자기의 강한 맛

을 나타내지 않으면 안 된다는 것을 보걸은 알고 있기 때문이었다.

"그럼 했지 안 해. 그럼 내 덕이지 내 덕 아니야. 고 할할하고 오늘낼 하던 안달뱅이를 들어부터 바위하기 시작한 건 다 거 누군데. 요새 어쩐지 자꾸 속에 집히더라만."

"집히는지 뭔지 저는 갑니다. 에 또 여덟 시 이십 분 전이라. 이제 한 이십 분 남았군. 그럼 잘해주시우."

보걸은 손에 시계를 내어 든 채 그러면서 일어섰다.

"뭣을 잘허란 말이야."

"뭣이든지요. 돈이걸랑 근심 말구……. 나 가거든 간 데를 안 알리리까 허니 정말 그러케라도 되었거든 나한테 알려요."

"그럼 너네 이 방에서 송장 썩지 않게 해야 한다. 그 여편네 없이 저도 상관헐 거 없이 두고두고 쓸 방인 줄 알고 괜시리."

저츰저츰 문을 향하여 걸어나가는 보걸의 뒤를 따라가며 홍걸은 이러면서 무엇인가를 다지는 것이었다.

"아이구 이거 어떡허믄 좋아요. 금시라도 아씨를 뫼셔오시지 않으면 학교 애기가 돌아가시겠는데. 그러구 돌아와선 그저 그 말 한 마디뿐이오. 울지도 못하고 기절하다시피 제 방에 머리를 박고 엎드려져 있는데 손에 덴찌도 못 들고 오셨을 때에야 오작했겠어요."

어멈이 따라오며 이런 안타까운 소리를 지을 때에는 벌써 보걸은

"난 몰라 모두 애기구 뭐구 일이 있어 어디 출장 갔다 올 테니 가든지 말든지 자네 맘대로 해. 발이 있으면 오지 말랜들 오직 잘 오리……. 시간이 없기도 하구 하니 이 서방님께 의논해서 어떻게 할 테걸랑 하란 말이야."

이러면서 그 몸 절반을 방 바깥에 내놓았을 때였다.

아츰부터 저녁이 되기까지 광명도 없고 온기도 없는 지릿지릿하고도 뜬 음습한 냉기만이 침전하는 조그마한 네모진 마루방 안에서 남은 별 고동 없이 식사나 거기에 대한 별다른 이상을 느끼는 것도 없이 이 사흘 동안이라는 동안을 무사히 지낼 수가 있었다.

이러한 생활에 대해서는 이 이상 심한 열악한 상태를 상상해볼 일도 없지 아니하였던 것이요 또 그러한 상태에 자기 생활을 순응해나가는 것만 취할 일이라면 그것이 아무러한 누추한 것이요 아무러한 열악한 것이라 하더라도 못 참아나갈 것이 없다고 생각하면서 어떻게 할 수 없는 괴로움에 젖어본 적도 몇 번이던지 모르는 까닭이었다. 다만 기와起臥나 식사 같은 것을 할 때에는 말할 것도 없거니와 가장 불유쾌한 것은 극히 불분명한 궁리, 궁리라고 할 수도 없을 궁리들을 하다가 문득 이러한 만들어진 환경 속에 자기가 놓여서 여기서 일고 여기서 먹다가 여기서 생각까지 한다는 그러한 상념에 도달하는 때였다. 설령 자기에게 미리부터 죽을 결심이 있었다 하드래도 이러한 것을 의식하고야 어디 그 결심을 이행할 생각이 들겠느냐 하는 따위의 자기 모욕의 충동을 가진 반발심까지를 그는 느끼는 것이었다.

자기는 지금껏 이 땅에 돌아오기까지의 반평생 동안을 아니 돌아댕길 데 없이 다 돌아다니면서 모르는 사람이 보면 알뜰히 살아왔다 하리만큼 무슨 객고*야 아니 당하였으며 무슨 병고야 아니 맛보았으랴. 하지만 그것이 다 자기가 일부러라도 그 속에 제 몸을 바래지 않으면 못 배긴 그 시절의 어쩌는 수 없는 고통인 때문이라고는 하드라도 거기에는 이러한 상처를 입는 자부심으로 해서 오는 괴로움은 어떠한 경우에도 없었던 것이다.

| * 객지에서 고생을 겪음. 또는 그 고생.

만일 그런 것이 있었다 하면 그 상한 마음에 고유한 반발하는 힘을 빌어 얼마나 굳센 사는 것에 대한 목표를 세워볼 수가 있었으랴.

그러나 자기 모욕의 충동을 가진 그러한 반발심을 가져본 것도 처음 들어와서의 몇 시간뿐이요 이제 검사의 취하는 태도와 그 질문 내용의 성질로 보아 은실모의 죽음과 자기와의 사이에 아무런 관련도 없다는 사실이 판명된 듯한 오늘날에 와서는 그의 마음을 울적하게 하는 것이 그러한 고통까지도 아닌 것을 그는 깨닫는 것이었다.

그것도 고통이라 한다면 아무리 하여도 아무런 결심도 마음에 뜨지 않는 그런 모지른* 고통 때문에 그는 우울한 것이라 할 것이었다.

조그마한 덴찌 불빛에 드러난 그 기름이 마른 창백한 은실이 어머니의 얼굴은 영 그의 망막에서 사라질 길이 없을 것이다. 그리고 같이 돌아가지 아니하면 자기 다리를 버혀 물속에 던지리라고 하던 그 사람을 용서하는데 울먹울먹하는 김상시의 얼굴은 어떠한 것이었으며 돈 가진 양어머니의 의심을 사고 살기가 싫어서 허잘 것 없는 촌병원에서 혼자 괴로워하다가 제 손으로 부고를 쓰고 죽었을 그 고아의 외로워하는 얼굴은 어떠한 것이었느냐. 또 춘자와 보걸이와 홍걸의 얼굴은 그리고 그것보다도 자기 생활에 대하여 항상 무엇인가 도발적인 것을 보내고 항상 자기와 상대하는 위치에 서서 자기를 감시하고 있는 이 세상에 대하여 자기는 어떠한 결심이든 결심을 가졌어야 했을 것이었다. 가령 누구에게 보복할 결심이든 누구를 먹여 살릴 결심이든 어디로 못 찌르고 가서 무엇을 할 결심이든 간에—

그리고 그런 것을 처음부터 전연 안 가지는 것은 아니었다.

허지만 가지는 그 순간부터 그것은 자기 자신의 존재성과 융합하여

| * '모진'.

175

한정 없이 사념의 새 분자에로 분자에로 분열하기를 시작하는 것이었다. 그리고 그 여에 환류還流해오는 것이라고는 이 무한량한 태만과 곤비困憊의 의식을 놓고는 아무것도 없었던 것이다. 자기가 이 세상 모─든 것에 대하여 아무러한 결심도 필요로 하지 않는 그러한 뿌리 깊은 연민의 눈으로 대하는 것도 바야흐로 이러한 시간부터이며 또 동시에 자기 자신이 무한히 비참한 존재인 것을 깨닫는 것도 이러한 때인 것이다─ 그리고 이 비참한 생명이 죽어서는 안 된다는 생각을 하는 까닭도 이러한 태만과 곤비의 자세를 가지고 이 무한히 흘러가는 공간과 시간 가운데 자기의 부동하는 존재성을 정치定置시키려는 그리고 거기 무슨 의미를 발견하려는 그런 욕망에서인 것이 분명한 것이다.

허지만 어디로라도 무찌르고 나갈 곳이 없고 무엇을 할 것이 없는 우울함이란 어디 비길 데가 없는 것이다.

신도 좋고 악마도 좋으니 그런 것이 있어 휘둘리워 살 수 있는 동안에는 사람은 얼마나 피곤한 것을 모르고 죽으랴. 그 평온한 것도 피곤하지 않을 것이요 그 격렬한 것도 피곤하지 않을 것이라 하였다.

이제 햇빛을 볼 것도 불원한 동안에 오리라고 하는 생각이 도리어 일종의 억제하지 못할 우민憂悶이 되어 오는 것도 그러한 까닭들이 있는 때문이었다.

이 며칠 동안 많은 취조를 받은 그 똑같은 의자에 남은 두 손을 겨드랑이 밑에 집어넣어 으스스 하는 몸을 안고 앉아서 이러한 부질없는 생각들을 하고 있다가 거기 앉히우고만 나간 순사부장의 들어오는 기척에 그는 수그리었던 머리를 들었다.

"에, 또 지금 검사한테서 전화가 왔는데 당신 일로 해서는 인젠 더 자기가 물어올 필요도 없겠노라고. 온다고는 해놓고 오기가 또 싫었던 게지."

이러면서 코웃음치듯 하는 그러나 그런 것도 아닌 사람 좋은 웃음을 웃으며 부장은 방에 들어섰다. 그리고 이때 남의 얼굴에 일어나야 할 그 표정들이 너무 신이 없는 것을 보고

"왜. 어디가 편치 않으시우."

"아닙니다. 너무 나갈 것이 을시년 같아서 그렇습니다."

남은 드물게 보는 은근함이 많은 이 내지인 부장에게 유모어하게 들리령으로 이렇게 답하면서도 많은 자기의 진정이 그 속에 있었던 것을 깨닫고 불현듯 찬 소름이 끼침을 알았다.

"나갈 것이 을시년 같아서…… 허긴 그럴기도 헐까. 밖엔 눈도 부실거리는데 허허허."

부장은 한번 시작한 웃음이 그칠 줄을 모르는 후끈후끈한 기운을 방안에 불어넣는 듯이 하면서

"너무 술이 과한 덕으로 더러 그런 봉변도 당해야지만 어쨌든 수고도 많이 했을 터이니 나가 좀 쉬시오. 사실 이번 일로는 당신에게 기노도꾸* 한 점도 적지 않았소 어제서야 해부도 다 끝나서."

"네. 해부를 했습니까. 어떻게 죽었습니까."

남은 부장의 말이 다 끝나지 않은 것을 알면서 그 한 가닥을 낚아채 어 이러하였다.

"심장파열이라나. 전부터 대단한 변막증이 있던 사람이라는군. 헌데 그 죽은 사람 딸년도 있고 해서 대개 짐작 못할 것도 없는 사건이었지만. 자 이것 보우."

하며 부장은 뒤로 돌리었던 팔을 제겨 올리며 손 안에 쥐었던 무슨 종이쪽지를 그 눈앞에서 폈다. 그것은 이 경찰서 서장에게 아무 주소 성

| * 기노도꾸気の毒 : 딱함. 안됨. 가엾음. 불쌍함.

명도 없는 사람에게서 오는 무슨 엽서 편지였다. 별스러운 호기심이 나는 것도 아니나 부장의 손으로 짚어 내려가는 그 글줄들은

　　　　밤 사이에도 서장나리께옵서는 기체 안녕하시오며 댁내 제절*도 균길** 하옵신지 원문이오며 살월 말씀은 다름 아니오라 어저께 상서하올 때에도 살왼 말씀이오나 민보걸의 처 김씨의 횡사 사건에 대하여는 그 일이 일어나던 날 저녁 남우언이와 밀회하는 것을 본 사람이 많으며 동네에 돌아다니는 소문도 오래전부터 두 남녀 사이가 어간만 친한 것이 아닌 것을 아는 사람도 많으오니 필연 잘해야 남가란 자에게는 강제 정사 미수가 될 것이요 못하면 자살 방조가 분명한 것이오니 남가의 취조에 당해서는 엄중히 하여주시옵기 재차 천만 바래옵니다. 당당한 제 사내가 있는 계집으로 남의 사내를 본다는 것도 죽어 싼 죄려니와 제 여펜네를 두고 남의 집 안방을 엿보는 사내는 또한 죽여 마땅한 놈이 아니오리까. 정사라 해도 그러고 자살방조라 해도 무슨 그 뒤에 검검한 수작이 감치어 있는 것이 분명한 것은 다른 것은 그만두고라도 민보걸의 처 김순덕이의 시체 속에서 나타난 생전에 노 허리춤에 감추고 다닌 구로다이아 반지가 민씨가 사준 일이 없는 정표 하나로만 보아도 알 것입니다. 이 소문은 벌써 쭉 퍼졌습니다. 그리고 어저께 상서한 뒤에 소인도 들었삽기 새 증거감으로 살외는 것이오니 단단히 문초하여 엄중한 처벌을 내리시기 비옵니다. 이것은 또한 같은 한 여자로 앉아서 참고 볼 수 없는 일이 되기 때문에 살외는 것입니다. 총총 이만 올리나이다.

　　라고 하는 여자의 글씨로 엽서 한 장에 꽉 들어차게 쓴 것인데 쓴 글

* '집안식구'를 높여 이르는 말.
** 두루 편안함.

씨나 쓰는 투로 보아 여인임엔 틀림없으나 정사니 자살방조니 하는 문구를 쓴 것으로 보아 반드시 그렇지 않은 점도 없지는 아니하였다. 허지만 남에게는 그것을 상고해볼 마음도 없었고 그럴 필요조차도 없었다. 다만 이제 그러한 죽음을 한 사람의 불운을 생각하매 깊은 슬픔이 자아나는 것과 또 이러한 생각과 버물리어 엽서 편지에 쓰인 글씨가 어디선지 매우 낯익다는 그러한 생각이 몽롱하게나마 사라지지 않고 머리에 남아 있는 것뿐이었다.

"이래서 별것 없는 우연지사인 줄을 알면서 그렇게 된 거라오. 심하겔랑 생각 마오. 그것도 다 술 덕이구려 술 덕 하하하."

부장은 자기네들의 처지를 변명하고 싶은 겸손한 태도를 취하며 옛 친구와나 같이 이러하였다.

남이 서를 나오기는 아침 열한 시가 채 되지 않았을 때였다.

눈이 부실부실 나리는 거리를 어디 갈 데를 정한 데도 없었으나 그는 거기 서 있기 싫은 마음만으로 어쨌든 걸음을 옮기어 온정으로 들어가는 거리 밖까지 나와 있었다.

그날 저녁 이후로 돈 감기 기운 있는 코를 풀어가며 그는 한참 동안이나 거기 머물러 서서 먼 논벌 저쪽에 남북으로 가로 달아나는 철로의 높은 제방을 이것 하나만에는 무한한 유혹을 느끼면서 오래오래 바라보고 있었다.

벌이란 벌 산이란 산 길이란 길은 높은 데나 낮은 데나 어느 것이라 할 것 없이 다 이 한량없이 나리는 눈 속에 파묻히고 있을 것이다. 산 것에나 죽은 것에 그리고 온 세상과 세상 아닌 것에!

그는 자기의 도수 깊은 난시경亂視鏡에도 눈이 쌓여 차차차차 앞이 가리워짐을 깨달으며 이러한 연민의 정이 속에 우러남을 느끼었다.

그리고 그제야 그는 안경을 벗어 거기 올라앉은 눈을 저고리 섶으로 닦아내고 어느 누구의 눈에 뜨일까 보아 그 자리를 움직여 날 때였다.

"여. 남우언 씨 아니오."

하고 자기를 부르는 사람의 목소리에 놀라 고개를 돌리니 역시 그것은 홍걸이었다.

"어딜 가시오."

그는 남의 모양을 암만 생각하여도 이상한 일이란 듯이 아래위로 훑어보더니

"아 참 온 아침이 민보걸의 처 김순덕의 장삿날이라지. 그 묘에 가시는 길이오."

하면서 입을 비쭉하였다.

"오늘이 그 장삿날입니까."

"몰랐댔소. 그럼 죽었을 때 그 시체에서 제 남편이 사준 일도 없는 반지 구로 다이아 반지까지 나온 소문도 못 들었겠구려."

홍걸은 미리부터 외워두었던 듯이 이 말 한 마디를 코를 칙 풀어버리고 가듯이 남의 얼굴에 풀어 던지고는 그대로 가버리었다.

남도 이때 홍걸의 달아나는 방향으로 몇 걸음 끌려갔으나 그는 그러하는 자기 자신을 깨닫자 다시 발을 멈추고 말았다.

부르르 가슴이 떨리고 이가 와드뜩 갈리었다.

나에게는 복수할 것이 있다. 허지만 그것은 너희들에게 대한 복수는 아니다. 너희들과 내 자신 때문에 일어나는 내 자신에 대한 복수다. 만일 너희들에게 할 복수라면 나는 그 반지 그 구로 다이아 반지의 바른 이야기를 토로하는 것만으로 족히 될 것이다. 거기 얼마나 많은 희생이 나오랴.

허지만 나는 그것을 하지 않았고 또 허구 싶지도 않다. 다만 나는 이러한 사실들이 내 자신에 대해서 자꾸 무엇인지 요구하고 있는 것을 깨

달을 뿐이다. 내 자신에다 칼날을 자꾸 갖다 대이는 것을 나는 느끼고 자꾸 죽고 자꾸 살아나기를 요구하는 것을·나는 안다. 그는 마음이 후끈후끈 달아오르는* 것을 깨달았다.

그리고 홍걸의 태도를 뒤에 생각하며 서에서 본 그 편지의 글씨가 정삿갓의 것이던 것도 짐작하였다. 자기가 그 여관에 처음 들었을 때 자기의 반생은 기구한 여자의 운명 중의 가장 기구한 것이라고 하며 자기에게 소설 쓰기를 권하며 그 스지가끼**를 써서 준 일이 있었던 까닭이었다.

그러나 그 모―든 것들이 자기를 노여웁게 함에는 자기에게는 그것들이 너무나 일반적인 슬픔으로 되어 있는 것을 그는 아는 것이다.

그는 이때 자기 마음이 매우 도고함을 느끼면서도 한편 몹시 늙어지는 듯한 슬픈 마음을 어찌할 길이 없었다.

—《조선일보》, 1938.9.3.~11.11.

* 원문은 '달어오는'.
** 筋書(すじがき). 소설, 영화, 연극 등의 대강의 줄거리를 쓴 것.

습작실로부터

　나는 뒤꼍으로 길게 들어가 있던 하숙집의 너무도 축축하고 어둡고 습기가 많고 곰팡이 냄새가 나던 그 방을 평생 잊을 수가 없을 것입니다.

　우스꽝스러울 정도로 옆으로 돌출되어 기형아의 이마 같은 방이기는 하였으나, 텅 빈 긴 방에 몸을 뻗고 하루 종일 습기와 곰팡이를 들이마시며 해치웠던 '자기만의 청춘'에 대해 생각하면 오로지 괴로움만이 자욱하게 차 있었다고만은 말할 수 없을지도 모르겠습니다.

　여기에 얼만큼 때 묻은 몸을 씻어내지 못한 한 청춘의 끝없는 태타怠惰와 무위無爲의 흐름이 있었어도, 이를 떠내려보내지 않고 바로 지금까지 나에게 생존의 이유라고 하는 미주美酒를 빚어주고 있는 것은, 역시 이 청춘이 가진 습기와 곰팡이라고 하는 신비한 누룩에 다름아니었기 때문입니다.

　생존의 미주라고 말한다면 마냥 떼를 쓰는 것에 대한 변명처럼 들릴지도 모르겠습니다만, 바로 그렇게 확실한 이유가 있었던 것도 아니고 흔히들 있는 좋지 않은 인연에 의해 맺어지게 될 것에 불과할 것이라며, 나로 하여금 때때로 살아가는 큰 힘을 일깨워주기조차도 하는 것은 바로

이 조금 쓰고도 떫은 끝맛을 남겨준 그 무엇임에는 틀림없을 것입니다.

하지만 이 무언가를 밝히는 것은 제가 평생을 걸쳐 해야 할 일인 것임엔 틀림없습니다.

다만 이만큼이라도 미리 말해두지 않는다면 나와 더불어 하룻밤을 함께한 그 이상한 나그네에 대해 이야기하게 될 공간에 대해 나의 감상이 너무도 노골적이고 지나치게 드러날 부분이 없지 않아 있다고 하는 두려움이 느껴지기 때문입니다.

처음에 어떻게 해서 내가 이 불가사의한 나그네와 마주하게 되었는지 지금 그것을 생각해낸다는 것은 불가능합니다.

다만 나그네는

"방은 바깥쪽에도 있고 또 이제부터 장작을 지피면 된다고 하시지만, 불은 피우지 않아도 괜찮고 손자분의 방이라도 관계없으니 하룻밤 신세를 지고 싶습니다만."

이라고 말하면서 나의 방에 들어오더니 잠시 무르춤하며 나의 얼굴을 쳐다보고 계시던 것을 기억하고 있을 뿐입니다. 그리고 쳐다보기만 할 뿐 아무 말 없이 자기가 가지고 온 숙박부를 펼치자마자 그 위에 엎드리듯 하더니 책상다리를 하고 앉아 후다닥 소정란을 채우기 시작했습니다.

떠밀려서 하게 될 경우에는 뱀처럼 예민해지기도 하고 또 딱딱해지는 나였지만 이렇게 선수를 빼앗기고 보니 오히려 은근히 모종의 친밀감이 솟아올랐습니다.

"아닙니다. 제가 하겠습니다."

라며 몸을 일으켜 떠듬거리면서도 확실한 필체로 나그네가 직업란에 '농업'이라고 하는 두 글자를 적어 넣는 것을 바라보고 있었습니다.

"실은 고향 이원'에서 고기를 잡고 있습니다만, 마산에 선조들의 산소가 있습니다. 분주한 중에 몇 해째 성묘를 못하다가 올해에는 생각이 미친 김에 반드시 찾아뵈어야지 하는 마음으로 비록 갓 나온 과일 하나 일망정 공양할 수 있게 되었습니다그려."

라며 내가 캐물은 것도 아닌데도 이 같은 이야기를 무언가를 감춘 듯이 조용한 어조로 털어놓았습니다.

"책이 아주 많군요. 문학을 하시는 게지요?"

라고 덧붙이며 내 얼굴을 쳐다보는 것이었습니다. 그리고 숙박부의 기입이 끝나자 제가 만류하는 것도 듣지 않고 나갔다 오는 김에라면서 숙박부를 갖다 놓으러 가는 것이었습니다.

외출한 지 반 시간 정도 지나자 나그네는 돌아왔는데, 손에는 사과와 감이 가득 들어 있는 종이 봉지를 지니고 있는 것이었습니다.

"이렇게 받기만 해서 너무 송구스럽습니다."

처음으로 나는 마음속에서 나오는 감사의 말을 전하면서, 그이가 권하는 대로 그 과일을 쥐고 코끝에 붉은 감즙이 묻는 것도 개의치 않고 코를 들이대고 잘 익은 연시의 단물을 빨아댔습니다. 마치 해후할 것을 기약하지 못하는 가난한 옛 친구와 만난 것처럼.

그리고 나서 나간 김에 부탁해놓은 듯한 술상이 들어오자 나그네는

"사양 마십시오. 예전에 당나라 시인들은 숙질叔姪 간에도 이같이 함께 술을 같이 마셨다고 하니까요."

라고 말하면서 막걸리 주전자를 기울여 나에게 한 잔을 따르고 권한 후 자기 잔에도 남실남실하게 술을 붓더니, 어느 사이엔가 한시 한 구절을 읊조리는 것이 아니겠습니까.

누구의 무슨 시인지는 모르겠으나 그 은근한 여운을 따라 귀뚜라미 울음소리가 귀에 젖어들 정도로 너무나도 조용한 가을밤이었습니다.

| * 利原. 함경남도에 있는 도시로 농산물과 수산물의 집산지이다.

두보杜甫의 여수旅愁를 읊는 나그네의 얼굴은 무언가에 취한 듯했습니다. 그리고 나는 무엇보다도 그때 그이의 잡티 하나 없이 맑은 눈빛과 쓸데없이 늘어지지 않고 야무지면서도 굵고 탁한 음성*을 지금도 사무치는 그리움 없이는 떠올릴 수 없습니다.

게다가 나같이 다른 사람들 앞에서 자신을 잘 드러내지 못하는 사람이 어떻게 해서 일면식도 없는 사람에게 자신의 이야기를 털어놓게 되었는지를 생각하면, 이 또한 그이의 따뜻하고도 겸손한 태도 속에 감싸여 있는 크나큰 이들만이 지닌 대지에 대한 자연스러움 때문이 아니었을까 생각해봅니다.

청하시는 대로 나는 시구가 적힌 수첩을 아무 주저함도 없이 건넸습니다. 그러자 나그네는 잠깐 동안 묵묵히 그 수첩에 눈길을 떨구고 있더니

"실솔蟋蟀—거 좋군요. '나는 다시 상처를 받기 위해 밤새도록 껍질을 벗는다' —그런데 왜 좀더 길게 쓰지 않으셨지요?"

라고만 말하였습니다. 이때 내 가슴은 무언가에 꿰뚫린 듯한 느낌이었음에 틀림없었습니다.

"저는 지금 어찌할 줄 모르고 있습니다."

기분이 정리되지 않은 채로 나는 우선 이렇게 말했습니다.

그때—물론 지금도 그러하지만—나는 줄곧 말에 협박을 당해왔습니다. 소위 시를 짓겠다고 하던 맨 처음엔 내심 말이라고 하는 것을 경멸하여 안심하고 언제든 자기가 바랄 땐 저절로 따라오는 것이라고 생각했습니다. 물론 무의식적이기는 했지만 사실 얼굴을 마주보면 도대체 그와 같은 것이 아니어서 따라오기는커녕 오히려 저쪽에서 너를 마구 삼켜버릴 테다라고 하는 듯이 완고한 얼굴을 하고 이를 악물고 맞서오는 것에

* 원문에는 '胴羅聲'이나 의미상 '굵고 탁한 음성'을 뜻하는 '銅鑼聲'(どらごえ)으로 판단됨. 해방 이후 개작된 「속습작실에서」에서는 "둥목소리"로 표현되고 있음.

185

는 무서워하지 않을 수 없었습니다.

"저는 거짓말을 하지 않고 시를 짓기 위해서는 특별한 재능과 힘이 필요하다는 것을 알게 되었습니다. 말은 차가운 것입니다. 악몽과도 같습니다. 하지만 이 악몽을 일단 뿌리치고 모조리 잊어버리고 다시 시작하는 것이 좋다고 결심이 설 정도로 말이라는 녀석에게 익숙해지지도 않았으니까요."

라고 말하고

"뿌리치려고 해도 뿌리쳐지는 악몽이 없는 것 또한 부질없는 것이지요. 아까 선생님께서는 「창蜜」을 보시고는 탁하디 탁하다고 하시며, 지금은 그 탁함에 대해 너무 마음을 쓰지 않는 것이 좋겠다고 하셨습니다. 이처럼 이야기하시는 것 또한 제가 알지 못하는 사이에 말이란 것에 물려뜯긴 상처가 남은 곳이 있기 때문임이 틀림없을 것입니다. 제가 이 「실솔」을 쓰며 끝을 맺지 못하는 그 마음은 말이라는 녀석이 무서워져서 '난 어떻게든 네 녀석이 말하는 그대로는 되지 않을 테다' 라고 딱 잘라말하고 꿈에서 깨어나는 데서 시작하는 것입니다."

라고까지 말해버리고는 과연 쑥스러워하지 않을 수 없었습니다. 그리고 이야기는 어떻게 계속되든지 간에 쑥스럽다고만 생각하고 있었습니다. 하지만 나그네는 별로 청년의 부끄러워하는 것을 감싸주기 위해 짐짓 꾸민 듯한 모습은 드러내지 않은 채

"안형*, 물고기를 잡아본 적 있습니까?"

라며 이야기의 방향을 바꾸는 것이었습니다.

"없습니다."

"정말 없습니까? 잡아보고 싶다고도 생각하지 않습니까?"

---

* 참고로 「속습작실에서」에서는 주인공의 이름이 '남몽南濛'으로 되어 있다.

186

"아니오, 잡아보고 싶습니다."

"그래요? 하지만 이제는 물이 차가울 텐데."

하며 나그네는 혼잣말처럼 말하면서 손을 자신의 허벅지 있는 곳까지 가져가서

"여기까지 물이 찬답니다."

"네에, 하지만 꼭 해보고 싶습니다."

"그럼, 언제든 와주세요. 사실은 아까부터 당신의 몸이 별로 건강해 보이지 않길래 문학을 하시기에도 꽤 힘들지 않으실까 하고 생각하고 있었습니다. 물론 저의 기우일지도 모르겠지만, 가슴에 몽롱하고 자욱한 것을 지닌 이들에게 있어서는 설사 그것이 어떤 것이든지 간에 단호히 세상에 내어놓고 싶다는 마음은 변함없을 것입니다.

끝까지 괴로워하고 괴로워하면서 그 괴로움을 하나의 독립된 것으로 만들어내기 위해서는 역시 그에 걸맞는 신체가 떠받쳐주지 않으면 안 되니까요."

"네. 기꺼이 신세를 지고 싶습니다. 그리고 좀 전의 과장된 이야기는 전부 잊어주시면 안 되겠습니까?"

이날 밤새도록 나는 바다, 창해, 대양, 그리고 무엇보다도 몹시 난처하고도 꺼림칙한 악몽의 생활로부터 달아난다고 하는 마음에서 생기는 이런저런 잡념에 사로잡혀 좀처럼 잠이 오지 않았지만, 그래도 어느 틈엔가 잠이 든 모양이었습니다. 아침에 눈을 떠보니 간밤의 나그네는 벌써 식사를 마쳤던지 두루마기까지 입고서 고단했지요, 라는 듯한 눈으로 저를 바라보며 미소를 짓고 있었습니다.

"벌써 일어나셨습니까?"라고 내가 눈을 비비며 수줍게 말하자

"예, 오늘은 집에 돌아가지 않으면 안 되겠기에."

라고 대답하는 나그네는 처음으로 그 얼굴에서 웃음을 지우면서

"평양의 여학교에 아버지 없는 조카딸이 하나 다니고 있어요. 바쁜

나머지 이 아이에게도 학비를 보내지 못하고 있었습니다그려.

오늘 아침 일찍 눈이 뜨였길래 잠깐 우편국에 들러 삼십 원을 부치고 오는 길입니다. 저의 주소는 여기로 해두었는데 혹여 되돌아오는 경우가 생기더라도 안형이 받아주시지 않겠습니까?"

라고만 이야기하고서는 주머니에 손을 넣어 무언가를 찾는 것이었습니다.

"아, 여기 있었네요. 제가 지금 책방에도 들렀다 오는 길인데, 여기에 표시를 해놓은 책들 말입니다. 이삼 일이면 도착한대니 아무쪼록 안형이 책방에 들러 영보永保 중학 김金* 앞으로 부쳐주지 않으시렵니까? 이 김영한金永漢이라는 학생은 동향 친구의 아들인데, 이번에 마침 잘됐다며 그 친구가 제게 찾아와 부탁한 겁니다."

라고 말이 끝나자 나그네는 나에게 책값으로 십오 원을 건네주었습니다.

이렇게 해서 헤어졌던 것인데,

이로부터 이틀이 지나 나는 안국동에 있는 예의 그 책방에 가서 필요한 책을 십팔 원 남짓에 사서 부쳤습니다. 혹 돈이 모자라면 자라는 만큼만 해달라는 부탁이었건만 책에 대한 것이기도 하거니와 무엇보다도 그이와는 언제든 인연이 이어질 것이라는 묘한 예감이 작동하고 있었기 때문이었습니다.

그리고 또 이틀이 지났는가 했는데 이상하게도 평양으로부터 등기우편이 되돌아온 것입니다. 책은 도착한 것인가 했습니다. 아무런 소식도 없었기 때문이었습니다.

처음에는 되돌아온 등기를 이원으로 보내는 게 어떨까 하고 고민했습니다만 그렇게 해서는 받아달라고 부탁하고 간 그이의 대범한 마음을 따르지 않게 됨은 물론이고, 모처럼의 인연을 엷게 만들어버리는 듯도

| * 「속습작실에서」에서는 '경성鏡城고등보통학교 제5학년 김영록金永綠'으로 되어 있음.

하였거니와, 마침 한번은 고향에 다녀오지 않으면 안 되겠다는 생각을 하던 무렵이었기에, 평양이라면 겸사로 그렇다면 한번 도중에 들러 본인에게 직접 전해주러 가야지 하고 생각하게 된 것입니다.

하지만 단지 한번 갔다 와야지 하는 생각뿐 특별히 절박한 용무가 있었던 것도 아니었고, 또한 이것이 여자와 가까워질 찬스라고 여기는 자신에게 생각이 미치게 되면 곧 움츠러들어 할 일도 못하고 마는 나였음에도, 어떻게 해서 그렇게도 빨리 경성을 떠나게 되었던지 그것은 설명하지 못할 것만도 아니라는 것만 생각해주십시오. 단지 아침이 되어 평양에 내릴 것만을 생각하고 있는 나이 어린 야행객은 그 어느 날 밤과 같이 밤새도록 마음을 진정할 수가 없었던 것만은 틀림없었습니다. 바다, 창해, 대양—그리고 무엇보다도 몇 년이 걸려도 좋으니 죽어도 좋다는 심산으로 거기에서 살아 돌아온다고 하는 결심까지 하게 해주었던 그 이상한 나그네의 얼굴과 곧 만나게 될 아버지가 없는 불쌍한 미지의 한 여학생의 얼굴을 아무래도 닮은 것으로 가슴에 그리면서.

그러나 나는 그 여학생과 만날 수 없었을 뿐만 아니라 이상한 일과 맞닥뜨리기만 했습니다. 그것은 등기우편의 수신자가 씌어 있는 곳에는 물론 학교에도 그와 같은 아이가 없다는 것을 알게 된 까닭입니다. 마침내 나는 이원에 편지를 쓰기로 결심하고 이러한 상황이니 예의 그 등기를 어떻게 하면 좋겠느냐고 문의 편지를 보냈더니 그 문의 편지마저도 되돌아온 것이었습니다.

이때 저는 제가 사서 부친 책 속에 이런 저런 어려운 책들도 있었다는 것을 생각하고서 이상한 예감이 들지 않은 것은 아니었으나, 여기저기 농장이며 어장을 가지고 있는 분이라면 한 군데에만 있기는 어려울 것임에 틀림없다는 생각이 들어 언젠가 속사정을 알게 될 날이 오겠거니 생각하고 이 일은 이대로 두어야겠다고 마음을 정했습니다.

그리고 그 사이 겨울도 지나고 막 봄의 초입에 들려 하는 어느 따뜻한 날의 일이었습니다.

그리 크지 않은 키에 창백한 얼굴의 한 사내가 저를 찾아와서는 이경택李慶澤*이라는 사람을 알고 있느냐며, 자신은 그 이李라고 하는 사람과 몇 달 동안 한 곳에서 기거한 사람인데, 어제 나왔다고 하면서 자기의 명함을 내미는 것이었습니다. 명함을 손에 쥐어도 두 사람 모두 알지 못하는 이름이므로 잠깐 동안 의아해하고 있으니 손님은 예의 그 삼십 원의 이야기를 꺼내는 것이 아니겠습니까.

"그분이라면 제가 어찌 잊을 수가 있겠습니까? 분명 이경택이라는 이름이었습니다만, 그런데 그분이 어떻게 되셨습니까?"

의외라는 느낌과 맞닥뜨리지 않을 수 없었던 것은 말할 것도 없거니와 그럼에도 알 만큼의 것은 일시에 확실히 알게 되었습니다.

그리고 두 사람은 생각하고 생각하며 잠시 동안 말을 잃었습니다.

"관계자가 많기 때문에 긴 예심豫審이 될 것이라고 생각합니다. 예심 중에는 면회조차 되지 않는 것 같습니다만, 우선은 옷 때문에 힘든 것 같으니 이 흰 옷을 검정색으로 만들어** 차입해주시지 않으시렵니까? 이 옷을 입은 채 들어간 그대로 지금까지 이 하나만을 입고 있었으니까요. 그리고 차입인의 이름은……."

이라고 말하면서

"차입인의 이름은, 잘 아시겠지만 친척쯤이나 되는 관계로 해두는 편이 좋지 않을까 합니다."

라는 말만을 덧붙이고서 자리에서 일어났습니다.

"알겠습니다."

* 「속습작실에서」에서는 '이병택'으로 되어 있음.
** '여름 옷을 겨울 옷으로 새롭게 만들어'라는 뜻으로 해석됨.

라고 한 마디 하고 서서 나는 벌벌 떠는 듯한 목소리가 나는 것을 억누르지 못하고

"헌데 친척이라면 숙질간이라고 해도 상관없을까요?"

라고 말했다.

"네, 괜찮을 겁니다."

"차입 정도라면 어떻든 관계없을 겁니다."

객은 떠났습니다. 한 마디로 이야기가 끝나지 않아 거짓말을 하지 않으면 안 되는 불안한 어린이를 구슬리기라도 하듯 거듭거듭 이처럼 말하면서.

하지만 이때 청춘의 가슴속에 가득 들어찬 것은 같은 불안이나 공포의 마음만은 아니었습니다. 어느 가을 밤 "당나라 시인들은 숙질간에도 이같이 함께 술을 같이 마셨다고 하니까요."라며 마주 보고 술 상대를 해주었던 한 나그네와의 기이한 만남이 가슴속에 파고들어 왔습니다.

이선생으로부터 처음으로 온 편지에는 다음과 같은 첫머리로,

"솜옷을 넣어주셔서 감사합니다. 그 돈을 어떻게 할까 하시는 말씀에 관한 것인데 당분간 필요 없으니 넣어주신다고 해도 어디에도 쓸 길이 없습니다. 그 돈은 전적으로 당신과의 통신비용으로 사용했으면 합니다만, 그때그때 우표를 사서 보내주시면 좋겠습니다. 너무 주제넘은 말씀일는지는 모르겠지만 저는 어느 누구와도 연락을 하고 있지 않습니다. 또 그러고 싶다고 생각지도 않습니다. 이 조용한 곳에 앉아서 당신에게는 누구보다도 친밀감을 느끼고 있는 저의 솔직한 마음을 믿어주십시오."

아무리 긴 예심일지언정 삼십 원어치의 우표를 살 때까지는 얼만큼의 세월이 흘러갈 것인가.

나는 너무도 눅눅하고 어두운 방에 다시 앉아 너무도 멍청하게 자신의 청춘을 안절부절하며 살아온 것에 부끄러움을 느끼지 않을 수 없었습니다.

—《조선화보》, 1940. 10.

習作部屋から*

　僕はあの裏廻りのながい下宿屋の、いやにじめじめして薄暗く濕氣の
多い黴臭い部屋を一生忘れる事が出來ないでせう。

　馬鹿に横ばかりでつばつた畸形兒のオデコみたいな部屋ではあつたが
それでもこのずつぺらぼうな長い部屋にのびを打つて一日中これらの濕
氣と黴とを吸ひ込み乍らデカした「自分ながらの青春」のことを思へば
萬更嫌な苦さばかりが籠つて居たとのみは言へぬものがあつたのかも知
れません。

　そこには、どれ程身の汚れをとりあぐむ—青春の限りなき怠惰と無爲
の流れがあつたにしても、押し流されるといふことなく今の今まで僕に生
存の理由といふ美酒を醸し出してくれて居るのは、矢張り此青春が持つ濕
氣と黴との不思議なる麹に外ならなかつたからです。

　生存の美酒—と言つて随分甘つたれた言草かも知れませんが、よしそ

---

* 일본어로 발표된 콩트의 원문을 그대로 수록하되 글자의 반복을 표시하는 일본식 약물略物 표기는 원래의
　글자를 살렸다(예：た々→ただ, まゝに→ままに).

んなはつきり理由のついたものでもなく、ありきたりのクサレ縁に依て結ばれて行くものに過ぎなかつたらうと、僕をして時たま強い生きる事のりきみをさへ覺えさせるものが、これらのほろ苦い澁い後味を殘し通してくれる何物かなのに相違はないのです。

でもその何物かなのを明かす事は僕の一生涯かけての仕事に違ひありません。

唯これ位にでも前觸れをして置かないと僕と一夜を共にした一異様な過客を語るこの場所に於てあまりにもだしぬけに露骨に僕の感傷が出過ぎる個所のなくはないといふ嫌みが、感じられるからです。

始めからどんな風にして僕は、この不思議な客と向き合ふやうになつたか、今それを思ひ出すことは出來ません。

ただ客は「部屋は表の方にもあるにはあつたんですが、これから薪をくべなさるとおつしやるんだし、火なんか焚かなくつてもいいんですが、おまごさんの部屋だとなは構はんと思つて一晩お邪魔したいと思つたんですが」

と言ひ乍ら僕の部屋に入ると暫くの間立ちすくんで僕の頭を窺つて居た事を覺えて居るだけです。そして、そうやつただけで何の事もなしに、自分から持つて來た宿帳を開けるなりその上にうつぶす様にして胡坐をかくと、サツサと所定の欄を満たして行くのでした。

押しつけがましい事となると蛇の様に鋭敏にもなり、難かしくもなれる僕でしたが、こうまでだしぬかれて見ると、却てひそかな一種の親しみさへ湧いて來て

「すみません僕書きますから」

と體を起すとたどたどしい乍らしつかりした筆の運び様で客が職業欄に農業の二文字を書入れるのに見入つたものです。

それから客は

　「實は郷里の利原で魚をとつて居るんですが馬山に先祖の墓があるんです。忙しいままに何年からこのお墓参りが出來なかつたもんですから、今年は是非思ひ付いた時にと思つて、出だての果物の一つでもお供へする事がでけたんです。」

　と何も、僕から訊いたわけでもないのにこの樣な事を包む樣な静かな調子で打明け

　「澤山本お持ちですね。文學をおやりになるんでせう。」

　と言ひ添へて、僕の顔を見上げたのです。それから宿帳を書き終ると止めるのも聞かず出掛けて來るついでだからと言つてそれを帳場へ歸しに行くのでした。

　でかけてから、半時間程經つと客は歸つて來ましたが、手には、林檎と柿の一杯入つて居る紙袋をたづさへて居るのです。

　「こんなにして頂いていいんでせうか。」

　始めて自分は心からのお禮を言ひ乍ら、すすめられる儘にそれらの果物をとり鼻先に赤い柿汁が一杯くつつくのを構はうともせず、鼻をくつつけくつつけ熟柿の甘い汁を貪り綴つたものです―まるで廻り會ふ事を期せなかつた、貧しい故友と、向きあつたかのやうに。

　それからついでに頼んで來たらしいお酒の膳が運ばれると、客は

　「遠慮しないで下さい。昔唐の詩人達は叔姪の間でさへこうしてお酒が飮めたんですからね。」

　と言つては濁酒のやかんを傾けて、僕に一杯を注いですすめ、自分の方にもなみなみと注いたかと思ふと、客は何時の間にか漢詩の一くさりを口吟んで居るではありませんか。

　誰の何の詩だか知らないが、それらの貧しい餘韻に伴つて蟋蟀の音が

耳に透みてならぬ程物靜かな秋の晩でした。

　杜甫の旅愁を語る客の顔は、陶然として居ました。そして自分は何よりもあの時の彼の交り氣のない澄み切つた眼の色と、無駄な擴がりを持たぬ締つた胴羅聲とを今でも何らの懷しさなしには思ひ出す事が出來ないのです。そして僕のやうな、人の前に自分を出し切れない者がどうしてこの一面識もない人に、自分のことを打明けて行つたか、それと云ふのも矢張りあの人の溫讓な振舞の中に包まれた大なるもののみが持つ、地についた自然さのためではなかつたかと思ひます。

　請はれるままに、自分は歌の切つぱしが書き留めてある手帖を臆面もなく渡しました。すると客は暫く黙然とその手帳の間に眼を落して居ましたが

　「蟋蟀──いいですね。「おのれは更めて傷を負ふために一夜の中に衣を替える」──でも何故もつと長く書かなかつたんですとだけ言ふのです。それでゐて僕の胸が何かに刺し貫かれた思ひだつたのに變りはありません。」

　「僕今困つて居るんです。」

　自分の氣持ちが纏まらないままに僕は先づこう言ひました。

　其時分──と言つても今でもそうですが、僕は言葉に脅やかされ通しで居ました。所謂詩を作る最初のうちは、内心言葉といふものを輕蔑し安心して何時でも自分が求める時にはそれは自づとついて來るものとばかりきめてかかつたんです。勿論無意識にではあつたがその實、面と向かつて當つて見るとなかなかそんなものではなく、ついて來る所か却てむこうの方からお前をサンザン喰つて喰つて喰ひ散らしてやるぞと言つた様な頑な顔をして、歯を喰ひしばつて當つて來るのには全くたじろがざるを得ないのでした。

「僕ウソをつかずに詩を作るには特別な才能と力の要るのがわかつたんです。言葉は冷たいんです。悪夢みたいなもんです。と言つて、一切合財忘れて出直すがいいと決心のつく程言葉の奴に馴れても居なかつたんですからね。」

　と言つて

　「振り切らうと思つても、振り切れる悪夢のないのも、つまらないんですね。さつき先生は「窓」を御覽なすつて濁つて居る、濁つて居るが、今のうちはあまりその濁りを氣にかけない方がよいとおつしやいましたが、矢張りそういふ風に言はれるものがあるのも僕が知らず知らずの間に言葉に喰はされた、傷の個所に違ひないんです。僕この「蟋蟀」を書いて、しまひまで書き切れない氣持は言葉の奴、恐くなつて──この俺はなんとしてもお前の言ふ通りにはならんぞ──と啖呵を切つて夢から醒めかけた所から始まるんです。」

　とまで言つてしまふと流石にてれずには居られませんでした。そして、話の續きはどうならうと、てれて居たいだけ、てれて居たいと思ふのでした。すると客は別に青年のこのきまり悪さを庇はうとする故意とらしい所も見せずに

　「安樣、魚とつた事ありますか。」

　と言つては話のカヂを取り直すのです。

　「ありません」

　「ほんとにないんですか。とつて見たいとも思ひませんか。」

　「いや、とつて見たいんです。」

　「そうですか。でも、これからの水は冷たいな。」

　と客は濁言の樣に言ひ、手を自分の腿の所まで指して見せ

　「こんな所まで、水に浸るんですよ。」

「ええ、でも是非やつて見たいんです。」

「では、何時でもいらして下さい――實はさつきからあなたのお體があまり丈夫そうでないので文學をおやりになるにも相當お困りになるんぢやないかと思つてゐたんです。勿論僕の杞憂かも知れませんが胸にもやもやとしたものを持つた者にとつては、それがどんなものだらうと、それをきつぱりしたものとして明るみに出したいのには變りないんです。

苦しみを苦しみ通してそれを一つの獨立したものに、仕立てるには矢張りそれに應はしい體が支へて居なくてはならないんですからね。」

「は。是非お世話になり度いと思つて居ります。それからさつきの大げさな言分なんか全部お忘れになつていただけないでせうか。」

その晩一晩中僕は、海、海原、大洋、そして何よりもこの困り切つた厭はしい惡夢生活から逃れるんだといふ氣持から起る色色な雜念にかられてなかなか寢つかれそうもなかつたが、それでも何時間かはねたのでせう、朝眼が醒めて見ると昨夜の客はもう御飯まで濟んで居たのか袴など着込んで居て、お疲れでせうと云つた様な眼でこつちを見乍ら微笑んで居ました。

「もう起きられたんですか」

と僕が目をこすり乍られてれて言ふと

「え。今日は家へ歸へらなくつちやならんし。」

と返して、客は始めてその顔から笑ひ消しかけ乍ら

「平壤の女學校に父の居ない姪が一人行つて居りましてね。忙し紛れにこれにも學費が送れなくつて居たんですよ。

今朝早く眼が醒めたもんだから今一寸郵便局に寄つて三十圓送つて來る所です。僕の住所は此處にして置きましたから、もしかして戻つて來るやうな事があつても安樣がとつて置いてくれませんか。」

これだけ言ふとポケツトのなかに手を入れて何かを捜つて居るのです。

　「あ、ここにありました。これね、私今本屋にも行つて來る所ですが、ここに印をつけてあるこの本ね、二三日すると着くそうですから一つ安様から店の方へお出掛けになつて頂いて、この永保中學金宛送つて下さいませんですか。この金永漢といふ學生は同郷の僕の友人の息子でしてね、今度僕についでがあるからといふので頼んで來たんですよ。」

　と言ひ終ると客は僕に、それらの本代として十五圓渡してくれました。

　こんなにして別れたんですが、それから二日もすると早速僕は安國洞の例の本屋へ出向いて所要の本を十八圓何んぼ買つて送りました。足りなければ足りるだけでよいと言つたの本の事でもあるし、それよりも何故だかあの人とは何時でも縁が續いて居るのだといふ、妙な豫感が働いて居たからなのです。

　　それから二日もするとまた、これは不思議にも平壤の方から書留が送り返されて來たのです。本は届いて居たからでせうか。何の便りもありませんでしたが。

　始めの中は送り返された書留を利原の方へ轉送したものかどうか迷つたんですが、それではとつといてくれと頼んで行つたあの人の無精な大まかな氣持ちに添はない、折角の縁を薄くする様な氣が見える様でもあつたし、それに丁度、一度郷里に行つて來なくつちやいかんと思つて居た際でもあつたので、平壤ならついでだし、では一つ途中で寄つて本人に手渡して行かうと思ふ様になつたのです。

　でも唯一度行つて來るといふだけのことで別に差し迫つた用事があつたわけでもなく、またこれが女に近づくチヤンスだと思ふ自分に氣でもつけば、もうすぐ惡びれて駄目にする僕であつたのに、どうしてそんなにも早急に京城を發つ様になつたか、それは説明しようがものもない、とだけ

思つて下さい。ただ朝になると平壌に降りられると云ふ事のみを念じて居る年若い夜行の客は何日かの晩のやうに一晩中どうしても心を落着ける事が出來なかつたに相違ありません。海、海原、大洋―そして何よりも、何年でもよいから死んだ心算で其處で生き返つて來るんだといふ決心さへさしてくれたあの異様な一過客の顔と、これから逢ふ、父のないかわいそうな未知の一女學生の顔とをどうしても似たものに胸に描き乍ら。

　然し、自分はそんな娘に逢ふ事が出來なかつたばかりか不思議な事になる一方だつたのです。といふのは―書留の宛名の所には勿論のこと、學校にもそんな娘が居ないといふ事を知つたので、とうとう僕は利原の方に手紙を出すことに心を決めて、こういふ始末だから例の書留をどうしたらよいかと間合せて見た所、この間合せの手紙さへ戻つて來たのです。

　この時僕は例の買送つた書籍の中に種種むづかしい本もあつたのを思ひ出し、異様な豫感に襲はる所がなくもなかつたんですが、方方農場やら漁場を持つてゐる人ともなれば一所に居合せる事は難しいことにも違ひなからうといふ氣がし、いづれほんとうの事がわかる時もあらうと思つたので、それはそのままにして置かうと決めてしまひました。

　すると、その中に冬も過ぎて春先になつたばかりの或る暖い日のこと―

　背のあまり高くない、顔の青白い一人の男の人が僕を訪ねて來て、李慶澤といふ人を知つて居るか、自分はその李といふ人と數ヶ月一つ所に寝起したものだが、昨日出て來たと言つて、自分の名刺を差し出すのです。名刺を手にとつてもどつちもわからん名前なので、暫くの間いぶかつて居ると、來客は例の三十圓の話を切り出すではありませんか。

　「あの人は僕忘れも致しません。たしか李慶澤といふ名前でしたが―それではあの人がどうかしたんですか。」

　意外な感に打たれたのは云ふまでもありませんが、それでも知るだけ

の事は一時にすつかり知つてしまふ事が出来たのです。

　それから二人は思ひ思ひに暫くだまつて居ましたが、

　「關係者が多いですから長い豫審になるだらうと思ひます。豫審中面會も利かないんでせうが差し當り服に困つて居るからこの白服をとつて何か黒色のものに作り變へて差入れてくれませんか。この服で入つたまま今までこれ一つで通して來たんです。それから差入人の名義は」

　と客は言ふとかかへて來た小さな風呂敷包を自分に渡し

　「差入人の名義は御存知でもありませうが親戚のやうな關係にした方がよくはないかと思ひます。」

　これだけのことを言ひ添へて腰を上げました。

　「わかりました。」

　と一言言つて立つた僕はおどおどとしたものが聲に出るのを抑へ切れず

　「で、親戚と云つても叔姪の間柄にして差支へないでせうか。」

　云ふと

　「ええ。いいですとも。」

　「差入れ位、どうだつて構ひませんよ。」

　客は立去りました。一言で濟まされぬ、ウソをつかねばならぬ、不安な子供をなだめるかの様にかさねがさねこう言ひ乍ら。

　でもこの時青春の胸に籠つたものはそういつた不安と恐怖の念ばかりではなかつたのです―あの秋の晩「唐の詩人達は叔姪の間でさへこうしてお酒が飲めたんです。」

　と言ひ乍ら向ひ合つて酒の相手をしてくれた一過客との異なめぐりあはせに胸打たれたのでした。

　李様からの始めての文面にはこの様な書き出しで

「綿入れ有難く存じます。あのお金どうしようかとの仰せ差當り要り
ませんから入れて頂いても何處にも使ひ道がありません。これは全くあ
なたとの通信費に當てたいと思ひますから、都度都度切手を買つて頂い
てよろしうございます。あまり勝手な言分かも知れませんが自分は誰も
通信を致して居りません。またしたいとも思つて居りません。この靜か
な處に坐して、あなたには誰よりも親しみを感じて居るといふ自分の率
直な氣持信じて下さい。」

　どんなに長い豫審だらうと三十圓の切手を費ふまでにはどれ程の月日
が經でつであらう。

　僕はあのいやにじめじめした、薄暗い部屋に坐り直すと、あまりにも
馬鹿に自分の青春をいらいらして生きて來ることに羞恥の念を抱かざるを
得ませんでした。

―《朝鮮畫報》, 1940.10.

습작실에서
─북지北支 어느 산골 병원에 계신 T형에게 보내는 편지

정말 홀로 혼자 되는 것이 좋아서 그랬던지 그렇지 아니하면 나 혼자라고 하는 의식 속에 놓여 있기를 원함이어서 그랬던지 어쨌든 이 고독이라 하는 것이 그처럼 제이다꾸나모노*인 것을 알게 된 것은 나와 같은 청춘에 있어서는 여간한 은근한 기쁨이 아니었습니다.

그것을 힘이라 하여서 좋을지는 몰라도 혹 지금도 나를 좋게 관대하게 보라는 사람은 외유내강한 사람이라 하고 별로 그렇지도 아니한 사람은 도모지 붙접할 나위 없는 건방진 사람이라고도 하고 또 그렇지도 아니한 사람은 나를 한마디로 애로건트**한 사람이라 하여서는 한참 자기가 말하고 싶은 뉘앙스가 다 거기 포함이 되기를 기대리는 사람도 있지만, 어찌하였든 좋건 그르건 간에 이 무엇인지 뱃속에 웅크리고 있는 것이 있다 하는 것도 다 그 시절의 그러한 기쁨이 붓돋아준 무엇인지도 모릅니다.

* 贅沢(ぜいたく)なもの. '사치스러운 것'을 뜻하는 일본어. 단행본에는 '사치한 물건'이라고 되어 있음.
** arrogant. 거만한.

202

낡아서 반들반들 닳아진 고루뎅* 바지에 소매가 댕강한 사—지 저고리**를 바쳐 입고 게다가 홀렁홀렁한 역시 고루뎅 저고리를 껴입어서 팔목과 소매를 가리우고 발에는 검은 다비***에 게다****를 걸치고 더부룩한 중머리에 도리우찌*****를 푹 눌러쓰고 책을 들고 나서는 거지 대학생을 생각할 때 잘 사는 것의 어려움, 아니 부득부득 어려운 길로서 살아가보자는 청춘의 리끼미꼰다****** 마음과 그나마 이제는 다시 해볼 수도 없는 그리운 날들이 소중하여서 그러한지 어쩐지 이처럼 제 일 같지 아니하게 마음에 따뜻한 것이 고여드는지를 나는 모르는 것입니다.

겨우내 눈이 없는 동경의 아침 겻만 꼬독꼬독 언 교외의 길을 조그마한 도랑 하나를 끼고 물길을 거슬러 올라가 허름한 빈 야다이******* 한 대가 공지空地에 비켜 서 있는 돌다리를 왼손으로 꺾어 한참 들어가면 있는 동경 들어가는 차********가 와 닿는 곳—하루에도 두 번 이상, 어떤 때는 네 번도 타고 다섯 번도 타고, 타고 싶은 마음이 날 때마다 열 번도 스무번도 타던 이 정거장의 이름이야 내 평생 잊혀질 길이 없겠건마는, 같은 다섯 해의 긴 세월 동안 언제 자기의 고독과 공부가 꽃이 필 것을 기期하지 아니하는 청춘의 많은 불면증과 야반夜半에 일어나는 이상한 헛헛증을 고쳐주던 그 낡은 납작한 야다이의 모영貌影도 나는 도모지 잊을 수 없을 것입니다.

* 'corduroy'의 일본식 발음으로 'コルテン'이라 표기. 골지게 짠 면직물의 종류.
** 양팔과 몸통을 감싸며 앞을 여며 입는 형태의 우리나라 전통 상의를 말함. 단행본에는 '써어지 저고리'라고 되어 있음.
*** 足袋(たび). 발가락 끝부분이 둘로 갈라진 일본식 버선.
**** 일본식 나막신.
***** 鳥打ち帽(とりうちぼう)의 준말로 '헌팅캡', '사냥용 모자'를 뜻함.
****** 力み込んだ(りきみこんだ). '진력을 다한'을 의미하는 일본어. 단행본에는 '줄기찬 한결같은'이라고 되어 있음.
******* 屋台(やたい). 이동할 수 있게 만든 지붕이 달린 판매대.
******** 단행본에는 '성선省線'이라고 되어 있음. 省線(しょうせん)은 옛 철도성鐵道省이 관리하고 있던 철도 노선.

납작한 동물 내장 타는 노랑내에 전 노랑* 뒤에 숨어서 어쨌든 여기는 칠팔 년 전까지도 거리는커녕 어디를 보나 집 한 채 사람의 새끼 한마리 얻어볼 수 없는 갈밭이어서 아무리 지금은 이런 거리가 생겼다 하더라도 손발 없음이 당연한 이런 곳에 가게를 벌인다는 것은 자기와 같은 얼빠진 홀애비의 짓이 아니면 못할 노릇이라고 하면서 얼빠졌다는 대목에 무슨 곡절이 없지도 않다는 억양을 노아 탄식하던 것을 생각하면 그 돌다리 근방에 엉기성기 둘러 있던 두부집이며 반찬가게며 이발소며 목욕탕까지 내가 댕기는 곳으로 아니 초라한 것이 없던 곳인 것 같기도 하다— 황차** 거기서도 또 동강이 나 휑휑 무장아武藏野 벌판으로 뻗어져 나간 긴 길섶에 붙어서 조그마하게 밑을 붙인 내 집 쯤이야 아무리 청춘의 고독을 밝고 슬프고 화려한 것으로 꾸며준 전당殿堂이었기로 어느 공중에 나는 새가 분糞하고 가기를 주저하였을 곳이랴.

　　이 집을 나는 내 학비요 동시에 생활비인 오십 원 중에서 근 반분***이나 주고 있었거니와 마가리****하는 학생이나 데가세기*****노동자조차 아니 나오는 이 한벽寒僻한 거리에서 아침이 늦은 겨우내를 규—메시******한 그릇 어쩌지 못하고 댕긴 내 생활을 아무 부자연한 것도 없이 생각하고 지낼 것은 아무래도 내가 형에게 자랑하지 않고는 못 배길 제이다꾸*******가 아닐 수 없습니다.

　　그러나 그때 사람이 고독한 것은 옳은 일이요 또 당연한 일이라고까지 생각한 것도 사실은 나만으로서 안 것이 아니리라는 추억은 도모지

* 暖簾(のれん). 상점 출입구에 가게 이름을 써 넣어 드리운 천.
** 하물며.
*** 절반으로 나눈 분량.
**** 間借り(まがり). 셋방살이.
***** 出稼(でかせぎ). 타지에서 돈 벌이를 하는 것을 뜻함. 단행본에는 '날품팔이'라고 되어 있음.
****** 牛(ぎゅう)めし. 쇠고기 덮밥.
******* 贅沢(ぜいたく). 사치. 단행본에는 '사치'라고 되어 있음.

나를 쓸쓸하게 하여서 못 견디게 합니다.

　그 노인의 죽엄*을 생각할 때마다 나는 모두 내 잘못인 듯하여 가슴이 저림을 깨닫습니다.

　형, 고독이니 쓸쓸이니 이 모두 우리의 사사로운 이야기를 이런 편便에 의탁해 보내는 것 맞갖지** 않게 여기지 마십시오.

　오래도록 덥기만 하던 이 겨울이 오늘 정월 열하룻날 오래간만에 함박눈깨나 날리면서— 예전 형이 여기 계실 때 같았으면 이 자리를 뛰쳐나가 더러 감상적인 내 본바탕을 들추어내어도 좋았으련만.

　아무려나 형에게 드리는 편지 속에서까지 나는 나란 것을 정복하고 압착壓搾하고 살 조심성을 언제토록이나 느끼지 아니할 것입니다.

　겨울학기 동안에는 규—메시 한 그릇 사먹지 못하고 아침도 궐하고*** 세수도 궐하고 다니는데, 어쩌다 한 반시간 이르게 일어나서 숯불이 잘 댕기는 날에는 세수도 하고 남은 밥을 겨우 한술 물에 꺼서 먹고 가는 지경밖에 안 되는데도 역시 마음이 간간하고 사는 생각이 있는 것은 아침의 이 한때이었다.

　잘 때 벌써 일찍 일어나기를 기하지 아니하는 나는 또 이상하게도 항상 그 빠듯한 시간이 되어서야 깨게 되는데, 그러는 때에는 한 오 분 동안만은 도중 뛰어갈 각오를 하면서라도 이불 밖에 목 하나만 내어놓은 채 오 분이란 시간이 가져다주는 태타怠惰와 태타에 대한 간지러운 즐거움을 맛보지 않고는 안 가는 까닭이었다.

　도중 뜨끔뜨끔 구보驅步를 하고서도 학교 첫 시간에 미치자면 한 시

---

* '죽음'의 방언.
** 마음이나 입맛에 꼭 맞다.
*** 궐闕하다 : 마땅히 해야 할 일을 빠뜨리다.

간 없어서는 안 되는 곳인지라 게서 이께부쿠로*까지 이십오 분 이께부쿠로에서 신숙新宿**까지 십 분 신숙서 중앙선中央線***이 되어서도 십 한 오 분 이렇게 차****를 갈아타고 뛰고 하여서 교문을 들어설 때쯤 하여서는 벌써 둘째 번 링이 우는 때이어서 나는 그나마 고루뎅 덧저고리 안에 잠기어버린 사지 양복저고리 하나밖에 '복장'에 위반이 아니 되는 것이 없는 내 옷에서 도리우찌만 벗어서 책과 함께 옆구리에 비비어 끼고 학생감이 아니 오는 공실控室의 반대 반향 복도를 가만가만 더듬어 들어가는 것이었다.

다다끼*****로 된 복도의 날카로운 신경을 진맥하듯 바싹 졸라 신은 게 다 끝으로 더듬어 들어가는 것도 나쁜 것은 아니었지만, 때를 따라서는 그놈의 찬 시체와 같이 무신경한 딱딱한 몸뚱아리를 마음대로 짓밟고 갈 용기가 나는 날도 나에게는 상쾌한 일이었다.

그것은 질긴 뒷맛이 오래인 도적盜賊이었지만, 허지만 오늘은 그런 도전적인 쾌미快味조차도 맛볼 필요 없이 게다 끈을 늦출 대로 늦추어 끌며 도무步武 당당하게 걸어 들어갈 수가 있는 날이었다—만일 학생감을 만나 신문訊問을 당하는 일이 있더라도 오늘이야말로 자기는 시험을 보러 온 것이 아니라 잠깐 교무실에 볼일이 있어 들린 길이로라고 하면 아무리 둔한 궐도 남목南牧이란 사람이 일 년에 두서너 번 보는 이 시험 한 번 보자고 평소부터 그런 스캔들을 한 것이 아니라는 것쯤 모를 리가 있나 허지만 그건 알려 뭘 하나 하는 자부의 기쁨이 비질비질 입가에 터져

* 池袋(いけぶくろ). 도쿄 북쪽의 번화가.
** 신주쿠. 일본 도쿄 중심부의 번화가로 교통 요지.
*** 도쿄역에서 신주쿠를 거쳐 도쿄 23구 서쪽 무사시노[武蔵野] 지역을 가로지르는 철도 노선.
**** 단행본에는 '성선省線'이라고 되어 있음.
***** 三和土(たたき). 회삼물(灰三物, 석회·자갈·황토를 섞어서 갠 것)로 굳힌 현관, 욕실, 부엌 등의 바닥. 단행본에는 '컹크리트 다다미'라 되어 있음.

나옴을 금치 못하면서.

무슨 급한 일인지는 몰라도 집에 가는 것을 한 일주일 물리고 시험을
보고 감이 어떠냐는 것을 아무래도 가야 한다고만 하여 받은 할인권 두
장을 아무렇게나 포켓 속에 집어넣기는 하면서도 금년도 계속하여 자네
가 특대생이 될는지는 모를 일이나, 그렇다고 안 보고 가는 것은 아쉬운
일이 아니냐던 그 교무주임 할뱅이의 어딘지 쿡쿡 쑤시는 비집는 말투가
몹시 쓰거웁게* 목구멍까지 올라오기는 하였으나, 그러나 특대생은 해
무얼 하게 내 시험공부가 들어가보기만 하면 얼마든지 되게 되어 있는
것을 모르느냐는 도고한** 생각 하나로 억누르면서 해가 바뀌어 스물 한
살 나는 소년은 그리고 교문을 나서는 것이었다.

주면 좋고 아니 주어도 할 수 없게만은 생각한 할인권 두 장을 공것
으로 생각한다면 신숙서 내려 올림피아의 런치 한 그릇 못 사먹고 갈 것
은 아니나 한 끼나 먹으면 치울 한술 밥을 솥 밑에 두고 갈 생각도 아니
되었고 하고 보니, 고마기레***와 두부를 넣은 미소시루****가 끓는 동안
문을 활짝 열어젖힌 다다미 위에 넙적 엎드려서 마음껏 혼자 해바라기
나 하다 가자, 그 돈으로 집 주인에게 셋돈 주면서 줄 나마가시*****나 한
상자 사다주면 못 하던 치사도 하게 되는 것이요 또 그것이 옳을 것도 같
았다.

이 집 주인 말인데 이 이는 은좌銀座******에서 무슨 잡화상인 하는 아들
과 신석현新潟縣******* 어느 시골서 중학교 교원 노릇을 하는 작은아들까지

---

* '쓰다'의 방언. 마음에 달갑지 않고 언짢다.
** 스스로 높은 체하여 교만함.
*** 細切れ(こまぎれ). 잘게 썬 쇠고기.
**** 味噌汁(みそしる). 된장국
***** 生菓子(なまがし). 생과자.
****** 긴자. 동경 중심부에 있는 일본 제일의 번화가.
******* 나가타 현. 단행본에는 '니이가다껭'이라고 되어 있음.

둔 사람이었는데 부자간에도 서로 제 힘대로 살아감이 좋다는 생각으로 내가 들어 있는 집과 똑같은 집 세 채를 지어 그 수입 되는 대로 지내는 사람이었다.

"이렇게 남상* 부엌에 환히 불이 켜 있을 적엔 여간 반가운 것이 아니라오."

이것이 한번은 닷새에도 한번 엿새에도 한번 짓는 내 저녁때 노인이 들여다보고 한 나에게 대한 위안이요 또 자기 자신의 처음인 표백表白이기도 하여서 그 이상 과람하게** 자기의 그렇게 혼자 사는 살림을 무슨 연유 있듯이 말한 적은 한 번도 없는 분이었다.

그는 내가 남에게 어떠한 형편의 사람인 것을 아니 듣더라도 가히 짐작할 만한 것을 지닌 분이었지만 내가 어떠한 사람인 것을 노인이 또한 알아줌을 깨달을 때, 나는 그렇지 아니하여도 내 고독할 수가 없곤 하였다.

"저 그림은 무슨 그림이오."

노인은 저녁밥이 잦는 가는 김 속으로 팔을 뻗어 나의 일요일이나 식당으로 쓰는 삼조방***을 가르키며 이렇게 묻는 것이었다.

내가 그것이 앵그르****라는 이의 〈샘〉이라는 그림이로라 하니 그는 다시 한참 그 그림에 눈을 보내다가 문득 무엇이 생각나는 모양으로

"아아, 인제야 알겠소. 그래서 이 집 이름이 노천암蘆泉庵이구려 이 육조방에 건 로댕의 〈생각하는 사람〉은 저 길에서도 환히 건너다보이기로 그것이 아마 노蘆 자를 의미하는 거나 아닌가 하는 건 짐작되었지만

---

* 南さん. 성이 남南인 사람을 부를 때 사용하는 말.
** 분수에 지나치다.
*** 三疊 房. 일본식 왕골 돗자리인 다다미 3첩 정도 크기의 방. 1첩의 크기는 180×90cm.
**** 장 오귀스트 도미니크 앵그르Jean Auguste Dominique Ingres, 1780~1867. 19세기 프랑스의 고전주의를 대표하는 화가. 〈샘〉은 젊은 여인이 나신으로 물가에서 물항아리를 들고 서 있는 것을 그린 그의 대표작. 원문에는 '앙그르라는 이의 새암이라는 그림'으로 되어 있음.

역시 저런 힘찬 신선한 〈샘〉이 없이야 갈댄들 제법 건들건들한 갈대가 될 수 있겠다구."

하고는 금방 한 자기의 어색한 말들을 다시 지어버리듯이

"남상한테 이상하게도 여인네가 너무 찾아오지 않는구나 하고 혼자 쓸데없는 넘슌까지 하였더니 그러구 보니 저런 젊은 미인을 곁에 모셔놓고 있어서 그랬군 그래."

하면서 웃음까지 섞었으나 이미 노인의 말 속에 변명해서 대답하지 않아도 좋은 것이 들어 있음을 알매 나는 자기는 자매 없는 집에 태어나서 생활하는 것과 생각하는 것과 여자에 대한 관념에 이르기까지 도무지 부자연不自然하고 불균형하고 부조화하여서 못 견디겠다는 말까지 하려던 것을 참고 그대로 네에 하고 웃고만 말았다.

"남상 댁이 아마 퍽 잘 지내시지. 겉은 수수하면서도 이렇게 알찬 제이다꾸를 하시는 걸 보면."

노인은 다시 이러면서 내가 무슨 말 나오기를 기대리므로,

"제가 이 집 하나 제이다꾸 하는 거 말씀이지요."

하면서 나는 역시 웃으며 대꾸하지 않을 수 없었다.

"허지만 아모리 속이려도 남상 살림에는 알이 꽁꽁 백였는데."

그가 이러고만 하며, 그제야 나는 벙글거리던 웃음을 그치고

"그렇지도 아니합니다."

하고 나서,

"저이 집은 아주 살림이 없다시피 합니다. 제 어르신은 가난한 한방의십니다. 칠순이 넘으셔서 거의 은퇴하다시피 하시고요. 제 숙부 되시는 분이 제 뒤를 돌보아주시지요……. 그래서 주인어른께도 두 달에 한 번씩 세를 들여다 드리고, 또 이렇게 가끔 보리밥도 지어먹고요."

하면서 정색하였든 얼굴에 다시 히죽거리는 웃음을 담으며 다 끓어

난 가마솥을 얼굴로 가르치니 노인은

"아, 그래. 그 남저지* 보리로군."

하고 웃으며,

"으응, 그러시다 그럼 춘부장 어른께 약방문 하나 얻어야겠군. 내가 위궤양이 있어요. 먹는 데에야 아무리 가리는 것이 많다기로 내게 겁날 것이 없지만 신약으로는 도저히 적극적 요법이라는 것이 없다는구려. 그저 여러 가지로 조심이나 해서 더치지나** 않게 하잘 따름이지 허든 중에 누가 오오모리***에 와 있는 조선 한의가 용타길래 가보지 않았겠소. 그래 쓰자는 약을 몇 첩이나 써보든 중인데 지난달 열사흗날 그만 그 의사가 별세를 하였구려."

"네에 그러세요."

"그런데 그러려니 해서 그런지 훨씬 병 기운이 덜린 것 같았어. 어쨌든 반주를 끊지 않고 고치자던 거니까."

"그러시다면 제가 편지하겠습니다."

"뭐, 그렇게 급할 것은 없고 이번 방학 때라도 가시게 되면 좀 의논 여쭈어서 몇 제**** 지어다주시오구려. 그리구 내 세를 늘 그렇게 미안하게 생각하는가 보지만 그건 아모려나 상관없고 보리밥이란 좀 과해. 알고 보면 몸이 제일인데 그렇게 무릴 해서 되나. 저금이라도 했다가 조금씩 찾아내 쓰는 도리라도 해야지."

"허지만 그렇게 안 됩니다. 손에 돈이 들어오면 가끔 가다가 책 권 사 볼 욕심도 있고."

하고는 아뿔싸 하고 입을 다물었더니,

* '나머지'의 방언.
** 나아가던 병세가 도로 더 더해지다.
*** 大森(おおもり). 현재 도쿄 오타구(大田区)에 있는 지명.
**** 劑. 한약의 분량을 나타내는 단위. 한 제는 탕약湯藥 스무 첩.

"술잔 하실 땐들 없지 않겠지."

하면서 노인은 자기가 먼저

"참 전전달이로군. 남상 언젠가 새벽에 들어와서 학교도 안 간 날 있었지. 그날 아마 한잔 했을걸. 너무 이 첨지가 남상 생활을 엿보고 있는 것만 같애 안 되었지만 유심히 보아지는 사람은 또 유심히 안 볼 수가 있소."

하고는 말꼬리를 내리었다.

"네 상관없습니다. 그날 하라라는 한반 동무하고 다까다노바바*에서 늦게까지 놀다가 자동차비만 없어 그대로 걸어오든 길입니다. 이십 원 있던 걸로 몽땅 쓰고 나오니 지갑엔 성선 패스밖엔 아니 들었고 몸도 시연하길래** 걸어왔습니다."

"그 동무는 어쩌고."

"그 사람은 니시오오구보***에 집이 있어서요. 같이 가 자자는 걸 뿌리치고 왔습니다. 무사시노 고등학교까지 와서 동이 트는데 저는 그때 걸어온 보람을 다 한 것 같았습니다."

"으응, 그야 그렇기도 하겠지. 허지만 이 집엔 뭐 있길래 그렇게 밤중에라도 오고 싶으담. 남상의 아마 유일한 제이다꾸가 되어서 그런가아."

하고 노인은 껄껄 웃음을 섞으며

"내 이야기 한마디 하리다. 내 삼십 전후 친구에 오까베라는 사람이 있어서 그때 대장성 경리과 관리로 있었는데 선생은 그러한 데 있는 관리인데도 도모지 어울리지 않게 옷도 우습게 하고 모양도 우습게 하고 다니지만 그중에도 넥타이 삐뚜름하게 하고 다니는 것으로는 더욱 유명

---

* 高田馬場(たかだのばば). 도쿄 신주쿠 부근의 지명. 근처에 와세다대학[早稻田大学]이 있다.
** '시원하다'의 방언.
*** 西大久保(にしおおくぼ). 도쿄 신주쿠 부근의 지명.

해서 친한 사람은 넥타이 고쳐 매지 않느냐고 어르는 사람도 있고 또 어떤 패들은 플로니어스가 아들 레어티스를 외국에 보내는 대목*을 인용하여 옷이라는 것이 사람 생활에 그렇지 아니한 것을 타이르는 이도 있었건만 그는 그러함이 그 천품이어서 그랬든지 그럴 때마다 번번이 으응 온 아침에 넥타이 또 삐뚤어졌나 하면서는 머리를 뻑뻑 긁으며 허지만 여보게 내 넥타이를 바로 매면 넥타이 바른 줄은 알겠지만 어느 누가 이 오까베의 목 곧은 줄을 알아주나 말일세 이러고는 웃기고들 하였드라우. 물론 일부러 그런 모양을 하고 다니는 것이 아닌 줄을 알기 때문에 나도 그때는 쓴 웃음깨나 덩달아 웃은 패지만 어느 날 저녁 그 녀석 하숙에 찾아갔다가 방 안의 장식—장식될 거라구는 자그마한 책상 하나와 그 위에 놓인 몇 권 책밖에는 별 잡을 것조차 없는 방에서 도꼬노마** 위에 걸린 '인욕忍辱'이라고 쓴 액額*** 하나를 발견하고는 여간 가슴이 뜨끔하지 않았소. 선생이 결국은 관리생활을 그만두고 소바시****가 되어서 서른둘의 젊은 나이로 죽을 때도 비참한 소바시로 죽었지만 그 생전에 한번 같이 통음痛飮하지 못한 것이 내 한이오."

"네, 그런 분이 계셨어요."

"헌데 내가 이이야기를 왜 꺼냈는고 하니 남상을 볼 때마다 오까베의 그 넥타이 농담이 생각이 나곤해서 못 견딘단 말이야. 남상 언제 한번 나하고 통음해. 그래서 차비가 없어서 다까다노바바에서 한번 걸어와봐요. 또 혼자서 무사시노 학교에 와서 있을 양으로 나만 떼놓고 오질랑 말고. 하하하."

---

* 셰익스피어의 〈햄릿〉에 등장하는 장면.
** 床の間[とこのま]: 다다미방 정면에 바닥을 한 층 높여 만들어놓은 곳.
*** 현판. 단행본에는 '현판'이라고 되어 있음.
**** 相場師[そうばし]: 투기꾼.

이께부꾸로에서 나마가시 대신에 메롱* 한 개를 사들고 집에 돌아오기는 새로 한 시가 되어서였다. 목욕과 이발과 요기할 것을 나중으로 밀고 산 메롱을 들고 영감을 찾아 들어갔을 때 그는 멍하니 화로를 끼고 앉아 창밖을 내다보고 있었다.

무릎을 꿇고 인사를 하고 이것을 하나 잡숴보실까 하고 사왔노라 하면서 메롱을 내어놓으니 노인은 굳이 사양하지도 아니하면서,

"그래, 스키를 간다니 시험은 다 끝이 났던가."

하는 물음에 나는 끝이 났노라고 마음 아니한 거짓말을 하지 않을 수 없음을 느끼며 또 한편으로는 이번 방학에도 집에 가지 아니하게 된 것을 새삼스러이 깨달은 듯이 민망한 생각이 북받쳐올라옴을 막을 수가 없었다.

이번 방학엔 이번 방학엔 하고 밀다가 만일 그 마음먹었던 일을 이루지 못하여 한 되는 일을 짓는 것이나 아닌가 하는 불길한 예감도 없지는 아니하였으나

"올해는 조선도 눈이 없다기에 며칠 눈 구경이나 하다 오렵니다."

하여서는 저로서도 제법 며칠 있다 돌아와서는 귀성이나 할 요량으로 말한 듯하였다.

"머 마음 놓고 푹 쉬다 오시오. 평상시에는 보리밥을 끓이더라도 가끔 가다 그런 제이다꾸나 있어야 남상의 혼자 사는 보람도 있지 아니하오. 그렇지 아니하면 장 그렇기만 하다면 거렁뱅이**나 아무 다름이 없게. 아마 남상이 내 약 걱정을 하시는 모양인데 정 그리 생각이 든다면 우리 갔다 와서 편지로라도 못할 건 없지 아니하오."

"허지만 너무 번번이 방학 때마다 그렇게 되곤 해서요."

* '메론'의 일본식 발음.
** '거지'를 뜻하는 방언. 원문에는 '걸앙뱅이'라 되어 있음.

"상관없소. 그런 때 집에 가기 싫은 건 젊은 사람으로선 다 일반인데 뭐. 그리고 내 병이 또 근간 좀 나아요."

노인은 이러면서 일어서서는 쟈단쓰*에서 차 종지**를 하나 더 꺼내어 들고,

"응, 저것 보시는군. 모사模寫지 모사. 오까베의 작품을 모방한 거야. 그리고 그 아래는 내가 죽을 제 외일 주문呪文으로 택한 것이구."

나는 노인의 말에 아무 대꾸도 해드릴 것을 잊어버리고

인욕忍辱
무무명 역무무명진無無明 亦無無明盡***

이라고 쓴 액을 정신없이 쳐다보고만 있었다.

"모사는 모사지만 글씨는 유명한 이의 글씨요 규당奎堂이라는 이의. 규당이 서계書界에는 이름이 없지만 아는 사람은 알아서 내가 일필一筆을 청하니까 무엇을 쓰리까 하기에 그러하는 것이 인사는 아닌 줄 알면서 염치없이 나는 이 두 줄을 불렀던 것이오. 인욕이라고 쓴 밑에는 무엇이라고 더 붙여씀이 없지 아니하겠으나 그것은 모방의 도덕을 지킴이 좋을 듯하여 그대로 두고 그 다음 줄만 내가 불경에서 보고 떼어온 것이오."

"네에, 저도 분명한 뜻만은 못 알아보겠습니다만 못 알아보이면서도 퍽 좋은 것 같습니다."

하고 연소자가 치하를 하니

"뭐, 허지만 오까베가 살아 있을 때 그 집에 가서 보고 마음이 뜨끔하

---

* 茶箪笥(ちゃだんす). 찻장 또는 다기장.
** '찻종지' 또는 '찻종'의 방언.
*** 『반야심경般若心經』에 나오는 구절로, '무명도 없고 무명의 다함도 없다'는 의미.

였다 하였지만 지금으로 보면 그때야 무슨 그리 신통한 느낌이 있어서 그랬던 것도 아닌 듯하고 그가 죽은 뒤에 생각하니 사람이 자기의 존재를 밝히는데 자기가 이 세상 어떠한 자리에 놓여 있는가를 알자는 표현으로는 제일인 듯하여 취하여 보았을 뿐이지, 제가 이 세상에서 아무것도 아닌 것을 깨닫는 사람이 아니면 제가 이 세상에서 위대한 일을 할 운명을 지니고 나온 사람인 것들 모르는 것이 아니겠소. 오까베가 소바*한 돈을 어디다 쓰려고 하였나 함을 생각할 때 나는 여간 마음이 클클하지** 않았소."

노인은 다시 숨을 이어

"이런 것을 생각하여 그런지 깊은 불교도 없는 나지만 도모지 무무명 역무무명진無無明 亦無無明盡이란 모든 이 세상 일과 저 세상 일을 밝히는 말로는 절구絶句만 같지 아니하오. 언제 죽어도 좋게 도를 닦은 사람도 좋지만 죽는 저편 쪽 일이 무섭게만 생각이 되어서 죽기를 위하여 사는 것처럼 사는 사람도 없지 아니하거든. 나 같은 범부凡夫로 그만한 체념이 생겨 죽을 여유가 있다고 생각하는 것도 행복이 아닐 수 있나— 세상에 벼락을 맞아 죽으라는 욕이 있듯이 다 같이 죽는 것이라도 제 생활과 의식이 끝이 나는 것을 아는 최소한도의 시간만은 절대로 필요할 것이외다."

"네에, 허지만 노장께서는 왜 돌아가시는 말씀만 하십니까."

이것이 세속적인 인사인 것을 나는 알면서도 그만한 응대는 아니할 수가 없었다.

나는 차를 일부러 소리를 내어 훌훌 들이마시며 과자그릇에 손을 자

---

* 相場(そうば). 주식 등을 현물로 거래하지 않고 시세의 변동에 의한 매매에서 생긴 차액으로 이익을 얻는 투기적 거래.
** 클클하다 : 마음이 서글프다.

조자조' 보내면서 시간이 많이 흘러간 것 같은 기분이 돌기를 바랐다—
사실은 오래 게으름**을 피우는 집 안을 좀 털고 갈 것과 허면 날마다 아
니하면 못 견디고 아니하기 시작하면 두 달도 그만 석 달도 그만인 내 목
욕도 좀 하여야겠고 식은 밥을 한술 남겨놓고 가는 것도 마음에 걸리는
일이었다.

"그럼 차비 차릴 것도 있고 해서 저는 그만 물러나가겠습니다."

하고 나는 노인 앞에 손을 모으고 무릎을 꿇었다.

"아니야 아니야 차비래야 뭐 있갓길래 여기서 저녁이나 시켜다*** 먹
고 그리고 가요. 아무래도 한 끼 먹으면 될 것이니 시켜다 먹고 가거나
나가 먹을 것 아니야."

"집에 한 술 먹고 갈 것이 있습니다."

"앗다 있으면 이담엔 못 먹나 시켜다 먹는 대야 돔부리**** 같은 것밖
에 더도 없어. 그리구 언제든 한번 나하고 통음은 해야지 하하하."

노인은 별로 자기의 아는 것을 안다 하게 자기의 믿는 것을 그렇다
하듯이 남에게 내여 거치는 이도 아니었건만 그날따라 그의 모든 거조擧
措가 왜 그다지 나를 두고 섭섭해하는지를 나는 몰랐다.

정거장에서 내리면 산과 골짜구니와 눈으로만 된 산협山峽의 좁은 길
을 한 십 리는 더 가야 게렌디*****가 있는 곳이었다.

구불구불 돌아 올라가기만 하는 까꾸****** 벼랑길을 나는 그 한 고부랭

---

* '자주자주'의 방언.
** 원문에는 '겨으름'.
*** 원문에는 '식여다'.
**** どんぶり. 덮밥.
***** 겔렌데. 독일어 Gelände를 일본식으로 읽은 것으로 스키장의 사면이나 연습장을 의미.
****** 角(かく). 모서리 또는 모난 귀퉁이.

이*가 끝이 나는 데서마다 서서는 바람에 불리어 쓰러 몰리고 쓰러 몰리고 한 정말은 얼마나 깊은지를 알지 못하는 골짜구니들을 내려다보곤 하였다.

겹겹이 싸인 그 눈 밑으로 출렁출렁한 물이 흘러 내려갈 것을 생각하매 나는 일종의 견디지 못할 유혹까지 느끼며 몸이 오싹함을 금치 못하는 것이었다.

나는 마치 가는 날 법학부의 모리〔森〕 씨가 와 있었던 것을 알고 대단히 반가웠다.

그는 지난날 봄 나에게 처음으로 스키를 신는 것부터 가리켜준 이일 뿐 외外라**, 같은 스키어이면서도 경주를 떠난 주로 등산가인 편이어서 봄에 나는 그를 따라 산에 올라가 살다시피 하였다.

진종일 산마루터기에서 산마루터기로 휘휘 돌아다니다가는 차고 간 냄비로 점심까지 지어 먹고 저녁 되기를 기다려서야 돌아오는 것이 그와 나의 공과이었다.

눈이 오면 한꺼번에 육칠 척尺도 못 오지 않는 곳이언만 이 눈 오시는 시간이 대개 이상하게도 일정해 있어서 우리가 산에서 돌아와 언 몸을 오색온천五色溫泉이나 한 탕湯하고 저녁상까지 물리고 나서 이제부터 밤이 드는고나 하는 시간부터 시작하는 것이었다.

정확히 어느 땐지는 몰라도 그때가 오면 내 귀는 어김없이 자연스럽게 예민하여지고 리셉티브***하고 또 종용從容하고 부드러운 소리를 향하여 순종하였다.

아침이 되어 아무도 밟지 아니한 처녀설處女雪을 밟고 산을 정복하는

---

* '꼬부랑이'의 방언.
** 단행본에는 '아니라'라고 되어 있음.
*** receptive. 감수성이 있는.

기쁨도 큰 것이었지만 후끈후끈 다는 고다쯔*에 두발을 들이밀고 반와半
臥한 몸을 팔에 받쳐 누은 채 눈발이 희끈거리는 축축 젖은 산장의 어두
움을 내다보는 우수에 비하면 그것은 얼마나 단순한 즐거움이었을는지
모른다.

온 지 한 주여週餘 되어 시험이 끝난 예과동료들이 몰려들기 시작하
면서 산장은 밤으로 들썩 하게 되었다.

나는 밤에 가지던 나의 종용한 즐거움이 많이 덜릴 것을 은근히 근심
하였으나, 카르다**를 치고 삿치기***를 하고 얼버무려서 오께사****를 추는
동안에 어느 결엔가 자기도 자연의 한 부분이 되어 자연과 생활을 정말
구가하는 것임을 깨닫고는 안심하였다.

내 속에 하나만은 얼버무리지 않는 것이 있다고 자신 생각하던 것에
조차 나는 내심 부끄러움을 느끼기까지 하였다.

그러나 어느 사이엔가 그해는 벌써 그믐날이 되던 날 밤이었다.

이날은 아침부터 이상하게도 없든 눈이 내리는 날이어서 동료들은
거의 산장에 남아 있고 모리 씨도 전날 삔 발이 낫지 않는다고 하여 집에
떨어져 있는 날이었는데, 나는 아침에 나와 어슬어슬 하는 초혼初昏이 지
날 때까지 혼자 게렌듸에 남아 있었다.

이날 시루꼬야*****의 텐트는 아침부터 보이지도 않았건만 더러 나온
사람이 있던 중에서도 대개는 낮결에 들어가버리고 또 하나둘 남아 있었

---

* 火燵こたつ) : 일본 실내 난방 장치의 하나로 나무틀에 화로를 넣고 그 위에 이불이나 포대기 등을 씌운 것.
** カルタ. 딱지놀이 또는 화투놀이.
*** '사치기'의 센말. 아이들 여럿이 둘러 앉아 '사치기 사치기 사뽀뽀' 하면서 우스운 몸짓으로 흉내내는
    놀이.
**** 오케사(おけさ)는 일본을 대표하는 민요 중의 하나로 니가타현 사도시마新潟縣 佐渡島]를 중심으로
    널리 퍼져 있다.
***** 汁粉屋(しるこや). 일본식 단팥죽인 시루코를 파는 가게.

대야 짙은 황혼과 설무雪霧에 가리어 분간치도 못할 경각까지 되었는데 나는 이상한 마음의 클클증을 안고 그 자리를 떠나지 못하였다.

사십오 도의 꽤 급격한 경사로 되어 있는 점프장의 아래 코스를 눈을 감고 발깍지질을 하여 가며 올라가서는 미끄러져 내려오고 미끄러져 내려와서는 또 올라가곤 하였다.

그리고 정말 앞이 보아지 아니하도록 어둠이 짙어졌을 때 나는 미끄러 내려오다 넘어진 자리에서 아주 넘어진 채 머리에 아무 대인 것도 없이 그대로 눈 바닥에 누워버리고 말았다.

무슨 일로 이밤이 이처럼 치우치게 마음에 헛헛하고 슬프고 너그러운 기쁨 같은 것을 갖다주는지를 모르면서 나는 내 온 전신 눈과 코와 이마와 그리고 온 사지에까지 찬 눈과 쾌快한 어둠이 묻어 들어옴을 느끼는 것이었다.

저녁을 먹고 난 나는 바깥에 바람이 이는 듯한 보라 기운까지 섞인 눈 부스럭지*가 방 안에 날려 들어옴을 보고서는 가러앉으려던 광기狂氣가 일층 솟구어남을 깨달았다.

내 집에 가겠노라는 말에 모리 씨는 깜짝 놀라며,

"남상 아무래도 헛대비**에 홀렸나 보우. 이 밤중에 집에 가는 건 다 무어요. 오다가도 보시었겠구려. 내려다보면 천장만장의 벼랑이오. 도로 아미타불을 해서 겨우 낑기어 가는 그 눈길을 어느 귀신에 홀리질 못해 간다는 거요. 유끼온나*** 있는 델랑 낼 아침 내가 인도하리다 하하하."

하고는 웃기까지 하며 달래었다.

그래도 나는 아무런 무서운 생각도 나지 아니할 뿐 아니라 도리어 그

러니깐 갈려는 것이라는 것을 내 마음에 타이르면서 모리 씨에게는

"그저 가야기만 할 것 같습니다."

라고만 하였던 것이다.

"글쎄 그저 가야만 될 일을 자기 자신도 모르면서 부득부득 가자는 게 그게 홀린 게 아니오. 여보 남상 그러지 말고 그렇게 탈난 소릴랑 말고 말이야 정초正初만은 여기서 지내고 갑시다. 내일이면 설 아니오. 이런 푸근한 고장에서 도소屠蘇*를 먹어야 저 따위 함박눈 같은 복덩어리가 굴러 들어와요. 그리구 또 남저지 오께산 다 안 배워가지고 가나."

그리고는 내 안색을 훑어보았으나 우물쭈물하는 것이 말하기만 어색해하는 거지 조금도 결심이 변해진 것이 아닌 것을 알고

"그럼 정 그렇다면 내 초롱을 들고 따라갔다 오겠소."

하면서는 자기가 먼저 일어서는 것이었다.

정작 모리 씨가 이렇게 나오매 나는 주저하지 않을 수 없었다.

그저 아무런 동기가 있는 것도 없이 하구 싶은 이 일로 남에게 근심을 주는 것도 아니 되었고 또 애초부터 남과 같이 하잘 일도 아니었던 것이다.

이렇게 해서 나는 설을 산장에서 쇠기로 하고 설날 떠나는 것도 아니 되어서 하루 더 묵은 이튿날 아침 온천역을 떠났다.

그리고 세상사의 기묘한 일이란 이것만은 아니겠지만, 기이한 중에도 기이하게 나는 동경으로 들어가는 기차 본선 속에서 내 집주인의 둘째아들을 만나게 된 것이었다.

정초인지라 동경으로 가는 찻간은 비인 편이어서 처음은 마주 앉아서도 몰랐으나 내 학교와 내 있는 곳과 이런 것을 묻고 대답하고 하는 동

| * 설날에 축하주로 마시는 술.

안에 내가 먼저 의심이 나서 신사의 성씨를 물었던 것이었다.

"네에 후루야[古谷] 씨예요. 그럼 니가타 현 어느 중학에 교편을 잡고 계신……."

나는 놀래고 기쁘고 한 표정을 한데 버물려서 이렇게 앞질러 물어도 실례가 아닐 것을 믿었다.

"네 그렇습니다. 그런데 저를 어떻게 그렇게 아십니까."

젊은 후루야 씨도 나와는 다른 의미로 놀래는 듯하였다.

"사실은 제가 춘부장 어른을 뫼시고 있어서요."

"네에 모시고 있다니 그럼 제 아버지 지으신 집에 들어 계십니까."

"네 그래서 아모래도 그럴 것만 같아서 제가 먼저 알아뵈었습니다."

하고 내가 마디를 풀어놓으니 젊은 신사는 이상하게도

"네에 그러세요."

하고는 한참 자기의 숨을 누르고 내 얼굴을 쳐다보다가 실심失心한 듯이 갑자기 고개를 차창 밖으로 돌리며 후 한숨을 내쉬었다.

나는 그것이 참말로 이상하였다. 이상할 뿐만 아니라 그와 동시에 한 줄기 불측한 예감이 내 등골을 벋디디고 올라옴을 나는 순간적으로 아니 느낄 수가 없었다.

"그래 어디 왔다 가시는 길입니까."

신사는 비로소 자기의 태도가 너무 솔직히 나타났음을 깨우친 듯이 그러고는 머리를 돌렸으나 나를 보지 아니하고,

"스키 왔다 가시는 길입니까."

하였다.

나는 그의 수그린 얼굴과 눈망울들에 무엇이 어리어 있을 것을 의심치 아니하였다.

"어제 그제 그 어른이 돌아가셨습니다."

"네에."

"남상은 모르실 것입니다."

"전연 몰랐습니다."

"저도 임종을 못 모셨습니다."

자기 입으로 발하는 이 말만에는 목구멍까지 올라오는 울음을 참지 못하면서 아들은 창에 고개를 돌려대고 흐느끼기* 시작하는 것이었다.

소리는 안 나지만 그것이 사나이의 울음인 것을 안 나로서는 아무 연분이 없던 터에도 아니 울 수가 없음을 깨달았다.

나는 내 마음과 눈에서 눈물이 잦아들기를 기다려 한참이나 오래 있다가 노인을 모시고 앞뒷집에서 살던 이야기며 내가 졸업한 뒤에는 지금 있는 집보다 훨씬 낫고 나 쓰기에도 알맞은 집을 지어주시겠노라고 하시었다는 말까지 하여 나도 같은 슬픔에 놓여 있는 사람인 것을 그에게 알려 얼마간이라도 위안이 되고자 하였다.

그러나 그러면 그럴수록 젊은 상재**의 슬픔은 새로워질 뿐임을 알고 나도 다시 잠잠하고 말았다.

잠잠하다가 몇 정거장인가 더 지나와서 나는 가는 사람과 보내는 사람의 교감작용이란 그렇게도 기이할 수가 없음을 동경 떠나던 날 그처럼 나를 두고 섭섭해하더란 말로부터 시작하였다.

그리고 문득 내 이야기가 경문의 한 구절이 씌어 있는 그 액 이야기에 이르자, 그는 돌연 얼굴에 비창한 빛을 띠이며 한참 또 무슨 생각에 자기는 듯하더니,

"그러신 줄은 몰랐습니다. 허지만 또 이렇게 자식에게 한 되는 죽엄이 어디 있습니까."

* 원문에는 '흐드기기'로 되어 있음.
** 상을 당한 사람.

하면서 양복 안주머니를 뒤적뒤적하여 편지 한 장을 꺼내어 내 무릎 위에 놓았다.

"이걸 좀 보아주십시오. 이것이 내 아버지가 없으신 뒤에 내 아버지의 임종을 보아준 파출부에게서 부쳐온 것입니다. 내 형도 임종에는 미치지 못한 모양입니다."

나는 그 편지를 아무 사양 없이 손에 들었다.

내가 살아 있는 동안 어떻게 하면 잘 사는가를 생각하는 것도 중요한 일이었지만 이 살던 것을 어떤 모양으로 마쳐야 옳은가를 생각하는 것도 내 중요한 과목이었다.

나는 꼭 내가 살던 모양으로 자연스럽게 죽기를 결심하였다.

이것은 아무 교훈거리로도 아니요 억지로라도 아니니 너는 아버지가 너희들을 불러올리지 않은 것으로 사람의 이 세상 인연이 그처럼 쓸쓸한 것이란 생각을 먹지 않기를 바란다.

또 이것은 내 이 생의 비밀이기도 하지만 어려서 내가 죽도록 앓았을 때 나는 어머니더러 어느 관립병원 조그마한 병실에 가서 며칠만 누워 있다 죽겠노라고 하였다.

이렇게 함이 실로 오래인 내 습성임을 알지 않겠는가. 내 생은 결단코 짧은 것이 아니었다. 서양의 어떤 종교가들은 아침 일어난 길로 자기의 손으로 지어든 관곽棺槨에 한 번씩 들어가 누웠다가 나와서 그날 하루씩을 살아간다고 하거늘 세속적으로 보드래도 내 죽엄은 그만큼 다행하였다 할 것이다.

내 반생을 나는 그렇게는 못 살았을망정 이 죄업 많은 아비에게 최후의 한 시간을 저 죽자는 염원대로 죽게 하는 것 용납하라.

편지를 아니 보더라도 생전에 두고두고 생각에 없는 것도 아니던 약 몇 첩 못 지어다 드린 것 내 가슴 아픈 한이 아닐 수 없었다.

"제가 스키 떠난 것도 다 잘못이었습니다."

"……."

"허지만 그런 걸 생각하면 무얼 합니까. 다 어르신의 없으심이 선생을 울리시자고 한 것이 아님을 저는 압니다."

이렇게 하는 나의 마지막 말마디로 나는 스스로 목이 메어나옴을 깨달았다.

—《문장》, 1941. 2.

잔등殘燈

장춘長春*서 회령會寧**까지 스무하루를 두고 온 여정이었다.

우로를 막을 아무런 장비도 없는 무개화차 속에서 아무렇게나 내어 팽겨진 오뚝이 모양으로 가로 서기도 하고 모로 서기도 하고 혹은 팔을 끼고 엉거주춤 주저앉아서 서로 얼굴을 비비대고 졸다가는 매연煤煙에 저언 남의 얼굴에다 거언 침을 지르르 흘려주기질과 차에 오를 때마다 떼밀고 잡아채고 곤두박질을 하면서 오는 짝패이다가도 하루아침 홀연히 오는 별리別離의 맛을 보지 않고는 한로寒露와 탄진炭塵 속에 건너 매어진 마음의 닻줄이 얼마만한 것인가를 알고 살기 힘든 듯하였다.

이날 아침 방方과 나는 도립병원 뒤 어느 대단히 마음 너그러운 마나님 집에서 하룻밤을 드새고 나왔다.

아래 윗방의 단 두 칸 집인데, 샛문턱에 팔고뱅이를 붙이고 부엌을 내어다보고 주부와 이야기를 주고받고 하는 늙은이는, 이 집 할머니이신

---

* 현재 중국 지린성吉林省의 성도省都. 만주국 시기의 수도로서 '신경新京'이라 불렸음.
** 함경북도 북단에 있는 도시로 두만강을 사이에 두고 중국과 접하고 있다.

모양이요 손자가 서너너넛 될 것이요 손녀가 있고 집으로만 한다면 도무지 용납될 여지가 있는 것 같지 않기도 했으나, 이 집 주부로서는 역시 이날 밤 목단강엔가 가서 농사를 짓던 주인 동생의 돌아온 기쁨도 없지 않다고 해서 그랬던지

"오늘 우리 시동생도 지금 막 목단강서 나왔답니다."

하는 말을 수없이 되풀이하면서 비좁은 방임을 무릅쓰고 달게 우리를 들게 한 것이었다.

이집 저집 이 여관을 기웃 저 여관을 기웃하다가 할 수 없이 최후적으로 찾아든 낯선 우리가 미안하리만큼 우리의 딱한 형편을 진심으로 동정한 것은 분명한 주부뿐이어서 밖에 나갔던 남편이 돌아와 찌뿌듯한 얼굴을 하고 못마땅하듯이 아래윗방을 한두 번 오르내리는 것을 보고

"생원과 같이 금생金生서 걸어오신 분들이랍니다. 서울까지 가시는 손님들이래요."

하였다. 그리고는 남편에게나 손님인 우리들에게 양쪽으로 다 같이 미안하게 된 변명으로

"어쩌면 한 정거장만 더 갖다주면 될 걸 게서 내려놔요. 이 밤중에 글쎄."

하고 혼자 혀를 끌끌 차며 할머니를 보았다.

남편은 마지못해 지듯이

"글쎄 우리 식구가 있으니 말이지."

하며 윗방으로 올라와 방바닥에 널려놓았던 것을 주섬주섬 거두고 개다 자기 자리와 동생 자리도 껴보았다.

이런 경위를 지남이 없었다 하더라도 미안할 대로 미안하였고 고마울 대로 고마웠을 우리인지라 아침 부엌에서 식기를 개숫물에 옮겨 담는 소리 지피는 나무에 불이 이는 소리가 들리기 시작하는 데는 더 자고 있

을 수도 없는 처지였다.

깨끗이 가시지 아니한 피곤을 우리는 도리어 쾌적히 생각하며, 주부에게 아이 과자값을 쥐어주고 동이 트인 지 얼마 아니 되는 정거장으로 가는 길에 나선 것이었다.

방은 터지고 째어진 양복바지를 몇 군덴가 호았는데* 오는 도중에 거의 검정이가 된 회색 춘추복에 목다리 쓰꾸화**를 신고 와이셔츠 바람으로 노 타이 노 모자에 목에,

Good morning △ 祝君早安.

이란 붉은 글자가 간 상해에서 온 타리수건을 질끈 동이고 나는 팔월 달부터 꺼내 입지 않을 수 없었던 흑색 써어지 동복에 방의 외투를 걸쳤다.

길림吉林***서 차를 만나지 못하여 사흘 밤 묵는 동안에 나는 무료한 대로 제법 영국신사가 맬 법한 모양으로 넥타이만은 꽤 단정하게 맨 셈인데, 그것도 이순****이 가까운 동안을 만적거려보지 못한 데다가 원체 빡빡 깎고 나선 중머리이므로 해를 가리자고 쓴 소프트가 얼마나 뒤로 떨어지게 제쳐 썼던지 방이 내게 던지는 잔 광파가 무한히 흐늘거리는 수없은 윙크로 그 짓이 어떻게나 유모러스하였던 것인가만은 짐작 못할 것이 아니었다.

"지금 막 변소에 갔다가 일어서자니까 만돌린이란 놈이 제절로 들룽들룽 떨어져 내려오지 않소 글쎄."

방은 와이사쓰 소매 밖으로 풀자루같이 비어져나온 북만의 군인을 위하여 만든 두툼한 털내의를 몇 벌론가 걷어붙인 위에다가 두 손가락을 발

* 기본형은 '호다'. 헝겊을 겹쳐 바늘땀을 성기게 꿰매다.
** 즈크화. 즈크로 만든 고무창의 신. 흔히 운동할 때에 신는다.
*** 중국 지린성에 있는 항구 도시 지린을 일컫는 말.
**** 二旬, 20일.

딱 제쳐들고 게딱지 집듯 집어 보인다. 집게발에 물리울 거나 같이 섬세하게 하는 그 거조가 실로 거대한 몸집을 한 그에게 대조적인 효과의 우스움을 아니 품게 하는 수가 없었다. 그리고 나서는 지난밤 금생에서 늦게 들어와서 요기하던 장국밥집 앞마당에 오자 절름거리기를 시작한다.

걸어오는 도중에 회령 가면 여덟 시에 떠나는 차가 있다는 사람의 말을 곧이듣고 그 연락을 대이기 위하여 이십여 리 길을 반달음질로 온 것이며 또 그의 발이 혹 부르틀 염려가 없지 않았던 것이며를 짐작 못할 것이 아니고 보건대 만돌린의 발생을 우려하는 그 한탄조가 짐짓 황당한 작심만은 아님이 분명하나 이런 여고旅苦가 없던 예전부터 술집 앞에 와서 절름거리는 그의 대의大意일랑 못 짐작할 것이 아니어서,

"여보 주을朱乙*이 앞에서 손빼를 헤기고 (손짓을 해서) 기다리는데 다리를 절다니요."

하면서도 지난밤 그렇게도 회령 술을 찬송하던 그의 얼굴을 바로 보기에 견디지 못하였다. 나도 사실은 술집 앞에서 절름거리고 싶은 충동이 없는 것도 아니요 만돌린쯤에 이르러서는 벌써 문제도 아니었다.

그들의 동의를 지각해온 지는 어제오늘의 일이 아니지마는 이러고 있을 수 없다는 나의 대방침이 그에게 주을의 온천을 상기하게 하자는 데 불과하였다.

우리가 안봉선安奉線**을 택하지 않고 이렇게 먼 길을 돌아오는 이유로는 이쪽이 비교적 안전하다는 경험자의 권고에도 있는 것이지마는 우리의 여정을 청진淸津***이나 주을에서 절반으로 끊어가지고 일단 때를 벗

---

* 함경북도 경성군 남쪽에 있는 읍. 탄전炭田, 방직공장, 온천 따위가 유명하다.
** 지금의 중국 심양과 단동을 잇는 철도. 예전에 단동은 안동安東, 심양은 봉천奉天으로 불려서 이와 같은 이름을 지녔음.
*** 함경북도 북동쪽에 있는 도시. 교통 요충지로 지하자원이 풍부하고 제철·제강 따위의 공업과 명태·대구·고등어 따위의 수산 가공업이 발달한 항구도시이다. 함경북도의 도청 소재지이다.

고 가자 함도 일종의 유혹이 아닐 수는 없었던 것이다.

열흘이고 스무 날이고 주을에 푸욱 잠겨서 만주의 때를 뺄 꿈이 있어서 그런 것만은 아니지마는 어쨌든 그 실현성의 여하는 불문하고 당장의 형편이 우리에게 그런 소뇌주의小腦主義에 빠져 있게를 못할 것만 같은 까닭이었다.

첫째 돈이었다. 함경도만 들어서면 여비쯤은 염려 없다는 방의 말을 지나친 장담으로만 알고 떠난 길은 아니지마는 정작 와보니 교통상 불편으로 갈 데를 마음대로 가지 못할 것을 생각 못하였던 것이 잘못이요, 간다더라도 부모형제라면 몰라도 그저 막역한 친구라고만 하여서는 오래간만에 만난 터에 딱한 사정을 입 밖에 내지 못하는 정리의 일면도 없이 아니한 것이다.

추위도 무서웠다. 푸르둥둥한 날씨가 어느 때에 서리가 올지 어느 때에 눈을 퍼부을지 모르는 것을 아무런 옷의 준비도 없이 떠나지 아니할 수 없었던 길을 짤막한 방의 오바 하나를 가지고야 어떻게 하는가.

셋째로는 기차였다. 지금 형편으로 본다면 기차의 수로 본다든지 편리로 본다든지 닥치는 그 시각시각마다가 극상極上의 것이어서 닥치는 순간을 날쌔게 붙잡아야 할 행운도 당장당장이 마지막인 것 같은 적어도 더 나아질 희망은 없다는 불안과 공포심도 작용하지 않을 수 없었다.

'잘못하다간 서울까지 걸어간다는 말 나지이.'

하는 마음이 사람들 가슴에 검은 조수와 같이 밀려들었다.

닥쳐오는 추위와 여비 문제와 고향을 까마득히 둔 향수가 나날이 깊어 들어가서 일종의 억제할 수 없는 초조와 불안이 끓어오름에는 그들과 다름이 없었으나, 반면에는 만조에 따라오는 조금*과 같이 아무리 보채

| * 조수가 가장 낮은 때.

어보아도 아니 된다는 관점에 한번 이르기만 하는 날이면 그때는 그때로서 그 이상 유창悠暢한 사람이 없다 하리만큼 유창한 사람이 되는 나이기도 하였다.

'그렇게 되면 그렇게 된대로 또 어떻게라도 되겠지.'

명확한 예측이 서지 아니한 채 이런 낙관부터 가지고서 계속되는 몇 날이고 몇 날이고를 안심입명*하였다는 듯이 지내는 것이었다.

이것은 방에게 있어서도 일반이었다. 나와 이 성질은 마치 수미首尾를 바꾸어놓은 가자미의 몸뚱아리 모양으로 노상 지축거리면서** 태평하게 콧노래를 흥얼거리고 다니고 주막에 앉으면 궁둥이가 질기고 누우면 다섯 발 여섯 발 늘어나다가도 한번 정신이 들어야 할 때에 이르면 정거장 구내에 뛰어 들어가 어느새 소련병에게 군용차를 교섭하기도 하고, 또 날쌔게 화차에 뛰어오르기도 하였다. 나를 체념을 위한 행동자라 할 수가 있다면 그는 관찰과 행동을 앞세운 체관자라 할 수가 있을 것 같았다. 내 항상 블랭크***를 수행하는 찌푸린 궁상한 얼굴 대신에 항심恒心이 늘 배어나온 것 같은 잔 광파가 흐늘거리어 마지않는 그 눈언저리가 이를 증명하였다.

그가 교제적인 것과 내가 고독적인 것 그가 원심적인 것과 내가 내연적인 것 그가 점진적인 것과 내가 돌발적이요 발작적인 것 그가 행동적이요 내가 답보적인 것—이곳에도 이 음양의 원리가 우리의 여행을 비교적 순조롭게 하는지도 알 수 없는 일이었다. 그러지 않고서야 기차가 두 정거장 가서도 내려놓고 세 정거장 가서도 내려놓는 이 여행을 수 없는 정거장에서 갈아타고 오면서 회령까지 오기로 친대도 몇 달 걸렸을지 모

* 安心立命. 자신의 불성佛性을 깨닫고 삶과 죽음을 초월함으로써 마음의 편안함을 얻는 것을 이르는 말.
** 지척이다. 힘없이 다리를 끌면서 자꾸 억지로 걷다.
*** blank. 공백.

르는 일이었다.

방이 장국밥집 앞에서 절름거리기를 마지 아니하는 동안에 정거장 방향에만 마음을 두고 있던 나는 폭격을 받아서 형해조차 남지 아니한 사람을 정리하느라고 쳤을 새끼줄 너머로 거므스름한 동체의 쭉 뻗어나간 긴 물상이 놓여 있음을 희미하니 이슬을 짓다 남은 아침 연애煙靄* 속으로 내려다보았다.

"으응. 차가와."

옆구리를 쿡 찌르는 바람에 방은 늘씬한 그 허리가 한 발이나 움츠려 들어가는 듯하였으나 어시호** 이때에 생긴 긴장미는 우리가 재치는 걸음으로 정거장에 이르기까지 풀리지 아니하였다.

차는 역시 군용이었다. 자동차 장갑차 대포 같은 병기가 실렸음은 물론 시량柴糧***인지 천막을 쳐서 내용을 가리운 차까지 치면 한 삼십여 개도 더 될 차로 맨 뒤끝에는 서너 개 유개화차도 달려 있었다.

이날도 여느 날과 달라야 할 일이 없어서 이 세 대 유개차 지붕 위에는 벌써 빽빽이 사람들이 올라가 앉아서 팔짱을 낀 사람, 무릎을 그러안은 사람, 턱을 받치고 앉은 사람, 머리를 무릎 속에 들여박은 사람, 이런 사람들이 끼이고 덮이고, 밟힌 듯이 겹겹이 앉아 있어서 어디나 더 발뿌리를 붙여볼 나위가 있을 것 같지 아니함도 일반이었다.

입은 것 쓴 것 신은 것 두른 것 감은 것 찬 것 자세히 보면 그들의 차림차림으로 하나 같은 것을 찾아낼 수가 없겠건만, 그러나 그들이 품은 감정 속의 두서너 가지 열렬한 부분만은 색별色別할래야 색별할 수 없는 공동한 특징이 되어서 그 가슴속 깊이 묻히어 있음을 알기는 쉬운 일이

---

* 연기와 아지랑이를 아울러 이르는 말.
** 於是乎. 이제야.
*** 땔나무와 먹을 양식을 아울러 이르는 말.

었다.

고개를 무릎 틈바구니에 박고 보지는 아니하나 만사를 내어던진 듯이 완전한 체념 속에 주저앉은 듯한 중년의 사람 그도 그의 두 귀만은 무슨 소리를 기대하는 것이었다.

그들의 열원은 한결같았고 또 한데 뭉치인 것이었다.

그들 중에서

"왔다아."

하는 소리가 한 마디 들리자 지붕 위에 정착해 있던 군중의 수없는 머리는 전후로 요동하였고, 위로 비쭉비쭉 솟아났다. 와악 하고 소연한 소리조차 와글와글 끓는 듯하였다.

보니 과연 대망의 화통이 남쪽 인도교 까아드* 밑을 지나 꽁무니를 내대이고 물레걸음**을 쳐서 온다.

우리는 이 경쾌한 조그마한 몸뚱아리로 말미암아 얼마나 애를 쓰는지 마치 예스가 아니면 노라도 뱉아주어야 할 경우에 이르른 사내를 앞에다 놓고 애타는 웃음만 웃고 맴돌이질하는 연인과도 같았다. 우리는 그 믿기지 않는 일거일동에 예민하지 아니할 수 없었으며 그 밑 빠른 거취에 실망하면서 우직하게 따라가지 아니할 수도 없었다.

나도 저들과 같이 두서너 가지 색별하여 갈라놓을 수 없는 감정의 열렬한 몇 부분을 가진 한 사람에 틀림없을진대, 이 모질은 연인으로 말미암아 물불을 가리지 못하게 하는 열광적인 환희와 동시에 일층 이상 정도의 초조와 불안과 그리고 얄궂은 체념을 동반하는 위구***를 품지 아니할 수 없는 노릇이었다.

---

* girder. 육교.
** 천천히 바퀴를 돌려서 뒷걸음질치는 걸음.
*** 危懼. 염려하고 두려워함.

'어떻게 하자는 웃음이며 어디 와서 머물을 맴돌이야.'

나는 여러 번 역증이 나던 버릇으로 막연히 이런 소리를 가슴속에서 다시금 불러일으키며 방이 장춘에서 가지고 온 증명을 들고 소련병에게 교섭하는 것을 보고 있었다.

그러나 역시 운명은 손길이 아니 보이는 바람과 같다고나 해야 할 것처럼 바람에 불리우는 줄이야 누가 모를까마는 아침이 아니고는 어느 연로에 기쁨을 놓고 가고 어느 연로에 슬픔을 놓고 갔는지 더듬어 알기 힘든 것인가 하였다.

방이 천막 친 차 언저리에 발뿌리를 붙이고 기어 올라갈 적에 차는 떠났다. 그리고 차 위에서 발 디딜 만한 데를 골라 디딘 뒤에 기럽을 하여 몸을 돌이켰을 때, 비로소 그는 철로 한가운데 놓인 나를 보았다.

두 손으로는 무겁게 짊어진 륙색의 들멧줄을 잡고 땅에 떨어지다 붙은 듯한 과히 제쳐 쓴 모자를 쓰고 두툼한 훌렁훌렁한 호신 속에 망연히 서서 바라보는 나를 그는 어떻게 보았을까— 그는 두 사내 사이에 벌어져가는 거리에 앞서 층일층 차에 앞서가는 걸로만 보이게 하자는 것처럼 뒤에 떨어지는 나를 향하여 섰다가 이렇게 된 형편임을 보고서는 다시는 어쩔 수 없음을 깨달은 듯이 얼른 체념의 웃음을 웃어 던지었다. 그리고는 손을 들어 머리 위에서 휘저었다. 이때 그가 혼신의 힘을 다하여 차상車上의 몸이 된 것임을 알고 그의 심중도 어떠하리라는 것을 나는 모를 수가 없었다. 나도 손을 들었다. 차머리가 까아드를 지나 커브를 돌아 차차 속력이 가해짐이 분명할 때에 유발적誘發的*인 이외에 아무런 동기도 없이 올라간 내 손은 제 힘을 빌어 다시 무겁게 내려왔다.

이제는 완전히 홀로 된 것을 느끼며 철로에서 나와 폼으로 발을 옮겨

| * 어떤 것에 이끌려 다른 일이 일어남.

디딜 때까지 몇 개 붉은 글자의 행렬은 오랫동안 나의 눈앞에서 현황하게 어른거리었다.

굿모닝 △ 祝君早安 △ Good Morning

철로 한복판에 서서 진행해가는 차를 전별할 때부터가 별로이 이 이별에 부당함을 느끼었음은 아니나 허물어지다 남은 플랫폼 위 한구석 젖은 돌팡구 위에 륙색을 놓고 그 위에 걸쳐 앉았을 때에는 무슨 크나큰 보복이나 당한 사람처럼 방과 나와의 교유관계에서 오는 인과에까지 생각이 이르러, 그 여운이 새삼스러이 머리를 스치고 지나감을 아니 느낄 수 없었다.

나는 내 생래生來의 성질로 해서 사람에게 대하는 태도가 혹 애걸하는 모양도 되고 혹 호소하는 자태로도 보여서 지저분한 후줄근한 주책없는 인상을 누구에게나 주었을는지는 모르지마는 그렇다고 해서 그 이상 어느 누구의 우의友誼를 이용하자 하지 않았음에는 비단 방에게뿐 아니라 누구에게 있어서도 또 예전이나 지금이나 다를 데가 없다.

'보복은 무슨 보복은 인과는 어디서 오는 인과.'

나는 이 불의의 별리에 아무러한 나의 죄도 인정할 수가 없었다.

혹 허물이 있었는지는 모르고 잘못됨이 있었는지는 모르나, 그런 의식쯤이야 나의 고독에 대한 용력勇力과 인내력을 집어삼킬 것까지는 못 되었다. 내가 부르르 털고 일어나서 때마침 우연히 타게 된 트럭 위의 몸이 되어, 방이 탔을 군용화차가 머무른 어느 소역小驛을 반시간도 못하여 따라잡을 때가 오기 전까지에는 다만 세상은 무한히 넓고 먼 것이라는 느낌 외엔 운명에 대한 미미한 의식조차 없었던 것을 발견하였을 뿐이었다.

내 몸을 휩쓸어 넘어뜨리고 가려는 거침없이 달리는 트럭 위에서 일어나서 나는 허어연 연기를 내뿜으며 기진맥진하여 누워 있는 방이 앉았을 화차를 먼빛에 바라보며 그 방향을 향하여 한없이 내 모자를 내흔들었다.

　이렇게 해서 이백 몇 리가 된다든가 삼백 몇 리가 된다든가 하는 나에게는 천 리도 더 되고 만 리도 더 되는 길을 서른 몇 사람으로 만들은 일행의 한 사람이 되어 나는 떠난 지 불과 서너 시간이 다 못 되어 청진에 다다른 것이었다. 그것은 아무리 급한 그때 내 형편으로서의 불소한 금액이었다 하더라도 참으로 돈으로 비길 상쾌한 세 시간만은 아니었다.

　우리가 자동차에서 내린 것은 청진을 한 정거장 다 못 간 수성輸城*이라는 역 앞 다리목이었으나 이십 리 길을 남겨놓은 곳이라고 하는데도 바다가 있음직한 방향을 앞에 놓고 산으로 병풍같이 둘러싼 구획 안에 검은 굴뚝이 수없이 불쑥불쑥 비어져나온 것이 치어다 보이는 데서 우리는 떨어진 것이었다.

　정말인지 아닌지는 몰라도 청진까지 다 들어가면 자동차를 빼앗긴다는 운전수의 말을 곧이들으려고 하며 일변으로는 감사하는 마음을 금하지 못하면서 가리켜준 대로 다리목에서 십자로 가로질러 달아나는 제방을 외로 꺾어 따라 들어가서 나는 동으로 동으로 발을 옮기고 있었다.

　처음엔 사실 나는 이 수성輸城이라는 정거장 앞에서 내렸을 적에 한참 동안 서서 망설이지 아니할 수 없었다.

　'만일 방 탄 차가 이곳을 통과함이 틀림없는 사실이고 볼진대, 청진을 다 가서 그 피난민이 오글오글할 정신을 못 차릴 정거장이란 곳에 나가서 만나 자느니보다는 여기서 기다리고 있다가 와 닿는 차를 맞아서 타고 같이 청진으로 들어감이 좋지 아니할까.'

　아무리 목표지가 지척 간에 와 닿았다 하더라도, 이십 리란 길은 무

| * 회령과 청진 사이에 있는 지명.

거운 짐을 짊어지고 장차 지뚝거리기를 시작할 곤곤한 길손에게 이만한 트집을 갖게 하기에는 충분한 것이 있었다.

쨋수를 가린다면 가령 제일 목적지라고나밖에 하지 못할 목적지이겠지마는 어쨌든 이 목표한 곳에 도달한 안심감에다가 지난밤 금생에서 떨어져서 회령까지 허덕거리고 뛰어온 괴로운 구찬한 추억이라든가, 오늘은 의외로 또 편안하게 올 수 있는 나머지 채 꺼지지 않고 남아 있는 사치욕이라든가 게다가 시장한 것이다.

이미 내 허기증은 도중에서부터 시작된 것이었다. 어젯밤 이래 먹지 아니한 데다가 깨끗한 산과 청명한 계곡의 맑은 공기를 절단하듯 일로 매진하여 탄 차가 다사한 초가을의 광명을 헤치고 나아옴을 깨달을 때에 생기지 않고는 못 배길 헛헛증도 없지 아니했을 것이다.

여태까지 이러한 조건이 일시 내 마음의 피대줄*을 늦추게 하였으나, 그러나 서서 아무리 휘둘러본대야 역 앞에 인가라고는 일본인의 관사식 건축이 몇 개 뭉키어 건너편 언덕 밑에 연하여 놓여 있을 뿐, 노변에조차 떡 한 자박 파는 데가 없다. 나는 군 입맛을 몇 번 다시었다. 그리고 방과 만나는 수단으로서도 이편이 불리하고 도리어 위험성조차 적지 아니할 것을 생각하였다.

방 타고 오는 차가 군용차이고 보매, 이러한 일 소역에 설 일이 있을 것도 같지 아니하려니와 방과 내가 회령서 나누일 때, 장차 어디서 만나고 어떻게 하자는 의론조차 할 새 없이 참으로 돌연 떨어지기는 한 처지이지마는, 방의 친척이 청진에 많이 산다는 것으로 열흘이든 스무날이든 예서 때를 빼고 가자 한 우리들의 담화로만 보더라도, 청진에서 만나자는 것은 암묵한 가운데 일종 우리들의 약조가 되어 있다고도 할 고장이

| * 벨트.

236

었다. 말하자면 우리 두 이인삼각 선수가 발을 맞추어가지고 떠나야 할 제일 목표지에 다름없었다. 그렇거늘 이 난시에 청진과 같은 대역에서 사람을 만나기 혼잡할 구차함과 의구쯤은 문제로 삼을 것도 아니어서, 방도 게서 만나고 밥도 빨리 가서 게서 먹고 여로도 게서 풀 결론으로 마음을 편달하여 떠나온 것이었다.

날은 유별히 청명하여서 어깨 너머로 넘어간 륙색의 두 갈래 들멧줄은 발자국을 옮겨놓는 대로 불쾌함을 곁따르지 아니한 압박감을 줄 뿐, 물에 부풀어 일어난 것 모양으로 우둥퉁하게 생긴 아무렇게나 된 찌일찔 끌리는 호신 밑에서는 어느덧 발가락과 발바닥 밑에 축축한 땀이 반죽이 되어 얼마간의 쾌감을조차 가지고 배 나온다.

자동차에서 내린 일행 중 몇 사람은 나남羅南 가는 방향이라고 하여 오던 길을 바로 더 걸어가버리고 더러는 촌으로 들어간 사람도 있은 뒤에 사오 인 혹 오륙 인씩 짝패가 되어 청진으로 들어가는 이들의 뒤를 홀로 전군殿軍*이 되어 나는 따라갔다.

나날이 유정하여 가는 마가을**의 다사한 햇볕을 전폭으로 받으며 등에 진 륙색 밑을 두 손을 뒤에 돌려 받쳐 들고 시가지를 가르켜 굽어가는 제방 위를 타박타박 들어 걸어가는 것이었다.

사오 인씩 혹 오륙 인씩 된 짝패들 중에는 도중 제방에서 밑으로 내려가서 잔잔한 물가에 진을 치고 밥 짓는 준비를 하는 동안 벌써 세수를 하고 발을 씻는 패도 있으며, 해림海林에서 장춘長春을 거쳐 나온다던 젊은 농부 내외는 하나는 쌀을 일고 하나는 북어를 두들기는 것까지 한가한 햇볕 속에 째애쨌이 탐스럽게 내려다보였다.

이윽고 타고 오던 제방이 끝이 나는 데를 왔다.

---

* 대열의 맨 뒤에 따르는 군대.
** 늦가을.

제방 아래에서 껑굽 서서 무엇인가 밭에서 거두고 있는 농군을 불러 물으니, 끝난 제방을 내려서서 가던 길을 곧장 가라고 한다.

"이쪽 이 줄기로 해서 방축이 또 한 개 뻗어나간 기 배우지 앵 있소. 그 질으 따라가서 방축 동으 넘으서른 개앵멘다. 그 갱으 건너 또 저어짝 방축 등때기르 난 질루 해서 넘어가메 난 질으 따라가압세. 큰 질이라군 그것뿨엔 없음 멘다."

농부는 저짝과 이짝을 번갈아 가리키던 손을 내리고 겸사스럽게 가르쳐주었다. 그러고 보니 지금껏 자기가 걸어온 것은 보강적補强的 의미 밖에 아니 가진 외곽 제방인 듯하였다.

가리킴을 받은 대로 나는 끝난 제방을 내려서서 다시 제방 등을 넘어서서 강가로 내려왔다. 예상했던 것보다 폭도 넓고 수량도 대단히 많은 청령한 맑은 물에 눈 허리가 시근거리도록 가을 햇볕이 찬란하게 반사하였다. 나는 위선 짐을 내려서 륙색 안에 든 물건을 꺼내어 모래 위에 아무렇게나 내던지었다.

남색 중국 홑의單衣 위아래.

어떤 구상 중의 그림을 위한 사생첩 두 권.

천복千僕이라는 내 이름이 씌어져 있는 동同일기 한 권.

꼭 십일 년 전 두 번째 동경 갈 때 어머니가 만들어주신 이불의 거죽과 호청.

호청 속에 싸 넣은 헌 구두, 더러는 짝제기가 된 양말들.

그리고는 신문지에 둘둘 말아 남이 보기 전에 빨려고 하는 사루마다*.

아, 또 잊어서는 아니 되는 내 '귀중품' 보료, 함경도 말로 탄자라는 것이다.

| *さるまた. 남성용 속옷.

나는 이것들을 깨끗한 흰 모래 위에다 픽픽 던져서 놓고 뽑은 발을 물에 담은 채 사변에 앉았다 누웠다 한다.

"너 만주서 이런 물 봤니?"

"못 봤어요."

남양南陽*서 회령 온다고 하는 차를 타고 두어 정거장이나 지난 뒤에 연선을 따라 흘러 내려가는 맑은 물을 턱을 고이고 한참이나 물끄러미 쳐다보고 있던, 길림吉林 이래 단속적斷續的으로 동행이 되다 말았다 하는 장춘서 적십자에 있었다는 젊은 애 티가 나는 간호부와 목릉穆陵**에서 탔다는 열두어 살이나 났을 소학생과의 시詩의 대화를 불현듯 나는 하늘을 누워서 보며 생각하였다.

살 만한 자리란 자리는 다 빼앗기고 발 들여놓을 흙 붙은 데도 없어서 고국을 떠나 산도 없고 물도 안 보이는 광랑한 회색 벌판에 서서, 밭을 갈고 논을 일으키고 혹은 미천한 직업을 찾아서 헤매이는 사람들의 간절한 그리움이 이 두 어린 사람들의 입을 통하여 우러나오는 시의 주제에 있는 것이 아닌가.

"너 언제 또 들어가니."

"다신 안 들어가나 봐요."

아무리 생각한대야 생활의 의미를 깊이 알 도리가 없는 소년의 압박과 고독과 공포의 오랜 습성은 아직 해방의 뜻조차 그의 가슴속에 완전한 것이 못 되어 막연한 불안이 아직 입가에 퍼덕이고 있었다.

"학교도 다 떼 가지고 나와요."

이때 이 언제까지나 불안이 꺼지지 아니하는 소년의 떨리는 어조는 내가 지난해 겨울 북안北安에 들어가 있는 사촌매부의 어린 넷째 아들을

---

* 함경북도 온성군에 있는 철도역. 간도間島 지방으로 들어가는 요지이며 목재의 산지이다.
** 중국 헤이룽장성[黑龍江省]에 있는 도시 이름.

나에게 연상케 하였다.

내가 보통학교를 졸업한 지 삼 년째 되던 해니까 진정으로 이십 년 전 매부는 아는 이가 있어 지금으로 보니 공주령公主嶺 어느 근방에다 처음으로 만주짐을 부려놓은 모양이었다. 의지가 굴강하고 바르고 과감한 매부 일족의 고투는 십오 년 동안의 풍상을 겪어오는 동안에 밭 낱가리 논 마지기나를 제법 만들어놓기에 성공하였다.

위로 장성한 아들 셋은 배필을 정하여 더러는 분가도 시키었고 시집도 보내었다. 근린에는 조선 사람 집이 수십 채로 늘고 예배당까지도 서게 된 부유한 촌이 되었다. 매부는 술도 모르고 담배로 모르고 잡기에도 재주가 없어 대체 이 사람이 일하는 외론 무슨 재미로 사는 사람인가를 모르리만큼, 그저 독실만 하고 정직만 하고 온화만 한 성품의 사람이었다. 자기는 별로 이렇다 하게 내어놓고 다니지는 아니하나, 누이는 예배당이 되자 백 원이라는 그때로서는 막대한 돈을 기부까지 하여 예배당의 일을 적지 아니 부축도 해왔었다.

매부는 물론 그런 것을 아니라 할 사람도 아니요 기라 하고 내세울 사람도 아니었지마는 이렇게 아무 근심걱정 없이 넉넉히 살아올 수 있던 그들 일족도 촌 전체 운명의 일부를 나누어지고 다시 십오 년 뒤 유리遊離의 길을 떠나지 않으면 안 된 것이었다.

"아는 사람을 따라 들어온다는 것이 우연히 좋은 땅이더래서 도리어 그런 봉변을 당한 셈이 되었지, 알고 보니 반반한 데는 한 군데도 그런 변을 당하지 않은 데가 없었어."

"차라리 처음부터 아무도 돌아다보지도 않은 토박한 곳에나 주저앉았더라면야 풀 하나 날 데 없이 반반히 만져논 손 때 묻혀논 정이야 들었겠나."

벌써 쉰 고개를 몇이나 넘었을까 싶은 나이 알쏭알쏭해서 잘 기억도 되지 않는 나이 먹은 누이는 남편의 말 뒤끝을 이어 손아래 사촌동생을 보고 이렇게 언짢아하였다. 그들도 일본 집단개척에서 전지를 빼앗기고 살던 데를 앗기운 사람들의 일족에 지나지 못하였다.

"만척滿拓*에 강제수용을 당하고 북안北安**에 온 지 오 년쨴데 오는 첫해는 이걸 또 호미를 쥐고 낫을 잡고 어떻게 땅을 파자고 하나 하고 생각하니 어떻게 을씨년 같지 않을 수가 있었겠나. 한 해 가고, 이태 가고, 삼년 가니, 인제는 억지로 정 붙이려던 제 생각도 다 절로서 잊어버리고 아무 일도 없었던 것처럼 또 이렇게 살아오는 것 아닌가."

그는 면면하였다.

그는 누구를 원망하는 것도 없는 것 같았다. 그도 그렇고 누이도 그렇고 누구를 저주할 줄을 아는 사람으로는 될 법을 못한 사람들이었다. 그들이 그렇거늘 그들과 함께 일족을 이룬 그들의 장성한 아들들이나 딸들도 그렇지 않을 수 있으리라고 생각할 수가 없었다.

그는 자기의 지금 막 한 말조차 쓸데없는 소린가 하고 뉘우쳐 생각한 사람처럼 말뿌리를 돌리어 조선에 있는 일가친척의 안부, 촌수로 헤일 수 없는 머언 원척에 이르기까지 세세히 묻고, 이 영감은 어찌 되었나, 저 영감은 어찌 되었나, 하는 곤곤한, 그러나 그리움이 멎을 길 없는 물음만 한참 캐어물은 끝에,

"그런데 차차 한 해씩 나일 먹어가느라니까 인젠 그 바람이 딱 싫어집데. 봄가을 한참 때에 부는 그 하늘이 빨개서 뒤집혀 들어오는 흙바람— 언제야 안 불었을 바람이련만 그 바람이 인젠 딱 싫어집데. 흙바람이 아니랜들 무얼 하겠나만…… 이제는 앞으로 목숨이라야 아마 흙 될 것밖에 다른 것이 남지 안해서 그런지 하늘빛이 잿빛인 것도 좋은 건 아

* '만주척식공사'의 준말. 조선과 일본 농민의 만주 이민과 기존 주민의 토지 수용을 위해 설립된 국책회사.
** 중국 헤이룽장성 헤이허[黑河]에 있는 도시.

니구……."

말에 막힌 것이 아니라 가래가 돋는 모양으로 그는 꽤 오래도록 쿨쿨
대고 기침을 기쳤다.

입만入滿한 지 얼마 안 되어 농부에겐 있을 수 없는 소화불량을 얻어
이래 이십 년 가까이 고생하여 오던 끝에, 이번에는 또 기침까지 병발하
여서 이제는 된 일은 아니하노라 하며 힘 드는 농사는 아이들이 다 맡아
서 한다고 하였다.

성장하여 취처娶妻하여 손자 보고, 일 잘하고, 외도를 모르는 자기 자
신과 호말도 틀림이 없는 진실한 아들을 둔, 보통 무난하다 할, 행복의
무슨 자랑 같기도 하고, 또는 굴강한 의지의 엄호掩護를 힘입어 별 감상
을 드러내지 아니하려는 이 평범한 술회가 일종의 한탄 같기도 하였지마
는 그렇지만 어찌 되었든 그 심저心底에 가라앉아서 흔들릴 길이 없는 한
방향으로 쏠리는 일정한 정서를 그 외의 무슨 방법으로 표현할 수가 있
었겠는가.

'향수鄕愁란 이렇게 근본적인 것일까.'

나는 누워서 눈에 스며드는 높은 하늘의 푸른빛을 마음껏 가슴에 물
들이며 아까 제방에서 떨어져 내려가 잔잔한 수변에 진을 치고 뭉기어
밥을 짓던 오붓오붓한 칠팔 인의 일행을 문득 생각하였다.

'매부의 일족은 어찌 되었을까.'

이번 일 후에 응당 생각할 순서에 있었던 불행한 그들의 운명을 나는
뉘우치는 마음으로 새삼스러이 생각하지 아니할 수 없었다.

'그들은 어찌 되었을까.'

나는 다시 마음에 되놓이었다.

만일 그들이 무사할 수가 있어 동 넘어 뭉기어 밥 짓는 저 일행들의
행색을 하고라도 어느 이 고토의 흙을 밟고 있다 하면 작년 겨울 소학교

이학년이던 어린 조카— 영하 사십 도의 쨍쨍이 얼어붙는 겨울 하늘 아래서 눈물을 얼리우며 십오 리 길을 왕래하던 어린 조카, 그것이 너무 측은해서

'어린 것에게 너무 과한 짐이 아니 되느냐'

'그렇게까지 해서 학교에 아니 보내면 어떠냐'

는 소리가 목구멍에서 터져나올 빤한 것을 어른이나 아이나 그 밖에 자리에 앉았는 누구의 얼굴을 쳐다보나 그런 말이 나올 수 없음을 인정하고,

"쟤들이 저러구두 날마다 빠지지 않고 학교에 다닙니까."

하였었다.

"춥고 눈보라가 치고 정 매워서 못 가리라는 날에는 이 동네 한 서른 가호 되는 집 아이들 중 학교 다니는 좀 큰 놈들이 찾아와서 결석을 못하게 데리고들 가지."

아버지의 말을 들으면서 제 날마다 하는 일이 금시에 생각나는 듯이 두 조마귀를 불끈 쥐고 오들오들 떨던 그 조카놈도 같이 따라올 수 있는 것이라면,

"너 만주서 저런 하늘 봤니?"

"못 봤어요."

하는 문답을 하면서 토닥거리고 오는 것이겠나.

비로소 눈 몽아리를 뜨겁게 함을 깨닫는 이러한 연상들 속에서 나는 조선이 그처럼 그리울 수가 없는 나라인 것을 다시금 깨달았다.

이때 물이 흘러가는 밭 아래 방향에서 '찰그닥' 하는 짧고 날카로운 소리가 다부지게 귓봉우리에서 맺어 지는 바람에 나는 놀래어 일어났다. 서너 간이 될까 말까 하는 물 아래 켠에서 궁둥이를 이쪽에다 대이고 기역자로 꺼꿉서서* 열심히 물바닥을 들여다보는 아이가 있다. 얼결에 보

면 아인지 어른인지 사람인지 아닌지조차 분간키 어려우리만큼 그 채림 채림은 우스웠다.

　진한 구릿빛으로 탄 얼굴과 윗도리는 아무것도 걸친 것이 없이 해를 받아 뻔쩍뻔쩍 빛나는데, 희끄무레한 사루마다 같은 것을 아랫도리에 감았을 뿐이었다. 그는 막 '찰그닥' 하는 소리가 남과 동시에 상반신을 일으킨 내가, 그것이 사람인 것을 포착하는 순간에 허리를 꾸부리었던 것이다. 만일 나의 몸을 일으킴이 몇 초만 늦었더라도 그 꾸부리고 섰는 형태만으로는 무슨 물건인지, 물 가운데 박힌 말뚝이나 바위팡귀로밖에 심상히 보고 지나갔을지도 모르리만큼, 그 채림채림은 의외의 것이 아닐 수 없어서 직각적으로 내게 내가 떠나온 이국인의 풍모를 연상케 하여 몇 번씩이나 몸을 소스라치게 하였는지 모른다. 그의 바른손 댓 켠에는 물 가운데 자기의 꾸부린 키보다 얼만큼 클지 안 클지 모르는 작대기가 꽂히어 있는데, 이것도 그가 꾸부리었던 허리를 날쌔게 펴면서 그것을 빼어들고 물을 따라 띄엄띄엄 따라가기 전까지는 그것이 무엇을 하는 것인지 짐작할 여유가 없으리만큼 그의 행동의 변화는 순간적이었고 돌발적이었다.

　내려가는 물세를 따라 시선을 보내는 모양으로 그 머리의 뒤통수가 뒤로 차침차침 제처져 올라오는가 하였더니, 별안간 허리를 펴고 물에 꽂힌 작대기를 잡아 빼어드는 동시에 그는 물을 따라 뛰어 내려가기 시작하였다. 뛰면서도 시선은 항상 노려보던 물 가운데에 쏠리어 있는 것을 보고야 비로소 그 전체의 의미를 나는 대개 짐작할 수가 있었다. 그는 아마 한 간 통이나 이렇게 해서 뛰어 내려가다가 다시 허리를 꾸부리고 물속을 열심히 응시하던 끝에 그제는 들었던 작대기를 자기 자신의 시선

| ＊서서 허리를 깊이 굽히는 모양을 뜻하는 방언.

이 몰리인 물을 향하여 힘껏 던지었다. '찰그닥' 하는 소리는 이때에 난 것이 분명하였다. 그리고는 작대기에다가 전신의 힘을 집중하여 내려누르고 이리저리 부비대었다. 동시에 그의 희끄무레한 사루마다를 두른 궁둥이가 영화에서 보는 남양* 토인의 춤처럼 몇 번인가 좌우로 이질거리었다.

나는 이 모든 행동에서 그의 목적한 바가 완전히 달하여진 것을 의심하지 아니하고, 그가 허리를 전 자세대로 펴며 작대기를 다시 빼어 들 때까지 주목하지 않고는 못 배길 마음의 충동을 느끼었다. 그가 물에 박히었던 쪽의 작대기를 하늘을 향하여 치켜들고 금속성의 광휘를 발하는 작대기 끝에 박힌 거무스럼한 물건을 뽑아내는 듯하는 거동을 나는 먼 빛에 보았다. 그 검은 물건은 소년의 손끝에서 꿈틀거리었다.

이때에 나는 그 작대기가 금속성인 세 갈래의 삼지창으로 된 끝을 가진 것이며, 그 창에 박혀 몸부림을 치는 것이 무엇이며, 그의 첫 번 겨눔이 실패하였을 때에 내가 그 소리에 깨우쳐 일어난 것이며를 인지할 수가 있었다.

"그런 것 너 하루에 몇 마리나 잡니."

륙색에서 꺼내어 모래 위에다 널어놓은 내 짐들 가까이 그가 삼지창 끝에서 빼어 들고 온 물건을 휙 내던지고 다시 물로 들어가려 할 지음에 나는 이렇게 물었다.

"그런 뱀장어 하루에 몇 개나 잡어."

이처럼 재쳐 묻는 내 말에 그는 반 마디 대꾸도 없이 거들떠보지도 아니하고 이리 기웃 저리 기웃 하면서 물로 점벙점벙 더듬어 들어간다. 아무리 보아도 사람을 통째로 삼킨 듯한 시치미를 뗀 그 거만하고 초연

---

* 남태평양 제도諸島를 의미. 서태평양 적도 이북에 산재하는 마리아나, 마셜, 캐롤라인 등 구 일본 위임통치령이었던 섬들을 지칭하며 제2차 세계대전 시기 격전지였음.

함이란

　'잔소리 말고 널랑 잡아다 논 그 고기 지키고나 있어.'

　하는 걸로밖에는 아니 보인다.

　과연 모래 위에 팽겨쳐놓고 간 그놈의 고기가 곰불락일락 뛰기를 시작한다. 삼지창 끝에 박히었던 장어의 대가리는 옥신각신 진탕으로 이겨져서 여지없이 된 데다가 뛰는 때마다 피가 뽑겨져나온 부분이 모래와 반죽이 되는데도 불구하고, 이 세장細長의 동물은 그 전신 토막토막이 전수히 생명이라는 듯이 잠시도 가만있지를 아니하였다. 제가 얼마나 뛰랴, 뛰면 무엇하랴 하고 얕잡아 보고 앉았는 사이에 여러 번 여러 수십 번도 더 툭툭거리기 질을 하는가 했더니 어느덧 물 언저리까지 접근하여 가서 한 번 더 뛰면 물속으로 뛰어 들어갈 수가 있게까지 된 것이 아닌가.

　잡아다 놓은 고기에는 조금도 관심이 없다는 듯이 이번에는 물을 거슬러 올라가며 한 반만치 구부리고 역시 그 물 밑만 노리고 있는 아이는 아무리 보아도 보통 아이가 아니었다. 혹 고기를 잡으며 물을 거슬러 올라가는 도중 편이한 장소를 찾아 잠깐 들렀던 것이 아닌가 하는 생각으로, 하나는 양보를 할 여지가 있다 하더라도 사람의 말을 들은 체 만 체도 아니하고 거들떠보지도 아니하는 그 오만한 태도에는 충분히 양해가 갈 만한 이유가 서지 아니한다. 괘씸하여 내어버려둘까 하는 생각도 났다.

　그러나 부르튼 듯이 입이 불쑥 비어져나온 열사오 세밖에 아니 나 보이는 이 소년의 행동은 나로 하여금 오래도록 탐색적인 논란의 태도를 갖게 하기에는 너무나 직선적인 굵기와 부러울 만한 열렬함이 있었다. 자아 중심의 황홀이 있는 듯하였다. 나는 나 자신의 이때 너무나 직정적인 일면을 자소自笑하듯 일어나서 한 번이면 알아볼 마지막 고비를 뛰어넘으려는 동물의 중동을 잡아 올려 전 자리에 팽개쳐 버리었다.

　목숨이 어디가 붙었는지도 모르는 그 목숨에 대한 본능적인 강렬한 집착— 그리고 그 본능의 정확성은 놀라리만큼 큰 것이었다.

곰불락일락 쳐 보아서 전후좌우의 식별이 없이 그저 안타까워서 못 견디는 맹목적인 발동 같아 보이지만, 나중에 그 단말마적斷末魔的 운동이 그려나간 선을 따라가보면 그것은 언제나 일정한 것이었다. 그것은 자기의 생명이 찾아야 할 방향을 으레히 지향하고 있는 것이었다.

수부首部가 전면적으로 으깨어져나간 나머지는 그저 고기요, 뼈다귀요, 피일 밖에 없는 생명이 어디가 붙었을 데가 없는 이 미물이 가진 본능이라 할는지 육감칠감이라 할는지 혹은 무슨 본연적인 지향指向이라 할는지, 어쨌든 이 생명에 대한 강렬하고 정확한 구심력求心力— 나는 무슨 큰 철리의 단초端初나 붙잡은 모양으로 흐뭇한 일종의 만족감을 가지고 동물의 단말마적 운동을 바라보고 있었다.

이러한 철리의 실증운동으로 말미암아 내가 두어 번 더 그 실종자의 뒤치다꺼리를 아니해줄 수 없는 동안에 소년은 제 이의 소획을 들고 올라왔다. 길이는 뱀장어의 삼 분의 일이 될까 말까 한 대가리는 불룩한 것이 빛까지도 복어 같고 꼬리는 빨고 빳빳하고 날카로웠다. 역시 대단히 빳빳할 것 같은 날구지가 두 개 아금지 좌우에 붙어 있는, 맑은 산간 계수에나 흔히 있을 듯한 날쌔게 생긴 생선이었다.

물으니 소년은 비로소 무엇이라고 하였는데, 나는 그 대답을 역시 확실히 기대할 수 없었음에 기인하였던지 맨 나중으로 무슨 '딱이'라는 두 음만 분명히 붙잡을 수가 있었다.

"너 어디 사니."

소년은 턱을 들어 돌려서 강 건너 제방 너머를 가리킨다.

고장을 이름으로 가르쳐 들었기로니 소용이 없을 것이라 대개 이만한 정도면 충분한 만족이어서,

"너 저거 파니, 먹니?"

"안 먹어요."

"안 먹으면 얼마씩 받니 한 마리에."

목전의 현실적인 요구에 따라 내 질문은 차차 실제적인 대로 들어갔다.

"오 원씩."

"또 이건."

나는 아직 소년의 손에서 땅 위에 내려 놓이지 아니한 그 무슨 '딱이'를 가리켰다.

"이건 안 팔구 집에서 먹구."

부르튼 듯이 부풀어오른 그의 입술 끝에서는 열었다 닫기는 때마다 반말이 아니 나오는 때가 없었다. 아까와는 많이 달라져서 더러 녹진녹진한 데가 그 태도 가운데 엿보이는 반가움보다도, 이것은 나에게 잊어버렸던 내 더 큰 그리운 고혹蠱惑이 아닐 수 없었다. 나는 이 오래된 고혹에 제절로 끌리어 들어가는 내 자신을 느끼며

"하루 몇 마리나 잡니 저런 건."

"너더댓 마리도 되구 열아믄 마리 될 적도 있구."

"너 여기서 그거 하나 구어주지 않으련— 저 풀 뜯어다가 불 놓아서."

"풀을 뜯어다가요?"

이상하게도 갑자기 공손한 말을 쓰고 부드러운 어존語調가 하였더니, 그러구 이 자리를 떠난 소년은 돌아오지 아니하였다.

뱀장어가 한 마리에 얼마 하는 것이나 무슨 딱이라던 것이 하루에 몇 마리 잡히는 것이나 또는 나의 시장시가 견디어날 수 없을 정도도 아니었으나, 전쟁 이래 처음 안겨지는 고국 산수의 맑고 정함과 이 맑고 정한 물을 마시고 자라나는 사람의 잡티가 섞이지 아니한 신선한 촉감이 혼연히 일치가 되어 나의 마음을 건들임은 심상한 것이 아니었다.

뱀장어며 딱이며 또 그것들을 불을 놓아 구어 먹자는 것이며가 다 이

희끄무레한 게 거슬때기밖에는 아니 될, 헌 사루마다를 걸치고 진 구릿빛 얼굴에 앞가슴이 톡 비어져나온 발가숭이 소년과 함께 마주 앉아서 반말지거리를 하며 그 아무것도 섞이지 아니한 검은 눈동자를 마주 보고 앉아 있었으면 하는 욕망밖엔 아무것도 아니었다. 언어는 내가 소년에게 건너놓고 싶은 한 미약한 인대靷帶에 불과하였다. 만일 이 인대가 없어도 되는 것이라면 반말지거리의 대화인들 도리어 우리에게 무슨 필요가 있으랴. 소년이 가진 여러 가지 가슴이 쩌엉해 들어오는 감촉에 부딪칠 처소에만 놓여 있을 수 있다면 잠자코 묵묵하게 앉아서 건너다보고만 있음이 더 얼마나 훌륭한 일이겠기에!

그러나 소년은 그의 행동적이요, 감각적이요, 직절하고 선명한, 다시 군데가 생길 여지가 없을 성품이 나의 부질없는 희망을 받아들일 사이가 없다는 듯이 사지라고는 오지 아니하였다.

나는 속이 비인 륙색을 거꾸로 들어 안의 먼지를 깨끗이 털고, 모래 위에 꺼내어 바래이던 보료며 호복이며를 역시 깨끗이 털어 주워 넣고 떠날 준비를 하였다. 방이 탄 차가와 닿았는데도 내가 가지 못한 걸로 해서 못 만나지나 아니할까 하는 조밀조밀한 의구도 갑자기 가슴에 습래* 하였다.

챙긴 륙색을 이어지고 입었던 양복에다 양말, 호신 같은 건너가서 신어야 할 떨어지기 쉬운 물건들을 싸서 한아름 안고, 모자는 쓰고, 사루마다 바람으로 나는 물을 건너기 시작하였다.

물은 깊은 데로서 정강이를 넘을락 말락 하였으나 물살이 세고 찬 데다가 퍽으나 넓은 강이었으므로, 건너편 모래 위에 발을 디디고 올라섰을 때에는 발바닥이 오그라져 들어오고 몸에 소름이 돋고 속으로 와들와들 떨리기까지 하였다.

나는 모래를 디뎠던 맨발 바람으로 축동 등골에 올라가서 게서 다시 류색을 내리고 한아름 안았던 양복을 내려놓고 입었다.

지금까지 보이지 아니하였던 청진의 전 시야가 거리를 에워쌌을 산 허리를 중심으로 일부분 완전히 건너다보였다. 쑤욱쑥 비어져나온 공장의 굴뚝들과 서로 제 가끔인 그늘로 덮히인 건물들 때문에 산이 내려다보고 있을 바다는 아니 보였지마는, 쩨앳쩻하고도 재릿재릿한 마가을 햇볕 아래 그 상반신을 바래이고 있는 산 중복의 경관은 유난히도 조용하고 아름다운 것이었다. 언제 싸움이 있었더냐는 듯이 서로서로 손을 내밀어 잡아다니고, 붙들리워 떨어지지 않게 부축하고, 떠받들리워 오복하니 연락이 된 수없는 인가와 인가— 오직 이 중에서 하나, 마음을 선뜩 멈추게 하는 것이 있음은 다리목에서 처음 뚝으로 걸어 들어올 제 먼발에 본 한 채의 붉은 이층 벽돌집이었다. 그것이 먼발에 무심히 보았던 탓으로 속이 타버려서 아래층도 위층도 없이 된 훤히 속이 들여다보이는 겉깝대기만인 것인 줄은 몰랐었다.

'불이 났나 혹 폭격을 당한 것이나 아닌가.'

그러나 한 개 피난로상에 있는 사람에 불과한 나에게 이것을 단순한 화재로 상상할 수 있는 유유한 기회보다는 전쟁으로 인한 재화와 연결하여 생각함이 첩경인 특수한 처지에 나는 서 있었을 밖에 없었다.

'그렇기로 저런 산 말랭이의 동떨어진 외딴 집인데 폭격은 무슨 폭격이람. 대견한 무슨 군사상 관계의 집도 아닌 듯한데.'

그러구 생각하면 그 집 한 채만 복판으로 명중을 했다는 것도 공교스러운 일이요 또 했다더라도 속만 말쑥하게 맞아 없어지고 겉깝데기가 그렇게 묘하게 남아 있을 리도 없을 것 같았다. 이상하다 생각하면서 나는 모래가 말라서 부실부실 떨어지는 발은 손으로 말쩡하게 비비어 닦고 양말을 신고 일어서려 하였다.

이때 축동 아래로 카키빛 목으로 된 새 군인복에 짚신을 신고 더부룩한 맨머리로 더풀더풀 강을 건너 넘어오는 사람이 있었다. 옷이 대단히 큰 모양인 것은 몸에 홀렁홀렁하는 것을 저고리 소매와 바지를 걷어올린 것이 손목과 발등에 희게 나 덮인 양복 안으로만도 알 수 있었다. 바른손에는 지게지팡이인지 끝이 갈래가 난 몽둥이를 쥐고, 왼손에는 소 천렵 같은 거무스럼한 거스럽이거나 또는 무슨 생선 같기도 한 흐늘흐늘 하는 것을 버들가지인지 무엇인지에 꿰어 든 것이다.

그가 강을 건너 모래판을 지나 축동을 밟아 올라옴과 동시에 그의 두 손에 들렸던 소지품이 천렵도 아니요, 지팡이도 아니요, 내가 상상하던 모양의 생선도 아니요, 실로 아까의 그 더벅머리 소년이 가졌던 삼지창이 그 소획물들에 틀림없음을 발견하였을 때는 그의 너무나 갑작스러운 변모에 나는 놀라지 아니할 수 없었다.

그가 동등에 올라와 나와 같은 지면에 서서 고개를 들고 나에게 일면一眄을 던졌을 때, 그는 나의 휘둥그러해지는 눈을 다시 한 번 건너다보고 싱긋 웃었다. 그는 아까 강에서 고기를 잡던 때의 자기의 행장이 괴상하였던 것을 자인自認하는 모양이었고, 지금의 이 돌연한 번듯한 차림차림에 놀라지 아니할 수 없는 내가 또한 당연한 것을 인정하는 듯하였다.

이러하거늘 거기 대해 더 캐어물을 것이 없음을 안 나로서도 또한 기이한 질문이 가슴 한편 구석에서 머리를 들고 일어남을 누를 길만은 없었다. 나는 무슨 묵계默契나 있었던 것처럼 묵묵히 소년의 뒤를 따라 제방을 내려왔다.

소년은 밥을 먹으러 간다고 하였다.

"너 여기 비행기 많이 왔었니?"

무엇보다도 나에게는 이 고장 사람이 아니고는 풀지 못할 바로 직전에 생긴 의문이 덩어리가 된 채 가슴 한편 구석에 뭉키어 있었다.

"많이 왔어요."

소년은 나의 말의 의미하는 바를 짐작할 수 있다는 모양으로 이번에
도 이상하게시리 정중한 말로 이렇게 명확한 대답을 하고 나서, 그 뒤에
으레 따라야 할 나의 질문이 무엇인가를 의심하는 눈초리로 내 얼굴을
올려다보았다.

"저기 저어 산허리 턱에 벽돌집 있지 않니, 꺼어멓게 타서 껍데기만
남은 저 이층집 말이야. 거 멀 허든 집이냐?"

"학교야요."

소년이 순한 사람이 아니라고 미리 정해놓지 않은 것은 나의 다행한
정확한 감정鑑定이었다. 나는 방향을 가리키기 위하여 들었던 손을 내리
고 다시 그의 얼굴을 들여다보았다.

"그런데 학교가 왜 타? 거기도 폭탄이 떨어졌던가?"

"아아니요, 일본놈이 불을 놓구 달아났지요."

"왜?"

나는 나 자신 놀라리만큼 갑작스러운 높은 어조로 물었다.

"학콘데 왜 일본놈이 불을 놓구 달아나?"

"약이 오르니깐 불을 놓구 달아났지요 뭐."

내 말이 채 떨어지기도 전에 서슴지 않고 불쑥 비어져나온 이 약이
오른다는 대답은 과연 조략粗略*한 것이었으나 신선하였고 직명하였고
그 자체로부터 완결된 것이었고 그러므로 또한 청량하였다.

"그래애, 네 말이 맞아. 약이 올랐겠지. 하하하."

소년이 더듬거리지 아니하고 쓴 소복하고도 함축이 많은 이 청량한

| * 아주 간략하여 보잘것없음.

표현에 나는 막혔던 가슴이 시원히 터지도록 웃었다.

　웃었으나 흥분상태에 돌입하기를 비롯하려던 증오의 불길은 미처 꺼지지 아니한 채 가슴 한 모퉁이에 남아 있었다. 다만 그것이 연소하여 충분한 불길로 발전하기에는 지금 자기와 함께 곁따라가는 소년의 그 싱싱한 품성이 나로 하여금 한시도 다른 길로 삐어져 나가기를 허락지 않는 자극적인 것이었고 또 강인한 것이었다고도 할 것이었다.

　나는 창자 속에 아무것도 남음이 없는 웃음을 웃고 난 뒤에 소년의 이 강인한 촉지觸指가 언제든지 한 번은 내게 능동적으로 와 작용할 날이 있을 것을 은연중에 기대하면서, 소년과 몸이 스칠락 말락 하는 거리를 사이에 두고 한참 동안 일부러 잠자코 걸어가고 있었다.

　내 묻는 말에 하는 수없이 대답은 하였으면서도 아직까지도 탁 풀어져서 들어오지 못할 어느 종류의 경계와 의혹이 잠재해 있는 것을 나는 소년의 흘깃흘깃 곁눈질하는 그 안색에서 엿볼 수 있는 까닭도 없지는 아니하였다. 과연 소년은 내가 지일질 끌고 오는 호신을 새삼스럽게도 내려다보는 듯하더니 정면으로 다시 내 얼굴을 올려다보았다.

　"만주 어디서 오십니까?"

　"나 장춘서— 예전 신경新京이라고 하던데."

　"네에, 신경이요?!"

　"시방은 신경이라고 안 그러고 맨 처음 가지고 나왔던 이름대로 장춘이라구 도로 그러게 되었지— 신경이란 뜻은 새 신 자 서울 경 자, 새 서울이란 말인데, 예전 중국 땅이던 것을 일본이 빼앗아가지고 제 맘대로 만주국이란 나라를 세웠다 해서 그 새로 된 나라의 서울이란 뜻이지. 그러기 지금은 만주도 만주란 이름으로 부르지 않고 동북지방이라고 그래— 마치 이 함경도가 우리 조선 동북쪽에 있는 것처럼 만주도 중국의 서울인 남경에서 보면 동북지방이 되거든."

무엇에든지 붙이어 친근감을 갖게 하자는 내 설명은 불가불 길어질 수밖에 없었다.

"아까 저어기 강사에 내놨던 그 뺄겅 탄자 만주서 가져온 겁니까? 거 만주서 산 거야요?"

내 생각이 거지반 맞아 들어가는 것은 알았으니 소년의 호기심도 처음엔 역시 그 탄자에 있었던 모양이었다.

이 탄자라 함은 무슨 털인지, 털 이면을 모르는 나로서는 도저히 알 길이 없었으니 여우의 털로서는 과히 클 것 같기도 하고, 늑대의 털로서는 지나치게 호화로운 것을 석장을 이어서 밑에 빨간 뺏뺏한 모슬린*을 붙이어 만든 것이었다.

펴고 누우면 과히 큰 키가 아닌 나로서는 발이 나올 정도는 아니어서 이 반삭을 넘어 아노는 피난행에 어느 때는 유개화차 지붕 위에서 뒤집어쓰고 한풍寒風과 우로를 가리기도 하여서 깔고 겨우 한습寒濕을 막아온 물건이었다.

"거 좋소."

북신북신하는 털 위를 한 번 쭈욱 손바닥으로 거슬러 훑어보고 또 쓰다듬어 내려와보고, 방은 내 얼굴을 쳐다보고서는 그의 본성대로 상찬賞讚으로 치고는 너무 무미한 입맛을 쩝 다시었다.

이 말 끝에든가 내가

"집에 지고 오는 류색을 털리우고 옷도 다 빼앗기워 사루마다 바람이 되더라도 이 탄자만 무사하면 그만이요."

한 나의 발언으로부터 우리의 환향은 언젠가 금의환향이란 말 대신에 사루마다 환향이란 명칭을 만들어 쓰게 되었고, 그걸로 해서 킬킬대

| * mousseline. 레이온 따위로 짠 얇고 깔깔한 편직.

고 웃게 되었고, 따라서 내가

　"서울 가서 다시 책상을 놓고 앉게 될 적에 깔아볼 생각이오."

　하고 나서게까지 된 이 탄자는 이러한 나의 알뜰한 염원이 존중함을 받아 귀중품이라고 명명하게 된 것이었다.

　귀자를 붙인 또 한 가지 연유에는 이것이 돈을 주고 바꾼 것이 아니라 일 소련 장교—동부전선에 활약한 전차대로서 불가리야* 루우마니야** 에트봐니야*** 등등 여러 나라를 전전하다가 팔 꼬뱅이와 어깨와 다리 사채기에 총을 맞고 흉터가 생긴 것을 만나는 사람마다 자랑으로 이야기하던, 장춘서 내 옆방에 들어 있던 이반이라는 전차 중좌에게서 받은 물건인 까닭도 있었다. 그는 나중 백림****까지 쳐들어가 독일이 완전히 항복하는 것을 목격하고 온 장교라 하였다.

　이 탄자는 반삭이 훨씬 넘는 세월을 처처로 전전해오는 동안에 참으로 많은 선망과 많은 웃음을 제공한 물건이었다.

　소년이 산 것이 아니냐고 묻는 말에는 물건 자체 그 유독히 붉은 빛깔이라든지 북실북실한 털의 촉감이라든지, 무슨 그런 것으로부터 오는 호기심 이외의 별다른 욕기가 있을 수 없음을 모름이 아니나, 산 것이 아니라 얻은 것이로라 하고 정말로 한다면은 부대적附帶的인 설명이 또한 적기 아니한 시간을 차지할 것을 깨닫고,

　"응, 샀어."

　하여버리고 말았다.

　그런 것으로 허다한 시간을 잡히기에는 너무나 많은 궁금증과 질문이 남아 있었을 뿐만이 아니라 지금 소년의 심리 중에 그만한 내 요구에

---

* 불가리아.
** 루마니아.
*** 리투아니아.
**** 베를린.

응할 준비만은 넉넉히 되어가고 있음을 짐작할 수 있었고, 짐작한 이상 또한 그 절대의 호기好機를 놓쳐서는 아니 되리라는 성급한 요구도 없지 아니한 까닭이었다.

"그럼 일본 사람은 다들 도망을 가고 지금은 하나도 없는 셈인가?"

소년이 잠깐 잠잠한 틈을 타서 나는 비로소 공세를 취하여야 할 것을 알았다.

"도망도 가고 더런 총두 맞아 죽고 더런 남아 있는 놈두 있지요."

"남이 있는 건 어디들 있노? 저 살 던데 그대루 있나?"

"아아니오. 한군데 몰아놨지요, 저어기 저어."

소년은 손을 들어 산허리에 있는 불을 놓았다는 벽돌집의 약간 외인 편 쪽을 가리키며,

"저기 저 골통이에 그전 저네 살던 데에다가 한 구퉁이를 짤라서 거 기 집어넣고 그 밖에선 못 살게 해요. 그중에선 달아나는 놈두 많지만."

"달아나?"

"돈 뺏기기 싫어서 돈을 감춰가지구 어떻게 서울루 달아나볼까 하다 가는 잡혀서 슬컨 맞구 돈 뺏기구 아오지나 고무산 같은 데루 붙들려 간 게 많았어요. 나두 여러 개 잡았는데요."

"으응, 네가 다 잡았어? 어떻게?"

"저 골통이에 내 뱀장어 날마다 도맡아놓구 사 먹는 어업조합 조합장 인가 지낸 놈 있었지요. 너, 이놈 돈 푼이라 상당히 감췄구나 어디 두구 보자 허구 있었었는데, 하룬 해가 져가는 초저녁입니다. 저어 우이."

소년은 상반신을 절반이나 비틀어 돌려서 우리가 내려온 축동 길로 부터 훨씬 서편쪽으로 올라간 강상江上을 외인손을 들어 가리키며,

"저 윗짝 뚝 너머를 웬 사내하고 여편네하고 둘이서 넘어오겠지요. 길 아니 난 데로 우정 가보았지요— 이 어슬어슬해서 어디를 가는 웬 나

들이꾼이 길을 질러가느라고 이런 길도 아니 난 험한 델 일부러 골라 오는 건가— 하고 아무리 보아도 수상하지 않아요. 덤비거든요. 가만 목을 질러서 풀숲에 숨어가지곤 고기를 더듬는 체하면서 자세히 보니까 그게 바로 그 조합장 년놈들 아니겠어요. 그놈은 흰 두루마기에 모쫄한 개나리 보따리를 해 짊어지고 여편네는 회색 세루치마에 고무신을 신고요. 그러니 보지 않던 사람이야 알아낼 재간이 있어요. 그놈들이 우리처럼 이렇게 곧을 길로만 왔대도 못 잡았을 뻔했지오. 그때 난 그놈들이 강을 다 건너도록 두었다가 뛰어가서 김선생—위원회 김선생한테 가 일러 드렸지요. 이만한……."

그는 두 활개를 훨쩍 벌리었다가 그 벌린 두 팔로 공중에다가 둥그레미를 그리며,

"보따리 속에서 나온 꽁꽁 뭉치인 돈이 터뜨리니깐 이만 허더래요. 뭐 오십만 원이라든가 육십만 원이라든가 그걸 다 어따 감춰뒀더랬는지 금비녀 금가락지두 수두룩히 나오고요. 그놈 매 흠뻑 맞고 고무산으루 붙들려 갔지요."

사투리를 바꾸어 쓴다면 이렇게 될 말로 그러고는 씽끗 소년은 웃었다. 그 웃음은 아까 축동 말랭이에서 웃던 웃음을 나에게 연상케 하였다.

과연 그는,

"그래서 이거 하나 얻어 입었지요."

하고는 훌렁훌렁하는 카키빛 양복 저고리자락을 두 손가락으로 집어 들었다. 그러고는 또 한 번 씽끗 웃었다.

"그렇게 물 샐 틈 없이 꼼짝 못하게 하는 데도 달아나는 놈은 미꾸라지 새끼처럼 샌단 말이야요."

내가 이때 소년의 미꾸라지라는 말에서 문득 연상한 것은 아까 모래판 위에서 그 행동을 들여다보고 있던 한 마리 생선이었다. 대가리가 산

산이 으깨어져 부서진 이 생선의 단말마적인 발악은 지금 소년이 말하는 소위 그들의 운명을 이야기하며 남김이 없는 듯도 하였다. 그 하잘 수 없이 된 존재의 애타는 목숨을 추기기 위하여 물의 방향을 더듬어 날뛰던 적은 미물― 그것은 내가 강을 건너온 뒤에 한 개 더 잡힌 동족 동무와 함께 소년의 자유스러히 내쳤든 왼팔 끝에 매달이어 역시 간헐적으로 퍼둥거리기를 마지 아니하였다.

"또 한 놈의 집은."

득의만만한 소년의 볼이 홍조가 되어서 쭉 비어져나온 우두퉁한 입이 이제는 한없이 재빨리 여닫히는 것을 뜻밖의 느낌으로 바라보다가, 나는 소년의 남은 또 한 가지의 술책이 어떠했던 것인가를 못 얻어 들을 줄은 모르고

"그런데 어째 잡은 뱀장어는 애써서 일본집에만 가져다 파누. 아마 돈을 많이 주던 게지."

하고 놀리었다.

놀리노라 해놓고 생각해보니 일견 뜻이 꿋꿋함이 틀림없을 이 소년의 비위를 거슬리었을까도 하였는데 의외로 그는,

"돈도 많이 받지만 조선 사람은 이걸 잘 먹지도 않구요."

하며 순순히 내 놀리움으로 말미암아 그런 것쯤으로서는 도저히 자기의 자존심이 손상치 아니할 것이란 표정을 그 얼굴에 갈아채어 가며 그는 거침없이 걸어 나아가는 것이었다. 그리고는 그 힘의 여세를 빌어,

"그 밖에도 또 하나 그놈들께 가져가야만 할 일이 있지요."

"무슨 일?"

소년은 입을 다물고 한참 잠잠하였다. 그러나 종내는 나의 존재에 대하여 종전에 내린 자기의 판정을 한 번 흉중에서 되풀이해보고 그것에 조금도 착오가 없었음을 재인식하는 것처럼

"첨엔 돈 많이 주는 것도 좋기는 했어요. 정말—했는데 그놈의 조합장 해먹은 일본놈 잡구 나서 하루는 위원회 김선생이 우리 집에 와서 이 양복을 주며 하는 말씀이 퍽 이상한 말씀이 아니겠어요. 너 남의 집 초상난데 가본 일 있니 단박에 그러십니다— 가 봤습니다 하니까, 그 사람 죽은 방에서 일가친척이며 온 동네 사람들이 왜 모여서 들끓고 날을 새우는지 알어?— 모릅니다 했습니다. 그랬더니 웃으시며 김선생 하는 말이 다른 할 일이 있어서 그렇기도 하지마는, 죽은 사람이 벌떡 일어나는 수가 있단 말이야 하시고는 하하하 하고 자꾸 웃으셨습니다."

"응."

"글쎄 그래요. 무슨 소린지를 몰라서 왜 벌떡 일어나요, 어떻게 벌떡 일어나요, 하고 무서워서 물으니깐— 죽은 사람 몸뚱이 위를 고양이가 넘어 지나가면 일어난다고 왜 그러지를 안 해?!— 그러시구는 또 깔깔거리고 웃으십니다. 날 놀리듯이 그렇게 자꾸만 웃으시구 나서, 그러니까 고양이가 오는지 안 오는지 시체가 벌떡 일어날려는지 안 날려는지 잘 지켜야만 된단 말이야. 네가 잡은 그놈의 조합장 놈도 그렇게 얌전하게 자빠졌던 놈인데 벌떡 일어나서 달아날려는 것 보겠지."

"그런 말씀을 하셨어? 그러니까 네가 잡은 이 뱀장어가 꽤 엉뚱한 것을 하는 셈이었단 말이지? 사람이 못 지키는 고양이를 다 지키구."

절반은 소년의 말 대답으로 또 절반은 그의 안색을 살피는 놀라움으로 나는 이랬다.

"그 김선생이란 이가 누구니?"

"위원회에서 뭔가 하시는데 꽤 높은 사람이야요. 전에 감옥에서 나왔지요. 감옥에 들어가기 전에 우리 집 동네에 살다가 지금은 포항동에 일본놈 살던 집 얻어 가지구 계서 지내지요. 김선생넨 선생 어머니하고 나만하고 나보다 적고 한, 아버지 없는 조카들하고 지내다가 김선생이 잡혀 들어가고 난 뒤에 그 할머니는 혼자 살 수가 없어서 그것들을 다리고 포항동 어느 집에 가서 지금껏 남의 집을 살았었지요."

"응, 그런 분이시야."

"이번엔 그런 사람이 참 많았어요."

"그랬겠지."

나는 아무 말도 아니하고 잠잠하였다. 소년도 입을 다문 채 더는 재잘거리지를 아니하고 무엇인가 중대한 것을 생각하는 사람처럼 고개를 소긋하고 걸어갈 뿐이었다.

"그건 그런데 에에 또 너 그 김선생이란 이가 죽은 사람을 대놓고 하신 말씀을 그래 그때 알아들었단 말이냐."

나는 다시 이렇게 입을 열지 아니할 수 없었다.

"알어듣구 말구요. 그걸 몰라요."

소년은 한 번 내 얼굴을 치켜 올려다보고,

"안직 못 보셨군요. 건 정말 다들 죽은 거 한가집니다."

그는 다시 처음의 흥분상태로 돌아가 낯에 엷은 분홍기가 떠오르더니 다음 순간에는 다시 푹 꺼져 들어가면서

"내 뱀장어깨나 사 먹는 녀석들 어디다 숨겼던지 간에 숨켜서 돈푼 있는 놈들이 틀림없지만요, 정말 다아들 배가 고파서 쩔쩔 맵니다. 다아들 얼굴이 하얗고 가죽이 축 늘어지고 다리가 부들부들 떨리는 걸 가지고 밤낮을 모르고 망개를 비라리하러 촌으로 내려오지 않습니까. 배추꼬랑이를 먹는다 고춧잎을 딴다 수박 껍데기를 핥는다 그래보다가 저엉 할 수가 없으면 고무산이나 아오지로 가지요. 누가 보내지 않아도 자청해서 갑니다. 우리 여기는 쌀이 없는 텐데 일본 것들이란 거지반 사내 없앤 것들만인 데다가 애새끼들만 오굴오굴허는 걸 데리고 가기는 어딜 가며 어딜 가면 무얼 합니까."

"……."

"그중에서도 외목 나쁜 것만 해온 놈들은 돈이 있어 도리어 뭘 사 먹기들이나 하지만, 그렇게 아이 새끼들만이 많은 거야 업구 지구 걸리고 해서 당기는 게 말이 아니랍니다. 저어번에 또 한 놈은 다다미를 들치구 판장*을 제치구 그 밑에 흙을 두 자나 파고, 돈 십만 원인가 이십만 원인가 감춘 걸 알아낸 것도 내가 알아냈지요. 그런 놈들이 벌떡 일어나지 못하게는 해야겠지만요……. 그밖엔 정말 다 죽었습니다. 죽은 거 한가집니다."

일단 자기의 흥분이 대상을 잃은 상태로 기운을 풀어놓고 걸어오던 소년은 이때 다시 기운을 내려 똑바로 고개를 해 든 채 꼿꼿이 눈앞의 일점 공간을 응시하면서 일층 보조를 거츨게 높이어서 뚜벅뚜벅 전진하는 듯 나아갔다.

"건 정말 다 죽었습니다. 죽은 거 한가집니다."

그는 다시 한 번 이렇게 외고 나서 갑자기 자기가 가던 바른편 짝 길 바깥쪽으로 딱 외향을 하여 머물러 섰다.

그리고는 바른 손에 들었던 삼지창을 들어 올려 견주어서 전면의 허공을 무찔렀다.

"이렇게 해서 엎어뜨려 놀 기운 가진 놈도 없이 인젠 다 죽었는데요 뭘."

창뿌리가 내달은 곳에는 어디로 가는 소로小路인지 풀에 반 이상 덮인 조그마한 한 줄기 갈래길을 내어놓고는 아무것도 눈에 들어올 것이 없었다.

그는 무슨 힘인지 그저 남고 남는 힘에 못 이기어 끌리어가듯이 그 조그마한 논두렁길을 향하여 이끌리어 들어갔다.

---

* 板牆. 널빤지로 만든 담.

회령에서는 정거장이 전체적으로 폭격을 받아서 어느 모양으로 어떤 건축이 서 있었던 것인가를 조금도 분간하여 알지 못하리만큼 완전히 부서져 있었지마는, 청진은 하 커서 그랬던지 어떠한 규모로 어떻게 서 있었던 정거장인가의 상상을 허락할 만한 형적은 남아 있었다.

시가지에서 정거장에 이르는 광장 전면에 와 서서 보면 걷어치우다 남은 무대의 오오도구[大道具]*처럼 한 면만 남은 정거장 본 건물의 정면만이라도 남아 있었다.

건물의 입체적 내용을 잃어버리고 완전한 평면 속에 아슬아슬하게 서 있는 이 간판적인 의미밖에 없는 형해形骸만도 미미하나마 사람 마음에 일종의 질서감을 깨뜨려주기에는 어느 정도의 효과가 없지 아니한 듯도 하였다.

정거장 정면 좌우에는 회령 이래 낯 익히 보아온 새끼줄 대신에 콘크리트 말뚝을 연결하여 나아간 철조망까지 있었다. 더러는 썩어서 끊어지기도 하고 더러는 끊기인 것 같기도 한 그 중간중간 철선 사이로 무시로 사람들이 들락날락하는 데에는 여기도 다름이 없었으나, 그 저편 폼** 구내에 예전 같으면 도록고*** 창고로 밖에 안 쓰였을 납작한 판장으로 만든 집 안팎으로 소련병과 역원들과 또 드물게는 피난민들의 몇 사람조차 섞이어서 무엇인가 지껄이며 어깨를 치며 드나드는 것을 보는 것도 한갓 여유감을 주는 풍경이 아닐 수도 없었다.

그 철책을 들어서서 건너다보이는 중간 폼의 콘크리트 바닥과 기둥들도 성한 채 남은 것이 이상하다는 눈으로 훑어 내려가면서 보니, 예전 폼에서 폼으로 사람들을 건너다주었을 어디나 있는 성가시러움게만 여

* 무대장치.
** 플랫폼.
*** '트럭'을 일본식으로 읽은 것.

262

겨지던 구름다리도 제대로 남아 있었다. 성가시러웁고 구찮고 무의무색한 것이 질서란 것이었던가 생각하며 그 하잘것없는 조그마한 질서를 그리워하는 경우에 도달한 지금의 자기를 생각하면 괴로움과 쓸쓸함을 씹어 넘기기 떫은 감같이 하는 자기에게도 과히 쓸쓸한 것이 아니라 할 수는 없었다.

나는 들여다보던 로서아* 말 포켓 알파벳의 책을 덮어서 주머니에 넣고 주저앉았던 돌 위에서 일어났다. 그리고 이제는 아무도 말리는 이가 없이 된 홈 위 구름다리를 향하여 걸어갔다.

아마 한 방향의 차를 기다릴 스무 날 동안 낯 익히 보아온 사람들 그러나 누가 누구인지 알 리가 없는 이들의 무리가 이 기둥 저 기둥에 기대어 섰고, 거적을 깔고 부축하여들 앉고 밑을 붙일 만한 돌, 돌 마닥**에 깊이 고개를 떨어뜨리고 앉아서 엷은 첫 황혼 속에 잠겨들고 있었다.

구름다리 쪽으로부터 오는 같은 복색을 한 두 여군女軍이 팔을 닦아 끼고 무엇을 속삭이며 지나가는 이들과 어기어 지나갔다. 짙은 다갈색 오버에 깡뚱히 무릎이 들어나게 짧은 장화를 받쳐 신고, 머리에 베레를 얹은 그들의 얼굴에는 영양에 빛나는 탄력이 흐늘거리었다.

구름다리 층계가 밟힐 데까지 갔다가 돌아선 나는 중간에서 또 그들 여인과 어기어 지나왔다.

모쫄하게 키가 작고 다부지게 생긴 그중의 한 사람은 까만 눈자위라든가, 곧게 내려붙은 눈썹이라든가 평면적인 전체적 인상으로 보아 소련에 국적을 둔 조선 사람이 틀림없겠으나, 그는 여태까지도 역시 팔을 닦아 끼고 지탱하여 가는 동성반려同性伴侶에게 무엇인가 한없이 하소하는

* 러시아.
** '마다'의 방언.

263

것을 멈추지 못하는 모양이었다.

조선에서 자라난 사람으로 지금 뉘게 그런 사람이 있을까 하리만큼 전체적으로 다부진 긴축한 그들의 육체 중에서도 의복이 다 가무릴 수 없을 만큼 유난히 풍성한 그들의 유방은 협박감이 없이 자유스럽게 자라난 유일한 표적인 것 같기도 하나, 하룻날의 일을 다한 곤비困憊*만이 깔리인 이 황량한 처소에서는 팔을 닦아 끼고 몸을 서로 의지하여 가며 무엇인가 열심히 속삭이고 면면히 하소하여 고치지 않는 그들의 뒷 자영姿影 역시 붓을 들어 그리자면 두어 자—적막寂寞—에 이루울밖엔 없었다. 너 나의 네 것과 내 것의 분별감이 모호해지는 신비한 황혼 때를 만나면, 힘차고 씩씩하고 탄성이 풍부한 그와 같은 청춘에 있어서조차 그들 역시 어느 나라의 주인공도 못 된다는 표백을 스스로 싸고도는 듯하였다.

나는 그들의 속삭임을 엿듣고 따라가고 싶으리만큼 고혹적인 독고감獨孤感을 새삼스러이 느끼었다.

발이 멈춰졌던 홈 한 편짝 기둥에 기대고 서서 나는 방과 내가 같은 관찰점에 도달한 우리의 노인관老人觀을 머릿속에 되풀이하였다. 방과 나의 노인관은 어느 것이 현실적이요 어느 것이 가설적이었는지 모르리만큼 한 가지 과실로 맺혀 떨어질 수는 없었지마는,

"우리가 남과 같이 살아야 한다면 노서아 사람만큼 무난한 국민이 없을는지도 몰라."

한 것은 이십여 일 동안 수많은 노서아 사람들을 만난 우리들의 결론이었다.

이 결론은 중대한 것이었다. 그리고 이것이면 다였다.** 이것만 그럼에 틀림이 없다 하면 소련의 지금 현실이야 어떻게 되어 있던 또한 장차

---

* 아무것도 할 기력이 없을 만큼 지쳐 몹시 고단함.
** 원문은 '다이였다'.

어떠한 정책이 국내적으로 유행적인 것이 되던 동거해 있는 민족들의 우의友誼를 장해할 아무런 구극*적인 것도 아닌 것 같았다.

사실 그동안 그들로 말미암아 당한 우리들의 성화스러움이란 하나둘일 수가 없었다.

우리는 몇 푼 안 남은 여비도 그들에게 제공하지 아니하면 아니 되었다. 술을 사서 대접하였다. 몸에 찼던 물통이나 펜 같은 것이라도 귀에 대고 칠래칠래 흔들어보고 가지고 싶어하면 선선이 선사하지 아니할 수가 없었다. 사루마다 환향이란 말을 토하면서 킬킬거리고 오던 우리들의 수많은 웃음 속에는 이러한 어찌할 수 없는 체관이 깔리어 있다고도 아니할 수가 없는 것들이었다.

우리는 무시로 연발하는 '다바이'와 '따발총'의 협위를 한 시도 잊어본 적이 없다. 우리가 순종하지 아니하면 사실 그들은 쏘는 사람들이었고, 또 다음 순간에는 그들은 당장에 후회할 수가 있는 사람들이었다.

그들의 행동은 순간적이었고 충동적이었다. 행동적이었고 발작적이었다. 그리고 그 발작의 행동이 단속되는 콤마와 콤마 사이에는 긴 관상觀想의 스톱이 머물러 있는 듯하였다. 그들은 잠자코 무슨 생각인지 모르는 생각에 잘 잠기곤 하였다. 그런 때에도 보면

"어느 누가 마리아에게 돌을 던질 사람이 있느냐."

하는 따위의 노서아 대大 예술가들의 주제主題를 시시각각으로 체험하고 있는 듯하였다. 순전히 겸허한 마음을 가지고 그러지 않고서야 어떻게 전 세계 인류를 포용할 수 있는 것은 오직 슬라브족이어야 한다는 염원—연민憐憫 외에는 아무것도 아니 섞인 이 위대한 염원을 감히 풀어볼 수가 있었으랴. 사실로 그들 군대에는 얼마나 많은 이민족이 섞이어

| * 究極. 궁극.

있었던 것인가—슬라브 구류지야 타타르 가즈백그** 등등.

그들은 우리가 우리 입으로 화가라 하면 화가로 알고 환영하였고, 교원이라 하면 교원으로 알고 환호하여 받아들이는 한낱 우직한 농민들에 불과한 듯하였다. 그들은 농민인 까닭으로 농민에게 특유한 이기적인 것이 들어나는지는 모르나 그 대신 소박하였고 어리석었다. 남양南陽서 회령까지 오는 차중 우리는 비를 만나 그들의 숙식宿食하는 무개화차 위에 실은 적십자 자동차 위에서 하룻밤을 지냈다. 그들이 배당으로 타오는 수프를 한 스푼을 가지고 방과 나는 그들과 함께 번갈아서 떠 먹어가며 그들의 티 우 스포코이네를 들었다.

티 우 스포코네메냐
스카지 츠토 에토 슈트카
레포 키타이 메냐
스카지 츠토 에토 슈트카

밤새도록 외치는 노래는 환희의 노래 아닌 것이 없겠건마는 톤이 굵게 터져나오는 그들의 목소리는 끝마무리 바닥에 눈물이 맺히는 것이며, 혹은 마디마디에 우수憂愁가 떨리는 것을 나는 들을 수가 있었다.

울거나 웃지 아니하면 그들은 가만히 있을 수 없는 사람들이었고, 또한 그들은 같은 모멘트로 슬픔과 기쁨을 동시에 자아낼 줄 아는 사람들이었다.

"우리는 한 가족이다."

요만한 정도로 알아들을 수 있는 내 노서아어는 장춘 이래 쭈욱 들어

* 그루지야.
** 우즈백.

266

오는 그들 노래의 유일한 후렴이었다.

날이 밝아서 우리가 그 적십자 자동차에서 내렸을 때 방은 기차선로를 채 나서지도 아니하고 두 다리를 쩍 벌리고 서서

"친구들의 그 지긋지긋한 질긴 키쓰— 키쓰는 질기고 길수록 좋은 것이지만 당신의 그 지긋지긋한 긴 수염이 나는 영 싫어요."

오랜 우리들의 여로旅勞를 일시에 풀어 팽개치게 하는 동시에 갑작스러이 또 새삼스러운 사내들의 여수旅愁를 급격히 밀어다주도록, 방은 이렇게 요괴염염한 니마이*의 목소리를 써서 우리를 웃기면서 아직 무슨 깨끗한 것이 남아 있다는 것처럼 손바닥으로 그의 두 볼을 동시에 쓸어내리었다.

"그러면서 그 친구들 거 뭐라고 하는 말입디까."

하는 그에게 내가,

"믜 아드나 세먀—우리는 한 가족이 아니냐—는 소리 아니오, 그게?"

하니까,

"글쎄, 그런 모양인 줄 나도 짐작은 하였소마는."

하고 그는 다시 또 억울하다는 모양으로 쓸다 멈춘 두 볼을 쓰다듬으며 웃었다.

말을 몰라 무슨 말을 해야 할지 모르고 어떻게 말을 들어야 할지 몰랐지마는, 우리는 그 기쁨과 슬픔에 같이 섞이어서 한 가족이 되어 지내더라도 아무 흠이 없을 것임은 하필 이날 밤에 한하여 이해할 수 있었던 일은 아니었다.

민족을 달리한 두 여인으로 말미암아 일어나는 이 모든 회억과 사람을 유별히 그리웁게 하는 황혼의 그림자는, 층일층 홀로 혼자되는 나의

| *にまい. 두 개, 이중.

독고감을 내 흉저胸底에 깊이 앉히어놓을 뿐이었다.

그래도 역시 잠은 오지 아니하였다.

축축한 찬 냉기가 얄팍한 요 껍데기 위로 스며 나온다. 나는 쿡쿡 쑤시기 시작하는 듯한 다리를 다리 위에 포개어 얹고 몸을 제쳐 모로 누웠다. 그리고 애매한 그 다음 일만 생각하기로 하는 것이다.

정거장 납작한 판장집*에는 어느덧 불이 켜져 있었다.

문을 두드리고 안으로 들어가 역원에게 방과 내가 회령서 그때 선발先發한 첫 차가 지금 어디쯤이나 와 있을까를 묻기 위함이었다. 회령서는 구내에 들어와 있는 군용차가 둘이나 되었다는 이야기부터 나는 역원에게 하지 아니하면 안 되었다.

처음 방과 내가 타려던 차는 화통이 와 달리려고 그것이 궁둥이를 내밀고 뒷걸음질을 쳐오던 폼에 바싹 다가붙어 서 있는 차이었으나, 일단 붙었던 화통이 도로 떨어져 달아나면서 그 다음 이번 선에 역시 같은 모양으로 와 서 있던 차에가 달리기 때문에, 우리는 선로를 뛰어 넘어서서 새로 화통이 가 달린 차로 달려가지 아니할 수 없었다.

그러나 나는 타지 못하였다. 방은 소련병에게 장춘서 가지고 온 증명서를 내 보이고 교섭을 하여 겨우 양식인가 실어서 천막을 친 차에 오를 수가 있었으나, 나는 동행인 줄을 모르는 소련병의 거절로 말미암아 주춤주춤하고 완전히 이야기를 다 못하고 있는 동안에 차는 떠나고 만 것이었다.

부득이 뒤에 떨어진 나는 어떻게 하였으면 좋을지를 몰랐다.

'아무래도 같이 가야 할 사람이 아닌가.'

| * 판장板牆으로 만든 집. 판장은 널빤지로 만든 담을 의미.

그러나 어떻게라도 해서 될 수 있는 일 같지도 아니하였다.

처음 화통을 달았다가 떨리운 차는 그대로 목을 잘리운 채 일번선 위에 놓여 있었다. 그 맨 꽁무니에 달린 서너 개 유개화차 지붕에서는 사람들이 부실부실 흩어져 내려오기를 시작한다. 이 차는 언제 떠날지 모르는 차라고들 하였다. 화통이 없는 것이며 또는 척 있어볼 희망도 없는 것이라 하였다.

그러나 나는 이때 결심하였다. 다시 회령 거리로 어정어정 들어갈 용기는 나지 아니하였다. 그만치 나는 아침부터 이 차로 말미암아 제일로 분주한 사람이었고, 또한 이 차로 말미암아 제일로 긴장한 사람이기도 하였던 것이다. 그것이

'어떻게 이렇게 떨어지게 되었을까.'

나는 사람들이 부실부실 흩어져 내려오는 언제 떠날지 모른다는 차 지붕 위에 올라앉아서 턱을 손에 받혀 얹고 이렇게 곰곰 생각하였다. 그리고 눈을 지르감았다.

'언제 떠나도 좋다.'

하였고 아니 떠나도 할 수 없는 노릇이라고 질을 쓰듯이 주저앉어버리고 말었던 것이었다.

그러나 내 존재는 역시 항상 운명의 회오리바람 속에 놓여 있는 나일 수밖에는 없었다.

손바닥 위에 턱을 고이고 눈을 지르감고 앉았는 내 귀에 도라꾸로 청진 갈 사람은 없느냐는 소리가 발아래에서 들린 것은 바로 이때이었다. 그래서 나는 언제나 쫓아갈게 될지 안 될지조차 모르는 무망한 순간들을 벗어져 나와 일사천리로 청진을 향하여 내달은 몸이 된 것이었다.

"얼마나 주고 오셨습니까?"

내 말이 일단 끝나자 이러고 묻는 젊은 역원은 친절한 사람이었다.

내가,

"백이십원에 왔어요."

하니까 그는,

"꽤 비싼데요."

하고 의자에서 일어나 한참 동안이나 전화통에 매달리어 찌르릉찌르릉 전화의 종을 울리었다. 전화는 나오지 아니하였다.

그는 제자리에 돌아와 앉았다가 다시 한 번 일어나서 전화통으로 갔다.

역시 전화는 종내 나오지 아니하는 모양이었다.

"전화도 아니 나옵니다마는, 나온대야 요새는 어느 정거장이나 금방 지나갈 차라도 모르고 지나치는 차니까요."

참으로 이것은 어느 정거장이나 정거장에 지울 죄는 아니었다.

그러나 내가 그의 말에 그렇겠지요 하면서 순순히 그들의 죄가 아닌 표적을 남겨놓고 그 조그마한 사무실의 나무문을 밀고 나왔을 때에는, 과연 거기에는 이 젊은 역원의 설명을 당장에 힘 들이지 않고 반증하듯이 저편 쪽 구름다리를 지나 이쪽으로 그 머리를 내밀고 전진하여 오는 차가 보이는 것이 아닌가.

나는 방이 탔을 앞으로 서너 칸째 되는, 천막을 가리운 차 설 위치를 찾아 허둥거리었다.

사람들은 내린다. 탔으리라고 생각한 찻간에는 방이 보이지 아니하였다. 삼십여 량 달린 차의 꼬리가 보일 때까지 줄달음질을 쳐보았으나, 내가 찾는 사람은 종내 보이지 아니하였다. 이름을 불렀으나 혼잡통에 들릴 리가 없다. 나 할 일이 이밖에 더 있을 수 없겠건만 나는 나 한 일에 자신이 없어진다.

'그 양반 탄 차를 내가 잘못 알고 뒤지는 동안에 벌써 내린 거나 아

닌가.'

'혹 그 양반이 회령서 오다가 중간에서 다른 찻간으로 옮긴 것을 내가 모른 것이 아닌가.'

이런 생각이 전후의 질서 없이 내 자신을 잃은 머릿속에서 회전한다. 이 둘 중에 어느 하나가 틀림없는 데다가 또 아침녘 트럭 위에서 열심히 내저은 내 모자를 볼 기회를 방이 붙잡지 못하였다면, 그는 내렸더라도 나를 찾지 아니하고 나가버리고 말았을 것이다.

나는 허둥지둥 역 광장을 향하여 출구를 나섰다.

그러나 철책 꿰어진 사이로 나오는 구녕만도 세 군데가 넘는 이 광장 전면에 섰다기로는 아무 짝패가 없이 단신으로 나올 사람을 발견할 적확성이 있을 리가 있는가.

나는 단념하였다. 그러나 아주 그러고 말 수도 없었다.

"이 차가 회령서 오는 참니까?"

맨 나중으로 나오는 젊은 농사꾼의 내외─맨바지 바람으로 머리에 수건을 동이고 마대로 만든 큰 독 같은 류색을 궁동이 밑까지 달고 너들떡거리고 나오는 그 젊은 사내에게 나는 허둥지둥 묻지 아니할 수 없었다.

"예예, 회령서 옵니다."

인제 겨우 한 고비는 지냈다는, 그러나 앞으로 장차 몇 고비나 남았는가 하는 안도보다는 한탄이 더 많이 버물리운 어조로 젊은 남편은 길게 '예예'를 내뽑는다.

"아침 회령서 떠난 차 분명하지요?"

"그렇다니껭요."

전라도 사투리는 열렸던 입을 채 닫지 못하고, 얼이 빠져서 서 있는 사람의 옆을 서슴지 않고 지나가버리었다.

'혹 도중에서 내려서 내가 타고 오리라고 알고 있을 제 이 화차를 기다리어 나와 같이 타고 오자고 내린 것은 아닐까. 그러나 그렇게 앞이 막힌 소극적인 방도 아니다. 게다가 청진, 이 땅은 누가 말한 것은 없으나마 암암리에 우리들의 제일차 목표지가 되어 있을 즉도 한 일이 아닌가.'

젊은 내외가 지나쳐 피난소로 꺼불어져 사라졌을 때에 나도 그 자리를 떠날 수밖엔 없었다.

'지금 이들을 실어가지고 온 차가 아침 방이 타고 내가 못 탔던 차임은 생각할 것도 없고, 또 아니라고 의심할 아무런 근거도 없다.'

'이곳은 방의 고향이요 친구도 많은 곳이겠지마는, 어디가 어딘지를 모르는 내게 그것도 도움이 될 수가 없다.'

'이제 내게 남은 유일한 길은 내일 아침부터라도 일찍 일어나 정거장에 나와 돌아다니다가 우연히 만나기를 바랄 밖에 별 도리가 없을 것이다— 그도 나와 만날 기약을 가지고 있다 하면 정거장 밖에는 나올 길이 없음을 모르지 아니할 테니까— 그것도 한 이틀 해보다가 못 만나는 날에는 혼자서라도 가는 수밖엔 없는 게지.'

이렇게 결론을 지어놓고 보면 이 유일한 결단으로 해서 오는 의외의 용기도 없지 아니하였고, 그러지 않기로는 그 유일한 길 자체에 기허幾許*의 광명이 없는 것만도 아닌 듯하였다.

이렇게 생각한 나머지 나는 여관으로 돌아와 자리를 보고 누운 것이었다.

잠은 이내 오지 아니하였다.

나는 다리를 포개어 얹고 모로 누웠던 몸을 돌이켜 다시 바로 눕히었다. 등골과 어깻죽지로 찬바람이 새어드는 것이다.

| * 얼마.

이때 시계가 몇 점은 칠려고 하던 것인지 일곱 점을 뎅뎅 치고 또 스르르 감아 들어가는 소리를 내는 순간에 바깥 현관문이 돌연 드르르 열리며,

"쥔 아즈망이 계시오?"

하고 들어서는 사람이 있었다.

서슴지 아니하고 들어서는 동정이며 그 주인을 찾는 거침없는 어세가 인근에 살아서 무상으로 출입을 하는 사람이거나, 여객이라면 단골로 다니는 흠 없는 여객에 틀림없는 것이 현관 옆방에 우연히 들게 된 나에게는 똑똑히 분간하여 알 수 있으리만큼 분명한 것이었다.

"뉘요."

안에서 미닫이를 열고 나가는 듯한 주인마누라가,

"난 또 뉘라고. 어서 오시오."

하고는 객을 맞아 복도로 모시는 듯하더니 이 분명히 인근 사람 아닌 것만은 확실한, 돌연한 틈입자闖入者에게 아래와 같은 문답을 주고받고 한다. 복도에서 하는 말이 현관 옆방에 든 내가 아니라 하더라도 과히 낮은 목소리로만 하지 않는다 하면 어느 방에 든 사람에게라도 분명히 통할 만한 이 집은 일본식 건축으로 되어 있었다.

"그런데 어디 갔다 오시는 길이요?"

"회령서 오오."

이 소리에 나는 벌떡 일어나리만큼 회령이라는 소리는 내 귀 밑을 화끈하게 때리었다. 전등의 스위치를 비틀어서 불을 켜고 복도로 나가는 나 자신을 나는 상상하였다. 그러나 아직은 그럴 필요가 없을 듯해서 불끈거리려는 가슴을 누룽베개 위에 귀만 또렷이 내놓고 이야기의 뒤를 듣기로 한다.

"말 마오. 회령서 열세 시간 타고 오오. 아침 일곱 시에 떠난 것이 인

제 오지 아니합니까."

"요즘 차가 그래요."

"중도동中島洞 못 미쳐 고재턱에 와서 고개를 못 넘구 헐떡거리다가 해를 다 지웠지요. 서른네 칸씩이나 되니 어찌 안 그렇겠습니까. 절반씩 두 번에 끊어서 넘겨다놓고야 왔지요. 회령서 청진을 열세 시간이라는 게야. 사람이 살아 먹을 도리가 있나요."

나는 벌떡 일어나서 전등을 켜고 복도로 나갔다.

"그럼 손님 타고 오신 차가 회령서 온 아침 맨 처음으로 떠난 찹니까?"

나는 청진 어느 시골에서 무슨 장사로라도 회령에 다니는 듯한 신래의 객에게 이렇게 물었다.

"예, 처음 떠난 찹니다."

"그러니까 아까 저녁 때 여기 와 닿은 차가 선생이 회령 떠나신 뒤에 떠나온 차겠습니다."

"그렇지요. 우리 차가 중간에서 허덕거리고 고개를 못 넘구 차 대가리가 올라갔다 내려왔다 하는 동안에 그 뒤에 떠난 것이 먼점 지나오고 말았으니깐요."

그러면 뒤에 떠나오다 먼저 지나쳐왔다는 차라는 것이 언제 떠날지 안 떠날지도 모른다던 그 이번선 차에 틀림이 없었다. 설마 그 차가 떠나오니라고는 생각지도 아니하였고, 게다가 그것이 먼저 와 닿았으리라고 는 더더군다나 상상할 여지가 없는 일이었다. 참으로 이렇게도 기이할 수가 없는 우리들의 짧은 여로가 일으키는 무쌍한 곡절전변에 나는 또다시 한 번 놀라지 아니할 수가 없었다.

그러고 생각하면 도착 전까지 모든 형편과 이치가 초저녁에 와 닿은 차가 방이 탄 차에 틀림없으리라고 확고한 단정을 아니 가질 수는 없으면서도, 그러면서도 무엇인지 억지와 무리가 그 단정 속에 전연 없지 아니한 것을 나는 느끼지 아니할 수 없었던 것도 사실이었다.

아무리 출구가 역에는 많고 그것들이 또 다 불분명한 것들만이라 하더라도, 자기로서도 보리만큼은 보았다 하고 싶었고, 또 방의 행동이 그렇게 재빨랐을 것 같지도 아니한 일이었다. 뿐만 아니라 일층 중요한 것은 와 닿아 있는 차 전체서로 오는 도저히 이치로 깎아 맞추어서는 맞추어질 길이 없는 일종의 '기미'라 할 것부터가 그러하였던 것이었다. 더더구나 고르다 남은 찌꺼기의 기통을 달고 못 하지 아니한 량수輛數의 차를 달고서 같은 궤도 위를 남보다 먼저 달려온 차— 이것 역시 불가사의한 자연의 이수理數와 규구規矩를 넘어서는 무법무리한 일 같게로만은 아니 여겨질 일이었다.

'어떻게 하나. 지금이라도 정거장엘 나가보는 것인가. 나가본댔자 쓸데없는 일일까.'

차가 도착한 지 이미 적지 아니한 시간을 경과한 이제 나갔다기로 만날 수 있을 리는 만무하였고 또 어느 거리, 어느 모퉁이에서 우연히 부딪쳐볼 백 분의 일 가능성조차 없는, 백주와도 다른 어두운 밤중이 아닌가. 하나 그렇다기로 듣고 가만히 앉아 있자는 것도 마음에 허락지 않는 의리 인정은 없을 수 없었다.

이 이순여의 짧지 아니한 내 여행이 하루도 안 그런 날이 없었던 것처럼, 이날 밤도 나는 양복을 저고리와 바지에다 넥타이까지 맨 채 끄르지 않고 자던 터이므로 방에 돌아왔대야 모자만을 들고 밖으로 나오면 되는 일이었다. 보니, 현관에서 마주 보는 보이는 '오'에 ㅇ만 없는 글자로 난 복도 맨 꼬두머리 벽상에 붙은 괘종의 바늘들은 어느덧 아라비아의 8자와 3자를 가리키고 있었다.

절반 이상이나 불이 꺼지다 남은 침침한 좁은 골목을 나와 낮에 보니 소련의 전몰해군의 기념비가 거지반 낙성이 된 로터리를 돌아 곧추 정거장으로 통하는 대로大路 좌우 보도 위에는 삼사 인 혹 사오 인 짝이 되어 더러는 치안대 같기도 하고, 더러는 피난민 같기도 한 사람들이 마음에 채 안정하지 아니한 두덜거리는 목소리로 여관이 어쩌니 차가 어쩌니 하며 지나가는, 누가 어쩔 염려는 없으면서도 어쩐지 불안하고 어쩐지 싸늘하여서 못 견디고 싶은 밤이었다.

지금 차에서 내려서 아직 채 헤어져가지 아니한 사람들인지 혹은 정거장 구내 피난민 수용소에서 궁금증에 못 이겨 나온 소풍꾼들인지, 며칠 몇 달 못 먹은 유령이면 이런 것들일까 하게 삼삼오오 뭉치어서 정거장 정면 벽을 지고 묵묵히 선 것이 그믐이 다 찬 무엇이나 분간치 못할 어두운 밤에 오직 그들의 배경이 된 벽 자체의 힘뿐을 빌려 희끈히 들여다보일 뿐이었다.

"방선생."

나는 보고 부르는 것이나 다름없이 정확한 어음을 돋구어 정거장 입구를 향하여 불러보았다. 희끈거리는 유령의 그림자는 다시 움직어리지도 아니하였다.

정문을 들어서서 개찰구이었을 데를 지나 폼으로 나왔다.

친절한 젊은 역원이 들어 있던 나무 판잣집 사무실로부터 헤어져나오는 의미한 몇 줄기 광원을 의지하여, 거기에도 역시 바람을 가리울 기둥을 틈에와 이슬을 막을 추녀끝 될 만한 곳곳마다에 제가끔 이슬을 피하여 깃을 갇아뜨리고 옹크리고 앉았는 불쌍한 참새의 무리들은 있었다.

"지금 회령서 온 차 어느 겁니까?"

판자로 이어 내려온 것이 어슷어슷 규칙적으로 끝이 비어져나온 사무실 늑골肋骨들 틈바구니에 어깨를 틀어박고 앉아서 광명을 등진 채 제 두어 자 앞만 무심히 바라다보는 한 젊은 사람에게 나는 이렇게 물었다.

그리고 나는 그가 가리키는 데를 따라 초저녁에 와 닿은 차량과 차량을 연결한 체인을 짚고 올라서서 제이 폼으로 건너갔다.

거기도 또한 탈 대로 타고 연소할 대로 연소한 불이 지금 막 꺼진 자리에 더할 것도 없고 덜 할 것도 없는 곳에 다름은 없었다. 탈 것은 다 타고 타지 못할 것만 남기인 듯이 꺼멓게 식어빠진 회진灰盡의 길고 긴 차체의 연장— 그 긴 회진의 처처에는 불에다 먹을 것과 입을 것을 태워버리고 어버이와 동기를 함께 지니고 가려듯이, 오직 묵묵히 웅크리고 엉기어 앉은 그림자들— 무개차 위에 떠받쳐놓은 장갑차의 쇠바퀴 사이, 길음길음히 쌓아 얹힌 각재角材나 아마 화목으로 밖에 아니 운반할 부서지다 남은 책상이나 걸상 쪼박 틈바구니에, 혹은 째어진 장막의 한 끝을 잡아다려 뼈가 들추이는 어깨를 가리우기도 하고.

나는 방이 탔었을 앞으로 서너 칸째 되는 차칸의 방위를 찾아 걸어갔다.

과연 그것은 내가 상상하였던 것과 다름이 없이 셋째 칸째이었음에 틀림이 없었고, 또한 장막을 가리운 회령서 혼자 쓸쓸한 마음으로 떠나보낸 바로 그 찻간이 틀림없었건만, 나는 다시는 방의 이름을 부르고 싶은 생각이 일어나지 아니하는 내 마음에 맡기어 찍소리도 내지 아니하고 도로 돌아서버리고 말았다.

기름기름히 쌓아 얹힌 각재들 사이에 끼인 사람, 부서지다 남은 걸상과 책상을 쓰고 자는 사람, 째어진 장막의 한 끝을 잡아다려 뼈가 들추이는 어깨를 가리운 사람, 이 사람들은 한 특수한 개념을 형성하는 사람들이었다. 그리고 이 특수한 개념을 한 독자적인 완전무결한 개념으로 응고凝固시키렴에는, 방은 그중에서는 무용한 사람일 수밖에는 없었다. 그는 아니 우리는 아무리 다 회진하였다 하더라도 그래도 어딜런지 덜 회진한 곳이 남어 있는 사람이었다. 회진하지 아니하였으면서도 회진을 체험할 수 있는 대신에는, 회진하고 있는 자기 자신을 떠나 더욱더 완전한 회진이 올 줄을 알면서까지 일층 높은 처소에서 회진하고 있는 자기 자신을 내려다보고 방관하고 있을 수 있는 분류의 사람이었다.

'애꿎은 제삼자의 정신!'

차와 차를 연결한 체인을 다시 짚고 넘어서서 나는 뒤도 돌아다보지 아니하고 천천히 걸어 정거장을 나왔다.

나는 걷어치우다 남은 마지막 오오도구를 등지고 섰다.

몇 개 걱쇠를 제쳐놓으면 이것마저 쓰러져 없어지고 말 듯한 평면적인 한 개의 하잘것없는 벽을 의지하고 서서 나는 전면 넓은 광장의 어두움을 내다보았다.

그것은 방금 무대의 조명과 함께 완전히 일류미네이션*이 꺼진 관객이 흩어져버린 극장, 한 큰 관람석에 불과하였다. 종전까지 벽을 따라 흐늘거리던 유령의 군상들도 어디론가 흩어져버린 듯하였으나, 그러나 그들이 남겨놓고 간 찬 호흡의 냉냉한 기운이 목덜미를 덮쳐오는 데는 변함이 없었다. 어느 구석에 어쩌다 꺼지지 아니하고 남아 있는 풀라일의 한 점 광원도 이제는 남지 아니하였다.

'어디로 가나.'

팔짱을 겨드랑이 밑에 닦아 끼고 나는 내 두 발이 디디고 섰는 자리에서 움직여나지 아니하였다.

'어디로 가나.'

다른 날 어느 누가 이를 높고 먼 처소에서 바라본다면 이 또한 영원히 지속되어 나아가는 인생의 막幕과 막 사이를 연장하는 적은 한 일장

| * illumination. 조명.

암전一場暗轉에 불과한 것인지도 모르련만, 순간순간을 있는 힘을 다하여 지어 나아오던 이때 나에게 있어서는 이 모든 것은 완전히 비극의 종연終演을 완료한 한 큰 극장의 헛헛한 경관이 아닐 수 없었다.

이 어두운 경과 속에 지향이 없이 팔을 옆구리에 닦아 끼고 앞을 내다보고 섰는 배우의 요요寥寥*한 그림자는 이제 어디로 그 발길을 옮겨야 하는 것인가.

클클하고 헛헛한** 마음을 부여안고 그는 불이 꺼진 관객석 깊은 허방에 빠지지 않도록 더듬어 한 줄기 하나미찌〔花道〕***를 골라잡을 길밖에는 없음을 깨닫는다.

등록이 난 철책을 가운데 놓고 나무판자로 만들어 세운 정거장 사무실 반대 방향 이쪽으로는 어느 지면보다도 일층 꺼져 들어간 허방이, 남으로 광장 두드러진 기슭아리에 인접하여 있었다. 다 해서 백 평이 넘어도 많이 안 넘을 거지반 네모가 반듯하다 할 공지空地인데, 군데군데 영양불량이 된 몇 개씩의 옥수숫대와 꽃을 맺어보지 못했을 오그라붙은 호박 넝쿨들 틈으로 꿰어나간 한 줄기 쇠스랑 길, 이 또한 이번 일 이후 피난민들의 필요 없이는 생겨날 리가 없는 길이었다. 길 양 좌우로 호박잎과 풀포기 사이로 수없이 빽빽 벌려놓인 사람들의 된 분糞들— 낮에 수성서 들어와 여관에 륙색을 풀어놓고 처음으로 형편을 살피려 정거장으로 나왔다가 정신없이 이 분을 밟고 참으로 무서운 분 무더기인데 나는 놀라지 않을 수 없었던 것이었다.

'발을 빼 내일 수 있어야 하지, 미아리 공동묘지보담 더 빽빽 들어서서.'

* 고요하고 쓸쓸함.
** 채워지지 아니한 허전한 느낌.
*** 무대에서 배우가 나오는 통로.

남의 일같이 저주스러웁게 제법 골살을 찌푸리고 겨우 쇠스랑 길 밖에 비어져 나가지 않도록 해서 똥 묻은 신발을 부비대고 갔던 나인데도, 그 나도 얼마 뒤 요기하기를 끝내이고 똑같은 길을 도로 돌아오는 길에는 역시 그 위에 발을 벗디디고 주저앉은 사람에 지나지 아니하였다.

쇠여빠진 새끼손가락같이 가는 옥수숫대를 살 떨어진 양산 받듯 가리어 박고 떡잎부터 먼저 된 산산 찢긴 호박잎으로 앞을 가리우는 가리어졌을리도 물론 없었거니와, 향向 될 만한 데를 찾을 수도 없는 것이어서 남의 일같이 저주스럽게 생각한 것도 우스운 일이 되고 마는 수밖엔 없었다. 그렇다고 이 근방에서 찾자면 이곳 밖에는 급한 용을 채울 데도 없을 것 같았다.

짝패와 더불어 앉아 같이 하는 일이라면 무슨 우스개라도 하며 킬킬거리지 아니할 수 없을 내 우스꽝스러운 광경을 나는 등을 우그리어 찢어진 호박잎 밑으로 들어 보내듯 하며 상상하였다. 누가 내라고 해서 낸 것도 아니요 누가 따라 오라고 해서 시작한 것도 아닌 이 일대 공동변소를 실로 어떻게 이렇게 요긴하고 눈살 바르고 적당한 장소에 만들어져 있을 수 있겠는가— 물론 하필 나라고 해서 특별히 지목해보는 사람이 있을 리도 없었다. 그러나 바지를 추켜올리고 허리끈을 매는 내 얼굴은 아무래도 붉어지지 아니할 수 없음을 느끼었다.

공지와 새표가 되는 광장 두드러진 기슭 아래 길을 따라 내려가면 허방이 끝이 나는 곳에 여관으로 이층 벽돌집이 서 있고, 이 집을 한 채 지나쳐 바른손으로 꺾어 들어간 골목길은 서너 덧 집 지날까 말까 하여 다시 작은 십자길에 와 부딪힌다. 모두가 일본 집들이었다. 어디를 가나 그랬던 것처럼 이곳도 정거장의 정면과 그 뒷골목이 될 만한 십자길을 중심으로 하고, 팔월 십오일 전에는 철도 여객들을 상대로 하는 여관이며 과일전이며 식료품 잡화상 같은 것이 번성한 장사를 하였을 듯한 흔적이 아직 군데군데 완연히 남아 있었다.

　낮에 수성서 들어와서 점심을 사 먹고 들러 나오던 역로순逆路順을 따라 하나미찌를 따라 내려온 나는 여관 골목을 들어서서 십자길을 바른 편으로 꺾어 고쳐 정거장 쪽을 향하여 걸어가는 것이니, 허방 공지의 분이 널려 있는 쇠스랑 길을 건너오면 지름길이 되는 곳에 음식의 점포는 늘어 놓여 있는 것이었다.

　점포라 했대야 물론 그것은 비바람조차 막지 못할 판장쪽이나 하다 못해 삿때기 가마니짝 같은 것을 둘러친 잠정적인 단순한 상권표식商圈標識에 불과한 것들이어서 이나마 권세에 미치지 못하는 패거리들은 엿장사며 떡장사며 지지미, 두부, 오징어, 성냥, 담배, 비누, 비스킷, 옥수수 삶은 것, 구운 것, 사과, 배 같은 것을 맨 땅위에 나무 판대기나 종이쪽지에 벌려놓기도 하고, 광주리에 담은 채 이런 빈약한 점포들을 의지하여 길옆에 쪼그리고 앉아서 손님을 부르는 남녀노유*들.

　이 현황 잡다한 풍물 속에 이날 한나절을 보낸 일이 있는 나는 너무나 고조근한** 쓸칠 듯한 쌀쌀한 공기 속에 새삼스러이 등골이 오싹함을 느끼어 옷깃을 세우지 아니할 수 없었다.

　'한 잔 하고 가나.'

　낮에 오래간만으로 돼지고기에 생선에 매운 무나물까지 받쳐서 처음으로 배껏 먹어본 이래론 여지껏 먹은 것도 없으려니와, 전신이 바싹 오그라들고 가다들어 무엇에 닿으면 닿는 대로 부서져 으스러질 것 같은 을씨년함을 나는 어찌하는 수 없었던 것이다.

　길 위에 노점을 하러 나온 사람들은 벌써 하나도 없이 자취를 감추어 버리고 말았다.

---

* 男女老幼. 남녀노소.
** 고요한.

십자길로부터 노점지대에 들어서면서 나는 음식의 점포가 늘어선 첫 골목 안을 들여다보았다. 이곳에도 불은 모주리 꺼지고 말아서 양줄로 선 가지각색의 바라크*들만이 서늘한 저녁 공기 속에 마주 보고 서 있을 뿐이었다.

나는 들어가지도 아니하고 발을 옮기어 둘째 골목으로 걸어갔다. 그러나 이곳도 역시 파장인 듯하였다. 바른편으로 서너 집을 앞서 오직 한 집 촛불이 크게 흐늘거리며 춤을 추는 가운데 중년이 넘었을 남녀의 침착한 두덜거리는 소리가 들려 나왔으나, 그 소리마저 광주리에 그릇들 옮겨 담는 소리에 지나지 않았음을 알고는 가슴에 습래하는 일층 헛헛하고 낙망적인 생각을 금하지 못하였다.

행여나 하는 마음으로 이때 나는 그 속을 안 들여다보고 지나쳐갈 수도 없었다. 마나님일 듯한 한 오십이나 되었을까. 한 여편네가 한복판에 두 다리를 쪼그리고 앉아서 주머니 끈을 풀어헤친 채 이날 수입된 지전들을 정성껏 헤이고 있었다. 헤이던 손을 뚝 그치고는 간간 그도 무엇인가 중얼거리거니와 그것을 흘깃흘깃 곁눈질하기에 정신이 팔리인 그 남편될 듯한 사내도 무엇인가 두간두간 두덜거리기를 마지 아니하며 반허리를 굽힌 채 그릇들을 광주리 속에 챙기고 있었다.

주저앉으면 안 될 것도 없을 성싶었으나, 그제는 딱 먹을 용기가 나지 아니하는 광경만으로도 되돌아서서 지나쳐 나와버리지 아니할 수 없었다.

이리하여 나는 돌고 돌아 더듬거리어 나오던 끝에 이상하게도 낮에 수성서 들어와서 돼지고기에 생선에 매운 무나물을 맛있게 받쳐 먹던 바라크 행렬 거지반 끝골목 되는 그 할머니 가게에 당연히 돌아들어야만

| * baraque. 막사.

했던 것처럼 돌아들게 된 것이었다.

"할먼네 무나물 못 잊어 왔습니다."

선을 보이고 앉았는 처녀 모양으로 할머니는 보이얀 김이 물큰거리는 솥 옆구리에 단정히 무릎을 세우고 앉아서 무엇인지 한참 정신이 팔리고 있었다.

"고기 있거든 고기에 술도 한잔 주시고요."

한 장으로 된 좁고 긴 나무판자 상 앞에 내가 털썩 주저앉음과 동시에 할머니는 비로소 정신이 드는 듯이 주저앉는 나를 쳐다보고

"예, 어서 앉으시오."

하고는 언제 왔었던 손님이려니 하는 어렴풋한 기억만을 더듬는 모양으로 입에서 긴 담뱃대를 떼내었다.

역시 바람이 있었던지 솥구막 가까이 납작한 종지에 피어나는 기름불은 유달리 흐늘거려 앉은뱅이 춤을 추면서 제가끔 광명과 그늘을 산지사방 벽에 쥐어 뿌리었다. 불은 빛보담은 더 많은 그늘들을 일으키어 그것에 생명을 주어 무시로 약동하게 하고 또 무시로 발광하게 하는 듯하였다. 그래서 이 적은 의지할 데가 거의 없는 바라크의 기둥이 되고 주추가 되고, 천반이 되는 몇 개의 나무판자와 가마니때기와 그 외의 모든 너스래미*들을 모조리 핥아 없애려는 듯도 하였다. 하지만 그것은 남을 핥아 없애이기도 아니하고 제 자신 꺼져 없어지는 법도 없이, 다만 사람의 가슴속에 무엇인지 모르는 은근한 한 줄의 불안을 남겨놓으면서 조용한 가운데 타고 있을 따름이었다.

"어떻게 이렇게 오래 앉아 계셔요, 혼자서 할머니."

물론 그 자체로서도 충분히 궁금하지 아니할 수 없는 생각이기도 하

| * 물건에 쓸데없이 붙어 있는 거스러미나 털 따위를 이르는 말.

였으나, 한편으로는 가슴 한 모퉁이에서 일어나는 불안의 그늘들을 눌러 가라앉히기 위하여 무엇이던 씨부리지 아니할 수도 없지 아니하였던 것이다.

"밤마다 이렇게 오래 남아 계셔요 할머니?"

"밤마다이라면 밤마다이지만 잠 안 오는 게 소싯적부터 버릇이 되어서요."

할머니는 국솥에서 한 사발 국을 잘 떠서 상 위에 올려놓고 됫병을 잡아 그 속에 담긴 반 이상이나 남은 투명한 맑은 액체를 컵에 기울여 부었다.

나는 찬 호주*의 반 모금이 짜릿하게 목구멍을 지나 식도를 적셔 내려가 뱃속에 퍼지는 것을 맥을 짚어보는 것처럼 분명히 짐작하여 알며, 할머니의 무엇인지 풍성한 의미가 없지 아니할 듯한 이 '잠 안 오는 버릇'이란 금맥金脈을 찾아 들어갔다.

"소싯적부터이시라니 할아버니랑 아드님이랑은 다 어디 가시구요?"

"다 없답니다."

"없으시다니 그럼 혼자세요?"

더운 국 덕으로 배 속에서 잘 퍼지기 시작하는 호주의 힘을 빌어 물어보지 아니하여도 이미 분명한 물음들을 나는 일부 이렇게 물어보았다. 막 안 어느 구석을 쳐다보나 어둑신하지** 아니한 곳이라고는 없었으나, 벌써 한 잔 들어간 이제 내 눈에 마음을 엎누르는 음침한 데는 한 군데도 뜨이지 아니하게 된 것이었다.

"아이들 두서 서넛 되던 건 하나둘 다 없어져버리고 내 갓 서른 나던 해."

---

* 胡酒. 중국 술이라는 뜻으로, '고량주'를 달리 이르는 말.
** 무엇을 똑똑히 가려볼 수 없을 만큼 어느 정도 어둑하다.

노인은 담뱃대를 입에서 빼어 들고 가느다란 연기를 입에서 내뿜으며 뚝 말을 끊쳤다가,

"갓 서른 나던 해 봄에 올해 스물여덟 났던 애가 뱃속에 든 채 혼자 되었답니다."

하였다.

"네에."

"……."

"그분은 어디 가셨습니까?"

"그것마저 죽어 없어졌지오."

그는 별로 상심하는 티도 정도 이상으로는 나타내이지 아니하면서 태연히 다시 대를 가져다 입에 물려다가,

"물으시니 말씀이지 한 달 더 참으면 해방이 되는 것을 그걸 못 참고 오 년 만에 그만 감옥에서 종시 죽고야 말았답니다."

"네에, 그러세요."

나는 마주 얼굴을 쳐다보기도 언짢아서 이러고는 남은 컵의 술을 마저 들여 마시었다.

"해방이 되었는데 제 새끼래서 그런지 원래 아글타글* 살 욕심을 남보다 더는 보이지 않든, 애니만큼 다른 것들 때보다 가슴 아픈 것이 어째 덜하지 아니한 것만 같애 못 견디는 겁니다."

그는 잠깐만이라도 자기의 두 눈을 가릴 필요가 있어서 그랬던지 선뜻 일어나, 등지고 앉았던 낮은 시렁 위에 놓은 됫병을 들러 갔다. 그리고 차마 묻지는 못하나마 내심 내 요구임에는 틀림없는 것들에 대하여 노인은 암묵한 가운데 자연스러히 대답을 만들어 내려가며 그 됫병을 내

| * 무엇을 이루려고 몹시 애쓰거나 기를 쓰고 달라붙는 모양.

어 밀어 내 둘째 번째 잔에 술을 따른 것이다.

"보통학교는 어찌어찌 이 어미가 졸업을 시켜주었지마는, 벌써 졸업하던 해 봄부터 붙들려 가기까지 꼭 십 년 동안을 죽이 되나 밥이 되나 한날같이 이 에미와 함께 살아오면서 공장살이를 하다가 이 모양 되었으니! 저 포항동 너머 남의 방 한 칸 얻어가지고요."

"네에."

"처음부터 이런 걸."

노인은 대끝으로 국솥을 가리키며,

"이런 걸 하던 것도 아니요 어려서부터 배운 것도 아니지마는 그 애가 돌아가던 해 여름, 처음 얼마 동안은 어쩔 줄을 모르고 어리둥절해 있기만 하다가 늘 그러구 있을 수도 없고, 또 아이 몇 잃어버리는 동안에 생긴 잠 안 오는 나쁜 버릇이 다시 도져서 몇 해 만에 다시 남의 고궁살이*를 들어갔지요."

"네에, 그러세요."

"그 긴 다섯 해 동안을 그저 모진 일과 고단한 잠만으로 지어 나아오다가, 하루아침은 문득 그것이 죽었으니 찾아가라는 기별이 감옥에서 나왔을 때에야 얼마나 앞이 아득하였겠어요."

"그리셨겠습니다."

"사람의 가죽은 질기다고 했습니다. 병과 액으로 앞서도 자식새끼 몇 되던 것 하나씩 둘씩 이리저리 다 때우기는 하였지마는, 그런 땐들 왜 안 그럴 수야 있었겠나요마는, 이제는 힘을 줄 데라고는 하나 남지 않고 없어지고 그것 하나만 믿고 산다 한 그놈마저 죽어 없어졌는데도 사람의 목숨은 이렇게 모질은 것이니."

| * 고공살이. 머슴살이.

마음이 제법 단단해 보이던 그도 한 번 내달으니 비로소 젊은 이 앞에서 긴 한숨을 걷잡지 못하였다. 여기서 처음으로 나는 그를 위로할 기회를 얻었음으로,

"그럼 어떻게 하십니까. 그러고 가는 사람도 다 제 명이 아닙니까."

하여 드리니까 그는,

"하기야 명이지요. 하지만 명이란들 그럴 수야 있습니까. 해방이 되었다 해서 갇히었던 사람들은 이제 살인강도 암질라도 다 옥문을 걷어차고 훨훨 튀어서 세상에 나오지 않습니까."

하였다.

"부질없는 말로 이가 어째 안 갈리겠습니까— 하지만 내 새끼를 갔다 가두어 죽은 놈들은 자빠져서 다들 무릎을 꿇었지마는, 무릎 꿇은 놈들의 꼴을 보면 눈물밖에 나는 것이 없이 되었습니다 그려. 애비랄 것 없이 남편이랄 것 없이 잃어버릴 건 다 잃어버리고 못 먹고 굶주리어 피골이 상접해서 헌 너즐떼기에 깡통을 들고 앞뒤로 허친거리며*, 업고 안고 끌고 주추 끼고 다니는 꼴들— 어디 매가 갑니까. 벌거벗겨 놓고 보니 매 갈 데가 어딥니까."

"……."

"만주서 오셨다니깐 혹 못 보셨는지 모르지마는, 낮에 보면 이 조그만한 장터에도 그 헐벗은 굶주린 것들이 뜨문히 바닥에 깔리곤 합니다. 그것들만 실어서 보내는 고무산인가 아오진가 간다는 차가 저기 와 선 채 저 차도 벌써 나 알기에 닷새도 더 되는가 봅니다만. 참다참다 못해 자원해 나오는 것들이 한 차 되기를 기다려 떠나는 것인데, 닷새 동안이면 닷새 동안 긴내 굶은 것인들 그 속에 어째 없겠어요."

| * 허친거리다. 발을 헛디디거나 균형을 잡지 못하여 몸이 이리저리 쏠리다.

그러지 아니하여도 나는 할머니의 아까 그것들이 업고 안고 끼고 다닌다는 측은한 표현을 한 것으로부터, 낮에 수성서 들어오는 길로 맞다들른 사람이 복작거리는 좁은 행상로 위에 일어난 한 장면의 짤막한 씬을 연상하기 시작하는 중이었는데, 노인은 이러고는 말을 끊고 흐응 깊은 한숨을 들여 쉬었다.

참으로 그 일본 여자는 업고 달고 또 하나는 손을 잡고, 아마 아오지 가기를 기다리는 차에서 기어 내려온 듯 폼 가까운 행상로 위에 우두커니 서 있었다. 허옇게 퉁퉁 부어오른 나체 기름때에 전 걸레 같은 헝겊조각으로 머리를 질끈 동이고, 업고 달리우고 잡힌 채 길 바추에 비켜 서 있었다. 머리를 동인 것만으로는 휘둘리는 몸을 어찌할 수 없다는 모양으로 골살을 몇 번 찌푸렸다가는 펴서 하늘을 쳐다보고, 또 찌푸렸다가는 펴서 쳐다보고 하기를 한참이나 하며 애를 쓰는 것을 자기는 유심히 건너다보고 있었던 것이다.

이윽고 그는 정신이 들었는지 지척지척 걸어 들어와 광주리며 함지며 채두렝이 같은 데에 여러 가지 먹을 것을 담아가지고 나와 혹은 섰기도 하고 혹은 낮았기도 한 여인 행상꾼들 앞을 지나쳐오다가, 문득 한 여인 앞에 서서 그 발부리에 놓인 광주리의 속을 손가락으로 가리키는 것이었다.

"한 개에 오 원씩."

행상의 여인네는 허리를 꾸부리어 광주리에서 속에 담기었던 배 한 개를 집어 들고 다른 한 손은 활짝 펴서 일본인 아낙네 눈앞을 가리우매, 아낙네는 실심한 사람 모양으로 한참 동안이나 자기 눈앞을 가리운 활짝 편 그 손가락을 멀거니 바라만 보고 있었다.

뒤에 달린 여덟 살 난 시닐미*가 엉것 바치를 움켜잡고 비어 틀듯이 앞으로 떠밀고 그보다 두어 살이나 덜 먹었을 손을 잡혀 나오던 어린 계집아이가 어미의 손을 끌어당기었다. 그리고 업힌 것이 띤 띠게에서 넘나와 두 손을 내뻗으며 어미의 어깨 너머를 솟아오르려고 한다.

"이것들이 이렇게 야단이야요."

세 어린것의 어머니는 참다 못하여 일본말로 이러며 고개를 개우뜸하고는 행상여인의 눈동자를 들여다보는 것이었다.

애걸이 없었다기로니 이것들이 어찌 그것만으로 덜 비참할 리가 있을 정경이었을 것이냐.

고기잡이 아이를 갯가에서 내려오다 떨기우고 나서 제철소 옆을 지나 혼자 걸어오다가 일본 사람들 때문에 만든 특별구역 가까이 와 다다랐을 때, 그 아랫동네 우물에 몰켜들어 방틀에 붙어 서서 주린 창자에 찬물을 몰아넣고들 섰는 광경— 한 사내는 더운 약 받아들듯 냉수 한 그릇을 손에 받아 들고 행길가 풀숲에 펼치고 하늘을 쳐다보고 앉아서 한 모금씩 그이들을 목 넘어 넘기고 있었다. 허겁진 얼굴에 한바탕 꺼멍칠을 해가지고 긴 머리는 뒤헝클릴 대로 뒤헝클리어 힘없는 부은 눈으로는 먼 하늘가를 바라보며,

"그 종자가 그렇게 될 줄은 어떻게 알았겠어요. 안 그렇든들 그것들이 다 죽일 놈들이었겠어요만."

별안간 계속되려는 할머니 말씀에 나는 순간 앞에 머리를 박고 수그리고 앉아서 끄덕이고 있던 내 머리를 정신을 들여 올리키어 들었다.

"이번에 난 참 수타** 울었습니다……. 우리 애 잡혀가던 해 여름, 가토라는 일본 사람 젊은이 하나도 그 속에 끼어 같은 일에 같이 넘어갔지요. 처음엔 몰랐다가 그해 가을도 깊어서 재판이 끝이 나자 기결감으로 옮겨가게 된 뒤, 어느 날 첫 면회를 갔다가 그런 일본 사람하고 같이 간

---

* '사내아이'의 평안도 방언.
** 숱하게.

줄을 집애 입에서 들어 알았습니다. 겨울에 들어서서 젊은이는 원산으로 이감을 가게 되었는데, 집애 말을 쫓아가면서 입으라고 옷 한 벌을 지어 들고 갔더니, 그때 우리 애 하는 말이 가토라는 사람은 집은 있으되 집이 없어서 온 사람이 아니요 먹을 것이 있으되 제 먹을 것 때문에 애쓸 수 없던 사람이다. 그렇다고 물론 건달을 하려고 건너온 사람도 아닌 것이니 자기하고 같은 일에 종사했으나 거지도 아니요, 도둑놈도 아니요, 아무런 죄도 없는 사람이라고 그러지요. 그럼 무엇이 죄냐— 일본 사람은 일본 바다에서 나는 멸치만 잡아먹어도 넉넉히 살아갈 수 있다고 한 것이 죄다. 어머니, 멸치만 잡아먹어도 산다는 말을 아시겠어요 하였습니다."

"네에!!!"

"누가 무엇 때문에 누구 까닭으로 싸웠는지 그건 난 모릅니다. 하지만 내 아들이 붙들려는 갔으나마 죄 아님을 못 믿을 나는 아니었으므로 응당 당장에 해득했어야 할 이 말들을 오 년 동안을 두고도 해득지 못하다가, 이제야 겨우 오늘에야 겨우 해득한 것입니다— 그 종자들로 해서 어떻게 눈물이 안 나옵니까."

"……"

"젊은이가 원산으로 간 것은 첫눈이 펄펄 날리는 과히 춥지는 아니하나 흐린 음산한 날이어서, 나는 새벽부터 옥문전에 가 섰다가 배웅을 해 주었는데, 간 후론 물론 나왔다는 말도 못 듣고 죽었단 말도 못 들어서 어떻게 되었는지는 모르나 죽지 안 했으면 이번에 나왔을 겁니다. 저것들이 저, 업고, 잡고, 끼고, 주렁주렁 단 저 불쌍한 것들이 가토의 종자인 것을 모른다고 할 수 없겠으나 어떻게 눈물이 아니 나……."

이때 갑자기 불이 껌풀 하는 느낌과 함께 노인의 말이 중도에 뚝 끊어지며 그 부드러운 두 눈동자를 치뜨키어 내 머리 위로 문 밖을 내다보는 바람에, 나도 스스로 일어나는 불의의 감각에 이끌리어 몸을 돌이키지 아니할 수 없었다.

그것은 어미 밑을 지나가는 쌀랑한 한줄기 감촉이었다. 그리고 찰나적이었으나마 참으로 겨우 소리를 지르지 않을 정도로 놀라 멈칫 부동의 자세에 나를 머물러 세우게 한 강강한 느낌이었다.

꺼풀을 뒤집어쓴 혼령이면 게서 더 할 수 있으랴 할 한 개의 혼령이 문설주이기도 하고 문기둥이기도 한 한편짝 통나무 기둥에 기대어 서 있었다. 더부룩이 내려덮인 머리칼 밑엔 어떤 얼굴을 한 사람인지 채 들여다볼 용기도 나지 아니하는 동안에, 헌 너즈레기 위에 다시 헌 너즈레기를 걸친 깡똥한 일본 사람들의 여자 옷 밑에 다리뼈와 복숭아뼈가 두드러져나온 두 개 왕발이 흐물거리는 희미한 기름불 먼 그늘 속에 내어다 보였다. 한 팔을 명치 끝까지 꺾어 올린 손바닥 위에는 옹큼한 한 개의 깡통이 들리어서 역시 그 먼 흐물거리는 희미한 불 그늘 속에서 둔탁한 빛을 반사하고 있으며—

"저겁니다."

할머니는 떨리는 낮은 목소리로 불시에 이러하였다. 낮으나 그것은 밑으로 흥분이 전파하여 들어가는 날카로운, 그러나 남의 처지에 자기의 몸을 놓고 생각하는 은근한 목소리였다.

"저것들입니다."

이렇게 되뇌는 소리에 나는 정신이 들어 노인이 밥 양푼에서 밥을 푸고 국솥에서 국을 떠 붓는 동안 잔 밑바닥에 남은 호주의 몇 모금을 짤끔거리며 입술에 적시고 있었다.

이 불의의 손이 밥을 다 먹을 때를 별러 나도 내 술의 끝을 내기는 하였으나, 끝이 났다고 곧 그의 뒤를 따라 밖으로 나서기에는 이때 나는 너무나 공포에도 가깝다 할 심각한 인상을 가슴속에서 떨쳐버릴 길이 없음을 어찌할 수 없었다. 게다가 가슴 한 귀퉁이에 새로 돋아나오는 흥분의 싹인들 없을 수 없었던 것이다.

"한 잔 더 주세요."

나는 바닥이 마른 내 술잔을 내어 밀어 할머니에게서 셋째 잔의 호주를 받아들었다.

"아오질 기다리는 차에서 내려온 겁니까?"

"그렇답니다."

할머니 대답에 나는 잠잠하였다. 그러고 셋째 잔 첫 모금으로 혀 위에 남는 호주의 쓴 뒷맛을 나는 잡은 채로 몇 번 다시어보았다.

"밤마다입니까?"

"밤마다입니다."

"오는 게 늘 오겠습니다."

"그렇지도 않습니다. 정 할 수 없어서 기어내리는 것들이요, 또 너더댓새에 한 차씩은 떠나니까요."

나는 잔을 들어 넷째 번 모금의 술을 마시었다. 관자놀이 위의 핏대가 불끈거리고 온 전신의 혈관이 부풀어 일어나 인제는 완전히 술이 돌기 시작함을 나는 활연한 기분 가운데서 느끼었다.

"하지만 아무리 잠이 아니 오시더라도 밤을 새시고 앉아 계시는 건 아니겠지요?"

"웬걸이요, 못된 버릇으로 해서 아무래도 새지요. 그 대신 낮에 잡니다."

내가 잠자코 그의 얼굴을 쳐다보며 계속될 그의 말을 기다리매,

"우리나라도 안적 채 자리가 잡힐 겨를이 없어서 그렇지 인제 딱 제자리가 잡히고 나면 나 같은 노폐한 늙은 것이야 무슨 소용이 있는 겁니까. 무용지물이지요. 무엇이 내다보이는 게 있어서 무슨 근력이 나겠기에 아글타글 돈을 벌 생각이 있어 그러겠습니까마는, 이렇게 해가다 벌

리는 게 있으면 가지고 절에 들어간 밑천이나 하자는 거지요. 없으면 구만두고. 그리노라면 세상도 차차 자리를 잡아 깔아앉을 터이고, 그렇지 않아요— 뭣을 어떻게 하자고 무슨 욕심이 복바쳐서 허둥지둥이야 할 내 처지겠어요. 이렇게 내가 나온다니까 해방이 된 오늘에야 왜 뻐젓이 내어놓고 자치회라던가 보안대라던가 안 가볼 것 있느냐 하는 사람도 없지 않았지마는, 이 어수선하고 일 많은 때에 그건 무슨 일이라고……."

"무슨 일이라니 무슨 말씀입니까? 당연히 할머니께서야 그리셔야 될 거 아닙니까?"

"그러지 않아도 우리 집 애하고 가깝던 젊은이들이 요새 모두들 무엇들이 되어서 부득부득 끌고 갈려는 것을 내가 안 들었지요. 그런 호산 내게 당치도 아니한 거려니와 그렇지 않단들 생눈을 뻔히 뜨고야 왜 남에게 신세 수고를 끼칩니까. 반평생 돌아본들 나처럼 가죽 질긴 늙은이도 없는가 했습니다. 이 질긴 고기를 좀더 써먹다 죽으리라 싶어 나왔는데, 나와보니 안 나왔던 것보담 얼마나 잘했다 싶었는지요."

"네에. 네에, 잘 알겠습니다. 하지만 언제까지나 그러실 수야 있습니까."

"뭘이요? 인제 앞이 얼마 남았는지 모르지마는 이제 얼마 안 가서 쓸데도 없는 무용지물 될 것이, 그동안에라도 무엇에나 뼈다귀를 놀리고 먹어야 할 거 아니겠어요? 또 안 그렇다면 이렇게 피난민이 우글우글하고 눈에 밟히는 것이 많은 때에 무엇이 즐거워서 혼자 호사를 하자겠습니까?"

"네에, 죄송합니다."

피난민도 형지 없이 어지러웠고 일본 사람들도 과연 눈을 거들떠보기 싫게 처참하지 아니함이 없었으나 생각하면 이것을 혁명이라 하는 것이었다. 혁명은 가혹한 것이었고, 또 가혹하여도 할 수 없을 것임에 불구

하고 한 개의 배장사를 에워싸고 지나쳐간 짤막한 정경을 통하여 지금
마주 앉아 그 면면한 심정을 토로하는 이 밥장사 할머니에 이르기까지
그것이 어떻게 된 배 한 알이며, 그것이 어떻게 된 밥 한 그릇이기에 덥
석덥석 국에 말아줄 마음의 준비가 언제부터 이처럼 되어 있었느냐는 것
은 나의 새로이 발견한 크나큰 경이 아닐 수 없었다. 경이보다도 그것은
인간 희망의 넓고 아름다운 시야를 거쳐서만 거둬들일 수 있는 하염없는
너그러운 슬픔 같은 곳에 나를 연하여 주었다.

　나는 혓바닥에 쌉쌀한 뒷맛을 남겨놓고 간 미주美酒*의 방울방울이
흠뻑 몸에 젖어들듯이 넓고 너그러운 슬픔이 내 전신을 적셔 올라옴을
느끼었다. 그리고 때마침 네다섯 피난민들이 몸을 얼려가지고 흘흘거리
고 들어서는 바람에 나는 자리를 내어주고 밖으로 나왔다.

　술 먹은 다음 날 버릇대로 나는 아침 채 날이 밝기 전에 눈을 떴으나,
여관에서 조반도 못 얻어먹고 나간 것이 정거장에 와보니 어느 틈에 여
덟 시가 벌써 가까운 시간이었다.

　오늘 아침 일찍이 나가서 만나지 못하는 날이면 방은 이내 만나지 못
하는 사람이었다. 하지만 여덟 시라면 나를 찾으러 일찍 나왔던 방이 단
념을 하고 돌아갈 그리 늦은 시간도 될 것 같지는 아니하였다.

　못 만날 사람이 되어서 방을 만나지 못하더라도 차 형편을 보아서는
혼자서라도 떠날 생각을 하고 나온 나는 정식으로 둘러 메인 륙색의 밑
바닥을 두 손으로 받쳐가며 밤 사이에 씻기어나간 싱싱한 아침 공기 속
을 플랫폼을 끝에서 몇 번인가 오고 가고 하였다. 그러나 방은 나서지 아
니하였다.

| * 빛깔과 맛이 좋은 술.

294

궤도 위에는 어젯밤 와 닿은 두 군용차가 화통을 뗀 채 제 선로들 위에 그래도 차게 머물러 있고, 분필로 아오지행阿吾地行이라고 썼던 지난밤 이래의 일본 사람들 그 자원自願차가 달랑 두어 동강 붙어서 떨어진 먼 궤도 위에 팽개쳐 놓여 있었다.

머리도 없는 두 군용차 위엔 제가끔 어느 틈엔가 벌써 사람들이 올라가 기다리고 있었으나 차는 좀처럼 떠날 기색도 보이지 않았으므로 나는 폼에서 나와 철책을 뚫고 노점들 있는 짝으로 내려왔다. 국밥 한 그릇쯤 먹고 가도 늦지 않을 여유는 있을 성싶었다.

회령서 방을 놓친 것이 불과 일이 초의 간격이었으면 청진서 방을 잡은 것도 그 일이 초의 아슬아슬한 순간이었다.

인젠 혼자라도 떠날 결심을 한 나인지라 그동안에 차대가리가 어떻게 변덕을 부려도 안 될 일이어서 나는 철책 석탄 잿더미를 타고 내려와 공지를 지나 행상로 골목길을 밟고 올라서서 제일 가깝기만 한 장국밥집을 찾아든 것이었다.

몇 초만 밥을 늦게 먹었어도 물론 안 될 뻔하였지마는, 몇 숟가락 밥을 남겨놓고 일어났더라도 방을 붙잡는 일은 어려울 뻔하였다. 양치를 하고 돈을 치르고 내가 일어선 것은 방이 막 나무판자로 된 정거장 임시 사무소 있는 짝 폼 마지막 기둥까지 왔다가 돌아서는 찰나이었다. 이 사무소와 기둥 사이라야 불과 한 칸이 될까 말까 한 사이였으므로 나는 방이 걸어온 길을 돌아서서 그 사무소 뒤에 가려 없어지기 전에 있는 소리를 다하여 부르지 안 할 수 없었다. 역 임시 사무소와 폼 마지막 기둥 사이 한 칸 통의 좁은 공간 속에 우연히 들어선 그를 붙잡았다느니보담은, 그런 좁은 간간한 틀을 짜서 놓고 그 안으로 들어오기를 기다렸다 함이 옳으리만큼 우리의 상봉은 아슬아슬한 것이었다. 나는 새를 잠깐 깃을 고르느라고 퍼덕이는 동안에 쏘아 떨어뜨린 경우인들 게서 더 할 수는 없었다.

"방선생."

"방 선 생."

참으로 오래간만에 보는 푸를 대로 푸르른 마가을 바다 빛 모양으로 이곳이 고향인 사람의 맏누님 집을 향하여 걸어나가는 젊은 두 피난민의 마음은 한없이 푸르르고 또 한없이 부풀어 올랐다.

이틀 밤을 방누님 댁에서 자고 사흘째 되는 날은 아침 간다고 신포동을 내려왔다.

간다고 내려는 왔으나 있을 둥 말 둥 하였던 차는 역시 이날 없는 모양이어서 우리는 못 견뎌지는 모양하고 다시 거리로 들어와 여관을 정하고 거기 짐을 부리우리고 하였다. 주을은 못 되었으나마 신포동 그래도 자그마한 목간통〔錢湯〕에서 목욕을 하고 위선 옷의 만돌린만이라도 덜어 놓고 내려온 우리였으니 절반은 짐이 덜린 거나 다름없었던 것이다.

길림서 둘이 갈러가지고 제가끔 시계 주머니와 허리춤과 양말 속 발바닥 밑 같은 데에 조심성스럽게 갈라서 감추어가지고 떠난 몇 천 원 돈도, 이날 여관에 들어 이면수 프라이와 뜯은 북어와 배 해서 한잔 먹고 난 걸로 누구에게 한 푼 빼앗긴 것도 없이 이제는 아주 마지막이 되고 말았다. 하면서도 무엇인지 모르게 우리의 어깨는 가뿐해진 것으로만 여겼는데, 다음 날 아침 일어나 같은 여관에 든 손님에게서 사실은 어제도 낮지나 함흥 가는 차가 있었더라는 말을 듣고는 갑작스러이 다시 마음이 흐려짐을 느끼었다. 듣기 탓으로는 그렇게 날마다 차가 있을 가능성이 있다는 것으로 생각할 수 없음도 아니나, 완전히 마음을 놓아 안 될 곳에서 마음을 놓고 흥청거렸다는 후회감으로부터 본다면 어제 일은 암만하여도 불시에 마지막으로 속아 넘어간 네메시스*의 소작所作만 같아서 섬뜨레한 불안이 가시지 아니하였다.

어제도 차가 떠났다는 그 낮때가 지나서부터는 우리의 이 불안도 차차 심각한 것이 되지 아니할 수 없었다. 방과 나는 서로 번갈아가며 짐을 보기로 하고 다시 시내로 들어가 혹 튜랙과 같은 변법이 있지나 않을까 하고 돌아다녀보았으나, 별 신통한 수도 없음을 알고는 정말로 몸이 풀림을 걷잡을 길이 없었다.

"이러구 앉았댔자 부지하세월不知何歲月이겠소. 며칠 정신 차려 기다리노라면 제 안 오겠소."

우리는 다시 이런 배짱 좋은 사람들이 되어 일어서서 나오지 아니할 수 없었다.

우리가 이날 밤 다시 정거장으로 나온 것은 그 뒤 두어 시간이나 되어 해가 벌써 절반은 산 너머로 타고 넘어간 어슬어슬하기 시작하는 경각이었다. 아침 여관에서 나오면서 방의 론진 팔목시계와 바꾸어가지고 나온 육백 원 돈 중에서 배갈을 사이다 병에다 두 개나 사들고 들어와 한 잔씩 하고 저녁을 먹고 막 수저를 놓자고 하는데, 주인이 헐떡거리며 이층으로 올라와 하는 말이 차가 방금 뒤에서 나온 모양이라고 하는 것이었다.

"그 차 타고 와 내린 손님들이 지금 우리집에 들기 시작합니다."

하였다.

참으로 주인의 말대로 차는 정거장에 와 닿아 있었고, 또 이만하면 우리도 우리를 제일로 요행스러운 피난민으로 생각함이 아님은 아니었으나 그러나 조급한 우리들의 갈증이 만족이 되리만큼 닥치는 대로 순조로움게 일이 진행되는 것만도 아닌 듯은 하였다. 그 대신 우리는 오직 이러한 운불운運不運의 부절한 기복起伏―그 중에서도 측량할 수 없는 불운

* Nemesis. 그리스 신화에 나오는 율법의 여신. 절도節度와 복수를 관장하고 인간에게 행복과 불행을 분배한다고 한다.

의 깊은 골짜기에서만 우리는 우리 가슴에 깊이 잠복해 있어 하마터면 어느 곁에 저절로 삭아져버려 없어졌을지도 몰랐을 뜻하지 아니하였던 그리운 소망들을 불시에 달할 수 있는 것인지도 알 수 없는 일이라 하였다.

달고 온 군용차에서 떨어져 달아난 화통이 어디를 갔으며, 언제 돌아올 것인지 모른다는 불안성을 띠운 물론이 이 구석 저 구석 차에 올라탄 사람들 입에서 우러나와 다시 이겨날 수 없는 염증과 지리함이 우리들 가슴에도 내려앉으려 할 즈음에,

"여보 천구, 어쨌든 우리는 내렸다 올랐다 하질 말고 인젠 여기서 밤을 새더라도 기다려보기로 합시다."

하는 방의 말을 받아 나도 얼근히 술이 퍼진 기분을 빌려서,

"내리기는 어딜 내려요."

하여 방의 기운을 북돋고 나서,

"헌데 혹 떠나게 될 때 다바이 씨들에게 또 대접을 하지 않으면 안 될 일이 생길지도 모르니 아까 사가지고 들어갔던 집에서 사이다 병으로 내 두어 개 더 사가지고 오리다."

하고는 도록고를 뛰어 내려 다녀서 돌아오는 길이었다.

술이 꼭 찬 사이다 병 두 개를 한 손에 하나씩 들고 예전 개찰구로 쓰던 정면 문으로 들어서려 할 때, 나는 칠팔 인 사람의 일행이 나를 받아 나오는 것과 마주쳤다. 이미 날이 어두어 들어가는 깊어진 황혼이 끝이 나려는 때인지라 얼른 눈에 뜨인 것은 아니었으나, 지나놓고 보니 패 중 제일 앞장을 서서 더펄거리고 나가는 더벅머리 소년의 뒷모양은 아무리 생각하여보아도 낯익은 차림차림이었다.

─그 독특한 더펄거리는 걸음걸이는 제쳐놓고라도 커서 과히 홀렁홀렁한 국민복에 저고리 소매와 바지를 걷어올린 것이 희게 손목과 발등에

나 덮인 것만 보드라도—

'어느 일본놈을 또 잡아가는 것인가.'

폼으로 첫발을 옮겨 디디지도 채 못한 채 나는 홱 돌아서서 광장으로 사라져나가는 그들— 포승을 진 키가 들쑹날쑹한 두 사내를 에워싼 칠팔인 사람의 한 그룹이 남실거리는 어둠 속에 사라지는 뒷모양을 바라보았다. 그리고 유혹적인 걸음발이 몇 발씩이나 더들먹거려짐을 어찌하는 수 없었다.

이만한 정경을 배경으로 한 이만한 포박捕縛의 장면 같으면 내 성질로서 신기하지 않을 리는 없었다. 하지만 아무리 화가 되기를 결심한 이래 후천적으로 생긴 내 집요한 탐색벽으로 하더라도 이런 긴박한 경우에 이르면 이것쯤은 참으로 적은 평범한 호기심으로 떨어지고 말 성질의 것일 수도 있었던 것이다. 한데 그 위에 그렇지 않고 남는 큰 놀라움이 있었다면 그것은 내 가슴속에 부지불식간에 산 확고한 릴리프[浮彫]가 되어 그리웁게 숨어 있던 그 소년의 싱싱한 맑은 두 눈알의 홍채가, 산 자기의 실상實像을 만나 발한 찬란한 섬광閃光 때문이 아니면 무엇일 수 없었다.

참으로 고혹에 끌리인 내 걸음발이었다. 그러나 그렇다고 그 이상 더 어떻게 할 수도 없는 일이어서 나는 내려왔던 도록고에 올라가 방과 가지런히 그 위에 실은 자동차의 찬 몸뚱아리를 기대이고 앉았다. 언제 이렇게 어두어졌든가 하고 하늘을 우러러보니 그러지 않아도 그믐밤이 아니면 그믐 전날 밤, 그믐 전날 밤이 아니면 하루 더 전날 밤밖에는 더 못 되리라 한 어쨌든 그믐밤을 앞에 놓고 움직거리지 못하는 밤하늘에 어느 결엔가 구름조차 한 불 깔리인 것이 치떠보였다. 그것은 이마가 선뜻거리여 더는 잠시도 쳐다보기에 견디지 못할 것들이었다.

"여보, 방선생." 하고 나는 방을 불렀다. 그리고 비로소 처음으로 수성 이래 내 혼자의 비밀로 되어 있던 소년의 이야기를 자초지종부터 하기로 하였다.

그랬더니 방은 정색을 하여 나를 돌이켜보고

"건 참 철저하대."

하며,

"하지만 아까 누구한테 들으니까 부령에선가 어디에선가 무슨 쿠데타가 있었대."

하였다.

"무슨 쿠데타?"

"여기서 하는 쿠데타에 무슨 딴 쿠데타가 있을라구……. 썩어빠진 전직자前職者들이 그래도 물을 덜 흐려서 나쁜 짓들을 하고는 교묘히 먹물을 뿜어놓고 돌아다닌다는군. 해서 어제 오늘은 그것들을 잡느라고 이 정거장에도 한 불 깔렸댔대. 그리구서는 몰래 서울루 도망질을 쳐간다니깐."

"으응."

"그러니깐 아까 꿍여갔다는 그자들도 혹 그런 것들이었는지도 모르지. 당신은 그런 데까지는 참견할 리가 없을 애라고 하지만 그건 몰라요. 그 녀석이 보안대 김선생 어쩌니저쩌니 했다면서― 연락이 있다고만 하면 그런 사람들의 일에도 어른만으로는 감당 못할 일이 없지 안 해 있거든."

들고 보니 그럴 성싶은 일이기도 하였다. 하지만 그것이 일본 사람이건 조선 사람이건 또 무슨 일로 꿍여간 것이건 간에 내게 큰 상관될 것은 없었다. 지금껏 내 가슴속에 엉기어진 그 소년에 대한 형용하기 힘들 모든 인상은 그걸로 말미암아 어떻게 될 성질의 것은 못 되는 것이었다.

다시 쳐다보는 밤하늘은 이미 이제는 이마가 선뜻할 겨를도 없이 어느 틈엔가 일면 진한 칠빛이 되어 있다가 쳐다보는 내 가슴 위를 불현듯이 무거웁게 내려덮고 말았다. 양복바지 무릎을 뚫고 팔소매 끝과 목덜미 너머로 숨을 돌이킨 밤바람이 스며들기 시작한다.

소년으로 말미암아 머릿속에 켜진 아주 꺼지지 아니하려는 현황한 불길들에 시달리어가며, 나는 그러안은 두 무릎들 틈에 머리를 박고 허리를 꾸부리어 댄 채 오직 꾸부리고 옹크린 덕분을 빌려 억지스러운 잠을 청하기로 하였다.

청한 잠이 들기는 하였는데 얼마를 잤던 것인지는 모르나마, 눈이 뜨였을 때는 방이 소련병과 마주 서서 제가끔 주어가며 받아가며 고개를 끄덕거리는 것으로 보아 무엇인지 한 담판 끝내인 순간인 듯하였다. 그는 소련병에게서 도로 돌려받은 그래도 제법 잘 써먹기는 했으나 노서아 말로 된 것이란 이외로는 별 대단할 것도 없는 증명서를 양복저고리 안 포켓에 집어넣으며 웃으며 무시로 고개를 끄덕거리었다.

두 소련병 중 하나는 내가 앉아 있는 자동차의 전차체全車體 둘레와 도록고의 구석구석을 회중전등으로 돌려 비추어보았다. 어느 결에 내쫓은 것인지 방과 나와 두 소련병을 내어놓고는 도록고 위의 사람이라고는 하나도 남지 안 했음을 나는 그 쨋쨋한 회중전등 불빛 속에 돌아보았다.

"아마 떠나기는 하는 모양인가⋯⋯. 한데 여기 사람들은 다 어디를 갔소?"

내가 실어 들어가려던 어깨를 들추어 가며 이렇게 물으니,

"쫓겨 내려가서 저쪽 차 지붕 위에들 모두 올라가 달려붙은 모양인데 그걸 못하게 하느라고 지금 소련병이 야단인 모양이오."

하며 방은 그 긴 턱주가리로 차 꽁무니 쪽을 가리키었다.

"왜 저기 꺼정이야 못 타게 해."

"아마 밤중이니까 낮과도 달라서 졸다가 사람 상하는 일이 있어도 안 될 테니깐 그러는 게지."

몸을 떨치고 일어나서 보니 과연 까맣게 내려다보이는, 아마 이 차 마지막으로 달렸을 두어 서너 개 유개화차 지붕 위에는 강한 써치 라이트와 같이 불길이 잘 뻗는 군인용 회중전등 집중적인 불빛 속에 사람들이 앞뒤로 이리 몰리고 저리 몰리는 것이 자주자주 갈리는 먼 환등 속같이 건너다보였다. 이리저리 몰리는 사람들의 무리를 따라 불을 비쳐가며 쫓아 몰아대는 것인데, 두터운 구름이 내려 덮인 그믐밤 하늘에다 중공에서 끊어진, 끝이 퍼진 그 불꼬리를 밑에 전개하는 이 혼란 광경은 무심히 바라볼 사람들에게는 음침한 처절한 것들이었다. SOS를 부르는 경종 속에 살 구멍을 찾아서 허둥거리는 조난 군중의 참담한 광경은 이런 것이 아닐까 하는 환각이 잠이 잘 아니 깨인 어리둥절한 내 머리에 어른거리었다.

　그러자 우리가 이제로부터 가야 할 방향에서 축축거리며 화통의 접근하는 소리가 들려오더니 어느결에 털그럭 하고 그것은 우리 차체에 와 부딪쳤다.

　이윽고 화통은 삼십여 칸도 더 달았을 긴 우리의 차를 잡아당기었다. 그러나 몇 바퀴 채 굴러가지도 못해서 그것은 다시 털그덕 하고 제자리에 서고 말았다.

　"떨려 내린 피난민들이 자꾸 차 떠나는 틈을 타서 매어달리는 모양이야."

　눈이 멍 해서 자기의 얼굴을 마주 쳐다보고 앉았는 나에게 차 꼬리를 향하여 앉은 방이 먼 중공을 바라보며 입을 쩝 다시면서 이렇게 중얼거렸다. 다시 자리에서 내가 일어나 돌이켜보매 아까 꺼졌던 회중전등의 강한 불빛이 방이 바라보고 앉아서 중얼거리던 중공 하늘 아래 유개화차 지붕 위에 있음을 나는 보았다. 그리고 인차 주르르 하는 다발총의 연발하는 총소리가 귓봉우리를 울려왔다. 물론 빈 공포이었으나 쫓아가는 스포트라이트의 집중된 불빛 속에 드러난 것은 차 꼬리를 향하여 도망질치는 무수한 군중의 뒷모양뿐이었다. 내 몸에 와 닿는 똑같은 종류의 써치라이트와 다름이 없이 내 가슴도 선뜻선뜻하고 펄럭펄럭하였다.

차는 다시 떠났다.

하지만 그것은 단순히 떠날 수가 없어서 더 몇 번인가 이러한 장면이 반복된 뒤에 그러나 역시 종내 떠나기로 되었던 군용차는 아무렇게 해서라도 떠나기는 하였다.

써치 라이트로 몇 번 가슴이 선뜻거린 데다가 이렇게 수없이 털그덩거림을 받은 덕분으로 나는 아주 잠이 깨어서 떠나는 화물차 모서리에 기대어 섰다.

서른 몇 개나 되는 차 체인을 화통이 잡아당기는 털그덩 소리가 몇 개로 짤막하게 모디어 나고는 차는 차차 본 속력을 내이기 시작하였다. 앞으로 몇 칸 채 아니 되는 우리의 찻간은 어느 틈에 시력이 이르를 곳으로 까아맣게 칠하여 노이지 아니한 곳이 없는 어두운 공간 속에 오직 한 개의 표적이 될 만한 높은 흰 급수대를 지나 몇 개나 되는지 모르는 눈꺼풀 아래에서만 알쏭알쏭하니 지어져 들어가는 전철輾轍의 마지막 분기점까지도 지나쳐 오는 것이 차바퀴의 덜컹거리며 한 곳으로 굴러 모여드는 소리로 분명히 지각되었다.

오래간만에 막히었던 가슴이 뚫려져 내려가는 활연*함을 나는 느끼었으나, 그러나 이 소리는 또한 나에게 내 가슴속에 고유하니 본성으로 잠복해 있는 내 구슬픈 제삼자의 정신을 불러일으키었다. 두터운 구름이 내려 덮인 그믐밤 중, 언제나 복구될는지 모르는 광야와 같이 골고루 어두운 어두움 속에 쌓여서 그것이 응당 차지하고 있을 만한 위치를 머릿

| * 豁然. 환하게 터져 시원한 모양.

속에 그려보며 나는 뒤떨어지는 청진의 거리들을 내 흉중에 어루만지는 것이었다. 방은 이 땅이 우리들 여정의 절반이라고 하였지마는, 설혹 지내온 것이 절반이 못 된다 하더라도 내게는 이미 내 가슴 가운데 그려진 이번 피난의 변천굴곡變遷屈曲은 여기서 다 완결된 거나 조금도 다름이 없었다. 그리고 앞으로, 이 이상 고생스러운 험로를 몇 갑절 더 연장해나간다 하더라도 나로서는 이외의 더 색다른 의미를 찾기는 어려운 일일 듯하였다.

앞으로 무슨 일이 생기든 내 피난행은 여기서 완전히 끝이 난 모양으로 나는 쌀쌀한 충분히 찬冷 나로 돌아왔다.

다만 나는 이때 신포동서 다시 거리고 내려왔던 이 일양일 시간에 그러자고만 하였으면 얼마든지 그럴 수가 있었을 일을 어째 한 번도 그 할머니—그 국밥집 할머니를 찾아 가보지 못하고 왔던가 하는, 벼르고 벼르다가 못한 일보다도 더 걷잡을 길이 없는 내 돌연한 애석함을 부둥켜 안고 어찌하지 못함을 나는 불현듯 깨달았을 뿐이었다.

그것은 제 궤도에 들어서서 본 속력을 내이기 시작한 우리들의 차가 레일 위를 열십 자로 건너매인 인도人道의 구름다리마저 뚫고 지나 나와 바른손에 바다를 끼고 밋밋이 돌아나가는 그 긴 마지막 모퉁이에 다다랐을 때이었다.

지금껏 차꼬리에 감치어 보이지 아니하였던 정거장 구내의 임시 사무소며 먼 시그널의 등들이 안계眼界에 들어오는 동시에, 또한 그지들의 거리마저 차차 멀리 떼어놓으며 우리들의 차가 그 긴 모퉁이를 굽어 돎을 따라 지금껏 염두에 두어보지도 아니하였던 그 할머니 장막의 외로운 등불이 먼 내 눈 앞에서 내 옷깃을 휘날리는 음산한 그믐밤 바람에 명멸明滅하였다. 그리고 그 명멸하는 희멀금한 불빛 속에서 인생의 깊은 인정을 누누이 이야기하며 밤새도록 종지의 기름불을 조리고 앉았던, 온 일생을 괴정하게 늙어온 할머니의 그 정갈한 얼굴이 크게 오버랩*되어 내 눈앞에 가리어 마지 아니하였다. 그 비길 데 없이 따뜻한 큰 그림자에 가리어진 내 눈 몽아리들은 뜨거이 젖어들려 하였다. 그러고도 웬일인지를 모르게 어떻게 할 수 없는 간절한 느껴움들이 자꾸 가슴 깊이 남으려고만 하여서 나는 두 발 뒤꿈치를 돋울 대로 돋우고 모자를 벗어 들고 서서 황량한 폐허 위, 오직 제 힘뿐을 빌어 퍼덕이는 한 점 그 먼 불그늘을 향하여 한없이 한없이 내 손들을 내어 저었다.

—『잔등』, 을유문화사, 1946

| * overlap. 영화에서 하나의 화면이 끝나기 전에 다음 화면이 겹치면서 먼저 화면이 차차 사라지게 하는 기법.

한식일기寒食日記

　오정午正이 나자 나는 날마당 하는 모양으로 벌떡 의자에서 일어나 가방을 들고 사社를 나온다. 삼층三層에서 이층으로 내려오는 첫 층계를 밟는 순간 오늘이 반공일이던 것을 생각하였다. 여느 때라도 벌써 파했을 때인데 황차 오늘은 공부를 그만두고 식목植木을 시키겠노라고 한 교무敎務의 말까지 깜박 잊었던 것이다. 도로 자리에 돌아가기도 싫어서 어두운 좁은 층계들을 돌아내려온 끝에 종로 네거리를 나서기로 하였다. 팔에 걸고 내려온 우산은 펴 받았는데도 오소소한 바람이 목덜미와 두 소매 끝으로 스며든다. 어제 낮에 땀 뺀 생각을 하고 온 아침은 그만 털 셔츠를 벗어버리고 그 위에 오버만 걸친 것이 경솔하였다. 나만이라면 나는 괜찮은 사람이었지만, 스프링*은커녕 모자까지 없는 차림에다가 오버마저 벗어버리고 너즐떼기 양복의 털털 맨 바람으로 나설 수 없는 남의 일을 직업으로 하는 사람의 비애는 여기도 있었던 것이다. 오버의 에리

|　* 봄과 가을에 입는 가벼운 외투인 '스프링 코트spring coat'의 준말.

를 올려 단추를 오무려 채우고 찬 안개비 속을 서대문 쪽을 향하여 걸어간다. 세 살 먹은 병약한 아이 하나를 데리고 혼자 지내는 여인네의 신신부탁을 코끝으로 흥얼거리고만 온 것도 사실은 마음이 부족했던 까닭만은 아니었다. 신문사에 들러 하회下回*를 알고 가령으로 광화문통서 남으로 꺾어 빌딩가로 들어선다. 신문사의 간판이 셋이나 나붙은 붉은 벽돌집을 이층까지 찾아올라가니, 그는 오늘 한식이 되어서 미아리에 가고안 나왔다 하였다. 나는 오늘이 그 조마조마하게 생각해오던 한식날이었던 것을 깨닫고 무엇보담도 먼저 삼팔三八에 계신 어머니 생각에 망연茫然히** 서 있지 않을 수 없었다. 생각나기만 하면 번연히 돌아가실 것만같은 것을 내 떠돌아다니는 동안에 못 보인지 벌써 일 년이 넘는 늙으신내 어머니였다. 마음이 갑자기 설레기 시작함을 느낀다. 나는 간다온다말도 없이 돌아서 나왔다.

출판사에 내가 만나고자 하는 사람은 거기 있었다.

"요전 날 다녀가신 뒤 사실은 편집회의를 한 결과, 남의 나라 감정상할 군데가 있다고 해서 좀더 보기로 의견이 합치되었습니다."

"네."

"그런데 그걸 왜 혼자 하시지 공역을 하셨어요?"

하고는 주인은 더 말을 못하면서 곤색한 듯이 머리만 뻑뻑 긁는 것이다.

남의 나라 감정 상할 데가 있다는 평계는 당치도 아니한 말이니까 거절의 주인主因이 후자에 있음을 나는 모를 수가 없다. 그렇다고 나는 공역자共譯者인 박군朴君의 말을 그와 더불어 시야비야할 수도 없는 것이다. 박군이 아무리 과거에 반역적 활동을 한 사람이요 또 나와는 특별한

---

* 윗사람이 내리는 회답 혹은 일의 다음 차례.
** 아무 생각이 없이 멍하게.

관계나 교의交誼*에 있는 사람도 아니었지만 그가 어느 출판사에선가 맡아가지고 왔다는 일에 같이 손을 댄 사람이 나고 보매 나도 같이 욕을 당할 사람임에 틀림없었다. 그 번역거리가 아는 사람만 알고 지나기 아까운 것들이요, 또 그 일을 수행함으로써 다소의 수입이 있다는 방편도 변명거리라면 변명거리일 수 있을지 모르나 이제 와서 변명을 했다기로 별도리가 있는 것도 아니었다.

나는 내 예산이 일시에 다 무너져나감을 깨달았다. 그것만을 믿고 나는 오천 원과 오백 원과 그리고 이백 원씩 둘의 빚을 진 것이었다. 그리고 오늘저녁 오라고 한 남양南洋서 돌아온, 죽은 줄로만 알았던 학병 지군池君의 초대는 어떻게 하나. 그런 걱정보다도 나는 내 일이라 할 것을 제쳐놓고 지금껏 샐러리니 번역이니 하고 돌아다니는 제 신세가 도대체 저주스러웠다.

'언제까지나 이렇게 어물거려야 하는 것이람.'

나는 출판주出版主가 돌려주겠다는 원고를 대답도 아니하고 일어서서 출판사를 나왔다.

그제까지도 거리에 빗발은 보이는 둥 마는 둥 으슬프려 갔으나 오버에리 사이로 스며드는 춘한春寒 역시 여전히 예리銳利타 할 수밖에 없을 것 같았다. 나는 불가불 두부 지지미만으로 한잔 하게 될 지군과의 즐거운 저녁상을 생각하여 토닥토닥 아스팔트 길을 집을 향하여 걸어 나아왔다.

---

* 사귀어 친해진 정.

황매일지 黃梅日誌

　　며칠씩을 두고 날씨가 왜 그리 꾸물거리는지 모른다 하였더니 아침 오래간만에 대야를 들고 대문 밖을 나서다가야 연*은 비로소 그 희한한 뜻을 안 것같이도 생각되었다.

　　동서로 둘려나간 골목 건넌집**의 남향판*** 광장 담 너머로 물이 포르스름이 갓 오른 길이가 고르지 아니한 개나리의 성긴 가지들이 끝에 보풀 듯하게**** 보풀어 오른 꽃몽오리들을 붙여가지고 머리를 솟구쳐 넘어와 다랑다랑하는 것을 그는 대야를 들고 우물로 가던 길도 잊어버리고 황홀히 서서 바라보고 있었다.

　　오랫동안 마음속으로 벼르기만 하던 사람이 만날 기약도 아주 끊어져버렸던***** 마당에 하로****** 아침은 홀연히 문전에 와서 불러 찾을 생각

---

* 淵. 이 작품의 주인공으로 원문에서는 '淵은' '淵이'와 같은 표현이 자주 나타나는데, 여기에서는 불가피한 경우를 제외하고는 한자를 병기하지 않고 '연은', '연이'와 같이 한글로만 표기하였음.
** 이웃하여 있는 집들 가운데 한 집 또는 몇 집 건너서 있는 집.
*** 집터 등이 남쪽을 향해 있는 터전.
**** 원문은 '보프듯하게'.
***** 원문은 '끈지어버렸던'.

도 하지 않은 채 히죽거리고* 섰는 것을 맞다들린** 놀라움이나 다름없는 반가운 놀라움을 연은 깨달았다.

"희한하다."

하는 소리가 한탄겨웁게 저절로 가슴에서 솟아올랐다.

며칠 동안을 두고 날이 좀 꾸물거린다고 해서 지나치게 제 본위로만 생각하였던 자기 자신의 협착한 아량을 생각하는 마음도 없을 수는 없었다.

더우면 덥고 치우면*** 칩다고 해서 비가 오면 비가 오는 걸로 눈이 오면 눈이 오는 것이 겨웁다고 공연히 사람들은 혼자 꾸중중거리고 원망하고 저주하며 또 때로는 너무나 감상적인 찬탄을 지나치게 노출도 하는 것이지만, 자연 그 자체로서는 어느 것 하나 무리하는 것이 없이 어느 한 곳에 서서 과히 답보****들을 하는 것도 없고, 그렇다고 어느 마디에 와선 걸뛰어 넘어가는 법도 없이 디딜 것은 디디고 거칠 것은 모조리 거치어서 차근차근거려 나아가되 조금도 더듬거림이 없이 그 천연한 모상貌相을 잃지 않는 것이 아닌가.

자연보다 더 광대하고 높고 먼 시야를 주관하는 무엇이 있어서 위에서 이의 운행을 가만히 관망하는 것이 있다면! 하는 상정을 세우지 않는다 하더라도, 미미한 적은 자기로서도 지내놓고 보면 사람들의 그 따위 지나친 요구나 탄복까지라도 어느 것 하나 우리네의 타고 나오고 평생 동안 만들며 나오고 있는 인업因業*****으로부터의 과남******한 아집아욕我執

***** '하루'의 방언.
* 원문은 '히죽어리고'.
** 맞닥뜨린.
*** '추우면'의 방언.
**** 제자리걸음.
***** 전생이나 다음 생 인과응보의 원인이 되는 업業.
****** 과람過濫한. 분수에 지나친.

我慾에 유래한 것이 아님이 없을 것만은 모르지도 안할* 것 같았다.

'누가 그려래서 그랬나? 왜 내 자양姿樣**이 이렇게 되자고 그런 것인 줄 아지는 못하고.'

어느 결에 판장담***을 기어 넘어와서 제 침이 덜 빠진 아직도 쌀랑한 아침 하늣속****에 남향 편을 의거하야 마음껏 건들거리고 있는 섬세한 몇 가장귀*****의 이 개나리 꽃나무들은 이러고 비웃정거리고는****** 멍하니 정신없이 서 있는 연 자신의 정수리를 후려갈기고 돌아선 것처럼 시치미*******를 딴 거나 마찬가지 자태가 아닌가.

'그게 꽃 시절을 재촉하는 구름이던 걸 몰라.'

노란 양羊 거름********으로 하누바람*********에 몰려가는 하늘의 엷은 회색 구름을 우러러 바라보면서 그는 이렇게 속으로 중얼거리며

'허지만 얼마나 울적하고 초조하였소.'

하는 자기 회고에 잠시 도연함**********을 느끼었다.

그는 속으로 혼자 부끄러웁고 죄민한***********마음으로 하숙방 구석에 틀어박혀 이리 뒹굴고 저리 뒹굴면서 원한 끝이 없이 지내 보낸 이 며칠 지간의 자기 자신을 돌아보지 아니할 수 없었던 것이다.

연은 우물로 돌아나가 대야에 물을 길어서 얼골을 씻고 겨우내 손대

---

* 않을.
** 양자樣姿. 겉으로 드러난 모습.
*** 널빤지로 만든 담. 판장板牆.
**** '하누하다'는 '한가하다'의 평북 방언. '하눗속'은 '한가함 속'으로 추정됨.
***** 나뭇가지의 갈라진 부분.
****** '비웃정거리다'는 '비웃적거리다'의 방언. 비웃는 태도로 빈정거리다.
******* '시치미'는 매 사냥을 할 때 매의 주인을 밝혀놓은 이름표를 의미하는 것으로서 주로 '시치미를 떼다(따다)'라는 관용구로 쓰여 '자기가 하고도 아니한 체하거나 알고도 모르는 체하는 태도'를 뜻함. 원문에는 '시침이'라 되어 있음.
******** 걸음.
********* 서쪽 혹은 서북쪽에서 부는 바람을 뜻하는 '하늬바람'의 평북 방언.
********** 陶然함. 감흥 따위가 북받쳐 누를 길이 없음.
*********** 죄스럽고 민망한.

기가 싫던 목덜미와 머리터럭에까지 물을 끼뜨려* 말갛게 때를 빼고 나서는, 일어서서 오래간만에 긴 기지개나 하드키** 나른하였던 몸을 뒤로 제쳐 뽑으면서 가슴을 부풀려서는 쨍하니 엉글어드는 아침 공기를 한없이 디려마시었다***.

곰팡이라도 앉을 듯이 침침하던 그의 부풀어 오른 가슴속에 청령한 아침 햇볕이 향기와 같이 스며들었다.

주인아주머니가 조반을 채리는 동안에 연은 방으로 들어와 이불과 요의 방석을 걷어들고 마당으로 나와서 해양한**** 곳을 골라 이것들을 줄에 걸고 얹고 한 뒤에 비와 걸레와 총채를 얻어 들고 들어와 비록 세물***** 이나마 자기의 유일한 귀중품****** 피아노 위*******와 방 안의 구석구석까지 먼지를 털고 온갖 구듬********을 쓸어낸 뒤에는 정하게 빤 걸레를 보내어 몇 번이고 몇 번이고 닦고 훔치고 하였다.

그리고도 납버서********* 해가 쪽마루 끝까지 엿볼 때가 되기를 기다려 거기 걸처앉아서 손톱이라도 다듬고 있을 즐거운 생각에 망설이고 있는데를 사람이 불르러 온 것이었다.

쪽마루를 내려와 사람 찾는 목소리를 따라 중문턱을 나서면서 자기가 그러로라 하니 바로 이 댁이시로군요 하며 힛쭉 보고 머리를 굽실하는데 보니 소년은 A병원에서 보던 것 같던 사람이 분명함을 알았다. 소년은 양복 호주머니 속에서 절반으로 접어 집어넣었던 얇다란 누런 봉투

---

* 흩어지게 내어 던져.
** 하듯이.
*** 들이마시었다.
**** '양지바르다'의 방언.
***** 貰物. 일정한 세를 받고 남에게 빌려주는 물건. 여기에서는 돈을 주고 타인에게서 빌린 물건을 의미.
****** 원문에는 '뒤중품'으로 되어 있음.
******* 원문은 '우이'.
******** '먼지'의 방언.
********* 나빠서. 양에 차지 아니하여서.

312

한 장을 꺼내어 연의 손에 건네어주며,

"여기 오기 전에 먼점 학교로 갔었는데 집 원장 선생님 말씀이 일요일이라 학교에 나오시기 쉽지 않았겠으니, 안 나오셨거든 댁을 모르므로 게서 물어서 가라 하셔서 학교 당직하러 나오신 분에게 물어서 오는 길입니다."

하였다. 받아든 걸로 봉피*를 뜯어 속을 꺼내어 보니** 오래간만으로 집에 와서 점심이나 같이하자, 점심에 대지 못하도록*** 아이가 늦게 가더라도 저녁이 있으니 어쨌든**** 아이가 가 닿는 대로 일찌감치***** 집을 떠나 나오기는 떠나오라는 성成원장의 글발******이었다.

"응, 알았다. 먼 데 돌아오느라고 수고하였는데 들어와 다리 쉼이나 하고 감이 어떻나?"

고 하며 게서도 보이는 해가 엿보는 쪽마루 켠을 돌아다보니 소년은

"아니올시다. 학교 분이 보고 베껴주시는 그림에 이 골목으로 들어와 공지에 우물이 백혀 있는 데가 있어서 별 더듬지 않고 쉬 찾았습니다."

하면서 수집은******* 모양으로 얼굴을 돌리어 나푼나푼******** 거들떠 인사를 하고는 골목을 나서 가버리고 말았다.

그럼 곧 가겠노라고 해달라고 달아나는 소년의 등뒤를 향해 소리를 지르면서 들떠서 안마당으로 들어오는 것은 자기가 누린 한겻*********의 요 아침 동안이나마 이 전갈 정도의 잔물결로 말미암아 흔들리울 만큼 조용

---

* 封皮. 봉투.
** 원문은 '도니'.
*** 원문은 '못하교록'.
**** 원문은 '이쨋던'.
***** 원문은 '일감치'.
****** 글월. 편지.
******* 수줍은.
******** 가볍게 나부시 자꾸 움직이는 모양.
********* 반나절.

한 것이었다. 몰아적沒我的인 것이었는가 함을 깨닫는 동시에 이렇게 깨우침을 받을 때마닥이 아니면 친한 친구의 소재조차 아조 잊어버리고 지나는 등한한* 자기 자신에게까지도 상도想到하지 아니할 수 없었다.

"벌써 그렇게 되었던가?"

뒤미쳐 들어오는 주인 할머니의 밥상을 받고 다정을 하고 앉았어도 오래간만에 따뜻한 우정에 설레는 가슴이 멎지 아니함을 한참 동안 그는 어찌하지 못하였다.

'영이**를 S병원에서 그곳으로 옮겨간 것이 제 오빠의 돌***을 지나고 난 다음다음 날인 정월 스무하룻날, 이날 밤 다녀온 것이 마지막 발걸음이 되었으니까 한 달하고도 벌써 어느새 반 이상 넘었나!'

입으로 날라 올리던 밥술을 다시 밥그릇 위에 내려놓고 A병원 생각 끝에 그렇지 않아도 마음이 걸리지 아니할 리가 없었던 영이 몸 우에 생각의 불꽃이 옮아 퍼지기 시작함을 그는 불현듯 깨달았다.

영이를 갖다 맡기기 전 같았으면 성成 있는 데를 잘 찾아가게 되지 않는 것도, 제 천성의 소위로 밀어버릴**** 수도 있었고 또 그럼이 당연한 일로도 생각하던 연이었다.

혹 몸에 불편한 데가 생겨 약을 먹으러 가는 때거나 돈냥푼으로 시급한 사정이 닥쳐오곤 해서 모면할 곳이 없어 이곳을 택하여 오는 경우에도 보통 어색해야 할 법이련만, 척 들어서서 거두절미去頭截尾하고 자기가 가지고 온 요담*****으로 일을 끝내고는 선뜻 물러나오는 것이 분주한 그를 위하여서도 위함이 되는 줄을 알던 그이었다. 또 만나고 싶다 하여

---

* 관심이 없거나 소홀한.
** 여기에서는 한글로만 표기되어 있으나 나중에 '영이英伊'라는 한자 이름도 나타남.
*** 여기에서는 1주기를 의미.
**** 밀어붙일.
***** 要談. 긴요한 이야기.

만날 만난다기로니 세상 사람들의 욕지거리나 입에 담는 외에 새라새*
이야기꺼린들 어디서 생활** 것이냐 하고 보면, 어찌어찌하다 우연히 만
나곤 하는 노상路上의 그들은 정다운 사이일수밖엔 없었다.

그러므로 만났다가 거두절미로 못 본 듯이 헤어지지 않으면 항상 그
들은 술이었다.

술에 흠뻑 배어서 길바닥에 주머니 속 털어놓는 이야기, 모자는 잃고
오버는 찢기우는 이야기, 펄한*** 보리밭을 한강인 줄 알고 뛰어들다가 철
책에 얼굴을 찢기어 피가 나는 이야기, 아침 눈이 띠여서 이따위 인과因
果의 한 토막이나마 제 신상에 성립될 것이 없디랬으면 술을 먹었어도
먹은 것 같지 아니한 한때도 있었던 그들이었다.

이렇게 성으로 말하면 찾아가고 안 찾아가고로 논정論定이 될 처지는
아니었다.

그렇다고 병원을 옮기던 날 밤, 병 섭생攝生에 대해 몇 마디 권고한
것으로 덧이 나서 영이를 극도로 자극한 것이 얼마나 독이 될 것을 짐작
하였음으로 다시는 가지도 아니하였고, 또 전화 걸기를 좋아하지 않는
성미에 밀어 탐탁히 전화로 병세를 물어본 일도 별로 없었지만, 그것도
성이 있은 까닭이었지 활자의 신상이 마음에 아니 걸릴 리가 있어 안 가
본 것은 아니었다.

안 간대도 성은 영이의 모든 것을 맡은 것으로 알고 손닿는 데까지는
손을 써 돌보아도 줄 것이오, 정이 날카로울 대로 날카로워져서 극도로
배타적이 되어있느니만큼 공연히 미운 덧두더지가 되어 눈의 거슬래미
가 되는 것보담은 성에게 맡기고 운에 맡기는 도리밖에는 별 수가 없는

---

* 새롭고도 새로운.
** 生活. 생길.
*** 파란.

걸로 안 까닭이었다.

영이가 이즈음 자기를 불만하게 알고 자기도회*로 일을 삼는 위선자로 치고 어지럽고 능멸히 여긴다고 해서 그것이 억울하고 못 견디어서 못 간 것은 아니었다.

병 자체로 보더라도 물론 모두 내팽개치고 내팽겨치움을 받은 것처럼 태평연**에 □맞한 자기는 것이 제일이지 섣불리 어루만지러 다닌답시고 잊어버린 험집***을 되살리는 기연機緣을 만들어주는 것도 아닐 성싶은 연이었다.

다만 생각하면 돈 하나는 근심이었다.

악보 출판 때 인세로 받다 남은 돈 몇천 원 그날 병원에 맡기고 오기는 왔다지만 원체 그걸로는 두 달 세월에 문제도 아니었을 것이다.

"돈 의논인가?"

하는 생각이 불현듯 연의 가슴에 습래襲來하였다.

혹 병원의 결제기決濟期가 온 것이라면 성 혼자서도 어떻게 할 도리가 없는 그도 한 개의 월급쟁이 원장임을 모르는 연은 아니었다.

비로소 엷은 불안의 막이 눈앞을 가리기 시작하려는 가운데서

"혹 병이 다 나아서 퇴원하여도 좋다는 소식이나 아닌가?"

하는 희망도 없지는 아니하였다.

그러나 그렇게 낙관하고 보자기에는**** 글발 내용이 너무도 단순하였고 은근하였다. 지나치게 은근하고 종용한 속이 아니면 손톱을 감추고 있을 수 없는 불길한 무엇이 숨어 있을 것만 같아 못 배기었다.

"아니 그런 것이 아니라 증세가 위중하여져서 인제는 도저히 건질 수

---

* 自己韜晦. 자기의 재능, 지위, 종적 따위를 숨김.
** 원문에는 '태평연[自然]'이라 되어 있음.
*** '흠집'의 방언.
**** 보자고 하기에는.

316

가 없다는 데로 떨어지고 만 것이나 아닌가?"

하는 구름 같은 의혹이 껌하게 가슴을 내려 누름을 깨달았다.

하지만 그렇거고* 보자면 아무리 유창한 사람의 손으로 쓰인 것이라 하더라도 또한 너무나 당황함이 드러나지 아니한 글발 같기도 하지 아니하냐.

그는 잠집한 맑은 호숫가에서 헤아리지 못할 물의 심천深淺에 얼이 빠지어 멍하니 물을 들여다보고 섰는 사람 모양으로 피었다 걷혔다 하는 의구疑懼의 구름 속에 망연히 앉아 있을 밖에 없었다.

"허지만 이게 모두 돌연한 근거 없는 생각들 아니냐. 설령 그런 최악의 막다른 구덩이에 빠지고만 경우라 하더라도 이제 와선 성과 의논해서 뒷수습을 할 밖에 별 길이 남지 안 했으니까."

연은 가끔 자기상념 중의 한 꼬리를 차지한 이—뒷수습—이 다시 뒷물 모양으로 가슴속에 되밀려 들어올 때 그 뒤에 배경이 되어 숨어 있었던 허허이 들린 막아버릴 길 없는 마음의 허격을 지각하고는 소름이 끼치여 밥술을 놓고 일어나지 아니할 수 없었다.

"가는 곳마다 싸움, 있는 곳마다 싸움, 눕는 곳마다도 싸움이라 하니 싸움이란 그렇게 간단한 것이 아니란 말인 것인데, 제가 택한 길이 유일한 향도고 해서 그다지야 곧은 머리를 해가지고 디려 박을 것은 무엇 있었던가!"

그 뒷수습이란 벌써 어떻게 고쳐놓을 수 없는 기정사실인 것처럼 이렇게 마음속에 뇌까리어 아까워하며

"그 끝에 나오는 인간생활의 에펙트**란 것도 그렇게 때리면 울도록 곧 울려 나올 수도 없는 것일 것이다. 쉬여가야 고비에 와선 쉬여도 가고

---

* 그렇게 하고.
** effect. 효과. 영향.

한두 걸음 물러나서 돌아가야 할 곳도 없지 아니하면서 그래도 어느 땐 후일에도 들릴지 말지 한 그에 에펙트를 위해서…….

공적을 위해서야…… 그렇게 할 수도 없고 또 그런 것이 염두에 박혀 있는 불순수한 영이로도 알지 않는 것이지만, 어쨌든 그만 했으면 영으로서는 영의 분分은 다하고도 남는 것이 있다고 할 것이 있지 아니했던가?"

이렇게 분노에도 가까운 한탄의 목소리를 속으로 들으며, 그는 마루 끝에 주저 앉아서 터지고 깨지고 꺾어진 그거나마 노닥노닥하려는 군화의 끈을 동이고 있었다.

"그건 이 영의 몸만 생각하는 아저씨의 에고이즘입니다. 제게 그런 말씀하실려거든 인젠 오지도 마세요."

무슨 말 끝에든가, 이것도 어느 날 밤인데, 영이의 감정이 흥분상태의 절정을 잡고 섰을 때에도 자기의 전하고 싶은 마음은 이뿐이었던 것이다.

그렇거늘 그때 그러면서 벽을 향하여 돌아눕는 어린 처녀의 뒷모양이 야속하고들 애절하게 그의 가슴에 박혀 있었을 리가 없었다.

영이가 자기를 두고 하는 말이 맞아서 과연 자기가 미지근한 한낫 에고이스트에 지나지 않는다 하더라도 그 자기일지라도 영이를 그렇게 하게 만드는 근원적인 동기와 사정에 눈을 지르티* 감을 수가 없기 때문에 영이의 하는 일을 모른다고 할 수는 없었다. 그럴 만한 아무런 경험에도 말바치움이 없이 생긴 공상적이요, 이념에만 흐른 그릇된 것이라고 판단할 용기가 나지 아니하였다.

얼마 되지 아니하는 반평생 동안에도 시대의 사조思潮가 몇 번이라 없이 뒤흔들려 바뀌고 세도상 몇 번 변하는 것을 보았지만 어느 때에 어

---

* '지르통히'의 방언. 못마땅하여.

느 편안한 조류潮流의 고비에 올라서려고 좋은 기회를 노린 적도 없는 자기를 무슨 일로 기회주의자라 하는지 모르거니와, 혹 기회주의자요 에고이스트라 자임하는 데 인색하지 아니한 자기도 영이의 그런 몰아적인 정신挺身이 부당하다고 생각할 수 없으리만큼은 공정하다고 보아주기를 바라는 사람이었다.

허지만 영이는 얼마 전까지 혈담血痰을 배앝고* 열기도 채 가시지 아니한 몸이었다.

그런 몸을 가지고 모임에 나간다, 연락을 하려 다닌다, 찬 야기夜氣를 쪼이면서 삐라 뿌릴 기회를 노리며 밤을 새운다 하니, 성한 사람도 당하지 못할 터인데 남은 알아줄는지 모르려니와 그게 자기 자신이야 응낙할 수 없는 일일 것이 아니냐.

살다 싸우다 병들면 병이 명하는 규율에 종용히 따라가는 것, 그것이 용감한 것이라고 일러오는 것이었다.

싸움에 전몰戰歿할 생각이 아니면 싸움에서 살아나올 수 없는 것처럼, 병도 병에 죽을 용력을 가지고 아파서 신열이 나면, 세상은 현란하게 돌아가고 모두 움직거리고 날뛰어도 저만은 까딱도 않는 네발 침대 위에 넘어져서 나는 죽었노라고 눈을 감고 돌아다보지 않는 용력이 없이는, 변변히 병사病死인들 못 하는 병도 다른 하나의 싸움임을 알아야 한다. 정말 용기란 언제나 단정하고 종용한 것인데, 지금 너의 같은 대열에 있는 사람도 알아주지 아니할 것이라는 것을 지금껏 일러오는 이였다.

그 뒤 또 어느 날 밤은 야속하고 하염없는 자기 생각에 맡기어 이런 뜻의 글발을 적어 침대 요 위에 끼워놓고 내려온 일도 있었다.

* 뱉고.

오늘 저녁도 네가 무얼 하러 어디 갔는지, 가고 없는 데를 찾아온 근심 가운데 너 누웠던 침대에 몸을 기대이고 밖을 내다보니 창밖으로 어느 결에 몰래 들어온 어둠인지 어둠에 째여 분간키 어려운 대기 가운데 영아 너 저 별 보니? 저 별의 흘러 떨어지는 걸 보니? 그리고 또 떨어지고 덜 난 뒤에 남은 저 찬란한 별바다는 어떻고! 하고 너를 불러 외치리만큼 찬란하고 요란한 밤하늘을 나는 우러러보는 것이다.

저처럼 별마다 흘러 떨어지다가는 나중엔 어떻게 하나? 하는 애석하는 마음으로 앉았었을 만한 자리를 찾아 더듬기도 하는 것이 나이지만, 그런 것 그렇게 몇백 년 떨어졌기로 밤 천공天空의 질서는 역시 충만한 가운데 찬란하고 요란하고 변함이 없을 것을 나는 생각한다. 몇백 년뿐이라 하랴. 저같이 떨어져야 할 운석이 안 떨어져서는 도리어 밤마다 밤마다의 저 찬란한 천공의 질서도 마치 성립이 되지 못할 것처럼이나 춘풍추상春風秋霜에 몇천 년 몇만 년 떨어졌던 것이며, 또 앞으로도 몇만 년 안 떨어지리라고 할 수 없이 떨어지건만 역시 저 하늘은 언제나 저렇게 허진 데가 없이 충만하고 정연한 별바다를 이루어 영원히 밤새도록 찬란하지 아니하랴.

너도 오늘밤 이것을 깨닫고 떨어지는 저 한 개의 운석이어야 할 것을, 나는 생각하는 것이다.

그렇다고 섭생을 해서 완전히 신열이 내린 몸이 되어, 시골 가서 어머니와 올케와 아이들을 데리고 풀 뜯고 꽃이나 가꾸는 사람이 되었다기로 누구도 너를 전열에 낙후한 사람으로는 알지 아니할 것이다.

알고 안 알고가 네게 문제 아닌 것은 나도 잘 안다. 공명이 네게 아무것도 아니었던 네 순수한 동기를 내가 모르는 것도 아니요, 모르는 체하고 눈을 감는 것도 아니다.

다만 네가 네 병 규율을 지키는 것은 어쨌거나 나를 나물하는데* 나를 미온적인 무엇이라고 책責하는 데에는 있지 아니해야 할 것이다. 내가 미온적인 그 무엇인 것이 눈에 거슬리어 네 인생에 흠집이 가는 것을 나는 원치 아니한다.

너는 나 때문에 가슴이 아프다고 초조해서는 아니 된다.

너는 내 발이 땅에 꽉 디디고 서 있지 못하고 공중에서 허우적거리는 대로, 나에게 맡겨두어 다오. 너는 나를 내 기회주의자인 채로, 나를 내 이기주의자인 채로, 나를 내 어지러운 문제 속에 허우적거리는 패전자인 채로 잠시 맡겨두어 다오.

이것과 병에 지배를 받는 네 몸이 병의 세계에서 탈적**을 하리라고 소홀히 생각해서는 안 된다는 것과는 스스로 다른 것이다.

오직 흘러 떨어져 운석이 되어야 할 별은 떨어져 운석이 되어 다음 순간부터 오는 또 어느 다른 한 세계 속에 버물리어*** 들어가서 운석 제대로의 자리를 점거하고, 제대로의 롤Role을 지켜감으로써 전 우주 질서의 한 부분이 되는 것도 또한 사실이 아니냐는 것을 나는 너에게 말하고 싶은 것이다.

시골에 어머니들을 모시고 아이를 다리고**** 화초를 뜯는 것만이 너의 일이라는 것은 아니다. 너희가 이번 봉변을 당하기 전 기왕에 네가 내게 보여줄 풍부한 어느 방면의 재능은 그것만일 수가 없었다.

지금 너는 그때의 네 노래들을 다 소용없다고 차버리고 잊어버렸는지 모르거니와 나는 마음이 헛헛할 때마다 쓸쓸할 때마다 네가 그것들을 지어가지고 와서 곡曲을 붙일 만하냐고 엉석을 하던 네 그때의 모습과 한 가지로 영 잊지 못하는 것이다.

* 나무라는데.
** 호적, 병적 등의 '적籍'에서 빠지거나 빼는 것.
*** '버물다'는 '버무리다'의 방언.
**** 데리고.

너의 오빠가 학병으로 나간 지 일 년 지난 해방하던 해인 재재작년 봄에 너도 오빠를 따라 간호부가 되어 북지北支*에 가서, 게서 오빠가 살면 살아오고 오빠가 죽으면 죽어서 오지 않는 사람이 되겠노라고 한 때가 있었다. 그때 너는 '전쟁에 협력이 되는 것이 옳은지 그른지는 모른다. 그건 학병 나간 오빠의 마음과 다를 것이 없을 터이니 묻지 말어달라' 하며 다만 이렇게 혼자 편안히 앉아 있어 공부하는 것이 괴로워 못 배기겠노라 하였다.

그날 네가 들고 온 〈바람의 고향으로〉라는 노래

눈에 보이지 않는 가벼운 기구氣球에 씨꽃도 날리고
구름도 날리는 아무도 아무것도 없는
바람아 네 고향으로 나를 실어다주렴 저 영원히 먼 눈벌 위를 지나

가로街路의 백양白楊잎들이 비로서 건들거리는 황혼黃昏 때에는
내 언제나 사로잡히는 무엇이라 이름 못할 슬픔이 아픔이 겨워
바람아 실어다주렴 나를 저 영원히 먼 눈벌 위를 지나

내가 넘지도 못할 고개와 물 우이를 너는 숨어서 스며들어서
날러서 넘지 아니하니 어린 내 시절의 꿈들과 같이
바람아 실어다주렴 나를 저 영원히 먼 눈벌 위를 지나

이 노래처럼 너의 처녀다운 시름과 감상과 또 그리고 네가 극복해 넘길 수 없었던 너의 그때 고통을 드러낸 노래는 없었다.

---

* 중국의 북부지방. 베이징과 허베이성[河北省], 산시성[山西省], 산둥성[山東省], 허난성[河南省] 등으로 이루어짐. 중일전쟁 이후 일본이 점령하였음.

네가 짊어진 싸움의 부담이 네게서 시작되어 네게서 완결될 걸로만 알아서는 안 된다고 하였다기로, 내가 너의 부득불하다고도 순수한 귀한 정열을 모르는 거라고 해서는, 내가 저 천체의 운행이 유구한 것이라고 한 내 뜻이 네게 바로 전하여지지 못한 것이라고 늘 말해온 것처럼, 너의 나아가야 할 길은 여기에도 이 시의 재분才分에도 있다는 것을 나는 생각하는 것이다. 그 노래들을 내 곡조에 맞추어 부르면서 나 역시 얼마나 청춘다운 감상에 젖었는지 모른다.

너희들이 회會나 삐라 등을 뿌리러 다니지 아니하면 누구도 뿌리러 다닐 사람이 없을 것을 모르는 것은 아니다.

허지만 지금 네 경우에 있어서는 조용한 마음으로 열을 내려가지고 시골 가서 풀을 뜯고 꽃을 가꾸는 것이 네 생명에 충실한 것인 동시에, 하루아침에 달할 수 있다고 생각할 수 없는 힘들고 더 너의 전열 속에서 이탈하지 아니하는 방도도 되는 것이다.

병을 이각離却한 완전히 씩씩한 몸이 되어 올라와 싸우라. 어째 이것이 두 가지 길에 동시에 철저徹底하는 연유가 아닐 것이냐. 이 외에 일층 힘드는 일로는 네가 너의 독특한 재질에 눈이 떠어 너의 부풍富豊한 재분이 기다려 마지않는 그 방면으로 네가 지향하는 대열 속에 참여하는 길도 없지 않으리라는 것은 지금 말한 바와 일반이지만, 나는 시시時時로 너의 오빠가 임종하던 때를 생각하니 식은땀이 흘러내리는 전율을 느끼곤 한다.

나는 그때 임종에 참여하지 못하여 보지는 못하였지만, 너는 그것을 눈에서 불이 난다고 하였고 원수가 네 눈 속으로 가슴속으로 달려오는 장면이라 하였고 또 그럼으로 어떻게 '이 눈앞의 원수를 갚지 않고 있겠느냐'고도 하였다 하지만 '불을 켜라. 물을 다오. 아아, 아무도 없느냐.' 하며 운명하였다는 네 오빠의 이 시는 얼마나 뜨거운 전율이냐. 물론 시로 외친 것도 아니요 시구가 되라고 부르짖은 것도 아니지만, 그들에게 혹독하게 무참히도 죽어 넘어가는 젊은 학도의 최후가 이처럼 비절悲絶하게 광명이 꺼진 뜨거운 전율로 끊임없이 우리의 가슴을 적시는 것은, 그 속에 싸여 있는 시의 광망光芒이 아니라 할 것이냐.

너는 네 재분을 과거의 것으로 짓밟아버리고 가장 올바른 길로 들어선 것이라고 결심하고 나선 것임을 나는 모르는 바도 아니요, 또 아무리 내가 너를 뒤로 잡어 끌어 너와 더불어 그따위 감상에 젖어 있고 싶다 하더라도 시대는 벌써 그만큼 너와 나를 떼어놓은 것을 몰각할 수는 없다, 또 그래서 옳은 일이라고 나는 생각하지도 않는 바이다.

허지만 재분이란 어느 인생관, 어느 세계관에서만은 살 수 있으나, 어느 인생관 어느 세계관에서는 죽는 것에 □□ 할까 함을 생각할 때, 나는 반드시 그렇지 아니함을 너의 오빠의 부르짖음 가운데 너의 오빠의 그 황홀한 생명의 시 가운데도 분명히 보는 것이다.

그것을 어떻게 적다고 할 것이냐. 너는 네 자신도 응낙하지 않는 지나친 요구에 너를 괴롭히며 속여가며 또한 네 동지들이 어느 날에 그들도 그러라고 하지 않을 일을 속여가며, 자살과 다를 것이 없는 죽음의 길을 택하여 드는 것은 참으로 나로서는 야속하야 못 견디는 것이다.

이렇게 써 침대 위에 끼워놓고 온 날도 있었지만, 영이는 이내 그의 태도를 가르려고 하지 않는 모양이어서 자기 병실을 비우는* 날이 계속하였던 것이다

신체의 다른 조건으로 본다면 내려야 할 열이 평열**이 못 되고 일진일퇴하는 것을 이상히 여기는 의사에 대하야 민망한 생각을 품지 아니할

---

* 원문은 '뷔는'.
** 平熱. 건강할 때 사람의 체온.

수 없는 것은 도리어 연이었다. 따라서 시일이 걸릴 것이라면 비용관계에도 융통성을 붙여두어야 할 것이었고, 환자를 위해서는 환경을 갈아볼 필요도 있다고 생각하던 터에 마침 성원장이 A병원으로 온 줄을 알게 되자 그곳으로 영이를 옮겨온 것이었다.

성의 글발로부터 시작된 일련의 생각은 연의 가슴을 몽몽한 가운데 울적한 기분으로 젖게 하였다.

이미 이쯤 된 이상

"혹 성이 단순히 자기의 생일 밥이라도 먹으러 오라는 것을 술병이라도 들고 갈까 봐, 방패막이*로 일부러 그렇게 흐리명덩하니 기별을 해 보낸 것은 아닌가." 할 여유를 가질 만큼 연은 사실상 영이의 그동안 경과를 궁금히 알고 찾아가 볼 생각으로 오늘내일 미루어온 것이 아니던 것을 이제야 비로소 깨닫는 것이었다.

골목을 나와 거리를 걸어 전차선로 있는 길로다 나오는 모퉁이 가게에서 늘 허는 모양으로 허리를 굽혀 괘종을 들여다보니, 열한 점이 몇 분 안 남았는데 선로 건너 칙로** 인도側路人道를 미아리 방향으로 연달아 나간 사람의 행렬은 점포의 건물들이 물이 나는 경사 밑까지 뻗어 올라가 있었다.

"어떻게 하나."

하고 잠시 망설였으나 오늘에 한하야 유유히 걸어갈 기분은 아무래도 나지 아니하는 채로, 연은 역시 바른편으로 꺾어 이쪽 칙로를 사람의 행렬을 건너다 마주 보는 고개 방향으로 걸어 올라갔다.

행렬에 끼어 이마즉***하자니까 연거푸 두 대 전차가 들어왔다.

* 원문에는 '방파맥이'로 되어 있음.
** 측로側路. 옆길.
*** '이미즉'은 '이마적'의 방언. '이마적'은 '지나간 얼마 동안의 가까운 때'라는 뜻.

그중에서 한 대는 절반 사람을 태워가지고 가고, 한 대는 그나마 아무것도 싣지 않고 나가버리고 말았다.

그 다음은 담뱃대나 태우고 남았을 지리한 시간 끝에 들어온 한 대로 제법 사람이 빠진 듯은 하였으나, 그것도 그러고는 또 깜깜해지고 말았다.

더러 걷는 패가 빠져나가는 틈에 보니 연은 자기도 어느 결에 그래도 경사에서부터 평지에 내려섰던 것만은 앞에 닥쳐온 표 파는 버스가 보이는 것으로 깨달았다.

그러자 조선옷이 하나 낀 키가 들숭날숭한 양복쟁이 대여섯이 물커리*가 되어 행렬을 거슬러 올라오다가 두루마기 자리 앞에 와 머물러 섰다.

물커리는 이 나사** 두루마기완 손을 잡고 낱낱이들 인사를 하고 곁눈질로 뒤를 흘끔흘끔 보아가며 다가서서 제가끔들*** 얼버무려 돌아가며 별 긴치도 아니한 이야기를 하고, 그러고는 그나마도 더 계속할 밑천이 끊어졌던지 뒷 행렬의 눈을 꺼리는 눈치로 조츰조츰 그 장다리 나사 두루마기 그늘 속으로 쎄어 들어갈 체세****이었다.

목적은 목적대로 있었던 것이 분명한 그들의 담화도 육칠 인 사람 사이에 오고가는 동안에는 제법 상당한 시간이 흘러간 듯하야 그 들숭날숭한 키들이 행렬 속에 다 끼어드는 동안에 또 한 대 들어온 전차는 연으로 하여금 그래도 조무래기 가게가 오골오골하니 드려다보이는 골목길까지 나서게 하였다.

지상의 시계視界가 끝나는 선로 커브에 전차 소리가 또 뼁하고 났다.

'이번엔' 하고 마음속으로 되사리는 순간에 그러나 그는 기대하던 바와는 어긋나는 다른 물건을 거기 발견하고는 가슴이 뜨끔함을 깨달았을

---

* '무리'를 낮추어 이르는 방언.
** '나사羅紗'는 양털, 무명, 명주, 인조견사 등을 섞어서 짠 모직물이나, 두꺼운 모직물을 통틀어 이르는 말.
*** 저마다들. 제각기들.
**** 體勢. 몸을 가지는 자세.

뿐이었다. 뜨끔한 다음 순간에는 '그러면 그렇지' 하는 찰나적 절망이 가슴에 주저앉는 감정이었다.

'뻥' 한 것은 새로 들어오는 전차에서 난 것이 아니라 나가던 전차에서 난 것이 틀림없었던 모양으로, 대신 나타나서 '카아브'를 돌아 들어오는 한 대의 영구 자동차는 측복側腹 금장식에 날카로이 내려 받았던 이른 낮 햇볕을 서서히 지어가며 행렬을 거슬러 고개로 달려 올라갔다.

연의 곁을 차도로 거침없이 지나가는 차 속 영구와 함께 앉은 사람을 감정하기 위하여 몸을 돌려 고개 밑까지 시선으로 따라 올라간 연은 그것이 성박사 아닌 것을 인정하고는 안심을 하였다.

성박사라면 베옷으로 상복까지 해 입었을 리는 만무함으로 일단 안심은 하였으나, 어쨌든 다른 어떤 방식으로라도 영이의 뒷수습이 되어 가고 있을 것만은 이미 정해놓은 사실이었으므로 이렇게 인정한 그는 그것도 별 흥미 있는 재료가 될 수 없어서 기운 없이 몸을 돌이킬 밖엔 없었다. 이때였다.

연은 아까 자기가 나올 때 꺼끔 서서 시간을 드려다본 괘종이 걸린 가겟집 앞에 말쑥하게 차린 양장洋裝의 한 여인 손에 줄 달린 호묘판虎猫版의 핸드백을 의연히 드리운 채 행렬의 선두인 이쪽을 건너가 보고 있는 데에 잠깐 눈이 머물렀다.

짙은 자주 빛 오버에 붉은 장미꽃송이를 드린 초록 바탕 카추샤 머플러를 뒤집어쓴 여자는 불규칙하게나마 여러 번 골목에서와 이 전차 길에서 만나는 사람이었다.

오늘은 발바당*이 패이지 않은 바닥을 평평하게 대인 가죽 사보**를 걸쳤는데, 밋밋하고 미끈한 다리가 생채로 드러나 있듯이 보이는 것은

---

* '발바닥'의 방언.
** 물에 잘 견디고 오래가는 굳은 나무를 파서 속에 헝겊을 넣고 신는 서양 나막신.

오늘도 제 살빛 미국제 나이론의 육색肉色 양말을 신은 까닭일 것이다.

눈썹을 민 위에다 미간에 바싹 다붙여 꼬리를 길게 치켜 올린 자줏빛으로 가늘게 그을린 가짜 눈썹은 형편을 살피는 모양으로 가끔 깜박거려가며 일부러 외면하고 서 있는 얼굴을 돌리어 이쪽을 보았다.

폐환肺患 가진 사람 모양으로 눈알이 십 리나 들어가게 그은 아이새도는 오늘도 고치지 않고 그대로일 것이다. 저가 문제의 여자 아닌가 하고 연은 오늘도 쓸데없이 궁금히 여겨보는 자기 자신을 깨달았다.

어머니와 함께 해방 후 평양서 올라와 대화정大和町* 어느 일본 집에들었다가 그 집은 팔았는지 없애버리고, 어느 시대가 되어도 버젓할 고래 같은 조선집을 사서 이곳으로 옮아온 사람들이라 하였다.

주인할머니는 할멈네끼리 젊은이는 젊은이들끼리 혹은 얼버몰려 방구석에 모여서는 요새 그 밤중에 나는 지프 소리에 환장을 하였다고 떠드는 이 평양 모녀의 이야기는 가끔 주인할머니에게서 귀뜸을 해 들은일이 있었다.

오늘 아침도 할머니는

"그것들이 다른 데로 가지 않으면 우리가 가도 가야지. 그 추접한 것덜하고는 한 동네에 살 도리가 없다."고 집안에서 무슨 언론이 있은 끝이어서 그랬던지 새벽머리에 부엌으로 드나들며 혼자 수면 부족의 목소리로 짜증을 내었다.

요지음 할머니는 기분이 쾌快하지 못한 것이다.

요지음 뜨끔뜨끔 외박을 하기 시작하는 문리과대학에 다니는 외아들이 혹 또 엇저녁도 들어오지 안 했던가. 그렇더라도 평양집 모녀의 여자와야 무슨 상관이 있는 일이겠기에 신새벽부터 저렇게 저기압이실까 하

| * 지금의 중구 필동 부근의 옛 명칭.

고 연은 누워서 함부로 달려드는 쓰거운 공상을 즐기고 있었던 것을 회
상하였다.

이때 연포年砲가 뚜— 터지며 전쟁 중의 오랜 습성대로 그는 오늘도
가슴이 범짓함을 느꼈으나, 제 천성으로는 어쩌는 수 없는 이것도 하나
의 집요한 공박恐迫 관념임을 깨닫는 동시에 생각의 불연속선도 이내 □
절絶이 나고 말았다.

이어서 전차가 들어오며 돌아 나와서 안전지대에 섰다.

연은 자기가 상당히 앞 쪽에 나와 섰던 줄 알았는데, 안전지대를 나
오며 보니 줄 밖에서 어정거리던 사람들과 골목 같은 데 숨어 있던 아낙
네들이 모두 뀌어저* 들어오며 꽤 뒤로 처짐을 깨달았다.

연은 그 아낙네들을 보았다. 앞앞에 섰던 키다리네 패에서 그네들을
보고 뭐라고 지껄거리며 손꾸락질하는 것도 보았다.

"여보 이 아즈먼네들. 이래서야 어디 신새벽부터 줄에 꼬박꼬박 있다
러 설 사람 있겠수."

책망보다 끝은 그들도 농弄으로 킬킬거리고, 웃어 치우는 것이 이때
연에게는 도리어 마음이 편안하였으나 뭐나 군색하게 생각할 것이 없이
되는 대로 이럭저럭 흐지부지 살아가자는 철학이 그 끝에들 반향이 되는
것 같아서 어쩐지 불쾌하기도 하였다.

뒤에 한 사람인가 두 사람 더 달려 나오고는만, 하마터면 자기도 못
나올 법한 데서 줄이 끊어지며 연도 겨우 안전대安全帶에 와 간신히 차의
손잡이를 잡고 발디디개에 발뿌리를 붙일 수는 있었으나, 또 한참 실갱
이를 하지 않고는 문을 닫고 대臺에 올라설 수는 없었다.

"평양서도 전차마다 복잡하지 않은 것이 아니지만 줄을 지어 탈 때부

| * '뀌어지다'는 '꿰지다'의 방언. '꿰지다'는 틀어막었던 곳이 터지다는 뜻.

터가 벌써 여기와는 사람의 심기가 다른 것 같드군요."

하고 얼마 전에 평양 갔다 온 친구가 전차를 타러 나오며 하던 이야기를 연은 생각하였다.

"사람의 심보야 남북이라고 다를 리 없을 것은 마치 요지막*까지도 쩍하면 일본 사람은 어쨌는데 조선 놈의 새끼**들은 이래서 못쓰겠느니 저래서 못 쓰겠느니를 입버릇처럼 하는 것처럼, 그럴 정도로 조선 사람이 망국인의 종자가 아닌 것과 마찬가지지만요, 서로가 지배를 받는 세상과 환경이 달라서만 그런 거겠지만, 나도 게서 여러 번 전차를 타보아도 한두 사람이야 어떻냐는 그런 생각에 게섭 나지를 못하겠어요.

자기가 바쁜 것은 누구보다도 분명하고 자기가 먼저 가야 할 욕심이 나는 것은 남북임을 막론하고 누구나가 일반이겠지만, 어름어름한 새에 끼어든다든지 떠다 밀고 온통 야단인 틈을 만들어서 나갈 생각을 하는 것이 게서는 어떻게 그런 마음을 일으키는 것부터가 형성되어가는 사회 질서를 저 때문에 무너뜨리는 것 같애서요. 저절로 마음이 저어해지던데요."

하였다.

"인종은 다 같은 망국인종 아닌 조선 사람이지만, 그게 곧 세상이랄까 환경이랄까가 그동안만큼이라도 달라진 까닭이요, 혹 그걸 피차간 남북 간에 전체의 기분이 달라진 까닭이라고 해도 좋을는지 모르지만 어쨌든 모두가 긴장했더군요.

그 긴장이나 좋은 건지 그리고 좋고 그른 건 둘째로 하고라도 말씀이야, 한 두 사람 전차의 새치기를 했다고 어느 관공자官公者의 간섭이 있는 것도 아닌데도 그렇게 하는 것이 제가끔 서로서로가 서로서로를 제재

---

* '요즈막'의 방언. '요즈막'은 바로 얼마 전부터 이제까지에 이르는 가까운 때.
** 원문에는 '색기'라 되어 있음.

하는 것 같고 서로서로가 미안한 기분이 돌아서 일층 공정한 것 같으니
까 도리어 여기보다는 명랑한 것 같고 자유로운 기분이 나더군요.

　그네들은 그것이 지금이 시초라고 하며 달려드는 거니까 더욱이나
놀랍지 않습니까. 또 사실 그런 눈치가 처처에 안 보이지 않고요. 여기
우리는 그런 자유는 두려워서 못 견디는, 두렵고 불안해서 못 견디는 그
따위 환경에들 놓여 있는 것 같단 말씀이야요. 전차는 그 일례일 따름이
지만 여기는 모두가 자유인 상싶으면서 어떻게 모두 물커졌어요. 건국의
내용은 빼어 돌리어버리고 어떻게 자꾸만 나날이 썩어들어 가는 것만 같
단 말씀이야요."

　그는 단순히 상종相從으로 시작한 말이 과히 여까지 지나쳐온 것을
깨달았는지 제 변명같이

　"같은 인종이 다 같이 될 수 있는 인종이 하나는 망국인종인 태態를
내이기 시작하려는 것임을 생각할 때 우울해요."

　하며 수건을 내어 코를 척 풀어 제치고는 서먹거리며 말끝을 맺던 것
이었다.

　이 비교론이 실지를 모르는 그에게 대단한 우울을 옮겨온 것은 없었
으나, 연은 또한 연대로 누구에게도 지지 않는 이에 대한 우울의 실적만
은 가진 사람의 하나이었다.

　잘못하면 한두 시간 잡히기는 보통인데, 게다가 새치기에 길이 더욱
늦어지고 대에 올라서선 신발이 밟히우고 전후좌우로 밀리우고 숨이 막
히는 괴로움은 차치하고라도, 한 왕로往路에 한 번씩은 으레 있는 하찮은
옳거니 싫거니로 시작되는 와자지껄하는 싸움지거리에다 더러 소매치기
라도 나는 날이면 불시 정차가 되어 온통 신체검사를 당하는 어엿하지
못함! 그렇다고 급한 시간을 대어주기나 하느냐 하면 그것도 없는 전차
이었다.

연이 담당한 음악시간이라고 별 줄어진 것은 없었으나 절반 이상은 오후에 시간이 들도록 마련을 해 받은 그여서 얼마만큼은 자유스러울 수도 있었던 데다가, 요지음은 또 여러 달째 계속되는 휴학 때문에 별 전차 탈 필요나 욕기慾氣 없이 지내올 수가 있었던 터이었다.

오래간만에 타는 전차라 연은 이때 어느 구석에서 싸움이나 또 터지지 않았으면 하는 조마조마한 마음으로 대에 올라서서 문을 닫고 비비대어 겨우 바로 서자고 돌아서는 참인데, 코밑을 쿡 찌르는 지독한 서양 향을 태우는 맹렬하고도 들큰한 냄새에 품기어 뒤로 고개를 제쳤던 것이다.

제쳤으나 콧속을 좀체 떠나가지 아니하는 들큰하고도 측은측은한 향유의 냄새는 그 출처가 아까 평양이라고 억단하고 덤빈 문제의 여자 머리 위 진홍빛 장미가 나돋은 카추샤는 일층 다른 의미로 놀라지 않을 수 없었다.

어느 결에 어디로 들어온 것인지 안전지대로 나올 때까지는 보지 못하였던 것으로 추측컨댄, 필시 반대 방향의 문으로 들어온 것이 밀리고 밀리어 이렇게까지 연과 함께 붙어서게 된 것인가도 싶었으나 그것도 분명치는 아니했다.

그러나 어쨌든 좁은 사람들 틈에 낑기워서나마 여자는 차 안에 서 있었고, 그것도 연 자신과 바로 코끝에서 부닥치게 되도록 서 있었던 것만은 분명한 사실이었다.

그리고 □□ □□며 아까 장의차가 달려들던 첫 커브를 지날 때까지는 여자나 연이나 차내의 누구나가 몸의 평형을 얻기 위하야 잠간* 왼편으로 쏠린 이외에는 별다른 이변도 없었던 것이었다.

연의 가슴파기에 어깨쭉지를 비비대고 서로 정자丁字가 되어 끼어서

*暫間. '잠간'의 방언.

목을 게사니* 목처럼 움츠리고 있던 여자도 차가 커브를 돌 때 파도에 안 밀려 나오는 수없는 물결처럼 앞배를 뒤로 제치며 넘어질 듯이 몸을 휘었으나, 넘어질래야 촌분寸分도 발을 옮겨 디딜 데가 없는 곳인지라 넘어지지도 않고 댕겨나가는 파두波頭에 밀려나가선 다시 제자리에 도들떠 섰다.

허지만 이 전차도 역시 아무런 연고 없이 늘 둘째 번 모퉁이가 되는 로타리의 커브를 돌아나설 수는 없었다.

회전하는 차체를 따라 이번에도 사라들의 몸이 일제히 한군데로 쏠렸다가 다시 제자리로 돌아들 가며 찻머리가 성북동 고저택을 바라보는 행길로 나서 본격적으로 질주하려는 몇 초 사이에 돌연 차는 급정거를 하고 만 것이다.

정거를 하고 나서야 연은 비로소 '아이쿠' 하는 여자 목소리의 걷잡을 수 없는 실수의 절망적인 부르짖음이 정차 순간에 났었던 것을 뒤미처 깨달았다. 이만저만 났어도 바로 자기의 옷을 맞대고 섰는 이 문제의 여자 입에서 나온 것이 아닌가? 정신이 들어 들여다보니 여자는 파랗게 얼굴이 질려서 잃고 있는 넋을 들여다보는 사람처럼 반만치 입을 벌린 채 아연히 서 있었다.

이어서

"또 소매치기로군."

저편 중토막 출구 쪽에서 먼저 이렇게 수군거리기 시작하더니 그 소리는

"똑 고넘덜은 요런 분잡한 틈을 노리거던. 오르고 내릴 때나 차 안에서 떠다 밀려 사람의 정신이 딴 데 팔릴 때 같은."

| * '거위'의 방언.

하는 딴* 억센 저주와 탄복의 소리로 전파되어 오며 그제는 이쪽에서도

"얼마나 되는 돈이냐?"고 묻는 사람이 생기면서 얼굴이 돌이켜 여자의 얼굴을 맑갸니덜** 들여다보았다.

"돈이 아니라 시계야요. 아이구 어떡해?"

여자는 털 오버의 소매를 걷어올렸다 내렸다 그 소매 끝을 가리켰다 말았다. 손을 포켓에 넣었다 내었다. 이쪽 사람의 얼굴을 들편, 저쪽 사람의 얼굴을 힐끗 보았다 말았다. 연방 '아이구 어떡해'를 발하며 파랗게 질린 얼굴에 속에서 눈알이 핑핑 도는 모양으로 허둥지둥하였다.

이렇게 발작질을 하는 동안에 여자의 주위에는 다소의 공간적 여유가 생기는 반면에는 차내의 모든 시선은 한 곳으로 몰릴 밖에는 없었다.

그중에서 누군지 크게

"시계— 무슨 시계요?"

하는 소리가 들리었다.

"금시계지요. 가꾸가다*** 22석石 미국제에 금 시계줄이 달리고요."

여까지 상세하게 몇 마디로 끊었으나 한가락으로 내뽑은 여자의 이마에는 짙은 분단장 위에 솜솜이 나돋은 끈적끈적한 진땀이 연에게는 보이는 듯하였다.

연은 곁에서 여자의 흥분과 초조가 화끈 자기 얼굴에도 옮아 달아올라올 정도로 자기 자신 몹시 민망함을 느끼었다.

"이런 판에 그런 건 외 차구 댕긴담."

야유도 아니요, 근심도 아니요, 그렇다고 단순한 거리의 리얼리스트

---

* '딴은'의 준말. 남의 행위나 말을 긍정하여 그럴 듯도 하다는 뜻을 나타내는 말.
** '말갛게들'의 방언. 눈이 맑고 생기가 있는 모습 혹은 정신이나 의식이 또렷한 상태를 말함.
*** 角形(かくがた) 네모꼴. 사각형.

인지도 알 수 없는 찬 어조로 어느 누가 복판에서 그러고 서 있었다.

그러나 이때 여자는 이 발언의 어떠한 성질임을 판단한 심적 여유가 있었는지 없었는지는 몰랐으되 거지반 이와 동시각同時刻하여 '아큐머니' 는 소리를 지르면서 앞에 마주선 사나이의 앙가슴을 떠밀어 제치면서 앞으로 수그려 엎어졌던 것이다. 그리고 다시 허리를 펴 올렸을 때에는 여자는 분명히 손에 그 물건을 파악하고 있었다.

여자는 땅에 엎어지는 바람에 벗겨진 머플러는 고쳐 쓸 생각도 미처 못하고 시계를 쥔 손과 시계줄을 쥔 손을 마주 잡아 끌어올려 귀에 갖다 댔다. 초침의 움직임이 연의 귀에도 들려왔다.

그러나 그 두 손은 함께 여자의 귀 언저리에서 벌벌 떨리었다. 이마 엔 어느 틈에 몽키었든지 구슬같이 커진 땀방울이 뚝뚝 나돋아 똘롱똘롱 흘러 떨어지려고 하였다.

여인은 상실하였던 때보다 일층 얼굴이 질리고 당황하고 파리한 것 같았다.

연은 종점까지 와서 전차를 내렸다. 여자는 한 정류장 먼저 배우개*에서 내렸는지 갑자기 사람이 텅 비는 틈에 없어진 것을 알았으나 차중에서 머플러가 벗겨지며 연의 오버 위에 빠져 떨어진 여자의 머리터럭은 몇 오리인가를 모조리 떼어버린 줄 안 것인데, 한 오리가 그저 오버 깃 위에 남아 있어서 연의 코 밑에 다시금 그 들지근하고 지근지근한 양향유의 지독한 내음새를 받아드리도록 연상케 하였다.

그는 두 손꾸락으로 그것을 뜯어 떼어버리고 오버를 두 손바닥으로 툭툭 털며 정류소를 나와 사거리를 서쪽 측로로 꺾어 들었다.

---

* 지금의 종로 4가 부근의 옛 지명. '배오개'라고도 함.
** 1912년 일본교통공사 조선지사에서 출발해서 동아교통공사 조선지사(1941)를 거쳐 해방 이후 조선여행사(1945)로 바뀌었다가 현재의 대한여행사에 이름. 일본교통공사는 일본의 대표적인 관광업체인 JTB (Japan Travel Bureau Foundation)로 이어져 현재에 이름.

병원은 구리재를 다 와서 조선여행사**가 있는 맞은짝 골목으로 들어가야 있었다. 예전에 어느 대大 생명보험의 사옥이었던* 거추장스럽게 큰 사층 건물과 윗층은 무슨 사진관인가 잡지사가 가 있고, 아래층 이 역시 뭣이라고 간판이나 붙은 오뎅 술집의 사이를 들어서서 네 갈래 길이 되는 모롱의 삼층 회색양회灰色洋灰의 유별히 유리창이 많이 나붙은 양옥집이 연이 찾아오든 A병원이었다.

문을 밀고 들어서면 바른손 편에 나붙은 것이 약藥구멍, 맞은편에 연구실과 내실 들어가는 문이 달렸고, 그 옆으로 이층 올라가는 층계다리. 이 층계 다리를 떠었고 앉은 것이 아래층 복도의 한 구석이자 곧 환자들의 응대실이어서 응대의자들과 세트들이 놓여 있고, 맞은편 도어가 진찰실인 데로 들어가는 문이었다. 그러니까 정문으로 들어가면 약국의 뒷방이 곧 진찰실이었다.

골목을 접어들며 오늘 자기 임무랄 것이 급작스러이 머리를 치지 않은 것이 아니었으나, 문을 밀고 들어선 연은 그것이 의례일 것보담은 마음의 자연스러운 차서次序에 따라 무엇보다도 먼저 진찰실 문을 노크한 채 무슨 소리 있기를 기다리지도 아니하고 실내로 들어섰다.

들어서며 맞은 편 응대실에서 육칠 인의 환자가 묵묵히들 앉아 있는 것을 그는 걸핏 안경 밖으로 보았다. 문을 닫고 돌아서는 것과 동시에 달이 바뀌면 새로 윤달이 뜰 이월도 중순을 지나서 아직껏 쌀랑한 기운이 덜 빠진 외기外氣에 언 코가 실내의 후끈한 공기에 품기어 연의 도度 깊은 난시亂視경은 획 흰 김이 서리었다.

서양평풍 이쪽에도 우단 벤치에 걸앉어서 진찰을 기다리고 있는 사람이 있어서 갓난아이를 무릎 위에 세워놓고 얼르고 있던 부인일 듯한

* 안국동 네거리 부근에 있었던 한국 최초의 보험회사인 조선생명보험 사옥으로 추정됨. 경성제국대학 본부 및 화신백화점 등을 설계한 한국의 대표적 근대 건축가 박길룡이 설계하였음.

남녀의 눈이 또한 힐끗 이쪽을 올려다보았다.

　연이 외투 앞자락을 들어 안경의 김을 닦으면서 병풍 옆으로 비켜나서니 이쪽으로 돌아앉어 어느 소년 환자에게 주사를 놓고 있던 박사는 천연히 육감으로 인 듯한 눈을 들어 비켜나선 사람의 얼굴을 보았다.

　그러나 박사는 마주 보고 잠간 고개를 끗떡하고는 도루 묵묵히 소년의 팔 위에 꽂힌 바늘 위로 조심스러운 눈을 떨어뜨리었다. 오는 때마다 이 모양이었다.

　연은 앞으로 마주 걸어들어가 약실藥室과의 문막이가 되어 있는 바람벽에 붙여놓은 임상 베드 위에 일상 버릇처럼 두 다리를 맥을 놓아 떨어뜨리고 걸터앉았다.

　걸쳐 앉은 바른 편 서향 창틀 위에 한 자 사방四方이 과히 틀리지 않을 장방형長方形* 뢴트겐**의 현상한 필름들이 대여섯 장 가즈런히 쇠틀에 끼여 창에 기대어 있었다. 물을 말리고 있는 것이다. 소년의 정맥 속에 노란 약물이 찬찬히 새어 들어가는 동안에 연은 이 한 자 사방의 장방형 속을 몇 개 디려다보았다.*** 육포에 걸어놓은 갈비를 한 짝씩 맞붙여놓고 그대로 찍은 사진들이 서너 개 있는 중에서 한 개는 한쪽 갈비가 전연 안 드러나다시피한 것도 있었고 굵은 참대 밑동의 못쫄못쫄한 마디처럼 다부진 잔 마디로 된 기둥을 의지하야 매여달린 수세미외도 한 장은 있었다.

　그동안에 주사가 끝이 나서 두 사람은 이야기를 시작하였다

　"꽤 빨리 떠났던 거구려."

　서편 쪽 벽에 걸린 시계를 치며 보면서 원장은 비로소 히물거리며 의

---

* 직사각형.
** 엑스레이.
*** 이 부분은 원문에서 조판상의 실수로 문장의 순서가 뒤섞여서 의미가 통하지 않는데 문맥에 맞추어 바로잡았다.

자에서 일어났다.

똑같은 경우에 늘보는 그 웃음이 오늘따라 연의 가슴을 선뜻하게 하였다.

원장은 혈관에서 뽑아낸 주사기를 시계가 달린 쪽 벽 아래 켠에 장치한 전기소독 가마에 집어넣고

"어떻소?"

하며 이쪽으로 걸어와서 자기도 연의 바로 옆인 스팀 위에 걸터앉았다.

"예."

연은 간단히 호불호 어느 쪽으로도 대답하였다. 그리고는

"그런데 강康선생이랑 오吳선생이랑은?" 하고 자기 편에서도 곧 이따위 평범한 반문反問 거리를 만들어보지 아니할 수 없음을 느끼었다.

A병원처럼 한 종합기관의 같은 협력자들이요, 연에게는 존경하는 지인인 분도 있고 혹 오랜 친구이기도 한 이도 있어서, 이 분들의 편부便否를 묻는 것이 평범하다 할 수는 없을 만치 당연한 일이기는 하지마는, 연은 어때 무엇보다도 긴장한 한 가지 질문이 자꾸만 성급히 목구멍을 너머 오려는 무서운 확집確執을 인정하고 이를 제선制先하려는 노력 속에 허둥거리는 자기 자신을 발견하였던 것이다.

"응, 있어."

이렇게 원장은 대답하고나서

"오는 아마 저 속에서 지금 현상을 하지."

하고는 연이 마주 바라보고 앉았는 뢴트겐 실의 도어를 턱으로 가리키며

"강선생은 혹 오늘이 일요일이라서 어떨는지 모르지만 일요일 날도 대개는 한 번씩 들렀다 가는 날이 많으니까."

하면서 오늘은 어떨까 하는 듯이 개웃하고 고개를 모로 돌리었다.

이 말에 연은 일요일이란 것을 이제 도로 상기하였으므로 성이 이렇게 말을 맺고 난 뒤에는 두 사람 사이에 어떻게 무거운 침묵이 시작될 것만 같아서

"일요일인데 이렇게 하루두 휴진하는 날이 없이 그래, 이 많은 환자를 다 본단 말이오?"

하고 또 한마디 쓸데없는 소리를 보태어볼 수밖엔 없었다.

"그럼 어떻게 허우. 달리 볼 일도 없으니 이것밖에 별 할 것이 있소."

세상에도 심상尋常한 말로 원장은 자기의 존재를 이렇게 밝히고 나서 연의 얼굴을 마주 보고는 씩 웃었다. 씩 웃는 것은 그런 소리를 했다고 별로 정색하고 내세울 말이야 되느냐는 겸허의 연막인 것이다. 그 연막 뒤엔 허망맥랑虛妄麥浪히 회전하는 속세의 어지러운 모상貌相들이 가려 숨어 있지 않은 것도 아닐 듯은 하였으나, 그렇다고 그럴 세상 속에서 자기 자신과 같은 존재만이 이렇게 초졸하게 드러나 보일 법이야 있느냐는 억울한 비웃음은 더더구나 섞이지 아니한 것 같았다.

그런 것이 있을래서야 어느 생산 경영체의 한 부속사업에 지나지 않는 별로 영리 위주도 아닌 듯한 이런 기관에서 한 달에 기천幾千 원짜리 월급쟁이로 자족할 바는 아닌 것이다.

성뿐 아니라 오도 그러하였고 강박사도 그러하였다. 명망으로나 실력으로나 욕기慾氣만 있다면 그들은 그러지 않고도 다 살 수 있는 사람들이었다.

그 사람들이! 하고 감상적인 연이 그의 생각을 얼마든지 잇달아 나가기 위하야 새삼스러운 감동을 자아내려 할 때, 그는 성의 입을 통하여 오늘 성이 자기를 부른 비밀이 어디 있은 것을 비로소 알게 된 것이다.

"그런데 모르지."

연의 귓바퀴에서 나지막이 속삭이는 성의 궁굴은 목소리는 될수록

평정하려 하였다.

"새벽에……."

꺼내어 거북해하는 성의 말에

"응."

하고 순순히 대답하고 연은 듣는 구조*로 계속을 기다리었다.

"새벽에 이층 환자가 객혈**을 했지."

"어쩐지 그럴 것 같더군."

연은 서서히 돌아가던 생각의 바퀴가 이때 아침 하숙을 떠날 때 이래로 다시금 급조***를 띠어 회전함을 깨달으며

"그래, 많이 했겠지."

"응, 좀 나왔어……. 허지만 그거 많구 작은 걸로 병 좌우되는 건 아니니깐."

"그야 그렇겠지. 허지만 얼마나 했습디까?"

"대여섯 곱부****나 했나 했지만 갓뜩 찬 게 아니니까 서너너덧 개 될는지."

원장은 천연히 대답하였다

"여보 거 아무리 그렇더래도 그렇게 나와서야 부지扶持가 되겠소."

"아니, 그건 상관없어. 객혈이란 그만 분량이 드문 것도 아니고 또 피란 보기는 숭하고 겁나는 거지만, 모르고 있는 환자에게나 겁 없는 환자에게는 적신가 되어서 병이 시초부터 몰래 속 깊이 진행되는 것보다는 도리어 좋은 결과를 낳는 수가 많으니깐."

"으응."

---

* 口調. '어조語調'의 방언.
** 각혈咯血.
*** 急潮. 원문에는 '급조急調'로 나오나 이는 오식임.
**** コップ. '컵' (네덜란드어 'kop')의 일본식 발음.

이러면서 그럴 듯이 생각하는 연은 그러나 겁 없는 환자 운운 소리에 가슴이 미끈하지 아니할 수 없었다. 그리고 하숙을 나오면서부터 영구차를 배웅해 보내던 전차종점 길에 서서부터 '기정사실'로 인정하고 단념하던 때보다는 일층 미련에 젖은 걷잡을 수 없는 불안에 쪼들리는 자기 자신을 깨달았다.

"참 당신네 학교도 마찬가진가?"

이때 원장은 갑자기 어조를 바꾸어

"그걸 깜빡 잊고 아깐 학교에다 애를 보냈지만, 강선생도 요새는 학교가 그렇고 해서 학교에 잠깐 들렀다간 매일같이 여기 나오는 때마다 회진을 돌아서 보아왔건만 그동안은 참 경과가 좋았어요. 뢴트겐도 몇 번 찍어보았으나 아무렇지도 안 했지……. 헌데 병이란 마치 말한다면 물이 끓기 전 구십구 도인 수가 많아서 김도 안 나고 물방울도 돋지 아니하는 말짱한 것 같다가도 중간에 무리가 끼여 내연작용이 있었던 것만 사실이라면 일도 열에도 활짝 끌어난단 말이야."

"그야 그럴 거야."

아무리 친한 친구라 할지라도 성에게 무슨 짐작이 있어 하는 듯한 그러나 연 자기를 괴롭히려고 하는 말이 아닌 것을 모르지 않는데도, 연은 미안해서 이 이상으로는 분명히 밝혀 이러니저러니 말하기에 견디지 못하였다.

그러나 그 자기의 말마무리가 하 싱거워져서 연은 또 한 마디 곁가지로 들어가서나마 묻지 아니할 수 없었다.

"헌데 몇 시쯤 해서 그런 모양이오?"

"아마 두 시나 지나서라지."

"두 시에? 그때야 다덜 자고 받어둘 사람도 없었겠는데 용히 그래도 혼자 했군."

"아니야 받아주긴 저 양반이 받아줬대."

원장은 심상한 듯이 그리고 뢴트겐실 문 옆구리 약장 앞에서 빨아 말린 붕대를 기계로 돌돌 말아 감고 있는 백의양白衣孃의 뒷모양을 얼굴로 가리키며

"헌데 얼마 전부터 그 방에 환자와 동무라나 한 학생 하나가 와서 자면 말면* 했다나."

"여학생으로?"

"여보, 그럼 여학생이지."

하고 원장은 연을 나물하듯 보고 히쭉 웃으며

"졸지에 그런 변을 당하니까 그 학생이 아마 어쩔 줄을 모르고 허둥지둥하다가 저 사람들 자는 간호부 방으로 달려왔던 모양이지." 하였다.

"응? 헌데 거 누군가?"

하고 연은 고개를 개웃하고 동무란 학생을 생각해보았으나 얼른 머리에 떠오르지 아니하였다.

"어쨌든 본의本意 없이 끓은 물이면 조용히 기댈려가며 식히는 수밖엔 없지 않소. 당자當者도 인젠 제 몸이 끓는 줄을 알았을 터이니 도리어 괜찮을는지도 몰라요. 허니 근심일랑 말고 올라가보고 내려오오……. 객혈하느라고 지친 데다가 급격한 변화로 열이 나서 아마 환자는 혼수상태에 빠진 사람처럼 자꾸 자기만 하나 봅니다. 잘 수 있으면 자는 것밖에 좋은 것이 없으니 자게 해두고 보고만 내려 오구려."

친구는 명령하듯 하였다.

연과 원장이 이러구 있는 동안에 주사를 갖고 나간 소년과 가라채여 넘어와 앉은 벤치의 아이 어르던 젊은 내외가 낮은 목소리로 수근거리는

| * 자거나 말거나.

두 사람 쪽을 너무나 무심하다는 눈초리로 여러 번 번갈아 쳐다보던 형편이므로, 연은 그러지 않아도 더 물어볼 말도 없던 터이라 뚝 끊고 명령을 좇아 진찰실을 나와버리고 말았다.

넓은 완만한 층계를 한 번 꺾을 데도 없이 유유히 이층까지 걸어 올라오면, 바른손 켠으로 접어들어 삼층 층계 올라가는 어귀를 지나서 철문을 바라보고 가는 바른편이 병실들이요, 이 병실들을 지나 철문까지 다 가서 끝으로 둘째 방이 영이 들어 있는 방이었다.

열린 틈 사이로는 북악北岳도 바라다보이는 무수한 창만으로 된 왼편 벽. 뽀이얗게 갈아서 만든 화장유리에서도 이른 삼월 하늘의 아직도 쨍하니 사물사물한 햇볕이 부드러이 투과되어 들어오는가 하면, 병실에 들어서서도 이 병원은 어느 병실에서도 명동 일대의 위연히 비죽비죽 비어져나온 지붕들 위로 남산의 산봉오리가 넘어다보이는 아름다운 경개 속에서 해양하기로는 다시 없는 병원이었다.

문을 살그머니 잡아당겨 연이 몸을 실내에 옮겨놓으려 할 즈음에 환자가 누워 있는 침대 옆구리 동글 의자에서 이러나며 나푼 인사를 하는 것은 지금 원장이 말하던 여자에 틀림없을 것이다.

보니 여자는 고등여학교* 시대에 영이와 함께 같은 반의 생도이던 명희明姬란 학생이었는데, 그러고 보면 명희는 영이와 갖은 거래가 있었고 친한 사이였던 것을 잊고 있었던 것이었다.

명희는 파란 우단** 덮개의 동글의자를 일어서서 연에게 권하고 자기는 스팀 위 창틀을 기대고 섰으나 연도 의자에 붙어 앉을 생각은 나지 아니하므로

"오래간만이로구나."

* 일제 시기 중등교육을 담당한 4-5년제 여학교.
** 거죽에 곱고 짧은 털이 촘촘히 돋게 짠 비단. 벨벳.

하며 같은 스팀 곁에 다가서며

"엊저녁 수고했다지."

하고 위로해주었다.

"아니오."

여학생'도 낮은 목소리로 속삭이듯 대답하며 잠깐 허리를 낮추고는 의례껏으로 얼굴을 붉히었다.

연은 고개를 돌리어 환자의 얼굴을 내려다보았다. 무슨 대에 붙여가지고 그 형型을 뜨려는 하이얀 분粉나비와도 같이 흩어진 머리카락들 속에 싸여 순하게 눈을 내려감은 여인의 상은 한없이 피로하였고 한없이 창백하였다.

땀이 호조곤히 배어나온 넓은 이마며 미간이며, 홀쭉 꺼지어 납촉**같이 흘러내린 두 볼이며, 힘없이 제쳐진 두 입술들. 이중에서 오직 하나 혼돈과 피로를 정리하려는 호흡만은 한결같앴다. 핏대가 들어날 것같이 관자놀이의 겉살도 흘록흘록 뛰었다.

아무리 어려운 난산이라도 치르고 나면 안도는 있는 것이다. 이상한 것은 얼굴이 어디를 들여다보나 주름 잡힌 데라고는 한 군데도 없었고, 이완한 중에도 구석구석까지 활짝 피었지 아니한가.

"그래 앤 어떤 모양이지?"

너무나 이야기의 동이 떴으므로 인사의 순차로 연이 누워 있는 환자를 가리키어 이렇게 물으니 "네." 하고 여학생은 기어들어 가는 낮은 목소리로 대답의 덮개를 떼고 나서 무엇이라고 할 것처럼 머뭇머뭇하더니 그만 얼굴을 붉히고는 머리를 숙이고 말았다.

그것은 병이 어떻냐는 물음에 대하야 아무러한 어느 쪽의 대답도 될

---

* 원문에는 '대학생'으로 나오나 이는 '여학생'의 오식으로 보임.
** 蠟燭. 밀랍으로 만든 초.

수가 없었다. 뿐만 아니라 이상한 것은 수그리었던 얼굴을 붉힌 대로 고쳐들어 돌연히

"선생님 미안합니다."

한 것이었다.

"미안하긴 무에 미안해."

연이 은근한 목소리로 거들어도 그러고 난 처녀는 까딱하지도 않고 다시 고개를 수그리고는 묵묵부답하였다.

연은 참으로 그것이 이상하였다. 이런 환자를 놓고 혈족인 사람의 염려야 얼마나 하겠느냐는 소리로 못 들을 것도 아니나, 그런 일반 인사로서는 얼굴이 과히 정색이었고 깍듯하였고 침중하였다.

그렇다고 자주 거래가 있던 친한 동무로 주의나 간호가 덜 되었더라는 말로 받아들이자는 것도 염치없는 일이 아닌가. 그렇게까지 지나친 인정을 요구할 게제에 연은 있지 아니하였다.

그러면 이렇게 된 자초지종의 책임이 자기에게 있다는 미안의 의미로 들어야 하는가 허지만, 그런 허무맹랑한 사죄를 추측하는 것도 무리일 것만 같았다.

잠잠한 가운데 무거운 어색한 공기가 방 안에 가라앉았다.

그렇다고 연은 더 캐어물을 성질의 것도 아님으로 이 무거운 공기를 들추어낼 사람이 자기 자신밖에 없음도 깨닫지 아니할 수 없었다.

"엊저녁 두 시에 그랬다지."

"네, 아마 그때겠어요."

"한참 졸릴 때 깨어서 법석을 했겠으니, 잠을 못 자 고단할 텐데."

"아닙니다. 그러구 나선 영이도 저렇게 세상 모르게 잠이 들어서 여태 한 번도 깨질 않고 자기 때메, 저도 그동안 쭉 저기서 내리 잤어요."

처녀는 마주 보이는 방문 옆으로 누운 환자의 발추가 되는 북편 쪽

벽을 손으로 가리키었다.

여기서 보면 복도 쪽으로 움푹 패어나가게 하여 이쪽을 트이게 간뼛막이를 하고 침대 높이보다는 조금 낮후 마루를 놓고 환자 시중들 사람을 위한 침소가 있어서 자도록 그 위에 다다미 한 장이 깔려 있는 것이었다.

"저런 데서 잔 잠에 몸이 웬 풀리나. 오늘은 나라도 게서 잘 터이니 명휠랑은 일찌감치 들어가보지."

"아니야요, 선생님. 제가 자겠어요, 만날 와 자던 건대요, 뭐. 그러고 요즘은 학교도 그렇구 해서 아무 염려 없어요. 이불도 가지고 왔고요."

"그랬어! 명희도 참 기숙사인가?"

"네, 영이하고도 한 방이었고요."

"응, 참."

그러나 이 외엔 별 명희의 말에 이어서 연에게 더 할 말이 없었다.

다른 잡티라고는 도리어 조금도 섞이지 아니한 태평한 숙면의 자태라든지, 그 자태를 싼 부유끄럼하게* 때를 탄 이불 위라든지, 환자 신변에 제일 가까운 시점들 위에 갈피 없는 생각에 사로잡힌 눈을 번갈아 덤덤히 떨어뜨리고 있던 연은 그따위 침묵조차 상종하는 사람에게 무거운 짐이 된 것을 지각하고

"그럼 내 잠깐 내려갔다 올 테니 그때까지 여기 앉아 있어요."

하고 늘 가만가만 앞발로 디디어서 병실을 나와버리고 말았다.

진찰실에는 뢴트겐 암실에서 나온 오선생이 이제야 겨우 손이 비었는지 검은 남색 옷을 입고 스팀에 기대여 섰는 어떤 내객하고 같이 기대어 서서 출입문 이쪽을 멀거니 바라보고 있었고, 연이 앉았던 진찰대 자리 위에 새로 출현한 현미경이 자리를 점령하고 있어서 뢴트겐 사진들을

| * 선명하지 않고 부옇게. 부유스름하게.

말리고 있는 그 광선들을 맞아드려 예민한 렌즈를 서창西窓에 향하고 있었다.

연은 오선생과 간단한 인사를 바꾸고 광선이 가리지 아니한 쪽으로 현미경에 곁따라 앉았다.

뢴트겐실 문 드나드는 길 옆에 또 한 대 놓인 진찰대에서 성박사의 말소리가 들린다. 이쪽에서 보이지 않도록 둘러 가리운 휘장 뒤에서 다른 데로 번져나가지 아니할 은근한 목소리로 병 증세 대한 것을 뭐라고 환자와 더불어 묻고 대답하고 하였다.

"뼈짬이 쑤신다든지, 허리가 아프다든지, 머리털이 빠진다든지 또 지금 진찰한 결과로 본다면 대개 어떤 병인가 하는 짐작이 설 수는 있습니다만, 그렇다고 확정한 판단을 내리기는 어렵습니다."

박사의 자신 있는 신중한 목소리에 대하야

"그럼 어떻게 하면 확정한 걸 알까요?"

하는 것은 침에 묻지 않고 돌돌 굴러 나오는 것 같은 야무진 여자의 음성이었다.

"피 검사만 지나면 됩니다."

가져오라는 소리가 나기도 전에 영이의 피를 받아냈다는 먼저의 간호부가 휘장 옆구리로 비어져나와 소독 가마에서 제일 조그마한 주사기를 하나 집개로 꺼내어 가지고 침을 꽂아서 들고는 다시 휘장 뒤로 사라지었다.

"그러니까 이게 좋지 않은 병이 틀림없지를 없는 게지요."

환자의 돌연한 낙담은 돌돌 굴러 나오던 구슬이 입 안에서 깨어져 부서지는 어조로 기운 없이 산산 실내에 흩어져 가라앉았다.*

---

* 신문 연재본에는 이 구절 다음에 '정정訂正'이라는 제목 아래 "24회는 23회에 중복되었었사오니 독자는 하량下諒하소서."라는 내용이 있음.

그 낙담조의 말소리가 허리가 아프다는 둥 머리털이 빠진다는 둥하는 사실과 맞닿아서 갑작스러운 전광으로 연의 호기심을 자극한 것은 물론이었다.

허지만 설마 그렇기야 하랴 하고 연은 자기의 직감적인 사실을 부인해보았다.

분粉과 연지에 일심一心으로 닦이운 탓이야 탓이겠지만, 그래도 전차의 여자에게는 뽀이얗고도 불그우레한 살빛으로 물마르지 아니한 홍도紅桃의 신선함이 있었다. 민민하고 미끈한 다리의 연분홍 양말이며 부근부근한 털 오버며 호화로이 줄을 느리운 핸드백이며 너슬너슬 나부끼는 홍장미의 머플러며 이것들에는 그럴 수가 있다고 하고 싶지 아니한 일종의 매력조차 없지 아니하였다. 들지근한 독한 머리 냄새도 양향유洋香油인 탓뿐이지 설마 부란'하여 가는 혈독소血毒素의 발효인 까닭은 아닐 것이다.

그리고 아무러면 한편으로는 부란하여 터져 헤버러지려는 육신을 주어 가다듬지는 못할망정, 무슨 경황이 남아서 그런 품 멕힌 단장에 마음을 쓸 생념生念이 있을 것인가도 싶었다.

허지만 벌레 먹은 복숭아가 좋다고 하지 않나 허는 생각이 불현듯 상도想到하면서는 이 여자가 곧 그 여자일는지 몰라 하는 의심이 안 일어나지도 아니하였다.

부지불식간에 잠복해 있었던 그 여자에 대한 자기의 매혹이 계속 홀忽치 안 했던 것을 뒤미처 깨닫는 동시에 연은 이쪽 의념疑念이 도리어 일층의 우세한 가능성을 자기에게 첨가함을 느끼었다. 그는 전차 칸에서 자기 옷 위에 떨어졌던 여자의 머리카락들조차 이제는 일층불유쾌한 마

| * 腐爛. 썩어 문드러짐. 혹은 생활이 문란함을 비유적으로 이르는 말.

348

음으로 새삼스러이 안 생각할 수가 없었다.

그러자 몸에 주사 바늘을 집어넣어 피를 빼는 듯한 엄살이 또 한참 휘장 뒤에서 나던 끝에

"여자란 남편 되는 사람들의 몹쓸 병부채病負債까지 짊어지고 다녀야 하니 무슨 죗값에 우린 이런 신세로 태어났나요, 글쎄."

하는 여자의 한탄이 들려 넘어왔다.

우리란 간호부를 끌어당기는 말인지 일반 한탄으로는 그러나 과히 지나친 자기 발빼임의 노골화가 있는 동시에 또한 그렇지도 않은 것이라면 듣는 사람의 누구나가 뭐라고 대답해야 의례儀禮인지 모를 것이 들어 있는 것도 사실이므로 여자의 이 말에는 동성同性인 사람의 호응조차 따르지* 아니하였다. 그러나

"그럼 이력허구 난 뒤에 미칠**이면 알게 될까요?"

하는 환자의 무색한 말 때음에는

"한 이삼 일 지나면 알 수 있습니다. 내일모레 오후 늦게쯤이나 들러보시지요."

하고 원장은 은근한 목소리로 친절히 가르쳐주며 한끝 휘장을 제쳐들고는 이쪽으로 나와버린 것이었다.

연은 뒤에 따라 일어나는 여환자의 얼굴을 기다리고 있었다는 듯이, '곧'은 민망하야 건너다볼 수가 없었다.

그러나 의자에 돌아와 처방을 쓰고 앉았는 원장의 등뒤를 돌아나오며, 그럼 모레 오겠노라고 인사를 하면서 납푼 수그리는 여자의 머리 위에 연은 남실 넘내려오는 홍 장미의 몇 떨기를 보았다.

물론 이제는 연은 새삼스러이 다시 놀랄 것은 없었다.

---

* 원문은 '뚫지'.
** '며칠'의 방언.

원장이 여자의 처방전을 약실藥室에 넘기면서 맞아들인 환자는 현재 응대실로서는 최후의 환자이었다.

그러나 그 환자는 제가끔 온 두 사람이었다. 하나는 뒤 꼭대기의 항종인가 온진溫疹인가이었고, 하나는 뢴트겐이었는데 그저 선생이 암실에 계신 줄로 알고 나오시기만 기다리고 있었던 것이라 하였다.

이 환자를 오선생이 데리고 가는 동안에 성은 자기 환자의 진단을 하여서 간호부에게 뭐라고 지시하여 넘겨주었다. 오선생이 들어간 뒤 절반이나 문이 닫혔을까 한 뢴트겐실 이짝에서는 웃주둘 머리에서 꺾이어 아래로 내려 숙인 해바라기꽃 대가리에 백의양으로 말미암은 자외선의 전력이 통하여졌다.

그 밑 초록빛 아름다운 자외광선 속에 환자는 목을 빼어 앞으로 떨어뜨려대고 진찰대 위에 걸터 앉았다.

양孃이 틀어놓은 자외선 계시기의 잘각잘각하는 초침의 소리가 한 번 가면 다시는 없는 반복이라는 냉혹하고도 의연한 소리로 확실한 조탁을 이어 나아가는 것이 귀에 들려왔다.

뢴트겐실에서도 옷을 벗는 시간이 끝이 났는지, 선생이 환자를 보고 뭐라고 뭐라고 이르는 목소리가 들리더니 고압의 전기 도는 소리가 '징—' 하고 나며

"숨 쉬지 말라거든 숨쉬지 마세요. 잠깐입니다."

하는 목소리가 빈 굴 속에서 울려나오듯 궁글어 나왔다. 그 '징—' 하는 소리는 어려서 아파 누워 금계랍*을 먹고 마당귀에서 듣던 세상이 노래지며 귀 바퀴를 울리던 그 멍멍한 소리를 연에게 연상케 하였다. 또 여름이면 고금**을 잘 앓아서 마당귀에 멍석을 깔아놓고 와들와들 떨면서

---

* 金鷄蠟. 원문에는 '금계납金鷄納'이라 되어 있다.
** 한의학에서 '말라리아'를 이르는 말.

는 누워 그래도 잘은 쳐다보면 노란 하늘이군 하였다.*

이때

"숨 쉬지 마세요."

하는 큰 정확한 어성이 분명히 들려나오며 동시에 이쪽에서도 째르르릉 하는 계시기의 벨이 돌연 알롤지게 울었다**. 이 소리에 노란 하늘도 한꺼번에 쓸리어갔다. 연은 해바라기꽃 밑에 길게 목을 빼 늘이고 앉었는 환자의 자태에다 소싯적 자기의 지난날들을 맺어놓아 일으키었던 쓸데없는 환각에서 놀라 깨었다. 뒤에는 죽음과 같은 한정***이 방 안에 가라앉었다.

그러고도 연에게는 자외선을 쏘이고 난 환자에게 놓아줄 주사가 남아 있었다.

주사를 놓고 처방을 써서 약국으로 돌리고 나서 성도 비로소 연들 있는 데로 와서는 오선생 앉었던 스팀 위 남색 오버 손님 곁에 자리를 잡었다. 그리고 성은 이층 올라갔다 내려온 이래의 연에게는 일시 □면도 던지지 않고 남색 오버와 이야기를 시작하였다.

"선생님."

허고 젊은 남藍 오버는 성원장을 보고

"우리 동네 김金 병원은 성 선생님이나 오 선생님네 둘하고 어떻게 됩니까? 퍽 그 양반이 뒤떨어져 나왔지요?"

무슨 말을 하려는 것인지, 이러니까 성이 한 사오 년이나 후배가 될 거라 하매

* 해방 이전 허준이 쓴 「자서소전自叙小傳」에도 이와 유사한 기억이 씌어 있다. "저는 몹시 학질瘧疾을 잘 앓아서 여름날 마당에 명석을 내다 깔고 종일 혼자서 와들와들 떨던 기억―그렇지 않고 아버지가 계시는 때는 그 쓰디쓴 교갑에도 넣지 않은 금계랍으로 지는 생명의 세례를 받았습니다. 더러 오화단丹 먹던 기억도 있는 소년이 있습니다만, 그 많은 소년의 감상 중에서도 이만치 잊혀지지 않는 감상은 없을 것입니다."
** 원문에는 '었울다'로 되어 있음.
*** 원문에는 '閑정'으로 되어 있음.

"참 그렇것군요. 1940년에 나온 우리들보담도 한 이삼 년은 빠르니까요."

하며 그래도 무슨 말이 채 나오지 아니한다.

"왜?"

"아니, 글쎄요. 그런데 선생님네 학교 계실 때도 내과 교수진만은 해방이 되어 일본 들어간 패들과도 조금도 변동이 없었지요."

"그랬지. 내과는 아마 우리 배운 교수들이 끝까지 있다가 간 패들일 걸. 왜?"

성 패들이 적어도 접장격은 되었던 듯한 꽤 후배인 듯한 남 오버는 이번에도 똑같은 글쎄요로 도보踏步로를 하며 매우 앞으로 디뎌 서기가 힘들어한다.

"요새 이거 당최 웬만한 사람은 개업도 못하겠어요."

"약이 없지."

"약도 없지만서두요."

하고 젊은 의사는 또 떠뜨럭거리며*

"글쎄 학교에서 배우지도 않고 책에서 보지도 못한 걸 그것도 뻔히 좋지 않은 건 줄 알면서 개업이란다고 해얀다니 이걸 헐 노릇이 됩니까요, 글쎄 선생님."

하니

"응."

하고 성은 원래 그건 그런 것인지 당신의 고충을 모르지 않겠노라는 듯이로 고개를 끄떡끄떡하였다.

---

* '매우 천천히 더듬거리며'의 뜻. '떠뜨름'은 '말을 하거나 글을 읽을 때 매우 천천히 더듬는 모양'을 나타내는 평안도 방언.

"가령 일례를 말씀한다면 위경련에 '모르핀' 쓰라는 건 선생님네도 아마 안 배우셨겠고 못 보시던 것 아니겠어요?"

"그야 그렇지. 누구라고 달랐을 리가 있소."

"헌데 환자가 고통을 호소한다고 조금이라도 참어보자지는 않고 그저 곧 그런 약을 써서 멀쩡한 사람들에게 아편쟁이의 종자를 뿌려놓지 않으면 안 된다니……."

"흥."

성도 이때는 한심한 코웃음으로 젊은 의사의 말을 받는 모양이었다.

"그렇지 못한 사람은 한 개 변변한 의사 구실도 못하고, 남의 눈치나 받기 십상이구요……. 한번은 글쎄 가까운 동네 집에서 왕진을 청하여 왔기에 가보았더니, 부인 환잔데 위가 그리 쥐도록 아프다고 하지 않습니까. 그래 차츰차츰 증세를 물어보았으나 그것만 가지고는 확실한 진단을 내릴 수도 없었고 아무리 그것이 자기네들이 믿는 위경련이라 하드라도 진통제 이외로 듣는 약이 있을 까닭도 없고, 참을 때까지는 참어보는 것이 당연한 순서임으로 좀 경과를 볼려고 하는 즈음인데, 환자네 집에선 네까진 것은 백 개가 와도 소용없다는 듯이 다른 의사를 불러오라 하지 않습니까? 들으라는 듯이요. 그렇다고 제가 곧 가방에서 그걸 꺼내며 '그런 거라면 여기도 없지 않소' 하고 보아라 하는 듯이 놓아주고 나올 수는 없는 거 아닙니까. 분김*만이라면 그럴 수도 없지 않겠지만 분만으로는 도저히 감당 못할 한 가지 무엇만은 채 뱃속에서 죽일 수가 없어서요. 그것이 환자를 남에게 빼앗긴다든지 하는 것에 대일 고통은 아닌 것입니다."

"그래요."

| * 분한 마음이 왈칵 일어난 상태나 느낌. 원문에는 '憤김'이라 되어 있음.

이런 사실을 처음 아는 것은 아니로되 성도 이 젊은 사람의 고민이 진지함을 엿보고 참으로 동정하는 모양이었다.

"그러나 또 한끝 생각하면 그러고만 앉었는 것은 일종 도피인 것 같은 생각이 들기도 해서 가끔 그런 환자를 만나면 설명을 안 할 수도 없는 것이 상정常情이 아니겠어요? 그래서 배가 그렇게 아픈 증세만으로는 담석증이라든지, 맹장염 시초라든지, 위경련이라든지, 허다못해 회충의 장난일 때도 없지 아니하야 무슨 원인으로 아픈지를 알기 전에 그냥 진통만 시킨다는 것은 그런 다른 병인 때에 일부러 원인을 그늘 속에 가리워서 병을 골수에 들게 하는 위험성이 없지 아니한 동시에, 그렇지 않은 경우에라도 나쁜 버릇의 중독이 되기 쉬운 것이라 하여도 알어듣는 사람은 없는 겁니다."

"사틋한 인정이 우선 마음에 가득할 것 아니오 병이야 골수에 들든 말든."

성이 이러며 아까의 젊은 의사가 꺼내려다 못 꺼내고 만 김의사 이야기가 과연 무슨 말이었던 것을 이제야 알어들었다는 듯이

"김이 그걸 잘하는 모양이지. 원래 전부터도 '시야 비야' 말이 많은 사람이어서 우린 그런가 허기만 했더니."

하매

"그러면 이만저만만 그럽니까. 같은 방면의 사람으로 투기 같애서 내놓고 말하기는 창피한 것도 같지만서두요. 우리 동네는 더구나 서울에서도 유명한 여관집 골목이라 요새는 춥고 못 먹고 불규율한 생활조건의 전재민戰災民들이 모여들면서는 부쩍 그런 병도 늘었는데, 그런 사람에게도 한 대에 으레 천 원 시세랍니다. 아픈 것이 잠깐 진정만 되면 그들은 나은 줄 아는 사람들이요, 또 어차피 곧 어디로든지 다른 데로 떠나는 사람들이니까요."

"그럴 테지."

"허니까 자연 그 근방 여관집 주인 마나님 말이 큰 인망이 되어서요. 병원 근처에는 점차 아편쟁이 될 사람들의 병아리 떼가 우글우글 들끓지요. 그나 그뿐입니까. 병의 성질상 나머지 환자란 태반이 누워서 왕진을 청하는 십중팔구는 신경질 유한有閑 마담층이니까요. 학교서 배운 의업 외에도 한 가지 속된 외교술이라 헐는지 처세술이라 할는지가 오늘날 개업의의 의술상 중요한 소위 성공의 촉매인 것은 말할 것도 없습니다."

"흐응."

"남의 사생활에까지 개입해서 이러니 저러니 하는 것은 덜 되었다고 욕먹는지도 모르지만 훌륭한 개업의가 된다는 것은 곧 가령으로 말씀하면, 세상에 아편쟁이의 병아리 떼를 퍼뜨려놓는 것이거나 그따위 비속한 사교도社交道에 정진노력하는 사람인 외에 아무것도 아닌 것이어서 그 김도 요새는 어느 중국을 거쳐 온 외국인 관리를 청해다 진찰실 뒷방에 마작 상麻雀床 채려놓는 것이 날마다의 일과가 되었어요."

"으응!"

"마작이 안 되었다는 것도 아니고 사교에 필요한 외국어의 회화를 배워가며 페니실린 떼다 얻어 쓰는 것이 어그러졌다는 것은 아니지만, 이것이 겨우 우리 의사의 본질인 것 같애 억울한 겁니다."

"......................................."

"성 선생님, 저희들 그 전 학교를 갓 나와서 실습을 시작했을 때에는 의사를 보고 돈을 많이 받는다 하여 날도적놈이라느니 강도라느니 하는 것을 참으로 억울하게 생각하리만큼, 우리는 의사의 직업이란 만만치 않은 일인 것을 느끼곤 한 사람들이랍니다.

우리도 남만 못지않게 힘들여 공부를 하였고, 가지 각종의 환자를 상대로 말하자면 위험한 일에 종사하는 사람들입니다. 우리가 사회 어느 계급의 사람들보다 섭섭하지 아니한 대우를 받어야 할 것만도 당연한 일이 아니겠습니까? 허지만 그렇다고 해서 염치도 체면도 공정한 판단도 다 물리치고 그 따위만으로 행세를 한대서야, 전에 우리가 그렇게 느끼고 생각하던 자부심까지가 공이 없어지는 날 아니겠어요? 이렇게 맥 풀리는 일이 어디 있어요? 선생님……. 선생님 우리 젊은 사람은 떳떳이 살고 싶습니다. 그까짓 돈이 뭐냐는 소리는 전수이*는 믿을 수 없는 거짓말이라 하더라도, 그래도 공이 있는, 자부심을 내세울 수 있는 의사로 살고 싶습니다."

"알어요. 한韓이 그렇게 될 줄을 내가 잘 알어요."

일단 흥분 고개를 넘어 내려오며 새하얗게 피가 걷히어 들어가는 젊은 과학자의 얼굴을 들여다보지도 아니하고, 성은 진심에서 우러나오는 어조로 이렇게 위로하였다.

"술집이나 찻집 같은 데, 허다못해 요새는 간단한 점심집 같은 데에까지 달려들어 돈을 조르는 비츨비츨 앞으로 넘어지는 누르덩덩하니 부어오른 중독자의 떼들!

이렇게 만든 것이 너지, 너지 하고 주먹을 옹구 쥐고 눈을 부릅뜨고 달려드는 것처럼 가는 곳마다 거리거리 구석구석에서 악몽에 가위를 눌리는 것이 저희들입니다.

이것은 우리 시계視界에 한限하여진 □□일 불과한 조그마한 한구석뿐이 아니겠어요? 전체적으로는 우리나라가 백주白晝에 그렇게 퀴어 물크러져 들어가는 것이거니 하고 보면, 이것을 수수방관하는 책임은 저희에게도 있는 것 아닌가 하는 것이 또 한 가지 저희들의 고통이 아닐 수는 없습니다. 그것이 몇 사람의 돈을 좋아하는 의사의 악덕에 돌릴 것도 아

| * 全數. 모두 다.

니요, 눈이 어두운 환자 대중의 탓은 더더구나 아닐 것을 느끼는 고민은 일층 큰 것일 수밖엔 없습니다. 선배 되시는 분들로 양심 있는 분들은 요새 누구나가 말씀하는 것처럼 차라리 의료기관이란 국가경영이나 기타 공공의 경영이 아니고서는 의사에게는 의사의 양심을 지켜가는 길을 열어줄 수 없는 동시에, 이와는 부즉불리不卽不離*의 관계로서 자연히 해결될 진정한 국가민족의 후생의 대도大道 □ 덜터져 나갈 수 없으리라는 근본적인 생각이 요새는 왕왕 드는 때가 없지 않드군요.

저부텀이라도 연구를 하다 학위를 얻으면 개업을 하고 나온 사람이었지만 의사의 생활이나 신분을 보장해줄 그렇지 않아도 않았을 국가 제도만 있었다면, 일제하에서도 대학병원 같은 공공한 데는 가장 떳떳하였고 충실하고 신뢰할 만한 병원일 수도 있지 않았겠어요.”

“그런 그랬을는지도 모르지. 영리 타산이 없다는 근본적인 차이가 있을 수 있으니간.”

“제가 너무 제 말씀을 거추장스럽게 크게 내세워 주제넘습니다만, 그러니깐 몇 개, 김 박사가 어그러졌다거니 누가 나쁘다거니 하는 것보담 근본문제는 제도에 있는 것인줄 알어요. 제도가 이 모양이어서는 아무리 밉지만 눈 가리고 아웅 하는 것은 김박사뿐은 아닐 거니까요.

요전 오 선생님이랑 강 선생님이랑 계시는데 와서 제가 이 병원은 의학부 제4병원이라고 하니까 선생님들이 웃으셨지만.”

한 의사가 이러며 또 무슨 제 말줄을 시작하여 나가려 할 때에 뢴트겐실에서 나오는 오선생이 이 말을 들었는지

“저 사람은 오늘도 와선 또 남의 병원 부러워하고 있지 않어.”

하면서 불쑥 우스개를 하고는 시치미를 떼고 이쪽으로 걸어나왔다.

| * 두 관계가 붙지도 아니하고 떨어지지도 아니함. 불리부즉不離不卽.

한마디 오선생의 이 우스개로 담뿍 기름이 부어졌던지 연약하고 감수성이 강하지만 저도 모르는 사이에 몽기어 굳어진 한이라고 불린 젊은 과학자의 양심적인 신경질 덩어리가 어느새 녹을 사이도 없었는가 하였는데, 그이부터 먼저 웃음을 터뜨리며

"허지만 선생님네가 여기 계시다고 해서 하는 말씀이 아니라 정말 이 병원에 와서 이럭허구 있으면 어느 결에 저절로 그런 기분이 도는 것만은 어쩌는 수 없으니깐요."

하였다.

성선생도 히죽이 따라 우섰다.

연은 오 선생이 암실에서 현상을 해가지고 돌아나온 뢴트겐의 물에 젖은 필름을 묵묵히 쇠틀에 꽂고 있는 것을 뒷모양으로 바라보고 있었다.

무뚝한 입술 차이에 드러나는 두개의 틈이 빈 뼈드렁 앞니를 들먹거려가며 오선생은 가끔 이따위 우스개를 잘하는 사람이었지만, 그런 때마다 이에 따라 일어나는 그 효과에 대하여 시치미를 떼는 것도 이분의 특징이었다. 일층의 효과를 노리는 기교도 아니요, 많은 유머와 시시로 날카로운 현지現智에서 나오는 명절明晰한 판단이 발군적拔群的으로 번쩍이어 놀라게 하지 않지 않지만, 그는 또한 본판이 드물게 밖에는 화려하니 웃는 법이 없는 사람인 까닭이었다.

무뚝뚝한 것 같지만 남의 일이라면 제 일처럼 봐주는 사람이었고 일부러 알고 고개를 디밀어서 남의 밥이 되기를 좋아하는 사람이기도 하였다. 이 일로 말한다면 육 년 전 여름 성이 결혼하던 어느 하룻날 밤 일이 지금도 연에게는 눈앞에 선하였다.

혼례가 끝난 뒤 신랑과 신부를 금강산으로 보내고 나자 서울에 남은 것은 일상 신랑과 가까이하던 젊은 패 열아 □ 이었다.

이때 누구 입에서 나온 것인지 이 패들 중에서 뢴트겐 오를 때리자는

소리가 나오매, 오는 신랑을 빼돌린 죄 진 신부댁 손위 오빠나 다름없이 악의 없는 그 젊은 놀랑패들의 멍에 속으로 기어들어 간 것이었다.

오는 그때도 대학병원 뢴트겐과 조수이면서 조선 사람으로는 오직 하나의 권위인 데는 그때도 다름이 없었지만, 한 달에 기십幾十 원 월급쟁이에 불과한 개 돈 없는 서생으로서, 한번 들리우면 월부로 사오 개월 갚아야 갚아질지 말지 한 절당*같이 채려놓은 주안상의 물주가 되어서 언제나 변함없는 그 흥 없이 보이는 시푸듯한 얼골로 앉아 있었던 것이었다.

무뚝뚝하게 보이면서도 구수한 맛은 상相에도 드러나 있는 것이요, 친구를 좋아하지 않는 것도 아니지만 술이 제 격格인 사람도 아닌 그에게 죄라면 성과 중학부터 동창이라는 것 외에는 아무것도 없었다. 그렇다고 패들 중에서 이 자리의 물주를 담당할 만한 자격자로 돈 있는 사람이 없었던 까닭도 아니요, 그만한 흥에 책임을 지고 나설 사람이 없었던 까닭은 물론 아니었다.

그런데 어째서? 허지만 어째 적격인지를 모르겠는데 역시 그중에서 가장 적격할 것이 오선생의 인물이라 할 수 있었다.

패들 중에 술과 친구를 좋아하야 그 친구들과 함께 수백만금을 색주가집과 요리집에 뿌리었고, 또 한없이 뿌리고 있던 호탕한 걸물이 하나 있어서

"우린 여기서 뢴트겐 잡아서 밤새도록 먹는다. 그곳서도 남부럽지 않게 해봄이 어떻냐?"

고 희작戱作질을 하여 오를 놀리고 웃고 하다가 금강산 간 신란의 이름으로 전보를 쳐 보낸 청춘의 한땐들 없지 아니한 사람들이었지만, 허

| * '절간'을 이르는 방언.

지만 이 희작전보처럼 오 선생의 시푸듯한 얼굴을 가장 잘 묘사한 그림도 달리 있을 것 같지 아니하였다.

대학을 나온 십유여 년 동안에 담임교수의 □□함을 받음 한두 번에 그친 것이 아니었건만 오는 이권을 안 듣지는 아니하는 얼굴로 끄덕끄덕하고는 허허실실이만 살아온 사람이었고, 그렇다고 자기가 생각하고 선택하여 취하는 생활태도에 대하야 어느 누구에게 거짓으로 사양할 만큼 자신이 없이 사람 같지도 아니하였다.

자신뿐일 수 없는 것이 해방 후 이런 일이 있어서 알고 연들이랑은 우습기도 하고 은근히 제 일 같아 얼굴을 붉힌 일까지 없지 아니하였다.

연구실에 남아서 학위도 얻고 싶고 개업을 해서 돈도 벌고 싶은 일이었으나, 동일동시각에 학위를 얻고 돈을 버는 양수兩手 거리를 할 수는 없는 거니까, 일이 년 연구실에 남아 있다가 그만 더 참지 못하고 개업의가 되어 사방 시골로 허터진 패들이 있는 것은 그들의 동창으로도 물론 일이백으로 헤아릴 수는 없었다.

해방이 되자 보따리들을 싸가지고 그들이 서울로 올라온 것이었다.

그들이 부랴부랴 달려든 것은 해방 후 일본인 교수들이 실물로 흔하게 넘겨놓고 간다는 박사호博士號를 줍기 위함이었다. 떠나기 전에 아무거라도 좋으니 백白수저 밖에 안 될 정도로 논문 대신에 끄적이러 오라는 교수들 은혜와 친절에 감사보답키 위하야, 일본으로 돌아가는 그들에게 노비路費 보태는 사람조차 생긴다는 소문이 난 것은 사실이지만, 그러나 이것은 그 자태를 생각하고 더 우스우니까 하는 말이지 정연히 그런 시골 사람에 한한 것만은 물론 아니었다.

수數로는 도리어 어떨까 하는 중에서 오를 찾아온 사람도 개중에는 더러 있을 정도이었다. 그리고 서울 개업의들로서 선배를 내어놓고 혼자 가기가 민망하야 오에게 들려간 사람이 있는 것도 나물할 수 없는 인정

일 수는 있었다. 허지만 오는 이때 그의 틈이 빈 두 개 앞이빨을 들먹거려가며

"지금 남 걷어치우는 판에 이렇게 조급히 가서 상귀에 붙잘 것은 무엇 있소. 우리 정부가 되어 새로 채려는 담에 가도 대접받을 대로는 대접받어요. 난 그것까지 포츠담선언을 입자기는 염치없어 못 가겠소."

하고 춘풍 불어오듯 남의 비위에 거슬리지 않도록 부드럽게 웃어것 겼더라는 소리를 연은 어느 젊은 씩씩한 의학사의 입에서 들은 일이 있었다.

그러나 오 외의 몇몇 사람으로는 막지 못하야 이따위 포츠담 호號 내지 해방호解放號도 백오십여 명이 못 초과하지 않았으리라고 하면서, 젊은 의학사는 쓴웃음이나 머금던 것이었다.

이와는 다르나 성은 학위를 가장 젊은 나이에 받은 인물로서 오와는 또한 맞먹는 괴물이라 할 수 있는 사람이었다.

그는 지금껏 한두 번 개업을 안 벌려놓아 본 사람도 아니었으나 원래 개업의로 앉어 있으라고는 태어나지 아니한 사람인 듯싶어, 친구와 술과 돈을 거둘 줄 모르는 근본이 아해兒孩에 지나지 않는 만년서생인 까닭에 실패하였고 빚을 거절할 수도 없는 사람이니까 빚을 받으러 다닐 줄도 모르는 사람이었고, 일상 시시껄떡하게 씨부리기를 좋아하지 아니하는 성품이니까 친구를 만나면 술을 안 먹을 수 없는 인물임을 스스로 인정하기 때문에, 그는 대학에 있어서 연구기간을 빼어놓고는 의사생활의 대부분이 벽지인 이국산촌이나 고도孤島이었다.

아무리 돈 없는 빈서생貧書生이라 하더라도 몇 되지 않는 가족을 부양하기 위하야 패전 이국異國을 몰라 산어촌에 월급생활을 받으러 간 낙백落魄이 아니라 할 것 같으면 그의 내부에 잠복해 있어서 부단히 그를 충동한 것은 역시 일종의 허탈한 방랑벽이라 아니할 수 없었다.

가는 줄을 아는 사람이면 그까진 데를 왜 가느냐고 말리며 자리를 만들어 앉히어주지 아니하는 사람이 없도록 낙백은 아니하였고 낙백할 사람도 아니었지만, 그러나 그는 어느 틈에 몰래 깨어도 망하듯 홀로 떠날 것을 생각하는 역시 의사로는 한 개 실락失落한 사람임을 면치 못하였다.

"진정한 율법가律法家는 한 꺼풀 제 율법가로서의 껍질을 벗긴 데 있고, 진정한 종교가란 거기에만 매어 있는 줄 아는 제 법의法衣를 한 꺼풀 벗는 데 있다."

한 잔 먹으면 그는 곧잘 이런 소리를 하는 사람이었지만 이따위 인생 경험을 기초로 하고서는 의사가 아니라 아무런 직업인 사람이라 하더라도 그는 역시 일종 실락한 사람일밖에는 없었다. 취안이 몽롱하여서는

"내가 대체 무엇이냐? 나는 아모것도 아닌 것 아니냐는 생각을 나는 정말 진심으로 가끔 생각하는 것이오."

하는 따위 토로를 하는 말하자면 의사래도 의사 같지 아니한 거달 의사인 데에 그의 모든 비밀은 잠겨 있을 듯도 싶었다.

그가 모든 점에 있어서 일견 오와는 같지 아니한 신경질이요, 유머도 없고 평평하게 고르지도 아니한 성질이면서, 지금껏 그들이 말다툼 한 번 한 일 없이 이십 년이 훨씬 넘는 □□흔 평생을 절친한 벗이 되어오는 것도 이 어딘지 공통된 탈피한 건달성에 있었고 단순성에 있지 아니한가도 하였다.

빈과상태貧寡狀態가 그들의 정도는 아니라 할지라도 의업을 가지고 장사치가 될 수 없는 근본은 강선생도 다르지 아니하였다.

성들보담도 일이 년이 선배인 이분은 지금은 모교 대학으로 돌아가 그 안에 자기의 내과교실과 자기의 강의를 가지는 동시에 오후에는 이 A 병원에도 나와 내과를 도웁는 분이었다. 이러기 전에도 그는 대학을 나온 십오육 년의 학구 생활을 대학 내과의 어느 사립의전을 교수로 반반

씩을 쪼개어 살아온 사람이었다.

그는 지금껏 약값이 얼만지 병원 수지收支 장부란 어떻게 기입하는 것인지를 모르는 사람이었고, 무슨 병인데 어떤 약을 쓰며 어떻게 치료를 하여야한다는 지식 외엔 별다른 욕망도 없는 사람인 듯하였다.

"이 집 스팀은 아무래도 서울서 제일가겠는데."

한 겨우내 오전 중을 대학에서 얼다가 이 병원으로 올 시간이 되면 이런 곳도 자기에게는 없지 않았다는 듯이 그는 다른 데보다는 특별히 낮게 듣는 진찰실 스팀 위에 여가를 보아 걸터앉아서, 이러고는 그 대단치도 아니한 안락에 오후의 한나절을 만족한 얼굴로 즐기었고 해가 어슬어슬 지기 시작하여서는 가방을 들고 병원을 나와서 따뜻한 커피! 한잔에 피로를 쉬는 것이 이 기껏인 사람이었다.

강이나 오나 성만이 이럴 뿐 아니라 그들의 주변이 온통 이러한 훈기 속에 자북한 맑고 따뜻하고 동요함이 없는 한 개 온실이었다.

추위와 먼지 섞인 바람이 휩쓸어 와도 이 창에는 서리지 아니하였고, 아무리 외계 세상이 훤분喧紛히 뒤흔들려도 여기서는 보이지 아니하였다. 깊숙이 숨어는 있으나 그래도 속에서는 듣고 자라고 나오고 피던 것이 있어서 아무리 엄동설한이래도 그들은 부르면 언제든지 제가끔 한 다발씩은 만개한 꽃을 들고 나설 수 있는 온실의 주인들이었다.

그들은 자기네의 일을 남에게 해석하거나 선전하지 아니하였고 눈에 뜨이도록 드러내거나 일부러 싸 감출 노력도 아니하면서 그러면서도 네 것이 무엇이냐 내놓으랄 적엔 내 것이 무엇인가를 내놓을 수 있는 사람인 동시에, 그 내 것을 위하야 언제 누구에게든지 □□할 힘도 갖추고 있는 사람들이었다.

그것이 없어서 연은 한때 일본관인에게 놀리움을 받던 일을 지금은 아득한 꿈같이 아니 생각할 수가 없었다.

전쟁이 고비에 이르렀을 때에 연도 조선음악사회에서는 그래도 이름이 없지 아니한 존재라고, 이름이면 무슨 이름이던 이용하려고 하야 눈이 □□해서 네 것도 보국報國을 위해 내놓을 차제此際라는 그들에게, 이것이 내 것이더라고 내놓을 것이 없음을 깨달았을 때에는 연은 놀랍고 겁나지 아니할 수 없는 사람이었다.

꿈에도 연은 자기 자신을 재능이 풍부한 훌륭하고 완□한 예술가, 그인 적은 없었지만, 예술가와 그 예술의 이념은 일신일체의 것이요, 불꽃이 여러 군데서 일어날 수 없는 일차적인 것이어야 할 것임을 굳게 믿지 아니할 수는 없는 사람이었지만, 그렇다기로 그들이 있다고 내놓으라고 하는 판에 나는 내 것이 없어 못 내놓겠다 하였다고 몸을 방□할 수 있는 길이 될 수 없음을 모르지는 아니하였다.

자기만은 다소의 야망이 없지 아니하였다 할 사람으로 이제부터라고 할 불혹의 사십 고개를 바라보는 어제오늘에 이르러서 뚫고 새어나갈 길이 없어서 들고 오던 지휘봉을 하루아침에 내버리고, 길을 바꾸어 신출발을 한답시고는 집에 들어백히어서 입학시험준비의 물리화학을 공부하던 절망에 찬 악몽의 한 여름을 연은 자신의 일이건만 뜨거운 눈물 없이는 회억回億할 수가 없는 것이었다.

그러자 전쟁이 끝이 나 해방이 된 것이었다. 그러면 연의 가슴 가운데 연연하였던 강이나 오나 성의 세계는? 역시 연에게는 전쟁 전에도 그 세계의 매력은 없애는 수없이 살아왔던 것처럼 후에도 그들에의 미련은 여전히 연으로 하여금 그 깊숙이 들어간 따뜻한 온실로 이끌어 들여가는 것이었다.

추상적인 공이념空理念만 가득하야 클 대로 크기만 큰 흥크러진 봉봉두蓬蓬頭의 섣부른 예술 청년보다는 알어주거나 말거나, 확실한 내 것이 있고 내 것을 지킬 수 있는 자족자신自足自信에 찬 실제적이요 구체적이요 명쾌한 인간성에 연은 일층의 근친력을 아니 느낄 수는 없었다.

오와 성이 대학병원에 있을 때부터 그들의 연구실 한구석에 기대여서는 이와 똑같은 것을 항상 느끼어온 연으로서는 아까 한이라고 불리운 젊은 의박醫博*이

"이 병원은 의학부 제3의 병원이야요……. 허지만 이력허구 섰으면 어느 결에 저절로 그런 기분이 도는 것만은 어쩌는 수 없으니깐요."

한 그의 기분을 연이 모를 수는 없었다. 개업의사 사회에서 당한 □와 불공평과 파란과 희생에 대한 그의 호소가 당연하다 하지 아니할 수 없는 만큼 그것은 연의 가슴에 분명히 전파하는 음성이기도 하였다. 한데 그렇대야 이것이 세계 중의 아세아 중의 수천 직업 중의 하나인 의사의 사회 중에서도 한 적은 사회의 파란과 희생에 불과하지 아니하냐 함을 생각할 때에는, 이맛살이 아니 찡그려질 수 없는 연에게는 A병원과 같은 온실 세계는 또한 격별한 매력이요 미련이 아닐 수 없었다.

조선만 하더라도 나만 혼자 민족을 사랑한다고 민족을 호칭하고 나만 혼자 건국을 위한다고 건국을 내세우는 사람들이 들끓는 가운데 젊은 한의사가 당한 희생과 불의불공평으로는 도저히 셈이 못 될 전 조선적인 중에 전 동양적이요, 전 동양적인 중에 전 아시아적이요, 전 아시아적인 중에 전 세계적인 동란 속에 확호한 자세로 이 온실은 주저앉아 있는 것이었다.

아무리 나만 나라를 사랑하는 사람이 세상에는 많고, 아무리 우리만 민족을 사랑할 줄 안다 싶은 자신만만한 테러 단체가 횡행한다 하더라도, 요구가 있어 부름을 받을 때엔 아무러한 삭풍설한의 매서운 때에라도 이를 이 종용從容히 눈을 감고 앞을 소속하고 살어나오던 이들만큼은

| * 의학박사.

자자* 영영孜孜營營한 가운데 키워온 실속 있는 탐스러운 꽃봉오리를 들고 나올 살마은 별 있을 것 같지도 아니하였다.

이것은 이분들을 두고 가지는 오늘날에 한限한 연의 느낌은 아니었다. 언제든지 들어오면 연은 이 사람들이 즐길 수 있는 것을 한 방 안에서 함께 즐길 수가 있었고 즐길 수 있는 걸로 여기고도 싶었다.

오늘 오후의 한나절도 이러한 다사하고도 잔잔한 가운데 지나가는 중에 책상과 창 사이를 일어났다 앉았다 하다 뢴트겐 사진을 처들어 해에 비치어 보고는 꾸부리고 앉아서 그것의 진단을 붙이고 있는 오의 서스락거리는 소리조차 따뜻한 해바라기 속에 들쳐 넘기는 책장들처럼 연이 즐기고 있는 고요하고도 잔잔한 생각을 해방할 것은 되지 못하였든 것이다.

연이 성들과 헤어진 것은 첫 '뛰―'가 나서였다.

성은 이날 밤 연과만 종용히 자기 거처에서 만나 한잔하며 객혈한 여학생 환자의 이야기로 연을 안심이라도 시킬 처음 생각인 듯하였으나, 연이 의외로 태평하매 집으로 돌아가는 오마저 붙들어서 하오 저녁을 맛있는 것 먹기 추념이나 하자는 걸로 스케줄이 변해진 듯하였다.

한이라고 불리운 젊은 의사는 붙잡아도 일이 있다는 핑계로 풀이 죽은 시름한 기분을 벗지 못한 채 가버리고 말았고, 성원장이 들를 거라고 한 강선생과 병원의 총사무장격인 이씨와 원장과 오선생과 이렇게 다섯이 일행이 되어 일행은 어슬어슬해지기 퍽 전에 병원을 나선 것이었다.

오래간만인 자기를 주빈으로 한 대접 같지 않지 아니하니 그럴 것이 없다 가겠노라 하는 것도 너무나 지나친 사양으로 성에게 무슨 □□ 할 꾸지람으로 농을 퍼 뒤집어쓸 것 같았고, 고된 몸을 몇 달에 한 두 번씩

| * 부지런히 힘씀.

366

하는 저희들끼리의 먹기 추념이라 하더라도 그 패들 중에 하나도 싫은 사람이 없으매 굳이 빼는 것도 공연한 외식만 같애 마음이 허용치 아니할 뿐 아니라, 겸사겸사라면 더욱이나 좋은 길이어서 아무 소리도 하지 아니하고 그들의 뒤를 따라나선 것이었다.

병원 골목을 남향 쪽을 보고 거닐어 올라가면 예전 주식시장이었던 네 갈래 길을 지나서 바른손 편으로 몇 집 아니 간 곳에 흰 회벽도 깨끗하게 꾸민 일본식 이층집이 있어서 이 집이 곧 얼마 전에 시작한 뎀뿌라와 뱀장어와 유명한 '백양白羊'이라는 집이라 하였다. 아래층에서는 역시 뱀장어와 뎀뿌라와 라이스 커리 같은 중식의 간단한 한 가지 요리를 하는 한편, 위층은 조촐하게 꾸민 방들의 연석宴席으로 되어 있는 집이어서, 연들 다섯 일행은 단아한 출입문과 □욱한 라일락 화병이 한참 피어나는 새 다다미*의 내**도 청신한 일본식 도고노마*** 앞에서 회와 뎀뿌라****와 뱀장어와 도미구이에다 향그러운 일본주 잔을 한가로이 바꾸고들 있었다.

여전히 술이 늘지 못한 오나, 오는 평균하게 일상의 구수한 입담에도 불구하고 가장 잠자코 애매한 안주 그릇만 짓쩛는 사람이었고, 술을 먹으면 성과 연은 갑자기 즐벌거리는 패가 되는 중에서 강도 가끔 오순도순 자기의 이야기하는 인생경험과 철학을 귀 기울여 들으라 하였다.

누구의 입에선지 우리는 일제적인 것과 일본적인 것을 생활에서 아직 엄연하게 구별하지 못한다는 이야기와 못함으로써 도리어 일제적인 찌꺼기를 많이 징기고***** 있어서, 버릴 것을 버리지 못하는 동시에 이용

---

* 일본식 돗자리.
** '냄새'의 뜻.
*** 床の間(とこのま). 일본 다다미방의 정면에 실내 장식을 위해 바닥을 한 층 높여 만들어놓은 곳.
**** 天婦羅(テンプラ). 튀김 요리를 뜻하는 일본어.
***** '지니고'의 방언.

하여야 할 것을 아직께* 이용도 못한다는 소리를 일본 요리 이야기가 나온 것을 기연機緣으로 하는 사람이 있었고, 술에 져서 거칠 것이 없이 가슴이 활연豁然**해진 성은 영이의 이야기를 기약 없이 꺼내어 밤 시간이 지나서 문을 단속하고도 오랜 뒤인데 달려들곤 하여 영이에게 여러 번 문을 열어주었다는 간호원의 말을 들었노라 하며, 그따위 철부지 환자를 갖다 맡기고도 흠흠하고는 한번 올 생각도 않고 있는 놈팽이는 어디 있느냐고 연을 못살게도 굴었다.***

이렇게 되면 벌써 위안이고 안심이고가 없어 모두가 유쾌하게만 되는 순간들인지라. 연은 어느덧 첫 '뛰—' 가 나는 일흔 봄밤에 정신을 잃을 정도로 취치는 못했으나마 자못 유쾌한 명정 가운데 한 번 더 병실에 들를 생각도 없이 태워주는 인력거 위의 몸이 되어 백양 골목을 나선 것이었다.

백 원짜리 몇 장을 쥐어주었는지는 모르지만 돈이 시금찍하여, 해방 후 타볼 염念도 아니한 처음 타는 인력거인데도 달리 물어오는 것이 없는 일정한 수입의 친구들에게 너무나 과용된 것을 생각하며 한동안은 올라앉어 가면서도 편안히 밑을 부치고 있을 기분이 들지를 아니하였다.

전쟁 전이라도 안주 겸처 한 잔에 오 전 하는 신술을 서너너덧 잔이나 마시면 취하였고 밥 생각도 아니나던 어수룩한 옛 때를 생각할 것은 없었지만, 술보다도 밥보다도 그때의 인력거는 연에게는 별다른 고혹적인 물건의 하나이었다.

쾌적한 봄가을의 저녁바람이든 무더운 한여름의 잠 못 이루는 삼경三

* 아직껏.
** 환하게 터져 시원한 모양.
*** 신문 연재본에는 이 구절 다음에 '정정訂正' 이라는 제목 아래 "작일부昨日府 소설은 36회로 되었으나 37회의 오식이 있삽기 이에 정정함"이라는 내용이 있음.

更 밤이든지 간에 쓸쓸하고 호젓한 마음이 드는 밤이면 언제나 연은 곧 잘 입고 자고 있던 맨바람차림 차림대로 골목을 어정거려 나와서는, 어느 때 어느 골목에든지 기어코 한두 대는 놀고 있는 인력거 문으로 찾어가곤 하는 것이었다.

교동校洞 병문이면 교동 골목에서 나와 종로로 거車채를 돌려 잡혀가지고 구리개*를 돌아서 밤늦게까지 다니는 전차들 푼 끝에 일어나는 푸른 섬광을 아름다이 바라보며, 혹은 죽은 듯이 잠잠해진 거리의 전차길 위를 꼭꼭 닫친 양쪽의 저자거리들을 바라보면서, 동대문으로 나오는 코스를 한 바퀴 도는 것 그것이 불과 오륙십 전 정도로 되는 일이어서 육십 원짜리 월급쟁이인데도 하루 걸러큼 한 번씩 한 대도 생활에 지장이 오지 않을 만큼 이는 연에게도 가능한 유일한 사치이었다. 사치일 뿐 아니라 독신인 연에게는 그것이 술이나 밥이나 계집에 비할 것이 아니게 도리어 밤마다 민민悶悶한 마음과 호젓한 고독이 기다려지도록 어떻게 끊어버릴 수 없는 일종의 큰 즐거움이기도 하였던 것이었다.

인생이 거저 살기가 심심하여서 피아노 걸상 위에 올라앉어 기대여 건반을 두들긴 것으로 작곡계에 나선 동기가 된 것도 엊그제 같했고, 좋은 음악을 만들어보려고 혼자 쩔쩔매는 동안에 전쟁이 났고 전쟁이 고비에 올라서며 네 것을 내놓으라고 쏠리우는 바람에 만주로 따라다니던 것도 어제 같었는데— 십 년! 허니 설령 그 십 년 전에 하루 걸러큼도 가능하였던 오륙십 전의 돈과 오륙백 원의 돈이 같은 비중 □□ 지금 자기가 같은 □□ 중의 인력거 위에 □□ 앉어 있는 거라 하더라도 자기의 쿨쿨한 마음과 쓸쓸한 심정을 흡수하고 어둠의 손은 그때만침도 부드러운 여유 있는 같은 어둠의 손이 되지 못할 것만 같애 못 견디는 것도 이상한

| * 지금의 을지로 일대.

일이었다.

　그 십 년의 역사를 그려나간 굴곡기복屈曲起伏의 완급면緩急面을 따라 혹은 관계官界에 나서서 공공연한 환시環視 속에 혹은 사사로이 은밀한 가운데 이민족 압제의 앞잡이가 되어서는, 민족의 이익과 전정前程을 배반하고 그 운명을 가로막고 능멸히 알던 경망한 기회규간자機會窺間者*들의 무리—이 무리들이 혹은 오늘도 똑같은 이도吏道 위에 만민의 길잡이로 나서서 허울 좋은 입법가가 되거나 혹은 오늘도 똑같은 이권利權의 망량魍魎**이 되어서 서로 입김을 통하는—십 년 전 그때는 그래도 아침은 다 죽어 꺼지지 아니할 무슨 생명의 상징인 것처럼 풀끝에 잇달아나간 전차의 푸르른 그 일도의 섬광 나마는 없지 안 했건만 그것마저 이제는 아주 집어삼키우고 만 것이었다.

　오직 가지각색의 형용을 해가지고 야음우기夜陰雨氣에서만 어슬렁어슬렁 기어나오는 그 망량의 떼들이 물고 뜯고 찢고 발기고 저미고 땅을 친 나머지에 차내버린 앙상한 뼈다귀의 무더기들만이 잠잠해진 죽어진 거리를 그것도 안적해가건 봄밤 초저녁이라는데 꼭꼭 닫힌 양쪽 저자거리들 위를 처처에 널려서 있을 뿐이 아닌가.

　나만의 나 혼자만의 어쩌는 수 없는 허무감이라면 몰랐거니와 암담하고 억울하고 괴롭고 울결鬱結한 한때 청춘에게도 그때는 그래도 압제자의 대상이 분명한 만큼은 그런 청춘의 곤비를 흡수할 최종의 일점一點이나마 이 거리에는 없지 아니하였었다.

　인력거 위에 앉어 연이 바라보던 이 거리! 이 잊히지 못할 사랑하는 거리가— 이 거리가 이제는 사자심중獅子心中의 버리지들 때문에? 나오는 버리지 마다가 나오는 금권욕의 망량마다가 민족, 동포, 조국이란 비

---

* 기회를 엿보는 사람. 기회주의자.
** 도깨비.

370

단 도포를 뒤집어쓰고 나오고 공동운명체란 허울 좋은 깃발을 들고 나와 이용을 받을 대로 받다가, 마침내는 들리우고 뜯기우고 찢기우고 발기우고 저미우고 난도질을 당한 뒤에 차버림을 받은 뼈다귀를 밤에 흩어져 남아 있는 것이 없는 이 거리의 참혹한 폐허의 사죄들—사기, 위조, 증회贈賄*, 수회收賄**, 구타, 테러, 감금, 모욕, 강제구금과 동시에 매관賣官 □ 옥獄? 낮에 A병원에서 한이라고 불리는 젊은 의사가 병원장과 이야기하는 것을 한 귀 넘어 듣는 동안에 임상대臨床臺 우에 걸았아서 심기심파적 놀라운 □심으로 혼자 곰곰 들여다보면, 신문 한 사회면에 나타난 이 거리의 축쇄도는 맨첨 이따위 악덕뿐이요, 이 따위 암흑이었다. 이십오 개 제목들 아래에 씌어진 한 사회면 전 기사 중에 오직 다섯 개 기사를 빼어놓고는 전체가 그따위 기사였던 것을 연은 □가 내린 날에 후줄근히 배어나오는 생각으로 회억하지 아니할 수가 없었다.

도망 갔던 만주에서 다시 먹을 것 입을 것을 모조리 놓고 해방 조선이 되었다고 고토故土에 돌아온 몸이건만, 지난날 그 지긋지긋한 일본 군관의 군호 소리에 가위를 눌리던 생각만으로도 나 혼자 해방 덕을 입었고 나 혼자 해방으로 말미암아 구원을 받은 걸로 여기는 연일 것 같으면, 이를 건져낼 수 없는 어두운 기분에 잠겨 있는 것도 무넘 중이면 몰라라 설마 이민족 하 옛날도 그리워질 이 거리의 회억이 못 잊히는 까닭임은 아니었을 것이다.

허지만 이민족 하의 그따위 굴욕감에도 못지않은 민족은 '운명공동체'란 테마가 포섭하는 모든 기만적인 작태에 대하여는 연은 홀연한 현기증을 아니 느낄 수가 없었다.

날뛰고 춤추는 것은 금권욕의 망량뿐의 나의 운명을 우리의 운명을

---

* 뇌물을 바침.
** 뇌물을 받음.

그들과 공동으로 느끼고 공동으로 짊어지고 나가야 하느냐?

생활의 밀도와 지향이 같지 못한 것은 두어두고라도 민족이란 동족이란 모호관대한 개념 밑에 그들의 협잡과 금권욕망을 그냥 충족시켜주기만 위해서?

그렇지 아니하면 그들의 협잡과 조작질을 도웁기 위해 통일이 될 가망의 싹조차 줄[鑢]질해버리고 마는 단독정부를 세워서 국부國父의 왕부王符를 내두르며 천하를 호령하려는 사람들의 운명을 애써 이에 순殉하기 위해서?

이것저것 따지는데 어떻게 무슨 순정殉情이 있으랴도 싶으지만 그렇다고 참고 나를 죽인다고 하여서 또한 뒤에 남아 없어지지 않는 것이나 있는 거라면 물리우고 뜯기우고 밟기우고 제끼우고 난력질을 당하는 횡폭히 자행恣行하는 세상 속에 앙상한 뼈다귀의 하나로 남아 있음이 일개 자유주의자에 불과한 연에게 한하야 예외일 리는 없었다.

마치 시험관 속에 든 메뚜기가 처음은 깡충깡충 뒷다리를 □ 더디고 뛰어오르다가 결국은 그 속에 부딪혀 질식하는거나 다름없이 자기도 이대로 가면 협잡과 조작질에 용의주도한 그들 금권의 망량이 그 금력과 권력을 빌어 빚어 만들려는 전제 단독정권이란 시험관 속에서 발버둥하는 한 개 잔약하고 무력한 자유인의 운명임을 거역할 도리는 없을 것이다.

가슴에 품은 허잘 것 없는 그 조그마한 자유에 욕을 입히지 않기 위해 발버둥친다기로 얼마나 갈 것이냐! 함을 생각할 때 연은 한 골 속으로 꺼져 들어가는 마음의 발길을 돌릴 길이 없었다.

옷을 입고 앉아서 십삼사관이 멀뚱멀뚱한 연의 가냘픈 몸뚱아리를 실은 지붕을 걷어 내린 밤 인력거는 구리개 사가 네거리 길을 배우개 쪽으로 꺾어들어 어두컴컴한 대로 한 옆을 고추 달리기 시작하였다.

얼른얼른하는 어독서근한 그늘 속에 몇 댄지는 알 수 없으나 역시 인력거 같은 것이 앞에서 따라서거니 잿서거니 하며 해우개를 다 온 다리를 건너서자, 몇백 촉짜리 전등이 휘황하니 달린 네거리를 쨋쨋한 스포트라이트에 막아선 선명한 실루엣들과 같이 하나씩 둘씩 웃줄웃줄 건너가는 것이 보이었다.

연의 차도 폭양爆陽 중에 내려쏟는 한줄기 소낙비 속에 나서는 모양으로 휘황하니 내려쏟는 강한 등화燈火의 네거리를 넘어서서 그들의 뒤를 따라 다시 어둑시근한 원남동길 방향으로 옮아서지 아니할 수 없었다.

창경원을 지나 약간의 비탈진 포도鋪道 길을 올라서며 모롱고지*를 돌아서 혜화동의 로타리를 바라보는 일직선의 완만한 켠들막이**를 연의 차는 내려가는 데까지 왔다.

어쩌다 잃어버렸던 제 패거리들의 떼를 발견한 외기러기의 급한 걸음처럼 지붕을 걷어 제치고 인력거군의 뒤를 보고 따라 내려가던 연의 차는 경학원經學院*** 골목에 다다르자 제 가끔이었던지 그중 뒤로부터 두 대는 떨어져 골목 안으로 새여 들어가고, 남은 두 대만이 켠들막이통에 바싹 다가선 연의 차 앞을 홍글홍글 절룩절룩 달려가고 있었다. 연의 차는 뒤를 물러나서 비스듬하게 그들 인력거의 옆구리로 뀌여저 나와 그중의 뒷거와 어깨를 견주어가면서는, 그러나 더는 걸음을 재치지**** 아니하고 그들의 차와 하냥***** 혜화동 로타리를 학교들 있는 담을 끼고 어둥컴컴한 성북동 고개를 기어오르기 시작하였다. 어디서부텀 시작되었던 이야긴지는 몰라라. 무슨 이야기의 계속인 듯한 여자의 목소리가 지붕을 내려 덮은 앞서가는 인력거 안에서 들려오는 것이 연의 거부車夫에게도

---

* '모롱이'의 방언.
** 켠덜매기. '비탈'을 뜻하는 평안도 방언.
*** 조선 시대 고등교육기관인 '성균관'의 다른 이름으로 현재의 성균관대학교 부근.
**** '재우치다'의 방언. '재우치다'는 빨리 몰아치거나 재촉하다의 뜻.
***** '함께' 혹은 '마냥'의 방언.

흥미 없지 아니한 일이란 듯이 그도 이제는 잿써거니 따라서거니 하는 흥글흥글 하는 걸음거리로 따라가고 있었다.

"해주서 글쎄 열흘씩이나 여관에 들어 있었으니 어뜨케 되갔소? 비용은 비용대로 들구 뇌심은 뇌심대루 쓰구 그 끝에 겨우 저 나른 고리짝 다섯 개가 몽땅 들러웠수다래, 글쎄."

"그 눈허리가 셀 보안대 놈덜 말하믄 뭘 해."

이것은 뒤채에서 따라가는 인력거 안에서 나오는 역시 평안도 사람인 듯한 사나이의 경멸에 찬 늘어진 음성이었다.

"흥 보안대 놈덜에게 들리기나 했으면 그려려니 하고 눈이나 갬기갔수다. 누구라 누구라 맡아 하갔다는 놈은 맨챈이래두 믿을 재주가 없어서 확실한 줄을 높이 아는 놈의 집 손을 거처 실어나르는 거이 그 모냥 됐으니 기가 맥히단 말이디오."

"으흥, 아는 놈이리나."

"평양서 앞뒷집에 살던 집인데 해주 와서 무슨 당사하는……. 기가 맥해 말할 수가 없어요, 글쎄."

"걸려서 지워가지고 왔디랬나?"

"걸리기는요. 배로 왔디오. 배를 탄대두 해주 바닥에서 한 오 리나 걸어나우야 배라는 갯가이 있도만요."

"그르티."

"헌데 경비대가 지키니깐 짐하고 같이 나오진 못하고 오마니하고 나하고는 낮에 맨제* 나와 기다리구 짐은 나중에 밤 어둠을 타서 가지구 나오갔다기에 아는 집이고 해서 그르케 하라구 믿었디오."

"그놈의 집에서 가지고 나온다고 하군 잘라 튄 거로군."

* '먼저'의 방언

374

"아니지오, 가주구 나오긴 나왔디오. 헌데 고 틈밖엔 없었는데 서울 와보니깐, 글쎄. 내 짐이라구는 아무것두 없구 고리짝 안에 든 거라군 세멘또 주머니에 든 흙짐하구 그걸 싸서넌 담검주레기밖엔 아무것도 없디 안캤소."

"거 참 그럴듯한데."

"그러니 열흘씩이나 배를 기대리던 사람덜이 그거 그렇게 되스랴 하구 짐 풀러보고 배 탄 놈 있었갔소. 아는 독꾸*에 발동을 떡헤두 분수가 있지, 다신 만나지두 않고 보지두 안캤으니깐 그놈이 집에서 그랬넌지, 그넘의 집에서 시킨 놈덜이 오다 그랬넌지 모르디만! 나중에 만난대믄 또 누게 뭐라고 하기나 하게 됐소, 글쎄."

"나두 같은 평안도 놈이디만 다시 만날 날두 없고 다시 볼 날두 없으니깐 짐 지운 놈이 해먹었든, 짐진 놈이 해먹었든, 그놈덜 오즉 잘 냄새 맡고 해먹은 노름인가 보래. 그놈에 대 있기 싫어 봇짐을 가지구 삼팔선 건너온 □□□□ 그 가진 것 없고 □□ 일했다구 그걸루 □□ 가리구 트집 □다구 다시 건너갈 사람이 있을 리두 □□ 한 일이구, 또 그 삼팔선이 터디는 날두 저줄루는 오지 않을 터이니 말이야."

"저절루 안 터디믄 그름 고사래두 해야 더틴단 말이요?"

여자는 자기도 번연히 그런 줄 모름이 아니겠지만 거저였기 하 맨숭맨숭하니 놀리노라는 어색이었다.

"고사래두 이만저만한 고사가지군 안 되디 미자는 모르나.

지금 여긴 미국원조 가지구 오늘 내일루 단독정부가 서게 다 되 있어요. 그놈덜은 아라사** 놈들 등대고 살아오는 놈들이꺼니, 이북과 이남이 톡탁거려 □□ 대구 미국과 소련이 맞붙어서 □□는 누구 간 원자탄 세

---

* 도크dock, 부두埠頭.
** 러시아의 옛말.

례를 받고 나서야 돼.

그들은 누구래 이건 어드매래 이길매 □어볼 일 있갔디."

"누구래 이길며 어드매래 이긴매 알았기 □쌍 같은 양반이야 일지감치 돈두 자그만치 몇십만 원씩이나 그 □□ 위□□든 실어가지구 온 사람 아니갔소."

"저야 두려운 것 있나 □구. 또 사실두 세상은 종말루는 그렇게 되야 돼. 없는 놈보다는 있는 놈이 □ 그러. □□ 힘이 센 나라든 힘이 센 나라 하나가 움켜쥐구 있스야 돼. 소련이니 빨갱이니 하는 거이 날구 뛰구 하는 거, 같지 않은 일이야. 그로티아나 말꾸□ 밖에 갔다 처들일 꺼 없든 못생긴 놈덜 틈사구니에 끼워서 □□□□ 하다가, 돌연히 고흔 네 날개 지치만 위할 거이 아니라 구만 리 장천 나는 대붕이 꿈에라도 □□봐이 허다못해 구천 리 장천이라도 날러보는 게지. 일본놈은 왜 실했나 들사구니에 끼워라도 먹을 거야 없으니 □□□디 앞을 내다봐야 해, 앞을 내다봐야."

사나이의 콧김이 훅훅 □켜 나올 듯한 □□□□한 숨에 젖은 입김이 연의 한쪽 뺨을 스치는 거나 다름없이 연에게는 느끼지었다.

"그르케 앞을 잘 내다보기 글쎄 그 적지 않은 돈을 그것도 네남은 한-사람 돈두 아니건 용□□ 댕겨온 거 아니갔소. 든 액수두 액수디만 액수보다두 어특케나 깜쪽같이 □□넌디 그 □김 담보에 아는 사람은 모두들 □□ 두다골건으루 해서 여태□□ 루날□□디오."

"미자가 날 놀리넌가 보다. 고까진 걸 못해서 그렇게 고생스러이 했대야, 거저 간신히 돈 천만 원 먹을 거나 해가지구 올라왔디. 그럼 또 그까진 놈덜 해 안 먹으면 누구 핼 먹구? □□회□ □디 한 놈의 돈이라구 밥이 안 넘어가서□ □이 안 넘어가서?"

"그랬든 돈 천 만원 □□너끼어 지금은 몇억만 원두 머□ 갔수다래."

"삼팔선이란 쇠그물루 막어주는 독 안의 고기 어드루가 갔나? 거저 겟돈이나 생겼다. 그르기 단독정부 운동가는 국부國父님에게 이번에두 적지 않은 돈 섰습매. 생기기루 꽤 생기디만 쓰기두 졸티 않게 쓰거던, 난. 허기야 생기야 쓰구 쓰야 생기는 꾸넝이 두루두루 돌아들어 생각허믄 다 한 구넝이긴 한 구넝이디만 말이야. 사찰게니 수사게니 하는 빨갱이들의 오력을 못 쓰게 허는 무서운 돛들이 생겨 있어서 그 줄을 다 우리 평안도 그 전부터 오래 경험 있던 나리덜 중에서두 능수능난한 사람들만이 잡구 있어요. 허니 그 양반들의 수고手苦를 내에 모른다구 헐 수 있갔나 보래. 두발 쭉쭉 뺃구 그놈덜은 편안히 누어서 좀 썩어보야 허디 안캇서? 또 그르디 않으믄 아무리 철벽 같은 삼팔선이래두 응굴날 못허거던. 안 그래?"

"거야 그르티오."

하는 여자의 만족하고도 교태에 녹아 나오는 소리를 연이 이제는 담뿍 퍼저 돌아가는 술기운 속에서 듣는 동안에 인력거는 성북동 고개 마루를 허위허위 기어올라 힘 놓아 걷는 걸음으로 삼선교 다리목까지 달려 내려왔다.

"미자美子두 인전* 이남以南 사람이디, 그루티. 그로믄 안심허는 거야요. 아무리 누구래 날래두 국부님 계시는 동안엔 남북통일 될 염려는 업스니깐."

"염려가 있으나마나 나 같은 박복한 년에게야 담 그거그거디. 별 딴 덕분 생기갔소. 밤낮이 마찬가지요 자나 깨가 한가지디.

당신같이 굴뚝에 코를 박고 넘어져서 삼팔선 넘어온 팔자두 있지만, 나 같은 년이야 쪽밟아 베끼우구 넘어와서두 돌아봐줄 사람이 없어서 오

* 이제.

나가나 밤낮 남의 술집 시중 들어주는 신세 아니요."

"또 나오누나. 염녀 마라. 염녀 말어. 내래 몰랐스면 의연이오, 돈과 권세래 없었으면 모르디만 있던 날꺼정 미자 걱정은 안 식힌다."

"아이쿠 기맥혀라. 그르케 알뜰한 사람이 삼팔 장벽을 기약 없이 넘어온다는데, 그르케두 시치미 띠구 넘어오는 사람이 있을까?"

"이봐 미자. 형편이 어디 그때야 안 그랬나. 보래, 미자두 바꽈놓구 생각해봐. 미자래 설마 그를까 봐서 그런 거이 아니라, 들키면 목 달아나는 대사를 꾸미는 사람야. 어느 점에 있어서나 경솔히 헐 수 없었던 것만큼 사실 아니갔나. 그러구 아무래도 미자두 언제던 서울 올라오구 말 사람이구, 올라오믄 어디에 가믄 맞벌이두 활헌 노릇이구 허니꺼니, 내래 밤낮으루 이 집으루 저 집으루 기신기신 엿보믄서 술 먹으러 댕긴 거 아니갔나."

"아이구 한심해. 바루 날 찾으매 이 집 데 집 술 먹으레 댕긴 거 걸수다매.

여보 이 구만. 뒤요 혀끝에 춤두 안 바른 거짓 뿌레신 허디두 말라구요. 당신이 평양서 올라올 적에 어느 년허구 같이 왔던지 누군 몰라서 그른답니까."

한참 고조에 이야기가 달하였을 때에 인력거는 다리에서 로타리까지 절반도 못 왔는데 둘째 번 쥐가 나고 말았다.

갑자기 말이 뚝 끊기고 잠깐 잠잠하더니 앞에 가는 여자가 무엇이라고 인력거꾼을 보고 지시하는 바람에 앞차만 빨리 달음질을 하는 한편, 사나이의 탄 뒤차가 일부러 속도를 느리는 것조차 술이 돌아 이제는 막 목 위부터는 건들먹거리려던 연에게도 완연하게 알 수가 있었다.

사나이는 어느 번지를 자기 주소로 대어 피하였는지, 연은 곁에 같이 섰으면서 들을려고도 하지 아니하였건만, 연도 태연한 태도로 별 거짓말도 아닌 사실대로를 변명거리로 하야 무사히 로―타리 파출소 앞을 통과

할 수가 있었다.

전차선로는 종점까지 최후의 모퉁이가 되는 데를 연의 인력거가 돌았을 때, 연은 자기가 꺼꿉서서 들여다보는* 괘장이 걸린 가겟집 앞에 사나이와 짝이었던 여자임에 틀림없을 아까의 인력거가 서 있어서, 거부車夫가 집에서 따라나선 개가 길을 앞질러가며 가며 돌아서서 주인의 얼굴 면색을 훑어보는 얼굴로 멀쑥하니 이쪽을 바라보고 있었다.

연의 앞을 서 가는 사나이의 인력거가 그 지점까지 다다르매 과연 아까의 그 거부는 거車채를 돌려 잡아 바른손 편 길로 꺾어들어서는 다시 달리기를 시작하였다.

같은 가겟집 앞에서 연의 거부가 얼굴을 돌려 당신은 어느 쪽으로 가는 사람이냐를 물을 때에 연은 인젠 고만 내리겠다고 하여 인력거에서 내려 걸어 들어오고 말았다.**

남녀를 실어다주고 돌아오는 거부들이 둘이서 무엇이라고 지절대고 웃으며 기차 위를 오는 것과 중도에서 만났다.

"그따위 놈들의 돈 요새 사오백 환 더 내라는 게 무슨 큰 벌이나 받는 줄 알구. 이李서방은 그렇게 우습소, 그래?"

"아니 나두 그 덕분에 술잔 간 더 챙겼지만 말이야, 한서방이 그것들 앞에서 내여놓고, 요샌 위조 몇 위조 끼여 있는 걸 보통으루 알어야 하니 더 내라는 열통이 하 만만치 안해서 말이야요. 너희들도 그것 만드는 놈이니 잔말 말라는 듯이나요."

웃는 것은 이 사람인 듯하야 이 서방이라고 한 인력거꾼은 이렇게 또 넉단하여 웃으며 연의 옆을 지나가기를 몇 걸음 하더니 이 사람은 어득서근한 저쪽 길 옆으로 나서서 인력거채를 쥔 채 설오줌을 누었다. 이에

---

* 원문은 '디려다보는'.
** 신문에는 오식으로 인해 이 문장 다음에 "홀 어긋먹지나겨왔다." 라는 구절이 잘못 들어가 있음.

따라 다른 인력거꾼도 바지를 따 그의 옆으로 다가서며

"그럼 또 그놈덜이던데? 이서방은 아까 오매 그것덜 얘기하는 것 못 들었수? 우린 아무리 안 죽는다고 밤눈이 밝대야 저놈덜만 할 도리가 없어요. 이북에서 돈 가지고 왔다는 소리 들어만 보구려."

"허긴 그래 그게 아마 나랏돈인 모양이지."

"말헐 것 있소? 저런 놈들이 우굴우굴해서 삼팔선을 붙들구 느니 그 삼팔선이 좀체 터져요 그래? 저이들 입으루 그러는 것처럼 돈을 써서 어떻게라두 틀어막지 못해 허덕허덕이지. 그러치 않으면 저이들 목이 못 붙어 있을 텐데요."

"터지면 어쨌든 저것덜 목은 달아났렸다. 나랏돈이라는 게 이북사람 덜 돈인 덴 틀림없구 이북 사람덜 돈이라는 게 즉 조선 사람 돈인 델 틀림없구……"

"조선 사람 돈이라는 게 나랏돈인 덴 틀림없으니깐 말이지오. 왜 안 그래요? 더 말할 거 있나요? 오나가나 역적은 일반이지요. 저런 놈들은 거저 이북 이남을 물론하고 한칼에 다 비여 넘겨야 해요. 이건 뭐란 말이오. 글쎄 이렇게 백성들을 독안의 쥐를 맨들어서 홍랑선이를 맨들어논 덕분에 물건 값은 나날이 올라가서 목을 졸라맬려고 달려들구 세상 관리란 관리들은 죄다 일본놈들 식보다도 나날이 더 닮아가는데 그래 그놈들한테 악을 쓰고 한두 푼 더 뜯어쓴다구 그걸루 무슨 보탬이 되나요? 밑뚱거리 안 잘라낸 비 맞은 뒤의 댓술이지요. 그러니 그런 놈들이 우리처럼 같이 헐떡거리는 같은 조선 사람이라는 게 누게 믿어저요?"

하고는 그들은 몸을 거누어 가지고 바퀴를 돌려 가버리고 말았다.

종용한 이른 봄밤 한길 가운데 쟁쟁히 울려놓고 가는 그들의 웅성거림을 연은 뒤처진 반대 방향 역시 한 길 옆에 머물러 서서 듣고 있었다.

그러나 연은 또한 이날 밤 하숙에 돌라와 눕기까지에는 종일토록을 두고 맺어진 한 여자와의 기이한 인연에 대하야 또 한 번 놀랄 기회를 갖지 아니할 수 없었다.

인력거꾼들이 사라진 해방 후 남쪽 공지에 가게로 갑작스러이 세운 빼락*들의 거리를 등지고 고추 나간 이 거리의 나머지, 또 한 반분半分을 걸어 들어가면서 여염집들의 꼬부라진 첫 모퉁이를 돌아나갈 때 연은 실낱 같은 곁가지 골목벽돌담 어둠 그늘 속에 붙어서 속삭이고 있던 평안도 사투리의 두 남녀를 발견하고는 정신이 할딱 들지 아니할 수 없었다.

"해달라는 대루 해주갔다는 내 말을 믿디 못해 기어이 선례장先禮裝을 싸래니 그럼 오늘밤 안루 내래 허구파허넌 백만 원짜리 술집을 당당 네 앞에 맨드러 내노란 말이가? 그르야디만 너 집에 대리구 가갔단 말이야?"

하는 남자 평안도에 대하야 여 평안도가

"아무던디 평양서 여기 넘어올 적에 몰래 고랭이 감춘 거이 몰인정 아니래면, 증명을 당신이 헐 수 있대믄 그르케꺼정 아니래두 도흐니** 아무거래도 정표루 내노라우요. 이 손빠닥에 줴*** 달라우요."

하며 휘여 감겼던 사나이의 팔에서 뿌리치고 나오는 마당을 연은 지나쳐온 것이었다. 동시에 그는 이 순간 튀여나오는 여자 머리 위에서 너풀하는 카츄사 머플러며 웬만한 어둠 속에서도 북신북신한 감촉이 전하여 올 것 같은 두툼한 털 오버며를 어느 집에서 새어나오는지는 모르는 희미한 불그늘 속에 지나 치마 볼 수가 있었다.

머릿속에서 전광같이 퍼뜩이는 다시 의심할 나위도 없는 예감을 따라 돌아다보는 연의 눈에는 긴 줄 속으로 디려 보내어 낀 팔겨드랑이의

---

* 막사 혹은 판자집을 뜻하는 영어 'barrack'.
** '좋으니'의 방언.
*** '쥐어'의 방언.

크고 미끈한 가죽 핸드백이며 발바닥이 패이지 아니한 화려한 사보며도 역시 분명히 비치인 것이었다.

"이 손에 쥐어주지 않으믄 안 가. 그까진 거 내놓구 말 못할 거이 뭐이란 말이오. 내래 뭐 당신네 본댁내래 된댑더까. 삼팔선 꿰여차고 너머온 작은실내室內*래 된댑더까."

□□ 취하여 혀가 잘 돌아가지 아니하는 궁굴리는 어음語音으로 여누다리**하듯 이러며 어서 그러지 말고 가자커니 못 가겠다커니 힐갱이***를 하던 이날 밤 여자의 현금주의現金主義인 노골적인 장면을 얼마 동안 연은 잊을 수가 없었다.

문 안에 들어갔다 나올 일이 생길 때마다 나날이 세상이 어지러워져가고 그 세상 위에서 만나는 일들이 자기신변에도 한 뿌다구니****씩 두 뿌다구니씩 새록새록 자극적인 것이 되어 늘어가지 않음이 없음을 알 수 있으면 알 수 있을수록 연은 한나절 부닥끼던 피곤한 정신으로 이 모퉁이를 돌아나오매 그 평안도 여인의 여누다리를 무슨 잃어버려서는 안 되는, 기어이 밟고 넘어와야 하는 푯말처럼 기어이 밟고 넘어오곤 하였다. 연의 존재로서는 그것이 어찌하지 못하는 슬픔과 낙담으로 통하는 푯말임은 말할 것도 없었다. 똑같은 푯말 위에서 똑같은 슬픔과 똑같은 낙담을 영이의 병실을 찾아갔다 오곤 하는 길에서도, 그는 맛보지 아니할 수 없었다.

그러나 그러지 안 해도 얼마 남지 안 했다 한 이월 달이 윤달로 바뀌어들면서는 겨우 중순이 지났다고 하는데, 다행히 영이의 열도 40도에서

* '실내'는 남의 아내를 점잖게 이르는 말. '작은실내'는 작은마누라, 곧 첩妾을 의미.
** '넋두리'의 방언.
*** '실랑이'의 방언.
**** 어떤 토막이나 조각 따위를 낮잡아 이르는 말.

내려온 열이 37도 5, 6분대에 와서는 한참 동안은 이 어방*에서 어름어름할 열인 기미이었고, 병원 의사들도 환자가 마음을 푹 누구어 잠만 잘 자려고 드는 것이 유일한 약이 되는 징조라고 좋아함으로, 연은 그럼 당분간은 나가지 안 해도 되리라 하야 자기 방바닥에서 뒹굴지 아니하면 날마다 피아노에 달려붙어 있곤 하였다.

이렇게 이만 기분이면 학교를 내쫓기어도 방불하다는 생각으로 날 가는 줄도 모르고 도리어 즐거이 한 십여 일을 더 같은 방구석에서 지낼 수 있었던 이날도, 그믐을 바라보는 어느 날 아침 연은

"선생님, 계서요."

하고 자기를 찾어 들어오는 영이의 동무 명희를 방 안에 맞이하였던 것이다.

"오래간만에 오늘은 날도 좋구 해서 그러지 안 해도 이따쯤은 좀 나가볼까도 허던 차인데, 그래 영이는 좀 어떻든?" 하고 연이 위선 명희가 나타남으로 말미암아 가슴이 덜컹한 급한 것부터 물으니 손님 여학생은 "열은 안적 조금 덜 내린 것 같지만 영이는 오늘 아침 퇴원을 했어요." 하였다.

연이 이 대답에 눈이 둥실해져서 어찌된 일이냐고 물으니 그만큼 열이 내렸으면 병원에 누워 있는 거나 집에 나와 누워 있는 거나 마찬가지가 아닐 거냐고 하면서 시골로 내려간다고 나왔다고 하였다.

그래 내려갔느냐고 연이 다시 다급히 물으니까 명희는 어쩔 줄을 모를 듯이 주춤거리며 아까부터 옆구리에 끼고 들어온 알롱달롱하니 꽃무니가간 자그마하고도 갸름한 보자기에 손을 대여 이를 끄르기 시작하였다.

그리고 그 속에 싸가지고 온 불룩이 부풀어 오른 봉투를 꺼내어 들고

| * '어름'의 방언. 구역과 구역의 경계 지점.

얼굴을 붉히면서 "낮 세 시 차로 떠난댔어요. 제가 떠난 담에 선생님께 드리라는 편지데, 그러자구 받아 넣긴 했지만 아모래도 마음이 놓이지 않고 그럴 수도 없어서 가지고 왔습니다." 하였다.

불시에 떠난다고 의견을 낸 것도 아침 일어나면서부터이었고 그러구 영이 저는 자하문* 밖 동무네 집에 가서 꽃을 얻어가지고 간다고 하고 헤어졌으니 이밖에 어찌할 도리가 없었던 것이라고도 하였다.

남의 집에서 꽃을 얻어가지고 가겠다고 하였다는 정도이니, 명희가 내어 미는 당자가 밤늦게까지 썼다고 하는 그 편지가 연에게 아모러한 불길의 예감도 가지고 올 종류의 것 아님은 물론이건만, 내용을 읽기까지에는 역시 일종의 두려움이라 한 것이 느껴짐을 어찌하지 못하였다.

"아저씨."

하는 허두로 그 편지는 씌어 있었다.

인제는 병원에 있는 거나 집에 나와 누워 있는 거나 별 다름이 없을 정도로 열도 내리었으므로 저는 내일은 시골로 내려갈 작정을 하였습니다.

이번 병은 영이가 어쩌다 대단히 몹쓸 것을 얻어걸렸다가 요행히 죽지 아니하고 나아서 내려간다는 단순한 그런 사실보담은 일층 예기하지 못하였던 행복스러운 감명을 가슴에 새겨가지고 내려간다는 증거를 저는 아저씨에게 즐거운 의무의 하나로 알리지 아니할 수 없음을 깨닫습니다.

오랫동안 신세를 깃들인 병원의 여러 선생님덜 그중에서도 아저씨와 한 가지로 특별히 잊히지 못한 한 사람의 동성 동무의 이름을 저는 여기에 밝히지 아니할 수가 없는 겁니다.

| * 紫霞門. '창의문彰義門'의 다른 이름. 원문에는 '하자門'으로 되어 있음.

지난 일들을 누워 돌아다보면 세상에 하나밖에 없는 제 오빠가 학병이 되어 중국으로 건너갔을 때 제 설움은 한없이 컸었습니다. 지금 생각하면 그것이 다 분별없는 소녀다운 감상에 지나지 않했던 것이라고 해 넘겨버리기에는 너무나 일본 정치의 독이 심처深處에까지 들여백혀 있었더라는 것을 알게도 되는 것입니다만, 그때 저도 학교를 졸업하면 지원간호부가 되어 전선에 나가서 병과 고통과 또 그리고 그것들로 해서 오는 모든 고독에 신음하는 병사들을 위해 이들을 부축해드리고 위안해주리라. 나는 이것밖에 모르는 인생이 되어 이 일에 종생終生하여 버리리라 하였습니다. 저의 이 시절을 아저씨는 잘 아시는 것입니다.

그러나 그런 결심이 서기까지에는 제 오빠를 잃은 슬픔, 제 오빠를 잃은 뒤의 허무가 얼마나 큰 것이며, 따라서 그 결심 가운데에는 조그마한 허영심도 없었던 것을 아저씨는 아시지 못했을지도 모르는 일입니다.

그것은 무엇이든 찾는 방향을 좇아나가는 행복이랄 것이 아니라 무엇이든 모든 것을 버리고 죽이지 아니하면 구해낼 길이 없는 슬픔들이었습니다.

그때의 제 모든 감성을 몰아 처넣게 한 것이 주위의 환경이 옳고 그른 것임을 헤아려볼 여유나 지혜조차 없이 그저 저는 아모것이래도 좋으니 나를 죽이고 나를 슬프고 외롭고 고된 일에 묻어버리지 않으면 못 견딜 만큼 그 슬픔들의 충동은 컸던 것입니다.

해방이 되고 오라버니가 돌아왔습니다. 그 어른은 출정 중 몽매간에도 잊히지 못했던 이들을 고향에 남겨놓은 채 서울로 뿌리치고 올라와서 새로운 조선의 건국을 도모하는 젊은 일꾼들의 한 사람이 된 것입니다. 그들의 출전이 누구의 자의로도 아니요. 조선의 젊은 학도들이 부닥친 절대적인 운명에 불과한 것이었든 말았든 자기의 저지른 허물의 결과를 평탄히 인정하면 인정할사록* 그들의 노력과 헌신도 초절超絕**하였던 것입니다. 해방 자유 평등 계단 전쟁으로 말미암은 계단 해소에의 이념 속에 민족 광복의 신조선은 얼마나 청춘의 가슴에 벅차 올라온 빛나는 신조이었겠습니까. 그들은 조선이 건국이 되되 이 모양으로 되어야 할 것을 믿었을 따름입니다.

그 오라버니가 이번에는 이분들의 신성한 의무를 방해하는 정말은, 악독한 민족배반자들의 무엄히 돌리는 총부리에 맞어 쓰러진 것입니다.

이때껏 아무것도 모르던 그의 동생인 저도 얼굴을 돌려 그쪽으로 내달을 밖엔 없었습니다.

이것은 아저씨도 당연하게 생각해주시지 아니할 수 없는 오늘날 우리들의 정당한 방행***이 아닙니까.

허지만 세상의 진리란 밤중에 삐라를 붙이라는 명령에 따라가는 것처럼 단순한 고단한 길이 아닌 것은 이번에야 처음으루 안 것입니다. 그리고 제가 밟고 들어가며 있는 길이 아저씨가 말씀한 단순히 감상적인 자살의 길밖에 아니되는 것도 깨달았던 것입니다.

그날 밤 두 시도 네 시도 넘었으리라 싶은 한밤중에 갑작스러운 이상한 감각으로 제 눈이 띄어서 벌써 목 넘어까지 넘어온 울컥 치미는 뜨거운 것을 입으로 두 잇몸과 혀끝으로 꽉 막고 초인종 줄을 잡어 다렸을 때에는 저는 인제는 이것으로 내 몸이 다 된 것과 다시는 헤어나지 못할 슬픈 운명에 발을 디디고 말어가려는 절망적인 것을 직각直覺하였습니다.

머리맡에 놓인 곱부에뿐 아니라 타구****로 쓰든 그릇에다도 하나 가득 붉은 것을 뽑아놓고, 그리고도 또 그릇이 없어 내놓지 못하고 있는 뜨거운 것을 입 안에 담뿍 물고 있는 저는 제 정신이 절반 이상 혼미해 들어

* 인정할수록.
** 다른 것에 비해 유별나게 뛰어남. 초월.
*** 方行. 마음대로 행동함.
**** 唾具. 가래나 침을 뱉는 그릇.

감을 느끼지 아니할 수 없었습니다.

　이날 밤 만일 제가 여기서 아저씨에게 알리려고 하는 저와 동성인 그 간호석席의 형이 없었든들 어리청한* 혼백魂魄을 잃어버린 그날 밤의 제 얼굴이야말로 얼마나 비참한 무력한 것이었으랴 하고 저는 지금도 생각하는 겁니다.

　그는 낮 동안에 고된 노역으로 말미암아 한참 단잠을 자다 들어온 것이 분명하게 얼굴도 우둥퉁 부은 것 같았고 두 눈 등도 부성부성**하였는데, 이상한 것은 옷이*** 낮에 입었던 단정한 유니폼대로인 데다가 머리도 벼개를 대이고 자던 여인이라고는 여겨지지 아니하리만큼 잘 단속되어 있었든 일입니다. (미완)

---

* '어리숭한'의 방언.
** '부숭부숭'의 방언. 핏기 없이 조금 부은 듯한 모양.
*** 원문에는 '옷의'로 되어 있음.

임풍전 씨林風典氏의 일기日記

"―내가 네 자리에 앉으면 나는 너, 네가 내 자리에 앉으면 너는 나에 대해서 나―라고 하시니, 그럼 양심이란 다시 말하자면 미치는 짓이란 말씀 아니겠어요?"

한 학생이 내 말에 대해서 이렇게 질문한 데서부터 일은 시작이 되는 거지. 그래, 내가 이 사람이 내 말을 잘 알아들을 줄 아는 학생인 줄을 알았으되

"왜?"

하고 가벼운 반문을 아니할 수 없음을 느꼈을 때 학생이 계속하여 하는 말이

"내가 네 자리에 앉아서 네 것을 다 빼앗어 먹고 네가 내 자리에 앉아서 내 것을 다 빼앗어 먹도록 너와 나의 분간이 없을래서야 미치는 것 아니고 무엇입니까?"

하는 것 아니겠소.

이에 내 말이

"말하자면 미치는 거지."

하고 나서 보니 밑도 끝도 없이 그러고만 마는 것은 현기 가득한 공연한 패러독스만인 것 같아서

"내가 직접 들은 이야기는 아니지만, 나의 친구의 장張이라고 하는 의학박사가 있어서 그 박사의 친구가 당한 이야기로서 해준 말을 한마디 하겠노라."

하고 나는 이런 이야기를 했던 것 아니오.

"박사의 그 친구라는 사람은 일본 사람이었소. 한참 전쟁판에 이 사람이 소집이 되어 중국엘 갔지. 헌데 떠나는 날 그 아내가 집에서 따라나와 마주서서 작별인사로 똑 한마디 면바르게 한다는 소리가

─여보 전지戰地에 나가거든 포로를 죽이지 마오. 당신은 포로를 죽이지 말아요─

하는 거란 말이야. 이외엔 섭섭하다느니 어쩌라느니 부탁도 표정도 더는 없는 것이지.

남편인 박사의 친구라는 사람은, 이 말이 마땅하고도 다시 없이 어엿함으로 더 졸래어 캐어물을 것은 없었으나 지금 막 헤어지려는 창졸倉卒한 마당에 서서 이렇게 훌륭한 황금을 가슴에 몰래 품고 있었던 사람인가 싶어 한번 더 은근한 눈으로 아내의 얼굴을 들여다볼 수가 없었던 거란 말이야.

단정한 용기가 숨어 있는 어음語音이 어느 때보다도 맑은 신념 있이 갔다 앵기는 이 아내의 말─'당신은' 포로를 죽이지 말아요─악센트를 돋구어서 내 눈알이 다른 데로 돌지 못하게 마주 들여다보며! 그래서 나는 그렇게 하리라, 나는 아내의 부탁을 저버리지 아니하리라. 아내의 간절한 부탁이 없었다 하더라도 나는 원래도 그렇게 생각하던 사람이었고 그렇게 될 수 있는 사람으로도 알고 오는 사람이 아니냐.

아내의 말이 잊히지 아니하면서 차중車中에서나 선중船中에서나 전지에 나가서까지 그는 이렇게 속으로 생각하고 또 생각함으로써 자기의 신념하는 바를 새로이도 하였던 것이었지.

그런데 그것도 처음 얼마 동안이지 정작 외따른 전지에 가 배겨서 몇 달씩을 두고 들을 건너 진흙을 뭉개어 밟으며 밤잠도 못 잔채 우중행군雨中行軍을 해나가는 동안에는 전쟁이란 그 물건에 벌써 어지간히 진력이 나고 마비가 될 만하지 아니할 수도 있는데, 옆에 서서 같이 가던 이 쓴맛 단맛의 전우들이 총알에 맞아 하나씩 둘씩 쓰러져 넘어질 때에는 며칠씩 잠을 못 자 앞으로 턱턱 고꾸라져 넘어질 듯이 길을 걸어가며, 자던 잠도 화다닥 깨쳐져 그 알지 못할 감정에 사로잡히는 것은 어쩌는 수 없는 자연한 인정이드라고 하드라도 정말이 아니겠소.

쉰 명 전우가 마흔 명이 돼, 마흔 명이 서른 명이 돼, 서른 명이 스무 명이 되어서 그 스무 명 중에서도 또 하나둘 죽어 넘어지거든. 이것을 흙 묻은 신발 버리듯이 내어버리고 돌아다보지 않고 가는 동료의 심정은 당자가 아니면 모른다고 하는 것이야. 눈물을 가지고 돌아다보자면 그만큼 전진할 용기를 잃는 까닭이라고 하는 것 아니오. 너나 나나 죽는 것은 이미 다 내어놓은 거니까, 죽고 안 죽는 걸로가 아니지만 나와 함께 같은 산 같은 물 같은 진흙 속에 쌓여 같은 몇 밤씩을 못 자며 우중에 허덕이고 오던 동무가 이렇게 하나씩 눈앞에 쓰러져 넘어감에 이를 가슴에 총을 겨누고 있었던 목적하는 적들 처소에만 겨들려 들어가는 날엔 내가 어떻게 하리라 하는 굳은 복수감은 자연 누구의 가슴에도 뭉치어지지 아니할 수가 없는 것이라 하는 거요.

내 발밑에 무릎을 꿇은 포로라고 해서 안 죽일 수가 있소. 여보, 그게 포로뿐이기는 하고 누구든지 우군 외外에 내 행로 위에 마주서서 만나는 놈으로는 목에 칼이 안 들어갈 연놈이 없는 것이란 말이오.

박사의 동무란 그 사람도 여러 번 이것을 경험하였고 또 아내로 말미암아 일층 새롭힌 자기의 무언의 계율을 깨뜨린 것도 한두 번이 아니었드란 말이오.

헌데 한번은 이런 일이 있었소. 대단치도 않은 어떤 조그마한 부락인데, 그야말로 으레껀* 빠뜨릴 수 없는 악전고투 끝에 이 부락을 점령해 들어가노라니까 저만침에 납작 업드린 쬐끄마한 한 채 초가집에서 한 대여섯 살이나 나 보일까 말까 한, 발 벗은 더벅머리 계집애 하나가 사립문을 열어제치고 무슨 일로든지 간에 멋도 모르고 조르르르 튀어나온단 말이야.

대단치도 않은 데를 차지하느라고 그 악전고투에다가 잃어버린 전우에다가 두루 생각할 날이면 소확所穫이 대단치 않으면 않은 만큼 분憤은 일층 큰 것 아니겠소. 인제 이렇게 되면—네가 죽이느냐 내가 죽이느냐가 아니라 내가 먼점 죽인다—하는 것이 전쟁이 가르치는 윤리거든."

나는 여기서 잠간 숨을 돌려 고개를 들고 박군朴君의 얼굴을 쳐다보았다.

박군인들 내가 장張박사에게서 이 말을 듣던 때와 마찬가지로 무엇인지 뜨끈한 것이 그 눈언저리에 모여들기 시작하는 것을 나는 볼 수 있을 것 같았다. 지금은 가슴속에 삭아서 가라앉아 골고루 퍼져버렸지만 나는 그때까지 부르르 떨리던 일을 잊지 못하는 것이다.

"전쟁이란 많은 수백만 사람이 죽는 비참이 아니라 이렇게 사람의 마음의 모상模相이 변하는 잔인에 있는 것이 아니겠소. 그 일본 사람 장박사 친구도 자기의 마음이 어떻게 변하여진지조차 깨달을 새 없이 무심히 자기 길을 마주나오는 이 어린아이의 목을 자를 양으로 칼을 빼어든 것

* 원문에는 '의례依例껀'으로 되어 있음.

391

이구려.

이때에 아이를 찾아 나오는 중년 된 애 어머니가 있어서 나오다 이 광경을 보고 놀라워서 장차 목에 칼이 떨어지려는 제 새끼의 몸뚱아리를 덥석 뒤에서 부둥켜안은 것이란 말이오.

여보 박군, 그러니 어떻게 되었겠소?

그 장박사의 친구라는 사람이 자기 자신도 그런 사람인 줄 알지 아니하였고, 떠날 때 아내의 부탁하던 말을 모르지 않고 아는 이상으로 잘 아는 사람이었건만 이때에 빼어든 칼을 거두지 못했단 말이오.

그는 전쟁이 끝나기 전에 돌아왔다 하오. 일본이 패할 줄을 아직은 모를 때 돌아온 것이지만, 그가 만일 전쟁이 끝이 나서 돌아왔다면 그 사람이 아니더라도 일본 사람이면 누구나가 다 전후 자기네들의 비참한 형상을 들여다보고 어느 누가 그러지 말란다고 해서 안 그러겠소마는 그도 돌아와서 천지를 떠나 종용從容한 곳에 앉아서 생각을 하니 출정 중 자기의 수없는 살생 기록 중에서도 그제 한칼에 맞아 넘어간 중국사람 모녀의 얼굴만은 유독히 가슴에서 사라지지 않는단 말이오.

그런데 더더구나는 내가 이것을 언제나 한번은 아내에게로 고백을 하여 사謝함을 받는 동시에 아픔도 덜려고 하며 벼르고만 있는 중인데, 보니 그 자기의 비밀을 모르는 아내의 뱃속에서는 자기가 집을 떠나며 남겨놓고 간 어린 아기의 씨가 자라 어느덧 만삭이 되어서 장차 세상에 나올 날을 엿보고 있는 것 아니오. 아내는 어린아이를 싸서 기를 누더기를 누비고 앉아서 혼자 만족해하며 묵묵한 가운데 은근히 행복해하는 겁니다.

여보 박군, 그애가 태어나 한 살 먹어 두 살 먹어 다섯 살 여섯 살 될 때까지 자랄 것을 생각해보구려.

어머니는 곱다고 하면서 쓰다듬으며 해양한* 때라고 안어주어, 바람이 쏠리는 때라고 안어주어, 위험한 것이 닥쳐들 때에 무서워서 막어주면서도 안어주어, 제가 때린 때라도 애처로워서 한숨으로도 안어주어, 그저 무턱대고 안어주고만 싶은 인생의 다섯 살 여섯 살이 아니오.

그 장박사 친구에게 남은 것은 오직 이 포옹의 환상뿐이오. 그가 전지에서 얻어온 것은 오직 이 중국 사람 모녀 포옹의 영상뿐이었단 말이오. 그 그림자는 자기 자신의 그림자와 함께 자기 등뒤를 따라다니고, 가는 길을 막아서고, 밤에 꿈으로 와서 가슴을 누르고, 혼자는 중얼거리고 잠꼬대에 나오다가 생남녀生男女를 한 지 며칠 못 있어서 결국은 그 사람이 미쳤다는구려. 자기 나라가 이길 것만이 눈에 불이 되어 통일천하할 자신이 누구에게나 만만하였던 현란한 일본나라 수도 칠층 건물 아파트 지붕 밑에서 말이야."

박군이 들리지 않도록 뜨거운 한숨을 옷깃에 내뿜는 것이 나에게 들리었다.

"여보 박군, 너와 나란 말이 이만하면 알 만하지 아니하오. 미치고 안 미치는 것이 문제가 아님은 말할 것도 없지만 양심이란 말하자면 이 대치對置의 능력이랄 수도 있는 것 아니야."

"선생님."

여기서 내 말이 끝이 나는 것처럼 아무리 지내어도 다시 계속이 없는 것을 보자 박군이 이렇게 부르면서 놀라듯이 눈을 들어 나를 보며

"그때 선생님 말씀이 이뿐이시었던 거지요."

하였다.

"아니 원인은 그런 것이 아니라 내가 그러고 나자 다른 학생이 또 하나 불쑥 자리에서 일어서며

| * '양지바르다'는 뜻의 방언.

—그럼 요새 부르주아나 지주가 양심이 없다구들 하는 것은 그 네 것 내 것을 너무 분간치 못하지 않는다고 해서 하는 말입니까—

하고 불쾌하게 불끈거리고는 쿡 주저앉어버렸단 말이야. 그 옆구리에서들 씩씩 웃지 아니하오. 이상하지 않을 수가 있소.

내가 여지껏 교단에 선 이래 부르주아니 프롤레타리아니 떠들은 기억은 없었고, 또 떠들고 싶다고 한 대야 일주일에 얼마 되지 않는 시간을 맡어 가르치는 세상에도 무미건조한 일개 어학 교원이 아니오. 자기의 존재와 위치를 전연 모르지 않는 사람인 바에야 아무리 부르주아 프롤레타리아가 유행어라 하더라도 무턱대고 지껄이도록 주제넘을 수는 없는 것 아니겠어.

이날도 우리가 교실에서 노는 어학책 어느 이야기 구절에 마침 이 네거와 내 거란 말이 나오며 양심이 어떠니 저쩌니 하는 소리가 비쳐 나오기에, 그러지 않어도 들어가면 선생님 이야기 이야기하고 조르기 좋아하는 학생이기에 이 양심과 관련시켜 아까 그 일본 사람 이야기를 했던 거란 말이야. 아직 어린 사람들이란 더더구나 그게 여자아이라면, 선한 사람이 아니면 악한 사람, 정한 놈이 아니면 더러운 놈, 맘에 드는 사람이 아니면 보기 싫은 사람, 이렇게 모—든 것을 두 가지 개념으로 나누어서밖에 이해할 수 없는 사람들이기 때문에 겸사겸사하여 사물의 이해를 넓히는 습관을 가르칠 겸 그 이야기를 한 데 불과한 것 아니겠소.

그 학생의 어조가 대단 비시쳐 나오는 까닭을 나는 알 도리가 없었단 말이오.”

“아닙니다. 그게 모두 꾸며가지고 나온 겁니다. 그리고 그 자식들 자신의 발기發起*도 아닌 겁니다. 어느 선생인지도 저는 압니다.”

| * 앞장서서 새로운 일을 꾸며 일으킴.

"아니. 그런 소리를 허는 것은 아니야."

나는 박군의 얼굴에 울컥 치밀어 올라온 갑작스러운 일종의 격렬함에 낭패를 하여 이렇게 말리며

"박군으로 하여금 그런 생각을 품게 하는 것이 내 본의가 아닌 것을 박군은 알지 아니하오.

나는 박군의 성질을 가장 잘 아는 사람의 하나요. 내 학교서 나오는 원인을 분명히 알아가지고 어떻게 하고 싶으면서 내 집에 와서 내게서 듣지는 못하고 편지로 물은 박군의 성질을 내가 모르지 않아요."

나는 포들포들* 떨리는 박군의 무릎 위에 내바른** 손바닥을 얹어 덮고

"군은 나를 가장 애껴주는 사람의 하나이면서 길에서 보면 피해 골목으로 새어 들어가는 사람이오. 누구보다도 지지 않게 가까이 나에게 다가서려는 사람이면서 자꾸 멀어져가는 사람 아니오.

박군, 박군, 군이 이렇게 약한 사람이기 때문에 잘 분해하고, 또 잘 절망해도 하는 사람인 것을 아마 군 자신은 모를지도 모르오. 군의 편지를 받았을 때 내가 쓰자면 그동안의 사정을 못 써 부칠 것도 아니었지만, 그렇게 간단히 써 팽겨쳐버릴 수 없는 것이 있는 것 같아서 그러지 못한 것이 거짓이 아니라 하면, 하나는 군을 이렇게 마주보고 부탁하고 가고 싶은 것이 있었던 까닭에 오란 것인 줄도 알어주오.

박군, 나는 박군의 그 약하고 잘 분해하고 잘 절망해하는 사람됨을 생각할 때 마음이 언짢지 아니할 수가 없는 것이오. 허지만 이 언짢음과 슬픔은 곧 따뜻한 무엇이 되어 내 가슴 밑에 고여 가라앉는 따위의 슬픔이나 언짢음임을 나는 깨닫곤 하는 것이었소. 오직 군을 두고 위태위태하게 생각되는 것이 있다면 그 분과 절망이 어느 대단치도 않은 것에 꺾

* '작고 탄력 있게 자꾸 흔들리는 모양'을 뜻하는 방언.
** '내다'의 방언.

이어 크게 자라 더 무서운 광채를 발하지 못하고 마는 것 아닐까 하는 두려움일 뿐일런지는 모르지만, 군의 이 견디지 못해 하는 분과 절망이 분의 마음 가운데서 은연중 자라고 있는 '다이아몬드' 의 무서운 빛깔인 줄을 나는 믿는 사람이오.

내 이 말을 잊지 마오, 내 지금 한 이 마지막 두 마디를 잊지 마오. 내가 군들의 그 씩씩한 생활 분위기 속에 쌓여서 여렴풋이나마 보냈던 내복된 학교생활이 오늘로 그쳐진다고 내 마음이 섭섭하고 빈 것 같지 아니할 수 없는 것만은 사실이라 하드라도 그렇다고 내 앞길이 막히는 것 아닌 것은 군도 알지 아니하오."

"허지만 분합니다."

박군은 고개를 숙여 어느 결에 어깨를 들먹거리는가 하였더니 얼굴을 돌리어 흥하고 무르녹았던 눈물 코를 풀었다. 그 소리는 목메어 나왔다.

"허지만 그걸로 선생님이 학교에서 나가시라는 이유가 되는 겁니까?"

"아니, 그것만은 물론 아니지."

박군이 눈물을 닦고 다시 제정신으로 돌아올 때까지 나는 기다리지 아니할 수 없었다.

"그 학생이 그러고 앉고 나서 나는 어차피 그 말이 나왔음에 한마디 안 할 수가 없어서

—다는 그렇다고 할 수는 없지만 요새 돈을 가진 사람이나 혹 또 군정청에서 일본 재산 같은 것을 물려받아 가지고 운영하는 사람의 열에 여덟아홉은 다가 말하자면 그 미치지 못하는 사람들이라고 할 수도 없지 않지. 가령 농토를 농사짓는 농군의 손에 돌려보내야 하는 것은 중국이나 일본이나 조선 같은 봉건제도나 반半봉건제도의 몇 개 나라를 빼놓고는 동서양을 물론 해놓고 존속해 있는 나라가 없고, 또 지금 그런 불합리한 제도 속으로 일부러 파고 들어가려고 할 것도 없는데도 불구하고 그

너와 나의 분간이 너무나 분명하기 때문에 제 고집을 버리지 못하고 내것을 부러 쥐고 있고 싶어하는 것 아니겠소. 이북서 몇십 년씩 고등계에 있던 달아나온 관리들을 그대로 사찰계査察係에 앉히어서 이것을 침범치 못하게 하고, 소위 정치가들을 내세워서는 우리나라가 영구히 두 동강이가 나는 단독정부를 부르짖게 하는 것이 다 내 자리를 남에게 내어주기도 하고 남의 자리에 내가 앉아볼 수도 없는 미칠 수 없는 근본 원인에서 나온다고 할 수가 없지 않단 말이야. 입으로는 소련도 싫고 미국도 싫다고 하면서도 실상은 어느 한 나라의 보호 밑에 들어가 있고 싶고, 그 나라가 아니면 물질로나 정신으로나 혜택을 받아서 살어날 수가 없을 것 같으로만 생각하는 사람들― 한번 갈리면 소련이나 미국이나가 각각 삼팔선을 마주보고 노리면서 반영구적 암투暗鬪를 하다가 불의 심판날이 와서 불가진 사람의 조선이 되기를 기다리고 믿고 있는 사람들― 이 사람들의 불장난이 얼마나 무서운가를 생각하면 미치는 사람의 진가란 상상외로 거대한 것이야.

아까 말한 그 일본도 미국 치하에 토지개혁을 하는 연합사조의 민주세상이 온 것이오. 조선은 아까 말한 사찰계 관리가 해방 전 함경도에서 창씨創氏를 안 했다고 나에게 따귀를 때리고 가둔 동일인이 사는 데가 아니오. 이 사람들이 남북이 통일이 되어 임시정부나마 선다는 것이 어떠한 의미를 가져오는 것인가는 그야말로 미친 사람이 아니니까 너무도 잘 알 수 있단 말이오. 전 세계 전 인류는 더 고만두고 남북조선 전 조선 사람이야 조선에서 일어난 전쟁으로 말미암아 똥칠 피칠이 되든 말든 나만 단독정부의 대통령이 되면 고만이라는 너무도 정신이 말짱한 이 세음 속의 위험! 그러나 아까도 전쟁의 비참 잔인한 것을 이야기하며 어머니와 딸 이야기를 잠깐 하기도 하였지만 어머니를 잃은 딸, 딸을 잃은 어머니는 아무리 무식한 사람들이래도 이남에 있는 딸, 이북에 있는 어머니를 그리워서 못 견디는 단순한 마음으로라도 조선은 통일이 되어야 한다는 것을 몸으로 느끼는 것이란 말이야. 유식하고 분별이 많은 사람은 공산주의와 자본주의는 서로 애초에 근본 이념이 다르니깐 하고 고개를 흔들 때에 무식한 딸 잃은 어머니는 이념이 어떤 것인지는 모르지만 서로 다르니깐 협조하는 것이 아니냐. 애초에 같은 것이라면 무엇으로 협조할 것이 있느냐, 싸움은 하려고 마음먹은 것이면 하게 되는 것이오, 해선 안 된다고 생각하니까 어떻게든지 안 하게도 되는 겁니다. 미국이나 소련이나 영국 같은 큰 나라의 대표자들이 모여 맺어놓은 약조로 협조가 안 된다면 언제 몇 만 년 뒤에 누구에게 가서 이 단독정부들이 풀려 내 딸을 찾어달라 해서 찾어줄 나라가 생긴단 말이오. 늘그막에 나나 대통령 해 먹고 죽으면 고만이지 죽은 뒤에야 남의 딸쯤 어느 고막년에 찾거나 말거나 남북으로 갈렸던 어머니와 딸이, 아버지와 아들이, 형과 아우가, 상잔相殘하게 되는 날이 오든 말든 상관있느냐는 말이 웬 말이냐고 달려들며 보채는 게 아니겠소. 아까 내가 한 맛스러운 이야기 이상으로 전쟁이 얼마나 무서운 것인가를 나는 이야기할 수도 없고, 또한 그 이상으로 그야말로 미치고 싶은 사람이 아니면 싸움을 하려고 해선 안 된다는 것을 이야기할 수도 없는 것을 나는 안 느낄 수가 없소— 그 여학생에게 나는 이렇게 했던 것이오.

여보 박군, 지금 박군에게나 말이지 나는 보고 듣고 한 일 외엔 추상적으로 공론空論으로 어림으로 해서 얻은 생각이라고는 하나도 가지고 싶지 아니하였소. 내가 아까 나를 가두었다는 그 사찰계 주임이란 사람은 일본치하에서도 늘 해서 별 일 없었던 동맹휴학을 했다고 해서 군들을 얽어 군정재판에 넘기었던 그 사람들 아니겠소.

나야말로 이북에 계신 내 어머니를 보고 싶은 마음이 없지 안 했겠으니 이 문제를 이야기하는 데에는 다소의 입거품이 물려졌을 만도 한 일이지만, 그러나 사실은 이 미칠 수 없는 정치 선동꾼들 때문에 잘못하면 잘못되는 것이 우리 조선의 우리 대에 그칠 것이 아니라 전 세계인류 후대 만손萬孫에까지 미칠 것을 생각함에 묻지 안 했으면 모르거니와 빈정대임으로거나 아니거나 물은 이상에 이야기하고 명심해주기를 바라지 안 할 수가 없었던 까닭이오.

이게 정치 선전 당파 선전을 하였다는 것이 된 것인 듯하오. 허지만 나는 아무러한 학교 아무러한 데를 가서 어느 학생 누구를 가르치거나 동료 간에 싸움하고 안 하는 것은 노력 여하에 있느니라. 화목하려고 노력하는 외에 달리 화목의 내용이 있을 줄 아느냐고 달래지 아니할 수 없음을 느끼지 아니할 수가 없을 것이오."

"……."

"여보 박군, 분해하지 마오. 그 몇몇 학생들은 내가 미치광이를 주장한다고 해서 나를 임광林狂이라고 한다는 소리도 들었지만, 이 임광이 떠나려고 하는 것은 그것만이 아니오. 군들이 절반 이상이나 오늘날 학교로 돌아올 수 없는 사람들임을 생각할 때에 나는 하느님이 주신 이성을 의지하야서만은 살 수 없는 사람임을 아니 느낄 수가 없었던 것이오. 나에게는 내 어머니와 아버지가 부어준 짐승의 눈물인들 어떻게 흘러나지 아니할 수가 있었겠소. 이것은 내가 그렇게 했다고 나를 두고 하는 말이 아님은 군도 알아줄 것이오. 허지만 새끼가 철 모를 때엔 안 그르더니 장성한 때문에 나를 져버리고 갔다고, 내가 새끼 돌아오기를 안 기다릴 수 없는 것은 비로소 새끼를 가져본 하잘 것 없는 인간 자식들의 가슴 아픈 인과가 어떻게 아닐 거라 하겠소."

박군은 울었다.

나는 박군 우는 것을 이번에는 말리려 하지 아니하였다.

눈물!

사랑하는 박군이 나를 두고 이 내 말들과 함께 내내 나를 생각해줄 것을 바라지 아니할 수 없음이 아무리 진정이란다고 어찌 울음을 막지 아니하랴마는 나와 같이 크면 박군인들 한 개 남의 아버지도 될 사람이 요 학교의 선생도 될 사람이 아니냐.

"박군, 임광이 군들을 안고 끌어나가고 거둘 자격이 없어 허덕거리던 터에 갑자기 어머니를 보고 싶어 이북으로 가되, 지금은 험난한 경계선을 뚫고 가는 것이지만 올 때는 기차를 타고 덩덩거리고 한숨에 올라오는 것일세 박군! 울어, 울 줄 모르면 못 쓰는 거야."

그러나 오랫동안 어떻게 손을 쓸 수 없이 흐늑이던 박군의 울음이 한 고비 지났을 때에 나는 박군의 아직도 푸들푸들 떨리는 무릎을 꽉 쥐고 힘주어 내려눌렀다.

"허지만 임광이 가는 곳마다 새로운 짐이 생기어서 짐을 진데 덧 지고 항상 어쩔 줄을 모르고 허덕허덕하는 사람이기는 하지만, 그렇다고 패해서 가는 것은 아니니 박군 인젠 그만 눈물을 거두어요.

이봐, 박군. 아까 박군이 모두 이게 처음부터 꾸며진 일이라고 분해 하였지만 설령 그렇다 하드라도 그것이 누구인가를 알려고 하지 말 것과 알아도 복수할 생각을 풀지 말 것 부탁일세. 세상 모든 일에는 세勢라고 할런지 간만干滿을 만들어내는 조류潮流라 할런지 그런 것이 있어서 나갈 때는 따라 나가되 들어오는 조류에는 따라 들어오지 아니하면 물에 밀려 죽을 것이야 정한 이치 아니겠어, 이 이치에는 크고 적은 것이 없어……. 알지, 박군? 지금 우리는 고개를 박아서 목을 움츠러트리고 주저앉을 때야. 그전 성인도 의義가 통하지 아니할 때에는 의를 직설直說하지 말라고 하였어. 그러고 이것도 나를 두고 하는 말은 아니지만 악화가 양화를 몰아낸다는 요새 유행어인 그 무슨 법칙이라는 것인가를 믿지 말아요. 이것을 믿지 않는 데서만 군은 군의 그 무서운 광채를 발할 가슴

속의 보석을 충분히 기를 수가 있는 것이야. 내가 군의 일견 그 상반되는 격정과 절망의 성품을 깊이 믿는 동시에 위태위태하게 생각되어서 못 견디는 것이 군에게는 없지 않다는 나의 속뜻을 군은 알어들을 줄 아오. 군이 나를 아끼는 사람인 동시에 나도 군을 가장 사랑하는 사람의 하나임을 생각하고 발밑이 허청거릴 때가 올 때마다 무슨 결심이든지 결심하기 전에 이 내 말들을 생각해내달란 말이야. 잊지 아니하지?"

나는 술이 몽롱하니 취해 올라오는 중에도 속이 시원하였다.

박군은 그래도 선뜻이는 얼굴을 들지 아니하고 자꾸만 자꾸만 손수건에 눈물을 적시고만 있었다.

(작자 부기附記. 이것은 다른 한 일의 일부분이 되고 하는 것임을 첨기添記하고자 한다. 2월 모일.)

속습작실續習作室에서

　　건드리면 푸슬푸슬 흙이 떨어지는 납작한 대로 퇴락하고 누추한 형지*만의 대문을 허리를 굽혀 들어서서 가느다란 호리병 모가지를 깊숙이 중문까지 뚫고 들어와서도 또한 진 장판 같이 즈븐즈븐한** 안마당을 지나 몇 고분쟁이***로 꾸불꾸불하게 돌아든 운두란**** 한 끝에 납작하니 달라붙은 그 이상히도 축축하고 어둡고 습기로 뜬 객줏집의 한 칸 뒷방—집을 닮아 역시 과도히 앞뒤만 두드러져 나간 앞짱구 뒤짱구의 기형아 머리와도 같이 생긴 이 우스꽝스러운 방 속에서 대학 문과를 중도에 그만두고 장차 어떻게 될지를 모르는 앞날이 어지러운 한 개 대학생이던 나는 그때 그 밑에 깔리고 뭉기는 어둑시근한***** 습기와 냉기와 곰팡이를 들이마시며 민민悶悶한****** 가운데 형편없는 '제멋대로의 청춘'을 저

* 어떤 형체가 있던 자리의 윤곽만 남은 모양.
** '지저분하고 더럽다'는 뜻의 방언.
*** 피륙 따위가 꺾이어 겹쳐 넘어간 곳을 뜻하는 '고부탕이'의 방언.
**** '뒷마당'을 뜻하는 방언.
***** '어둑하다'는 뜻의 방언.
****** 매우 딱함.

지르고 있었던 것이다. 그것을 혹은 생존의 이유로 붙잡아서 확실한 내 것으로 손에 쥐고 나설 것이 없었던 안타까움에서이었다 할는지, 그다지도 안팎으로 매사마다엔 트집이 생기기도 하며 혹은 그것을 반평생 동안을 만들어 내려오는 몸의 어찌하지 못하는 오예汚穢 때문이라 할는지 청춘의 끝없는 나태懶怠와 무위無爲의 흐름 속에서 그래도 몸을 부여잡고 이에 떠내려 보냄이 없이 참고 견디고 악을 쓰며 그것들을 씻어내지 못해 지긋지긋이 식은땀을 흘려 내려오게 할 뿐만 아니라 그것들 때문에 항상 자기 자신에게 악을 쓰고 반발하며 절망하여 내려온 것— 생각하면 앉았다 누웠다 하며 곰불락일락하는* 가운데 이것들을 길러주고 흔들어주고 빚어내준 그 이상한 어둠과 냉랭한 습기와 곰팡이의 한때를 생각하는 것은 나에게는 여남은 즐거움도 될 수 없는 것인 동시에 단순히 혀끝에 남는 쓴맛만도 아니었다. 그리고 그것들이 즐거움이었거나 쓰라림이었거나 내 딴은 내가 아니면 손을 댈 수 없는 어쨌든 언제든 한번은 누구나가 볼 수 있는 쨋쨋한 광명 속에 그 모상模相대로를 드러내자고 전심전력으로 노력해온 이는 또한 나의 지금껏 어찌하지 못하는 염원이기도 하였던 것이다.

하지만 어떻게 하랴. 한때 나의 그 '제멋대로의 청춘'을 형성한 모든 것들을 차례차례 주어 올려가지고 햇빛 속에 드러내는 일에 나는 아직 감당할 힘이 없을 것만 같지 아니하냐? 거추장스러울 것은 없으면서도 주어 올리려면 깨어지고 억지로 그러모으면 헝클리거나 바스러질 뿐 아니라 헤쳐놓으면 떨어지거나 빛 속에 내놓으면 바래지려고만 드는 것, 그렇다고 또한 이렇지들 않기에만 갖은 노력을 다하여 나가보면 어느 결에 제 것 아닌 것에 속아 넘어가고 제 살색色 아닌 것이 마주 서려고 드는

| * 배가 몹시 아파서 허리를 고부렸다 폈다 하면서 요동을 치는 모양. 고불락닐락.

것이다. 참으로 지내놓고 생각해보면 그때그때를 당해서는 아무리 힘이 들었더라도 살아나오기는 살아나온 것만 사실이었는데, 그 어떻게 힘들었던 일임을 뒤에 다시 나타내기야말로 용이하지 아니한 것을 안 느낄 수 없는 것이었다. 이리하여 나는 내 두 다리가 내 기질을 닦고 닦아 내온 재능을 기울여부어도 모자랄 종생終生사업에와 걸쳐 꼬꾸라져 넘어짐을 다시금 새삼스러이도 깨닫는다.

하지만 지난날 내 눈앞을 지나간 한 나그네의 모습을 붓을 들어 더듬어 헤매는 이 묘명墓銘*에서까지 정말 추상적으로나마 나 자신에 대하여 요만큼이라도 안 쓸 수 없는 것은 내가 나란 사람을 아무 데에서나 드러냄만 아는 지나치게 주제넘은 사람인 까닭만은 아닌 것이다. 다만 이만큼이라도 안 한다면 나와 더불어 하룻밤을 같이하였을 뿐인 그 나그네의 모상이나마 앉혀질 충분한 배경이 되지 못할 것을 저어한데** 불과한 것이다.

문 들어오는 데가 호리병 모가지처럼 무섭게 깊숙하였고 안마당을 지나면 줄행랑***같이 꾸불꾸불하게 돌아든 운두란 속에 방이 열도 스물도 더 박혀 있는 어두컴컴하고 즈븐즈분하고 우중충하여 어디나 건드리면 흙이 푸슬푸슬 떨어지는 남주락 객줏집의 주인인 할머니와 할머니의 손자인 나는 며칠 안 있어 이사 가기로 작정이 된 남의 셋집 든 사람들처럼 벽에서 흙이 떨어지건 말건 마당 한가운데 진 장판이 생기건 말건 못 본 듯이 두 손을 소매 속에 마주 옹크려 넣고서는 제각기 제 모양을 해가지고 저희들 방에 오독하니 앉았거나 납작 엎드려져 누워 있었다. 이불 요 베개 같은 침구며 객실의 비품은 더 말할 것도 없고 아침저녁으로 닥

* 묘지명의 준말.
** 염려하거나 두려워함.
*** 대문의 좌우로 벌여 있는 종의 방.

치는 반찬거리에까지 별 계책을 세울 생각 없이 손님이 들면 드는가 보다 가면 가는가 보다 하기를, 아침이 오면 아침을 맞고 저녁이 오면 저녁을 맞는 사람들처럼 하였다. 따라서 어쩌다 무슨 신분 어느 계급 누가 어느 모양을 해가지고 들거나 들어서 밥을 청하는 손님이 있다더라도 장종지에 할머니가 담은 장과 뿌리 다듬지 아니한 콩나물국에 역시 뿌리 다듬지 아니한 콩나물 무침에 고추가 들었는지 말았는지 한 새우젓 국물이 부유끄럼한* 채 홍건히 담긴 깍두기에 더운 밥 한 상씩을 받을 수는 있으면서 그 이상의 대우나 요공**을 받을 염***은 하지도 못한 것이다. 그 대신 달리 사 먹을 데도 없어서 배가 정 고파 못 견디겠다면 한밤중에라도 그제는 콩나물 등속조차 끼이지 못한 밥을 지어 그 부유끄럼한 깍두기나마 받쳐 들여보내었고, 드는 손님은 막지 않아서 밤새 문을 두드려도 모른 체하지 않고 받아들여 어떤 사람에 누구를 물론하고 방에 불 지펴주기를 마다하지 아니하였다. 하기야 경향간****을 오르내려 묵으며 돈이라면 한두 푼이라도 소홀히 할 수는 없으나 싸고 배고픈 채 추운 밤 잠 안 자는 밖에는 별다른 요공을 바라지도 않는 뜨내기 촌 장사꾼 패가 기껏인 이 삼등 객줏집에서 이내들의 상 심부름과 기어히 집 안에서 먹어야 하겠노라는 패가 들면, 술집에서 술을 청하여 들여보내는 술심부름이며 또 적지 않이 가끔은 별다른 요공과 편의는 없더라도 조용한 것이 좋은 눈치로 술집이 파하여 짝패가 되어 달려드는 젊은 남녀들 드는 방에 나는 불면증의 눈을 거슴츠레하니 뜨고 아무런 투정도 없이 불이 이글이글 타는 아궁이에 두 다리를 펼치고 앉아서 장작을 지피며 그네들의 은근한 속삭임을 수많이 흘려듣기도 하였다. 그 대신 이런 방 이런 침구 이

* '선명하지 않고 약간 부옇다'는 뜻의 방언.
** 자기의 공을 스스로 드러내어 남이 칭찬해주기를 바람.
*** 생각.
**** 서울과 시골 사이.

따위 반찬에다가 대야에 세숫물 하날 떠 들여놓을 줄을 아나, 담배에 불 붙여댈 줄 갓의 먼지 신발의 흙을 털어 대령할 줄을 아나, 그렇다고 은근 짜* 집에서 색시 하나를 불러다줄 줄이나 안단 말이냐는 투정삼아

"원 이렇게 허면서두 여관을 한다구 할까?"

하면서 고개를 절레절레 흔들고 저회들끼리 수군거리고 한탄하고 혹은 감추지 않고 불쾌한 얼굴을 내어 걷치고 나가는 반들반들한 손님 양반들도 없지 않아서 이런 이들을 보면

'그러기에 아예 갈 때에 쓸 데 없는 치사나 팁 받지 않을 양으로 자기도 전에 엊저녁부터 미리 선금 받은 줄은 알지도 못하는가?'

싶어 우습기도 하였지만, 또 한편 생각할 날이면 그처럼 말함이 무리도 아닌 것을 돌아보아 깨닫지 못할 바는 아니었다.

그러면 돈이 싫어서?

아니 그렇지는 아니하였다. 나는 가끔 쌀이 떨어질 때엔 할머니 담그신 장에다 투정하는 그네들만도 못한 조밥을 아금자금 두 볼에 넣고 씹으면서도 속으로는 혼자 이런 앙탈질하기를 그치지 아니했으니까.

'아무리 이밥이지만 씹지 않는 데야 무슨 맛이 나나?'

'아무리 이밥이지만 씹을 줄 모르는 데에야 무슨 맛을 아나?'

상패商牌는 이십 년 이상을 붙여서 손때가 먹고 지워지고 글자가 날아서 군지군지하게** 되어서 이따위로 나간다면 앞으로 몇 해 몇 열 해까지도 이대로 나가지 않을 수 없을지 모른다 하면서 이왕 여관을 하려면 방도를 고쳐 철저히 할 생각까지 아니한 것 그리고 또 이런 군지군지하고 어수선하고 되는 대로 되게 해라 하는 속에만 고독의 고리故里***가 있

* 몰래 몸을 파는 여자를 속되게 이르는 말.
** 더럽고 추저분함.
*** 고향.

406

는 걸로는 알지 아니하면서 돈이 있으면 고독은 또 다른 방도로 완전히 독립된 왕국 안에서 화려하게 고독할 수 있었던 것을 미처 몰랐던 것뿐이었다.

다만 그렇게까지 고독고독 하면서도 그런 또 하나의 화려한 고독을 꿈꿀 줄 모른 탓으로 어느 시간에 손님이 들거나 객부客簿*는 드는 시간마다 써서 파출소에 갔다 대게 되어 있으므로 할머니는 손님이 드는 때마다 내 잠을 깨워 내 손을 거치지 않고는 손님을 치지 못할 객부의 부탁을 나에게 하시곤 하였지만, 그 나는 나대로 또한 야심하여 내외가 갖춰진 행랑방을 깨우곤 하는 것도 안 되어서 객실에 이불을 날라 들이고 불을 지피고 헌 객부쯤 돌고 순경막 가는 것 같은 건 어쩌는 수 없는 일로 알았던 것이다.

그러나 그 나에게도 다만 한 가지 고집과 버리지 못할 사치는 있었다. 일이나 심부름쯤은 예서 더한 것을 밤을 밝히고라도 마다 안 하면서 내가 점령하고 있는 만년 이부자리의 내 방에 대해서만은 나는 누가 아무래도 좋다는 식으로 관대할 수 없는 절대적인 것을 버리지 않는 사람일 뿐 아니라, 이것만에는 번번히 속을 모르는 할머니가 혹 한 사람쯤인 손님 같을 때엔 이제 이 밤중에 새삼스러이 딴 방에다 나무를 다룰 것도 없을 것이니 네 방에다 들어서 같이 자면 어떠냐고 하는 걸로 가끔 똑같은 경우를 되풀이하곤 하시어서 나에게 짜증을 안 맞은 때가 없도록 어지러울 대로 어지러워도 좋고 곰팡이 필 대로 피어도 좋은 내 방의 혼자만이 느끼는 질서를 나는 사랑하는 사람이었다.

누가 문을 열고 들여다보면서 잠깐 그 곰팡이만을 마시고 나가도 이내는 돌아오지 아니할 비밀히 간직하여두었던 무슨 내 방과 내 자신의

| * 숙박부.

일부 질서조차 시허물어놓고 가는 것같이 싫어서 골살이 찌푸려지던 나이었던 것이다.

이 방에 그 낯선 사람이 들어온 것이었다.

"방은 여기 말고 바깥에도 있기는 있다고 하시는 거지만 인제부터 장작을 지피시겠다고 하시고, 또 불쯤 안 때어도 못 잘 것도 아니기는 하나 손자님 쓰는 방 같으면 더더구나 좋고 무관한 것 같아서 이렇게 무리대고* 들어왔습니다."

겨우 인기척과 함께 미닫이를 스르르 열고 허락이 있기도 전에 방 안으로 들어선 이 낯선 손님은 이러고는 손을 방바닥에 짚고 인사를 하였다. 그러고는 아무런 거리낌도 없이 자기 손으로 들고 들어온 객부를 열어젖히자, 두 팔꼬뱅이**를 짚고 그 위에 엎드리듯이 꺼꿉서서는*** 그 속에 그어진 소정의 란을 붓으로 채워 들어가는 것이었다.

"날이 인젠 꽤 선선해집니다."

하며 손을 쓱쓱 비비었는데, 성묘를 다녀오는 길이라 하던 것을 생각하면 팔월 추석도 꽤 많이 깊이 들어간 어느 가을날 밤이었을 것이다.

이때 아랫목에 누워 뒹구는 채 밑도 끝도 없는 멍한 생각에 사로잡혀 있던 나는 무슨 영문인지도 모르고 누구를 보는지도 모르게 이 낯선 사람을 눈으로 맞았다가 정신이 들어 얼결에 벌떡 일어나 나와 앉아서 그와 대례를 바꾸기는 하였던 터이었다.

단추를 달아 입은 흰 옥양목 두루마기는 풀을 잘 먹인 티도 유난하게 발가닥거리며**** 진 양달령***** 검정바지에 다듬이 자국 매끈한 것이 그

* '무턱대다'의 뜻.
** '팔꿈치'의 방언.
*** 서서 허리를 깊이 굽히는 모양을 뜻하는 방언.
**** 얇고 빳빳한 물건이 서로 닿아 가볍게 스치는 소리 혹은 모양을 가리키는 방언.
***** 서양 피륙의 하나로 양목과 비슷하지만 더 두껍고 질긴 천.

두루마기 섶 자락 사이로 엿보이며 신은 양말까지도 땀내는커녕 발구듬조차 떨어질 나위 없는 산뜻한 것에다 짧게 기른 수염을 가쯘히* 깎은 얼굴에는 검붉은 구릿빛 속에 꽉 자리를 잡고 앉은 두 눈이 잡티 없이 이글이글 타는 사람— 보매 나이도 나의 갑절 연배를 훨씬 지났을 사람이요, 수수함으로 일층 단정함이 드러나는 그 차림차림과 매무시 가운데에는 거조**와 거조를 이어나가는 호흡마다에 사람의 마음을 저절로 느긋하게 하고 따르게 하는 자연성과 친화력이 흐늘거림을 알았다.

처음 같아서는 자기의 예정한 것을 거침없이 나의 눈앞에서 진행해 내보내는 것이나 다름없이 나로 하여금

'이 사람이 나를 주인의 나이 어린 손자라니까 업신여기고 이러는가?'

하는 의심까지를 나에게 안 일으키게 하지 않았다.

그러나 다음 순간에는 부지불식간에 내 의식 속에 잠재해 있던 나도 당당한 한 개 사람이라고 부자연스러이도 누구에겐지 모르게 항거하고 있던 억지며, 남에게 뒤꼭지를 눌리어 억지로 떠밀려가며 하는 노릇에만 뱀과 같이 머리가 들려지고 괴팍하여지는 내 이 성미마저도 어찌하지 못할 일종의 부드러운 견인력에 이끌리어 운무 속에 부드러운 스러져 들어감을 나는 안 느낄 수 없었다.

"미안합니다. 제가 씁지요."

하고 팔꼬뱅이를 대고 엎드린 그의 곁으로 내가 다가앉았을 때에는 벌써 아침 이슬에 젖은 수풀 속에 진동하는 송진내와 같이 발그닥 발그닥하니 풀 잘 먹인 옥양목 두루마기에 풍기었던 바람내가 십년래 친구의 체취처럼 구수하니 내 코에 스며들어 올 때이었던 것이다.

"아니 괜찮습니다. 내 쓰지요. 인젠 제법 선선해집니다."

* 층이 나지 않고 나란한 모양을 이르는 방언.
** 말이나 행동 따위를 하는 태도.

하는 그의 궁글은* 목소리에도 그 송진내는 따라 나왔다.

그는 펜에 힘을 잔뜩 주어 쥐는 붓 쥠의 어색한 손놀림으로 '농업'이란 두 글자를 직업란에 뗏뚝거려** 집어넣고, 다시 이어 원적과 현주소란에는 이원利原 어디라고 분명히 써넣은 뒤에 마산馬山을 전 숙박지로 하고 나서

"정말은 마산에 우리 집 선영***이 있지요. 원래야 고향인 이원에서 고기잡이를 하지만 또 달리 다른 데서 짓는 농사도 없지 않고 해서 분주하고 먼 핑계만 하고, 그만 이 몇 해째 성묘를 못하고 있다가 금년은 벼르고 벼르던 끝에 신출 과일깨나 받쳐 넣고 오는 길입니다."

객부 써넣은 데에 대한 설명이나처럼 내가 묻는 것도 아니요, 무슨 의례히 들어야 할 말로 기다리고 있는 눈치를 보인 것도 아니건만, 그는 스며들 듯이 조용한 어조로 이러고 나서 내 방 발치**** 끝에서 발치 끝까지를 휘 돌라보고 난 뒤에

"숫한 책이로군요. 아마 문학을 하시지?"

하고는 내 얼굴을 은근한 눈알들이 슬쩍 스치어 갔다.

"네, 뭐 문학이래야……."

나를 두고 무슨 당당한 한 개 문학가가 아니냐는 것도 아니므로 대답에 구태여 부정 아니었지만, 어설피 문학이란 말조차가 쑥스러워 끝을 어물어물해버리며 어른 앞에서 하는 버릇대로 나는 뻑뻑 머리를 긁었다.

하매

"네, 좋으십니다."

하고 손은 이어 벌떡 일어나서 나갔다 올 겸사겸사라 하며 나의 군이

---

* 소리가 넓고 깊음.
** '더듬거리다'의 방언.
*** 조상의 무덤.
**** 사물의 아래쪽이 되는 끝 부분.

말리는 말도 듣지 아니하고 쓴 객부를 들고는 밖으로 나가버렸다.

　나간 지 한 반 시간이나 되었을까 하여서 그는 돌아왔는데, 그러고는 무엇인가 하나 가득씩 담긴 종이봉투를 두어 개 한아름 되게 해서 안고 들어온 것이었다.

　"너무 이렇게 허셔서 미안합니다."

　비로소 나는 처음으로부터의 미안한 인사를 드리고 권함을 받는 대로 봉지에 담긴 싱싱하고 흐들흐들한 능금들과 꺼풀 채 하늘하늘하여 터질 듯이 무르녹은 단 연시들의 살에 코를 들이박을 대로 들이박아 가면서 그것들의 단물을 빨아먹었다. 그러자 과일이 채 다 없어지지도 않았는데 무슨 누樓 무슨 누 하는 음식점의 배달꾼이 내는 퉁명부리는 것 같은 목청으로 이 방입니까 하는 소리가 밖에서 나며 문이 열리며, 술 주전자가 들어오고 쇠고기 산적에 북어조림에 돼지고기 편육에 호콩이 올라앉은 안주상이 배달되었다.

　"사양하지 맙시다. 우리―그전 어른으로 시인 문객들은 숙질간에서도 이렇게 곧잘 마주 앉어 술을 마시었답니다. 나이가 상관있나요?"

　처음 몇 번은 사양도 하지 않지 않았으나 한두 잔 받아 마시는 동안에 어느덧 퍼진 주기酒氣에다가 원래 술을 배울 때부터 남의 잔 막을 줄을 모르게 배운 성미인지라 한잔 더 한잔 더 하는 바람에 받아먹은 술로 인제는 완전히 눈앞이 몽롱하게 되고 말았다. 그렇게 연거푸 몇 잔씩을 권하고 나서 자기도 앞에 놓인 잔에 부유끄럼한 탁주를 넘실넘실하게 부어 한 절반이나 마시고 난 뒤에 손은 그제는 어느새 건너편 먼 높은 바람벽을 올려다보며 어느 한시의 한 대목을 읊조리는 것이었다.

삼천불가도三川不可到
귀로만산조歸路晚山稠

낙안부한수落雁浮寒水
기조집수루飢鳥集戍樓
시조금일이市朝今日異
상란기시휴喪亂幾時休
원괴량강총遠愧梁江總
환가상흑두還家尚黑頭*

안주를 그르다 하겠는가. 술을 그르다 하겠는가. 이만하면 나에겐 대단한 것이었으나 그러나 오래간만에 굶주렸던 대단한 술상을 만났다느니보다는 나 혼자 이외엔 먹어본 일이 없는 남과 더불어 먹는 술에 이런 어른을 모시었다는 것은 참으로 나에게는 희한하게도 즐겁고 가슴 시원한 일 아닐 수 없었다. 잡티가 섞이지 아니한 형형炯炯한 눈동자에 서늘하게 맑아 들어가는 눈빛과 쓸데없이 처지고 늘어짐이 없는 궁굴은 그의 통목소리!

가난한 당나라 사람의 여수旅愁를 읊조리는 손의 얼굴은 도연陶然**하였다.

낙성일별삼천리落城一別三千里
호기장치사팔년胡騎長馳四八年***

그것이 그때 무슨 노랜지를 모르고 듣는 나에게도 그것들의 소복한 은근한 여운을 따라 일어나는 실솔蟋蟀****의 찢어지는 듯한 갸날픈 울음

---

* 두보杜甫의 시 「만행구호晚行口號」.
** 거나하게 술에 취함.
*** 두보의 시 「한별恨別」의 일부.
**** 귀뚜라미.

소리가 귀에 젖어들어 못 배기도록 고요한 늦은 가을밤을 나는 느끼지 아니할 수 없었다. 시가 끝나고 잠깐 잠잠하였을 때에도 우리는 사이에 가로막는 것이 아무것도 없이 오래간만에 하는 해후나 다름없는 두터운 정의로 마주 앉아 이야기하였다.

"왜 학교를 채 마치지도 않고 공부를 그만두고 나왔나요?"

"할머니 여관 하시는 편이 더 재미있을 것 같아 좀 도와드리기도 하려고요."

"허허허허, 아 그러시겠지 그래 재미가 많이 납니까?"

"선생님은 제 말씀이 암만 해도 정말 같지 않으신 게지요. 또 사실 아무리 학교에 다녀야 다니나 마나 한 공부요, 그리고 정말은 공부를 허러 들어갔던 것도 아니니까요."

"허허허! 공부를 허러 들어가신 게 아니라니 그럼 뭘 허러 들어가시구요?"

"공부라지만 돈만 있다면 이렇게 컴컴한 데 배겨 있기나 하다가 가끔 싫증이 날 때 한 번씩 하기 좋은 일종의 소풍이기나 할 따름이지요. 그까진 것 아무 데서는 못할 공붑니까? 재주만 있다면요."

"허허허. 그래 형은 재주가 있으니깐 아무래도 좋단 말씀인가요? 재주가 없어서 걱정이란 말씀인가요? 그러지 말고 아까부터 이렇게 조르게만 하지 말고 어서 쓴 걸 좀 내어놓아요, 보게. 나도 이래뵈도 시도 소설도 연극도 다 잘 알아요. 허허허."

"그건 그러시겠지요. 허지만 제게 재주가 있구 없는 걸 안다면 왜 이렇게 이러고 있겠습니까?"

나는 한참 만에 겨우 이렇게 대답을 하였으나, 이어서 금세 내어놓은 자기의 이 말에 내 자신의 몸이 스스로 부서져 으스러져 들어가려 함을 가까스로 참고 이겼던 것이다.

술기운이라고는 하지만 기왕에 한번 얼굴을 맞대어본 일도 없는 이런 외객에게 대하여 이만큼이라도 자기를 표시하고 주장하고 철철거리고 털어놓을 수가 있었던가 하는 것은 전혀 손님이 감추어서 온양溫讓한 거조 속에 싸 가지고 있는 무엇인지 그 이름 짓지 못할 고혹적인 큰 자연성 때문이 아니었을까 하였다.

졸림을 받아 못 견디는 대로 나는 간밤 써두었던 시 쪼박*이 그적거려져 있는 케케묵은 수첩을 벌써 이렇게 되면 인제는 아무런 꺼림도 없이 손 앞에 내어놓을 수가 있었다.

하니까 손은 잠깐 동안 받아서 펼친 수첩의 어지러이 써 흩어놓은 행간들 속을 묵묵히 눈을 떨어뜨려 내려다보고 앉았다가

"실솔―거 좋습니다."

하였다.

그러고는 이어서

"나도 또 다시 허울을 벗기 위하여 밤새 옷을 벗는다―허지만 왜 좀더 길게 안 썼습니까? 없는 걸 일부러 늘여 빼란 말은 물론 아니지만요."

그는 고개를 개우뚱하고서** 어딘지 애석한 데가 있어 못 견디겠다는 얼굴로 한참 동안은 나의 그 시 공책에서 자기의 눈을 떼지 아니하였다.

"지금 저 어떻게 했으면 좋을지 모르고 있습니다."

무슨 내 시에 허위성이 있었다든지 하는 자각으로의 아픔도 아니었지만, 사실 나는 이때 손의 날카로운 관찰로 말미암아 가슴이 꿰어져 들어가는 아픔을 석명釋明하려 들지 아니할 수 없었던 것이다.

그때―라고 한대야 지금인들 그럴 수밖에 없는 나이지만 나는 그때 말[言語]이란 놈에게 항상 협박을 받고 지낸다 하여도 좋으리 만한 사람

* '조각'의 방언.
** '갸우뚱하다'는 뜻의 방언.

이었다. 소위 시 습작이라고 시작하기 전 처음 동안에는 내심으로 '말'
이란 놈을 안심하고 경멸히 여기고 달려들어서 내 내적 욕구 또는 소위
영감 우선 이런 말부터도 쓰기 싫은 말이다 하던 따위의 것이 요구할 때
는 말이란 언제나 작자의 임의대로 자연스러이 따라올 수 있는 걸로 여
기고 있었다. 아니—따라오는 것이 아니라 따라올 것으로 일부러 정해놓
고 달려들지 않고, 다시 말하면 그런 말에 대한 안심이나 경멸이 없이
는 '시'란 나에게 만만히 달려들 것이 못 되는 것이었는지도 모르는 일
종의 난쟁이 요마妖魔이었다. 하지만 아무리 놈의 조작성操作性에 치심
유의置心留意 하지 않는 체하자 하여도 역시 실제로 부딪쳐보면 그놈의
요마의 법칙과 규구規矩*란 그처럼 딱딱하고 강강하고** 다만하지 않아서
뚫고 들어가 헤쳐 내팽개치자 하여도 잘 안 되는 또 하나 그렇게 제대로
의 불가침 세계인 것만은 몰랐던 것이다.

　가령 아무리 내 내적 욕망이 크다 하여도 말이 자기가 가진 이 법칙
과 근거의 범위 안에서 줄(限界)을 빡 그어놓고 그 안에 머물러 있게 하려
고 하는 날일진대, 그때 완벽히 이루어져 있는지도 모르는 내 시와 진실
의 모상은 어느 한 귀퉁이에서든지 입을 대어 쏠리어 피를 뿜으려고 하
는 일종의 큰 항거력을 지각하지 아니할 수 없는 것이었다. 그것이 가진
이 한계성에 항거하며 동시에 농간을 당하여 마음의 허격을 제공하지 아
니하면서 심면心面의 완전한 모상이 제 옷을 찾아 입고 완전한 표현이 되
어 나오게 하는 노력—그 틈바구니에 끼여서 나는 항상 허둥거리고 헤매
는 청춘이었던 것이다.

　"거짓말을 하지 않고 시를 짓는 데에는 특별한 힘과 재능이 필요한
것을 저는 알았습니다. 이러기 위해 저는 배꼽이 나오도록 있는 힘을 다

---

　* 지름이나 선의 거리를 재는 기구. 그림쇠라고도 함.
　** 단단함.

하여 용을 써보았고 또 괴로워도 하였습니다만, 말이란 놈은 언제나 저의 곁을 엿보고 있다가는 거짓이 허용될 장소와 기회를 노려 마지않는 요물로서 거짓이라도 좋으니 번지르르한 허울 좋은 표현이면 고만이 아니냐는 것으로 항상 꾀이고 협박하고 갈그장거리는 것이었습니다. 헌데 완전한 허울 좋은 옷만 입은 표현이란 저에게 뭐겠습니까? 아무런 말에도 제약이 안 되는 정확한 대상의 표현이 저에게는 필요하였습니다. 말의 사기사詐欺師 현황*찬란하고 기묘하게만 생각되는 옷을 입고 무대 위에 나서는 그것만으로 사람들의 마음을 이끌려는 광대 이상의 아무것도 아닌 거 아니겠습니까?"

"그러니깐 시인의 조건을 잃지 않고 시를 만드는 것—시의 조건을 잃지 않고 시인이 되는 것—이 틈새에 끼여서 괴로워하시는 거란 말이겠지요, 그러신 거지."

"네 그렇습니다, 그 말씀입니다. 그러기에 시작詩作의 재간이란 말 쓰기를 저는 죽기보담도 싫어하면서 동시에 또한 그 재간의 힘이란 것을 시인하지 아니하면 안 되는 모순에 저는 어찌할 줄 모르는 겁니다. 말은 이렇듯 저에게 엄연한 것인 동시에 냉혹합니다."

사양 없이 받아먹은 과다한 술이 어느 결엔가 갓 스물 난 청년의 창자를 밑으로부터 들쑤시어놓아 절망적으로 이렇게 부르짖어 마지 아니하였다.

"압니다, 남형의 심사를 알 수 있을 것 같습니다. '실솔'은 그렇지도 않지만 '창'이라든지 뭣이라든지 이 수첩에 있는 것만 보더라도 길게 제대로 발전이 되어 나간 시들은 어느 것 하나 탁하지 아니한 것이 없는 것만 보더라도, 말하자면 남형이 '말'과 형식이란 놈에게 물려 뜯기고 속아 넘어가지 않기 위하여 친 앙바듬거림**이 얼마나 컸던 것인가 함을 알

---

* 빛이 밝아서 황홀함.
** 기를 쓰고 바둥거림.

수 있는 동시에 남형의 그 상처가 애꿎이 드러나 있다는 증거도 여기 역연히* 나타나 있습니다. 남형이 남형답지 아니한 이질적인 것을 물리치고 현란한 옷이기 때문이라 해서 흘리지 않고 제가 제 것을 찾어 입으려고 한 결과 또한 어쩌는 수 없이 드러난 상처들 말씀이야."

"네."

나는 고개를 수그리었다.

"그러니까 절대 절명인 곳에 와 부딪치신 것 아니라구?"

하며 손은 싱긋 웃으며

"허지만 남형의 존재가 다시 나고 중생重生을 하고 삼생三生 사생四生을 한다 하더라도 그건 그런 괴로움은 어찌하지 못할 종류의 것들인 것 아닐까요? 동서고금을 막론하고 지금껏 내려오는 허다한 문학적인 천재라 한들 과연 그런 게 없었을는지! 탁獨한 대로 일는지는 몰라도 깨끗이 정리만 되어 있지 않으려는 노력, 남형의 지금으론 도리어 어려운 일 아닙니까?"

나그네는 나중 마디를 도리어 단단히 자신 있는 어조로 끊으며 쟁반 위 술잔에다 또 한 잔 가득이 술을 부어 쳐들어 천천히 마시면서

"다만 이건 있습니다. 남형을 두고 내가 주제넘은 말을 하는가 두렵지마는 형이 너무 형 자신을 괴롭히고 학대하고 산다는 것 이건 너무 과합니다. 이게 지금 세상에 또 남형 같은 청춘 시절에 있을 수 있는 일입니까? 여기 들어오기 전 할머니께 잠깐 들러서 모시고 이런 말씀 저런 말씀 하다가 남형 말씀도 얼마큼은 듣고 대개 어떤 분인가 하는 궁금증은 어쩌지 못하고 들어왔지요만, 아까 들어오자마자 나는 참으로 깜짝 놀랐던 것이야요. 이 음습한 뜬 좁은 방에 자기 자신을 몰아넣고 또한 자

| * 분명히 알 수 있도록 또렷함.

기의 군색하고 어지러웁고도 자기 분열적인 생각에 자기 자신을 가두어
놓고 매질하여 괴롭히며……."

하고 듣다가 남긴 술잔을 마셔 넘기었다.

내가 가만히 들으며 앉아 있고 나그네가 겨우 요만 정도의 이야기를
하는 것이지만, 나는 나그네가 이렇게 이야기하는 사이에야 내가 아까
얼마나 혼자 떠들어대고 즐벌거렸던가* 함을 비로소 깨달을 수 있었다.

나는 어쩐지 뒤끝이 어석어석하고 쑥스럽기 시작하여 못 견디었다.
그러나 나그네는 별로 이 젊은 사나이의 애송이 수치심이 유래하는 바
모든 심리를 엄호해주려는 고의로운 태는 조금도 나타내지 아니하며

"어쨌든 그러나 중생 삼생은 못 한다 하고 또 그럴 필요는 어디 있겠
어요만, 모든 걸 새로 시작하려면 무엇보담도 남형은 남형 자신을 너무
가두어두고 가두어둔 데서 괴롭히기만 한 것이 아니라 먼저 개방해놓을
필요가 있지 아니합니까? 이 음습한 뜬 방과 또 그리고 자기 자신으로부
터서요? 그것도 그렇거니와 정말은 아까부터 보입고 남형의 몸이 튼튼
하지 못한 것 같아 문학을 하시는데 상당히 힘이 들지나 않을까 했던 겁
니다. 물론 쓸데없는 나 먹은 사람의 기운(杞憂)지도 모르겠지만……. 그
러나 무엇이든 가슴 속에 몽롱하고 뭉게뭉게 피어나건만, 남이 모르는
안타까운 것을 품고 있는 사람에게는 그걸 또릿또릿하고도 어느 구석에
도 흠집이 안 난 완전한 것으로 만들어 남의 마음에 전달하려고 하는 것,
없을 수 없는 일 아니겠어요? 또 물론 없어서도 안 될 거고요. 남형 경우
에 있어서는 이걸 '시'라고 부르는 것 아니겠어요, 그렇지요?"

"……."

"나는 누가 가진 어떤 종류의 괴로움을 말하지 않습니다. 그것을 몸

| * '지절거리다'의 방언.

으로써 겪어나오며 다시 재현시켜 남에게 전하는 사업일 것 같으면 어느 것임을 물론하고 작은 일일 수는 있으며 뼈를 깎는 일 아닐 수는 있습니까? 그 일을 한평생 감당해나감에는 남보다도 몇 갑절 튼튼한 몸이 밑받침을 하고 있어야 할 것 아니겠어요?"

"네."

하고 나는 고개를 수그리며

"아까 제가 말씀 드린 건 모두 주제넘게 되었습니다. 제가 무엇이라고 한 것이 다 이李선생 지금 말씀하시는 것처럼 그렇게까지 대단한 것도 아니면서……."

하고는 머리라도 벅벅 긁고 싶은 마음을 겸쳐* 여러 가지 의미로 또 한번 이 양반에게 마음속으로부터 항복하지 아니할 수 없었다.

"아, 무슨 말씀이시요!"

그는 술에 무르녹았으나 하늘하늘 하는 잔웃음의 물결이 남실거리는 눈으로 나를 쳐다보았다.

"남형, 고기잡이 해본 일 있으신지?"

"무슨 고기잡이 말씀이신지요, 낚시질 말씀입니까?"

"아니, 낚시질도 물론 좋겠지만……."

숨이 막히어버릴 지경에서 살아난 모양으로 내가 이렇게 대답한 데 대해 그는 그의 역시 맑고 두리두리하나** 어디까지나 온량한 가운데 서늘히 찾아드는 너그러운 미소를 그 두 눈자위 속에 싸 넣으며

"바다에서요."

하였다.

"없습니다."

* 두 가지 이상의 일을 겸함.
** 둥글고 커서 시원하고 보기 좋은 모양.

"한 번도 없습니까?"

"네, 한 번도 없습니다."

"한 번 하러 가볼 생각도 없습니까?"

"아니, 꼭 가서 한번 해보고 싶습니다."

"그럼 나하고 한번 가보실까요?"

"네. 꼭 따라 가보고 싶습니다."

"그래요!"

나그네는 불시에 열광해 들어가기 시작하려는 내 얼굴을 들여다보며, 이러고는 그제는 문득 무슨 다른 생각이 드는 모양으로 잠깐 눈을 먼 천정으로 돌리며

"허지만 벌써 물이 차 들어가기 시작할 때로군!"

하면서 갑자기 얼굴에 서늘한 그늘이 잦아들었던 것이다. 동시에 손을 꺼내어 들고 그것으로 자기의 바른 무릎 위까지 갖다 대어 나에게 가리키어 보이며

"이만큼이나 물에 쟁깁니다."

다지듯이 이러고는 고쳐 내 얼굴을 보고 부드럽게 웃었다.

"네. 허지만 꼭 한번 따라가서 잡아보고 싶습니다."

나는 몸이 달아 이렇게 부르짖으며 상반신을 부지중에 앞으로 끌어당겼던 것이다.

"그럼 우리 둘이서 한번 여까지 이 정강이를 걷어붙이고 해볼까요, 한해 겨울 어디?"

"네. 어디든지 그런 데라면 꼭 따라가겠습니다."

"우리 그럼 한번 그래봅시다. 헌데 이번엔 우선 내가 먼저 떠나서 다른 데 들러 일을 좀 보고 그리고 다시 올 것이니 그때 우리 부디 같이 떠납시다. 그리고 남형은 어쨌든 내가 돌아올 때까지의 동안이라도 몸에

대한 조심을 게을리 마시고, 이 좁은 뜬 음습한 방에서 해방이 되어 한시라도 툭 틘 대기 속에 날개를 펼치고 날고 계셔야 한다는 생각 한시라도 잊지 마시라고요. 내가 다녀와서 같이 가기만 하는 날이면 안 그럴래도 그렇게 되고야 말 테지만 말씀이야, 내 말씀 믿으시지?"

믿으라고 하지만 금방이라도 데리고 가줄 것같이 하던 그의 어조가 이처럼 오므라져 들어가매 나는 철없는 세상 아이가 여남은 어른에게 속아서 속을 들여다보인 것처럼 마음이 섬뜨레해짐*을 어찌 하지 못하였다.

그러나 시일은 어찌되었든 그것이 실현될 것만은 나는 믿어 의심하지 않았다. 이날 밤은 그리고도 또 많은 이야기를 밤새껏 우리는 하였다. 고기잡이 이야기뿐 아니라 그의 옷자락에서 품기는 바람 냄새와 같이 그 모든 이야기를 모조리 믿을 만큼 어딘지 모르게 나타나는 그의 품격을 나는 믿었다.

이날 밤 자리를 깔고 누워서 나는 그 바다와 고기잡이에서 연달아 일어나는 모든 상상과 환각에 잠을 이루지 못하였다.

오늘날까지 이어 나온 이 모든 염오厭惡할 악몽의 생활을 하루바삐 뿌리쳐 팽개쳐버리고 십 년이 되건 이십 년이 되건 죽은 셈하고 가 묻혀 있다 오지! 하는 욕심에 내 가슴은 그칠 줄 모르게 울먹거렸다.

아! 바다 대해 대양! 툭 트인 청신한 개방된 대기 속에!

꼬리가 꼬리를 물고 맴돌이하는 이 따위 환상에 도리어 나는 늦게까지 잠을 이루지 못한 끝에 그래도 어쩌다 새벽녘에 한잠 들기는 들었던 모양으로 아침 눈이 띄어 옆을 보니, 간밤의 손님은 어느새 일어나서 이불까지 개어 발치에 밀어놓고 무슨 생각에 사로잡힌 사람같이 이리 왔다 저리 갔다 방 윗목 기슭아리를 서성거리고 있었다.

| * '섬뜩하다'의 방언.

어느 결에 조반도 끝을 내었든지 두루마기까지 입고 있어서 어떻게 생각하면 눈이 뜨이는 나를 기다리고 있는 모양 같기도 하였다.

"고단했지요?"

잠이 잘 깨이지 아니하여 나른한 몸으로 눈을 서먹거리고 누워 있는 나를 향하여 그는 너그러운 그윽한 눈자위로 미소를 만들어 보내며

"좀더 주무시지."

하는 것도 단순한 겉껍데기 인사만은 아닌 어조였다.

"아닙니다, 다 잤습니다. 그런데 어느새 이렇게 기침을 하고 계셨어요?"

내가 간밤 취기에 그랬다고는 하지만 무턱대고 지절대었던 것이며, 깨어나 생각하니 모두가 쑥스러워서 못 견딜 것뿐인지라 눈을 가리며 비비대며 자리에 일어나 앉으니

"예. 나온 지도 너무 오래되었고 오늘쯤은 떠나야겠구만요, 암만 해도. 그리구 참 좀더 남형하고 놀다 가고 싶지 않지 않지만, 볼일을 보고는 남형한테로 다시 또 왔다 가기로 되었으니 떠나야 하지도 않겠어요?"

나그네는 갑자기 정신이 어떻게 된 사람처럼 아니 분명히 '메커니즘'의 핀트가 어딘지 좀 어긋난 때의 사람처럼, 이러고는 설껑한 무엇인지 한 꺼풀 씻기어나간 듯한 서늘한 눈으로 허공을 바라보며 비로소 그 얼굴에서 웃음을 지워버리고 나서

"평양 여학교에 아버지 없는 내 조카딸 아이 하나가 공부를 하고 있지요. 분주하다는 핑계로 그것에게 학비 못 보내준 지도 벌써 몇 달째 되는가 봅니다. 온 아침 일찍 눈이 뜨였길래 생각 난 김에 부쳐주리라 하고 지금 잠깐 우편소에 들려서 삼십 원 부쳐주고 오는 길입니다. 주소가 대개 틀리지는 않았으리라 생각하지만 부친 적도 하 오래되었고 지금 손에 아무것도 가진 것이 없어서 누가 또 혹 알겠습니까? 부치는 사람의 주소는 여기로 했으니 어쩌다 나 없을 때 다시 돌아오는 일이 있더라도 남형

께서 받어두었다 주십시오, 그려."

그건 그러겠노라 하고 내가 서슴지 않고 응낙을 하매 그 일은 그만하면 되었다는 안심하는 낯을 하며 그 다음은 사기 저고리 조끼 속에 손을 넣어 더듬거려 무엇인지 찾기를 시작하였다.

"아, 여기 있군. 이것 말씀이야. 내 지금 이 책사에도 잠깐 다녀오는 길입니다만, 여기 이렇게 연필로 표해놓은 것 있지 않어요?"

"네."

하고 나는 그가 나더러 보라고 펼쳐 내놓은 책 목록 속 가로 쓰인 책이름들 가운데 연필로 동그라미를 그어 표를 한 부하린의 『사적 유물론』이니 레닌의 『유물론과 경험 비판론』이니 하는 따위의 책들이 여남은 권도 더 들어 있었고, 목록 가장자리 여백 난 곳에는 경성鏡城 고등보통학교 제 오학년 김영록金永綠이란 사람의 이름이 적혀 있는 것까지 보았다.

"지금은 다 팔려 떨어져 없지만 한 이삼일 내로는 일본서 또 이 책들이 이 가게로 오기로 되었다는데, 남형께서 대단 수고로우실 줄은 아나 어디 한번 손수 이 책사에 들러보셔서 여기 쓰여 있는 이 주소 이 김이란 사람에게 좀 사서 부쳐주지 못하시겠습니까?"

나그네는 다시 이러며 손가락으로 그 이름 쓰인 봉투 여백 가리키었던 데로 내려 수그리었던 얼굴을 들어 나를 보며

"동향 친구의 아들인데, 이번 내가 서울을 거처 다녀온다니까 일부러 나 있는 데까지 와서 부탁한 겁니다. 이번 여름방학 때 일이니까 벌써 얼마나 오래된 겁니까? 그래 하루라도 빨리 부쳐주려고 그러는 겁니다. 기다리어 사가지고 갈대야 이원 나 있는 데 가서도 역시 우편으로 이 학교까지 부쳐주어야 할 것은 매일반이요, 가기도 별로 더 빨리는 못 갈 거니까 그러는 겁니다."

하고는 책값이라고 하면서 달리 돈 십 원짜리와 오 원짜리 한 장씩을

나에게 쥐어주었다.

　이렇게 해서 나그네와 나는 헤어졌다.

　나는 여러 가지 의미로 섭섭하지 아니할 수가 없었다. 오직 그의 한 말이 하나도 헛말이 아니어서 머지않아 다시 또 만나게 되리라 하는 희망이 있었기에 망정이지, 비록 하루 저녁을 같이 잔데 불과한 나그네라 하지만 그의 모든 풍모에 대한 나의 평생 동안 잊히지 않을 인상이며, 또한 그와 마주 앉아 앞일을 위하여 만들었던 가슴을 뛰게 하는 모든 약속들이며가 하나도 나의 애석의 성을 덜게 하는 것이라고는 없었던 것이다.

　나는 잊어버리지 않고 있다가 그런지 정말 한 이틀이나 되어 안국동 그 가르침을 받은 책 가게로 가서 부탁 받은 책 십팔 원 얼마의 친가를 사가지고 와서는 경성으로 부쳐주었다.

　준 돈으로 모자라면 모자라는 대로 하되 더 처넣을 것은 없으니 그 중에서 몇 권 빠지더라도 상관없다. 돈 자라는 대로 요량하여 사 보내주어 달라기는 하는 것이었고 또 이삼 원 돈이 많은 것은 아니나, 그때 내 형편이 돈이 없어 대학을 중도에 그만두고 나온 룸펜인지라 어디서 한 푼 돈수 있는 사람인 것도 아니요, 일이 원 돈이나마 꼬부리고 앉았을 나을 객주를 치는 할머니에게 타 쓰는 용돈인지라 어느 모로 보거나 나에게 부담이 안 되는 것은 아니지만

　"경성이란 데가 여기서 어다냐? 좀체로 거기서는 구하기 힘든 책이니깐 그처럼 와서 부탁한 것이 아니겠느냐?"

　싫어 할머니의 등골을 깎아서 제 선심을 쓰는 것만은 아니란 생각으로 혼자 변명을 삼으면서 다 사 보내어 주기로 한 것이었다. 아니 그러나 무엇보다도 웬일인지 하룻밤 같이 지난 데 불과한 나그네였지만, 그와의 연분을 보통 여느 사람 것과 같이 생각하고는 싶지 아니한 이상한 직정이 움직이어 내 가슴을 떠나지 아니하려 한 까닭이나 아니었든지!

그런지 삼사 일이나 지났을까 하였는데 이건 이상하게도 조카딸이란 이에게 보내주고 간다던 돈이 부전附箋*을 더덕더덕 달아가지고 평양서** 도로 돌아오고 말았다.

한데 열흘이 가 스무날이 가 한 달이 가도록 돌아온다던 나그네는 도로 돌아오지 아니하였다.

처음엔 돌아온 돈을 받아들고 어떻게 할까 하고 망설이기도 하였다. 받아놓고만 있으면 이원에서는 제대로 돈이 가 닿았는지 안 닿았는지도 알 수 없을 일일 터이오, 그 지경 되어 그러고는 부쳐줄 데서 또 달리 부쳐준 돈이 없다면 돈 받아 써야 할 사람이 첫째로 곤란할 것이요, 책부에 있는 주소대로 이원에다 전송을 해주자니 돌아오거든 기어이 받아두어 달라고 일부러 신신부탁을 하면서 서울 내 주소로 해놓고 간 이의 일을 어긋나게 해드리는 것 같기도 했다.

이렇게 되고 보면 얼마 전에 부친 책이나 제대로 갔나 하는 의심까지도 나지 않지 않는 동시에 이원으로 전송한대야 이원 주소조차 제대로 되어 있었던 것일까 하는 의혹부터가 무럭무럭 머리를 쳐드는 판이라, 부친다기로 이제는 제대로 가 닿을 것 같지도 아니하였다. 제대로 가 닿기는커녕 잘못하다간 도리어 기어이 돌아오거든 받아두었다 달라 한 그 나그네의 모처럼인 부탁만 그르치는 결과를 만들 것만 같았다.

그것이 으레히 되돌아올 줄 미리 짐작 못하지 아니하면서 내 주소로 하고 간 점에 남으로서는 헤아리지 못할 당자의 무슨 특별한 고려가 들어 있는 것도 같았고, 또 이 모든 것의 비밀과 요령도 그 속에 숨어 있는 것이라 하여 나는 이러한 막연한 내 예감이 지시하는 대로 그러는 동안에 무슨 지시指示나 연락이 없지 않으리라고만 생각하고 너무 생각할 것

없이 지내기로 하였다. 이리하여 그대로 내 양복저고리 안주머니에 그것이 들어 있는 채 또다시 두 달도 석 달도 지나 가을이 겨울이 되고 겨울이 봄이 되도록 세월이 흘러가게까지 되었던 것이다.

그러자 하루는 의주義州 어머니께서 나에게 편지가 왔다.

편지에 이르기를 네가 동경서 나온 지가 벌써 얼마나 되느냐? 일 년이 넘도록 집에는 내려올 생각도 편지 한 장 할 생각도 없이 그래, 늙으신 할머니에게만 매어 달려 서울에선 무엇을 하고 있으며 할머니에겐 무엇을 조르며 얼마나 애만 먹이고 있느냐? 눈앞에 보이는 것 같다는 것이었다.

사실 그것은 거짓말도 아무것도 아니었다. 지금껏 내가 돈에 있어서는 그리 쓸데없이 낭비하는 편이 아닌 줄은 어머니도 모르시는 바 아니니까, 할머니에게 매어 달려 무엇을 하며 얼마나 애만 먹이고 있느냔 말도 앞날이 어떻게 될지 막연한 한심스러운 대학의 한 개 중도 퇴학생인 아들의 정말 생활 형편을 잘 꿰뚫어 아신 말씀에 틀림없는 것도 모르지 아니하였다.

할머니란 분은 사실 지금껏 일평생의 희망을 우리들에게 걸고 살아온 분이었다. 공부를 시켜 어떻게 하면 출세를 시켜보나 하는 데에만 자기의 전력을 다해온 양반이시거든 이 나를 볼 적마다 답답하고 머리 골치 아프실 것만은 사실이었다.

그렇다고 나로 앉아서는 어머니한테 내려가나 안 내려가고 할머니한테 있으나가 매양 마찬가지 일이었다. 시골의 집은 여기와 달라 아무리 넓고 해양한* 방이요 밥도 여기보다는 잘 해먹는 밥이라 하더라도 그런 곳으로 간다는 것은, 그때 나에게는 한쪽 음습한 방에서 다른 한쪽 음습

| * '양지바르다' 는 뜻의 방언.

한 방으로 이쪽 곰팡에서 저쪽 곰팡으로 옮겨가는 의미밖엔 더 아무것도 아니었다. 내가 원하는 것은 만일 지금껏의 곰팡과 음습을 떠난다면 아무도 인척관계의 사람도 아는 사람도 없는 외따른 곳에 똘롱 떨어져 들어가거나 도회라면 누구도 내 생활을 간섭하고 엿보지 않는 큰 아파트 같은 데의 자그마한 한 칸 방을 빌려 죽이 되든 밥이 되든 들어박혀 헛헛이 살아가는 데에만 있었다. 그렇지 아니한 한 어느 어머니나 어느 할머니 집으로 옮겨 앉으나 나에게는 곰팡이뿐이요 같은 곰팡이에 묻혀 있는 것에 다름없었다. 그러므로 나는 어머니에게도 편지 한 장 할 생각 아니하는 박정한 사람이었다.

그러나 내가 동경 나온 이래 할머니에게 매어 달려서 이러느냐 저러느냐 하고 할머니를 두고 빙자는 하시었지만 결국은 보고 싶으니 내려오란 말을 하지 못해 하신 어머니의 편지임을 난들 모를 리는 없었다.

나는 떠날 결심을 하고 편지를 받은 날로 곧 북행北行하는 밤차의 나그네가 되었다. 결심한 것을 이처럼 빨리 수행하게 된 또 한 가지 동기에는 그러나 가면 도중 평양에서 내릴 수 있다는 또 하나의 예산이 없지 않았다. 왜 그런고 하니 사실 뭐니뭐니해도 나는 고독하였고 고독의 본능은 이것을 알아줄 만한 사람을 더듬어 마지 안했습니까. 하지만 다행히 어머니 편지에 좋은 핑계를 얻어 미처 의식하지 못하였으니 망정이지, 이것이 여자를 접근하는 유일한 기회라는 스무 남은 살 안팎 사춘기에 든 젊은 아이의 잠재욕망의 발동이 아니면 무엇이냐는 데 제 눈이 뜨이게만 되었던들 지금 생각하면 이것도 또 한 가지 자신에게 반발하여 곧은 수행하지 못하고 움츠러 들어가고 말았을 종류의 행동이었을 것이다.

그건 어쨌거나 새벽 동이 트이기도 전에 평양에 내린 나는 정거장 앞 국수집에서 국수를 사 먹으며 해가 쭉 퍼지기를 기다려 그 도로 돌아온 편지봉투를 손에 쥔 채 거기 쓰인 주소를 찾아 떠났다.

신창리던가 창전리던가 어쨌든 무슨 창 자字가 들었던가 싶은 그 주소는 찾아가보니 게딱지같이 좌우에 초가집들이 닥지닥지 붙은 사이를 기어 올라간 어느 꽤 높은 언덕 말랭이* 위에 있었다.

썩은 숫장 개바주**에 둘러싸인 나지막한 초가집은 안방과 건넌방인가 싶은 방들이 개바주 문 밖에서도 환히 다 들여다보일 정도로 허전히 되어 있으리만큼 초라하여서 아무리 아버지 여읜 불쌍한 여학생이라 한들 돈을 주고 방을 부치고 있는 바에야 이런 데다 집을 정하고 있을 것이야 있나? 혹 돈을 대어주던 삼촌 되는 이가 몇 달씩 돈을 걸렀노라고 하였으니 불가불 이런 곳으로 밀려오지 아니할 수 없는 부득불한 형편으로라도 되었던 건가? 나로 하여금 이렇게까지 즉각적인 생각을 품게 한 집이어서 수채 돌 위에서 나와 어린아이의 기저귀인지 무엇인지를 빨고 있는 그 집 젊은 여인네를 불러 물으니 그는 무슨 일인가 누구를 찾는 모양인가 하는 얼굴로 한참 동안이나 의아한 눈으로 내 아래 위의 거동을 살피고 나서 우리 집엔 그런 사람 없어요 하고 돌아서 들어가버리고 말았다.

"그러면 그렇겠지!"

나는 혼자 속으로 웅얼거리며 다시 캐어 물어볼 필요도 없음을 깨닫고는 등턱***을 내려 내려왔다. 그렇다고 이번 평양 온 일을 아주 단념하고 돌아가기에는 너무나 서운한 노릇이었다. 뿐만 아니라 그 집 모양 같아서는 봉투에 쓰인 주소가 잘못된 것임은 또한 틀림없는 일이 아닌가?

나는 다시 그가 다닌다고 한 S여학교에를 찾아가기로 결심하고 처음부터 그랬어야 할 일을 공연히 집 찾기에만 애를 쓰고, 어차피 당대에 처음인 쑥스러운 여학교 방문을 한 번은 면하지 못하는 것을 하고 누이들

* '마루'의 방언.
** '대를 엮어 만든 울타리'라는 뜻의 방언.
*** '언덕'의 방언.

이 없어서 여학교 드나들어 보지 못한 후회를 노상에서까지 몇 번인가 뇌까려가며 S여학교 문을 들러선 것이었다.

하지만 학교에도 아무런 학년을 막론하고 그런 사람은 없다 하였다.

참으로 이상한 일이었다. 동시에 어찌하는 수 없는 일이기는 하였으나, 그러나 이렇게 되면 이젠 더 그 돈을 내 호주머니 속에 넣어두어서 맡아두고 있는 모양하고 있기란 께름직한* 일이 되고 말아서 시골 와 닿는 길로 나는 이 일의 규정을 내고 말 생각으로 생각 생각 하던 끝에 곧 이원에 편지를 내어 이러이러한 형편이니 이 돈을 어찌 하였으면 좋겠느냐고 조회照會 편지를 내는 한편, 서울 할머니에게도 그런 사람에게서 사람이거나 편지로 기별이 있으면 나 있는 시골로 대어달라고 편지를 띄웠다.

한 결과에 이원에서부터는 그 돈을 받을 평양 주소의 정정訂正이나 어떻게 어디로 보내달라는 지시나가 오기는커녕 그 조회의 내 편지조차도로 돌아오고야 말았다.

이때 나는 경성으로 사 보낸 그 책들이 모두 그러그러한 책들이던 것뿐 아니라 다른 모든 그의 거조를 생각해볼 때 그 나그네가 정녕코 그러그러한 종류의 사람이 틀림없다는 내 어느 종류 예감에 거의 적확성을 인정은 하였다. 하지만 혹은 또 그의 말대로 여기저기 여러 군데 농장이나 어장 같은 것을 가진 사람쯤 되면 한 군데 붙어 있지 못할 수도 있음직한 일이 아닌가 하는 마음의 여백쯤은 남겨놓은 채, 언제든지 어떻게 된 일인지 알 때도 없지 않으리라 싶어 그 일은 알쏭달쏭한 채로나마 그대로 덮어두기로 하고 여름이나 겨우 시골서 난 뒤에 나는 평양도 이번에는 막 지나쳐 서울로 올라와버리고 말았다.

| * '께름칙하다'의 방언.

그러자 그러는 동안에 그해 첫 가을도 지나 어느덧 자꾸 바래지는 하늘의 햇빛이 나날이 애석하여져 들어가기만 하는 거의 첫 겨울날이기도 하였을 어느 날—나는 그때 이상하게도 예사로이 된 내 버릇대로 아무도 없는 쪽마루 끝에 나와 걸어서 앉아 아무 하는 것도 없이 해바라기를 하고 앉았는데 어멈이 들어와 밖에서 나를 찾는 손님이 있다 하였다.

　　중대문까지 나가서 보매 얼른 알기는 힘든 사람이라 어리둥절한 얼굴로 내가 바로 남南아무개로라 하고 어디서 오셨느냐고 물으니 나이 마흔 안팎이나 되었을까 말까 한 키가 당달구레* 하고 얼굴은 파르족족하게까지 하얗게 질린 데다가 올롱한** 눈이 푹 패어 들어간 두 안와眼窩*** 속에서 수없이 깜짝깜짝 눈을 감았다 떴다 하다가는 한 번씩 거들떠보곤 거들떠보곤 하는 이 중년의 중머리 내객은 다짜고짜로 당신은 이병택이란 사람을 알지 않느냐고 하였다.

　　맞대어놓고 말끔히 마주 볼 수만은 없어서 내객의 얼굴과 땅 위를 절반씩 번갈아보기는 하면서도 상당히 잘 보기는 하였는데 아무래도 생각이 나지 않아 어리둥절해 있노라니까

　　"나는 그 이군하고는 같은 감방에서 감옥살이를 하다가 나온 사람이외다. 그래도 모르겠소?"

　　딱하고 뺨을 갈겨가며 꾸중이라도 한 듯이 이러면서 그는 김金 무엇이라고 자기 이름까지 가르쳐주었다. 이름을 새겨들었기로니 두 이름 중 어느 편 이름을 물론하고 처음 듣는 모르는 사람들뿐이라 아무리 꾸중을 듣더라도 하는 수 없다는 듯이 그대로 멍하니 내가 서 있을 수밖에 없노라니까, 손은 그제야 아무리 자기 혼자만 성급히 군대야 얼른 알아챌 수

없는 일은 알아챌 수 없는 일임을 깨달았음인지 이원 손님 이야기라고 알아들을 만큼 그 삼십 원 이야기로부터 경성의 책 이야기로부터 차츰차츰 나를 깨우쳐주기 시작하였다.

"네네. 그분은 잘 압니다. 아니 헌데 그분이……?"

"지금 그 사람이 글쎄 서대문 감옥에 들어가 있다니까요."

나는 어쨌거나 반가워서 손을 권하여 내 방으로 인도하였다.

"헌데 그분은 분명 이갑조씨라고 하였고 또 객부에도 그렇게 분명 적혔더랬는데, 그럼 그분이 지금 그렇게 되시었습니까?"

어떻게라든지 무슨 일로라든지 그런 것은 물어볼 필요도 벌써 없음을 나는 깨달은 것이었다. 하면서도 평양 이래라면 평양 다녀온 이래라고도 하겠지만, 다소간이나마 처음 만나던 서울의 그날 이래 내 마음속에 그에 대한 예비적인 관찰과 판단이 전연 서 있지 아니한 바도 아니건만 역시 이 소식은 나에게 놀라운 소식이 아닐 수 없었다. 그 외의 모든 일을 생각한다면 응당 그런 사람이 아니고는 그런 사람일 수 없었으리라고 당연한 귀결로 내 생각은 돌아가면서도 그러면서도 또한 허전하고 서운한 이외의 느낌에 나는 부딪히지 아니할 수 없었다.

짧은 하루저녁 일이었지만 그의 늠름하고 겸손하고 자연스러운 모든 모습은 내 가슴 전면에 소생하였다.

이제 와서는 하나도 가능성이 없이 된 언약이었지만 그가 맺어준 모든 약조도 그저 단순히 지나쳐가는 보통 나그네의 무슨 이용과 효과를 노린 여남은 거짓말로야 믿어지지 아니하는 동시에 그의 직업이 자기의 말하는 대로 이었는지 아니었는지 이제조차도 새삼스러이 물을 필요 없이 그것은 나의 앞날에 대한 일대 계시*로 길이 나의 가슴속에 남아 있을 것 같았다.

이튿날 아침 내가 눈이 뜨였을 때 방 기슭아리를 쌀쌀하게까지 보이도록 고요히 가라앉은 얼굴로 거닐며 그가 사로잡히었던 그의 모든 생각들은 다 무엇이었던고? 아무래도 떠나기는 하여야겠지만 다시는 같은 길을 돌아오게 되는지 돌아오지 못하게 되는지조차 모르는 그 순간순간을 전력을 다하여 살아나가는 사람들의 미련과 미련의 정이 그에게도 교착하여 얼굴에까지 드러나 있었음이 아니었던가 함을 깨닫고 이제금 나로서도 못 미쳐나마 미흡의 정을 안 느낄 수 없었다.

"아니, 그렇게 들어가신 지 오래도록 예심이 안 끝난다니요? 끝나더라도 오래 고생하시게 될 일인가 보군요?"

나는 놀래어 안 물을 수 없었다.

"이군은 관계자도 적지 아니하고 사건이 사건이니까 다소 시일이 걸리겠지요. 허지만……"

손은 무릎을 되사리고 앉아서 내어놓은 비둘기표 담배를 한 대 꺼내어 손가락 사이에 끼워가지고는 그 한쪽 끝을 엄지손가락 바닥으로 자주자주 눌렀다 떴다 하며

"나도 이군과는 같은 사건은 아니지만 그보다 훨씬 먼저 들어가 당黨사건으로 십 년 징역을 치르고 이제야 나오는 길이오."

하고 불현듯 반말지거리로 제 말을 꺼내고는 입에다 담배를 갖다 물고 성냥을 쓰윽 그어 대어서 한 번 깊이 빨아들인 연기를 훅 내뿜으며 힐끗 내 얼굴을 치훑어 보았다.

"네에, 그러세요!"

"처음엔 사형 구형을 받았다가 무기로 선고를 받고 은전恩典이니 대사大赦니 하는 것들 덕택으로 무기가 이십 년이 돼, 이십 년이 십 오년이 돼, 다시 십 년이 되구 해서……"

"네에!"

"다시 더 어떻게 할 수 없이 죽었던 몸이지……. 어 헌데 그까짓 이야기는 허면 장황하게 될 터이니 그만두고."

하고 그는 되사리고 앉은 무릎 밑에서 양쪽 다리의 발가락들 놀리기를 연방 멈추지 아니하며

"헌데 그 이군한테서 맡은 돈 말이야 거 있지 않소?"

하면서 다시 한 번 내 얼굴을 치훑어 떠보았다.

"네네, 있습니다."

"그걸 나한테 내줘야 되겠소. 모두 얼마지?"

"에에, 또 모두가 사십 오원이디랬지요."

"으응? 그래 그게 다란 말이요? ……. 허지만 그럴 수가 있나?"

"그럴 수가 없으시다니요?"

나는 처음은 잠잠하고 있었으나 비로소 의아한 생각이 치밀어 올라옴을 깨닫고 반문 안 할 수가 없었다. 자기는 무슨 의미로 어떻게 한 말인지는 모르나마 얼마큼 내 성결이 돋구어 올라옴도 어찌하지 못하였다.

"아니 글쎄, 그 안에서도 휴지니 비누니 편지딱지니 뭐니 뭐니 하는 것이 이외로 수두룩이 드는 것쯤이야 짐작은 될 것 아니겠소?"

"그런 것들이야 들겠지요."

"내 나오는 것을 보고 그 이군이 돈이 한 푼도 없어서 하 딱해서 그러기에 거저 나올 수가 없어서 내가 여비로 쓸 것 중에서 일금 백원야百圓也를 떼어주고 나왔는데, 그 이군 말이 노형에게 맡긴 돈이 백여 원은 더 된다면서 나가면 찾어 쓰라고 했기에 말이오."

"네 네. 글쎄 아까 말씀 드린 대로 있기는 있습니다. 허지만 그 액수가 좀 틀리기에 말씀입니다."

"틀리면 그럼 모두 얼마란 말이오?"

그는 되사리고 앉았던 무릎 위에다 팔꼬뱅이를 세워서 손가락 사이에 끼우고 피우던 담배 쪽으로 상반신을 기울여 대며 눈치를 보듯 정면으로 또 내 얼굴을 들여다보았다.

"글쎄, 지금껏 말씀 드리는 대로 사십오 원 맡았더랬다 안 그럽니까? 그 어른께서 그 이상 더 저를 주신 것이 있다고 해서 지금 선생이 이러시는 거지요?"

나도 좀 성결이 치밀어 오르기 시작하는 데다가 적지 아니 불유쾌하여졌다.

그러나 손은 인제는 속에다 감추어 두고 더 두고두고 해볼 것도 없다는 듯이

"그래, 그까짓 것밖에 안 되는 돈을 그 사람이 날더러 나와 찾아 쓰라 했겠단 말이요 그럼? 그까짓 돈 사십오 원쯤 되는 것을!"

하며 눈을 일층 부릅뜨는데 푹 패어져 들어간 눈이 속 눈알까지 뒤집혀 나와 달릴 것같이 휘둥그레지었다.

"헌데 그 사십오 원두 사실은 이렇게 된 돈입니다."

나는 이에 이르러서 따지지 아니할 수 없음을 느끼었다.

애초부터 나는 이 놀라운 이씨의 소식을 접하는 마당에서 채 자리를 일어나 서로를 헤어지기도 전인데 돈이 어떻게 되었다는 이야기를 내가 먼저 아니하는 남의 입에서 도리어 먼저 듣기를 생각지 못하였었고, 남이 먼저 꺼내었더라도 이런 성짐의 이야기로 벌어져나갈 줄은 더욱이나 생각하지 아니하였었다. 그만큼 이씨에 대하여 내가 알아놓은 것이 그렇지 아니하였었고, 또 옥에 갇힌 줄을 아는 사람에게 대하여 느끼는 막연은 하나마 크기로는 어느 의무보다도 더 큰 듯싶은 일종의 의무를 나는 내심 안 느낄 수 없었던 까닭이었다. 그렇지만 그 거동이라든지 말을 내어 거치는 데에도 분수가 없지 아니할 어투의 속하고 곧[直]지 못한 데가

나타나는 소식을 가져온 이 김이란 사람의 있을 수 있는 조작성造作性을 요량하여 들는다면, 그 이씨가 이처럼 했을까 하는 의심을 품어보도록 나의 판단력이 냉정을 잃지는 아니하였던 것이다.

"선생께서 그렇게 말씀을 하시니 말씀이지만 그 돈 중의 삼십 원은 그때 이 선생께서 평양 조카님에게 부친 학비라 한 것이 도로 돌아와 제가 맡아가지고 있는 것이고요. 나머지 십오 원은 다른 데 책 사 보내달라 하시며 제게 맡긴 것을 책 사 보낸 돈입니다."

그러므로 이렇게 따지는 것은 이씨와의 정의情誼를 그르치는 문제와는 하등의 상관도 없는 것인 줄 인정하였기 때문에 나는 확호確乎한 어조로 이렇게 내어 쏠 수가 있었다. 그리고 또한 이렇게 덮어씌우는 백 원이라면 백 원이란 돈 액수도 나에게는 너무나 가당하지 못한 가혹한 짐이 아닐 수 없었던 것이다.

"그런데?"

그는 불의의 반격을 받은 사람처럼 이러고는 자기 입으로 부르짖는 말이 무슨 의미로 하는 말인지도 모르는 모양으로 어리멍덩해서* 나를 보았다.

"그런데 선생께서 그렇게까지 말씀을 하시니까 말씀이지 그 돈이 억지로 제가 맡아 있으려고 해서 맡아 있던 돈도 아니요, 또 그중에서 십오 원은 책 사 보낸 돈이라는 것까지도 아실 것쯤은 사실대로 알아두시란 말씀입니다."

"고까짓 사십오 원밖에 안 되는 돈 중에서 또 책까지 사 보내요? 그럼 그 돈마저 빼고 못 주겠단 말이게?"

"헌데 맡은 것은 제가 분명히 이 선생께서 사십오 원을 맡았었고, 또

| * 정신을 차리지 못하고 멍청한 모양을 뜻하는 방언.

그중에서 책을 사 보낸 것도 사실이기는 하지만 지금 같아서는 책은 가 닿았는지 안 닿았는지도 알지 못할 께름칙한 일이 되어버렸기 때문에 옥에 들어가 계신 분의 것을 떼어먹는 것 같은 생각이 들어서 그것까지는 못 드리겠다는 말이 안 나옵니다. 허지만 돈이 가령 모두가 얼마가 되었든 또 그 돈을 맡았던 사정이 어찌되었든 선생께서 일의 어찌되었든 분별 분간쯤은 알아두셔야 하겠기에 하는 말씀입니다."

"그러니까 이런 말 저런 말 할 것 없이 결국은 모두 해서 사십오 원밖엔 줄 것 없단 말 아니겠소?"

"……."

나는 이렇게 되면 더 대꾸할 필요조차 없음을 느끼었다.

"허지만 설령 그밖엔 없다더라도 그처럼인 연분이 없지도 아니했던 터이라면 차제此際 다른 것은 다 없었던 걸로 제쳐놓고라도 이군이 제 한 몸만 위해 아글타글하다 그런 것도 아닌 사람이니 그런 데서 고생하는 사람의 신세를 생각해서라도 그만 것은 해주어야 할 도리가 있지 아니하오? 내가 그럼 안 주고 나온 돈을 백 원씩이나 주고 나왔다 했겠소? 당신네들과 같이 편안한데 앉아서 편안한 밥 먹고 허구 싶은 일은 하나도 못 하지 않는 사람들로 앉아서 말이야……."

이 말에도 역시 나는 일부러 응대하지 아니하였다. 자기 말한 대로를 내가 미리 생각하고 그렇게 실행해보려고 노력하고 있었던 사람이었다. 하더라도 이렇게 되면 벌써 마음만이라도 어떻게 그러고 싶지 않을 수야 있겠느냐는 누구나 하는 표정까지도 나는 얼굴에 나타내고 싶지 않게 되었다.

가령 이 김이라는 사람 같은 이의 하는 일이 백성만민의 해방과 광명을 위한 성스러운 싸움이라 하더라도 내가 적극적으로 거기 가담하여 전위대의 한 분자는 못 되었을망정 어느 누구 한 사람을 못 쓸어놓을 구멍에 쓸어놓은 죄는 없는 것 아니냐? 또 설령 백성만민이 누구나가 다 각각 그런 성전聖戰에 전위대 안 되는 것 그 자체로서 벌써 죄가 되는 것이라 하더라도 또 그렇다면 그 죄를 질책할 자가 대체 누구여야 한다는 말인가? 하고 생각하면 콧방귀 나갈 일이기도 하였다.

패씸하기도 하였지만 한편으로는 울컥 의심스러운 마음이 치밀어오르지 않지도 아니하였다.

그러나 당신이 정말 그 당 일이란 일로 고생을 하고 나오는 사람이냐고 새삼스러이 캐어 묻잘 수도 없어서 생각 생각하던 끝에 겨우 나는

"헌데 노비로 하신다니 댁이 어디신데요?"

이만 정도로 어중간히 떠들쳐보았다. 하였더니

"저 논산이게 그러지요. 그렇지 않으면야 그까짓 걸 가지고 뭘 그러겠어요?" 하는데 그 어조가 급작스러이 대단히 누그러져서 어느 틈엔가 그 말의 허릿심이 풀썩하니 빠진 것을 나는 들어 깨달았던 것이다. 잠시동안의 내 불응부대의 태도가 그의 허구로 가득 찬 가슴을 압박한 듯하였다. 뿐만 아니라 지금껏 어르려고만 들던 헛된 기세는 그 어디론지 사라져버리고 일종 애걸과 아유의 빛까지 일층 창백해진 얼굴에 아른아른 드러나 있는 것이었다.

"거까지 가야 할 터이니건 그러지요. 그렇지만 않다면야 이러지도 않구 또 이럴라구 이군에게 주고 나온 돈도 아닌 것 아니겠어요?"

"……."

"사정이 그러해서 그러니 내가 더 가져가는 셈만큼은 뭐하면 나중에 내가 다녀올라 올 적에 다시 셈을 해드려도 좋으니 어떻게 해서라도 한백 원 돈으로 채워 해주지 못하실지?"

이번에도 말이 격格은 올린 채이었다.

"글쎄 형편이 제가 그런 대금 꾸러낼 사람도 못 되는 사람입니다."

나는 한편으로 마음이 쓸쓸하고 하염없었으나 가라앉은 목소리로 이렇게 대답하였다.

"그럼 헌 팔십 원가량만?"

"그것도 물론 어렵습니다. 그렇게 내 형편으론 할 도리가 없습니다."

"정 그러시면 그럼 한 십 원 더 줄여서 해주셔도 허는 수 없으니 그렇게 해서 주실까?"

이번엔 고개를 개우뚱하게 돌리며 입을 연 채 이러고 애련히도 나를 쳐다보았다.

"그런 돈도 내게 갑자기 꾸려낼 밑천이 없습니다."

나는 그만한 돈 안 가지고도 논산까지 가는 노비인 데에야 일 없지 아니하냐? 차 삯 같으면 십 원 안팎가지고도 될 것이고! 하는 속으로 우러나오려는 소리 같은 것도 아예 입에 대고 싶은 생각이 들지 아니하였다.

"어 이거 어떡허나. 아무래도 노비가 모자라 맞겠는데! 그럼 헐 수 없지요. 오십 원에다 십 원 꼬리나 하나 더 붙여서……."

"그것도 장담은 못하겠습니다. 허지만 아무리 적더라도 제가 이선생한테 드려야 할 돈 아래로는 못 드리겠으니 어쨌든 저와 함께 나가보십시다."

나는 내 유일의 재원인 사전류의 굵직굵직한 몇 권의 책들과 이제로부터 입을 때가 되었는가 하여 내놓은 너즐떼기 오버를 벗겨 들고 거리로 나갔다. 그리하여 이 재원에서 나온 이십 원 돈에다 지금껏 양복 안주머니 속에 간직하여 두었던 십 원과 이십 원짜리의 두 장 우편 수표를 포개어 그의 손에 건네어주었다.

하니 그는 그제는 반색을 하여 나를 치하하며

"이군은 지금 예심에 있으니까 면회가 잘 안 될거요만 되거든 면회도 한번 가 봐주고……. 그리고 형장은 그래도 집에 아무런 걱정 근심도 없고 입을 거 먹을 거이 뭐 어떻길 하겠나, 행복한 분 아니오.

이군에게 뭣 하면 한번 차입이라도 해 넣어주시오. 그게 우리 의무요. 또 당연하지 않소?"

아무런 대꾸도 없는데 썩은 나무에 못[釘] 치기로 술렁술렁 이렇게 내려 외고 타이르듯 하고는 악수를 청하여 친절히 악수를 하고 몇 걸음 걸어나가다 다시 힐끗 돌아다보고 웃고, 그리고는 골목을 나와 종로 네거리를 향하여 서슴지 않고 걸어나갔다.

나도 슬근슬근 뒤따라서 골목을 나왔다.

나는 어쨌든 속이 시원하였다.

오래간만에 이씨의 안부와 그 이씨가 어떠한 사람이던 것임을 안 것만으로도 그러하였지만, 오랫동안 양복 안주머니 속에서 썩어 군지리 군지리 밀려 돌아가던 그 돈들의 처분과 또 그리고 대단한 것은 아니나마 오늘 이만했으면 이씨를 위하여 얼마간의 힘이 된 것 같기도 한 느낌에 그만하면 우선 만족해하고 자위하지 아니하면 안 될 나이었다.

하지만 한편 생각할 날이면 이 김 무엇이라 하는 이의 인물 더구나 그 사람의 마지막 말들—해주시오. 의무요. 또 그것이 당연하지 않소? 운운—하던 몇 마디의 어음語音들은 내 가슴 한복판에 걸리어 여간해선 잘이 잘 내려가지 아니하였다.

그는 노골적으로 나를 무슨 어버이의 등골에 붙어 피라도 빨아 먹는 벌레에 대지 못하여 애를 쓰는 것 같지 않지 않은 눈치인 동시에, 자기는 무슨 큰 일을 하다가 사형 구형으로부터 뭣 뭣의 고초를 겪어 어떻게 되어 겨우 살아나왔다는 것을 자랑삼아 제 입으로 지껄이었다.

하지만 대체 그것이 어떻게 되었단 말이냐? 자기가 마땅히 해야 될 일 같은 일이라고 생각하고 덤벼든 일이라면 그 일 때문에 가령 제 한 몸 주는 것이 어떻게 되었다는 말이며, 또 대체 고생을 하고 안 하고 죽고 안 죽는 것이 내게 어떻게 되었다는 말이냐? 근본적인 것은 다 젖혀놓고 그저 고생만 하라는 문제라면 그저 죽기만 하면 된다는 문제라면 그건 문제도 아무것도 아닌 것 아니냐? 그리고 또 자기가 그 이씨와는 얼마만한 동지인지는 모를지라도 나와는 비록 하룻밤 사이 연분에 지나지는 않았지만, 누가 억지로 맺어 준 연분도 아님을 스스로 아는 사람인 이상 그가 그런 곤경에 빠졌다고 하여서 모르는 체하고 지나쳐가지 못할 자발적인 무엇도 내게는 있었음직한 일이었을 것이 아니냐. 하거늘 동지가 아니면 동지의 일은 아무도 모른다는 그 좁고 독선적인 배타주의— 나는 그때 이래 이 김이란 사람 일이 생각나는 때마다 이렇게 생각하고는 꾸역꾸역 올라오는 쓰거운 침을 힘들여 목 넘어 넘기곤 하였다.

이 김씨가 다녀간 지 하룬가 지나서 면회가 될지 말지 하다 하였지만, 되면 다행이요 혹 안 되어도 감옥이란 데가 어떻게 된 덴지 알 수만 있대도 보람은 되리라는 생각으로 나는 집을 나섰다.

동경서 몇 번 경찰서 구류간 구경은 하였지만 사실 지금껏 감옥을 안에서 본 일은 한 번도 없었던 것이었다.

그러나 역시 그 군의 말대로 예심에 있을 동안에는 면회는 못하는 법이라 하여 이날은 그대로 돌아올 수밖에 없었다.

돌아와 생각하매 예심이 길리라 하니 얼마나 길어 언제 면회가 될 일인지도 알 수 없는 일임으로 안에서 그동안 갈아입을 옷이라도 한 가지쯤 없어선 안 되리라 싶었으나 나 혼자로선 어떻게 할 수도 없는 일이어서 할머니에게 이야기를 여쭙기로 하고 그 어느 날 저녁 뒷방에서 나하고 술을 먹고 시를 읊고 노래를 부르고 같이 잔 일이 있는 손님이 지금 그렇게 되어 있다고 여쭈어드렸더니, 할머니는 할머니의 외아들인 동시에 나의 외삼촌인 분 때의 경험이 다시 눈앞에 소생하시는지라 한참 동안이나 혀를 끌끌 차시며 심히 동정해주시었다. 그리고 이튿날 아침부터는 오래간만인 노경老鏡을 내어 쓰시고 손수 뜯게를 뜯고 두루두루 붙이고 꿰매고 하시더니 며칠 만에 새것은 못 되나마 감방에서 입기엔 그대로 수수하겠다 하시며 만드신 흰 저고리 검정바지 한 벌을 보자기에 싸 놓으시며 이러시었다.

"그래, 너 같이 아무것도 모르는 뱃심 없는 것이 면회를 갔다니 그게 될 법이나 한 일이냐? 내가 걸 모르겠니? 그놈들이 국사범國事犯이라면 졸연하겠다고! 너 같은 질 없는 건 백 개 달러붙어 성화를 시켜도 이 옷 한 가지 차입 못한다. 내가 가야지."

하고 근심하시며 할머니가 나서시려는 것을 겨우 말려 내가 가서 차입을 하고는 왔으나, 그러고는 예심이 끝날 때까지 면회는 더 말할 것도 없거니와 몇 번 갈아입을 차입을 갈아 채어 넣어 들인 외엔 편지 한 장 못하고 있었다.

이리하여 겨울이 깊이 들며 해가 바뀌어 봄이 닥쳐오고 또 꽃이 지면서도 예심이 끝이 안 나더니 여름과 가을을 걸러 넘어 첫 차입의 거의 돌 때가 되면서야 비로소 기다리던 면회를 할머니가 얻어 하고 돌아오셨다.

그것도 스무 해 동안을 밥을 먹고 살아나오며 세상 경력에도 아둔하고 어떠한 장벽에 부닥쳐도 허천거릴* 줄 밖에 모르는 속으로만 공연히 그리워해할 줄 알고 속으로만 공연히 섭섭해할 줄 아는 한 개 의지 약한 소시민 청년에 불과한 나는 가까운 척분戚分 관계의 사람이 아니면 안 된다는 옥리獄吏의 단마디 핀잔에 넘어가 간단히 뚫고 들어갈 아무런 용수조차 해보지 못하고 쫓겨나오고 난 다음 날이었던 것이다.

면회를 하신 결과 어떻더냐 뭐라더냐고 내가 여쭈어보았더니 할머니는 그까짓 것 가이없기만 하지 어떻기는 뭣이 어떻겠느냐는 듯이 혀를

| * '허술하고 천하다'는 뜻의 방언.

자꾸만 쯧쯧 차시며

"누굴 보러 가나, 언제 가나, 밤낮 그렇지 무슨 다른 꼴 다른 소리 허는 것 들으러 갔겠니? 인젠 세상이 다 거꾸러져 이렇게 되구야 말었는데 새파랗게 젊은 나이에 그까짓 건 뭐라고 왜들 그러겠니!"

하기만 하시고 다시는 더 다른 말씀은 하시려 들지도 아니하였다.

이제 이렇게 되어서는 새삼스러이 가서 면회를 해보자는 것이 도리어 어떻게 그리 마음 즐거운 일은 못 될 것 같았다. 그러나 나의 전날 저지른 그 아둔한 모든 실책失策과 비록 할머니가 대신 갔다 오시기는 하였다 하지만 그분에 대한 나의 의리 의무만은 역시 의연히 남아 있음을 나는 안 느낄 수 없었다.

옥리가 내 얼굴을 잊어버릴 때쯤 되기를 기다려 또다시 가보더라도 하는 발명궂은 생각을 혼자 되뇌이며 방에 돌아온 나는 그러나 주저앉는 길로 편지를 써서 이선생이 입감해 계신 것을 알게 된 자초지종으로부터 면회 갔던 일까지를 자세히 적어 궁금할 때라도 읽으라고 감옥으로 부쳐 드렸다.

했더니

"할머니께서 와주셔서 남형이 왔다 도로 돌아가셨다는 말씀도 들어 알았던 차이었고, 일 년 내 두고 해주신 차입이며 그것 아니면 덜 하리까만은 모두 다 고맙습니다 하는 말씀밖에 저로서는 드릴 말씀이 없습니다. 형마저 뵈었더라면 반갑게 뵙기는 하였었겠지만 그러나 공부하시는 데 다시 또 오려고 하실 것은 없으십니다. 못 뵈어도 남형의 모든 면모는 제 가슴 가운데 살아 있습니다. 하지만 다만 한 가지 편지에라도 쓰지 아니하면 안 될 말씀은 형한테 다녀갔다는 그 김이란 사람 일이온데 그런 막대한 돈을 주셨다는 것, 저에게는 가슴 쓰린 일 아닐 수 없습니다. 그 김이란 사람을 형에게 보낸 것은 사실 저임에 틀림없습니다. 하지만 그것은 두어 가지 의미밖에 없었던 것이오니, 그 하나는 제 소식을 전하면 물론 형이 반가워해주실 것이 반가웠고, 둘째로는 제가 남형에게 부탁하였던 돈 이야기를 전하도록 하지 않으면 형이 저와 함께 지난 그 하루저녁을 회상하기 어려우실 듯하였던 까닭입니다. 뿐만 아니라 그 돈의 귀취가 어찌되었나 함을 알 필요가 그때 저에게는 절대로 필요하였던 것입니다. 돈이 도로 돌아온 것을 알겠으니 제가 저의 조카딸이라고 형에게 송送금을 부탁하고 간 일이 있는 그 아이의 안부만은 염려 없는 것, 이리하여 가난하고 천덕꾸러기인 우리 집안의 계보系譜도 절대絶代하지 아니한 것을 안 것입니다. 하기야 그 애가 아니란들 우리의 집안이 절대하고 만다고 조급히 생각할 거야 있었겠습니까만. 형이 책을 사 부쳐주신 경성의 또 한 아이—나의 조카는 역시 일이 그릇되어 뒤미처 우리를 따라와서 이 안에서 같이 지나고 있습니다. 다 젊고 씩씩하고 건전합니다.

그러니까 그 김이란 사람을 보낸 것이 돈을 어떡하러 보낸 것 아니라는 것만은 알아주시기 바랍니다. 아무리 한 감방에 같이 징역을 사는 사람이라 하더라도 지금까지는 저에게 아무 군에게서도 신세진 일이 생기지 아니하였습니다. 지금 저에게는 돈이 아무런 필요도 없을 뿐 아니라 그런 것이 필요하곤 해서야 어떻게 여기서 하룬들 종용한 마음으로 살아나갈까를 생각해주시고 그 점만은 절대로 믿으시고 안심하여 주십시오.

그리고 또 한 가지는 그 김이란 사람이 단순한 잡범인 것 가지고 그러지 않았나 하는 남형 의심(아마 그렇게라도 지금 생각하고 계시며 께름해하고 계실 것 아니겠어요?)에 대답 못해드리는 것이나 우리 패엔 그런 잡범적인 사람은 없다고 하는 호언장담이 안 나오는 것이나가 다 저 자신에게는 그런 위험성이나 가능성이 없다고 자과自誇할 자격이 있는 것이랴 하는 스스로의 반문反問을 안 깨달을 수 없는 까닭이라 아옵시고 용서해주십시오. 나조차는 또 무엇인데 함을 생각할 때 저 역 등골에 식은땀 흘러내림을 깨닫습니다.

그 김이란 사람은 잡범일 수도 있는 동시에 우리들의 패거리일 수도 있는 사람인 것이 사실입니다. 우리 패거리라 가정한다더라도 이런 어느 의미로 보거나 곤란한 시대에서는 드물게만 볼 수 있는 것도 아닌!

하지만 찌는 듯한 여름날 시원한 일진一陣의 맑은 양풍凉風이 불어오자면은 더러운 진개塵芥* 섞인 몽당**도 따라 일어나는 수가 있는 법 아닙니까? 이제 창자 밑까지도 씻어 내려갈 그 시원한 바람을 우리는 기다리는 사람들이요, 이에 따라 일어나는 몽당도 하루 바삐 맑아지고 없어지었으면 하는 것을 바라는 사람들인 동시에 이를 위하여 일심전력으로 싸우는 사람들인 것 믿어주시기 바랍니다. 저를 두고 하는 말은 물론 아닙니다. 주제넘은 생각 같지만 이곳은 우연히 제가 하루저녁 형의 곁을 지나감으로써 도리어 한 겹 더 구하지 못할 절망의 막을 형에게 씌워 드려 장차 방문을 개방하고 나오려는 형의 앞길을 또 한 번 가로막아 섰을까 두려워서 하는 말인 것 믿어주십시오. 동시에 시를 읊을지라도 탁하면 도리어 탁한 편을 택하였을 따름이지 깨끗이 정리되어 남에게 휘탄揮彈을 안 받도록 만을 위주로 하지 아니하던 형의 그 내강內强의 힘을 나는 못지않게 믿는 사람입니다.

나선 자리에 서서 보면 장차 무슨 바람이 일어날지 우리는 아는 것이 무엇입니까? 하지만 얼마만큼의 흙 몽당이 따라 일어나리라고 해서 다만 이를 꺼려 양풍凉風을 쐬려고 찌는 듯한 질식할 방에서 우리는 안 나설 수는 없었던 사람들임에 지나지 않았을 뿐 아닙니까.

저의 이 모든 말씀들! 저 역 형의 말씀마따나 누구를 위함도 아니요 저 스스로의 사는 길을 세우기 위하여 '말의 사기사' 안 되려고 애쓰며

* 먼지와 쓰레기.
** '먼지'라는 뜻의 방언.

이를 위하여 반평생 싸워 온 사람 외에 아무것도 아닌 것 알아주시고 믿어주십시오."

한 편지가 그에게서 나왔다.

동시에 예심 중 게재 금지령 밑에 있던 어마어마한 이 만주사건 전모의 내용이 발표되면서 이씨의 파란중첩波瀾重疊한 내외지內外地를 걸친 투쟁과 전과의 경력도 신문으로 나에게 알려지었다.

나는 이것을 아는 길로 곧 요전 날 편지의 회답 삼아 책상을 향하여

"이 선생님이야말로 주제넘은 말씀 같습니다만, 단순한 말의 사기사가 아니라 나날이 새롭고 새로운 상처를 받기 위하여 무수한 허울을 벗어나오는 분임을 알고 저를 위하여 썼다고 헛되이 생각한 그때 그 시 속의 저를 이제금 저는 부끄러이 생각합니다."

라는 허두로 편지를 써 나갔으나 공판도 채 전인 때인지라 그를 위하여 이것은 불길한 짓이라 생각하고 빡 지워 찢어버리고 새 종이에다 여러 가지로 세상 이야기를 쓴 끝에 사실 그 김씨 일 때문에 한때는 내 마음속에 적지 아니한 집념이 끓어나고 있었던 것만도 사실이었다는 진정을 피로披露하여 하소한 끝에 지금 생각하면 어느 방향으로 가는 바람인지 몰라서 망정이지 근본적인 방향만 선다면야 그까짓 것이 말지 말엽未枝末葉의 문제라는 것쯤이야 왜 모르겠느냐는 의미의 사연을 써서 나의 실정이야 어찌되었든 또 사실 그것이 전연 그렇게 안 생각되는 바도 아니므로 이렇게 써서 그가 요전 편지에 김씨 같은 인물 일건一件에 견주어서 그처럼이나 면면綿綿히 써 내보낸 데 대한 위안으로나 해드릴까 하였더니

"형이 편지를 보내시자 할머께서도 찾아와 보고 가주신 것 아마 형은 아시겠지. 가시는 길에 무슨 용에라도 쓰라고 하신 것인지 십 원 돈까지 들여보내 주시고 가신 것입니다. 요전에도 말씀 드린 바와 같이 그러

나 지금 나는 돈을 써야 할 데가 아무 데도 생기지 않았습니다. 단돈 한 푼 없더라도 나는 십 년이건 이십 년이건 완전하도록 흡족히 살아나갈 수 있는 사람이 되어 이 어둠 속에 주저앉아 있는 것입니다. 돈에 대해서는 근심 말아주십사고 할머님에게도 여쭈어주십시오. 그리고 이번만은 모처럼 들여보내 주신 것이니 그렇게 된다면 이것을 형과의 통신비에만 쓰고자 하는 겁니다.

인간 세상을 저버리고 혼자 어디로 가면 살 희망이 생기는 거겠습니까? 이런 데 앉았어도 그래도 인간 세상과 떨어져 있지 않고 꼭 생활과 정情의 사슬 붙어 있는 거니 하는 생각만이 저에게는 가슴을 뜨겁게 적셔 올라오는 유일한 감정인 겁니다. 주제넘은 말인지 모르나 나는 아직껏 형을 빼어놓고는 아무개와도 달리 편지를 주고받고 하는 데가 없습니다. 그만큼 우리들이 지금 난국에 처해 있는 것만도 사실이라 하겠지만, 그러나 그것만도 아니요 이런 조용한 데 앉아 생각하노라면 누구보다도 더욱이나 형 같은 이에게 친근감을 느낀다는 저의 솔직한 감정 믿어주시기 바랍니다. 형은 형 편지 속에 방향이 서고 안 서고를 말씀하였지만 무엇을 어떻게 어떤 방향으로 굳이 나가라고 형에게 권하는 데 이 나의 소원이 있었다는 것보다는 향내가 나던 형의 그 곰팡이 묻은 방 문창이 열리어 지린내가 나든 향내가 나든 형의 발길이 인간세상의 대로를 향하여 한 발자국 디뎌지는 데에만 있었다 할 것입니다. 그렇게만 되신다면 그 다음은 기다리지 않아도 물은 높은 데에서 낮은 데로 건[肥] 데서 메마른 데로 흘러가고 번져나가 주는 것 아니겠어요? 그러므로 형과 함께하자던 그 고기잡이의 계획도 정말 제 마음으로부터의 계획이었고 또 마음으로부터의 유혹이었더라는 저의 충심 믿어주시옵고, 지나가는 나그네의 심상한 일련의 거짓으로만은 알지 마옵소서."

하는 의미의 편지가 한 번 더 나오면서 이내 공판이 시작되었다.

이러는 동안이 한 달도 더 걸렸건만 할머니가 한 번 다녀 나오시고는 나는 누워서 오늘이나 내일이나 하노라고 한 번도 면회를 가보지 못한 채이었다. 오늘 내일 하고 미뤄 내려온 것은 다른 원인도 많이는 없지 않았겠으나, 정작 재판이 될 때의 방청에 대한 기대도 기대려니와 그 후 기결이 된 뒤에라도 있으리라고 생각한 시간적인 여유를 너무나 지나치게 의의依倚한 데서였다.

그랬는데도 불구하고 공판은 비공개로 방청 없이 비밀리에 며칠씩 계속되다가 결국은 이병택의 이름도 불과 몇 사람을 내놓은 다량의 최대 극형의 피구형자들 속에 끼여 구형과 조금도 다르지 아니한 똑같은 형으로 담당 판사의 선고까지 내리었다.

이 재판에 대하여 그렇게 많은 피고들이 상고를 하느냐 안 하느냐 또는 한다면 다 할 것이냐 그중 몇만 할 것이냐 하는 것도 신문쟁이들의 한가한 의론거리가 되어, 일주일 동안 각 신문 지면을 붐비하게 하였다. 그러나 그 일주일 기한 말암에 이르러 한 사람도 빠지지 않고 일제히 제출하기로 결정되었던 피고들의 상고심 요구도 당국자의 기각함을 받았다는 보도로 몇 조선문 신문을 빼어놓고는 거의 모든 신문들이 '빨갱이 아까*의 운명은 이렇다' 는 표제로 대서 특서하여 그들의 말로를 인간질서의 파괴자라고 저주하였다. 나는 마음이 선뜻하고 이마에 진땀이 돈는 듯하였다. 걸핏하면 그렇게도 잘 떠오르곤 하던 지난날 그와의 모든 추억은 이것은 또 웬일인지 이상히도 꽉 가슴 한가운데 가로막히어 잘 떠오르려고 하지 아니하는 반면에, 종용히 형刑의 집행을 기다리고 있을 감방 안의 그 이른 얼굴만을 며칠 밤씩을 두고 내 눈앞을 방불하여 사라져 없어지지 아니하였다.

| * 적赤(あか). 붉은색.

하지만 나는 일상 내가 살아나온 버릇대로 이번에도 집요히 달려드는 이 환각에 홍클리어 누워 이리 뒹굴고 저리 뒹구는 가운데에 자기의 몸을 맡기기는 하였을망정 일어나 면회하러 갈 계획은 아예 세울 생각도 하지 아니하였다. 가서 만난다기로 무슨 말을 하며 말을 한다면 무슨 낯으로 나만 다시 사바娑婆세상*에 돌아오는가? 하는 어려운 문제가 나를 괴롭히어 말지 아니하였다.

사실 어느 날일지 이것만은 알 도리도 없는 노릇이었지만, 벌써 형刑의 집행 같은 것도 다 끝난 것으로 굳이 인정하려고 애를 쓰며 이를 나는 억지로라도 잊기에 노력하였다.

그러나 이런 일이란 그리 쉽게 심상尋常한 방도로는 잊어버리도록 되지 못하는 법이라는가 싶었다.

그런지 한 이틀인가 지난 어느 날 아침은 조반을 먹을 때부터 내리기 시작하는 눈이 어둑시근한 하늘 아래 꽤 많이 푸실푸실 내리기 시작하였다.

나는 어쩐지 조반을 먹으면서부터 기분이 찌푸듯하게 잠기어 들어가며 이날이 그 무슨 불길한 날이기에 적당한 날인 것만 같은 인상을 문득 일으키며, 심지어는 나의 이 예감을 억지로라도 시인하지 않으면 안 되는 일종 강박적인 관념에까지 이르는 자기 자신을 나는 분명히 깨닫지 아니할 수 없었다.

눈을 보면 항용 그렇기는 하지만 슬픈 무슨 연민의 정 같은 것까지 따라 일어나며 나는 이 강박적인 관념에서 벗어날 길이 없었다.

아침밥을 끝내자 옷을 찾아 입고 나는 오버를 걸치고 집을 나섰다. 종로의 가로들을 사가四街에서부터 거꾸로 거슬러 올라가 종로 네거리에서 다시 곧장 광화문 거리로 나가서는 서대문까지에 이르러 꺾어 돌아 네거리에 서서 게서 모하관 쪽을 바라보고 한참 동안이나 어쩔까 하고 나는 망설이었다. 무엇인지 유혹적인 힘으로 자꾸 그쪽에서 나를 끄는 것이 있음을 나는 아니 깨달을 수가 없었다. 그러나 나는 억지로 발길을 돌려 그쪽 가기는 그만두고 왼편으로 돌아나간 전차 레일을 따라 봉래교 까지 걸어 내려왔다. 봉래교 위에 서서 그 다리 아래로 정거장 기차들 오고 가는 것을 멍하니 한참 동안이나 구경하다가 남대문 쪽으로 해서 남산에 올라가 공원에서 낮이 다 기울도록 시간 가는 줄을 모르고 서울 거리를 내려다보고 있었다.

그리하여 진고개를 지나 집으로 돌아 내려온 때이었다.

그때까지도 많은 양은 아직껏 못 왔으나마 포슬포슬한 눈이 언제까지나 장안에 내리고는 있었다.

방에 불을 지피고 매우 고단하실 때에나 하시는 모양으로 문지방 바투에 누워 담배를 빨고 계시던 할머니는 나 돌아오는 것을 보시고 일어나시며, 미처 내가 방에 들어가지도 안 했는데 너 나간 뒤에 이런 여자가 왔더니라 하시면서 조그마한 종이쪽지 접어 꺾어 맨 것을 나에게 내어주었다. 받아드니 종이쪽지 위에

남몽南濛씨(××동 장안여관)

이라 한 것은 이것으로 집을 찾아가란 말인 듯하여서 내 이름 밑에다 친 괄호 안은 내 주소이었고, 그 다음은 같은 종이 위에 잇대어서 쓰기를 나에게 하는 편지로

남형 그 전 평양 있던 제 조카딸입니다. 만나주시옵고 잘 인도하여 주시옵소서. 저의 형은 쉬 집행이 될 것입니다. 이제李弟

란 내용이 잘게 적혀 있었다. 하지만 물론 이 편지가 나를 정말로 지도할 수 있는 사람으로 치고 철없는 소녀를 나에게 맡기다 싶이 한 것이냐 하게 나는 곧이 믿을 수 없었다.

어떻게 이렇게들 연락이 되었는지 그것까지는 나는 알 수 없었으나, 그러나 나의 놀라움은 그들의 연락이 어떻게 된 것이고 안 된 것이고 거나 이 편지마저 출감하는 그네들 동지 몸에 딸려나온 것이고 아니고 거나 그런 것에 달려 있었던 것은 물론 아니었다. 만나면 통할 것 같은 지금의 내 심정을 이선생은 미리부터 이처럼이나 잘도 꿰어들고 있었던 것인가 싶었다.

할머니도 그 여자가 누구인 것을 들어오라 해서 앉아 이야기해보시는 동안에 아시었노라 하시며 알 수 없는 것은 사람의 일이라 하시며 탄식하시었다. 그 여자는 얼마 전부터 서울에 와 있게 되었으면서도 사정이 그러한 탓으로 한 번 면회할 몸조차 못되었던 거란 것까지 말하면서 울지도 않더라는 것을 할머니는 칭찬하시기까지 하였다. 그러나 끝으로 할머니는

"그렇지만 세상이 인젠 이렇게 되구 말었는데 새파랗게 젊은 나이에 소용도 없는 걸 그까짓 건 뭐라고들 그러겠니?"

하는 기왕의 후렴을 이번도 외이시고는 기운이 풀리시는 모양으로 풀썩 다시 당신 자리에 누워버리고 마시었다. 나도 할머니 그 한숨에 뜨거운 것이 저절로 가슴에 한불 내려 깔리려 함을 걷잡을 길이 없었다.

그뿐만도 아니었다. 나는 이때 이 방 안에 또 한 가지 나의 신경을 자극하는 것이 있음을 발견하였다.

그것은 내가 할머니 방에 구두를 벗고 들어가 돌아앉아 중문 쪽을 향하고 밖을 내다보았을 때였다.

중문 쪽으로 훨씬 나가 붙은 콘크리트로 한 우물 방틀 가장자리에 푸

실푸실 내리고 있는 눈에 쌓여 들어가며 낯익은 흰 저고리에 검정바지 한 벌이 포개어 수채 가까이 빨래로 나와 있었던 것인데, 이것을 나는 들어올 때 미처 보지 못하였던 것이었다.

"할머니, 오늘 거기 갔다 오셨수 어느새?"

나는 의외의 일에 놀래어 이렇게 할머니를 깨우쳐 묻지 아니할 수 없었다.

"갔다 왔다."

"그래, 만나셨수?"

"아니 안 만나고 왔다. 만나려고 가기는 했으나 그만두고 헌 옷만 찾어가지고 왔다."

하시는데 보니 참으로 그 우물 방틀 옆에 놓인 옷이 그 옷임에 틀림없었다.

생각이 그러해서 그랬던지 여태껏 대단치도 않게 푸실푸실 내리던 눈은 이제 피날레를 향하여 두들기는 안단테비바체의 템포로 내려 퍼붓기 시작하였다.

나는 눈이 내 눈에 시거웁게도* 자극이 되어 펄떡 뛰어 일어나서 방을 나왔다. 그리고 인제는 자꾸만 자꾸만 눈 속으로 형지를 감추어 들어가는 그 한 벌 옷을 향하여

'당신이야말로 당신이야말로 정말 새롭고 새로운 몸의 상처를 받아 나오기 위해 무수한 허울을 나날이 벗어 나온 분입니다.'

하는 언제 날 부르짖음을 인제야 속으로 부르짖으며 이렇게 미칠 듯이 속으로 외치었다.

"이게 다 무어냐 이게 다 무어냐 아아 저는 아무것도 아닙니다. 저는

아무것도 아닙니다. 저야말로 의외로 아무것도 아닌 단순한 말의 사기사를 지향하고 나가던 사람이었는지도 모릅니다."

평대저울

넬모레가 섣달이요, 추위만 하더라도 이미 십 도 내의 영하라 하건만 그의 실제 생활을 잘 아는 사람 중에는 만나서 아직까지도 그에게 김장 이야기를 물어봐주곤 할 사람들이 없지 아니하다.

혹 그러는 군들 가운데에도 세상을 정직하게 살아가는 사람이면 으레건*으로 누구나가 느끼는 작년이란 재작년 해방되는 해만 못했던 해요, 금년이 또한 그 작년만 못하니 이래서야 어떻게 세상에 살아갈 수는 있으며 해방이란 것은 무엇 있느냐는 자기의 하소연을 꺼내려는 허두로 그러는 사람도 없지는 아니하지만 그렇다고 또 다

"안녕히 주무셨어요? 암만해도 눈인뎁쇼."

하거나

"이렇게 가물어나가다가 이번 여름엔 십 년래 가뭄을 면치 못하겠는 걸요."

| * '당연히', '두말할 것 없이'의 뜻. 원문은 '으레건으로'로 되어 있음.

하는 식의 항용들 하는 계절에 대한 인사말로 하는 사람만이냐 하면, 그런 것만은 아니어서 조금 대답하기에는 구찮은 생각이 들면서도 제법 고마운 마음을 안 일으킬 수 없는 사람들도 그중에는 적지 않이 끼여 있는 것이다.

그런 때를 당할 때마다 그는 그 어느 경우를 물론하고

"네. 뭐 인제 하지오."

하거나

"응. 인제 어떻게든지 되겠지."

하는 대답으로 천편일률같이 받아 넘어왔다.

하던 차에 어저께도 그는 그

"네. 뭐 인제 하지오."

해야 할 때를 한 사람 화사 안에서 맞이하게 된 것이다.

헌데 이상한 것은 그 사람은 그런 인사나 하고 지나가자거나 그따위 것 염탐이나 하러 댕길 사람도 아니어서, 그와 대단한 친분이 있는 사이는 아니나마 어석버석이는* 아는 터이므로 무슨 다른 말이 있어 왔으련만 별 특별한 일이 있어 온 것은 아니요, 지나가던 길에 잠깐 들렀던 거라는 심상한 거조擧措로 그런 인사를 마치고는 잠깐 앉아 있다가 그만 홀쩍 자리를 일어나 가버리고 말았다.

간 뒤에 그는 너무나 그 거동의 밑도 끝도 없음을 생각하고 아마 혹 원고 의뢰라고 왔던 거나 아닌지, 그렇지 않으면 다른 일이 있었을라구 하고 정도의 의심을 안 품어본 바도 아니기는 하였으나, 그러나 적어도 한 개 잡지기자라면 남에게 원고 청탁을 와서 요즘 웬만한 계집아이들만도 못하게 그처럼 수줍어할 법인들 있으랴 싶어 금세 일어나려던 의심까

| * 어색하게나마는.

454

지도 자기의 공연스러운 생각으로 미루어버리고 그는 집에서 싸가지고 온 양밀가루의 떡보재기를 끌르기 시작하였다.

그러자니까 낮 지나 그는 또 한 번 그의 회사에 나타났다. 그리하여 그제는 아무것도 글자가 보이지 아니한 한 쉰아믄* 장으로나 매어져 있을 한 권 원고지 축 위에 거죽에 그의 이름만을 쓴 얍사한 봉투 한 장을 얹어 책상 위에다 내놓고 나서

"선생님! 모레까지 꼭 인쇄소에 넘겨야 할 잡진데 소설이 하나도 없습니다, 사백 자로 열다섯 장이라면 선생님에겐 혹 콩트 같은 것밖에 생각이 나실지 모릅지오만, 소설이래도 좋고 콩트래도 상관없습니다. 이번에 꼭 선생님 것을 실어야 하겠습니다. 오래 두어두시고 생각하신다고 쓰시는 걸 거도 아니겠으니 모레까지에 꼭 하나 써다 주서야 합니다."

하고는 봉투를 그의 앞으로 밀어 내놓으며 어떨까 하는 웃음인 듯 히죽이 웃고는 이번도 일어서자 나가버리었다.

역시 과연 원고 의뢰에 틀림없었구나 하고 생각을 하며 나간 뒤에 열어보니, 보통 원고를 청할 때 내는 제목과 장수와 기한을 쓴 편지쯤으로나 여겼던 봉투 안의 이것은 또한 천만뜻밖에도 천오백 원짜리의 은행수표이었던 것이다.

나쁘게 생각하려 든다면 누가 그까진 짐작쯤으로 목매어 하는 줄 알고 몇 푼 안 되는 돈으로 사람을 낚자는 수작이 아닌가 하게 못 알 바도 아니기는 하나 그는 그렇게 나쁘게 생각하기까지에 못 쓰게 된 사람도 아니었다.

그는 도리어 그 솔직하고 신선한 맛이 풍기는 정의情意에 가득한 일종의 애교를 느끼면서 시간이 되자 사社를 나섰다.

| * 쉰이 좀 넘는.

도대체 있는 것 일부러 감추자는 것은 아니다. 하지만 같은 매문賣文을 하면서도 원고료 원고료 하며 없는 궁끼*까지 내몰리고 돌아다니는 사람도 좋은 것은 아니었지만, 원고료 같은 건 글 쓰는 데 하등의 관계도 없다는 듯이 쓸데없는 기고만장氣高萬丈만을 피우고 다니는 사람도 가증스러서 못 볼 일의 하나이었던 것이다. 또 영감이니 무엇이니 하는 따위의 것 오기를 기다려본 일이 없는 그로서는 그렇게라도 밑구멍 들쑤시어 주는 사람이 없어서는 지금까지의 몇 개 안 되는 자기의 작품이랄 것이나마 이룩하게 되었을지 말았을지조차 모를 일인만도 사실이고 보매, 그의 얼마나 솔직하고 창의적인지 모르는 기자적 재분才分**에 그는 도리어 감탄하지 아니할 수 없었다.

허지만 원고지 열다섯 장 속에 육천 자로 엮어 넣으라는 이야기의 성질이란 소설공부 한답시고 속뱃살을 버틸 대로 버티고 주저앉아서 끙끙거리는 그에게 또한 머리 골치 아플 문제 아닐 수는 없었다.

이야기꺼리나 되고 결구結構에나 흠이 없으면 되는 것 아니냐는 안일에 홀려 떠내려 갈 것이 아니라 그려야 한다. 결구는 흐트러지더라도 굳이 묘사를 하자 하는 종래로 품어 내려오던 자기의 경계심이 흐트러질까*** 저어해진다.

요새 그 얇다란 잡지로서는 할 수 없는 일인 줄을 모르지 아니하면서 부탁을 받는 족족 쓴다 쓴다 해오며 써지지 아니한 것도, 그런데 원인이 없지 안 했던 것처럼 역시 이번도 그 육천 자 이내란 캔버스의 제약이 여간해선 엄두가 나지 아니할 것만 같았다.

그러나 남의 돈을 받아 넣었대서가 아니라 이렇게 되면 벌써 그 '이

---

* 궁한 기색. '궁기'의 센말.
** 원래 '재분'은 '재주의 정도'를 뜻함. 여기서는 '기자로서의 재주'의 뜻.
*** 원문에는 '흐늑으릴까'로 되어 있음.

번엔 네 것이 아니면 안 되겠다.'는 항용 기자 되는 사람들의 거짓말일 수도 있는 이 한 마디 말에조차 알면서 안 넘어갈 수도 없고 목을 안 맬 수 없음도 그는 잘 안다. 그는 일종 절대적이라 할 의무감에 천균千鈞*의 근량을 느끼었다.

그는 육천 자란 캔버스 속에 들어갈 그림을 일심으로 찾아 해매이며 머리가 무거운** 채 회사인 조선은행 쪽으로부터 오후 다섯 시가 되면 하룻저녁도 빼놓지 않고 걸어오는 그 거리를 덕수궁 담을 마주 보고 서는 안전지대와 위에까지 와 올라섰다.

전차가 좀체 올려고 하지 않는다. 적어도 돌아가는 길 위에서 무슨 힌트나마 얻어야 집에 가서 밥을 먹고 나는 길로라도 곧 착수해보지 않나 하는 생각에 멀리 조급할 대로 조급하여진 머릿속에서, 그러나 그는 문득 한 가닥 그럴 만한 생각이 스치어감을 느꼈다.

"옳다! 정 할 수 없으면 오늘 내 신변에 일어난 일이라도 쓰는 거다. 그러지 아내도 온 아침***도 아내가 김장 타령을 하길래— 여보 너무 그래 김장 김장 하지 마오. 서울 장안에 버젓이 김장하고 과동****하는 집이 몇 집이나 되겠소? 이렇게 가다가다 정 어쩌는 수 없으면 다꾸앙*****이래도 졸곰졸곰 사 먹고 지낼 요량 합시다그려.' 하고 나온 터이다. 사실이 또 한 그런 배짱이요, 그런 신념이고 보매 겨우내 다꾸앙을 깨물더라도 자기 속에 들어 있는 태산泰山이 허물어지리라고는 생각지 않는 바이지만, 잡지기자로서 우연이나마 이렇게 아량 있는 친구가 있어 가망 없는 김장

* '균'은 예전에 쓰던 무게 단위로, 1균은 30근. 즉 '천균'은 '매우 무거운 무게나 그런 물건'을 뜻함.
** 원문은 '목어운'이나 이는 '무거운'의 오식으로 보임.
*** '오늘 아침'의 뜻.
**** '겨울을 나다'는 뜻.
***** '단무지'의 일본어.

도 혹 될 수 있는 법이니리 하는 것을 쓰는 것도 신변잡사身邊雜事*로 제법인 부류가 아닐 거냐.

어차피 콩트란 묘사가 있는 것도 아니요, 그런 것들이어서 좋은 모양이다."

열다섯 장이라면 그런 잡사마저 내놓고 무엇을 쓰랴?

싶을 때에 마침 전차가 와서 효자동 종점까지 그를 날라다주었다.

그러나 이즈음 단 백 통의 배추를 절이자 친대도 헤깔로 양념을 하자면 아무리 줄잡아도** 만 원 하나 없어가지고는 안 된다고들 한다.

무슨 원고료를 만 원이나 받았다 하랴. 콩트만의 생각이 잠깐 헷갈리려 할 즈음에 여기도 또한 그 액수를 늘리자고 애쓰지 않아도 될 묘계妙計까지가 생각이 나서 그는 만족한 마음으로 전차 북새틈을 끼어 내려서는 청운동 구비구비들을 돌아 자하문 막바지를 고개를 넘어 내려오는 것이었다.

받아가지고 온 돈 천오백 원 봉투를 아내 앞에 내놓으며

"여보 우리 처지에 남의 집 이야기야 해 뭘 허오? 이번 겨울엔 무나한 가마니쯤 사가지고 동치미라도 한 독 담아 먹읍시다 그려."

하는 콩트의 한 대목을 생각하는 것이다.

그러는 그 콩트 안에서 아내는 그제까지도 마음이 채 풀리지 아니하여 입이 쫑긋하여 가지고 외면을 한 채 기다려보지도 않고 앉아 있었을 것이다.

이때에 주인공은 다시,

"왜 당신의 그 동치미 담구는 솜씨 유난하지 아니하오? 우리가 갓 혼인했을 때 담거 먹든 그 동치미 말이야."

---

* 원문에 한글로는 '신변잡사' 한자로는 '신변쇄사身邊瑣事'로 표기되어 있음.
** 원문은 '줄접어도', '줄잡다'는 '대충 헤아려 짐작해보다'의 뜻.

하면 실제로도 다소의 가능성은 있을 듯싶은 일이어서 자기 개인적 사실로 보면 좀 사실적寫實的인 편이라 할 수 있어 좋으나, 어차피 나만 보자는 콩트는 아니니까 실제로는 자기에게 있어본 일도 없는 일이요, 또 있어볼 희망도 안 생기는 일이나 뭐라고 뭐라고 하고 난 뒤에

"……우리가 갓 혼인했을 때 담거 먹든 그 동치미 맛도 하 오래되어 잊어버릴 뻔하였드랬구려."

랐다는 둥 하여 무슨 이런 달끄무레한 칠까지 한데도 과히 허구성을 조작하는 연유는 아니어 양심에 걸릴 것도 아닐 것이다. 이에 어떻게 잊었던 연인을 하루아침에 찾은 때와도 못지않은 달끄무레한 대화에까지 이르러서 아내는 비로소 이건 또 왜 이러세요, 하고 다물었던 입을 벙싯거려 웃으며

"세상에 무슨 김장을 그렇게 깍꾸루 허는 집이 있어요, 그래? 동치미란 다른 김장을 다 하고 난 연*에 하는 거요. 정 뭣해서 못하게 되면 그것만은 안 해도 과히 숭**이 안 되는, 해도 좋고 안 해도 좋은 건데요!"

하고 남편을 흘겨 치며 보았으나 그 흘겨봄은 정말 미움에서가 아니라 지금의 세상이 어떠한 세상임을 가히 아는 사람과 더불어 한자리에서 자며 살아가는 한 가난한 집 아내의 체념과 따라서 또 어쩌는 수도 없는 만족의 얼굴이었더라는, 세상에도 흔하고 평범한 일종 속임수에서 끝이 나는 이야기였다.

여기에다 다소간의 욕심을 더 낸다면 아내의 그렇게 벙싯거리며 웃어 대답하는 말이

"당신이 동치미 동치미 하고 내 솜씨를 추켜올리지만 결국 그 동치미 맛이래야 당신의 술 덤으로 아신 것뿐 아니야요. 그렇게 정신없이 취하

* '연후然後'의 줄임말. '다 하고 난 그런 다음에'의 뜻.
** '흉'의 방언.

곤 한 다음 날 아침에도 동치미를 담그면 또 그렇게 취하실라고요."

이런 쯤이려면 더욱 어여쁜 아내로 그려질 수도 있기는 하다.

허지만 그뿐이지 이 이상 더 심각한 페이소스*를 노릴 수도 없는, 흔하고 평범하고 상식적인 이야기이기는 하나 뭐 어떻게 이 모양으로 끝을 맺어 꾸며놓으면 소위 열다섯 장짜리 콩트로서는 과히 테에 벗어나지도 안 하리라는 일종 흐뭇한 마음으로 그는 집에 돌아온 것이었다.

헌데 난센스인 것은 일천오백 원의 그 김장값이었다.

저녁상을 들고 들어와 마주 앉는 아내를 향하야 가득한 마음으로 그가 돈 들어 있는 가방 속을 끌르려고** 들었을 때 느낀 것은 실로 그 가방 위에 생긴 이상異狀에 지나지 안했던 것이다. 그 끈을 끌르려고 들고 말고 할 여부조차 없이 그 가방 옆구리로부터 너풀 하며 꿰여진*** 배때기****에서 창자 기느레기나 무슨 그런 것이 비어져나오듯 비어져나온 것은 안에 넣어두었든 종이 쪼박*****들이며 잡지 나부랭이의 귀 같은 것뿐이 아니냐.

놀래어 가방을 모로 세워놓고 보니 그 옆구리에 칸막이로 주름이 잽혀 접혀져 있는 가죽의 가장 엷은 것으로 된 부분이 예리한 칼날로 곱다라니 도려져 있는 것이다.

아뿔싸, 하고 고개를 들고 생각을 해보니 전차가 광화문 네거리 정류장까지 와 닿았을 때에 그러지 않아도 순순히 내릴 수 있는 경우였는데도 불구하고 사람들 틈을 공연히 쿡쿡 질르고 와카락 떼밀고 내린 사람들의 한때가 있었던 것을 그는 이제야 역력히 기억하였다.

---

* 극중의 연기자에게 동정과 연민의 감정을 불러일으키게 하는 극적인 표현방식. 고통을 뜻하는 그리스어에서 유래된 용어.
** '끌르려고'의 '끌르다'는 '끄르다'의 방언.
*** '꿰여진'은 '꿰진'의 방언.
**** '배'를 속되게 이르는 말.
***** '쪼박'은 '조박'의 센말. '조박'은 '조각'의 방언.

허지만 이렇게 되어놓고 본 일이라면 할 수 없는 노릇이었다.

이에 자기 자신 당한 일이면서 하도 어이가 없어 혼자 잔 실소失笑를 거듭하는 사람은 잔 실소를 거듭하고 앉았고, 그 사실을 듣고는 낙망하고 원망하는 사람은 듣고 낙망하고 원망하고 앉았고 또한 그 어주리 같은 어버이 실태失態에 깔깔대고 웃는 아이들은 깔깔대고 집 안에서 한참들 웃고 난 뒤에 얼마 안 있어 항용 누구나 무슨 일을 저질러 경황이 없을 때에 하는 것처럼 주인은 자리를 깔어 아이들을 눕히고 나서 자기도 드러누워 버렸다.

누웠으나 잠이 올 까닭이 없다.

돈 잃은 일로부터서 오늘 이러한 모든 일이 어처구니없어서만은 아니다.

자기의 가까운 주위 사람들도 모두들 이런 일은 한두 번 안 당한 사람이 없어서 자기도 이번으로 두 번째요, 친구 가운데에도 양복저고리 윗 포켓에 꽂았던 만년필을 아홉 번씩이나 당한 사람조차 없지 아니함을 보아옴으로 돈이나 권세를 가지고 큰 모리謀利를 할 수 없는 처지걸랑 강도나 사기나 소매치기로라도 숨어 지나지 않으면 안 될 드키나 되어가는 세상임을 모르는 바도 아니기는 하다.

허지만 그런 것보다도 글 쓰는 일을 시작할 때마다 생기는 불면증이다.

게다가 실인즉 돈을 잃고 났으니깐 그런지는 몰라라 그까진 원고 같은 원고쯤 안 맡았드면 어떻드냐는 짜증이었다. 돈을 잃고 났으니깐 그만큼 냉정하게 생각한 여유가 생긴 건지도 모르기는 하나, 그러나 또 이것만은 반드시* 철수할 수 없어서 실행력이 없는 사람만이 내뿜는 짜증만은 아니어서 하나라도 소설다운 소설 자기란 있었는 둥 말았는 둥 하

| * 원문에는 '반듯이'로 되어 있음.

여도 좋으니 모든 일을 객관적으로 붙잡아서 묘사해내는 힘을 기르는 길로만 정진하자 하였는데, 그까진 자기의 하찮은 가난뱅 살림쯤을 돈 가슴으로 해 파리 먹을 궁량을 하다니 하면 마음속으로부터의 후회도 없지 아니하였다.

게다가 또 한 가지 고통은 이 '동치미'의 이야기가 이런 봉변을 당하고 난 이제에 와서는 제대로의 사소설私小說로 쓴다면 끝이 결국 그 동치미나마도 못 담겼다는 이야기로 되어버려 일칭 그 주제성도 넓어져 들어갈 뿐 아니라, 그 가난과 천덕을 무슨 자기의 크나큰 덕성德性이나처럼 내세우려는 혐의조차 뿜길 것 같아 마음 내키지 아니할 일이었던 것이다. 천박한 가난뱅이의 철학일 뿐이요, 이야기 가운데 '나'를 안 사용하고 '그'로써 가리운다 하여도 나로 알 것만임엔 틀림없는 일이었다.

그러나 어쨌든 일이 이미 이렇게 된 바에는 안 쓸 수도 없는 노릇이었다.

돈을 전금으로 받았다는 것도 문제 아닐 수는 있었지만 이제 와서 콩트니 어쩌고 사소설이니 어쩌고 할 겨를이 들어백힐 틈 없는 것은 그 잡지 편집자의 말이

"내일 아침까지 가져오너라. 네 콩트가 아니면 안 되겠다."

한 데에만 달리 있는 것이기 때문이다.

다 쓰러져가는 납쭈락 초가집 콧구녕만 방바닥에 일곱 식구가 콩나물 서듯 가지런히 또 그리고 그즈런이 드러누워 잠이 든 듯할 때에 그는 붓을 들고 일어나 앉았다. 그리하여 실제로 아침에 있었든 일대로를

십일월 삼입일 — 양지가 음지 되고 음지가 양지 된다는 속담 말대로 해가 들지 안 해서 더운 줄을 모르고 누워 낮잠 자기로 덕德을 삼든 방구석의 한결같은 어둠의 그늘도 인제는 밝다는 핑계로 바깥 마루에 나가

앉을 수만은 없는 가난한 사람들에게는 어느 때보다도 현실관이 확실하여질 시절로 바뀌어듦을 따라 그 방 안도 방심상태의 무심한 꿈만을 깃들을 수 있는 방은 될 수가 없었다. 그것을 어찌 감히 꿈에다 대랴! 정신을 가다듬어 앞을 정시正視하고 내다보면 실로 숨이 탁 막혀 들어오는 턴넬*의 그중 중간인 중간의 토막밖에 더 아닌 것이 무엇이냐.

　이런 식의 방 안 서술로부터

　허지만 그 대신 낮아서 밤하늘의 별을 우러러 바라볼 수 없다고 여름내 혼자 마음속으로 끙끙거리던 납짝한 앞바라지 문창에 지독한 외풍이 쏠리지 않는 새로운 덕이 생겼다면 새로운 덕이 안 생긴 바도 아니기는 하다. 허지만 그것도 떼어놓고 생각하면 제 몸에 생기는 때垢처럼 안 생길래야 안 생기고는 살 수 없는 '체념'의 덕밖에 더 되는 것이 무엇이냐.
　이따위 진리쯤 이제야 안 것처럼 나는 그 바라지 창 앞에 책상 대신으로 쓰는 조그마한 칠 떨어진 소반을 닦아놓고 종이와 붓을 들고 다가서 나앉았다.

　라는 대로 해서 아침 아내와의 김장 타령이 나오는 장면을 쓰기 시작하였다.
　그는 어차피 속일 수 없는 일일 것이고 보매 이렇게 '나'라고 하는 대명사의 주인공을 설정하는 데에까지 주저하지 아니하였다.
　그러나 밤새 걸려서 열두어 서너 장이나 쓰고 나머지 끝맺을 데에 와서는 손을 앞이마에다 갖다대고 붓방아를 찧지 아니할 수 없었다.

| * '터널'의 방언.

사실대로 쓴다면 그 동치미나마도 못 담가 먹은 것이 사실이요, 애초 생각으로는 정 할 수 없으면 다꾸앙이나 그것도 없는 간장에 찍어서라도, 라는 식의 군색한 생각으로부터 어떻게 이럭저럭 그런 엉뚱한 일이 생겨서 동치미쯤은 담가 식구가 모두들 즐거워하는 걸로 콩트는 되어 있는 것이다.

　그러나 나는 사실 그렇게 못하게 된 사실대로를 써나가 무관할 것을 생각하였다.

　이왕 가난살이를 세상에 드러내어 남에게 이런 것인가 함을 알리려 하는 마당에 들어서서 가난하다는 게 무슨 오늘날따라 누구의 먹아지*를 칼로 따는 것이 아니니만큼 그 심도甚度가 깊이 들어가 상관없는 노릇이요**, 더 들어가면 들어가는 만큼 그제는 단순한 나 개인의 한 사사로운 사건으로가 아니라 그때는 나도 앉아보드라도 이미 제삼자적일 수도 있고 객관적인 연관 밑에 놓인 현실의 한 부면으로도 나타날 수 있는 것이어서 구태여 쓸데없는 윤색潤色을 베풀어서 현실적인 것의 일면에 눈가림을 할 필요는 없을 듯하였던 것이다.

　초저녁에만 잠깐 들어오다 말고는 이내 끊어지고 만 전등이 아내가 일어나 아이들 학교 시간밥을 짓기 시작할 때까지 들어오지 아니한 채이다.

　그야말로 마루컨 쪽 바라지 창 앞에 책상 대신으로 쓰는 조그마한 칠 떨어진 소반을 닦아놓고*** 그 위에 석유등잔을 올려놓고 다가 나앉아서 예까지 써 내려오다가 몇 줄 안 남은 콩트의 끝을 생각하며 붓방아를 찧고 있는 그는, 풍로에 불도 피우기 전에 우물의 물부터 먼저 길어다 가지고 와서**** 들고 들어온 S물동은 마당귀에다 놓은 대로인 듯 서서 어쩔

---

* '멱'은 '목의 앞쪽'을 뜻함. '모가지'처럼 목을 낮추어 부르는 말.
** 원문에는 '노름이오'로 되어 있음.
*** 원문에는 '닥어 노코'로 되어 있음.
**** 원문은 '기다러가지고와서'는 '기러다가지고와서'에서 '다'와 '러'의 순서가 바뀐 오식으로 추정.

줄을 모르고 언제까지나 언 손을 홀홀 불고 있는 듯한 바깥 동정에는 무엇인지 잠깐 양심이라고 할 것 같은 것으로 마음을 떨어보았다.

절기가 닥치는 때마다 여인네들의 가장 즐거움 중의 즐거움인 김장에서도 제거除去되어 도드라져 나와 떠는 그 손꾸락들.

그리고 수고수고해야 이른 아침에 이런 수고를 그가 듣고 목견하고 하는 것은 이것이 처음인 것이다.

외풍이 없다고 생각한 그 짜부러진 낮은 바라지* 창 문틈으로도 얼마 안 가서 동이 트일 새벽녘인지라 제법 바늘 끝들이 쏙쏙 디밀고 날름날름하여 불까지가 배암의 섯바닥**처럼 마주 앉은 사람의 눈썹을 핥으려고 한다. 애써 붓방아를 찧지 않을 량으로*** 힘을 들이는 만년필 주인 손도 막지 못할 힘으로 포들포들 떨리려고 하였다.

밥은 아직 채 덜 된 모양이나 그 납작 바라지에 희멀금한 아침빛이 치려고 하기 시작할 즈음에 그는 비로소 붓을 놓고 쓴 것에다 종이 노****를 꿰어놓고 자리에 누었다.

일상의 버릇을 앓으로 아내는 이러고 나서 드러누운 그를 저절로 깨어 일어날 때까지 그의 잠을 깨우려고 하지 않고 자는 대로 낮까지 자게 내버려두어 주었다.

헌데 그가 놀란 것은 회사에 들어가 어저께의 그 잡지사 기자가 원고를 찾으려 그의 앞에 나타난 때이었다.

쓴 원고를 내어줄 양으로***** 가방 속을 열어 제끼니 그 책으로 꿰매어놓은 원고 위에 이렇게 쓴 글발이 걸핏 눈에 뜨이는 것이 아니냐. 가

* '바라지' 혹은 '바라지 창'은 방에 햇빛을 들게 하려고 벽의 위쪽에 낸 작은 창.
** '배암'은 '뱀', '섯바닥'은 '혓바닥'의 뜻.
*** 원문은 '않으령으로'.
**** '종이 노끈'을 의미.
***** 원문은 '내여주령으로'.

로되

　모두들 김장을 하고 뜻뜻이 사는 세상인데 그런 거라면 또 모르지만 우리 집만이 김장 못한 것만도 아니거든 문제 될 것이 무엇입니까. 그렇다고 누가 하라고 돈을 대어줄 바도 아니요 공연히 창피만 하지요.

　그리고 모처럼 하게 된 김장을 한 놈 도적으로 말미암아 못하였다는 것도 우리 집안에서나 안타까워할 일이지 내어놓고 광포*할 것은 못 되지 안허요. 자래自來**로 도적맞은 일은 남에게 구외口外하지 않는 법이랍니다. 바로에 세상이 왜 그렇게 도적만 늘어가는 세상이냐는 것을 알도록 쓴 것이라면 몰라라요.

　이왕 지금껏 그런 것만을 두드러지게 내세워 쓸려고 하지 아니한 분이거든 공연히 김장하라고 원고료 선불하여 주신 분이나 무안하게 해드릴 뿐이지요. 궁끼나 낄 뿐이지요. 그런 것 이제 와서 새삼스러히 쓰면 뭘 합니까?

　도대체 '나' '나' 하고 쓰신 것은 이런 때엔 창피한 일 아닙니까? 처음 장부터 아야*** 모조리 찢어버리고 싶었지만 그럴 수야 없어서 나머지는 그대로 둔 것입니다. 되지도 않을 남의 동정을 쓸데없이 바라보기나 하는 것처럼 그리면서 당신이나 우리 집 식구들 얼굴에 똥칠은 똥칠대로 하시면서.

　라는 아내의 글씨요 비평이기도 하였다.

　그리고 말로만의 비평뿐 아니라 실제로 그 콩트의 끝이 되어 있는 소

---

　* 세상에 널리 알리고 퍼뜨림.
　** 자래는 '자고이래自古以來'의 준말. '예로부터 지금까지'의 뜻.
　*** '아예'의 방언.

매치기의 한 대목은* 원고 축 가운데서 곱다라니 가위로 잘라내어져 있었던 것이다.

어쨌거나 이것이 아내가 가진 바 또한 나의 생활태도에서임은 말할 것도 없었다. 그러나 그는 또한 새삼스런 일처럼 어처구니없어 웃지 아니할 수 없었다. 그리고 덕德 덕 해야 단념의 덕밖에 더 큰 덕은 없으리라 새삼스러운 것처럼 생각하며 이 큰 덕에 부축을 받지 아니할 수 없음을 그는 깨달았다. 이리하여 이 덕으로 인연해 그의 행불행幸不幸의 두 접시를 올려놓은 평대저울도 어느 쪽으로 더 기울어짐도 없이 근근하게나마 까딱없을 힘으로 그 평형을 보전할 수 있었던 것이다.

그는 끝이 도려내어진 몸뚱아리 콩트의 열넉 장도 미만이 되는 원고를 그의 친구 잡지 편집자에게 그대로 내어밀었다.

| * 원문은 '한대모은'이나 이는 '한 대목은'의 오식으로 추정.

역사歷史

논밭의 흙이 검붉으레한 빛으로 부풀어 일어나도록 즈븐즈븐한 훈기가 대기 속에서 가득 차면서 바라보는 사람의 눈에도 몽롱하게나마 맑은 윤이 돌기 시작하는 때가 되어도 먼 멧봉우리들 정수리마닥에는 언제까지나 히끈히끈한 눈들이 남아 있어서 뜻하지도 안 한 때에 마음 들뜬 하누바람결에 맡기어 분분한 눈깨비의 조각들이 휘날리어 난무하며 북국에도 해동解凍의 시절은 닥쳐오는 것이었다.

밤이 긴긴 겨우내 동안을 어머니와 아들인 덕德은 언제나 소박한 그네들의 저녁밥을 치르고 나면 화두의 기름불부터 거의 졸아드는 어성귀하니 치워 들어오는 어둠 속에서 이불을 뒤집어쓴 채 오직 북국에만 독특하게 오는 그 지붕 위를 슬쳐 지나가는 구슬픈 바람소리에 귀를 기울곤 하였다. 밤마다 으르렁대며 무서이도 게와꼴* 위를 불어 넘던 이 구슬픈 바람소리가 언제 어느 결에 잔 것이람 하는 경이와 눈을 미처 깨우쳐

| * 게와 : '기와'의 방언.

뜰 사이도 없이 뒤뜰에 높이 쌓인 수숫단이며 강낭짚* 검불들을 사르렁 스르렁 건드리며 속삭이듯이 내려 덮는 진눈깨비 소리 속에 뒤섞여 스며드는 봄의 발자욱 소리를 소년은 조심성스러운 귀로 누구보다도 일찍 분간하여 알아들으려고 애쓴 것이다.

이불을 뒤집어쓴 어머니와 소년은 팔고뱅이**를 삿 바닥에 꼬부려 웅쿠려 붙이고 생각나는 때마다 퍼먹듯이 무시로 퍼먹는 강낭범벅 바가지를 턱주가리 밑에 닥여놓고 이따위 진눈깨비나 마파람의 장난쯤으로 여기고 들으면서 감미한 권태와 호조곤한 비몽사몽간 경지 속에 헤매이는 동안에 전신이 녹아들듯이 눈이 내려 감긴 밤이 있었을지라도 아침 눈이 뜨여보면 또다시 대단한 눈이 되어 있어서 푹신푹신한 함박눈이 마당과 들과 지붕 위를 한 벌씩 깔아놓곤 하던 서먹서먹히 더듬거리며 밟아 들어오던 내 고향의 이른 봄철들!

아아, 하지만 이런 급작스럽고도 변덕스러운 이변이 지어내는 경이와 환상이야말로 도리어 이 북국의 자연만이 갖다 품겨줄 수 있는 소년의 그지없는 즐거움이요, 은근한 유일의 꿈임을 아는 이는 아마도 없었을 것이다.

소년은 잠자리를 걷어차고 일어나는 길로 토방으로부터 마당으로 뛰어 내려서는 처음에는 발바당***이 오구라들도록 짜릿짜릿하니 따가웁게 찬 눈 위를 마당귀에서 마당귀로 닝큼닝큼 뛰어다니기질 한 것이며, 안적 아무의 숨길도 가지 아니한 술눈을 두 손으로 움켜쥐어 뽈따구니에 대어보기도 하고 숨이 가뿌도록 입 안에 틀어막기질 한 것이며, 그러고는 그것만에 싫증이 안 날 수 없게 되면 대문 밖으로 뛰쳐나가서는 자연

* 옥수수 이삭을 따 낸 줄기와 잎.
** 팔꿈치.
*** '발바닥'의 평안도 방언.

에 대한 걷잡을 수 없는 동경憧憬의 념에 몰리어 평평무미平平無味하나마 한없이 널려나간 눈벌판을 발 닿는 대로 지향 없이 달리기질하여 무엇인지 외롭고도 헛헛한 것 같은 제 마음을 한껏 울먹어려 보곤 한 일들!

유항이 아버지가 처음 집에 찾어 들어온 것도 이렇게 마음 들뜬 계절의 발걸음이 허둥거리어 마지않던 소년의 일곱 살 나던 해 이른 봄 어느날 아침이었다.

"동녕 온 늙은 넝감이 데렇거구 아츰내 우리 대문깐에 와 서서 부들부들 떨구 있는데 어드캐 오마니?"

대문으로부터 뛰어 들어오자 부엌문을 열어젖히고 그 문기둥에 한 팔을 버티어 몸을 지탱하여 선 소년은 일어서 대문 쪽을 다른 한 손으로 가리키고는 코가 싸—하고 눈이 맵도록 자욱한 벅* 안 냇냇** 속으로 목을 빼내어 디려 밀며 눈을 비집어가며 어머니의 얼굴을 더듬어 찾는 것이었다.

"동녕아치 넝감이 몸을 조꼼 데우구 가겠다구 더운 물 한 목음 달래면서 아츰내 데르커구 섰어 오마니."

아침내라는 말은 불상하게 생각되는 거랑뱅이가 문 밖에 와 섰을 때마다 쓰는 소년의 유일한 거짓말임은 말할 것도 없었거니와, 어머니는 진작부터 부엌 아구리 이마에 자기 이마를 조아려가며 대가리만 꺼내어 든 엉지북이나처럼 배를 부엌 바닥에 납작하니 대다시피 하여 엎디려서는 고개만 쳐들어 대고 들이지 않는 부엌의 불을 부지깽이 끝으로 뒤적이며 입으로 불며 하고 계시다가 이 말에 갑자기 화를 내며 벌떡 일어나서서

"아츰내 아침내 허디만 정말 에미야 말루 아츰내 불이 디리디 안하

* '부엌'의 방언.
** 냇내: '연기'의 방언.

470

사람이 죽갔대넌데 넌 와 또 이로케 신새박보탐 성화란 말이가?…… 원 허다허다 못해 놈의 집 문전으로 돌아댕기며 동녕을 해먹는 누걸이래도 사람이면 그만 눈치야 없어서 이르케 신새벽보탐 누구내 집에 무슨 밥이 있으리라구 그래 동녕을 댕겨!"

하시며 냇내에 쓰릴 대로 쓰린 채 흘러내리는 눈물을 손등으로 부비 닦으시며 이쪽을 내다보시었다.

밉쌀머리스럽다는 의미로 뜬 어머니의 이 눈매로 소년은 이번도 또 자기는 아둔하게스리 지금 이때가 어떠한 때인거를 살펴보지도 못하고 졸라대었던 것임을 깨닫고, 성미 무서운 어머니에게 감이 이에 대한 변명을 무엇이라고 한 마디라도 할 생각은 물론 하지도 못하였다. 하지만 이 어머니란 사람은 한번 역증이 나면 사람을 한 둘쯤 통째로라도 못 집어샘키지 안 할 사람같이 화끈화끈한 불이 입 끝에서 뿜겨져나오는 법이었지만, 그런 데가 있는 반면에는 또한 지극히 단순하면서도 성이 잘 싹는 뒤 묽은 데가 없지 아니한 사람이어서 무슨 일이든 처음이 세차게 나오는 시초일수록 더욱 결말은 화평한 데서 그처지곤 하였다.

"몸을 녹이구 가갔다는데 아무리 누걸이믄 물을 달랜다구 어드케 물만 내멀갔니? 늙은 사람이라니 더군다나 할 수는 없는 노릇이다만 요길 시켜 보낸대두 밥이 닉어야 헐 터이니 그때꺼정 대문 안에 들어서서 좀 기다리구 있으라구 그래라."

어머니는 솥뚜껑을 열어젖히어 그 속에 비로소 잦기 시작하는 밥을 상반신上半身을 숙으려 들여다보시고 나서

"어느 하늘님이 잘못되어 이르케두 세상에 누걸이 많은 간지!"

하는 혼자 한탄을 중얼거리시며 혀를 끌끌 차신 것이다.

하지만 이 영감의 소청所請이 밥에 있은 것도 물에 있은 것도 아님을 알았을 때에는 어머니도 소년도 다시금 놀라지 않을 수 없었다.

"물을 달라는 줄 알았더니 담밸부테 가지구 갈라구 불을 좀 달랜거라 넝감이 그르면서 암만 대문 안에 들어서라 해도 설라구도 안 해 오마니."

하면서 소년이 부엌으로 다시 되돌아 들어왔을 때 어머니는

"밥을 얻어 먹으레 오는 누걸래치*두 웬만큼 넘치를 채릴라는 사람은 물을 달래디 밥 달라는 말은 잘 안 허는 법이니라. 불을 달란 거 네 눈에 밥 달라래 온 누걸같이 뵌 사람이라믄 무슨 그런 사람이 또 세상에 있갔니! 어디 나가보자."

하고는 눈이 휘둥그레지시며 푸고 계시던 밥박죽을 솥 속에 내던진 채 밖으로 내달렸던 것이다.

농장까지 가는 길인데 성냥이 다 떨어져서 불을 얻을까 하고 들렀더니 애기가 잘못 듣고 들어간 것이라 하며 나그네는 이른 아침부터 집안을 왼통 서두르게 하여 죄스럽다는 뜻으로 새삼스러이 인사까지 하였다.

초신 감발인데 떨어져 낡구 지난 것이 신날 밖으로 내려덮인 흙빛이 묻어올라 눌하니 절은 보선하고 때가 괴죄죄한 두루마기에 아무렇게나 쥐었다 놓은 털벙거지가 어느 보통 걸인 행객과 별 다름이 없는 초라한 행색이기는 하건만, 그는 밥 달라고 하고 싶은데 위신을 보전하기 위하여 물이나 불을 비는 사람과는 달라서 권하는 조반도 굳이 사양하려 들며 자기는 밥보다도 물보다도 담배 버릇을 놓지 못하는 사람이 되어 이렇게 수고를 끼치려 들렀던 것이라 하였다.

어머니는 다시 안으로 들어가시었다. 그리고 붙일 성냥갑은 물론 조반상마저 받쳐 들고 나오신 것을 보았을 때 소년은 다시없이 마음이 즐거웠던 것이었다.

"농장까지라면 예서 사십 리 하루 낮이 더 걸리는 길인데 육순 노인

이······."

하시며 어머니는 모든 것을 동찰洞察할 수 있는 사람처럼 사랑채에 나그네를 인도하여 들이고는 상을 그 앞에 내려놓았던 것이다.

하지만 무엇보다도 이때 소년의 가슴을 고무풍선같이 부풀어오르게 한 것은 그런지 얼마 지나지도 안 해서 낯설지만 어딘지 자기의 할아버지처럼이나 구수한 냄새가 풍겨나오는 이 행객노인이 어머니의 간청함을 들어 자기네와 함께 살기를 승낙하여 한 솥의 밥을 먹기로 작정이 된 때이었다.

그렇게 되게 된 동기도 대단한 데서 온 것은 아니었다.

밥상을 내어놓은 영감은 일어서서 자기의 길을 떠나기 전에 소년을 시켜 빗자루와 넉가래를 가져오라 하여서는 간밤 동안 내려 덮여서 안팎 마당에 한 벌 쌓인 눈을 말짱히 치우고 나서, 강낭 짚더미에 더민 새까지 몇 단 뽑아 부엌에 들여주고 떠나려 한 것이 세상에 일 밖에 다른 재미를 모르고 살아오신 어머니의 마음을 움직인 것이었다.

역정이 나던 때와는 딴판인 사람이 되어서 행객이 일이 싫어서 떠나댕기는 그냥 허뚜루마뚜루의 누걸래치가 아닌 것은 물론, 어떠한 신세의 사람인데 무엇을 하러 농장까지 가는 길이냐는 것이며 반드시 거기를 가야만 될 일이 있는 것도 아닌 것은 알고 그렇다면 여기서 같이 지냄이 어떠냐는 자기 권고가 성공하였을 때 어머니는 소년의 머리 위를 자별히 쓰다듬으며 내 아들이 아침내 그러드니 사람을 알아보는 품이 자기보다도 얼마나 나았던 거냐고 원곡婉曲한 방법으로 마주 앉아 있는 늙은이의 치하를 하매

"무슨 말씀이시오, 무슨 말씀이시오."

하고 고개를 절레절레 흔들어 사양하면서도 행객은 한자한대로 자기의 신세타령을 자세한 데로 들어가 졸금졸금 이들 모자母子 가슴 위에 누

비어 놓았다.

낮이 지나며 게와꼴 눈석이* 물이 한가하니 주르럭거리며 떨어짐과 함께 불이 꺼질 사이도 없이 얼아믄대도 더 되는 담배를 연방 연방 피워 물고는 이렇게 그는 단편적으로나마 이야기하였다.

"뭘 보고 그러시는지 모르겠으나 이렇게 값없이 늙은 몸을 댁에 두어 두신다니 말씀이지요만, 사실인즉 지금껏 이 첨지에게도 늙은 할멈은 하나 붙어 있었고 성년 될 나이가 얼마 안 남은 자식새끼도 한 놈 있어서 물론 대단치는 않지만 살림이로다 하고 살어 나왔었지요. 허던 것이 아이 녀석은 이름 모를 병에 떼우고 그 늙은 할멈마저 긴병으로 누었던 끝에 고만 요 년 전에 저 세상 사람이 된 거랍니다. 지금 그것의 겨우 돌을 치르고 오는 길이 아닙니까. 불상한 늙으데기 여서요 그것이 그렇게 된 뒤로는 혼자 한군데 눌러 붙어 있기도 싫은 일이고 해서 떠나 나온 거지요만, 가까운 형제는 더 말할 것도 없고 얼건한 친척조차 하나도 없는 둘러리 속에 하나 기러나던 자식새끼마저 떼우고 난 두 홀몸들로서 잘도 삼십 년의 긴 세월을 살아왔다 싶으리만큼 돌아보면 한심한 살림이었지요. 정말 불상한 늙으데기여서 새끼를 잃고 나서는 귀까지 멀은 걸로 뼈가 부서져라 하게 밤낮을 가리지 않고 일만 하지 안 하겠어요.

아침밥 먹고 나서 논에 들어섰으면 논에 들어선 대로 밭에 들어섰으면 밭이랑들 틈에서 논 매고 밭 매는 데 정신이 팔리었고, 밤은 밤대로 그 고단한 몸 가지고 남의 바느질감까지 맡아가지고 오곤 했지요. 그래 내가 옆에서 새끼라도 꼬고 앉았다가 어떻게 한두 번 곁눈질이 간 끝에 그 불상하게도 볼 나위 없이 쇄衰해 들어가는 늙으데기의 꼴이 하 보기에 안 되어서

| * '쌓인 눈이 속으로 녹아 스러짐'을 뜻하는 '눈석임'의 북한어.

—난 님자만 죽고 나면 언제 어디서든 죽을 수 있을 것 같소. 어느 산모통이에든 님자를 저다 파묻고 오기 전에야 내 혼자 눈을 감을 수야 있가시야디—

이렇게 혼잣소리로 한심해한 일이 한두 번이 아니디랬디오.

허면 분명히 알아듣지는 못하는 주제에도 무슨 뜻인지 알아채릴 수 있다는드키 이 나를 쳐다보고는 고개를 주악주악 하곤 했답니다.

사람 사는 게 어떻게 억지만 같고 억지 아니면 고역苦役같이 여겨지지 않을 수 없게 그 자식을 잃고 난 늙으데기의 꼴이란 가이없었지요. 이건 너머나 내 신세 타령이 지나치는 것도 같습니다만, 허기야 나 그 덕택으로 배운 담배가 그 늙으데기마저 파묻고 오는 동안에는 아조 이렇게 고잘이*가 되어버려 염치를 가리지 못하게는 되었지만요."

하며 늙은이는 잠간 남이 깨달을지 말지 한 가는 한숨을 내쉬며 겹차기**에서 이번이 몇 번 채인지 모르는 쌈지를 얻어먹으려 찾았다.

"어쨌거나 그러고는 겨우 돌을 지난 뒤에 그제껏 지니고 오던 세간살이들을 쓰고 살던 집칸 나부렝이까지 처분하여 가지고 이때껏 병자 때문에 진 몇 푼의 빚마저 가리고는 이내 이렇게 떠나오는 거 아닙니까?

이제 해동이 되어 앞으로 곧 밭에 들어서게 되겠는데, 그것이 어떻게 될 것만 아니련만 밭에 들어서면 밭에 들어서는 대로 집에 돌아오면 집에 돌아오는 대로 그렇게 고개를 주악주악 해가며 내 말을 옳다던 그 늙으데기의 그림자가 항상 이 몸에 붙어 친친 감겨 돌아갈 것만 같애서요."

그는 겹차기에서 꺼내어 담은 막써래기의 담뱃대를 입에 갖다가 대어 물고 뻑뻑 빨기 시작하였다.

"그러시고말고요. 왜 안 그러시겠어요. 그 유향이란 아드님 여이긴

* 고자리. '고드름'의 평북 방언.
** 주머니.

몇 살 때 무슨 병이지요?"

어머니는 한참 만에 이렇게 대꾸를 하시었다.

"병이라니 기맥히디오. 병이랄 수기 있는 병입니까? 그 지긋지긋한 염병을 안 치렀겠나 그 까닭 모를 부증*으룬덜 오랫동안 고생을 안 했겠나 했지만 그래도 까딱도 없이 다 무사하게 이겨나온 놈이 글쎄요. 입술 끝에 생긴 쪼그만한 뽀로지 하나로 덜컹 넘어지는 것 아니겠어요. 고 뽀로지가 차차 붉으수룸해지며 언저리를 크게 잡더니 나중에는 퉁퉁하게 얼굴이 왠통으로 부어올라 꼼짝 못한 것 아닙니까."

늙은 행객은 별로 한숨을 지우지도 아니하고 이러고는 긴내 잠잠하였다.

"허지만 잊으서야디 어드케 합니까? 잊으시고 마음을 고쳐잡수서야디 사람 사는 게 다 그렇게 허무합니다레."

어머니가 겨우 구 뒤끝을 받아 혀를 몇 번인가 끌끌 차시면서 이렇게 위로하시었다.

"그 말씀이 옳고 말구요. 마음을 잡지 않으면 별다른 도리가 있습니까? 허지만 이렇게 들떠 나오게 된 원인이야 그것만이 아니지요. 아까도 잠깐 말씀하니까 아신다고 하셨지만 이 늙은이가 형님으로도 알고 큰집으로도 알고 섬겨오던 그 김金곽산이 재작년에 작고했던 것 아니겠습니까?"

"작고했단 말은 들었지요. 헌데요?"

어머니는 이 무슨 특별한 곡절이 있는 듯한 대문을 낚아채어 물었다.

"작고하자 그 아들 청에 들어서서 물려받은 전지田地를 모두 팔아가지고 서울루 이사를 갔답니다."

"네에? 그럼 유향이 아버지도 따라가시지 가잔 말을 안 하던가요?"

| *浮症. 몸이 붓는 병.

476

"네. 가자요 하는 거지요. 허지만 그거 다 말씀하자면 긴 이야기가 됩니다."

유향이 아버지는 이번에는 정말 분명히 누구에게도 들릴 한숨을 거리낌 없이 내수며 일단 이러고는 너무 신산辛酸하여 말을 계속하여 나갈 생각이 없다는 표정이었다.

허지만 결국 이날 이후 뜨끔뜨끔 그가 이야기한 결과를 묶어놓으면 이러한 것이었다.

김곽산은 원래 선조 때부터 곽산의 이름난 부자이었다.

하던 것이 곽산의 아버지 청에 이르러 어떤 소송사건에 깊이 빠져 들어가게 되어 고만 여러 댓째 이어 내려오던 가산을 하나도 남기지 않게 탕진하고 만 집안이었다.

그 소송사건이란 처음부터 그리 대수롭지도 아니한 데서부터 불집이 일어난 것으로 임자를 달리하는 두 뙈기 논 사이를 흘러 내려가며 똑같이 물을 대여 먹이던 조그마한 실도랑 하나가 그 싸움의 원인이었다. 이 도랑이 어느 쪽 논에 붙은 것이냐 서로 내 논의 것이다 하는 데 있었다.

몇 대 몇 백 년을 두고 내려오도록 누구의 도랑임을 가리지 않고라도 두 논에 각각 풍족한 물이 닿고 이 손바닥만 한 논 두어 뙈기쯤 길어먹기에 아무러한 지장이 없었건만, 어느 쪽 논 주인의 가슴속에서부터 우러나온 무슨 생각이었는지 모르려니와 어쨌든 그것은 내 논에 붙은 것이다 하는 소리를 낸 데서 사단은 일어난 것이었다.

김곽산 아버지 되는 사람도 이 고집에는 양보할 수 있는 사람이 아니었다. 대대로 분명히 일러 들어 내려오는 바는 없다 하더라도 지형상으로나 기타 어느 조건을 보더라도 상대자와 같은 권리를 주장할 만한 이유는 닿는 데다가 일이 잘못될려니까 어떻게 지나가는 길에 잠깐 물어보고 가느니라고 하여 들린 변호사의 말마저도 이 자기의 신념에 기름을 부어준 바 되어 이내 일집은 벌어지고야 만 것이었다.

잘못이 누구에게 있었다 할 수는 없겠으나 생각하면 또 어느 쪽 논임자의 고집으로 이렇게 안 된 거라고 할 수도 없는 이 소송사건이 어쨌거나 한번 불집이 터지자, 지방법원과 복심법원과 고등법원을 거쳐 몇 해씩이나 걸리는 동안에 결국은 변호사집 개들의 살과 비계를 올리게 한데 일은 그치고 말았으며, 패소를 끽喫한 김곽산네 집은 그동안에 걸린 대소大小비용도 비용이려니와 승소자에 대한 의외의 엄청난 부담으로 말미암아 말할 형지도 없이 아주 찌부러지고 만 것이었다.

이에 형편을 따라선 길을 돌아서 갈 줄조차 모르는 곧은 배알의 임자인 외줄기 고집쟁이 곽산 아버지는 이내 제 목숨마저 끊어 뒤에 남는 것을 돌아보지 아니하였다. 곽산이 열여섯 살 난 소년이던 때이었다.

그는 인제는 찌브러져서 볼 형지조차 없이 된 가재家財를 이것저것 모두 정리해서 들고는 어머니와 함께 그 고장을 떠나버리고 말았다. 그리하여 한 백여 리도 더 들어와 바닷가에 나붙은 지금의 그 S라는 고장에다 밑을 내리기로 작정을 한 것인데, 워낙 아는 이가 없는 데를 고르다시피 하여 떠나온 곳인지라 집을 한 칸 사고 남은 것으로 몇 결 가리 밭을 옴크려 장만하고 나니 그는 역시 그까진 것 부쳐가지고는 도저히 두 입에 풀칠을 해나갈 수 없는 한낱 품팔이꾼 운명에 떨어져 내려온 자기 자신임을 깨닫지 아니할 수 없었다.

그렇게 일 년을 지내었다.

그러자 세상일이란 측량해 알기 힘든 일이 많아서 그 이듬해 봄 어머니는 남의 집 고사떡을 얻어먹고 식체食滯라는 기막히고 우습지도 아니한 병에 걸려 고만 돌아가고 만 것이다.

"난 인젠 더 어떻게 헐 수 없는 완전히 혼자 몸이 되었던 겁니다."

그때 이야기하던 곽산이 눈에 더운 곰물을 머금으며 자기의 두 손을 꽉 잡은 채 이러더라는 말을 유항이 아버지는 언제까지면 잊겠느냐는 듯이 이렇게 감격하게 말하였다.

"어머니의 시체를 묻어드리고 온 지도 얼마 안 된 나는 정말로 혼자 몸이 되어 어느 날 밤 밭 한가운데 쌓인 짚더미 위에 비스듬히 몸을 지대이고 누워서 푸른 밤하늘의 별들을 우러러보았던 거요. 그때 사람 사는 세상의 그 적고 허잘 것 없기란 이른 봄 청령한 눈녹이 밤바람이 있는 대로를 다 내어던지고 누워 있는 내 오체五體 위를 쓸고 가곤 쓸고 가곤 하였지만 나는 그저 하늘만 쳐다보고 멋없이 슬픈 것만 알았구려! 왜? 아버지나 어머니는 다 기구한 운명을 뒤집어쓰고 돌아가시고 인제 나만 혼자 남아서 먹기만 혼자 구복口腹을 위하야 벌어먹어야 하게 되었고 갈 데도 혼자 장만하여 가리고 자야 하누나 하는 생각이! 허지만 이 이지가지 없는 외롭고 쓰라린 생각만이 내게 백절불굴百折不屈의 용기를 북돋우어 준 것도 사실이었소. 인제부터는 어떠한 문제 어떠한 물결이 닥쳐오든 나대로 나 혼자서 그런 것들과 맞씨름을 해나가야 한다 하는 깨달음과 함께 곽산 소년은 벌떡 그 짚더미에서 일어났던 거랍니다."

유항이 아버지는 이러고는 김곽산이 어머니와 더불어 살던 한 칸 집마저 팔아버리고 훌훌 떨고 일어난 뒤에 남의 집 머슴살이로 들어가서 거대한 성공을 거두기까지의 입신담立身談을 자세히 이야기하였다.

머슴살이로 들어가 자기의 할 수 있는 데까지를 다한 그는 먹고 자고 한해에 벼 닷 섬씩밖에 더 받는 것은 없었지만 몇 결 가리의 밭이 남아 있는 데다가 집을 팔아 보탠 몇 마지기의 논까지 없지 안해서 게서 생기는 것도 있었고, 먹지 않고 쓰지 않는 덕으로 오륙 년 모이어 가는 동안에는 상당한 액수의 돈으로 불어 올라서 이 돈을 바라고 급한 데 쓸 것이라고 하면서 졸금졸금 동네에 빌리러 오는 사람까지 생기게 되었다.

아무도 의지할 곳이 없는 불상한 어린 사람의 것이라고 해서 급한데 석 냥 갖다 쓴 것을 혹 기한 안에 닷 냥도 엿 냥도 가져오는 사람이 있었고, 같은 값이면 이 어린 사람의 것을 불켜준다고 하여 소년 곽산의 방문지방은 닳아 불이 나도록 사람들이 드나들어 그의 푼입 돈은 이자에 이자를 돋혀 나날이 목돈*이 되어가는 것이었다.

곽산 소년은 자기도 모르는 사이에 차차 이 돈 모으는 데 재미를 붙이게 되었고 열중하게까지 되었다. 그렇다고 하는 것은 다름 아니라 이 얼른 보기에 얌전한 돈놀이 소년에게는 돈이 나날이 목돈이 되어감을 따라 남몰래 길러 내려오던 한 가지 야망野望의 씨가 가슴 밑에서부터 머리를 쳐들고 일어나고 있었던 것이니, 그것은 곧 그때 거기서 한 십 리나 바다 쪽으로 더 들어가 물이 갈라서 나온 데서 생긴 삼각주 위에 큰 갈밭蘆田이 하나 내어버린 것이나 다름없는 헐가로 내놓여 있어서 아무도 눈여겨보는 사람이 없는 이 무용지물이나 다름없는 물건을 사들이겠다는 그의 계획이었던 것이다.

이 몇만 평도 더 되는 허허벌판을 곽산은 어머니마저 여의고 남의 머슴살이된 지 열한해 만인 스물아홉 살 나던 해에 제 물건을 만들었다.

원래 헐가로 내놓였던 땅인 데다가 먹지 않고 입지 않은 곽산과 같은 홀몸으로나 있으려면 있을 수 있는 근검일로勤儉一路로 쌓아놓은 자금인지라 그 이듬 이듬해에는 방축을 쌓아서 물을 막고 갈숲을 밀어서 논이랑 지을 예산까지 넉넉히 잡아놓고 남음이 있을 정도로 축재蓄財가 되게끔 되었던 것이었다.

서른둘 나던 해에 비로소 본격적인 데로 들어가 시작이 된 이 일은 거창한 일마닥에 따르는 험준한 길과 거센 바람을 몇 고비씩으로 안고

| * 원문에는 '몫돈'으로 되어 있음.

넘어오지 아니할 수 없으면서도 육 년째 되는 서른여덟 살 때 봄에는 그 갈대만 무성히 자랄 줄 알았던 땅 위에 첫 나락 씨가 떨어진 것이었다.

이렇게 되기까지 곽산은 물론 적지 아니 노심하고 괴로움을 맛보지 아니할 수는 없었다. 그는 예비하여 놓았던 돈을 다 그 가운데 집어넣고도 다시 무너져 넘어오는 방축과 밀려들어 온 모래를 논이랑 들 밖으로 쳐내기 위하여 몇 차례씩이나 거듭 남의 돈을 빌려 쓰지 아니하면 안 될 지경이었다. 허지만 그는 빌려 쓸 수 있는 한 남의 돈을 빌려 쓰는 데 절망하지 아니하였고, 무슨 사업이든 이만큼 발전하여 빌려줄 만한 건덕지가 보이는 한 곽산이란 인물에게 돈을 빌려주는 데 위험을 느끼는 사람도 드물었다.

물론 지금 세상에서 이런 성공담은 천에 하나, 만에 하나가 있을지 말지 하고 백년에 하나 천년에 하나 생길지 말지 한 요행僥倖의 하나요, 기적奇蹟의 기적인 이야기이어서 그만큼 곤곤한 신세 같았으면 위선 한없는 노역과 세상의 천대와 끝없는 빚과 빚의 이자에 엎눌리어 여생도 마찬가지 곤곤한 처지 속에 숨을 거두었으리라 하는 것이 대강은 바른 소리겠지만, 허지만 그가 이러한 개간사업이라는 거창한 일방면에 발심發心을 하게 된 동기에는 어쨌거나 또한 이런 이야기가 숨어 있었다.

이것은 언젠가 유항이 아버지가 곽산 청년에게 무슨 동기로부터 비교적 땅 짚고 헤엄헤이기 마찬가지인 돈놀이를 집어치우고 이런 엉뚱하고도 거추장스러운 개간사업의 일 꾸며낼 계교가 생겼으며 일이 순조롭게 나가지 못하는 고비에 막 다다라서까지 남에게 빚을 놓아 이자를 거두던 손으로 어떻게 그처럼 무법無法하게도 그 무서이 불려나가는 돈 빌려 쓸 용기가 생긴 것이었더냐는 질문에 대하여 청년 곽산이 술회述懷한 대답이었다고 한다.

그러니까 곽산이 돈 늘리기를 고만두기 직전 일이었다.

하루는 그 동네에서 역시 남의 소작을 부치는 사람으로 임林무엇이라고 한 사람이 있어서 하루는 곽산에게 오더니 오늘이 자기 생모生母의 돌아간 소상 날이라고 하면서 돈을 백량만 돌려달라고 하였다. 자기네에겐 마침 준비가 없어서 그런 말 내기는 남부끄러운 일이지만 모쪼록 공양을 해드리고 싶다는 것이었다.

　그러나 모처럼 하는 그 사람 이야기가 마음에 들지 아니하고 사귀도 맞지 아니하는 것은 사별한 지 십 년째 되는 어버이의 제사를 이제끔 걸러오다가 문득 하루아침 생각이 나서 오래간만에 마음에 못 견디어 차리자는 제사라면 구차한 살림살이인지라 아들 된 도리에 어쩌는 수 없는 청이기도 하려니와 어느새 여느 사람 옷을 못 입고 여느 사람 것을 못 쓰고 떳떳이 남처럼 하늘을 쳐다보지 못하리라는, 이제 겨우 돌에 이르러서 어머니의 소상이 어떻게 되었는데 준비가 되었느니 안 되었느니를 도시 말할 처지가 되지를 못하는 것이다.

　그런 건 또 다 형식이라손 치더라도 조그마한 성의라도 성의라는 것이 있다면 남부끄럽다는 말로 어름어름 해 넘길 수 없는 무엇이 있어야 할 것이 아니냐는 생각으로 곽산은 없다고 시침을 떼고 만 것이었다.

　그러매 김이라는 사람은 길 맞은쪽으로 비스듬히 돌아앉아서 일인즉 한심하게 되었다는 표정으로 묵묵히 눈앞의 한 점을 노려보며 담배를 붙여 물고 빨기 시작하였다.

　한 대를 다 피우고 나서 몸을 먼저 자세대로 돌이켜 앉자 잠깐 동안 무슨 다른 대답이 있기를 기대하는 모양으로 손깍지 속에 무릎을 세워 안고 힐끗힐끗 곽산의 안색을 훑어보다가 청년이 언제까지나 입을 벌리려고 아니하매, 사나이는 다시 엽차기*에서 담배 주머니를 꺼내어 한 대

| * 엽차기 : 주머니.

를 담아 피워 물었다. 속에 불이 인다는 듯이 또 뻑뻑 빨아대었다.

"돌아가신 어머니는 하필 지금따라 무슨 생존해 계셔서 안 자시던 것을 자시고 싶어하실 리도 만무한 일이니 지금껏 봉공해드리던 대로 해받쳐 드리더라도 반갑게 받으실 겁니다."

비시침*이 안 될 정도로 곽산은 이렇게 쓴소리를 하였을망정 속은 의연하게 시원히 씻어내리지 아니한 대로 그는 돈이 잘 돌지를 않는다는 것을 유일한 좋은 핑계로 삼으려 하였다.

이 대답을 들은 사나이는 한참 만에 거동을 일으켜 먼저 담뱃불이 다 타 없어지기 전에 길마리에 떨어놓은 불똥을 주워 담아 또 한 대 담아 다리었을 뿐이었다. 그러고는

"정 그렇다면 헐 수 없지."

한마디 하고는 방 안을 나가버리고 말았다.

곽산도 일어나 그 사나이의 뒤를 따라나선 것이라고 하였다. 그로서 이런 일은 십 년 넘는 세월 동안에도 처음 당하는 일인 동시에 그렇게 마음이 헛헛해지고 뉘우치고 싶은 때는 없었던 것이라고도 하였다는 것이다.

"내가 이렇게 마음이 악착해지고 다른 사람이 되어가는 줄은 나도 몰랐댔습니다. 당신에게 꾸어드릴 고만한 돈은 내게 있었던 겁니다. 아니 그 이상도 더 돌려드릴 수가 있다고 생각합니다."

라고 하며 곽산은 그 사나이의 손을 잡고 눈물을 흘리다시피 하였다.

"당신이 그렇게 애걸하듯 사정을 할 때에도 속으로 나는 당신의 흠집만 들추어내고 있었던 겁니다. 그걸 다 이야기하지 않는다더라도 가령 당신이 두서너 대 피우는 담배만 가지고도 나는 꽤도 담배를 피우는 사람은 있군, 저렇게 곰배님베 피워서 하루에 서돈 어치를 핀대도 한 달이

| * 飛矢針. 날아오는 화살바늘.

면 열량어치는 담배 연기로 허공에 날려보내는 거이지. 열량이라면 두푼짜리 이자만 얻어 쓴대도 오백 냥 얻어 쓸 수 있는 이자요, 오백 냥이면 소 두 마리 값이 아니냐. 이 고장에서 소 두 마리로 농사를 짓는 대농가가 몇 집이나 되겠기에! 하는 따위의 야속한 생각을요. 이게 얼마나 악착스러운 야속한 생각임은 더 말할 나위도 없습니다. 뿐만 아니라 내가 담배를 먹지 않으니 할 말일지는 모르나 담배를 먹음으로 해서 구차한 살림이 덜리지 않는다는 생각도 너무나 억지임을 알았습니다."

라고 하여 사죄를 베풀고 나서

"허면서도 내게 이 생각은 유익했습니다. 아까 제가 우연히 생각한대로 지금 생각한다면 돈은 놓아서 사소한 이자를 걷어들이는 것보다는 그 돈을 써서 물건을 낳아서 막대한 이자를 받치는 편이 훨씬 이득인 것을 알았습니다. 어떻게 생각하세요? 돈 오백 냥 빌린 이자로 다달이 열 냥 돈을 걷어들이는 것보다는 오백 냥 얻어 산 소 두 마리를 가지고 품앗과 농사를 지어서 열 냥 돈을 바치는 편이 낫지 않습니까?"

사나이는 어리둥절하여 말도 무슨 말인지를 채 모르는 대로 곽산이 내미는 돈 백 냥을 손에 부러 쥐었던 것이다. 허지만 곽산의 심기는 여기에서 완전히 일전하였고, 삼각주 갈밭에 대한 결의나 예정도 확고한 것이 되고 만 것이었다.

"아무런 상관도 없는 담배 이야기기는 하지만, 그 담배를 이 늙으데기는 두어 번 된 죽음을 당한 뒤로는 고재만가 되어 지금껏 떼지를 못합니다레!"

하고 잘 볼 수 없던 얼빠진 헤벌어진 웃음으로 얼토당토않은 곳에 유항이 아버지는 곽산 이야기를 끝을 갖다 대었다.

아버지 어머니 생존해 계셨을 때에는 가난하나마 그 어버이들의 남유달리 부지런한 덕택으로 겨우 슬하에서 통감痛鑑권이나 읽을 수 있었지만, 그들을 여의고 난 뒤로는 십 년이나 되는 동안을 일정한 잠자리조차 없이 돌아다니며 마음의 의지할 곳을 몰라 하던 청년 유항이 아버지는 이 갈밭에 첫 나락 씨가 떨어지기 전전해이던 자기의 서른 살 때에 곽산과 알게 되었고 그 사업이 벌리는 날갯죽지 속에 쌔여 들어가게 된 것이었다.

지금 유항이 아버지라고 불리워지는 사람은 곽산 청년보다 나이 여섯 살이나 어렸었지만, 천애天涯의 고아라는 같은 존재성이 어느 웬만한 집 형제들보다도 더 단단히 그들의 운명관運命觀을 한 묶음에 묶어놓았던 것이었다.

허던 것이 유항이 아버지 들어간 지 이태 만인 해 봄에 뿌렸던 나락 씨가 가을에 열매가 되어 건히어 들어오면서 계속하여 순조로운 길 위를 거침없이 달려나오는 곽산 청년이 장가를 들고 아이를 낳고 하여 비로소 평탄한 자리에 주저앉게 될 뿐 아니라, 같은 운명의 벗에게도 못지않은 자리를 주어줄려고 드는 때 하여서부터는 청년 유항이 아버지는 또다시 방랑의 유혹을 이겨날 수가 없었던 사람이라 하였다.

곡절이 많고 쓰라리고 외롭던 지난 일이 모두 다 전대前代의 일처럼 희희낙락하는 웃음소리가 군데군데에서 벌어져 나오도록 이 땅이 이만큼 안정이 되었을 때에 유항이 아버지는 패가망신한 사람이 야간도망이나 쳐나오듯 물론 아무에게도 알린 이 없이 버스간히 그곳을 뛰쳐나온 것이었다. 그 버릇은 지금껏

"웬일인지 자기로서도 영 알 수 없는 일."

이라 하였다.

물론 그때껏 그는 결혼 전의 독신이었다.

허거늘 이렇게 뛰쳐나간 후의 그가 거리에 나가선 다시 한날의 막벌이꾼으로 산에 들어가선 한 개 금덩꾼으로 젊은 청춘을 다 소비하면서

곽산 청년과 같은 나이에 이르러서는 자기도 결혼하였고 늙었고 하여 보잘것없이 되었는데도 불구하고 어찌하여 다시 곽산을 찾아 돌아올 생각을 하였는가?

거기에는 청춘의 방랑도 순수에의 욕망도 검불과 꺼멍과 먼지와 흙탕과 모든 집착과 인습을 가림이 없이 온통 한데 몰아 한구덩이로 쓸어넣으려는 죽음에 대한 자각을 깊이 하는 겸허한 늙음이 가로놓여 있었는지도 모른다. 그랬다면 이 흐느적거리는 무력한 늙음으로 해서 일어나는 타산打算과 공리功利도 없지는 안했을 것이다.

그렇지 아니하고 어느 나라 말에든 능통하던 사람도 어느 곳에서 죽든, 죽을 때에는 어머니에게서 젖꼭지를 물고 배우던 그 말로 어머니를 부르며 목숨을 거둔다는 그런 단순한 서글픈 본능에서였는지도 모른다. 사실로 한편 그는 천애의 고아로서 곽산과는 운명의 같은 배꼽줄을 달고 나온 사람으로 알고 서로 힘을 주면서 서로 신명나는 청춘의 한때를 거쳐 보낸 사람들 중의 하나가 아니었더냐?

허지만 그는 이제 와서 그 어느 것에나 그렇다는 둥 안 그렇다는 둥 이야기는 하지 안했다. 다만 세상에 해보고 싶은 일을 다 하고 늙었다 생각하니 어떻게 곽산과 곽산의 그 땅이 다시 안 보고 싶을 수 있었겠느냐고만 하였다.

그가 곽산에게로 돌아온 것은 곽산이 죽어가기 겨우 삼 년 전인 자기의 쉰네 살 때이었다. 그럼 한번 돌아온 것이면 곽산이 죽은 뒤에라고 해서 다 늙은 나이에 기어이 그 땅을 다시 떠나 나올 것은 없었던 것 아니냐?

아무리 곽산의 상속인인 그 맏아들이 아버지의 물려준 땅을 모조리 팔아가지고 서울로 올라갔다 하드래도 따라가면 어떻게라도 아버지 친구의 여생을 골몰하게는 안 할 것이라 하였고, 또 아들에게 그렇게 하기를 부탁하고 간 것이 망인亡人의 유언이라고도 하거늘 어찌하여 곽산의 사후 이태 동안을 그곳에 남아 있어 곤곤한 중에 살아오다가 그 불상한 반려伴侶마저 산허리에 갖다 묻어버리고는 혈혈단신으로 그 곳을 떠나 나와버리고 만 것이었었는가?

여기에 그가 어따 처박을지 몰라 하는 노후老後의 몸만이 아쉬워 곽산을 의탁하여 돌아오지 아니한 것만 분명한 듯도 하거니와, 또한 이때 그가 곽산의 그 젊은 아들로 말미암아 맛본 낙담이 어떠한 성질의 것이었을까는 그가 따져 말하지 아니하여도 이런 이야기로도 충분히 짐작되는 일이었다.

곽산이 세상을 떠난 후 후계자인 그 맏아들이 물려받은 전지田地를 죄다 팔아서 들고 서울로 올라간 것은 거기서 걷히는 생전을 가지고 서울에 가 주저앉아서 자기의 선친으로 하여금 성공의 실마리를 걷어들이게 한 그 돈놀이의 사업을 다시 계승하리라는 계획에 있었던 것이었다.

농토를 가지고 연년이 일정한 수입을 바라보는 것이 아무리 땅 짚고 헤엄치기만 못지않은 안전한 방법이라고는 하드라도 화식도貨殖道에 있어서 본다면 그에게는 이미 이는 뒤처진 주판에 불과하였다.

보통 다른 지주가 하는 대로 하더라도 든 땅값과 농작의 모든 비용을 제한다면 년年 십 분의 하나를 거둘까 말까 한 데다가 작인作人에게 내어주는 농량農糧에는 별리를 가산加算하지 말고 내어달라는 대로 내어주라는 아버지의 전례요 또 엄격한 유언이었다. 그 위에 다른 데보다는 모두가 작인에게만 유리한 조건들로 되어 내려오는 곡초穀草나 기타 부수적으로 나오는 것들은 대개 나누어 갈려 들이지 아니한 선친의 관례이었던 것이다.

그래도 좋은 것이 남았다면 작인을 큰집과 작은 집으로 종으로 부릴 수 있다는 제도와 습관에 있을 것이지만, 이것도 인심이 순후하였던 지주의 고장일수록 도리어 대단한 아긋자긋은 맛볼 수 없는 노릇이었다.

그는 물려받은 전지를 방매함으로써 선친의 유언을 건드려 범한 것은 없었으나, 아버지 생전부터 주장해오던 화식貨殖의 도道를 충실히 실천하기 위하여 아버지가 그렇게도 수치로 알고 생전에 그처럼이나 누누이 이야기하던 모든 삽화揷話를 저버리고 서울로 떠나 올라가버리고 만 것이었다.

유항이 아버지는 이 이상 그 젊은 상속인의 이야기는 할 생각이 없다는 듯이

"곽산이 돈을 모아서 잘난 사람이요, 이름이 나서 잘난 사람인 게 아니라 정말 훌륭한 잘난 사람인 건 아마 나만치 아는 사람도 없으리다."

하고 나선

"허지만 섭섭한 것은 내가 서울로 따라 올라가지 안했다는 일보다도 사람의 종자란 믿을 수 없더라는 거야요. 강낭이나 조알이 강낭이나 조를 낳는 것만치도 사람 종자에 별다른 종자가 있는 게 아니더란 거야요."

이러면서 그는 자기가 서울로 따라 올라가지 아니한 변명으로 삼으려는 듯이도 보였다.

이 말은 유항이 아버지가 처음 대문 밖에 나타나던 날 집 안에 들어와서 그 신세와 지난 일을 이야기한 끝에 어머니가 위로해주며 같이 한 집에서 지나자고 붙들던 말로 내 머리를 쓰다듬으시며

"그러시구 말구요. 그러시구 말구요. 사람의 귀천貴賤을 말은 해 뭘 하느냐 속담 말에 죽으면 너도 나도 길 목침 벨 신세가 아니냐는 타령만도 못해서 우리 모자는 이렇게 날구 날마닥 길 목침도 못 되는 밭이랑 베고 자는 신센데요, 같이 지날 때까지 지나십시다요."

하시던 소리와 함께 나의 긴 방랑생활 가운데 깨달아 알게는 되었고, 그때 그네 가슴 밑에 가라앉은 이 냉랭한 적요寂寥에 닿을 것만 같애 이

따끔 쌀랑한 것을 안 느낄 수 없는 나이에 다다른 자기를 나는 깨닫는 것이지만, 생각하면 우리들이 살고 있던 그 집이란 참으로 색막素漠한 것이어서 산도 물도 아닌 평평범범平平凡凡한 들판 가운데 한 채 똘롱 떨어져 있었다.

전원田園이면 어느 메에서나 볼 수 있는 그러그러한 사위四圍의 풍광들과 집 운두란에 잇닿아서 집터보다도 두어 길이나 더 높이 난 강낭밭 경사傾斜를 등으로 하고 바깥 뜰악 한쪽 끝에 포플러나무들로 에워싸여 난 연못 하나를 매어놓고는 이 집의 용모容貌를 윤택하게 하거나 홍성홍성하게 하는 것은 다른 이웃은 더 말할 것도 없거니와 달려서 소작小作하는 몇 채 마가리*조차도 이 집에서는 보이지 아니하는 등턱 너머로 상당히 떨어진 곳에 있게 한 외로운 집이었다.

우두란 뒤 높은 강낭밭을 올라서서 동쪽으로 차츰차츰 기복起伏을 지으며 강낭밭이 끝난 곳에 조밭이 끼이고, 목화밭이 연달은 밭이랑들을 타고 올라가면 그 밭이랑들이 끝나 새로운 켠들매기**가 되어 내려가려는 쵀뚝에 벌써 오래전부터 돌보지 않는 주인을 모르는 한터의 산소가 있고 두 폭 솔이 서 있는 언덕의 말랭이***가 있었다.

이 쵀뚝 말랭이 소나무에 기대어 서면 눈 아래 굽어보이는 면면綿綿히 연달아나간 논벌의 저쪽을 건너 질러간 높고 긴 등뚝이 정正북녘에 아아峨峨히 솟은 먼 L산을 배경으로 하고 활채 모양으로 굽어 돌아서 그 한쪽 동켠 가장 귀 끝 주변으로부터 새로 발전하기 시작하는 N고을의 신개지新開地 신新 N정거장 거리가 내려다보였다.

머리를 아주 남켠으로 돌리면 울퉁불퉁하게 연달아나간 가지각색의

* 셋방살이.
** 켄들매기. '비탈'의 평안도 방언.
*** '마루'의 평안도 방언.

밭들이 끝나는 말랭이보다도 더 높은 지평선 위를 불쑥하니 솟아나온 위치에 꺼므집집하고도 꺼칠하게 퇴락하여 들어가는 구舊 N 고을 장이 아득하니도 멀어서 가지마다 모조리 낙엽하고 만 겨울을 치르고 난 까치둥지 모양으로 엉기엉기 얽히어 썰렁한 지붕 끝을 드러내인 모양이 멀리 뽀이아니 바라다보였다.

이 신 N정거장과 구 N장 사이를 날마다 남북행의 기차들이 먼 높은 하늘에 솔개 날 듯 스쳐 지나가곤 하였다.

나는 그곳 잔솔 밑 주인 모르는 산소에 기대이고 엎드리며 그런 차들을 기약 없이 기다리기도 하였고, 헛되이 기다리고 맞는 동안에 비록 보지는 못하였을망정 내가 경험해보지 못한 광대한 지표 위를 자유자재로 달리고 있을 기차를 널과 같이 그려볼 때마다 자기 존재의 얼마나 적음과 하잘것없음을 의식하고는 막연하나마 녹아들 듯한 슬픔과 깊은 외로움을 새삼스러이 느끼지 아니할 수 없었다.

"저런 차나 하늘 높이 떠 댕기는 새들이 아닌 댐에야 이 세상이 얼마나 크고 넓은지를 어떻게 굽어보고 안다 하겠니?"

웬만큼 분방불기奔放不羈*한 울음울이를 하는 뻐꾸기 같은 새마저 없었던들 봄이 오고 가는 것조차 몰랐을지 모를 소년의 가슴 가운데 이처럼 하염없는 건방진 동경과 절망의 사상을 길러내인 것도 이 너무나 단조한 평범한 자연과 그리고 그 따위 주변만이 빚어내어 줄 수 있는 느껴움이었을는지는 모른다. 허지만 그러한 동경이나 느껴움이 인간불화人間不和 더욱이나 일상 직접적으로 자기 생활과 정서에 세찬 물결로서 와 부딪치지 아니할 수 없는 어머니와 아버지의 불목不睦에서 오는 것임을 소년은 정확히 생각하여 본 일은 없었던 것이다.

| * 구애받거나 얽매이지 않음.

490

다만 그 직접 원인이 지금 자기가 L산을 바라보고 앉아 있는 발밑 스루스루 내려간 켠들매기가 끝난 평지 위에 밭을 밀어 자리를 잡고 세워진 대소大小 두서너 채 게왓막 속에 있는 것만은 그는 밤낮으로 듣고 목격하고 스스로 당하는 데서부터 알고 있었다.

쵀뚝 말랭이에서 보면 바른손 편으로 과히 떨어지지 않아서 이 게왓막을 내려다보는 켠들매기 중턱에 비슷비슷한 초가집 세 채가 옹기종기 붙어 있는 것은 원래는 이것이 다 그들의 농막이었으나, 그중 한 채는 이 게왓막 짓노라고 솔밭 들어가버리어서 지금은 땅과 작인과 집채 이 고장 농토의 거의 전부를 가지고 있다시피 한 T군의 큰 부재지주 김씨네게로 넘어가버렸으며, 가는 한낱 실길을 밭 사이로 따라 내려와 이와 게왓막과의 중간쯤에 게와가마 가까이 아궁지 뒤로 나붙은 일본 게와를 아무렇게나 떠 얹은 영성하니도 길쭉한 빈 집은 작년 가을 중국인 게와쟁이들이 들어 있다 떠난 집이었다.

이제 와서 아버지와 어머니 사이의 목불목睦不睦은 전혀 이 게왓막의 동정動靜과 그 소장消長에 달려 있었다.

앞으로 신 N정거장의 발전은 괄목할 만한 것이 있으리라는 아버지의 관측과 땅을 가지고 해마다 바라보는 추수가 무엇보다도 틈테 없이 든든하기는 하겠지마는, 거기에도 천재지변은 없다 할 수 없는 데다가 제 땅을 가지고 제 손으로 파먹는 사람에게나 말이지 그 수익이란 사실로 따지고 보면 또 얼마나 미미한 것이냐는 주장이 처음 이 사업을 일으키는 데 어머니를 밀어나갈 수는 있었다.

이리하여 한 이십여 리 삼십여 리 떨어져 있어 수수를 받아오던 논밭 뙈기며 산판 나부랭이로부터 정리하여 일을 시작할 때까지는 괜찮았다.

허지만 생전 꿈에 생각지도 못한 청인淸人 게와쟁이들한테 품삯을 졸리우고 명절이 닥치는 때마다 닭을 잡아내라 돼지를 사 먹겠다 기름을 내이던 끝에는 문전옥답門前玉畓과 입에 손같이 부리던 작인들까지 남이 되어 돌아앉게 되매 원인은 어디 있든 짜증이 나는 것은 어머니일 수밖에 없었다.

요 모양으로 꼬락서니는 지저분하게만 되어가면서도 작년 가을만 해도 채 흙이 얼기도 전인데 일을 거두어들이지 아니할 수 없었던 이 게왓막 직공들은 산지사방이 되어버리고 청인들 들었던 집도 저렇게 휑하니 비게 된 것이다. 전해만 하더라도 일이 없어지는 겨울 동안에는 처처에 돌아다니며 누데기 장사를 하며 봄에 다시 일 시작할 때까지를 기다리는 때에도 그들 살림의 뿌럭지는 저 아무렇게나 일본 게와를 떠 얹은 엉성하니도 길쭉한 집 속에 있었던 것 아니냐 하던 것이 어째 이렇게 되는 것이냐?

어쩐지 작구만 꺼칠하게 퇴락하여 들어가는 구 N장에 반하여 날로 새로 새 집이 서고 점포가 생기는 신 N정거장의 발전을 노리고 나선 이 제와업製瓦業이 처음부터 예산에 안 들어서는 사업도 아니요, 착안着案이 그릇되었던 일도 물론 아니었다.

사실 게왓막 한 채와 숯炭가마 만이나 한 가마 하나와 산판의 새薪 스 바리나 가지고 구워내기 시작한 이 사업이 그래도 이만한 규모가 되었고, 만주에 들어가 인부들을 데려오고 정거장에 나가 차車판으로 실어온 무순탄撫順炭으로 연료를 삼아서 빠른 공정으로 제작되어 나가는 제품이 체화滯貨가 안 생길 정도까지 되어서 속俗으로 꼬부라지는 장사가 된 한 땐들 없지 안해서 한불 이만한 확장을 거쳐나온 흔적이나마 남아 있는 것이었다.

하던 것이 어째? 원인은 단순하였다.

철로가 놓이면서 신 N정거장이 신개지로 등장하던 시초에 이 철길에 밀리어 묻혀 들어온 유무라[湯村]라는 한 일본인이 있었다.

노름꾼이라 하지만 원래는 당당한 노름꾼도 못 되어서 처음 정거장이 서며 두서너 집 인가가 들어설까 말까 할 때부터 거기 밑을 내리고는 하잘것없는 판잣집에 명색은 여관패를 내걸고 노름을 붙이고 개평을 뜯은 자이었다. 어느덧 이 신 N정거장 안에 집이 열 호에서 백 호, 백 호에서 천 호로 구 N장을 엎누르며 늘어나오게 된 십여 년의 세월이 경과하는 동안에는 유무라는 벌써 이 새로운 신개지 안의 알심 있는 부자요 권도가權道家가 되어 언제 내가 노름개평을 뜯었느냐고 수염을 내려쓸게 되었던 것이다.

조선에 나오는 일본인이 대개 이러한 경로를 밟아 제앞수리*를 하는 한 개 일본인 구실을 하게 되는 것이지만, 그도 대제국국민大帝國國民이라는 칼날에 서슬이 푸르른 권력만으로 그만큼 월등한 부력富力을 닦아나온 사람이고 보매 아무리 이 길에 들어서서 일일지장一日之長이 있는 아버지라 하더라도 한번 사업의 적敵이 되자 하는 날에 있어서 도저히 문제될 수는 없는 사람이었다.

유무라는 상품가商品價의 저하와 위선은 직공들에 대한 우월한 대우로 수지收支를 무시하고 나서는 운영책으로 말미암아 겨우 어떻게 힘을 얻어 발을 땅에 붙이기 시작한 아버지의 등을 엎눌렀다.

울면서 겨자 먹기로라도 안 따라갈 수 없는 아버지는 과연 유무라가 예견하던 대로 비싼 임금과 헐한 상품의 틈바구니에 끼어서 허덕이게 된 나머지에 처음 얼마 동안 재미를 본 이득금利得金을 올리고 나서도 모자라서 남의 빚까지 오륙 개 처處 지게 되었다.

그래도 일은 조금도 페이지 아니하였다.

무순에서 오던 연료는 저이들끼리라면 한 집안처럼 통하는 역驛 책임

| * 제가 마땅히 해야 할 일이나 책임을 뜻하는 '제구실'의 평안도 방언.

자로 말미암아 유무라에게 농단壟斷*되었고, 만주에서 구해오는 게와쟁이 기술자들도 값 나은 유무라의 공장으로 흘러 빠져 달아났다.

허지만 그럴수록 아버지는 유무라가 애당초에 자기를 때려눕히고 혼자 이 지방에 사업을 독점하려는 데서 이런 수작을 부리는 것임을 모르지 아니하므로 그는 유무라에게도 무리는 없는 바 아니라는 유일한 논리에 의거하여 끝끝내 손을 들고는 싶지 아니하였고, 내가 괴로우면 저도 괴로우리라는 악지로 우겨나가지 않을 수 없는 고집은 서게 되었다.

동시에 아버지는 자기와의 경쟁상대로 유무라로 하여금 제와공장製瓦工場을 만들게 한 시초로부터 이렇게까지 나오도록 하게 한 배후에 최금만崔金萬의 숙원宿怨과 술책이 숨어 있음을 물론 모르지는 아니하였다.

금만은 소위 덕이 집에서는 넘은마을이라고 부르는 길 하나 언덕 하나는 사이에 두었다 하지만 본래 그들과 한 동리에 살다가 신 N정거장으로 나간 지도 얼마 되지 않는 사람이어서 유무라와는 미묘한 관계가 있어서 돕고 도움을 받다가 이번 제와소 창설製瓦所創設에는 지배인까지 된 유무상통有無相通의 사이이었다. 그럼 대체로 이 금만이란 사람이 아버지에 대하여 가지는 숙원이란 무엇이냐 하면, 그것은 단순히 한두 가지의 원인이 몰키여 우연히 맺어진 것은 물론 아니었지만 그 주요한 내력은 대개 이러하였다.

신 N정거장 발추까지를 굽어들은 그 큰 방축의 한 토막을 내다보는 덕이네 집 앞의 별로 둘쑹날쑹도 없이 평다분한 논벌은 조, 강냉이, 감자 같은 것들이 심어 있는 아까 그 쾌뚝으로부터 내려온 동편쪽 밭들의 구릉丘陵을 허리띠와 같은 한줄기 실길로써 경계로 하여 퍼져나갔지만, 이 논벌의 거의 절반은 원래 덕이 아버지의 소유로 물어오기 전까지는 그냥

| * 이익이나 권리를 독차지함을 이르는 말.

갯벌 진펄이었다.

덕이 아버지는 이것을 몇 마지기의 논에 끼어 금만에게서 사들여 논을 푼 것이어서 집 마당에서 보면 그 큰 방축 전에 한 줄로 가로 포플러 나무들이 빽빽이 서 있는 불뚝 솟은 언덕 같은 것도 곧 새로 풀은 이 논들을 물에서 방어하자는 용의주도用意周到한 제이二의 안[內] 방축이었던 것이다.

최금만이는 구 N장과 촌을 넘나 댕기며 추수 때에 볏섬이나 거관을 붙여서 신 N정거장으로 끌어내 오는 처음에는 반상반농半商半農꾼 노릇을 하였으나, 정작은 하찮은 한낱 투전꾼이어서 자작농의 몇 뙤기 안 되는 땅을 팔아먹고는 분명히 반건달의 성격을 나타내게 되었다.

그는 헐 수 없는 판국이 되어 팔기는 하였으나 논으로 풀린 진펄이 갯벌이 기름이 즐즐 흐르는 덕이네 문전옥답이 된 것을 보면, 이것을 묶어서 대푼금*으로 팔아먹은 제 소견머리에 배알이 꼴리기도 하였고 거정도 났다 이리하여 장에서 한잔하기라도 하여 술이 취하여 고개를 넘어 올 때가 되면 언덕에 올라서서 등턱 너머로 내솟은 덕이네 굴뚝을 내려다보고

"에이 이놈 홍순이란 놈 이놈 퉤 이에 이놈 홍순이란 놈 이놈 퉤 퉤."

하면서 덕이 아버지 이름을 부르고 퉤퉤 건 침을 뱉었는데 덕이 아버지란대도 아무 죄도 없는 사람이므로

"나오너라 이놈, 나와 나오너라 이놈 나와."

하고 덕이 아버지를 저주하되 누구에게는 건과** 잡히지 않도록만 밸껏 이름을 외쳐서 스스로 밸을 풀려 하였다.

이런 건트집이 하루이틀에 걸친 것이 아니건만 덕이 아버지는 덕이

아버지대로 아무 개의介意함이 없이 보고 듣는 대로를 입빠르게 말하는 것도 둘째로는 화단이 되었다.

밤이 야심하도록 최금만이네 사는 넘은마을에는 개 짖는 소리가 끊기지 않는 버릇이 생기며, 금만이네 집 아래채에 어느 일본 놈이 두고두고 오는 까닭이라는 소문이 나게 되었다.

이러자 나쁘게 말하노라고 최금만이는 제 지에미까지 일본 놈에게 붙는다는 기연미연한 소리까지 나던 끝에 애초의 장본인인 집의 열여덟 난 딸자식만 신 N정거장에 방을 얻어나가 살림을 차리게 되었고, 그 뒤를 유무라가 보아준다는 것은 사실로 증명이 되었다.

"집이 바로 서고 동네가 바로 설랴면 투전과 외입이 없어져야지."

그 뒤 금만이는 투전 붙이는 현장을 잡히어 순검에게 붙들려 갔으나 벌금도 한푼 물지 않고 곧 무사히 놓여나오게까지 된 몸이건만, 덕이 아버지는 누구를 믿고 이랬는지 이러고는 금만이 귀에도 들어가라 하기를 서슴지 아니하였다.

허지만 덕이 아버지가 곧대로라면 아무리 듣기 싫은 소리를 하는 사람이라더라도 그는 그때까지 누구에게도 터무니없는 건과를 잡힐 껀터구는 없는 한 개 농사꾼이었다.

오직 최만금이가 미워서 금만에게만 척을 지어도 괜찮다는 데에서 온 것도 아니었다. 이 넓은 마을에 역시 최씨댁이라는 지리地理를 안다기도 하고 점도 쳐주고 들끓는 환자를 받아 묵히며 고쳐준다는 늙은 과부가 하나 살아 있어서 이를 내어놓고 비슷고 우롱할 수 있는 것도 오직 덕이 아버지뿐인 정도였다.

여기엔 이런 일이 있었다.

한해 봄은 모를 낼 때가 지나고 두벌 모를 하더라도 금년 농사는 시원치 않으리라고 하게 되도록 오랫동안 가문 때가 있었다. 하다가 느지막하여 시작한 비는 열흘 보름을 두고 싫증이 나도록 처내려 부었던 것이다.

그런지 어느 날 하루는 작이 큰집으로 들어와 앉아 이런 이야기 저런 이야기 하다가 그 비 이야기가 난 끝에

"큰방 아바니께 그런 말씀을 하면 욕을 먹을까 봐 가만 가만히 한 일이지만 이번에 이렇게 비가 오게 한 것도 정말은 넓은 마을 최씨네 댁 덕택이랍니다."

이러며 하는 말은

"너무 비가 안 와서 근심 끝에 한 번은 최씨댁을 보고 한번 빌어달라 했더니 최씨댁 하는 말이 너희들이 정 그렇다면 내가 한번 너희들이 비가 싫도록 한 번 비가 오게 하겠다고 하며 빌어준 거랍니다. 뭐니뭐니해도 용합디오."

하였다.

이에 이 소리를 듣고 있던 덕이 아버지는

"이 사람이 딱한 소리 작작하라구."

하고 핀잔을 주는 말이

"우리가 그럼 최씨댁을 믿고 농사를 짓는단 말인가? 가문 때가 있으면 비올 때도 있는 거요 오래 가물었으면 오래 장마지도록도 되어 있는 것이 세상 이치인데, 원 바로에 최씨댁이 단을 모으고 빈 덕택에 님자네들이 수고를 하여 씨를 뿌리고 김을 매지 않아도 먹고 살 쌀이 섬으로 쏟아져 내려왔다면 모를 일이지만."

하여 작인을 무색하게 하였다.

당자가 들어 싫은 것은 사실이었겠지만 비위에 마땅하거나 안 마땅하거나 그저 그런 사람이지 누구나 하필 싫다거나 원염이 있어 그러는 걸로는 동네에서도 알지 않았기 때문에 금만이도 이렇게 꾸려보고 저렇

게 꾸려보다가 결국은 꿰여지는 밑을 막지 못하고 신 N정거장으로 딸을 의지하여 망해나갔을 때에도 공공연하게 내어놓고 덕이 아버지를 해내일 수는 없었다.

허던 것이 신 N정거장으로 딸을 따라나가자 유무라를 쑥딱어려 게왓막을 일으키게 하고 계책을 써서 덕이네를 곤경에 빠뜨리게 하는 데에는 아모래도 금만이는 너무나 우세한 자리에 있었다.

그까진 경쟁쯤이야 몇 해를 지속하더라도 유무라에게는 꼼짝도 안할 생산품가生産品價의 저하와 일 값을 올려 직공들을 빼오기질 할 수 있는 금력金力이 있는 동시에 역장이니 뭐니 하는 자기네 일본 사람들의 연줄이라면 덕이 아버지에게 들어오던 연료의 길쯤 막을 힘은 얼마든지 있었다.

일인즉 이렇게 되어 몇 번 덕이네 게왓막에 연기가 끊기고 직공들이 새어나가는 동안에 어머니와 아버지도 똑같은 수효로 또한 몇 번이라 없이 말다툼과 싸움을 하지 않을 수 없었다.

요 모양으로 작년 가을도 채 흙이 얼기도 전인데 일을 거두어들이지 안할 수 없었던 것이어서 어머니는 그 알량한 게왓막 짓노라고 다른 것 없앤 건 다 그만두고라도 그 아까운 농막까지 팔어먹지 안했느냐, 당신 눈에는 대수롭지 않을지 모르지만 그래도 남은 두 농막이나마 인제는 착실히 지니고 연년 들어오는 추수 가지고 허다 못하면 죽이라도 쑤어 먹는 편이 얼마나 낫지 어느 하늘로 날러갈지 모르는 그까진 게왓가마의 마저 재 되기는 싫다고, 아야 자기가 버는 데서 모조리 뜯어 없애라커니 아버지는 지금껏 겪어 내려온 고추다 일 자체가 그릇된 계획이어서 그런 것도 아니요, 부자연스러운 인위와 억지로 일시 이런 곤경에 빠지기는 한 것이나 내가 괴로우면 저도 안 괴로울 수 없는 일이니 그리 조바심을 일으키는 것이 아니라커니 타이르던 끝에 끝끝내도 어머니는 따르지 아

니하매 그는

"그까진 데서 팔어가지고 이사를 오자고 주장할 것은 누구며 마소馬牛 뜯기는 풀밭 안 되는 이 진펄이 벌을 사가지고 논을 풀은 것은 누구였더냐? 무슨 일이든 위험 없는 일이 있을 수 없으며 처음 시작하는 일에 가슴 덜 악하고 섬뜨레하지* 않을 사람 디디고 없을 것이 인정이지만 눈을 지르려 감고 한발 나서보면 그것도 또 아무것도 아닌 때가 오는 법이다. 그땐들 안 될 일이라고 앙탈을 하여서 남의 손에 맥이** 풀리게 하였던 일을 좀 생각지도 못 하느냐? 또 고렇게 해서 된 논마지기이니 일이 마음성 같지 안해 실패를 한댄들 그다지야 마음 쓸 일이 무엇이냐?"

고 역정을 낸 끝에 훌쩍 집을 뛰쳐나간 것이었다. (차호완次號完)

---

* 섬뜨레하다 : '섬뜩하다'의 평안도 방언.
** 원문은 '맸이'.

제**3**부 　평론·수필·기타

나의 문학전前

허무
탐구는 비극의 혼에 통한다.
철학은 도달하기 위하여 출발하는 허무다.

그러나 문학적 허무는 늘 출발하려고 도달하므로 거기에는 완성된 허무라는 것이 없다— 다음 순간에는 도달된 체계도 없애지 않고는 못배기는 모색과 혼탁이 있을 뿐이다. 그럼으로 철학에서와 같이 큰 문학에서 투명을 구求하는 것은 잘못된 일이다.

그렇게 그 코스는 언제나 부정不定한 것이므로 일층 비극적이라 할 것이다.

바보는 없지만 천재는 있다.
그러나 이 천재는 바보가 낳[産]는 천재다. 그리고 이 바보는 잘 자기 몸을 죽일 줄 아는 바보이여야 한다. 잘 죽어야 잘 나을 것이다.

작품은 태어나지만 작가도 태어난다. 다시 말하면 작품이 작가를 낳는다― 이것이 없으면 문학은 나에게 아무 뜻도 없을 것이다.

작품이 작가의 것이면서 또 그의 손을 떨어지자 별개의 운명을 지고 간다고 하는 것도 실로 이 까닭이 아닐까. 그러므로 그는 창조라 하여도 결국은 자기창조에 급한 것이다.

예술가의 희생이나 자기만족이라 하는 말도 이리하여서 당연하게 들리게 되는 것이다.

자선

자기를 미워하는 자도 남을 사랑할 수 없을 것이요 자기를 사랑하는 자도 나를 버리고 남을 사랑할 수 없을 것이다. 나를 미워하면서 동시에 나를 사랑하는 자가 아니면― 단지 그러나 사랑과 미움은 다 제각각이면서 또 동시에.

사람은 악마의 안내를 받지 않고는 살 수 없을 것이다. 그렇다고 하여서 그는 역시 영구히 그의 신을 잃고 있을 수도 없는 일이다.

잃고 다시 구하는 동안에 그는 자기의 얼굴을 개조하며 또 동시에 그 모습을 따라 그의 신도 자기의 얼굴을 변경한다.

나[生]던 그 귀여운 얼굴을 가지고 자기의 생을 마친다고 하는 것을 나는 반드시 부러워하지는 않는다. 부러울지라도 그것은 절망이 없을 부러움이다.

그러므로 내가 가능하게 생각하는 부러운 타입은 잃고는 다시 찾지 않을 수 없는 그런 인물에 있다. 왜 그러냐 하면 그는 운명에 대해서 감히 공작工作하는 까닭이다.

모럴이란 것도 역시 나는 이렇게 이해하는 고로 문학이 모럴을 목표

삼아 간다고 하여도 좋다는 의견에 찬동이다— 도스토옙스키는 이것이 가장 능한 작가의 하나였다.

대체 사람의 손을 끌고 가는 악마의 심장에는 아무런 축임도 필요치 않은 검은 피만이 고이는가. 그리고 사해死海와 같이 거기서 사람은 '모—든 희망을 버려야' 하는가.

그러나 내 생각에는 그의 목도 한없이 탁한 것 같다.

머리로 해서는 아니 된다. 심장으로 해야 한다.

머리는 보지만 젖지 못하는 까닭이요 심장은 눈먼 이와 같으나 젖어서 아는 까닭이다.

예술가는 재조才操를 조심하여야 할 것이다— 이렇게 생각하고야 겨우 나는 안심한다.

만일 나 하는 일을 창작이라 하고 그것을 재조의 농간이라 한다면 나는 도무지 예술가라는 이름으로 해서 구원받을 길이 있을 것 같지 않다.

비참한 일이다— 나 나기 전에 벌써 나 사는 이 아름다운 세계가 창조라는 이름으로 이미 있었던 것이다.

움츠러트렸다가는 뛴다.

그러므로 가끔 나는 어느 것이 뛰는 것인지 어느 것이 움츠러트리는 것인지 분간키 어려운 순간이 많다. 이것만 체득하면 나는 내 문학의 길에서 태반은 그만이라 하여도 좋을 것 같다. 철학적 도축道蓄* 나는 부럽지 않고 축적된 과학적 지식도 그것에 비하면 요긴한 것인 것 같지 않다.

내게는 내가 예지叡智라 묻는 바 그러한 눈이 필요할 따름이다. 그리

| * 깊이 쌓아둠.

고 이러한 눈은 추구에서만 밝아지는 것이다.

아! 그러나 밝아지려 하는 사람의 욕심과 노력에는 한이 없다. 그리고 진실로 여기에 문학인의 업인적業因的 고민이 숨어 있는 것이다.

선천적 치매성痴呆性을 부끄러워하지 않아도 좋을 것과 같이 천재를 받았다 하더라도 거기에는 진실로 아무런 자랑도 없어야 할 것이다. 모두 한 우연이요 모두 내가 알지 못하는 바이다. 오직 그것은 남이 가지고 싶어하는 차별일 뿐이다.

그러나 생활이 나를 끄는 흥미는 역시 천재 속에 있을 것이다. 내게 천재를 만드는 것— 다시 말하면 내 생활과 일에 창조적 의미를 주는 것.

그리고 내가 이 천재를 낳기 위하여는 항상 문학과 결혼하여야 하겠고 항상 문학을 가슴에 간직하고 있어야 할 것이다.

그럼으로 생활을 앞서서 항상 내 손을 끌고 가는 이는 문학이다. 나는 이를 위하여 진실하여야 할 것이다.

정신적 진공—엑스터시

정신에 진공이 온다. 그러나 보통 진공은 아니다. 문학인은 이 진공을 만들기 위하여 화학에서와 같이 역시 복잡한 원소를 화합시키지만 실상 그 진공은 분열이요 분열의 극치 작용일 따름이다.

그는 항상 비극의 실험자이다.

그러나 그들의 견학자는 그 관 속에 든 비극의 미묘한 화합작용이 잘 보이지 않으므로 때로는 그 실험자를 변태적이라고도 하고 병적이라고도 한다.

그는 본능적으로 그 심연에서 나오려고 한다. 그러나 동시에 보다 더 깊은 심연을 파지 않고는 못 배긴다. 보다 더 깊은 심연을 파기 위하여 다시 말하면 그는 그 심연을* 재기 위하여 나오는 것이다.

그러나 아무리 파들어 간다고 하여도 거기에는 예술가를 질식시킬 아무런 독한 와사瓦斯**도 없다. 그는 고민할 것이다. 그러나 다시 소생한다.

이것을 나는 고독의 심연이라 한다.

머―ㄹ리 앞이 보이지만 당도하면 이미 생겼던 그 앞은 꺼져간다. 거기서 다시 앞이 보이는 것처럼 생각되는 곳까지 간다. 그러나 또 보이지 않는다. 이리하여 끝이 없을 것이다.

아무런 Denouement***도 없는 한 무한한 Complication****이야말로 창조가의 전 내면생활이다. 그는 비극의 비극을 사는 자이다.

절대의 금기가 있으니 상식이 그러하다.

예술가가 상식을 낳지 않기 위하여서는 악마의 조력까지가 필요하였다. 문학인이 쓰는 악마라는 말은 이리하여서 난 것이 아닌가.

하여간 상식은 그렇게 추근추근한***** 것이요 질긴 것이다. 그러나 백만인의 신도 한 악마에게는 적수가 아니었다.

Ne pas se refroidi, Ne pas se lasser.******

아! 그러나 이 허무 이 권태가 낳았던 것이다.

* 원문에는 '深穌를'로 되어 있으나 '심연을'의 오식으로 판단됨.
** 가스.
*** 결말, 대단원.
**** 복잡, 혼화混化.
***** 원문에는 '축은죽은한'으로 되어 있음.
****** 열의를 갖고 지치지 마라.

투우를 위하여 투우장이 있는 것과 같이 내 혼의 주소도 투쟁이 떠나면 아무 소용이 없을 것이다.

천국의 전 영토를 휩쓰는 왕의 왕자가 되느니보다 나는 차라리 지옥의 조그마한 말석을 차지하려고 한다— 내게는 가혹이 필요하다. 그리고 늘 매력 있게 향수할 수 있는 낙이라고 하는 것도 실로 그것이 주는 저 비참이라는 것에 지나지 않지 않는가!

아무래도 그렇게밖에는 내 혼을 설명할 길이 없다. 내가 충분히 이 비참을 씹기 위하여는 앞에서 어느 누가 '내 태양'을 가려서는 아니 된다.

이리하야 인간의 두 족속 중 학인은 역시 디오게네스의 후예일 수밖에 없는 것 같다.

절대의 적막

아— 그러나 얼마나 무서운 소리가 들려오느냐.

세계가 파괴하여 가는 저 소리, 세계를 형성하여 가는 저 소리.

이런 적막을 가져야 하고 이리 적막을 묘사하여야 한다.

부득이 어느 것을 뽑아야 한다는 경우에는 나는 사는 쪽을 뽑을 것이다.

그러나 내가 쓰기도 하는 날에는 나는 단지 한 사람 내 단점 장점을 잘 알고 내 허물을 잘 아는 단 한 사람 영리한 내 아내를 상대로 쓸 것이다. 그에게 이야기하는 동안 속이려고 하여야 쓸데없는 노릇이다.

작자가 생각하는 독자는 항상 영리하여야 한다. 그러기에 작가는 자기 몸을 나타내는 법은 아니로되 언제나 나타내는 자기를 속일 수는 없는 일이다.

눈앞에 있을 때는 가지각색의 것이 다 보이다가 보이지 않는 곳에 들어가면 마이너스도 없어지고 플러스도 없어진다.

무한한 것은 마찬가지 무한한 것이오, 무한은 무한을 아는 까닭이다.

천재가 있는 것이라면 위대한 천재는 내 생각에는 일면 말할 수 없는 천치天痴가 아닌가 한다. 제 살을 먹어가며 쓴 자기의 작품도 도스토옙스키는 잘 찢어버렸고 찢어버리기 위하여 또 썼다. 더는 모르지만 그러나 이렇게 자기 살을 잘 찢어버리는 어둔한* 중에 어둔한 사람 좋은 저 '백치'는 우리가 달하기 힘든 한 큰 천재였다고 하는 말도 있다.

실상은 우리에게 너무 천재가 많아서 걱정인 것이다. 마이너스라도 등뒤에 붙이고 한없이 달아날 것 같은 무지한 마라톤 경주자는 이렇게 밝은 세상에서는 당분간 보지 못할는지도 모른다.

정도를 넘어선 겸손은 정도를 넘어선 고만高慢**보다도 해롭다. 그는 제 허리를 굽히면서 남의 절을 받는다.

그러나 진실된 겸손은 남모르게 품은 고만인 까닭에 가장 아름다운 덕인 것이다. 그리고 그것은 남모르게 천재를 이기고 있는 까닭에 제일 무서운 무기이다.

—《조선일보》, 1935. 8. 2~4.

---

* 아둔한. 슬기롭지 못하고 머리가 둔한.
** 뽐내어 건방짐.

오월의 기록

명백히 설명할 수 있는 소설이란 보잘것없는 것이 많다. 그러나 명백히 알기 전에 써서는 아니 된다.

여기 내 수기手記를 시작한다.

명확히 알기 전에는 써서는 아니 된다. 이것은 소설이 한 사상에 통제되어야 한다는 말이 아니라 소설은 소설 자체에 자명한 것이 되기 위하여 그 안에 충분한 문제를 가져도 좋을 것이오, 그 문제와의 접촉이 긴밀하여야 한다는 말이다. 대체 사상이란 것은 생활의 구체적 스펙트럼이* 가진 여러 가지 광색 중의 선명한 한 색깔에 지나지 않을 때에야만 비로소 사상으로서의 성격과 규범을 가지는 것이니까.

성격을 그려야 하고 그린 성격이 형성되어야 한다. 충분한 문제를 품

* 원문에는 '스펙트르가'로 되어 있음.

510

은 이 가능한 성격을 제공하는 것이 작가의 유일한 도덕이라고나 할까. 도덕이 문제되는 날에는.

알렉산더 대왕과 나폴레옹의 영토, 디오게네스나 파스칼의 취미, 하나도 남은 것이 없다. 문학사에 있어서도 그러해서 나는 햄릿이 어느 나라 왕자였던가를 기억할 길이 없다. 알렉산더적 인물 파스칼적 인물 햄릿적 인물 이러한 인물은 지금도, 항상 있거니와 어느 미래에도 없어지지 않을 터이니까.

그러나 특별히 주의할 것은 취미와 타입와의 관계─ 그 접촉과 괴리.

한 꽃나무의 한 꽃에 한 빛의 꽃잎이 없다. 작가의 근시안이 고양이의 눈과 같이 응시하는 것도 이 까닭이요 늘 그 모상貌相이 변해가는 것도 이 까닭이다. 그러므로 그는 말〔言語〕이란 것을 쓰게 되지 못하고 항상 자기의 말을 만들지 않으면 아니 되는 것이다. 제 몸에 맞도록 남의 옷을 뜯고 다시 붙이듯이.

물에는 냇물도 있고 심연의 물도 있고 또 호수 폭포수도 있다. 주야로 흐르는 물, 주야 없이 침정沈靜하는 물, 그리고 항상 높은 데서 떨어지려는 물, 다 있어서 좋은 물이다. 어느 격동하는 물을 어느 물에다 흘러넣을 것도 없을 것이요, 어느 자는 물을 어느 물 때문에 깨우칠 것도 없을 것이다. 이것을 작가의 윤리라고 생각해서는 아니 된다. 작가에게는 항상 있는 것을 있는 대로 보고 그 있는 대로 허용하는 것밖에 어느 선두에선 아무런 윤리도 없는 것이다. 세상을 있는 그대로 허용하는 마음, 거기에 작가가 가진 높은 구슬픈 연극이 드러나는 것이 아닐까.

꼽댕이* 아들의 후처와 그의 첩의 자식 주정뱅이 영주永周, 해원 선사

海原禪師 대금업자 민보걸閔甫傑 그 형 투기사投機師 상걸相傑 허許판수 최서기崔書記 곰배팔이 진다眞多(1)** 다 쓰기 힘든 사람들이다. 그 존재성을 이해하고 그 존재의 관심을 따라서 어디까지든지 따라 들어가야 한다. 그리고 무엇보다 긴요한 것은 그것들을 Com+Passion***해서 알 것이다.

가령 주해우朱海宇와 같이 너무 그 존재를 잘 이해하고 있는 때문에 못 쓰는 수도 있을 것이다. 자기의 정말 얼굴을 나타내지 않는 이러한 악성의 고독자는 남과의 교섭이 없고 있다 하여도 항상 남에게서 받아들이는 것만이 있을 뿐이오, 그 받아들인 것이 자기로서는 마음에 상당한 반응이 있건만 침묵하거나 그렇지 아니하면 세상 이야기나 해서 그 자리를 때워버리는 까닭이다. 그러나 이러한 사람은 그 성격에 많은 복선을 가지고 있는 법이라 때로는 몹시 잔소리 감투가 되는 것도 잊어서는 아니 된다. 여기에 성격의 파괴와 형성이란 소설수법에 있어서의 곤란한 문제가 따라오는 것이지만. 그러면 해우海宇는 그 침묵의 '바네'****를 어디다 푸는 것일까—곰배팔이 진다眞多와 같은 보잘 것도 없고 어디가 붙접할 곳 없는 사람, 말하자면 그러한 사람에게—왜 그러냐 하면 해우는 진심으로 겸손한 사나이인 까닭이다. 그러나 그저 겸손한 것은 아니요, 철희哲姬와 같아 예지가 있고 어여쁘고 다재多才한 애인에게는 자기 마음에 얽히는 이러한 암영暗影을 투사하려고도 하지 않는 한편으로는 몹시 고만高慢한 인물이다. 왜 그러냐 하면 그는 그 앞에서 쓸데없이 노닥거리기까지 한다. 해우는 자기에 대한 □한 의식, 자기에 대한 패잔敗殘의 의식. 이런 의식으로 항상 자기를 정돈하고 자기를 의심하고 사는 인물이다.

---

* '곱사등이'를 뜻하는 평북 방언. 원문에는 '곱냉이'로 되어 있으나 문맥상 '곰댕이'의 오식인 것으로 보임.
** '민보걸'은 「야한기」에 등장하는 인물임. 창작 노트를 옮긴 것으로 생각됨.
*** 연민, 동정.
**** banne(불어). 차일, 차양.

그러나 이 실험은 자기와 같은 존재가 살아나가는 데는 없어서 아니 되는 한 끼니가 되어 있거니와 이 끼니가 철희의 행복을 식상하게 하지 않을 것도 모르는 바는 아니다. 황차 이 여인은 지금 자기를 구하고 있지 않은가!— 그러나 왜 그러냐 하면 그는 자의식에 괴로워하는 사람이요, 또 한편으로는 그 가혹한 실험을 붓도 들지 못해 하는 사람이다. 그러한 까닭에 그는 이 자기 내□에서 살고 있는 유일한 진실을 깨트리고 싶지 않은 것이다. 즉 남이 나를 욕할 때에는 그는 그것에 항거할 충분한 고만을 가지고 있는 것이다. 남이 보기에 해우란 사람이 위선자인 까닭이요, 해우 당자當者도 안저보아 마음의 고만한 상태가 자기의 존재성을 거실據實*하게 하는 까닭이다.

자기가 하고 싶은 일, 자기가 하려고 하는 일, 자기가 느끼고 생각하는 일은 다 자기로서는 남에게 알리고 싶은 일이다. (1)의 존재자들**은 이 욕망이 거의 본능적으로 나타나기 때문에 이것을 표현함에는 여러 가지 손쉬운 형식이 있을 것이다. 그러므로 이때 그들의 생활태도가 작가와 친근함이 없다 하는 것도 문제가 되지 않는 것이다. 그리고 이것은 또한 애써서 진기 있게 묘사해내야 하는 것이지만, 해우와 같은 사람에 있어서는 그러한 것이 없고 구심적으로 입에 떫고 쌉쌀한 것을 항상 다시고 있는 사람에게는 대화라든지 편지라든지 또는 수기 같은 것으로 어울리지 않으므로 여기에는 무슨 새로운 수법이 안출案出되어야 하지 않을까?— 그 수법이란 것은 말하자면 할 말을 다하면서 자기를 나타내지 않는 사람, 자기를 나타내지 않으면서 자기를 표현하는 사람, 그러한 자리에 해우는 앉혀져야 할 것이다. 왜 그러냐 하면 그는 실상 너무도 감상하기 쉬운 사나이이기 때문에 침묵하는 사람인 까닭이다. 그러나 또 한 가

* 사실에 근거함. 원문에는 '慮實'로 되어 있으나 '據實'의 오식으로 보임.
** 연재 1회분의 인용 부분에서 나오는 인물들.

지 다른 방법은 그를 위요圍繞하고 있는 (1)의 군상을 인상적으로 선명하게 그리는 것— 가장 다채한 그림 속에서는 교묘하게 앉힌 한 점의 블랭크*도 유난하게 눈에 띄는 법이니까.

어느 가을날 할아버지는 손녀 두 아이를 데리고 산에 갔다 돌아오는 길이었다.

큰아이는 산에서 밤나무를 꺾어 한아름 안고 작은아이는 들에 내려가서 들국화를 한 묶음 해 들었다. 꺾어 들은 밤 가지에는 먹음직한 밤송이가 달려 있고, 꽃도 송이송이 산 향기가 품긴 향기로운 꽃이었다.

아이는 큰아이고 작은아이고 다 제 가진 것이 자랑스러운 얼굴이었다.

그러나 앞서거니 뒤서거니 동생 것과 내 것을 견주어보며 얼마를 갔던지 서서 동생의 든 것을 노리며

"그까짓 꽃을 뭘 하니?"

하며 그는 돌이켜 할아버지를 보고 그리고는 또 동생을 턱을 받쳐 가리켰다.**

"그까진 것 갖다가 밥이 될 텐가 죽이 될 텐가."

하고 어른 티가 나게 또 할아버지를 돌아보고 눈으로 동의를 구한다. 동생은 갑자기 할 말이 없이 시무룩해지며*** 한참 서서 언니를 보고 제 꽃을 보고 제 꽃을 보고 언니 든 것을 보고 그리고는 입을 씰룩하더니

"그까짓 건 또 뭘 할 텐가."

하며 동생도 언니에게 대들었다.

"왜 먹지도 못해? 죽겠지 왜."

---

* 빈 곳. 원문에는 '뻘랜크'.
** 원문에는 '가키엿다'.
*** 원문에는 '식무룩해지며'.

하는 것은 언니의 말

"죽긴 왜 죽어. 꽃은 또 왜 보지 못하나?"

"그까짓 것 며칠이나 봐."

"그까짓 것 또 끼를 여월 텐가. 난 밤 같은 것 먹고 싶지도 않아. 배가 요렇게 부른걸."

하고 동생은 없는 배를 내밀고 언니 눈앞에서 두들겨 보였다.

"빌어먹을 년. 제까짓 게 안 먹으면 얼마나 안 먹어!"

"왜 누가 안 먹지 말라 그랬어? 빌어먹긴 먹고 싶은 년이 빌어먹지 왜 내가 빌어먹어. 안 먹을 테야 안 먹어. 안 먹으면 그만이야."

말이 오락가락하다가 싸움이 되어 큰아이는 동생의 꽃 쥔 손을 치받 쳐 올렸다. 동생은 와아 터지고 꽃은 산산이 땅에 흩어졌다. 늙은 할아버지는 흩어진 꽃을 주워 올리며

"자자. 싸움 될 게 하나도 없구만. 자자 일어나 일어나. 아이들이란 이래서—." 하고 땅에 주저앉은 작은아이를 달래었다.

존재의 오버*와 그 □심성 내지 운명에 대한 □□의 문제.

해우에게는 여러 가지 문제가 많다. 이것은 결국 □□가 있어도 좋으냐 있어서는 아니 되느냐 하는 문제다. 있어야 한다면 그에게 문제는 간단한 것이다. □□가 있어서는 아니 된다면 그때는 문제는 더욱 간단한 것이다. 이것이 문제인 것이다. 대체 누가 이러한 계시를 복 있게 받았을까— 이것이 해우에게는 문제다. 그러면서도 그는 이 자기의 숙명적인 의심증에 절망을 가지느냐 하면 그런 것은 아니요 말하자면 그는 이러한 무규범 무목적 무신無神의 상태에서 건져날 길이 없는 곳에 일종의 구원

| * over. '과잉'의 의미로 사용된 듯.

까지도 받고 있는 사람인 까닭이다.

작품의 심도深度라고 하는 것은 어느 깊은 곳에 있는 것이 아니요 깊이 들어가는 데 있는 것이다. 해우의 문제라고 하는 것은 하나도 붙들었다 놓을 것이 없다.

처음에는 표현할 것이 너무 많은 것 같아서 문학을 시작한다. 그 다음에는 그것이 그대로는 살지 않는 것임을 알아서 고민한다. 그리고 지금에는 그 사는 것이란 것을 의심해서 못 쓴다. 이렇게 해서 그는 한 편씩 한 편씩 시를 잃어버리는 것이다. 잃어버리면서 씹히는 쌉쌀하고도 단 고독의 악락사탕!

그 쓴맛이 싫다고 왜 뱉어버릴까! 그러면 또 단맛만을 빨다가는 왜 울고 싶은 것일까! 이렇게 생겨난 것이 해우란 사람의 존재적 '숙명'이라는 탓이다.

의욕해서 한 일은 한탄할 것도 없다. 의욕 없이 된 일은 한탄할 수도 없다. 다 운명에 대한 깊은 의욕이다.

그러면 해우는 왜 자기가 죄인이었을 것이 괴롭지 아니하고 허물 된 것이 괴로울까? 죄악은 마음에 고만을 가질 수가 있는 까닭에 괴롭지 않고 허물은 고만할 것도 없는 까닭에 괴로운 것일까?

며칠을 두고 애쓰고 몇 달을 두고 해결 못한 것이 하루아침 문득 변소에서나 저녁 목욕통 같은 데서 맺어지는 수가 많은 것은 웬일일까. 변소나 목욕통이 다 하루의 몸때를 벗는 곳이 되어서 그러할까? 그렇지도 않으면 일〔問題〕이라고 하는 것은 당연히 해결되도록 되어진 것인 까닭일까?

가령 사람이 깊은 우물 같은 데 떨어질 때는 각각 제 일생 삼십이면 삼십 평생 육십이면 육십의 평생을 찰나적으로 다 회억回憶한다는데, 그렇다면 사람은 어느 날에 가서는 일생에 해결 못한 문제를 해결하지 않고는 못 배기는 듯도 하다. 적어도 해결했다고 생각하는 것만이라도 있어야 하는 것이 아닐까?

얼마든지 끌어내려 가기도 하고 하루저녁 우연히 끝맺을 수도 있는 이러한 문제! 그러므로 신은 존재해서 인생을 다스리는 것이 아니라 인생의 부름에 응하여 오는 자가 아닐까? 집을 단념하고 처자를 단념하고 명예와 재산을 단념하고 그리고는 자기의 생명까지도 체념하는 해우와 같은 중병환자의 부름에—.

고백이란 문자 참회라는 문자가 없을 때에 어느 누가 먼저 고백과 참회를 하였을까— 고백이란 말이 얼마나 많은 고백, 참회란 말이 얼마나 많은 참회를 끌어왔을까?

주정뱅이도 그러한 참회자요 세상의 철면피라고 하는 자도 이 내친 걸음을 걷는 참회자에 지나지 않는 것이다. 우리는 어거스틴*의 참회**를 안다고 한다.

그러나 그 후의 참회를 우리는 알지 못하고 있는 것이 아닌가?

이것으로 보면 해우는 참회하는 사람이요, 한 후에 또 참회할 것을 하는 사람이다. 그는 한 번 하고는 그날그날 그때그때의 짐을 벗어버리는 주정뱅이도 되고 싶지 않고 한평생 내친 참회를 하는 인생의 철면피도 되고 싶지 않은 것이다.

왜 그러냐 하면 그는 분열의 천재인 까닭에—

—《조선일보》, 1936. 5. 27~30.

---

* 아우구스티누스Aurelius Augustinus, 354~430. 로마의 주교, 성인. 기독교회의 고대 교부敎父 가운데 최고의 사상가이며, 교부 철학의 대성자大成者로, 고대 신플라톤주의 철학과 기독교를 결합하여 중세 사상계에 영향을 주었다. 저서에 『고백록』, 『삼위일체론』 따위가 있다.
** 아우구스티누스의 참회의 자서전. 34세 때까지의 자신의 생활을 반성하며 신의 은혜를 감사하고 찬미하였다. 400년경에 완성하였다.

유월의 감촉

　'유월의 감촉'은 나와 같이 청춘에 오탁汚濁이 많은 사나이에게는 어울리지 않는 제목입니다.

　봄이면 봄, 여름이면 여름, 가을이면 가을의 각각 가지는 독특한 빛과 소리와 내음새가 있을 터이지만, 그 시절 시절의 자연을 상구해보지 못하고 그 내음새에 깨어나는 일 없이 제 땀 배인 체취 속에 살아온 것이 저입니다.

　자연이 아름답지 않을 수야 있겠습니까. 자연을 깊이 생각할 때 두려운 마음을 갖지 않을 수야 있겠습니까. 하지만 그 두려움과 아름다움의 '아리요오'*가 저처럼 오탁이 많은 청춘에게는 흡족하지 않았던 것입니다.

　이리도 제게는 '저'라고 하는 '사람의 살림살이'라고 하는 한 덩어리 더럼을 탄 고깃덩어리가 제 지각에 숙명 지어진 것입니다. 이것이 저를 잡아당기고 이것이 저를 가두는 것입니다. 그리고 내가 갇히어 있는 이

---

　* 有り樣(ありよう). 모양, 상태, 실상.

'인간'의 움은 제가 필사적으로 게여* 올라와버리려는 치명적인 움이면서 또 동시에 환희가 되건 절망이 되건, 되건 아니 되건 결말을 지어야 할 곳은 이곳을 내어놓고는 없었던 까닭입니다.

여기에 제 적어도 낭만적 정신이라고는 할 수 없는 어느 적은 살림의 태도가 있었던 것입니다.

이렇게 말씀하는 데에 어떠한 과장된 기도루한** 기색이 보인다고 하시더라도 지금 내가 앉아서 '유월의 감촉'이란 제목을 걸고 자연을 그리는 것보다는 저로 앉아서는 진실된 것이 없는 것도 아니고 또 마음에 여유도 생길 것 같습니다.

저는 장차로라도 자연을 그리려고 하지 않겠습니다. 어느 날 제 젊은 청춘이 늙고 처져서 그러한 것을 그리지 않으면 아니 되는 날이 있을는지는 모르겠습니다. 하지만 그것은 일생을 두고 어루만져도 분명한 현상이 되어 나올 것 같지 않은, 나와 같은 젊은 청춘으로 앉아서는 보잘것없는 패망이 아닐 수 없다고 생각하는 까닭입니다.

이렇게 쓸 기회를 주시었으니 제 잡문 못 쓰는 변명마저 이야기해두는 것이 시원하겠습니다.

P가 잡지를 편집하고 있을 때에도 그는 시절이 바뀔 때나 무슨 그러한 기회에는 나에게 이러한 글쓰기를 권한 적이 몇 번이고 적지 아니 있었습니다. 그는 내 탁 가라앉아버리기 쉬운 마음을 늘 고무해주던 사람이요, 또 하나는 내 살림의 실상은 궁글은*** 실속을 잘 아는 이인 까닭이었습니다.

그러는 때마다 제가 차차 써보자고 하면 그는 문학을 공부하는 젊은

---

* 게다 : '기다'의 평북 방언.
** 気取る(きとる). 점잔 빼다. 거드름피우다.
*** 궁글다 : 내용이 부실하고 변변치 아니하다.

사람으로서 어느 잡문 쓰지 아니한 대가가 있었느냐고 하면서 자기로서도 비참히 생각하고 있는 역설 반 농담 반으로 서로 웃고 한 밤이 있었습니다.

세상을 의사가 의술로 벌고 변호사가 구변口辯으로 버는 그러한 운명을 문학청년이 가지고 있지 않다고 하는 것은 하필 왈 돈에만 상관해서 하는 말이 아닌 것이 아니겠습니까. 이것은 단지 코집은* 한 내 감상벽에서 하는 말뿐이 아니라 이것을 믿고 생각하고 나아가는 제 마음에는 지금도 변함이 없습니다. 그러므로 만일 제가 어느 시일까지는 잡문을 써서 그것으로써 한평생 먹을 양식을 만들 수 있지 못하는 한, 그러한 것을 그리고 있을 마음의 여유가 없다는 것이 저와 같은 청춘으로 앉아서 과장된 표현이겠습니까.

다행히 저도 문학을 사모하고 사는 사람이 되고 보았으니 한번 고집해서 힘들게 늙어보리라고 하는 것은 제 거짓된 탓이 아닐 것입니다.

언제 한번 이런 발뺌의 글이라도 쓰지 아니하면 아니 되었던 것을 용납해주십시오.

—《여성》, 1936. 6.

* 남의 말을 잘 듣지 않고 고집이 센. '코집'은 '코를 이룬 살덩어리'를 뜻하는 평안 방언.

자서소전自叙小傳

경술생으로, 용천이라는 데서 나서 거기서 소년시대를 보냈습니다. 바다도 아니요, 산도 아니요, 그리 터진 벌도 아닌 그렇게도 감격이 없는 평평범범平平凡凡한 곳에서 동무 하나 없이 일가 하나 없이 지냈습니다. 그런 곳인데, 저는 몹시 학질을 잘 알아서 여름날 마당에 멍석을 내다 깔고 종일 혼자서 와들와들 떨던 기억— 그렇지 않고 아버지가 계시는 때는 그 쓰디쓴 교갑*에도 넣지 않은 금계랍金鷄納**으로 지는 생명의 세례를 받았습니다. 더러 오화단*** 먹던 기억도 있는 소년이 있습니다만, 그 많은 소년의 감상 중에서도 이만치 잊혀지지 않는 감상은 없을 것입니다. 지금껏 수없는 병을 알아오면서 저는 그때를 회억하고 슬픈 생각과 위안하는 마음을 만들어옵니다. 중학은 중앙中央****을 나왔습니다. 소학교 졸업하는 해 여름에 서울로 전학을 오면서 통신부通信簿라는 말을 알

* 膠匣. 캡슐.
** 바늘 모양의 흰 가루로 해열 진통제로 사용됨. 염산키니네.
*** 오색으로 물들여 만든 둥글납작한 사탕인 '오화당五花糖'을 뜻하는 것으로 보임.
**** 중앙고보를 의미. 현재의 서울 중앙고등학교.

아듣지 못해 웃음꺼리가 된 저니까 성적이 좋을 리가 없었습니다. 창가, 도화, 역사, 지리, 그리고 어학과 작문 같은 것 다 어떻게 싫은 과목들인지, 수학만은 산술 하나 빼놓고 죽 만점을 주시지 않으면 섭섭하면서 그런 과목들이 싫은 죄로 한 해는 낙제를 하고 울었습니다.

중학을 졸업하던 날 동경으로 갔습니다. 도망가듯이 가서 문학은 와세다가 아니면 아니라는 생각을 하던 그렇게도 동경하던 조고부高*에 들기는 들었으나, 수속을 두 번 할 돈도 아깝고, 또 그 모질은 제 반발심 때문에 수속을 완료한 법정法政**에 들어갔습니다. 그리고 이제부터 본격적 생활이 시작된다 하여 그 첫 학기를 저는 죽도록 공부하여 평균 구십삼을 하고 수석을 하고, 처음으로 속으로 뽐내어본 일도 있었습니다. 이것이 제 반생 동안에 제일 큰 유모어의 하나인가 합니다.

문학은 재주로 보담도 억지로 시작한 감이 없지 아니했습니다. 작문에 을상乙上도 못 맞아보고 어떤 때는 낙제 끝수까지 받으면서 그래도 문학을 해야 하겠다고 생각한 것은 무슨 인연에서인지, 하지만 그렇게 억지로라도 시작하지 않으면 안 되리만큼 그때 제 인생에는 절박한 것이 있었던가 봅니다. 지금도 그런 것이 있음에는 조금도 다름이 없습니다만, 이제는 제 몸에 맞는 옷을 지어서 입기가 이렇게도 어려운 것인가 하여 괴로운 생각이 있을 따름이지 그런 연고가 있어서 저는 겨우 문학한 것을 후회하지 않고 견딜 수가 있는 것입니다. 그것마저 없었으면야 이렇게도 가난하고 천덕스럽고 지난至難의 일을 어떻게 종생終生하겠노라고 하겠어요.

—『신인단편걸작집』, 조선일보사 출판부, 1938.

* 와세다早稲田 고등학교.
** 호세이法政 대학.

비평과 비평정신*

비평은 가치의 판단이라 한다.

그런 고로 변별력만 있는 자면 목수의 만든 한 개의 목공품이나 저 숲 너머로 보이는 한 개의 까치둥지에 대하여 그 소재와 효용을 판단하듯이 문학작품에 대하여서도 평가는 그 사회적 소재와 가치를 가히 판단 결정할 것이오, 작가를 지도할 수도 있을 것이라 한다.

그리고 사물의 본질적인 것과 비본질적인 것, 합리적合인 것과 비합리적인 것, 필연적인 것과 우연적인 것을 가려내는 어려운 일도 사람이 가지는 변별력이 담당하는 것임을 우리도 짐작 못할 것은 없다.

허지만 아무리 본질적인 것, 합리적인 것, 필연적인 것을 발견하는 힘이 평가評家에게 필요한 것이라 하더라도 보이는 것마다 만나는 것마다가 오로지 비평의 대상으로 잡혀오지 않을 것만은 사실이다.

저 숲 너머로 보이는 까치둥지 하나가 작품에 취급되는 경우를 생각

* 조선일보 문예시평에 「비평과 비평정신」, 「근대 비평정신의 추이」라는 제목으로 각각 2회 연재한 것을 별도의 글로 나누어 수록하였음.

하더라도 이 둥지의 가진 여러 가지 성질이 여러 가지 각도로 작가의 눈에 변별되지 못할 것은 아니나, 이 본질적으로 본 여러 가지 관점이 다 작가에게 소용되는 때보다도 도리어 자기가 보려고 하던 일소부분—小部分에 직심直心하고 보았다 함이 옳을 때가 많을 것이다.

그냥 보이는 것이 아니라 제 것을 발견하기 위하여 보는 것이며, 자기 본래의 경험이 요구하는 대로 보는 것이며, 그러므로 모—든 것은 선택하여 보이는 것이다.

대체 문학작품을 재구성된 현실이라고도 하고 더 정확히는 재표현된 소재라 함은 무엇을 말함일까. 왜 두 번씩 뒤집는 것이며 무엇으로 두 번씩 뒤집는 것일까? 말하자면 이 제 것을 제 본래의 경험이 요구하는 것이며, 또 한번은 자기 본래의 경험을 가지고 발견한 것을 압착壓搾 하여 지상에 내보내되 작가로부터 완전히 독립한 한 존재의 운명을 지니어 보내기 위하여 뒤집는 것이다.

한 작가의 안에 주체적인 것과 객체적인 것이 동시에 변증법적으로 내재해 있다 함도 이것의 근본을 말한 것일 것이다.

이것이 오늘날 보통으로 이르는 바 하나는 내용적인 것이요 하나는 방법적인 것인지도 모른다.

허지만 어쨌든 이런 것을 한 작가의 안에 부즉불리不卽不離*의 관계로 그 용모와 성격을 무너뜨리지 않고 두게 하는 것이 문학에 있어서 문학정신 혹은 비평정신이라 하는 것일 것은 말할 것도 없다.

이 문학정신 혹은 비평정신이라 할 것이 무슨 지식이니 무슨 과학이니가 아니요, 한 작가가 가지고 나오고 그것을 가지고 살아나오는 그의 본래의 경험을 가지고 자기생명과 세상에 교섭하는 근본적인 태도에 지

| * 두 관계가 붙지도 아니하고 떨어지지도 아니함. 불리부즉不離不卽.

나지 않는 것을 우리는 알 필요가 있다.

오늘날처럼 소위 지식과 과학에 혜택(!)을 받지 못하였던 먼 우리들의 조상 의술에 우리가 본받지 못할 무엇이 있을 수 있다는 것도 그들이 오늘날 우리들처럼 소위 지식과 과학을 과신하고 그것을 지주支柱로 알고 그것을 자기네의 진실로 알지 못하였다는 그런 행복에 있었던 것은 아니었을까.

우리가 본받지 못할 무엇이 소위 문학정신이랄 것, 비평정신이랄 것임은 말할 것도 없다.

그들은 겸허한 그들 본래의 경험에 기基하여 이러한 비평정신 하나만 가지고 자기네의 생활과 운명을 발견하였던 것이 아니었을까.

과학이니 비과학성이니 하는 것의 동의어로밖에나 아니 아는 듯하던 사실적인 것이니 낭만적인 것이니가* 실은 한 같은 정신의 양면이었다는 것을 요즘 발견하게 되는 것이라면 그것은 그만큼 이 세상의 비평정신이 가혹하고 진실하여졌다는 것을 말함에 불과한 것이다.

그들은 비로소 소위 과학성이란 놈의 또는 자기의 존재성과 아무런 교섭도 없는 지식이란 놈의 복수를 받지 않으면 안 될 처소에 도달한 비참한 부끄러운 자기 존재를 의식하지 않을 수 없게 된 것이다.

그리고 이런 고독한 처소에서야만 그는 지드**가 지시하였다는 그러한 악마의 협력을 필요로 한 것이었다.

나를 소위 지식의 온실도 과학의 망루望樓도 다 없어진 무제한한 황량한 회의의 들로 인도하는 이 악마를 나는 분열의 천재라 명명하여도 좋을 것인가.

---

* 사실적인 것이니 낭만적인 것이니 하는 것들이.
** 앙드레 지드Andre-Paul-Guillaume Gide, 1869~1951. 프랑스의 소설가로 《좁은 문》, 《지상의 양식》 등의 소설을 썼으며 1947년 노벨 문학상을 받았다.

만일 조이스[*]의 말하는 것처럼 문학이 예술 부문 중의 가장 정신적인 것이라면 그것은 이 예술의 이러한 생성 과정과 그 존립의 운명을 염두에 두고 안 들임에 틀림없을 것이다.

작품에 □□되는 글자 한 글자에는 이미 작가의 일정한 자기비평이 풍겨져 나오는 것이다.

대체 나의 본래의 경험이란 아직 뜯어서 말할 것은 못 되나 파스칼이 이 세상에는 얼마나 많은 사람이 있느냐 하는 것을 발견하였다는 그러한 인간성의 개차個差이며 운명적인 것의 차별인지도 모른다.

사람에게는 일정한 연령에 달하면 생래生來에 처음으로 치르는 특수한 경험으로 말미암아 자기에게는 남에게 없는 것이 있다. 남이 모르고 있는 것이 있다. 남이 아무렇지도 않게 생각하는 것이 고통이나 기쁨을 주는 것이 있다. 나는 이것을 잃어버릴 수도 없고 살리지 않을 수도 없다 하는 의식에 이르는 때가 있다.

이로부터서 그는 인생을 경험해나가되 일정한 관심을 가지고 나아가지 않을 수 없는 것이며, 이 관심을 운명적으로 지배하는 것이 그의 이러한 기초적 경험을 두고 달리 없는 것을 깨닫게 하는 것이다.

이것이 석가를 출가케 한 사문고四門苦[**]나 기독의 평생을 지배한 원죄의 내적 경험으로 나타나는 것처럼 우리도 우리 분수에 맞는 어떤 종류의 것이건 우리 존재에 처음으로 운명적으로 와 부딪치는 '모뉴멘탈'[***]한 경험은 있을 것이다.

---

* 제임스 조이스James Joyce, 1882~1941. 아일랜드 출신의 소설가로 의식의 흐름이라는 새로운 수법을 소설에 도입하였다. 허준의 절친한 친구인 백석의 시 「허준」에 "도스토옙스키며 조이스며 누구보다도 잘 알고 일등 가는 소설도 쓰지만." 이라는 구절이 있을 정도로 허준은 조이스에 통달해 있었던 듯하다.
** 석가모니가 출가하기 전 태자 때에 카파라 성城의 네 문 밖에 나가서 본 인생의 네 가지 고통. 동문 밖에서는 늙은이를 보고, 남문 밖에서는 병든 이를 보고, 서문 밖에서는 사자死者를 보고, 북문 밖에서는 승려를 보고 마침내 출가할 뜻을 굳게 되었는데 이를 사문유관四門遊觀 혹은 사문출유四門出遊라고 한다.
*** monumental : 기념비적인.

혹은 그런 것이 없이 종생終生하는 인생인들 없다고는 못할 것이다—
그런 인생은 또 모를 것이다. 허지만 나에게는 나만 알고 내가 구해내지
않으면 안 될 무엇이 있다고 하는 인생의 가장 위험한 경험에 도달하는
시간부터가 예술가의 예술가로서의 첫 발족점이 되는 것만은 잊지 못할
것이다.*

이러한 무엇인가 한 존재의 기본적인 관심이 그에게 부절不絕한 정신
적 충동을 일으키는 첫째의 집요한 본능이 되는 것이 없이는 큰 예술에
의 의욕이란 생겨날 길이 없는 것이 아닐까.

예술가의 고독이 유별한 것도 이러한 운명의 의식이 그리하는 것이
며, 이 의식의 자기집중이 곧 예술형식에의 의욕이 되는 것이다.

이러한 열렬한 예술 형성에의 의욕과 한 작가의 기본적인 경험이 결
정하는 비평정신의 자기운동을 내어놓고 문학의 창작Creation되는 연유
도 없을 것이며, 비평문학의 문학적인 의의도 찾기 힘들 것이다.

대체 소설작가가 소재에 대한 관계를 소설 작품이나 한 문화현상이
평론가에 대한 관계와 같이 볼 수는 없는 것일까.

사물의 본질적인 것과 비본질적인 것, 필연적인 것과 우연적인 것을
변별하는 능력은 여전히 필요할 것이다.

허지만 작가에 있어서 문학정신이라 할 것을 평가가 그 비평에 침투
시킬 자기 자신의 문제는 망각하고, 세상에 나오는 어느 작품이든 작품
이란 명목을 가진 것이면 평할 거리가 있다고 하는 단순한 호기심만 가
지고 작가와 작품을 지도할 수 있다고 믿는 허황한 포부를 오늘의 비평
가는 버려야 할 것이다. 사람들이 보통 근대소설을 소위 과학 방법에 긴
밀히 접근시켰다고 생각하는 플로베르가 "난들 자기의 생각을 이야기하

| * 이 부분은 창작집 『잔등』의 「자서自序」에서 변형되어 다시 인용되고 있음.

고 문장으로 구스타프 플로베르 씨를 구원했으면 얼마나 좋겠습니까. 허지만 이 냥반에게 대체 무슨 가치가 있다는 것입니까."

라고 하였다는 편지를 보고 사람들은 곧 그의

"사람은 아무것도 아닙니다. 작품이 전부입니다."

라고 하였다는 말과 함께 그의 자기를 버리는 엄격한 리얼리즘만을 상기할는지 모르지만, 그래서 리얼리즘이란 소설수법이 곧 과학성이라는 지식에 도달할는지 모르지만 엠마와 루돌프 같은 인물을 창조한 것은 아무도 아니오. 이 아무것도 아닌 플로베르 씨 자신인 것을 잊어서는 아니 된다.

그도 그를 문학에 입문케 한 그 본래의 경험을 광명 속에 가져오기 위하여 붙들어온 것이 그러한 인물들이요 그 배경들인 것이다.

다만 문학의 법칙에 따라 문학에 자명한 것이 되기 위함과 그의 울음이 감상感傷을 나타내기 싫은 사나이의 울음이기 때문에 '리얼리즘'이라는 까다롭게 우는 길을 취하였을 따름인 것이다.

그의 문학정신이 진지하였던 만큼은 우리의 입에서 씻겨 남길 이 없이 씁쓸한 맛을 남겨놓고 가는 그의 자기도회*의 트릭이 미묘하였던 것뿐이 아닌가.

미리부터 남을 지도하고 교육할 작정으로 붓을 드는 작가도 있기는 할 것이다. 그리고 미리부터 교육을 받을 데가 있고 지도를 받을 일념으로 남의 평론을 경청하는 겸손을 원하는 독자나 작가도 없지 않을 것이다. 연문戀文을 표절하기 위하여서나 격언이나 에피그램을 수집하기 위하여 문학작품을 읽는 독자가 없지 아니하듯이.

그러나 개중에는 일 창작가의 정신 속에서 행하여지는 한 생명이 가

| * 재능이나 학식 따위를 숨겨 감춤.

지는 기초적인 경험의 풍화작용을 응시하고 있는 독자인들 없지 아니한 것을 겸허한 소설가가 알듯이 비평가도 알아야 할 것이다.

대학에서 배우는 소설작법과 비평의 방법론은 대학을 척 나서는 사람의 일반으로 가질 수 있는 호기심이며, 또 사실 인간 성능 중에 비평적 본능처럼 집요한 것도 없을 것이다.

허지만 이 비평의 본능을 단순한 비평적 충동이나 비난벽에서 떠내어 그 본래의 아름다운 창조적 성격을 충분 발휘함에는 아마 불란서의 정신이 예지의 마음이라고 하였다고 하고, L'esprit de finesse*라고 하였다는 그러한 마음이 필요한 것인지도 모르겠다.

오늘날 문학에 있어서 진실로 요구되는 것이 과다한 소위 지식이나 과학이 아니라 참으로 자기존재의 연유를 말하는 나체가 되어 달려드는 이러한 비평정신이라 할 것임은 소설가에게는 물론 비평가에게 절대의 것이 되었다.

—《조선일보》, 1939. 5. 31~6. 2.

| * 섬세한 정신. 원문에는 'Liesprit de finesse'로 되어 있으나 오식이다.

근대 비평정신의 추이

도스토옙스키가 「빈한한 사람들」이란 그의 처녀작을 시인이요 비평가인 네크라소프*에게 처음으로 갖다 보였을 때, 그의 작품을 읽고 난 이 평가는 기껍고** 홍분한 나머지 일어나서 작자와 부둥켜안고 춤을 추면서 제이의 고골***이 나왔다고 부르짖었다고 한다.

소위 월평적 정신으로 보면 얼마만한 진실성이 있는지 의문인 이 평評도 우리에게 아라사적**** 기질과 아라사적 체취니 발하는 간단한 일화로서는 지극히 선명한 것이 있다.

허지만 보다 더 중요한 것은 한 문화의 발홍기에 처한 비평이란 일반적으로 이런 소박한 인상주의적 성격을 취하는 것이 아니냐 하는 나의

---

* 니콜라이 네크라소프Nikolai Alekseevich Nekrasov, 1821~1878 : 러시아의 시인. 주요 작품으로 『러시아의 아내들』(1872~1873), 『철도』(1864) 등이 있다.
** 기껍다 : 마음속으로 은근히 기쁘다.
*** 니콜라이 바실리예비치 고골Nikolai Vasil'evich Gogol', 1809~1852 : 러시아의 극작가, 소설가. 주요 작품으로 『죽은 혼』(1841), 『외투』(1842) 등이 있다.
**** 러시아적. '아라사俄羅斯'는 '러시아'의 음차 표기.

의문이다.

농노사회에서 근대사회로 발을 걸치고 너머선 작가에 톨스토이, 투르게네프, 도스토엡스키가 있다면 그 자질로서는 한 반세기도 더 앞선 것 같은 인상을 주는 투르게네프에 있어서까지 체호프가 가진 재능의 침착한 조화는 찾아볼 길 없었던 것이다.

항상 균형이 서지 못하는 초조한 구심적인 암울暗鬱이* 그들의 용모를 흐리게 하는 것은 무엇 때문이었을까.

이 비참한 불행이 한 세대의 문화가 무르녹아 비평적 과제와 창작의 기능이 잘 조화될 처소를 발견할 수 있던 체호프의 시대와는 달라서 관조적인 것보다는 행동적이요, 비평적인 것보다는 의욕적인 시대의 시대적 성격에서 오는 것은 아니었을까.

불란서 낭만주의 문학의 제창은 에르나니**의 서문에서 선언되었다 하거니와 선언이라고 하여야 그것은 논리적인 것보다는 직선적인 솔직함으로써 전대의 문학사상이 그 전거로 한 삼일치 법칙에 대한 간단한 선악의 표명으로 되어 있는 걸 나는 기억한다.

물론 그들의 이러한 운동을 선행한 일정한 사회사상이 거기엔 없지 아니하였고, 이 사상이 그들의 새로운 문학적 기운을 은연중 설명하여 줌이 없지 아니하였다 하더라도 한 문화형태의 시초기에 있어서의 이러한 의욕적인 인상주의적인 반비판적 몰비판적이 아니라는 성격을 나는 인정 아니하는 수 없다.

비평이 한 권위로서 사람들의 이르는 바 지도성을 가지자면 그것은 어떠한 규범적인 것이 되어야 할 것은 물론이었다.

---

* 원문에는 '암예暗翳이'로 되어 있으나 '암울이'의 오식으로 판단됨.
** 에르나니Hemani : 프랑스의 작가 위고Victor Marie Hugo, 1802~1885가 지은 극시劇詩. 에스파냐 귀족의 딸 도나솔과 산적의 우두머리 에르나니와의 비극적 사랑을 그린 5막짜리 낭만파 희곡으로, 1830년에 초연되었다.

그리고 이 규범적인 것이란 과학에의 근척성近戚性*을 표방하지 않고는 성립되지 못할 것만도 사실이다.

비평적 과제와 창작의 기능이 잘 조화될 수 있던 한 문화의 융성기가 지나가 장차 무슨 형태로든지 전형轉形하지 않으면 안 될 처소에 이르매, 비평은 비로소 자기의 용모를 내세울 필요가 있었을 것이며 규범적인 성격자로 내세울 필요도 있었을 것이다.

이리하야 비평의 이 규범적인 성격에의 요구가 근대 사회주의과학 사상을 손쉽게 영합迎合하게 하였음도 이연理然한 길이었을 것이다.

그러나 과학에의 근척성은 어디까지나 근척성 이상의 것이 아니어서 비평방법이 근대 사회기구의 해부를 상품가치의 규명으로부터 시작한 이 과학적 방법에 의擬하야 도달한 것은 소위 상층건물들의 가치관계였고, 이 관계는 동가관계同價關係에 있다고 하는 것이었고, 그러므로 문학이 법학이나 철학이나 또는 다른 모든 과학과 함께 그 동가관계에서 낙오하지 않으려면 그것도 이런 모든 상층건물들이 보유하고 있는 계급적 사회적 효용성을 갖지 않으면 안 된다는 것이었다.

그러므로 문학적 소산도 노동자의 손으로 된 일정한 효용가치를 가진 다른 한 개의 상품이나 다를 것이 없이 그 가치판단도 상품의 가치규격을 벗어날 길이 없었다.

다만 한 상품의 가치는 그것에 소비된 노동력에 비례한다는 식으로 되지 아니한 채 넘어온 만큼은 다행이었을 정도이었다. 그렇다고 문학작품은 그 출생의 과정이나 존립의 운명이나를 말할 것 없이 모든 성격에 있어서 한 상품이라는 지식이 아무 거리낌 없이 유행되었음에는 다를 데가 없었다.

---

* 근친성近親性 혹은 근족성近族性.

가령 이러한 근척적 과학주의의 문학방법이 추출한 공동제작의 이론은 그 가장 간명한 실례의 하나일 수가 있지 아니할까.

문학작품도 한 상품이요 상품이 분업이라는 합리적인 생산방법을 통하여 그 근대성을 발휘하는 것처럼 문학작품도 개인적 수공업적 생산과정을 버리고 이러한 근대적 공리성을 그 제작과정에 부흥하여야 할 것이고 부흥할 수도 있을 것이라 하는 것이었다. 그래서 몇 장으로 되어 나올 소설을 몇 장에서 몇 장은 어느 소설가가 맡고, 몇 장 몇 장에서 몇 장까지는 어느 소설가가 맡자는 식으로— 왜 이것이 가능하다고 하니 과학의 길은 둘도 없는 하나일 뿐이요 같은 과학적 세계관의 소유자들인 까닭이요 같은 주의의 소설을 내세우자는 것이니까!

고전문화의 그 모든 제약성에 몰려 그것의 특질을 규명하면서 나온 인본주의사상도 과학에의 사모는 있었다. 그리고 그것이 고전문화의 노쇠기에 임한 보다 비판적인 특장特長을 구비하고 나올 임무상 그러한 규범적인 요구도 당연하였을 것이다.

허지만 그것은 인본주의사상인 연고로 문학에 기연을 맺게 되는 인간성, 그것만은 불문에 부칠 수도 없었고 등한히 내버려둘 수도 없는 그들의 중대한 관심사이었다.

문학적 부면部面에 접촉되는 인간의 모양, 인간의 본연한 자태로 그려져야 할 문학의 의식, 이러한 근본적인 문제가 서로 부즉불리한 위치에 앉아서 그들의 대뇌를 자극하였다던 것이다.

인간은 역사적, 사회적 또 무슨 적的 인간이라는 지식을 그들도 못 가졌음은 아니나 그러한 지식이 그들의 존재성과 아무러한 관계가 없는 것을 그들은 앎으로 거기 종속할 수가 없었던 것이며, 문학이 대기와 같이 태양과 같이 또는 일편의 구름과 같이 인간 심리에 일정한 명암을 던져주는 것으로 나타나는 것이로되 상품의 가치를 판별하듯이는 판단치 못할 것을 그들은 바람을 잡는 예술가의 직감으로 알았던 것이다.

근대 사회주의 사상에 준한 소위 과학주의적* 문학방법처럼 문학에 기연機緣을 가지게 되는 인간성의 몰각, 좀더 소상히 말하자면 인간성의 미묘한 개차와 인간 본래의 숙명적인 과제를 부동不同에 부치고 나선 시대는 없었을 것이다.

한 문화 태態의 노쇠기에 처한 비평이 보다 분석적이요 과학적**인 특장을 가지기 위함이라고는 하더라도 가령 그 주요한 공적의 하나이어야 할 분석정신 같은 것도 나무나 인간 본래의 복잡미묘한 모―든 성능을 무시하고 그것을 근대 상품적 성격으로 간단히 대치함으로써 그 궁극의 정신을 상실하는 경향을 대부분의 작가가 가지는 시니컬하게도 볼 수 없는 비참한 현상을 낳게 한 것이었다.

계급해소에의 정신을 진정으로 몽매하지 아니하게 가슴에 소유함에는 계급의식의 분석 파악은 필연한 길이었을 것이다.

허지만 그 길이 계급의 해소란 지양의 대도大道에 통하지 못하고, 마치 무슨 계급성의 격화주의나 계급성의 찬양가적인 양상을 정로하였다고 봄은 나의 부전한 감수력과 피치 못할 허욕虛慾에서만 오는 것이었을까.

문학사 상에 나타나는 무슨 유파니 무슨 경향이니를 물론하고 그들이 인간을 사회와 연관하여 볼 때에는 그 사회에 계급성이 존재해 있는 것을 혹은 과학적으로 혹은 역사적으로 규명해서 알지 않았을는지는 몰라도 그런 것이 있는 것만은 사람에게 질병이 있고 생사가 있는 것을 아는 것과 마찬가지로 알았을 것이다. 그리고 우둔한 것이기는 하고 본능적인 것이기는 하나 이 계급해소에의 고민을 품지 않을 수도 없었을 것이다.

---

* 원문은 '사학주의적私學主義的'으로 되어 있으나 문맥상 '과학주의적'의 오식으로 보임.
** 원문은 '사학적私學的'.

왜 그런고 하니 그들의 자연관이나 사회관이나 역사관이라는 어느 것이랄 것 없이 그들의 숙명적 과제도 되어 있는 인간성 변호의 근본정신과 혈맥이 상통하는 것이라야만 그들에게 의의 있는 것이기 때문이었다.

계급해소에의 그들의 사상과 그 수법은 해무*와 같이 묘연渺然**하게 반분석적으로 반체계적으로 그들의 문학 속에 도입되었을지 모르나, 근대 사회주의 문학방법이 부른 그런 가괴可怪한*** 찬양가를 부르지 않은 것만은 소박하나마 인간성 옹호라는 대로에의 부절不絶한 동경이 그들의 깊은 가슴속에 묻혀 있었더라는 한 다른 표현이었다.

오늘날 이 땅에 모랄이니 휴머니티니 하는 것이 새삼스러이 문학인의 관심사가 되는 것은 만시지탄晚時之歎은 없지 않다 하더라도 왕시往時의 인간성 상실에 대한 이러한 만회전挽回戰은 어차피 있어야 할 성질의 것이었다.

한 개인의 운명과 함께 때로는 이러한 대재액大災厄을 회억回憶하고 입으로 씁쓸히 씹고 가는 것이야말로 한 문학인의 숙명이요, 또한 기꺼운 존재 이유가 되는 것처럼 긴 세월을 두고 하여도 다 못할 이는 한 아름다운 영속적인 만회전인지도 모른다.

이때 이러한 것을 씹고 나가는 바로 우리들의 입으로 다시 새삼스러이 비평은 가치의 판단임을 알아야 한다는, 지긋지긋한 용어를 발하지 않으면 안 되는 인간의 관성이란 얼마나 무서운 것이랴.

그것이 혹 전체주의 문화라 하는 것일는지 또는 무슨 문화라 하는 것일는지는 모르지만, 지금 우리의 처해 있는 이 시대가 한 새로운 문화형태에의 과도기인 것만은 문화인의 보조步調****가 혼돈해지고 초조해지고

---

* 海霧. 바다 위에 끼는 안개.
** 넓고 멀어서 아득함. 묘연杳然.
*** 괴이하게 여길 만한.
**** 걸음걸이의 속도나 모양 따위의 상태.

각 개인 각 개인이 어떠한 의욕적인 방향을 더듬고 있는 것으로 보아 분명한 것 같다.

한 문화의 과도적인 형태란 대개 이러한 성격인 데다가 우리는 우리가 계승하여 받을 선행의 아무런 전통적 사상도 없다.

그러한 속을 우리는 우리의 수족과 우리의 몸뚱아리 하나로 더듬는 것이다.

우리는 우리 체질에 맞는 지식도 없을 뿐 아니라 다소간이나마 우리의 행로를 밝혀줄 전통적 사상도 가지지 못하였다.

이런 중에 오직 하나 우리가 넘어지지 않고 서야 할 것과 그냥 서 있을 것이 아니라 더듬고 서 있으라는 절망적인(!) 신념을 우리에게 주는 것은 우리 본래의 경험은 죽을 것이 못 되고 살려야 한다는 일념일 뿐이다.

이 일념을 내어놓고 이 일념으로 닦이는* 제 일신의 문제를 내어놓고 소설은 무엇 하는 것이며 비평은 무엇 하는 것이냐. 연후에 무슨 값이 있게 되는 것이라도 그건 나는 모르는 것이다.

비평의 정신은 역설의 이러한 겸손한 정신과 다를 것이 없어야 할 것을 나는 다시금 깨닫는다.

'이 소설의 전반은 사실이오, 후반은 모랄이다.' 하는 따위의 센텐스가 선고문宣告文이나 상품가치의 척도는 될지언정 한 존재의 창작정신을 품은 비평이 될 수 있을까를 생각하여 보라.

이 땅의 진실한 과묵한 작가들은 그것을 잡음이라 문자 우상**이라 하였지만, 비평에 대한 작가의 부족감不足感(불평이 아니다)은 이리하야 소위

---

* 원문은 '닥겨지는'임.
** 김동리가 유진오와 벌인 '세대―순수' 논쟁의 과정에서 《조광》에서 기획한 '신진작가의 문단 호소장' (1939. 4)이라는 특집에 발표한 김동리의 「문자우상」에 나오는 표현. 김동리는 카프로 대표되는 기성 평론가들은 대체로 '문자병'에 걸린 어름한 의원과 같아서 박래舶來의 수입 문자에 의존할 뿐 진정한 사상성이나 주체적인 이론의 모색이 보이지 않는다고 비판한다.

'문단 주의의 상실'이나 '비평기준의 상실'에서 오는 것이 아니라 이러한 비평정신의 결여에서 오는 것임을 오늘의 평가는 알아야 할 것이다.

—《조선일보》, 1939. 6. 4~6.

문학방법론

제 몸에 맞는 깨끗하고 또 훌륭한 옷을 나날이 갈아입을 수 있는 경지를 놓고 생각한다면 즐거움 아닐 사람이 없을 것 같다. 누가 말하지 아니한 내용에다 남이 밟아보지 아니한 신선한 형식을 들고 나오는 꿈, 이제 문학 학도의 소망이요 탐구 아닐 수 있겠는가.

처음 문학을 하려던 때에 시초라 할 것이 나깐엔 없었음은 아니다. 나설 때 이미 낡은 칙칙한 무슨 유流라 할런지도 모를 옷을 입고 나선 나는 여간해선 무슨 그러한 새 경지에 도달할 아무것도 없는 것 같고 또 당분간 있을 것도 같지 아니하다. 많이 쓴 것도 없는 나지만 해놓고 보면 어느 것 하나 일종의 매너리즘* 아닌 것이 없는 불만과 고통을 느끼지 않을 수 없는 것이다.

한 작가가 새로운 문학적 방법을 가지고 나온다는 것은 벌써 한 개의 갱생이다. 갱생이 있으려면 먼저 죽어야 할 것과 같이 아직 내게는 그러

| * 원문에는 '만네리즘'으로 되어 있음.

한 귀한 위기도 없는 것 같고, 또 무슨 새로운 수법을 일으킬 만한 영감
도 당분간은 있을 것 같지 아니하다. 있어볼지 없고 말 것인지조차 알쏭
달쏭함을 생각하면 좀 이런 큰 행길에 발을 디디고 나선 내가 은근히 겁
이 날 요즈음 심경이다. 이것은 내 개인 사정이고 문단적으로 본다면 이
즈음 더러 문학의 새 방법론이 제기되는 모양이나 그런 이론들이 작가에
게 직접 효용이 될 때까지엔 얼마나 한 날짜가 필요할 것이며, 또 사실
너무나 특수한 감상들을 가지고 나왔다고 생각하는 문학인들에게 그것
이 어느 정도로 뼈가 되고 살이 될는지도 문제 아니할 수 없는 것이다.
제가 제 것으로 개인 개인이 찾아야 할 문학의 방도는 참으로 멀고 어려
운 일일 것만 같다.

—《중앙신문》, 1946. 4. 7.

민족의 감격

입 밖에 내어서는 못하나 '이러고도 될까' 하는 생각을 머금게 한 일은 일본인에게 있어서 하나둘로 셀 수도 없고 열에 열 번만도 아니었다. 용서한다 하여도 용서 못할 일이 백 가지에 그칠 것이 아니었다.

옛날 청나라나 옛날 아라사俄羅斯*에서 어떻게 푼돈닢이나 횡재를 해 가지고 잔뜩 상기가 되어 목이 달아날 줄을 모르고 달려드는 악바지 투전—세기적인 단판 다툼이었건만 바지를 훨훨 털고 일어나는데 누구 하나 개평을 줄 사람도 없이 된, 인심을 잃을 대로 잃은 이 풋투전꾼의 가긍可矜한 뒷모양을 뉘라서 오래두고 시야부야是耶否耶**할 사람이 있을 것은 아니지만, 앞을 보지 못하는 옹졸한 투전꾼 애비 탓으로 의지가지없이 된 우리의 진실로 억울한 친지 몇 사람을 위하여서만도 나는 참으로 공허한 피상적인 전별餞別을 할 수 없음을 느낀다.

만 2년 반 전 이른 봄에 만주(지금은 동북 지방)*** 학교로 직織을 받들어

* 러시아.
** 시야비야是也非也. 옳고 그름을 따지는 것. 시비是非.

부임하는 도중 큰 정거장 근처에 사시던 가형家兄*에게 전보를 치고 잠깐 역에서 뵈었으면 좋겠다고 한 일이 있었다.

내려서 어머님도 뵈고 형들도 뵈입고** 가야 할 길이었지만 서울 학교에 잔무殘務도 없지 아니한 데다가 예산 없이 느릿거리느라고 부임할 날짜가 이미 지났을 뿐 아니라 내려서 하룻밤을 자고 간다더라도 급행이 서지 아니하는 어머니 계시는 벽촌을 가지고서는 어리저리하여 4, 5일 잡아먹기는 쉬운 일이겠고, 그렇다고 아무리 철없는 아들새끼의 방랑벽을 잘 짐작하시고 또 그런 행동을 가질 때마다 발작적으로 시작하는 내 성미를 천성으로 아실 수 있는 어머님이라 하더라도 만주라면 벌써 외국이다. 야간 도망을 가더라도 잠깐 뵙고 죄를 빌고 떠남이 당연한 것을 나는 깨달은 것이다.

그런 간절한 마음이 없지 아니한 것으로 역 플랫폼을 택한 것은 자기로서도 해괴하지 아니할 수가 없었으나, 또한 부득이한 일이기도 하여서 용서받을 가능성을 미리 예산에 넣고 하는 짓인지라 꼭 나와 계시리라는 자신을 가지고 폼에 내려보니 과연 형은 시간 전에 와 기다리고 계시었었다.

나는 내가 달려온 쪽으로 앞대해 섰고 형은 장차 내가 달려갈 방향으로 북면北面을 하고 서서서 서로 마주보고 섰는데, 나는 그때 어디로 가는 것이며 무슨 연분으로 가게 되었던 것이며 가면 어떻게 하리라는 것을 대개 안심이 되기만 주안主眼이 되도록 몇 마디 사뢴 듯이 기억된다. 형은

"몸 조심하게."

*** 만주滿洲라는 용어를 대신하여 이미 중국 동북 지방이라는 용어가 사용되고 있었음을 알 수 있다.
* 다른 사람에게 자기의 맏형을 겸손하게 이르는 말. 사백舍伯.
** 뵙고. 원문에는 '어머님도 ○고 형들도 ○입고'로 되어 있음.

하는 말씀을 몇 번이나 되풀이하시고 그리고는

"그렇게 가봐서 그렇게 좋은 곳이 아니걸랑 곧 도로 나와요."

이제 와서 붙들려 해야 붙들리지도 아니할 내 성질인 줄을 아시는지라 구태여 섭섭한 표정은 아니하시나, 자꾸 내 건강이며 환경 이야기를 하시므로 나는

"있기 싫게 되면 하루라도 더 있지 않고 곧 나오겠습니다."

하였는데 형은 다시 무슨 생각을 하시었던지 자기 눈앞에 놓인 검은 차 몸뚱아리를 쳐다보던 시선을 내게 돌리시며,

"거기 거 바람이 많다는데."

하고는 무슨 말씀을 시작하시려다가 갑자기 또 무슨 예감이 생기시던지 힐끗 내 머리 위로 눈동자를 보내시고 나서 돌연 하시던 말씀을 일단 뚝 끊으시었다. 이것은 참으로 순간적으로 된 일이었다. 말이 막히신 모양으로 몇 초 동안인가 그러구 계시다가 그제는 돌연히 어성語聲을 높이시어

"에—또 오까아산니와 요꾸 모오시아게떼 오꾸요."*

이러시고는 억지로 내 얼굴만을 죽어라 하게 들여다보시었다. 직각적으로

"무슨 일이 있구나!"

하는 추측을 가질 것쯤은 자연스러운 일이었다. 나는 돌아서서 형이 힐끗 쳐다보다 만 방향을 쳐다보았다. 과연 내 뒤 두어 칸밖에 아니 되는 거리에서 일본 헌병이 형과 내가 섰는 쪽을 향하여 뻘건 장화로 콘크리트 바닥을 마음대로 두들기며 뚜벅뚜벅 걸어오는 것이 아닌가.

무슨 영문인지를 알아차린 내가 돌아서 본 것도 무심히 본 것에 불과

| * えーと, お母さんにはよく申し上げておくよ(어머님께는 잘 이야기해둘게).

하다는 시바이*를 보이며,

"도오조 소오유우후우니 오네가이 이다시마스."**

니 어쩌니 하는 일본말 調조로 지껄이었을 것은 물론이다.

헌병은 내 등뒤 바로 몇 발자국 아니 되는 데까지 왔다가 역시 콘크리트 바닥을 사정없이 두들기면서 그만 돌아 우편 앞으로를 해갔는데, 이때 형은 헌병의 사라지는 뒷모양을 슬금슬금 보시며 내 저고리 소매를 툭 나꾸채듯이 한 걸음 바싹 다가서시며 낮은 목소리로,

"양복쟁이가 조선말 하믄 여기선 저것들한테 죽두룩 얻어맞고 잡혀간다네. 아까도 누가 붙들려갔다는 소리를 들었건만 하마터면 또 무리할 뻔했지."

하시고는 얼른 웃으시었다.

나는 이 웃으심으로 말미암아 열두 시간을 야행夜行하는 차칸에서 잘 잠을 이루지 못하던 것을 기억한다.

우연으론지 요행으론지는 알 수 없으나 우리 형제는 뺨을 맞고 감금을 당할 것을 면하기는 하였다. 그러나 경우는 뺨을 맞고 감금을 당한 거나 일반이었던 까닭이다.

조선서 두어서 그럴 만한 것은 다 빼앗아가고 먹을 것과 입을 것은 물론 허다못해 우리의 성명까지라도 흠집을 내어놓고자 한, 말하자면 조선 사람이 사람답게 되어 있을 속성, 이런 속성은 하나도 빼앗아가지 아니함이 없는 그중에서 하필 왈曰 말뿐이랴 하기도 하겠지만 나는 이 말에 대한 억지처럼 심한 것은 없는 것같이 생각되었다. 가령 사람이 오랜 병고 뒤에 아무리 하여도 죽지 아니할 수 없는 장면에 이르렀다는 의식에 도달하게 될 때에는 아무리 안타깝다 하더라도 '허 아무개 죽소.' 하

---

* 芝居(しばい): 연극.
** どうぞそう言う風にお願い致します(부디 그렇게 잘 말씀해주십시오).

고 자기를 내세워야 할 대신에는 '어머니' 혹은 '엄마' 하고 운명하였을
듯한 일이었다. 일본 말 아니라 무슨 말을 몇 나라 말을 어떻게 잘하였다
하더라도 이 대자연은 막을 수 없는 것이 아닌가 하였다.

이런 부자연의 강제가 어디 있었을까.

'이러고도 될까.'

'이러고도 망하지 아니할까.'

하는 우리의 막연하나마 적실한 세계관은 적중하였다.

헌병이 입었던 같은 의복에 감발을 풀고 칼을 떼우고 견장을 찢기운
채 황혼이 긴 먼지가 펄펄 이는 황량한 만주 벌판에 서서 통화通化로 가
는 길이 어디냐는 물음을 발하는 그들의 자태를 목견目見할 때 일말의 적
막감을 가지지 아니할 수 없음은 인생을 깊이 살아온 눈물 아는 족속뿐
이 가진 연민만은 아니었을 것이다.

8월 15일이 있은 이후 얼마 되지 않지만 우리의 변모가 대단한 것임
을 모르는 이가 있을까.

"일본의 압제하에 있을 때엔 그렇게도 지지리 못난 조선 사람은 없더
니 요새 보면 그렇게도 잘난 사람들이 없어."

일부러 속기俗氣를 띄워서 하는 친구. 이 지나가는 말이 참으로 폐부
肺腑를 찌르는 말인 줄 모르는 이가 어디 있을 것이냐.

나의 지인인 잡지 편집자가 어느 분에게 원고를 부탁하였더니 부탁
을 받은 그분은 갑자기 정색을 하면서

"요새 잡지도 하 많으니깐 원……."

하고는 일부러 군색한 얼굴을 하는 것을 보았다. 잡지 많이 생기는
것이 경영자 자신의 문제는 될지언정 자기로서 무엇이 나쁜 것이 있는
것일까. 거기 무슨 부자연한 현상이 보이는 것일까.

"일본 여자가 장에 와서 뭘 사가면서 하는 조선말인데 참 잘 허겠지

요. 조선 사람이 꼭 사투리 하는 것 같애요."

동리 아이들이 이러구들 좋아한다.

이것이 8월 15일이 있은 이후의 조선의 대단한 변모가 아니고 무엇인가.

조선에 와 오래 산 사람으로 조선을 참으로 사랑한 사람이 있으면 조선을 떠나기 싫은 사람은 많을 것이지만, 수십 년 동안을 남의 땅에 와 살면서 관등이나 월급이나에 각별한 대우를 희망하는 소수 관료 이외에 이 땅의 자연과 역사와 사람에 대하여 몸으로써 친근성을 표현한 사람이 몇이나 되었던가.

허다한 정당 허다한 연극 허다한 잡지— 얼마나 좋은 일이냐. 우리는 이 존귀한 우리의 말로 우리의 정치상 의견을 발표케 하고 제각금 울리게 하고 제각금 읊조리게 하다가 요란히 만발한 조선 문화의 화원이 되게 할 것이 아닌가.

우리는 지금 다 빼앗기고 나서 헐벗었다. 먹을 것이 없다. 허지만 걱정될 것은 하나도 없다. 자유스러운 언어와 이제 제 힘껏 전개할 온 세상이 우리 것이 아닌가.

통일이 아니 된다고 조급해할 것이 아니다. 잡지가 많다고 걱정할 것이 없다. 걱정하는 버릇을 버리자. 지금 누가 나를 공갈할 놈이 있기에 나를 학대하고 나를 저주하고 나를 믿지 않자고 하자는 것인가.

참으로 모든 것이 이렇게 좋을 수가 없다. 참으로 모—든 것이 이렇게 요란할 수가 없다. (12월 9일)

—《민성》, 1946. 8.

소서小序

대체 나의 이른바 본래의 경험이란 아직 뜯어서 말할 것은 못 되나 파스칼이 이 세상에는 얼마나 많은 사람이 있느냐는 것을 발견하였다는 그런 인간성의 개차個差이며 운명적인 것의 차별인지도 모른다.

사람에게는 일정한 나이에 달하면 생래生來에 처음으로 치르는 특수한 경험으로 말미암아 자기에게는 남에게 없는 것이 있다. 남이 모르고 있는 것이 있다. 남이 아무렇지도 않게 생각하는 것이 고통이나 기쁨을 주는 것이 있다. 자기는 이것을 잃어버릴 수도 없고 살리자고 하지 않고는 살아 있을 수도 없다는 따위 의식에 이르는 때가 있다.

이로부터서 그는 인생을 경험해 나가되 일정한 관심과 지향을 가지고 살아나가지 아니할 수 없는 것이며, 이 관심과 지향을 운명적으로 지배하는 것이 그의 이러한 기초 경험을 두고 달리 없음을 깨닫게 하는 것이다.

이것이 석가를 출가하게 한 사문고나 기독의 반생을 지배한 원죄의 내적 경험으로 나타나는 것처럼, 우리도 우리 분수에 맞는 어떤 종류의 것이건 우리 존재에 처음으로 운명적으로 와 부딪치는 기본적이요 모뉴

멘털한 경험은 있다 하여도 좋을 것이 아닌가.

혹은 일평생 그런 것이 없이 종생하는 사람인들 없지 아니할 것이지만 이를 두고 말할 것은 아니다. 다만 나에게는 나만 알고 내가 구해내지 아니하면 구해낼 사람도 없을 것이요, 또 이를 구해내지 않고서는 나의 살 보람은 없다는 인생의 가장 위험한 경험에 도달하는 시간부터가 예술가의 예술가로서의 첫 발족점이 되는 것만은 잊지 못할 것이다.*

한 8, 9년 전 될 듯한데 어떤 잡문 가운데 나는 이런 구절을 쓴 일이 있지만, 나도 내 분수에 맞는 나의 소위 위험한 경험에 처음으로 맞부딪쳐 오는지도 어언 12년으로 산算하게 되었다. 나만은 그 위험한 첫 시기 이래 한 번도 이 나의 열렬한 문학에 대한 지향의 단초와 집요한 염원을 버려본 적은 없었으나, 『탁류』 이래 어느덧 10년임을 회고할 때 과히 나도 노방路傍의 잡초만 뜯고 있었던 게으른 하나의 창마蒼馬이었음을 못 깨달을 수는 없다.

그럼 그 잡초 가운데의 10년이란 그 속에 나의 헌 묵은 털을 벗고 번즈드르한 껍데기를 쓰고 회춘을 맞이하고 나설 무슨 은근한 비밀이나 기르고 있었던 10년이냐 하면 그런 것도 못 되어서 구태의연한 일종의 매너리즘—무슨 부류에 속할 것인지도 모르는 나의 케케묵은 낡은 수법들이다. 『잔등』도 물론 그러하였거니와 앞으로도 적어도 당분간은 나는 이런 것이 아니리라 할 아무런 영특한 신념도 우러날 것 같지 아니할 뿐 아니라 또한 한 작가가 새로운 문학을 들고 나올 때 필요한 생生이 사死에 해당한 제2의 위기를 고민할 계제에 나는 미처 이르지 못하였음을 고백하지 아니할 수가 없다.

| * 해방 이전 《조선일보》에 연재된 비평글 「비평과 비평정신」의 일부분을 일부 변형하여 인용한 것임.

내 소설의 한정이 겨우 요만한 울 안에 놓여 있음을 나는 자인하며 이 자인으로써 나의 유일한 자안自安으로나 미뻐움*으로도 나는 알지 아니하는 바이다.

허지만 너의 문학은 어째 오늘날도 홍분이 없느냐, 왜 그리 희열이 없이 차기만 하냐, 새 시대의 거족적인 열광과 투쟁 속에 자그마한 감격은 있어도 좋을 것이 아니냐고들 하는 사람이 있는 데는 나는 반드시 진심으로는 감복하지 아니한다. 민족의 생리를 문학적으로 감득하는 방도에 있어서, 다시 말하면 문학을 두고 지금껏 알아오고 느껴오는 방도에 있어서 반드시 나는 그들과 같은 방향에 서서 같은 조망을 가질 수 없음을 아니 느낄 수 없는 까닭이다.

이것은 영영 어찌하지 못할 부득불한 나의 숙명적인 것이요, 부득불한 나의 자질적인 것인지도 모른다. 동시에 이 책 속에 담기어 나의 몸을 떨어져나가는 조그마한 몇 개 내 '존재의 분신'을 내어놓고 나는 무엇으로 달리 이를 해명할 도리가 있을 것이리오. (병술초추丙戌初秋 저자)

—『잔등』, 을유문화사, 1946.

---

* 미뻐다 : 믿음성이 있다.

문학전 기록 —임풍전 씨의 일기 서장

나는 예전이고 지금이고 몇 군데 취직 장소에서 써본 이외론 내 것이라고 테이블을 사본 일도 없고 가져본 일도 없다.

중학교 시절엔 허리도 아프고 공부할 용력도 남만 같지 못함으로 그거나 가지면 못하는 공부가 좀 나을까도 하였으나 공연한 짓이니라 하는 허영심*의 자각과 돈이 막아주었고, 이제는 집 없이 사처로 전전해오는 동안에 자연히 거추장스러운 데만 먼저 눈이 뜨인 것이다.

일시 공부를 단념하고 동경을 떠나올 때 아무것도 없는 내 세간들 중에서 몇 권의 책 부스러기와 함께 동이어 바다를 건너온 것은 형께서 물려받은 푸른 잉크 검은 묵에 손때가 재질재질 하니 묻은 네모 납작한 조그마한 책상 일각一脚이었다. 그 위에 덥힐 애련哀戀의 흰 보자기도 있었다.

형의 곁을 지나간 한 여인이 있어 흰 옥양목의 가장자리 실들을 뽑아 선을 만들고 네 귀에 한 수繡를 놓아 덮으라 한 것을 여인이 별리別離하

| * 원문에는 '虛樂心'으로 되어 있으나, 문맥상 '虛榮心'의 오식이라 판단됨.

549

매 그 위에 덮힌 채 내게 흘러 떠내려온 것이었다.

내 손때에 얼버무린 푸른 잉크 검은 먹이 이루지 못한 연인의 체취처럼 못 잊히는 그것도 벌써 아련한* 20년의 역사를 헤아리게 되었다.

이제는 웬일인지 나들이를 나간 여사旅舍에서나 남의 집에 들어서 큰 버젓한 테이블을 안겨주더라도 그걸로는 별 좋은 일이 될 것 같지 아니한 것이다.

밤낮으로 지리하고 할 것이 없어서 디굴디굴 방바닥에 뒹굴다가도 벌떡 일어나 앉으면 마주 앉히는 이 앉은뱅이 물림책상 그 위에 그적어리고** 짓고 짓고 그적어리고 하는 것 그나마 못되는 날엔 자리 위에 공책이나 한 권 받치고 그 위에서—그러나 될 수만 있으면 그런 것조차 안 하고 나는 평생 누워 있기만이 소원인 사람이었다.

나와 마주 앉은 사람이 내 뇌리에 떠오르는 초졸한 세계와 호흡을 마치어서 나와 함께 속삭거리고, 내 흉중에 만개한 장미의 꽃송아리***를 속잎에서 중간잎 중간잎에서 겉잎까지 가지각색으로 붉은 희한한 색채들을 그 색채들대로 내 연인에게 역력히 옮겨줄 수만 있다면, 그리고 과거 내 반평생 동안에 나는 가장 순결함을 지향하는 한 개의 청춘이면서 오히려 많은 오탁汚濁을 지니고 온 내 이 하염없는 인과의 억울함과 원한을 알아만 준다면, 나는 평생 글을 그적어리지도 그적어린 것을 짓고 지은 데 덧짓기도 아무렇지도 아니하고 누워서 누워서만 헛되이 살고 싶었던 그것이다.

필묵筆墨과 벼루 자현을 단정히 가다듬어 올려놓고 이름 없지 않은 고병古瓶에 화초나 꺾어 꽂고 큰 화려한 테이블 의자에 정색하고 걸앉아

---

* 원문에는 '알연한'으로 되어 있음.
** 그적어리다 : 끼적거리다. 글씨나 그림 따위를 아무렇게나 자꾸 쓰거나 그리다.
*** '꽃송이'를 아름답게 이르는 말.

서 웅대한 사상을 기다리며 붓방아를 찧는 이보담은 불가불 아니 들릴
수 없었던 공동변소나 전탕錢湯*에 잠깐** 몸을 담그는 아무렇지도 않게
여기던 시시한 순간에 중대한 의문은 홀연히 해결되는 수가 적지 않은
것이다.

　더럽힌 수족手足을 잠깐 대야에 넣는 순간 우물의 물을 한 모금 두레
박으로 들이켜는 순간, 산간에 남몰래 핀 꽃을 한 가지 꺾자고 하는 이
따위 무심한 순간에 그리고 골목 내 쩔쩔매다가 벼르고 벼르던 의당한
장소를 찾아 담벼락 오줌을 누는 상쾌한 짧은 동안에 달려드는 요긴한
무수한 생각들. 하기야 사람은 일평생 아무리 유유히 회고할 기회를 노
리다가도 회고할 수 없었던 제 일생의 일을 얕은 우물에 빠져 떨어지는
순간 같은 때 곧잘 모조리 상기하고 해결하고도 남는 것이 있다 하지 않
는가.

　어느 시간만이 중요하다 할 것도 아니요, 다리를 되사리고 앉아서 중
대한 사념을 기다릴 것만도 아닌 것이다.

　동경 일차곡日比谷 공회당***에서 들은 베토벤의 9번은 무장야武藏野****
거리 이름 없는 뒤뜰의 공지空地를 횡단하며 불고 가는 황혼의 두부장수
나팔소리만큼은 지금껏 나에게 가장 귀젖은 것은 못 되었다.

　이 9번은 다시 말할 것도 없는 거니까 진리는 이렇게 우연한 것도 많
은 것이라 할 수도 있는 것이다. 하기에 복잡도 한 것이다.

　현대식 고층건물 맨 꼭대기 지붕 밑 방에 마음대로 앓고 누워서 골목
을 불며 지나가는 어느 홀아비인지 모르는 나그네의 휘파람소리가 중국

---

* '대중목욕탕'을 뜻하는 일본식 한자어.
** 원문에는 '잠간暫間'이라 되어 있음.
*** 히비야[日比谷] 공회당. 도쿄 히비야 공원에 있는 전통적인 공회당. 1929년 건립된 이래 근대 도쿄의 대
　 표적인 공연예술 공간이었다.
**** 일본 관동 평야 남서부에 있는 홍적대지洪積臺地로 현재의 도쿄도[東京都]의 서쪽 지역을 이르는 말.

거리에서 쿨리*들과 함께 서서 먹던 아가위**의 그 달고 쌉쌀하고도 새콤한 맛과 뒷골목 벽 오줌이 못 잊혀 나는 여학교 선생 노릇을 그만둔 것이었다.

가슴앓이가 낫거든 거리로 나가야 한다. 싼 인력거라도 얻어 타고 황혼의 어스름 거리로 나갈 생각만이 내 가슴을 설렌다.

그 거리거리에서 나는 내 온 청춘의 울결鬱結하지 아니하면 호수와 같이 침정沈靜하였던 존재의 모든 헝클어진 매듭들이 두레박에 물을 먹는 순간처럼 전탕에 잠깐 몸을 담그는 순간처럼 무장야 벌판 두부장수의 나팔소리나 어느 환독鰥獨***인지 모르는 행인의 휘파람소리 들어오듯 홀연히 풀려나오기를 나는 바라는 것이다.

기괴한 나의 탐색벽을 발휘치 않더라도 거리는 이미 스스로가 흐리고 맵고 슬프고 온화하고 격렬하고 쓰거운 음조들의 혼연渾然한 심포니—들.

—《조선일보》, 1947. 4. 13.

---

* 苦力(coolie). 육체노동에 종사하는 하층의 중국인, 인도인 노동자.
** 산사자山査子. 산사나무의 열매. 원문에는 '아가웨'로 되어 있음.
*** 홀아비.

깃발을 날려라*

　요 며칠 동안은 공연히 마음이 웅상거리고** 설레어서 어느 집에 들러서 차 한잔 마시는 것이 아니건만, 사람들인 들끓는 거리를 올라갔다가는 삥 돌아서서 같은 거리를 휘휘 내려오기 잘하는 것이 나다. 그 거리에 오늘은 태극 깃발이 서너너덧 폭 오월 훈풍에 휘날리는 것이 보인다.

　'무엇인가' 나는 내 기쁨이 무엇이던 것도 잊어버리고 며칠 전부터 우리 집에도 기旗를 띄워야겠다던 내 각의覺意에 정규正規의 기가 없으니 종이에다가라도 그려 띄워야겠다는 집 아이들의 이야기도 잊어버리고 다시 이제 사랑스러울 거리로 부활할 이 거리에 나는 망연히 자실自失하여 서 있는 것이다. 칠십 평생을 일에 순하고 아무 갚음이 없는 희생에 바친 지금도 아무러한 투쟁이 없이 틈틈 감자를 심고 도야지들을 주시는 내 고달픈 이북에 계신 어머니 생각에 나는 또한 마음이 설레지 아니할 수가 없다.

---

* '미소공위 성공을 비는 작가 시인의 말'이라는 제하題下에 '기빨을 날녀라' 라는 제목으로 실려 있음.
** 웅상거리다: '웅성거리다' 의 방언.

이 괴로움과 고독과 핍박과 전단專斷*의 거리에 집집마다 독립의 깃발이 휘날릴 때 나는 어 내 어머니를 뵈러 첫차로 떠나는 것이다. 단독정부라니 얼마나 이가 갈리고 소름끼치는 악몽이었느냐!

돌아 내려가는 길에 설형兄**을 만났다.

설형과 같이 가는 찻집에 사람을 생채로 뜯어먹으려는 신문의 악편집자惡編輯者가 기다리고 있다가 그 악귀의 입을 벌리고 달려든다.

하지만 오늘처럼 모두 있는 대로 뜯어 먹히고 싶은 날도 나에게는 없었던 일이었다. 있는 대로 달라는 대로 다 응해주고 나는 알몸이 되어서 훨훨 뛰어다니며 내 이 오늘의 기쁨을 전파하고 싶은 것이다.

5월 24일의 임풍전 씨(필자는 소설가)

—《문화일보》, 1947. 5. 25.

---

* 혼자 마음대로 결정하고 단행함.
** 시인 설정식薛貞植, 1912~1953을 지칭하는 듯.

임풍전의 일기—조선호텔의 일야—夜

5월 17일—S씨가 서명해주는 씨 자저自著의 시집詩集*을 받아들고 그 릴을 나서니 함께 나온 K와 C와 나는 거의 마지막 패들이 되었고 시간도 어느덧 아홉 시이었다.

예정한 방향이 아니지만 좋은 친구와 존경하는 선배도 우연히 일행 이 될 줄을 몰랐으니 어디 가자는지를 모를지라도 나는 잠자코 따라갈 즐거움을 가질 수 있는 사람의 하나이기는 하였다.

그것이 방금도 신문에서는 보고 나왔지만 면접할 줄은 생각지도 못 한 며칠 전 조선에 건너온 인권동맹의 볼드윈** 씨를 찾아가는 길인 줄은 더욱이나 몰랐었던 노릇이었다.

조선 호텔 문의 MP씨 곁을 통과할 때부터는 K씨가 앞장을 서서 무상 출입하는 무흠한*** 걸음걸이로 그는 위층으로 되어 있는 내빈의 거실까

---

* 설정식薛貞植, 1912~1953의 시집 『종鍾』(1947)을 말하는 듯.
** Roger Nash Baldwin, 1884~1981 : 미국의 인권운동가. 미국시민자유연맹ACLU의 창설자이다.
*** 無欠한 : 허물 없는.

지도 우리를 이끌어다 주었다.

K씨가 C씨와 나를 소개하되 저명한 잡지 편집자와 소설가로서 하니 미국서 온 칠십 고개도 안 넘지 않았을 칠척 장구長軀의 반백옹半白翁은

"조선의 저명한 편집자요 저명한 소설가로서 어떻게 투옥이 되지 않고 이렇게 찾아와줄 수가 있었느냐."

고 하며 호호옹好好翁의 본성을 집중적으로 드러내는 처음 인사하는 사람으로서는 생각할 수도 없으리만치 탄회坦懷*하고 자연스러운 웃음의 제일발第一發을 내어던지며 반가이 C와 나의 손을 번갈아 잡는 것이었다.

이것이 나를 나무라는 말이거나 또는 안 나가는 궁둥이를 헛되이 때리는 채찍질이 아님은 물론 내가 정말로 이 '저명'이란 전제에 합치된 사람이라 할 것 같으면 조선과 같은 이러한 여러 가지 곤란한 사정 가운데서 사람의 권리를 가진 사람으로 버리어 살아나가기가 얼마나 힘든 것이냐고 하는, 말하자면 그의 조선 현실관現實觀의 서양식 함축 있는 표현일 것임은 말할 것도 없었다. 이 증언으로 그는 같은 선 자리에서 그가 집필하기로 계약이 되어 있는 미국에서 발행되는 모 잡지 편집인에게 보내는 사신私信을 우리들에게 보여주었다.

우리가 들여다본 것은 대여섯 장 되는 타이프 된 '카피'**의 일부로서 인권을 주장하고 싶은 사람으로서 견디기 어려운 여러 가지 기막힌 사정을 기록한 가운데에는 조선은 테러의 나라이며 정치범의 나라이라는 대목이 씌어 있는 구절도 있어서 가령 예로 들면 오늘 보고 온 어떤 감옥의 수인囚人으로 말하면 사천여 명인 전 수용인 중에서 삼천 명 이상이 정치범인 실상이 아니냐는 따위의 사례도 적히어 있었다.

* 거리낌이 없는 모습.
** copy.

556

K씨의 소개에 의하면 옹에 한해서는 이러한 기록도 무검열로 태평양을 건너갈 수 있다는 것이었다.

비로소 우리에게 자리를 권하고 자기도 바로 나의 건너편 의자에 허리를 내린 옹은 열한 점* 밤의 극한이 넘어서도록까지 조선에 대한 실제 정황을 여러 가지로 열심히 묻는 것이었다.

이 답변에는 사회와의 접촉이 나와는 비겨 말할 수 없이 넓고 또 여러 방면으로 지식이 해박한 C씨가 응하였는데, 그중에는 미국의 세력을 의뢰하는 관료층의 부패상腐敗相과 이 층層과 결탁한 모리꾼의 준동蠢動**으로 양심 있는 시민층의 생활과 문화활동이 얼마나 불안한 것인가를 이야기하는 대목도 있는 듯싶었다. 마침 옹이 나를 향하여

"당신의 저서는 어떠한 종류의 것이기에 간행이 가능하였느냐?"

고 묻는 말에 나는 마치 그 간행이 가능키 위하여 무슨 저작을 한 사람처럼이나 되어 어떻게 대답을 하여드려야 만족한 것이 될지 몰라 멍멍하니 앉아 있던 순간이므로, 나는 C씨의 이 말을 보족補足하여 이 C씨가 어떤 잡지사의 편집인으로 있다가 횡액을 당하고 나온 경위를 잠깐 이야기하였다.

지금 남조선에 있는 조선 사람에게 있어서는 같은 조선 사람이니만큼 북조선 동포들의 여러 가지 사정에 대하여 알고 싶어하고 궁금해하는 것이 자연스러운 요망이 되어 있을 것은 말할 것도 없다. 헌데 이 갈증을 풀어주기 위해 자기 잡지에다 북조선특집호를 한 호분 내었다고 해서 편집인들은 3, 4차 이상을 불려 다니던 끝에 폐간의 협박까지 받다가 겨우 무사함을 얻기는 했으나, C씨는 책임을 지고 나오게 된 형편이다. 이 잡지가 종래로부터 좌익적인 잡지 아님은 물론인데

---

* 열한 시.
** 불순한 세력이나 보잘것없는 무리가 법석을 부림.

"결국 지금 여기 있는 우리는 어느 길에서나 양심적으로 그 길에 충실하려고 하고 전문적인 지혜를 전적으로 발휘하려고 하면 할수록 제지를 당하지 아니할 수 없는 형편이요, 박해를 받지 아니할 수 없는 처지라."고 해드렸다.

했더니 옹은 그때서는 안경을 벗어들고 밤이 늦어서 저절로 내려 감기는 종일을 관찰행行에 피곤하였던 서먹서먹한 노안을 두 손등으로 연방 번갈아 비벼 수마睡魔를 물리치며 얼굴을 돌려 나에게 향하여 하는 말이

"조선 현실은 당신에게 좌익에 대해 의심의 눈을 가지라느니보다는 도리어 더 많이 우익에 대해 가짐이 옳다 함을 요구하고 있는지 모른다."

고 하며 잠시 진솔한 얼굴을 하며 나를 보았다. 이것이 아까 C씨가 나의 문학적인 태도를 가리켜 좌익적도 아니요, 우익적도 아닌 말하자면 일종 회의적인 곳에 특색이 있는 거라고 한 것으로부터 나에게 대한 아이러니컬한 충고임은 물론이었으나 그러나 이는 또한 나에게 대한 그따위 단순한 충고로 보다는 처음 이 방 안에 들어서던 때의 옹의 우리에게 대한 인사말과 한가지로 옹 자신이 인상적으로 얻은 조선 현실관의 일본의 단책적短冊的인 집중적 표현임은 말할 것도 없었다.

그러므로 여기에 대하여 이러니저러니 용훼容喙함이 주제넘을 것을 모를 바는 아니었지만, 다만 그 나는 옹과 같은 분의 내조來朝를 진정으로 환영한다는 나의 반가움을 또한 안 나타낼 수 없었으므로 '조선의 나와 같은 출생은 바로 일본에 예속되던 해의 제너레이션이므로 사람 사는 세상에 인권동맹이라는 단체가 있으리라는 상상조차 하지 못하였던 것이라' 고 하며 일어서서 옹의 내미는 손을 잡으니 옹은 다시 내 손을 힘있게 붙어주며

"고맙다. 당신은 불행한 때에 태어났었던 것이라."

하였다.

K씨는 이 볼드윈이라는 사람이 미국에서는 좌당적左黨的인 인사는 더욱이나 아니요, 자유주의적이라 할 수 있지만 어느 편이냐 하면 도리어 우익적인 사람으로 보이는 사람이라는 것을 이날 밤 누누히 말씀하던 것을 생각하고 37, 8년 전 일본의 속국이 되던 날 세상의 빛깔을 보고 나와서 청춘이란 청춘 자유란 자유는 다 잃어버리고 살아온 거세당한 젊은이로서는 미국의 자유란 얼마나 괴이하고도 고혹적인가 함을 아니 느낄 수가 없었다.

웅과 손을 나뉘고 아래로 내려온 우리는 K씨가 우리를 얻어 태우려고 사방 전화로 애써준 차를 기다리며 서로들 제가끔 생각에 사로잡혀서는 이 땅에서 제일가는 그랜드 호텔 대리석 기둥에 기대어 서 있었다.

전화 용무를 끝내고 돌아온 K씨도 언제 꺼내어 물었는지 모르는 츄잉 껌을 입 안에 물고 우물우물 입을 다물고 맛없이 씹으면서 생각이 많은 멜랑콜릭한 얼굴로 문 밖의 이들을 내다보고 있었다.

좀 훼방을 놀아도 괜찮을 막막한 사색의 반추反芻인 듯도 하므로 틈을 보아 나는 옆에서 K씨에게 이렇게 중얼거려보았다.

"조선에 테러 테러 하지만 테러와 깽은 미국에도 심한 것이 있다고 하지 않습니까?"

내가 공연히 남에게 지지 않으려는 앙칼진 생각만으로 오늘밤 무슨 모욕이나 받은 것 같은 반발에 못 이겨 이러지 아니했음은 물론이었다. 하니 K씨는 이의 즉답으로,

"물론 미국에도 더한 것이 있습니다. 하지만 거기는 관헌이 보호하는 테러나 깽은 하나도 없는 것입니다."

하였다.

미국에는 웬만한 조선의 좌익분자보다도 극렬한 볼드윈 씨와 같은 칠십 노옹의 자유주의자가 있는 것도 나에게는 부러운 일이었지만 봉사

와 질서의 관헌이 곁에 달리지 아니한 비아카데미컬한 합리적인 것이요, 불합리적인 것의 논란은 차치하고라도 어쨌든 자기 행동에 대한 충분한 신념과 이 신념을 위해서는 신명도 두렵지 않은 용맹한 남성적인 미국의 깽이나 테러의 오야붕(親分)들도 나는 잠깐 부럽지 아니할 수 없었다.

한편 나는 양복저고리 주머니 속에 무료한 채 집어넣었던 내 한쪽 손에 와 잡히는 오늘 저녁 받아 넣은 S 시인의 시집으로 말미암아 이 미국 선망의 마음이 선뜻하고 향도(嚮導)를 돌이키는 것도 아니 깨달을 수가 없었다.

> 쑥을 버히고
> 새나라 머리 둘 곳,
> 바로 그 뒤에서부터
> 해바라기 불을 지르리라*

이날 밤 출판기념회에서 양양(嚷嚷)히 울려나오던 어느 젊은 시인의 시낭독이 아직도 꺼지지 아니하는 여운으로 내 귀밑에 남아 있었다.

내가 사는 이 땅의 지옥도(地獄圖). 하지만 언제부턴지도 모르게 이 땅도 이 이상 지옥이 될 수 없는 참담한 터전 위에서 이 이상은 불행하여질 수 없게 되어가고 있는 것도 나는 알 수 있을 것 같았다.

> 내 간 뒤에도 겨레는 있으리니
> 스스로 울리는 자유를 기다리라**

—《경향신문》, 1947. 6. 12 ~ 6. 15.

* 설정식의 시 「해바라기1」의 일부분.
** 설정식의 시 「종鍾」의 일부분.

일 년간 문학계의 회고와 전망

—새 문화의 창조를 위하여

초하룻날 신새벽 일이었다.

대 그믐날 밤은 효자동 근방 친구네 집에서 자고 이튿날의 일이 있어 동이 트인 지 한 시간이 될까 말까 하여 전차로 덕수궁 앞까지 와서 내렸는데 게서 나는 이런 광경을 본 것이다. 그것은 뭔고 하니 안적* 건힐 염솟도 하지 아니하는 콧날이 쨍하니 얼어 들어오는 아침 연무煙霧 속에 천만뜻밖에도 비참한 백의동포의 대열이 정거장 쪽으로부터 맞받아 들어오는 것과 마주쳐서 잠시 동안 나는 포도鋪道 위에 율연慄然히 서 있지 아니할 수 없었던 일이다.

때에 절고 떨어지고 덧붙인 차림 차림**을 각양각색으로 한 이 일이십 명도 더 될 남녀노소 일군은 무거운 쌀짐을 지고이고 한 채 고역 중의 수인들처럼 몇이 안 되는 앞 포도 위만 내려다보며 구부러진 허리로 묵묵한 가운데 터벅거리고 걸어 들어오는 것이었다.

* 아직.
** 원문은 '채림 채림'.

소두小斗 한 말에 구백 원 바라보는 자가용 미自家用米를 눈을 뜨고 있어서는 단 일이백 원의 돈이라도 헐歇하게 구해드리려고 해보지 아니할 수 없는 너나 나나 할 것 없이 다 같은 안절부절하는 영세전零細廛의 살림살이꾼들인지 아닌지는 모를 일이요 그 이백 원의 차액 얻어 받는 것으로 생계를 삼는 행상배들인지도 모를 일이지만 어쨌든 장사아치라 하더라도 대규모 모리謀利의 간상배奸商輩 아닌 이상 이들 역시 백성의 절대다수를 형성하는 '등으로 배를 바꿀 수는 없는' 오늘날 이 땅 위에 굶주리고 허덕이는 한 가지 창맹蒼氓들임엔 다름이 없을 것 아니랴.

이것이 1948년 소위 해방 후 세 번째 맞이하는 우리들의 정초임을 생각할 때 생후 40년 동안에 별의별 통치를 다 받아보았다 할 우리 세대인들로서도 이만큼 신산辛酸하고 자극적인 세상 형편임에는 참으로 정나미가 떨어지고 이마에 찬 땀이 돋을 지경임을 깨닫지 아니할 수 없었다.

천리의 준마인 듯한 티를 돗히기* 위하여 꽁무니에 붙은 파리 아닌 체하려고 하는 부질없는 애를 쓰는 까닭도 아니었지만 삼사차 이상의 권勸이 있었음에도 불구하고 대서특필의 이 소위 묵필墨筆을 들기 저어한 까닭 가운데에는 이런 나의 번민도 없지 아니했음을 신문 편집인도 알지 못했을 것이다.

이제 새삼스러이 조선에 문학은 무엇이며 문단은 무엇이랴 싶은 해방 전 한 때에 품었던 생각이 불현듯** 간절하여지는 것이어서 자연紫煙이 몽몽濛濛히 떠오르는 차방茶房 의자 위에 막연히 앉아서 문학의 순수성을 고담준론高談峻論***하고 문단의 정치성에 대해 설왕설래하듯이 하는데 견디지 못하도록 가슴이 졸아드는 것은 비단 필자뿐이랴 싶은 일이었

* 돗히다 : '돋아서 내밀다' 라는 의미의 '돋치다'의 방언.
** 원문은 '불연듯'.
*** 뜻이 높고 바르며 엄숙하고 날카로운 말.

던 것이다.

참으로 종용히 앉아 곰곰이 생각할라치면 세상은 우리 안한安閑한 일부 문학청년의 창백한 서생들이 생각하는 것과는 엄청나게 다른 방면으로 향하여 나가는 것만은 사실인 것 같았다.

정월 초하룻날 신새벽이라고 하는데 때에 절고 떨어지고 덧붙인 옷의 차림새로 일이백 원 헐할지 말지 한 양식을 지어 나르는 남녀노유男女老幼의 일군! 이것이 비단 오늘날 이 땅의 정치적 경제적 사회적 현상의 반영만이요 상징만이라 할 수 있을 것이랴.

문학도 이 테두리를 벗어날 수 있는 '등으로 배를 바꿀 수' 있는 하이칼라* 상은 되지 못하는 것으로 이도 또한 더 직접적이요 좀더 비卑 좀 흡비근恰卑近**한 것이어서 정치니 경제니 하는 데부터 같이 생각하고 싶지 아니한 '불결불순不潔不純' 한 것들과 '부즉불리不卽不離' 의 관계로 괘를 맞추고 있고 또 그 한 고리로도 되어 있는 것이다.

지금 필자가 붓을 달리고 있는 원고 한 장에 백 원인가 얼만가 하는 시세도 혹 이것이 어느 문학단체의 제의로 된 것이 이대로 적용되는 것인지는 모를 일이지만, 나 일개인이 그 단체에 가담하였었거나 아니하였었거나 그 고료가 흡족한 것이거나 아니거나 간에 이러한 규정고료 밑에서 역시 나는 쌀도 사먹어야 하였고 나무도 사 때야 하였던 것인 동시에 어떠한 정치적인 이유로 어느 극장이나 화랑이 어느 연출인 어느 화가에게는 허용될 것이 못 되는 경우가 있었다 하더라도 그 첫 동기는 어떠한 것이었든 간에 직접간접으로 영향을 받는 것은 정치 면뿐만 아니라 곧 그들 연극이나 미술일 것임은 다시 말할 것도 없는 일이다.

우리 문학계를 잘라서 한 마디로 말한데도 마찬가지이어서 조선의

---

* 서양식 유행을 따르던 경향 혹은 그런 사람.
** 마치 주위에서 보고 들을 수 있을 만큼 알기 쉽고 실생활에 가깝다.

진정한 정치가 진정한 경세가經世家 진정한 기업가라면 다 그랬을 것처럼 나날이 요 모양 되어가는 세태를 보고 이것이 곧 우리 민족 자신의 손으로 자율적으로 건국이 되는 것이냐 아니냐, 부활이 되는 것이냐 아니냐에 대하여 암담한 생각을 품지 아니할 수 없음과 마찬가지의 길을 우리 문학의 1년도 걸어왔다 할 밖에는 없었다.

정치적으로 제 걸음걸이를 하지 못하여 허덕거리고 경제적으로는 날로 빈혈이 되어 쇠잔하여 들어가는 이 땅 이 폐허 위에서 문학만이 그 위의 그 테두리를 떠나 아름다운 백화百花만으로 만발만개한 동산을 이루자는 것이나 운무간雲霧間에 좌정坐定하여 시끄럽고 더러움은 정치 경제의 하계 탁류濁流를 내려다보는 깨끗하고 순수한 것일 수 있으리라고 생각하려는 것도 과욕한 이치에 어그러진 일 아닐 수 없었던 것이다.

A씨라고 하면 이 땅에서는 많이 알려도 졌거니와 실력도 있는 소설가다. 일전 이분이 자기의 작품을 모 잡지에 실리도록 말하여주었으면 좋겠다 하기에 원고를 들고 가서 실어달라 하였더니 그 잡지 주간의 하는 말이

"A씨의 소설! 그이의 것 같으면 우리 잡지엔 아직 한 번도 실은 일이 없기도 하려니와 싣고 싶은 사람이고말고. 하지만 여보 지금 이런 세상에서 무슨 기력에 소설 볼 생각을 한단 말이오?"

하면서 고개를 절레절레 흔들어 부득이 나는 거절을 당하고 돌아온 일이었다. 이것이 십여 년을 잡지 편집에만 종사하야 논자의 심리를 완전히 파악하고 있는 노주간老主幹의 견해인 것이다. 이 견해로 하여금 믿을 만한 근거가 있다 한다면 문단 부진의 원인이 이렇게도 악착스러운 발표기관의 축소 경향이나 이윤만 추구하려 드는 교과서류의 출판업자나 헐한 고료나 인세에 있는 것이 아님은 이 방면으로 들어가 생각하여 본대도 스스로 명백한 것이 될 수 있는 일이다.

대체로 가령 일본 같은 패전국의 문학계가 예상 밖으로 년후년年後年 활기를 띄어가고 날자辣刺*하여가고 심도를 더해감에 반하여 우리의 문단이 소위 해방되던 해보다도 작년이 일층 침체하였고, 우울한 공기 속에 싸여** 들어갔었다는 사실을 직토直吐하는 것은 제삼자 될 수 있는 사람의 눈으로 한다면 너무나 시니컬한 일일 수도 있는 일인 동시에 또한 흥미 있는 일일 수도 있는 일일 것이다. 그것은 무엇이냐? 일본은 자기 나라가 패망하는 날에는 만세일계萬世一系***의 천황도 고사기古事記****의 문화도 모조리 싹이 잘리고 말살을 당할 줄로만 알았고, 또한 그렇게 단단한 각오로써 달려들었던 것이 의외로 관대한 구세주를 만난 기운에 마음대로 기지개를 하고 천황의 혜택과 고사기를 즐기며 자랄 수도 있는 것이지만, 우리 불쌍한 백의동포는 민주주의 연합국 측이 승리만 하는 날엔 정치적으로나 경제적으로나 문화적으로나 참으로 민족과 문화의 묵살자黙殺者 마수魔手에서 벗어나 민주주의적인 힘으로 자수성가할 희망도 있었고 또 그럴 능력도 있다고 웅크리고 남몰래 용을 써내려오는 그 반동이 너무나 컸다는 차이에 불과한 것이 아니었을까 싶은 점이다.

개별적으로 작가를 들어 이러쿵저러쿵 이야기하거나 개개의 작품을 나열하여 그 우열을 논할 것은 나의 적당한 소임도 아니라 생각하는 바이며, 또 그럴 지면도 없는 것이지만 대체로 총괄하여 보아 넘어갈 때 작년 일 년의 우리 문학계가 그 전년인 소위 해방되던 해의 그것보다도 침울 부진하였고 위축 경향에 있었을 뿐만이 아니라 앞으로도 정치적 경제적인 국면의 일대전환이 없는 한 우리 문학계가 이 암담한 경향성에서

---

* 신랄하고 발랄함.
** 원문은 '쌔여'.
*** 영구히 동일한 계통이 지속되는 것. 흔히 일본 천황가의 혈통이 단절되지 않고 이어지는 것을 의미함.
**** 712년에 편찬된 일본의 가장 오래된 역사서. 『일본서기日本書紀』(720)와 더불어 일본 고대사 연구의 중요 자료이다.

이탈하기야말로 어려운 일 가운데서도 어려운 일이라 생각하는 것은 오로지 필자만의 독단은 아닐 듯이 여겨지는 바이다.

그렇다고 물론 아주 죽어 없어지지는 아니할 것이다. 배가 고프면 밥을 달라고 아우성하고 숨이 막히면 목을 놓아달라고 피투성이가 되어 싸우는 천만 백성을 더불어 그것은 아우성하고 피투성이가 되어 살아나갈 것으로 알고 믿고 싶은 일이다. 그까짓 동조東條*에게 옥사를 당한 몇 개의 삼목청三木淸**이가 생겼던 시대는 없었으며, 나치 히틀러에게 붙잡혀 죽은 몇 개의 지리 바일의 친구가 생겨났던 시대는 없었기에 하는 눈동자를 이를 악물고서!

하지만 정치가 조선 민족의 손으로 자주 자율적일 수가 있고 경제에 기맥이 통하여 남북조선이 통일적인 기반 위에 설 수 있는 때가 온다면 건전한 조선의 민족문학도 백화난만百花爛漫히 천공天空에 뿜어오를 날인들 올 수 있는 것 아니냐.

어느 쪽을 뉘 알랴? 그 꿈도 참으로 참으로 믿고 싶은 일이로구나!

—《서울신문》, 1948. 1. 6.

---

* 도조 히데키[東條英機], 1884~1948 : 태평양 전쟁을 일으킨 일본의 군국주의 정치인. 종전후 A급 전범으로 처형되었다.
** 미키 키요시[三木淸], 1897~1945 : 일본의 철학자이며 평론가. 휴머니즘과 사회참여를 표방하면서 전쟁과 독재로 치닫는 일본 정부를 비판하다가 옥중에서 죽었다.

허준의 생애와 작품 세계

_서재길

1. 허준의 생애

허준은 한일합방이 체결되던 해인 1910년 2월 27일 평안북도 용천군 龍川君 외상면外上面 정차동停車洞 100번지에서 아버지 허민許旼 (1871~1942)과 어머니 정순민鄭淳旼(1883~?) 사이에서 5남 중 셋째로 태어났다.* 1940년대에 새로 작성된 허준이 졸업한 중앙고보 학적부에 따르면 신분은 '평민', 본관은 '양천陽川'으로 되어 있고 《문장》 1940년 신년호 특집에 실린 '조선문예가총람'에 따르면 허준의 작가 약력은 다음과 같이 소개되고 있다. "경성부 낙원정 169. 메이지 43년 2월 27일 용천에서 출생. 소설가. 호세이 대학 졸. 전 조선일보사 기자. 「탁류」, 「야한

---

* 자세한 내용은 본서의 앞부분에 '화보'로 제시한 허준의 호적등본과 중앙고보 학적부를 참조할 것. 이 호적부는 1942년에 아버지 허민이 사망한 뒤 큰형인 허신(許信, 1902~)에 의해 호주 승계가 이루어진 뒤에 새로 작성된 것이어서 허신이 호주로 되어 있다. 허준의 전기를 재구성하는데 있어 박성란의 석사논문을 주로 참조하였음을 밝힌다(박성란, 「허준 소설 연구」, 인하대 석사논문, 1999).

기」 등의 저작이 있다."해방 후 허준이 쓴 수상에 "조선의 나와 같은 출생
은 바로 일본에 예속되던 해의 제너레이션이므로"와 같은 구절이 있는 것
으로 보아 실제 출생년도 역시 호적과 같이 1910년임이 분명한 것 같다.
허준이 태어난 평북 용천 지방에는 양천陽川 허씨 범매당파泛梅堂派 중 구
성파龜城派가 많이 모여 살았고 그중 용천 지방에 모여 살던 일가는 용천
파龍川派로 분리해나갔는데, 허준 역시 양천 허씨 용천파에 속하는 것으
로 짐작된다.* 아버지 허민은 한의사였던 듯하고 큰형 허신은 경성의전을
졸업하고 경성제대 의학부에서 조수助手로 근무하기도 했던 유명한 의학
박사였다.

　유년 시절 허준은 남달리 병약해서 자주 학질을 앓아 "쓰디쓴 교갑에
도 넣지 않은 금계랍으로 지는 생명의 세례를 받"으면서 자라났다. "이만
치 잊혀지지 않는 감상은 없을 것"이라고 회상할 정도로 유년 시절의 병
치레는 그의 향후의 인생의 방향을 결정하는 중요한 내적 경험으로 작용
한 것으로 보인다. 친구 하나 없이 홀로 앓으면서 보낸 어린 시절의 고독
과 죽음에 대한 공포의 경험은 그로 하여금 문학의 길을 걷게 하였던 것
이다. 허준은 새로 생긴 남시南市의 보통학교를 다니다 졸업하던 1922년
여름 서울로 전학을 오면서 다동茶洞공립보통학교로 전학하게 되고 이듬
해 1923년 4월 중앙학교에 입학한다. 소년기부터 남달리 문학 같은 데에
관심을 지니고 있었던 그는 중앙고보 시절 문학에 입문하려고 마음을 먹
고 있었던 것 같다.

　　　　상경하야 중앙학교 3학년 때는 낙제를 하고 아 참 부끄러워서―에이

---

* 이는 양천허씨종친회 사무실에서 종친회장 및 총무와의 면담을 통해서 확인할 수 있었다. 필자가 구성파
　와 용천파 족보를 다 뒤져보았으나 아쉽게도 허준에 관한 기록을 찾지는 못했는데, 이는 호적에 등재된 이
　름과 족보에 오른 이름이 달랐기 때문이 아닐까 싶다.

학교를 그만둔다고 마음은 먹었으나 친구들의 충고로 다시 계속해 다녔지만 그때 좀 자각이 있었든 모양이야요. 공부를 잘하는 학생들은 노상 목표들을 모다 세우고 뭘 한다 하는데 나만 무목표로 유도무랑有島武郎의 소설 같은 것을 끼고 산으로 올라가서 탐독하지요. 나는 학생 시대에 작문이 젬베이었습니다. 할 말은 많으나 표현이 되야지요. 그러던 것이 오학년 때에 작문에 칭찬을 받은 적이 있습니다. 선생의 말이 우섭지요. '上達な文だが, 要領がわから無い' 래나요. 하여튼 그 후부터 문학에 나올려는 뜻을 굳게 먹었습니다.*

중앙고보를 졸업하던 1928년 그는 동경으로 유학을 떠나게 된다. 허준의 절친한 친구인 백석白石의 경우 조선일보 장학생 모임인 서중회序中會 명단에 이원조 등과 함께 '백석白奭'이라는 이름으로 나타나 있지만, 허준의 이름이 발견되지 않는 것으로 봐서 허준은 조선일보 유학생은 아니었던 것 같다. 보호자였던 형이 의사였다는 점 등을 고려할 때 허준이 경제적으로 곤궁한 편은 아니어서 사비로 유학을 간 것이 아닐까 짐작하게 된다. 일본에 건너간 허준은 "문학은 와세다가 아니면 아니라는 생각"으로 "그렇게도 동경하던 조고부高에 들기는 들었으나, 수속을 두 번 할 돈도 아깝고, 또 그 모질은 제 반발심 때문에" 이미 수속이 완료된 호세이 대학에 들어가 영문학을 전공한다. 그가 문학을 호세이 대학에서 문학을 전공하게 된 데에는 둘째형이자 시인이기도 한 허보許保(1907~?)의 영향도 컸던 것으로 짐작된다.** 앞의 '조선문예가총람'에는 허준이 호세이대학을 졸업한 것으로 되어 있으나 유학 도중 공부를 그만 두고 귀국했다고 스스로 밝히고 있는 것으로 보아 졸업을 한 것인지 여부는 분명

* 「신진작가좌담회」, 《조광》, 1939. 1., 242쪽.
** 허준의 두 형에 관해서는 박성란이 상세하게 밝힌바 있다. 박성란, 앞의 논문 참조.

하지 않다.

　허준의 본격적인 문학 활동은 동경 유학에서 돌아온 뒤에 시작된다. 문학활동 초기에 《조선일보》와 《조광》 등에 시를 발표하던 시인이었던 그는 백석의 적극적인 권유에 따라 백철의 추천으로 《조광》 1936년 2월호에 「탁류」를 발표하면서 소설가로서의 길을 걷게 된다. 또한 함흥의 영흥고보 교사로 자리를 옮긴 백석의 뒤를 이어 조선일보사 편집부에서 근무하면서 《여성》지의 편집에도 관여한다. 그러나 그가 조선일보에 재직한 기간은 그리 길지 않았던 것 같다. 『조선일보사사』의 기록에는 1936년 즈음에 그가 편집국 교정부에서 근무한 것으로 나와 있으나 이듬해(1937년 11월 7일)의 사원 명단에서는 발견되지 않기 때문이다.

　학예부에 평북 출신들이 다수 포진해 있었던 조선일보에서 근무할 수 있었던 것은 그의 문학적 출발에 있어서 큰 자산이 되었던 것으로 보인다. 『사슴』(1936)을 출간하여 문단에 이름이 꽤 알려져 있던 백석은 허준의 소설에 「탁류」라는 제목을 붙여주면서까지 적극적으로 그의 후원자가 되었고, 마찬가지로 백철은 허준의 등단작 「탁류」를 추천하면서 '금일창작의 최고봉'이라 격찬해 마지 않았던 것이다. 해방 이전 그의 문단 활동의 대부분이 《조선일보》와 그 자매지인 《조광》, 《여성》 등의 잡지를 통해서 이루어진 점도 이를 잘 설명한다. 나아가 단 한 편의 소설 작품만을 발표한 그가 1930년대 후반 '세대-순수' 논쟁의 과정에서 《조선일보》가 기획 특집으로 마련한 '신인단편 릴레이'에 그의 두 번째 작품인 「야한기」를 파격적으로 오랜 기간 연재할 수 있었던 것도 그 때문이었다. 이상과 박태원으로 대표되는 구인회 그룹이 조선중앙일보와 이태준이라는 든든한 버팀막 속에서 성장할 것처럼, 허준의 모더니즘은 백철과 백석 및 조선일보라는 든든한 후원자를 가졌던 것이다.

　조선일보에 근무하던 시절 백석과 더불어 교우가 있었던 신현중愼弦

重(1910~1980)*의 누이인 신순영愼順英(1912~?)과 1935년에 결혼한 허준은 해방 전까지 2남 2녀를 두었다. 주목되는 것은 1940년 11월생인 셋째 호浩는 출생지가 서울로 되어 있으나 1942년 12월생인 넷째 추자秋子는 주소가 용천으로 되어 있다는 점이다.** 이는 허준이 1940년 말에서 1942년 사이에 경성에서 용천으로 다시 이사를 간 것이 아닐까 하는 추측을 낳는다. 이 즈음 그는 일본어로 쓴 콩트「습작실로부터習作部屋から」를 일본 잡지《조선화보朝鮮畵報》에 발표하는가 하면《국민문학》주최의 좌담회 '군인과 작가, 징병의 감격을 말하다'에 참석하기도 한다. 또한 서울과 북쪽을 오가면서 여학교에서 교편을 잡은 것으로 보이나 이 역시 그리 길지는 않았던 것 같다. 동경 유학 시절부터 방랑 기질이 있었던 그는 이 즈음도 그러한 방랑벽을 이기지 못하여 여학교 교사를 그만두고 해방이 되기 전인 1944년 봄에 만주 지방으로 떠나게 된다.

동경 일차곡日比谷 공회당에서 들은 베토벤의 9번은 무장야武藏野 거리 이름 없는 뒤뜰의 공지空地를 횡단하며 불고 가는 황혼의 두부장수 나팔소리만큼은 지금껏 나에게 가장 귀젖은 것은 못 되었다.

이 9번은 다시 말할 것도 없는 거니까 진리는 이렇게 우연한 것도 많은 것이라 할 수도 있는 것이다. 하기에 복잡도 한 것이다.

현대식 고층건물 맨 꼭대기 지붕 밑 방에 마음대로 앓고 누워서 골목을 불며 지나가는 어느 홀아비인지 모르는 나그네의 휘파람소리가 중국 거리에서 쿨리들과 함께 서서 먹던 아가위의 그 달고 쌉쌀하고도 새콤한

* 허준과 동갑인 신현중은 경남 하동 출신으로 경성제국대학 법과에 입학한 뒤 성대城大 반제부 및 적우회 등 반제 비밀결사 활동으로 복역하다 출소한 후 조선일보사에 입사하였다. 박성란, 앞의 논문, 15~16쪽 및 김경일, 「1930년대 전반기 서울의 반제 운동과 노동운동」, 『사회와 역사』 34, 180~190쪽 참조.
** 자세한 내용은 본서의 앞부분 화보에 실린 허준의 호적등본을 참조할 것.

맛과 뒷골목 벽 오줌이 못 잊혀 나는 여학교 선생 노릇을 그만둔 것이었다.*

만 2년 반 전 이른 봄[1944년 봄─인용자]에 만주 지금은 동북 지방 학교로 직을 받들어 부임하는 도중 큰 정거장 근처에 사시던 가형에게 전보를 치고 잠깐 역에서 뵈었으면 좋겠다고 한 일이 있었다.
내려서 어머님도 뵈고 형들도 뵈입고 가야 할 길이었지만 서울 학교에 잔무殘務도 없지 아니한 데다가 (중략)**

소설 「잔등」에 나타난 여정이 허준의 자전적 행적이라 볼 수 있다면 해방 직전에 허준은 신경(장춘)에 있었으며*** 해방이 된 얼마 후 회령을 거쳐 귀경하게 된다. 귀경 직후 그는 1945년 12월 27일 홍명희, 임화, 박태원, 김기림 등과 함께 경성 조소문화협회朝蘇文化協會의 창립식에 발기인으로 참가한다.**** 이 즈음 그는 《대조》, 《신천지》 등의 잡지에 관여하는 한편 자신이 소장하던 「남신의주유동박시봉방」 등의 활자화된 백석의 마지막 시 작품 몇 편을 발표하기도 한다. 해방 이듬해인 1946년 1월에 《대조》에 「잔등」을 발표하면서 다시 창작활동을 개시한 그는 해방 전에 발표한 「탁류」, 「습작실에서」를 「잔등」과 함께 묶어 첫 소설집 『잔등』을 간행하였다. 이 당시 허준은 경제적으로 곤궁한 편이었던 것 같다. 신변잡기적인 수필과 콩트를 이 당시에 많이 발표하였던 것이 발견되는데, 이는 이 당시 다른 문인들도 그러했겠지만 호구지책이 어려웠던 까닭이었던

---

* 허준, 「문학전기록─임풍전 씨의 일기 서장」, 《조선일보》, 1947. 4. 30.
** 허준, 「민족의 감격」, 《민성》, 1946. 8.
*** 김윤식에 따르면 해방 직전 염상섭이 편집장으로 있던 《만선일보》를 중심으로 국내 문인들이 모였는데 허준도 여기에 포함되어 있었다고 한다. 김윤식, 『한국현대현실주의소설연구』 (문학과지성사, 1990), 175~6쪽.
**** 김승환, 『해방공간의 현실주의 문학 연구』, 일지사, 1991, 75쪽.

듯하다.

1946년 2월 8, 9일에 열린 조선문학가동맹 주최의 '전국문학자대회'에 참석한 그는 이어 4월 3일 밤 조선문학가동맹 소설부 측과 서기국 측 참가하여 초원 다방에서 개최된 《민성》지(고려문화사) 주최 '제1회 소설가 간담회'에 참석하여 해방을 맞이한 감격을 이야기한다.* 이어 8월에 결성된 조선문학가동맹 서울시지부에서는 부위원장을 맡기도 하였다.** 그 문학 세계가 "좌익적도 아니오 우익적도 아닌 말하자면 일종 회의적인 곳에 그 특징이 있는" 허준이 조소문화협회나 조선문학가동맹 등 좌익 쪽 단체에 가입하게 된 경위는 분명하지 않다. 그러나 당시 발표한 단편적인 글들과 「임풍전 씨의 일기」, 「속습작실에서」와 같은 소설을 통해서 막연하게나마 그 이유를 유추해볼 수는 있다.

'조선호텔의 일야'라는 소제목이 붙은 「임풍전의 일기」라는 짧은 글에서 그는 미국 인권동맹의 볼드윈이라는 인물을 통해 당시 남조선의 현실을 '테러리즘'이 만연한 사회로 규정하고 있다. 또한 소설 「임풍전 씨의 일기」에서는 "이북에서 몇십 년씩 고등계에 있던 달아나온 관리들을 그대로 사찰계에 앉히"는 곳이며 그 관리는 "해방전 함경도에서 창씨를 안 했다고 나에게 따귀를 따리고 가두운 동일인"이라고 비판하고 있음을 볼 수 있다. 이러한 생각을 통해 허준이 당시 단독정부 수립 움직임을 보이던 남조선 사회에 대해 상당히 비판적인 생각을 지니고 있었음을 알 수 있다. 그러나 "일본의 속국이 되던 날 세상의 빛깔을 보고 나와서 청춘이란 청춘 자유란 자유는 다 잃어버리고 살아온 거세당한 젊은이로서는 미국의 자유란 얼마나 괴이하고도 고혹적인가 함을 아니 느낄 수가 없었다."면서 미국에 대해서도 호의를 지니고 있는 것을 확인할 수 있는 것

* 「해방 후의 조선문학—제1회 소설가 간담회」, 《민성》 2권 6호, 1946. 4.
** 《예술신문》, 1946. 8. 24.

으로 비추어볼 때 허준의 문학가동맹 가입은 이념적 선택에 의한 것이라 기보다는 남조선 사회에 대한 비판적 인식에서 비롯된 것이라 생각할 수 있다.

허준의 월북 경위와 그 시기는 정확히 알려져 있지 않다. 1948년 연두에 발표된 「일 년간 문학계의 회고와 전망」에 세모를 효자동 친구네 집에서 보냈다는 내용이 있는 것, 1948년 2월에 열린 《민성》지 주최의 문학좌담회에 최정희, 설정식, 임학수와 같이 참석하였던 것으로 미루어볼 때 그는 조선문학가동맹의 핵심 멤버들이 월북한 뒤에도 상당 기간 동안 서울에 있다가 1948년 이후 월북한 것으로 짐작된다. 그의 월북의 이유는 자세히 알려져 있지는 않지만 남조선에서 문학가동맹 등 좌익단체에 대한 탄압이 심해지면서 이를 피하기 위함이었던 것 같다. 또한 자신의 고향이 평북이었고 어머님과 형이 북쪽에 있었던 것도 하나의 이유가 되었으리라 짐작할 수 있다.* 월북 후 허준의 행방은 묘연한데, 다만 한국전쟁이 발발한 후 인민군을 따라 허준이 서울로 오게 된 사실은 확인된다. 백철의 기억에 따르면 허준은 잠깐 서울에 들르게 되는데, 그때 백철에게 북조선의 문화정책에 대해 회의를 느끼고 있었다고 술회하고 있다.

　　허준이가 하루 저녁 우리 집에 와서 자고 간 일이 있다. 본시 월북 전에 그는 바로 안암동 우리 집 앞에서 살았던 사람이 돼서 겸사겸사 우리 집을 찾아온 것이었다. 나는 좋은 기회라 생각하고 그와 마주앉아서 밤이 늦도록 그쪽의 이야기를 물어보았다. 허준은 처음에는 잘 이야기도 않으려고 하는 표정이었으나 이야기가 오가는 동안에 말이 잘못 나왔다 할까. 「백형에게니 말이지 하여튼 난장판이에요. 더구나 문학다운 것은 할 생각

* 허준은 1948년 8월에 해주에서 열린 '남조선인민대표자회의'에 참가한 뒤 월북한 것으로 알려져 있다. 박성란, 앞의 논문, 22쪽.

576

도 말아야 해요!」 하는 투의 발설. 그 말로 해서 나는 허준이 북에 가 있는 동안 아무런 작품 활동다운 것을 하지 못할 것이 분명하고 거기에 대한 불만의 목소리였다.*

2. 허준의 작품 세계

허준의 문학 세계는 해방 이전과 이후로 나누어 살펴볼 수 있는데, 이는 해방을 기점으로 하여 그의 작품 세계가 판이하게 달라지기 때문이다. 해방 이전에 그가 다루었던 것은 지식인의 자의식과 내면에 대한 심리주의적 탐구가 중심이었음에 반해 해방 이후의 작품들에서는 개인의 내면을 넘어선 사회 역사적 지평으로 문학적 상상력이 확대되기 때문이다.

(1) 해방 이전의 작품 세계

허준의 해방 이전의 소설 작품으로는 그의 등단작인 「탁류」와 《조선일보》 연재 중편소설인 「야한기」, 그리고 《문장》이 폐간될 즈음에 발표된 「습작실에서」가 있다. 「탁류」**는 주인공 '현철'과 그의 아내 '순' 사이의 갈등과 이로 인한 결혼생활의 파국을 그리고 있는 작품으로, 소설 속의 스토리-시간은 저녁에서 새벽에 걸친 하룻밤 사이에 걸쳐 있다. 군청 서기인 현철***은 채숙이라는 어느 소학교 여학생의 집에 아내

---

* 백철, 『문학자서전』(박영사, 1975), 408쪽.
** 이 작품은 원래 그가 제목도 없이 보낸 것을 당시 《조광》지 기자였던 백석이 '탁류'라는 제목을 붙여 발표했던 것으로 알려져 있다.(「신진작가좌담회」, 《조광》, 1939. 1., 251쪽.)
*** 《조광》에 발표될 때 「탁류」의 주인공은 '정 주사'로 되어 있고, 아내에게 쓴 편지에서도 '정철'이라는 이름이 등장한다. 그러나 단행본 『잔등』에 실릴 때 일부 개작이 되면서 주인공의 이름이 '현철'로 바뀌게 된다.

와 함께 세들어 살고 있다. 그의 아내는 원래 창부 출신으로 둘 사이의 결혼 역시 비정상적인 면모를 지니고 있었다. 이들의 결혼생활은 현철과 채숙 사이를 의심하는 아내에 의해 위기에 봉착하게 되고 결국 이들은 채숙의 집을 떠나 다른 곳으로 이사를 하게 된다. 현철은 삶에 대해 이렇다 할 의미를 찾지 못하고 있으나 채숙을 보면서 위안을 느끼기도 하면서 살아간다. 그러나 새로 세든 집에는 여선생이 함께 세들어 살고 있었는데, 아내 순은 이번에는 여선생과 남편 사이를 또 의심하게 된다. 이를 참지 못한 현철이 아내에게 결별을 고하는 편지를 남겨두고 떠나가게 되는데, 아내는 식칼을 들고 여선생의 방으로 뛰쳐들어가는 것으로 소설은 결말이 난다.

「야한기」는 중편 분량의 소설로서 심리주의적 기법이 원용되고 있는데, 특이한 것은 다중시점을 구현하고 있다는 점이다. 주인공 '남우언'과 그의 아내인 '춘자', 그리고 남우언을 농간하여 감옥에 넣으려는 '민흥걸' 등 중요한 인물의 인물시각적 서술이 교차되면서 스토리가 진행되고 있는 것이다. 또한 스토리 전개 과정이 매끄럽지 않고 사건의 연결이 자연스럽지 않은 면을 보여주고 있는데, 허준은 자신이 창작 노트를 잃어버려 작품이 부실해졌다고 밝히고 있다.[*]

주인공 남우언은 「탁류」의 현철과 마찬가지로 어릴 적부터 사람은 '저 혼자라는 생각'을 지니고 있는 유폐된 자아 구조를 보이는 인물이다. 그는 십사오 년 전 떠났던 '온정'으로 돌아와 '정삿깟'이라는 별명을 지닌 여관 주인의 딸 '춘자'와 결혼한다. 그러나 이 결혼 역시 「탁류」에서와 마찬가지로 비정상적인 성격을 지닌 것이었으며, 결혼생활 중에 딸 '현이'가 죽음으로써 부부 사이는 더욱 멀어지게 된다. 남우언

---

[*] "「야한기」에서 나는 장면을 충실히 그리려고 했지요. 중간에 그만 노트를 잃어버렸어……." 「신진작가좌담회」, 앞의 글, 248쪽.

은 어릴 적 좋아했던, 그러나 지금은 '민보걸'의 아내가 된 '은실 모친'인 김순덕에 대한 애틋함 때문에 '은실'을 각별히 좋아하게 되지만, 이는 아내 춘자로부터 의심을 받는 계기가 된다. 이 소설에서 가장 사악한 인물로 그려지는 민홍걸은 남우언의 아내 춘자와 자신의 동생 보걸의 불륜을 미끼 삼아 돈을 뜯어내기 위해 남을 이용하려 한다. 그러나 남우언이 자신의 술책에 쉽게 동조하지 않자, 동생에게 찾아가 거짓말로 돈을 뜯어내고 이를 무마하기 위해 남을 모함하여 유치장에 보내기까지 한다. 결국 사실이 드러나 남우언은 감옥에서 나오게 되고, 자신을 함정에 빠뜨린 사람이 민홍걸이라는 사실을 알게 된다. 그런데 여기서 주인공의 성격상의 특질이 잘 드러나는데, 그가 아내의 불륜에 대해서 침묵할 뿐만 아니라 자신을 모함한 민홍걸에 대해서도 복수를 하려하지 않는다는 점이다. 가치 부재의 상태에 놓은 주인공은 타인을 비판할 수 없기에 오직 자기 자신에게만 복수를 하게 된다는 것이다.

나에게는 복수할 것이 있다. 허지만 그것은 너희들에게 대한 복수는 아니다. 너희들과 내 자신 때문에 일어나는 내 자신에 대한 복수다. 만일 너희들에게 할 복수라면 나는 그 반지, 그 구로 다이아 반지의 바른 이야기를 토로하는 것만으로 족히 될 것이다. 거기 얼마나 많은 희생이 나오랴.

허지만 나는 그것을 하지 않았고 또 허구 싶지도 않다. 다만 나는 이러한 사실들이 내 자신에 대해서 자꾸 무엇인지 요구하고 있는 것을 깨달을 뿐이다. 내 자신에다 칼날을 자꾸 갖다대이는 것을 나는 느끼고 자꾸 죽고 자꾸 살아나기를 요구하는 것을 나는 안다. (중략)

그러나 그 모—든 것들이 자기를 노여웁게 함에는 자기에게는 그것들이 너무나 일반적인 슬픔으로 되어 있는 것을 그는 아는 것이다.

그는 이때 자기 마음이 매우 도고함을 느끼면서도 한편 몹시 늙어지는 듯한 슬픈 마음을 어찌할 길이 없었다.*

이처럼 허준의 초기 작품들에는 삶에 대한 적극성을 상실한 주인공들이 공통적으로 등장하고 있다. 이러한 인물 유형은 이미 이상의 소설 「공포의 기록」에서 '환신宦臣'이라는 비유적 표현을 얻은 바 있으며,** 1930년대 모더니즘 소설에 나타나는 인텔리 인물들에게서 공통적으로 발견되는 캐릭터이기도 하다.

「탁류」의 주인공 현철은 '삶에 대해 이렇다 할 의의를 지니지 못한' 채 '내가 왜 있는지 모르는 슬픔의 탓으로 내가 무엇을 할 것 없는 허무'에 빠져 있다. 이상의 주인공에게는 '야유揶揄'에 불과한 것이었던 삶이란 것은, 「탁류」의 현철에게는 '해결성 없는 지속의 버릇'으로 설명된다. 반면 창부 출신의 그의 아내 순은 그의 이러한 우유부단함과 결단력 없음에 대해 안달이 나 있는 인물로서 그려지고 있다. 이 작품의 근본적인 대립은 현철과 아내 순의 성격 대립인데, 이는 그가 작품의 말미에 아내에게 쓴 다음과 같은 편지에서 잘 드러나듯, '해결성 없는 지속의 버릇'과 '무엇으로든지 끝을 보지 않고는 못 배기는 성미' 사이의 대립으로 요약된다.

그러나 너는 어디까지 따라가서든지 네가 받는 남의 없수이녀김을 무엇으로든지 끝을 보지 않고는 못 배는 성미인 줄은 오늘 지금에야 알

---

* 허준, 「야한기」, 《조선일보》, 1938. 11. 11.
** "생물의 이렇다는 의의를 홀떡 잃어버린 나는 환신宦臣이나 무엇이 다르랴. 산다는 것은 내게 필요 이상의 '야유'에 지나지 않는다. / 사물의 어떤 포인트로 이 믿음이라는 역학의 지점을 삼아야겠느냐는 것이 전혀 캄캄하여졌다는 것이다." 이상, 「공포의 기록」, 『이상문학전집』 2권(문학사상사, 1989), 198쪽.

왔다. 그것이 나는 못 배기는 것이다. 지금 떠나면 나는 더 보잘것없는 짓을 하고 더 보잘것없는 계집을 얻고 또 이보다 더 부끄러운 처지에 박혀 있을는지도 모른다. 허지만 그런 때가 있다고 하드래도 그중에서 역시 나를 구원하는 것은 내 '해결성 없는 지속'의 버릇일 것이다.*

생에 대한 역학의 지점으로서의 '포인트'의 상실, 곧 원근법적 지향의 중심의 상실은 필연적으로 사물에 대한 가치 판단의 불가능성으로 이어지고 이어 타인에 대한 가치 판단의 부재로 나타난다. "내가 누구를 멸시할 수 있을 것이며 누구를 미워할 수 있어." 하는 따위의 '자기질책의 소리'만이 현철이 지니고 있는 유일한 정체성일 뿐이다. 이는 「야한기」의 남우언에게도 동일한 양상으로 나타난다.

> 이 무한히 흘러가는 공간과 시간 가운데 자기의 부동하는 존재성을 정치定置시키려는 그리고 거기 무슨 의미를 발견하려는 그런 욕망에서인 것이 분명한 것이다.
> 허지만 어디로라도 무찌르고 나갈 곳이 없고 무엇을 할 것이 없는 우울함이란 어디 비길 데가 없는 것이다.
> 신도 좋고 악마도 좋으니 그런 것이 있어 휘둘리워 살 수 있는 동안에는 사람은 얼마나 피곤한 것을 모르고 죽으랴. 그 평온한 것도 피곤하지 않을 것이오, 그 격렬한 것도 피곤하지 않을 것이라 하였다.**

삶에 대한 가치정향적 중심을 상실한 주인공은 주체로서의 존재론적 의미의 확정을 원하지만 그것이 불가능하기에 심지어는 악마라 할

---

* 허준, 「탁류」, 《조광》, 1936. 2, 240~241쪽.
** 허준, 「야한기」, 《조선일보》, 1938. 11. 9.

지라도 그러한 타자 속에 자신의 존재를 의탁함으로써 존재의 의미를 고정시키고자 한다. 「탁류」와 「야한기」에서 공통적으로 발견되는 '창녀와의 결혼'이라는 모티프는, 바로 이러한 존재론적 의미의 무규정성 속에 놓인 주체가 과격성으로서의 '매저키즘'을 선택하는 것으로 이해할 수 있다.* 그러나 두 주인공의 결혼생활의 파탄이 잘 보여주듯 이러한 시도는 결국 실패하고 만다. 사르트르에 따르면 주체성 대 주체성의 방식으로 타자와의 관계에 실패한 주체가 자신의 주체성을 타자의 주체성과 동일시함으로써 자발적으로 자기의 주체성을 포기하는 태도를 취하게 되는데, 이러한 태도가 매저키즘이다. 그러나 의식 존재인 인간은 자신을 무의식적 사물로 전락시킬 수 없거니와 그러한 상태에서 만족할 수도 없기 때문에 매저키즘은 필연적으로 실패하도록 예정되어 있는 것이다.

결국 두 소설의 주인공은 존재론적 의미의 불확정성 속에서 살 수밖에 없다는 것을 인간적 숙명으로 긍정할 수밖에 없게 된다. 이러한 상황이 두 작품의 결말을 이끌어낸다. 현철은 아내로부터 떠나며 남우언은 또 다른 길을 떠나게 된다. 여기에서 중요한 것은 이러한 존재론적 무규정성, 혹은 비확정성이 지니는 함의일 터인데, 이는 '파시즘'이라는 치욕적인 상황을 견뎌내는 방식에 대한 일종의 알레고리로 읽힐 수 있을 것이다.** 해방 전 허준의 마지막 작품이자 《문장》이 폐간되기 두 달 전 발표된 「습작실에서」는 이러한 존재론적 불확정성을 운명애로 수긍함으로써 '체관'의 경지에 이른 주인공이 또 다른 주인공 노인

---

* 이러한 주제는 1930년대 소설에 편재해 있는데, 김동리의 「솔거」 연작이 그러하고 이상 소설에서는 핵심적인 요소로 자리잡고 있다는 점에서 이 시기 지식인들의 내면 풍경을 잘 보여주는 중요한 모티프로 파악할 수 있다.
** 김윤식, 『김동리와 그의 시대』(민음사, 1995) 및 이수영, 「일제 말기 소설의 현실대응 양상 연구」(서울대 석사논문, 2000)에서의 논의를 참고.

을 통해 그 체관의 심도를 밀도 있게 만드는 과정을 그리고 있다.

「습작실에서」는 동경에 유학 온 조선인 대학생 '남목'이 정월 초하룻날 북지 어느 산골 병원에 있는 T형에게 보내는 편지글의 형식을 취하고 있다. 주인공 '남목' 역시 앞의 두 작품의 주인공과 마찬가지로 고독 속에서 고독을 즐기면서 사는 것이 무엇인가 하는 문제를 고민하는 인물로 그려지고 있다. 남목이 세들어 사는 집주인은 긴자에서 잡화상을 하는 아들과 니가타 현 어느 시골에서 교원을 하는 작은 아들을 둔 늙은이로 자식들의 도움을 받지 않고 집세만으로 생활을 하는 사람이다. 어느 날 남목은 노인에게서 노인의 젊은 시절 친구인 '오까베'라는 친구의 이야기를 듣게 된다. 오까베는 대장성의 관리로 있던 사람으로 폭음을 즐기는 괴벽한 인물인데, 노인은 그의 방에 걸린 '대인욕大忍辱'이라는 현판을 보고 충격을 받아 그를 흠모하게 되었다고 한다. 오까베는 고독하게 살다 서른두 살이라는 젊은 나이에 죽게 되는데, 노인은 그와 한번 '통음'을 하지 못한 것이 평생의 한이 되었다고 한다. 그런데 어느 날 남목이 노인의 방에서 오까베를 모방한 노인의 현판에 쓰인 "인욕 무무명 역무무명진忍辱 無無明 亦無無明盡"이라는 구절을 보고 묘한 충격을 느끼게 된다. 남목이 방학이 되어 대학 예과 동료들과 스키장으로 떠난 사이 노인은 아들들을 부르지 않고 조용히 외롭게 죽음을 맞이하게 되고, 남목은 집으로 돌아오는 차 안에서 우연히 노인의 아들을 만나 그 사실을 알게 된다. 아들이 전해주는 유서에는 다음과 같이 적혀 있었다.

내가 살아 있는 동안 어떻게 하면 잘 사는가를 생각하는 것도 중요한 일이었지만, 이 살던 것을 어떤 모양으로 마쳐야 옳은가를 생각하는 것도 내 중요한 과목이었다.

나는 꼭 내가 살던 모양으로 자연스럽게 죽기를 결심하였다. (중략)

　　내 생은 결단코 짧은 것이 아니었다. 서양의 어떤 종교가들은 아침 일어난 길로 자기의 손으로 지어든 관곽에 한 번씩 들어가 누웠다가 나와서 그날 하루씩을 살아간다고 하거늘, 세속적으로 보드래도 내 죽엄은 그만큼 다행하였다 할 것이다.

　　내 반생을 나는 그렇게는 못 살았을망정 이 죄업 많은 아비에게 최후의 한 시간을 저 죽자는 염원대로 죽게 하는 것 용납하라.*

　고독에 안주하던 주인공의 존재론적 폐쇄성은 '노인'이라는 타자의 개입을 통해 '고독의 정당성'에 대한 확인으로 이어지게 된다. 이 소설은 결국 폐쇄적 자아에 갇혀 있던 주인공이 타자와의 대화를 통해 자신의 주체성을 정립해나가는 점에 의의가 있다고 할 수 있지만, '고독의 정당성'에 대한 인식으로 귀결되고 있다는 점에서 이전 소설이 보여주었던 자아의 구조에서 크게 벗어나지 않았다고 볼 수 있다. 그러나 해방 이후의 소설에서는 이러한 타자의 개입이 중요한 역할을 하게 된다.

(2) 해방 이후의 작품 세계

　해방 이후 허준의 작품은 이전의 작품과 외형상에 있어서 많이 달라지는 모습을 보여준다. 주관적인 내면의 탐구가 중심이 되었던 이전 작품에 비해 현실세계가 소설 작품 속으로 많이 개입하고 있다는 점이 그 예인데, 「잔등」의 경우 여로 형식이 현실을 담는 장치로서 나타난다. 그러나 그가 천착하고 있는 주제는 해방 이전의 것과 그리 떨어져 있는 것은 아니다. 이는 그의 첫 소설집 『잔등』에 실려 있는 다음과 같

---

* 허준, 「습작실에서」, 《문장》, 1941. 2., 451쪽.

은 구절에서 알 수 있듯 해방이 되었다고는 하나 근본적인 상황이 변한 것은 아니기 때문이다. 오히려 그는 해방 이전부터 견지해오던 자신의 고유한 경험의 특수성을 강조하는 문학적 태도를 여전히 유지시키려 한다.

> 너의 문학은 어째 오늘날도 흥분이 없느냐, 왜 그리 희열이 없이 차기만 하냐, 새 시대의 거족적인 열광과 투쟁 속에 자그마한 감격은 있어도 좋을 것이 아니냐고들 하는 사람이 있는 데는 나는 반드시 진심으로는 감복하지 아니한다. 민족의 생리를 문학적으로 감득하는 방도에 있어서, 다시 말하면 문학을 두고 지금껏 알아오고 느껴오는 방도에 있어서 반드시 나는 그들과 같은 방향에 서서 같은 조망을 가질 수 없음을 아니 느낄 수 없는 까닭이다.*

「잔등」의 경우 이 시기의 다른 소설 작품에 나타나는 것과 같은 해방에 대한 맹목적인 회열이나 막연한 기대 또는 일본제국주의에 대한 분노의 표출 같은 것은 찾아볼 수 없고, '주인' 만 바뀐 상황에서 지배와 피지배의 구조가 여전히 온존하고 있음을 보여주고 있다. 이 소설의 주인공은 동경 유학을 갔다 온 지식인으로 화가가 직업인 '천복' 이라는 이름을 가진 사람이다. 이 소설은 "장춘서 회령까지 스무 하루를 두고 온 여정이었다."로 시작되는 여로형 구조를 취하고 있다. 이 여로에서 만나게 되는 사람들과의 대화와 주인공의 생각이 서사를 이끌어나가는데, 이중에서 두 가지의 만남이 주인공에게 특별히 의미 있는 것으로 각인된다. 그 하나가 삼지창을 가지고 강가에서 뱀장어를 잡고 있는

| * 허준, 「소서」, 『잔등』 (을유문화사, 1946).

열세 살쯤 되어 보이는 앳된 소년과의 만남이다. 이 소년의 검은 눈동자에서 고국에서 만나는 동포의 순수함과 건강함을 발견하려는 나의 기대는 소년의 뱀장어 잡기가 지닌 의미를 알게 되는 것을 통해 배반을 경험한다. 소년의 뱀장어 잡이는 그 자체가 벌이가 되는 것이기도 하였지만 잔류 일본인을 밀고하여 '위원회 김선생'에게 알리기 위한 감시 행위였던 것이다. 소년이 잔류 일본인에 대해 보이는 맹목적인 적의는 이러한 잔류 일본인 처리 문제가 감정적인 차원에서 해결될 수 없는 성질의 것임을 암시하고 있는 셈이다.

그러나 이와는 반대로 청진에서 친구를 기다리며 만나게 된 국밥집 할머니는 이 소년과는 전혀 다른 삶의 방식을 보여준다. 할머니는 일찍이 아이들과 남편을 잃고 유복자인 아들 하나만 의지하여 살아왔으나, 그 하나 남은 아들마저 사상운동을 하다 해방을 불과 한 달 앞두고 처형당하게 된다. 그러나 이 할머니는 일제에 의해 하나 남은 자식마저 빼앗긴 어머니로는 상상할 수 없을 만큼 크고 넉넉한 마음의 모습을 보여준다. 아들과 같이 사상운동을 했던 '가도오'를 생각하며 패망 후 거지떼가 된 일본인들을 '가도오의 종자'로 생각해 밤 늦게까지 잔등을 켜고 국밥집을 운영하는 것이다.

피난민도 형지 없이 어지러웠고 일본 사람들도 과연 눈을 거들떠보기 싫게 처참하지 아니함이 없었으나 생각하면 이것을 혁명이라 하는 것이었다. 혁명은 가혹한 것이었고, 또 가혹하여도 할 수 없을 것임에 불구하고 한 개의 배장사를 에워싸고 지나쳐간 짤막한 정경을 통하여 지금 마주 앉아 그 면면한 심정을 토로하는 이 밥장사 할머니에 이르기까지 그것이 어떻게 된 배 한 알이며, 그것이 어떻게 된 밥 한 그릇이기에 덥석덥석 국에 말아줄 마음의 준비가 언제부터 이처럼 되어 있었느냐는 것은 나의 새로이 발견한 크나큰 경이 아닐 수 없었다. 경이보다도 그것은 인간 희망의 넓고 아름다운 시야를 거쳐서만 거둬들일 수 있는 하염없는 너그러운 슬픔 같은 곳에 나를 연하여 주었다.

나는 혓바닥에 쌉쌀한 뒷맛을 남겨놓고 간 미주의 방울방울이 흠뻑 몸에 젖어들듯이 넓고 너그러운 슬픔이 내 전신을 적셔 올라옴을 느끼었다. 그리고 때마침 네다섯 피난민들이 몸을 얼려가지고 흘흘거리고 들어서는 바람에 나는 자리를 내어주고 밖으로 나왔다.*

이 할머니를 바라보는 1인칭 주인공 화자의 시선은 아주 따뜻하다. 그리고 우리는 이 할머니와 같은 인물군이 이미 허준의 해방 전 작품에서도 등장했음을 안다. 「탁류」의 숙이, 「야한기」의 은실 모친, 「습작실에서」의 노인이 그들이다. 김동리가 해방 전 1930년대 후반 신세대 소설의 미학적 성격을 논하면서 허준 소설의 니힐리즘을 '강렬한 윤리적 의의'를 지닌 것으로 평가했을 때** 이는 이러한 인물군들이 가지고 있는 가치에서 비롯되는 것이다. 물론 이러한 인물들이 주인공을 근본적으로 변화시키고 있는 것은 아니지만, 폐쇄적인 존재론에 갇혀 있는 주인공으로 하여금 타자성에 눈뜨게 하는 계기가 된다는 점에서 그 의의를 찾을 수 있을 것이다.

「잔등」과 더불어 해방기 허준의 작품 중에서 가장 긴 중편소설인 「황매일지」에서도 좁은 세계에 갇혀 있던 주인공이 타자를 통해 현실에 새롭게 눈을 뜨는 과정이 그려지고 있다. 자료의 멸실로 전체 작품을 확인할 수는 없지만 이 작품의 여자 주인공인 영英은 사랑하는 오빠를 통해 현실을 발견하고 적극적인 행동으로 나아가기까지 이른 인물

* 허준, 『잔등』(을유문화사, 1946), 496~7쪽.
** 김동리, 「신세대의 정신」, 《문장》, 1940. 5.

로 그려지고 있다.

　　해방이 되고 오라버니가 돌아왔습니다. 그 어른은 출정 중 몽매간에
도 잊히지 못했던 이들을 고향에 남겨놓은 채 서울로 뿌리치고 올라와
서 새로운 조선의 건국을 도모하는 젊은 일꾼들의 한 사람이 된 것입니
다. 그들의 출전이 누구의 자의로도 아니요, 조선의 젊은 학도들이 부닥
친 절대적인 운명에 불과한 것이었든 말았든 자기의 저지른 허물의 결
과를 평탄히 인정하면 인정할수록 그들의 노력과 헌신도 초절하였던 것
입니다. 해방 자유 평등 계단 전쟁으로 말미암은 계단 해소에의 이념 속
에 민족 광복의 신조선은 얼마나 청춘의 가슴에 벅차 올라온 빛나는 신
조이었겠습니까. 그들은 조선이 건국이 되되 이 모양으로 되어야 할 것
을 믿었을 따름입니다.
　　그 오라버니가 이번에는 이분들의 신성한 의무를 방해하는 정말은,
악독한 민족배반자들의 무엄히 돌리는 총부리에 맞어 쓰러진 것입니다.
　　이때껏 아무것도 모르던 그의 동생인 저도 얼굴을 돌려 그쪽으로 내
달을 밖엔 없었습니다.*

　"계급 해소에의 이념 속에 민족 광복의 신조선"이라는 시대적 과제
와 대비되는 "악독한 민족배반자들의 무엄히 돌리는 총부리"에 의해
오빠가 희생당한 영은, 피를 토하고 고열에 시달리는 중병을 앓으면서
도 밤마다 거리에 나가 삐라를 뿌리는 등 당시의 남조선에서 이루어지
는 단독정부 수립에 대해 반대하는 운동을 벌이는 인물로 그려지고 있
다. 이에 비해 작가 허준의 세계관을 반영하고 있는 것으로 보이는 주

| * 허준, 「황매일지」, 《민보》, 1947. 6. 12.

인공 연淵은 당시의 남조선 사회가 이권욕에 물든 협잡꾼이 득세하는 세상이라는 점을 동의하면서도 "섭생을 해서 완전히 신열이 내린 몸이 되어, 시골 가서 어머니와 올케와 아이들을 데리고 풀 뜯고 꽃이나 가꾸는 사람이 되었다기로 누구도 너를 전열에 낙후한 사람으로는 알지 아니할 것"이라며 "병을 이각離却한 완전히 씩씩한 몸이 되어 올라와 싸우라."고 충고한다.

연이라는 인물에게서 나타나는 이러한 '제삼자적 정신' 혹은 균형 감각은 허준의 문학 세계를 관통하는 것이어서 특별한 것이라고 할 수는 없다. 작가는 연의 입을 통해서 단독정부 수립 전후의 남조선뿐만 아니라 북조선에서 일어나는 일련의 현실에도 비판적인 시선을 보내고 있다. 그러나 이 작품에서 가장 주목되는 것은 역시 당대 현실에 대한 작가의 신랄한 비판과 그 비판을 담아내는 문체이다. "너의 문학은 어째 오늘날도 흥분이 없느냐, 왜 그리 희열이 없이 차기만 하냐."라는 질문에 대답이라도 하듯 이 소설은 지금까지와는 다른 격정적인 문체가 나타나고 있는 것이다. 위에서 인용한 부분이 현재 확인할 수 있는 《민보》의 마지막 회에 수록되어 있다는 점은 이런 점에서 시사적이다.

「잔등」과 「황매일지」 발표 후 허준은 몇 편의 콩트를 창작한다. 특이한 것은 '임풍전의 일기'가 작품의 제목이나 소제목으로 세 편의 작품에서 공통적으로 나타난다는 점이다. 해방 전 박태원이 '구보'라는 소설가를 내세워 '구보형 글쓰기'를 보였던 것처럼 허준 역시 '임풍전형 글쓰기'를 보이고 있는 것이다. '임풍전 씨의 일기 서장'이라는 부제가 달려 있는 「문학전 기록」, '조선호텔의 일야'라는 부제가 달려 있던 「임풍전의 일기」, 그리고 콩트로 보기에는 길고 단편으로 보기에는 좀 짧은 느낌이 있는 소설 「임풍전 씨의 일기」가 그것이다. 「문학전 기록」은 짧은 수상으로 자신의 문학 청년 시절의 방랑벽을 다룬 것이고,

「임풍전의 일기」는 앞 장에서 밝혔듯 미국의 인권운동가 볼드윈 씨를 등장시켜 당시의 남조선 현실을 우회적으로 비판한 글이다.

"이것은 다른 한 일의 부분이 되고 하는 것임을 첨기하고자 한다." 라는 '작자 부기'가 달려 있는 「임풍전 씨의 일기」는 미완의 작품이긴 하지만 허준의 월북 경위를 짐작할 수 있는 단서가 된다는 점에서 의미가 있는 작품이다. 이 작품은 교사인 주인공이 제자 박군을 향해 하는 대화체의 서술을 통해 주인공이 학교에서 쫓겨나게 되는 경황과 이북으로 가게 되는 경위를 설명하고 있다. '일개 어학교원'에 불과한 주인공이 당시의 남조선 현실을 비판하는 내용의 발언을 하였다가 "정치선전 당파선전"을 한 것으로 간주되어 학교를 그만두고 어머니가 계신 북쪽으로 가게 된 것이다.

요새 돈을 가진 사람이나 혹 또 군정청에서 일본 재산 같은 것을 물려받아 가지고 운영하는 사람의 열에 여덟아홉은 다가 말하자면 그 미치지 못하는 사람들이라고 할 수도 없지 않. 가령 농토를 농사 짓는 농군의 손에 돌려보내야 하는 것은 중국이나 일본이나 조선 같은 봉건제도나 반半봉건제도의 몇 개 나라를 빼놓고는 동서양을 물론 해놓고 존속해 있는 나라가 없고, 또 지금 그런 불합리한 제도 속으로 일부러 파고 들어가려고 할 것도 없는데도 불구하고 그 너와 나의 분간이 너무나 분명하기 때문에 제 고집을 버리지 못하고 내 것을 부러 쥐고 있고 싶어하는 것 아니겠소. 이북서 몇십 년씩 고등계에 있던 달아나 온 관리들을 그대로 사찰계査察係에 앉히어서 이것을 침범치 못하게 하고, 소위 정치가들을 내세워서는 우리나라가 영구히 두 동강이가 나는 단독정부를 부르짖게 하는 것이 다 내 자리를 남에게 내어주기도 하고 남의 자리에 내가 앉아볼 수도 없는 미칠 수 없는 근본 원인에서 나온다고 할 수가 없지 않단 말이야. 입으로는 소련도 싫고 미국도 싫다고 하면서도 실상은 어느 한 나라의 보호 밑에 들어가 있고 싶고, 그 나라가 아니면 물질로나 정신으로나 혜택을 받어서 살어날 수가 없을것 같이만 생각하는 사람들―한번 갈리면 소련이나 미국이나가 각각 삼팔선을 마주 보고 노리면서 반영구적 암투暗鬪를 하다가 불의 심판날이 와서 불가진 사람의 조선이 되기를 기다리고 믿고 있는 사람들―이 사람들의 불장난이 얼마나 무서운가를 생각하면 미치는 사람의 진가란 상상 외로 거대한 것이야.*

위의 인용에서 알 수 있듯 당시 미군정 하의 남조선 현실은 친일 잔재의 척결과 토지개혁의 실패, 정치권의 부정부패와 권력욕으로 인한 분단 고착화 등으로 파악된다. 이러한 현실 인식이 허준으로 하여금 현실에 대한 관심을 촉발하여 조선문학가동맹에 몸담게 되는 것으로 나아가게 하였던 것이다. 이 작품의 마지막 부분에서 주인공은 "지금은 험난한 경계선을 뚫고 가는 것이지만 올 때는 기차를 타고 덩덩거리고 한숨에 올라오는 것일세."라고 말하며 제자 박군에게 미래에 대한 낙관적인 기대를 보여준다. 나아가 당대의 현실에 대처하는 지식인의 태도를 다음과 같이 표현하고 있어 무척이나 인상적이다.

"지금 우리는 고개를 박아서 목을 움츠러트리고 주저앉을 때야. 그전 성인도 의義가 통하지 아니할 때에는 의를 직설直說하지 말라고 하였어. 그리고 이것도 나를 두고 하는 말은 아니지만 악화가 양화를 몰아낸다는 요새 유행어인 그 무슨 법칙이라는 것인가를 믿지 말아요. 이것을

| * 허준, 「임풍전 씨의 일기」, 《협동》, 1947. 6. 111쪽.

믿지 않는 데서만 군은 군의 그 무서운 광채를 발할 가슴속의 보석을 충분히 기를 수가 있는 것이야."*

「잔등」과 함께 해방 후 허준의 대표작이라 할 수 있는 「속습작실에서」는 해방 이후 조선문학가동맹의 이념적 성격을 잘 보여주는 작품이다. 「속습작실에서」는 타자성의 발견을 통해 폐쇄적인 에고 속에 갇혀 있던 주인공이 새로운 눈을 뜨고 '허물을 벗는' 과정을 잘 드러내고 있다. 제목에서 알 수 있듯 「속습작실에서」는 해방 전 소설 「습작실에서」의 속편이지만 이미 발표된 일본어 콩트 「습작실로부터」를 개작한 것이기도 하다.

주인공 남몽은 할머니의 숙박업을 돕고 있는 지식인으로 작가 지망생이다. 만주 사변 즈음의 어느 날 여관에 두루마기 '이씨'가 들르게 되는데, 그는 나중에 사상운동을 하다 투옥되는 인물로 밝혀진다. 그가 검거되고 처형되는 과정을 지켜보고 그와 서신을 나누면서 그는 차츰 자신이 갇혀 있던 에고의 거대한 벽을 실감하게 되고, 새로운 세상에 눈을 뜨게 된다. 할머니가 이씨의 사형 집행을 뜻하는 흰 옷을 가지고 왔을 때 남몽은 자신의 지금까지의 삶을 근본적으로 부정하는 반응을 보이게 된다. 그것은 자신이 추구하던 문학자로서의 길이 어쩌면 '말의 사기사'에 불과한 것일지도 모른다는 개안開眼으로 이어진다.

나는 눈이 내 눈에 시거웁게도 자극이 되어 펄떡 뛰어 일어나서 방을 나왔다. 그리고 인제는 자꾸만 자꾸만 눈 속으로 형지를 감추어 들어가는 그 한 벌 옷을 향하여

| * 위의 글, 114쪽.

'당신이야말로 당신이야말로 정말 새롭고 새로운 몸의 상처를 받아 나오기 위해 무수한 허울을 나날이 벗어 나온 분입니다.'

하는 언제 날 부르짖음을 인제야 속으로 부르짖으며 이렇게 미칠 듯이 속으로 외치었다.

"이게 다 무어냐 이게다 무어냐 아아 저는 아무것도 아닙니다. 저는 아무것도 아닙니다. 저야말로 의외로 아무것도 아닌 단순한 말의 사기사를 지향하고 나가던 사람이었는지도 모릅니다."*

「속습작실에서」는 비록 식민지 시대를 배경으로 하고 있으나 이를 해방 이후의 정치적 문맥을 고려하면 그가 조선문학가동맹의 서울시지부 부위원장까지 맡게 되는 과정에 철저한 자기비판과 반성이 개입되어 있었다는 것을 짐작하게 한다. 이는 지하련의 「도정」이나 이태준의 「해방전후」, 그리고 황순원의 「아버지」 같은 작품들과 근본적으로 같은 자리에 있는 것이다. 나아가 이 작품은 허준 소설의 주인공이 자기중심적인 '존재론적 주체'에서 타자지향적인 '형이상학적 주체'(레비나스)로 변모하는 과정을 잘 보여주고 있다. 그러나 이러한 과정은 해방이라는 초유의 역사적 상황이 만들어낸 시적인 공간에서나 가능한 것으로, 분단이 고착화되는 과정 속에서 이러한 시적 현실 인식은 산문적 현실 속에서 무기력해질 수밖에 없다.

「속습작실에서」 이후 월북하기까지 허준은 「평대저울」과 「역사」라는 두 편의 작품을 남긴다. 「평대저울」은 신변잡기적인 콩트로서 당시 서민들의 일상사를 반전의 기법을 통해 재미있게 그리고 있는 작품이다. 주인공은 잡지사로부터 원고료 천오백 원을 선불로 받고 이 돈으로

| * 「속습작실에서」, 《문장》, 속간호, 1948. 10. 41쪽.

김장은 못 하더라도 동치미는 담글 수 있으리라는 기대를 갖는다. 그러나 도중에 소매치기를 당함으로써 소망은 깨어지고 그는 하루 동안 있었던 일을 소설로 써서 잡지사에 넘기게 된다. 이 소설에서 음미할 만한 대목은 "작년이란 재작년 해방되는 해만 못했던 해요 금년이 또한 그 작년만 못하니 이래서야 어떻게 세상에 사러갈 수는 있으며 해방이란 것은 무엇 있느냐"라는 구절이다. 해방이 되었으나 민중적 현실은 그 이전에 비해 더 나아지지 못했다는 비판적 현실 인식을 엿볼 수 있다.

현재 확인되는 허준의 마지막 작품은 《문장》 속간호에 연재를 시작하다 중단된 「역사」라는 작품이다. 이 작품은 '덕이'라는 화자를 등장시켜 '유향이' 아버지를 통해 알게 된 '김곽산'이라는 사람의 이야기와 '나'의 아버지의 삶을 그리고 있다. 김곽산이라는 인물이 아버지 대의 파산으로 머슴살이를 하다 돈놀이로 치부를 하다 생각을 고쳐먹고 개간사업을 하는 과정이 그려지고, 이어 '나'의 아버지가 신개지 신 정거장 건설로 졸부가 된 유무라(湯村)라는 일본인에 의해 파산하는 과정이 그려진다. 이 작품은 이전의 작품과는 달리 지식인 주인공보다는 식민지 시대의 민중적 현실을 그리려 했다는 점이 주목되는데,* 이는 허준의 문학적 방향 전환을 예고하는 셈이다. 그러나 이 작품은 정치적 상황의 악화와 월북 등의 이유로 연재가 중단된다.

한국전쟁 시기 인민군을 따라 서울에 온 허준은 백철의 집에서 하루를 묵으면서 "문학다운 것은 할 생각도 말아야 해요."라고 말한 것으로 전해진다.** 이는 허준이 북조선의 실상과 접하고 북조선 사회주의의 문화정책에 대해 문제점을 느끼고 있었음을 보여준다. 여기서 우리

  * 홍혜준, 「허준 문학연구」, 서울대 석사논문, 1998, 68쪽.
  ** 백철, 앞의 책, 408쪽.

는 허준이 다시 소설가로서 기나긴 침묵 속으로 빠져들 수밖에 없으리라는 것을 짐작하게 되는 것이다.*

* 본 전집의 편집이 완료된 후 최종 교정 단계에서 재일 연구자 리켄지[李建志]의 논문을 통해 허준의 전기적 사항에 관한 몇 가지 추가적인 정보를 확인할 수 있었다. ① 1936년 4월에 호세이 대학 문과를 졸업한 후 조선일보사에서 약 3년간 근무 ② 1942년 7월호《국민문학》에 게재된 좌담회 '군인과 작가, 징병의 감격을 말하다'에 참석 ③ 1946년 4월 4일에 서울여자사범대학 교수에 임명됨 ④ 한국전쟁 이후 러시아의 니콜라이 두보프의 아동소설 『고독』(1958)을 번역. 자세한 내용은 李建志, 「許俊論」,《朝鮮學報》168, 1998 참조.

1910년 2월 27일 평북 용천에서 아버지 허민과 어머니 정순민 사이의 5남 중 3남으로 태어남. 본관은 양천陽川. 용천에서 유년기를 보냈고 남시의 보통학교를 다님.

1922년 서울 낙원동 169번지로 이사. 서울 다동공립보통학교로 전학.

1923년 다동공립보통학교 4학년 수료. 중앙학교(이후 중앙고보) 입학.

1928년 중앙고보를 졸업하고 도일渡日. 와세다 대학 문학부 예과에 합격하였으나 호세이 대학에 입학.

1934년 호세이 대학 수료 후 귀국.《조선일보》에 시 「초」 외 4편을 발표하면서 등단.

1935년 신현중(1910~1980)의 동생 신순영(1912~?)과 결혼.

1936년 백철의 추천으로 《조광》에 「탁류」를 발표하면서 소설가로 등단. 조선일보 편집국 기자로 입사.

1938년 《조선일보》 '신인단편릴레이'에 「야한기」를 연재.

1940년 일본 잡지 《조선화보朝鮮畫報》에 일본어 콩트 「습작실로부터習作部屋から」를 발표.

1941년 《문장》에 「습작실에서」를 발표한 뒤 만주로 건너감.

1942년 《국민문학》 주최의 좌담회 '군인과 작가, 징병의 감격을 말하다'에 참석.

1945년 해방 직후 귀국. '경성 조소문화협회'의 발기인으로 참여.

1946년 조선문학가동맹 주최의 '전국문학자대회' 참석. 조선문학가동맹 소설부 위원, 서울시지부 부위원장. 소설집 『잔등』 간행.

1947년 《민보》에 「황매일지」 연재.

1948년 「일 년간 문학계의 회고와 전망」을 《서울신문》에 발표. 최정희, 임학수, 설정식 등과 문인좌담회에 참석. 해주에서 개최한 '남조선인민대표자회의'에 대의원으로 참석. 「역사」를 《문장》에 연재하다 중단됨.

1950년 한국전쟁 시기 북한군을 따라 월남, 서울에서 머무름. 이후 행적 불명.

1. 시

「초」외 4편 (「초」, 「가을」, 「실솔」, 「시」, 「단장」), 《조선일보》, 1934.10.7.

「창」, 《시원》, 1935.8.

「모체」, 《조선일보》, 1935.10.20.

「밤비」, 《조광》, 1935.12.

「소묘」 3편(「무가을」, 「기적」, 「옥수수」), 《조광》, 1936.1.

「장춘대가」, 《개벽》, 1946.4.

2. 소설

「탁류」, 《조광》, 1936.2.

「야한기」, 《조선일보》, 1938.9.3~11.11.

「習作部屋から」, 《朝鮮畫報》, 1940.10.

「습작실에서」, 《문장》, 1941.2.

「잔등」, 《대조》 1~2, 1946.1~7. /『잔등』, 을유문화사, 1946(재수록).

「한식일기」, 《민성》 7, 1946.6.

「황매일지」, 《민보》, 1947.3.11~6.12.

「임풍전 씨의 일기」, 《협동》, 1947.6.

「속습작실에서」, 《조선춘추》, 1947.12. /《문학》, 1948.7.(재수록)

「평대저울」, 《개벽》 76, 1948.1.

「역사」, 《민성》, 1948.2. /《문장》(속간호), 1948.10.(재수록)

3. 평론 · 수필 · 기타

「나의 문학전」, 《조선일보》, 1935.8.2, 8.3, 8.4.

「오월의 기록」, 《조선일보》, 1936.5.27, 5.28, 5.30.

「유월의 감촉」, 《여성》, 1936.6.

「자서소전」, 『신인단편걸작집』, 조선일보사 출판부, 1938.

「신진작가좌담회」, 《조광》, 1939.1.

「문예시평-비평과 비평정신」,《조선일보》, 1939.5.31, 6.2.

「문예시평-근대비평정신의 추이」,《조선일보》, 1939.6.4, 6.6.

「문학방법론」,《중앙신문》, 1946.4.7.

「軍人と作家, 徵兵の感激を語る」,《國民文學》, 1942.7.

「해방 후의 조선문학-제1회 소설가 간담회」,《민성》, 1946.6.

「민족의 감격」,《민성》, 1946.8.

「문학전 기록-임풍전 씨의 일기 서장」,《조선일보》, 1947.4.13.

「깃발을 날려라-공위 성공을 비는 작가 시인의 말」,《문화일보》, 1947.5.25.

「임풍전의 일기-조선호텔의 일야」,《경향신문》, 1947.6.12, 6.15.

「일 년간 문학계의 회고와 전망-새 문화의 창조를 위하여」,《서울신문》, 1948.1.6.

「문학 방담의 기」,《민성》, 1948.2.

|연구 목록|

강상희, 『한국 모더니즘 소설론』, 문예출판사, 1999.

강진호, 「1930년대 후반기 신세대 작가 연구」, 『한국근대문학 작가연구』, 깊은샘, 1996.

구재진, 「허준의 「잔등」에 나타난 두 개의 불빛과 허무주의」, 『민족문학사연구』 37, 2008.

권성우, 「허준 소설의 '미학적 현대성' 연구」, 『한국학보』 19권 4호, 1993.

권영민, 『해방직후의 민족문학운동연구』, 서울대학교출판부, 1986.

김강진, 「허준의 「잔등」 연구」, 『대구어문논총』 13, 1995.

김동석, 「해방기 소설의 비판적 언술 연구」, 고려대학교 박사학위논문, 2005.

김민정, 「1930년대 후반기 모더니즘 소설 연구」, 서울대학교 석사학위논문, 1994.

김성수, 「허준의 「잔등」에 대하여」, 사에구사 도시카쓰 외, 『한국근대문학과 일본』, 소명, 2003.

김성연, 「허준 소설 연구」, 동덕여자대학교 석사학위논문, 2004.

김윤식, 「허준론-소설의 내적 형식으로서의 '길'」, 김윤식·정호웅 편, 『한국근대리얼리즘작가연구』, 문학과지성사, 1988.

_____, 『김동리와 그의 시대』, 민음사, 1995.

김윤식·정호웅, 『한국소설사』, 문학동네, 2000.

김종욱, 「식민지 체험과 식민주의 의식의 극복-허준의 「잔등」 연구」, 『현대소설연구』 22, 2004.

김지연, 「1930년대 후반 신세대 작가의 연구」, 경북대학교 석사학위논문, 1998.

김혜영, 「허준 소설에 나타난 타자 인식의 서사적 기능과 의미 연구」, 『현대소설연구』 14, 2001.

김희진, 「허준 소설 연구」, 이화여자대학교 석사학위논문, 1992.

노용무, 「해방기 문학의 내적 형식과 길 모티프 연구」, 『한국문학이론과 비평』 26, 2005.

박선애, 『1930년대 후반 문학과 신세대 작가』, 한국문화사, 2004.

박성란, 「허준 연구」, 인하대학교 석사학위논문, 1999.

박훈하, 「허준 소설의 고독과 현실주의 문학과의 상관성 연구」, 부산대학교 석사학
　　　위논문, 1991.

서준섭, 『한국 모더니즘 문학 연구』, 일지사, 1988.

신형기, 「허준과 윤리의 문제」, 『상허학보』 17, 2006.

안 경, 「허준 소설 연구」, 숙명여자대학교 석사학위논문, 1992.

엄미옥, 「'잔등'의 공간성 연구」, 『한국문학이론과 비평』 32, 2006.

오병기, 「허준 소설 연구-자의식의 변모양상을 중심으로」, 『대구어문론총』 13,
　　　1995.

오양호, 『한국 현대소설과 인물 형상』, 집문당, 1996.

우한용, 「소설기호론의 층위―허준의 「잔등」」, 『한국현대소설구조연구』, 삼지원,
　　　1990.

유성하, 「1930년대 한국 심리소설의 기법 연구」, 계명대학교 박사학위논문, 1987.

유철상, 「해방 공간의 암흑을 밝히는 등불」, 『한국 근대소설의 분석과 해석』, 월인,
　　　2002.

윤애경, 「해방기 삶의 탐색 태도와 그 의미-허준의 「잔등」론」, 『한국문학이론과 비
　　　평』 26, 2005.

이계열, 「1930년대 후반기 소설의 자아의식의 연구」, 숙명여자대학교 박사학위논
　　　문, 1998.

_____, 「허준의 「습작실에서」 연구」, 『현대소설연구』 9, 1998.

이나영, 「해방직후 소설의 진보적 세계관 연구」, 경북대학교 석사학위논문, 1997.

이도연, 「허준의 「속 습작실에서」론」, 『현대소설연구』 35, 2007.

이민영, 「해방기 귀환소설의 경계인식 연구」, 서울대학교 석사학위논문, 2008.

이병순, 「허준의 「잔등」 연구」, 『현대소설연구』 6, 1997.

이영의, 「허준 소설 연구-잔등의 현실모색을 중심으로」, 관동대학교 석사학위논문,
　　　1999.

이우용, 『해방직후 한국소설의 양상』, 고려원, 1993.

이은선, 「모더니즘 소설의 체제 비판 양상 연구」, 이화여자대학교 석사학위논문,
　　　2008.

이종화, 「허준의 초기 소설연구」, 『현대문학이론연구』 1, 1992.

이한준, 「허준 소설 연구」, 세종대학교 석사학위논문, 1997.

임병권, 「1930년대 한국 모더니즘 소설의 양가성 연구」, 서강대학교 박사학위논문, 2001.

장수익, 「환멸과 고독을 넘어-최명익과 허준」, 『대화와 살림으로서의 소설비평』, 월인, 1999.

채호석, 「허준론」, 『한국학보』 15권 3호, 1989.

_____, 「1930년대 후반 소설에 나타난 새로운 문제틀과 두 개의 계몽의 구조」, 『기전어문학』, 10·11호, 1996.

최강민, 「해방기에 나타난 허준의 변모 양상」, 『우리문학연구』 10, 1995.

최혜실, 『한국모더니즘소설연구』, 민지사, 1992.

_____, 「한국 현대 모더니즘 소설에 나타나는 '산책자(fl?neur)'의 주제」, 『한국의 현대문학』 3, 1994.

한동혁, 「허준 소설 연구-주인물의 내면의식의 변화를 중심으로」, 성균관대학교 석사학위논문, 2007.

한성봉, 「「습작실」 연작을 통해 본 허준 소설의 서사공간」, 『한국언어문학』 36, 1996.

홍혜준, 「허준 문학 연구」, 서울대학교 석사학위논문, 1999.

황 경, 「허준 소설 연구」, 『현대문학이론연구』 11, 1999.

한국문학의 재발견-작고문인선집

허준 전집

지은이 ㅣ 허준
엮은이 ㅣ 서재길
기 획 ㅣ 한국문화예술위원회
펴낸이 ㅣ 양숙진

초판 1쇄 펴낸날 ㅣ 2009년 11월 27일

펴낸곳 ㅣ ㈜현대문학
등록번호 ㅣ 제1-452호
주소 ㅣ 137-905 서울시 서초구 잠원동 41-10
전화 ㅣ 516-3770
팩스 ㅣ 516-5433
홈페이지 www.hdmh.co.kr

ⓒ 2009, 현대문학

값 13,000원

ISBN 978-89-7275-530-2 04810
ISBN 978-89-7275-513-5 (세트)